AF557623

Gazâ ist neun Jahre alt, als er vom Beruf seines Vaters erfährt: Ahad ist Schleuser und Menschenhändler. Und Gazâ wird ihm ein eifriger Schüler. Gemeinsam nehmen sie die »Ware« entgegen, lagern sie im »Depot« im Garten zwischen und transportieren sie dann weiter zur Ägäisküste. Je älter Gazâ wird, umso professioneller geht er vor. Er führt Statistiken, dokumentiert akribisch das Verhalten der Flüchtlinge und stellt anthropologische Studien an. Gazâs Schicksal scheint sich erst zu wenden, als es zu einem Unfall kommt, bei dem sein Vater stirbt. Tagelang begraben unter einem Berg von Leichen überlebt Gazâ und flieht nach Istanbul. Er will Anthropologie studieren. Doch auf einmal bricht das Trauma auf. Gazâ ist außerstande, Menschen zu berühren. Nur allein oder in der Masse fühlt er sich noch sicher. Gelingt ein Leben ohne die Begegnung von Mensch zu Mensch?

Hakan Günday, geboren 1976, studierte Französisch in der Türkei und in Brüssel, anschließend Politikwissenschaften in Ankara. Diplomatensohn, Bestsellerautor, Drehbuchautor, Provokateur, Enfant terrible der jungen türkischen Literatur. Seine Romane sind gleichermaßen Bestseller wie Kultbücher. Viele seiner Fans feiern ihn für seine politischen Kolumnen, seine öffentlichen Debatten und dafür, dass alles, was er tut, aus dem Rahmen fällt.

Hakan Günday

Flucht

Roman

Aus dem Türkischen
von Sabine Adatepe

btb

für all die in der Geschichte namens Menschheit
auf den Wegen, auf die sie sich machten,
mit staatlicher Zeremonie
bei lebendigem Leibe begrabenen Leben

Das einzig Unerträgliche ist,
dass nichts unerträglich ist.

Arthur Rimbaud

SFUMATO

Eine der vier Hauptmaltechniken der Renaissance. Sie drückt eine neblige Schattierung aus, bei der Farben und Farbtöne ineinander verschwimmen, wodurch Konturen schwinden. Sie kommt hauptsächlich bei Übergängen vom Hellen ins Dunkle zum Einsatz.

Wäre mein Vater kein Mörder gewesen, hätte ich nie das Licht der Welt erblickt.

»Zwei Jahre vor deiner Geburt … Da war ein Boot, das vergess ich nie, es hieß *Swing Köpo* … Der Kahn eines Schuftes namens Rahim … Na, wir luden die Ware ein … Mindestens vierzig Stück. Einer krank. Wie der hustete, das hättest du sehen sollen! Der war am Ende! Wer weiß, wie alt er war, vielleicht siebzig, vielleicht achtzig …«

Wäre mein Vater kein Mörder gewesen, wäre auch aus mir keiner geworden.

»Was hast du nur davon, Mann, hab ich ihn gefragt … flüchten, auswandern? Was hast du davon, dort anzukommen, wohin du unterwegs bist? Nimmst du die Strapazen auf dich, um zu krepieren? Wie auch immer … Da sagte Rahim, komm mit, auf der Rückfahrt plaudern wir. Ich hatte nichts Besseres vor, den Lkw hatte ich noch nicht …«

Wäre mein Vater kein Mörder gewesen, wäre meine Mutter nicht bei meiner Geburt gestorben.

»Damals half ich bei den Händlern aus. Ich machte erste Erfahrungen in dem Job und verdiente ein paar Groschen … Okay, Mann, sagte ich. Wir stiegen ein und fuhren aufs Meer hinaus. Kurz vor der Insel Sakız kam Sturm auf! Die *Swing Köpo* hielt sich sowieso nur mit Mühe über Wasser. Bevor wir noch recht begriffen, was geschah, sanken wir schon …«

Wäre mein Vater kein Mörder gewesen, wäre ich nie neun Jahre alt geworden und hätte nie mit ihm am Tisch gesessen.

»Plötzlich herrschte wildes Durcheinander, alles schrie und brüllte … Die Leute kamen aus der Wüste, woher sollten die schwimmen können! Eben noch zu sehen, waren sie im Nu weg! Sie gingen unter wie Steine, allesamt! Ersoffen … Einmal sah ich Rahim, Blut an der Stirn … Er war mit dem Kopf ans Boot geschlagen … Was für Brecher, wie Mauern! Die stürzten auf uns ein! Dann verschwand auch Rahim …«

Wäre mein Vater kein Mörder gewesen, hätte weder er mir diese Geschichte erzählt noch ich ihm gelauscht.

»Ich wollte schwimmen, doch in welche Richtung … Stockdunkle Nacht! Ich strampelte mich ab … Vergebens, selbst den Kopf über Wasser zu halten, fiel mir schwer … Rauf und runter, immer wieder … Das war's, Ahad, Junge, aus ist es mit dem Leben, gleich bist du hinüber, sagte ich mir … Plötzlich, zwischen zwei Wellen, erblickte ich etwas Weißes … Darauf ein Schemen …«

Wäre mein Vater kein Mörder gewesen, hätte ich nie erfahren, dass er ein Mörder war.

»Da war wahrhaftig dieser sieche Kerl … Der schon vorher so gut wie hin war … Einen Rettungsring hatte er zu fassen bekommen, daran klammerte er sich … Keine Ahnung, wie ich zu ihm gelangte … Irgendwann war ich bei ihm … Schnappte mir den Ring, entriss ihn seinen Händen … Er starrte mich an … Er langte nach mir … Ich stieß ihn zurück … Packte ihn an der Kehle … Da trug ihn eine Woge fort …«

Doch mein Vater war ein Mörder, und all das geschah.

In jener Nacht erzählte mein Vater seine Geschichte so schleppend, dass seine Worte unter uns versickerten wie die Pausen, die ihm über die Lippen krochen. Eben darum aber nagelten sie sich meinem Gedächtnis nicht ein, sie schraubten sich hinein. Mit immer neuen Windungen drangen sie mir in den Verstand. Oder in das, was von meinem Verstand übrig war. Heute denke ich, wenn mein Vater kein Mörder gewesen wäre, wäre er auch nicht mein Vater gewesen. Denn nur ein Mörder konnte mir Vater sein. Wie die Zeit erweisen sollte …

Nie wieder sprach er von seinem Verbrechen. Das war auch nicht nötig. Wie oft beichtet man ein und dieselbe Sünde ein und demselben Menschen? Einmal hören reicht. Damit sie dir noch lebendig vor Augen steht, wenn du langsam aufstehst vom Tisch, hinausgehst und dich schlafen legst.

Warum jetzt?, fragte ich mich in jener Nacht. Warum erzählt er jetzt davon? Hat er es mehr mir oder sich selbst erzählt? Möglicherweise war das die einzige Lebensweisheit, die er seinem neunjährigen Sohn mitzugeben hatte. Das einzige Lebenswissen, das er besaß. Die einzig wahre Lebenslehre: Überlebe! Ich erinnere mich auch an die Lehre, die ich daraus zog: Erzähl aber niemandem, wie du überlebt hast … Ich weinte und flehte, niemand solle erzählen, woher er kam. Niemand solle erzählen, wem er die Atemzüge, die er tat, geraubt hatte. Ich war neun. Ich konnte nicht wissen, dass man überlebte, um zu erzählen, wie man überlebt hatte … Ich weiß noch, dass ich mir vorstellte, wie mein Vater jenen Alten an der Kehle packte und von sich stieß. Dass ich mir ausmalte, auch jener Mann hätte einen Adamsapfel wie mein Vater … Dass ich mich still fragte, ob Vaters Hand diese Knolle berührt hatte … Hatte der Adamsapfel des Alten eine Spur in Vaters Hand hinterlassen? Färbte das ab, wenn er mir die Wange tätschelte? Ich erinnere mich daran, dass ich dann einschlief. Und wieder erwachte. An das Frühstück, das er mir hinstellte, an die Ohrfeige, an den Befehl.

Eine Scheibe Brot …

»Was hast du von dem verstanden, das ich dir gestern erzählt habe?«

»Entweder wärst du umgekommen oder der Mann …«

Zwei Scheiben Käse …

»Gut. Nun sag einmal … Was hättest du an meiner Stelle getan?«

»Vielleicht hätte der Rettungsring für euch beide gereicht.«

Eine Ohrfeige …

»Iss! Starr mich nicht so an! Wisch dir die Augen ab.«

»Ja, Papa.«

Ein Ei …

»Wenn ich nicht wäre, dann wärst auch du nicht, kapiert?«

»Ja, Papa.«

Drei Oliven …

»Gut. Vergiss das nicht! Nun sag, was hättest du an meiner Stelle getan?«

»Ich hätte genauso gehandelt wie du, Papa.«

Etwas Butter …

»Alles, was ich in meinem Leben getan habe, habe ich für dich getan.«

»Danke, Papa.«

Ein Befehl …

»Du hast nun erfahren, was für ein Überlebenskampf dieser Job ist. Also kommst du heute mit mir!«

»In Ordnung, Papa.«

Vater hatte einen Lehrling gesucht. Einen Lehrling, der mit Haut und Haaren und Knochenmark ihm gehörte. Um sein Einkommen nicht mit Fremden zu teilen, machte er seinen Sohn zum Komplizen.

»Du kommst mit!«, sagte er, und ich ging mit. Kaum hielt ich in jenem Sommer mein Schulzeugnis in der Hand, wurde ich zum Menschenhändler. Mit neun Jahren. Es war eigentlich nicht so anders, als der Sohn eines Menschenhändlers zu sein …

Heute denke ich, vielleicht war er betrunken, während er die Geschichte erzählte. Nachdem er sich dann nüchtern geredet hatte, wurde ihm klar, dass es zu spät war. Vielleicht war mein Vater auch nur ein Gewissenslahmer, bei dem das Böse überwog. Womöglich war er durch seinen eigenen Vater so geworden. Und der wieder durch seinen Vater. Und der durch seinen Vater. Und auch der durch seinen Vater. Waren wir nicht letztlich alle Kinder von Überlebenden? Kinder der Überlebenden von Kriegen, Erdbeben, Dürrezeiten, Massakern, Epidemien, Besatzungen, Konflikten und Katastrophen … Kinder von Betrügern, Dieben, Mördern, Lügnern, Denunzianten, Verrätern, von jenen, die als Erste die sinkenden Schiffe verließen und sich obendrein die Rettungsringe anderer unter den Nagel rissen … Die es verstanden hatten zu überleben. Die alles, wirklich alles riskiert hatten, um zu überleben. Schuldeten wir nicht dem ein oder anderen in unserer Ahnenreihe, der »Er oder ich!« gesagt hatte, dass wir heute am Leben waren? Möglicherweise hatte das gar nichts damit zu tun, dass sich das Böse durchsetzte. Es war das Natürliche. Nur uns kam es hässlich vor. In der Natur aber gab es gar keinen Begriff von Hässlichkeit. Auch von Schönheit nicht. Der Regenbogen war einfach bloß der Regenbogen, und in keinem Naturkundebuch fand sich ein Wort darüber, dass man unter ihm hindurchgehen konnte.

Schlussendlich waren es zwei Leichen, die auch mich ins Leben trugen: zum einen der Wunsch zu leben, zum anderen der Wunsch, Leben zu geben. Das eine wollte mein Vater, das andere meine Mutter … Also lebte ich … Hatte ich eine andere Wahl? Sicher … Doch wer weiß, vielleicht funktionierte so die Biophysik, und irgendwo stand geschrieben:

Einführung in die Biophysik:

Jede Geburt ist gleich zwei Tode. Einer abhängig von dem Wunsch zu leben, der andere von dem, Leben zu geben; zwei Tode.

Der so ins Leben Tretende aber darf, um zu überleben, nicht wissen, dass er aufgrund dieser Tode atmet.

Sonst wäre die betreffende Person von Schlachtgetümmel erfüllt und produzierte tagtäglich Tote.

Ja, mein Name mag Gazâ sein, Glaubenskrieg …

Nie aber dachte ich daran, den Selbstmord zu wählen.

Nur ein Mal. Da spürte ich ihn.

Ich werde mir jetzt eine Geschichte erzählen und nur an sie noch glauben. Denn sobald ich mich zur Vergangenheit umwende, finde ich sie verändert. Entweder fehlt ein Ort oder ein Datum ist hinzugekommen. Nichts bleibt in diesem Leben an seinem Platz. Niemand ist mit seinem Platz zufrieden. Vielleicht hat nichts wirklich einen Platz. Darum passt es nicht in die Löcher, in die du es setzt. Dabei hast du exakt gemessen und passgenau gegraben. Doch völlig unnütz. Alle warten nur darauf, dass du blinzelst. Um sich aus dem Staub zu machen. Oder um Plätze zu tauschen und dich in den Wahnsinn zu treiben. Vor allem deine Vergangenheit…

Nun aber ist die Zeit gekommen, alles, woran ich mich erinnere, auf einmal zu erzählen und zu versiegeln. Denn nun ist Schluss! Nie wieder werde ich mich umdrehen und in die Vergangenheit zurückblicken. Nicht einmal im Spiegel werde ich ihr ins Gesicht sehen. Vertilgen werde ich sie, indem ich erzähle. Anschließend kratze ich sie mir mit einem Zahnstocher von den Zähnen und zermalme sie unter meinen Sohlen. Das ist die einzige Möglichkeit, nur mehr aus »Jetzt« zu bestehen. Sonst tut dieser Körper, in dem ich stecke, alles, um die Zeit aufzuhalten! Denn er weiß alles: dass er sterben wird, dass er verrotten wird… Wer auch immer ihm das erzählt hat, welcher Hurensohn, dieser Leib weiß, dass er verrecken und vergehen muss! Allein aus diesem Grund, nur um seinen Kiefer im Leben zu verankern gleich einem tollwütigen Hund, zwingt er mich, wieder und wieder dieselben Fehler zu begehen. Immer wieder! Um mich für einen Augenblick mit den *Déjà-vus* in die Vergangenheit zu schicken und Zeit zu gewinnen … Damit ist jetzt Schluss!

Sobald ich meine Geschichte zu Ende erzählt habe, werde ich ausschließlich neue Fehler machen! Fehler so fremd, dass die Zeit zu galoppieren beginnt! Fehler so unbekannt, dass sie Wanduhren in an Magneten gehaltene Kompasse verwandeln. Nie zuvor begangene Fehler mit nie gehörten Namen! Fehler, so unbeschreibbar und prachtvoll wie die Entdeckung eines verschollenen Kontinents oder außerirdischen Lebens! Fehler, so außergewöhnlich wie Menschen, die Maschinen bauen, die Menschen machen, die Maschinen bauen, die Maschinen machen! Fehler so groß wie die Erfindung Gottes! Fehler so unvorhersehbar wie der *Charakter*, die größte Erfindung nach der Gottes! Fehler machen, bezaubernd wie der erste Fehler eines Neugeborenen, tödlich wie der, geboren zu werden! Das ist mein einziger Wunsch … Und vielleicht ein wenig Morphinsulfat.

Der Unterschied zwischen Ost und West ist die Türkei. Ich weiß nicht, welches man von welchem subtrahiert, so dass die Türkei dabei herauskommt, aber der Abstand zwischen beiden beträgt so viel wie die Türkei, da bin ich mir sicher. Und dort lebten wir. In einem Land, in dem Tag für Tag Politiker im Fernsehen auftraten und von seiner geopolitischen Bedeutung sprachen. Lange war mir unklar, was damit gemeint war. Nun, geopolitische Bedeutung meinte die Kalküle in Bezug auf Kataster- und Parzellennummer eines verfallenen Gebäudes, an dem Reisebusse, innen stockdunkel, die Scheinwerfer weit aufgerissen, mitten in der Nacht pausierten, nur weil es eben am Weg lag. Sie war eine gigantische Brücke über die Meereskehle namens Bosporus von 1565 Kilometern Länge. Eine gewaltige Brücke, die die schmale Kehle der in diesem Land lebenden Menschen durchschnitt. Eine alte Brücke, deren bloßer Fuß im Osten und deren beschuhter Fuß im Westen stand und über die alles von einer auf die andere Seite gelangte, was irgend illegal war. Alles das glitt uns durch den Kropf. Vor allem auch als Illegale bezeichnete Menschen … Wir taten, was wir konnten … Damit sie uns nicht in der Kehle stecken blieben. Wir schluckten und schickten sie weiter. Wohin auch immer sie unterwegs waren … Handel über Grenzen … Über Mauern … Der Rest der Welt stand nicht zurück und bot ihnen, damit sie sich möglichst bald vom Ort ihrer Geburt zum Ort ihres Todes auf den Weg machten, jedwede Verzweiflung. Verzweiflung jeder Größe, jeder Länge, jeden Gewichts und jeden Alters. Wir führten nur aus, was uns nach Längen- und Breitengraden dieser Region zukam. Die aus der Hölle flüchteten, transportierten wir ins Paradies. Ich glaubte weder an das eine noch an das andere. Jene Menschen aber glaubten an alles. Und zwar nahezu von Geburt an! Sie dachten: Wenn es auf dieser Welt eine Hölle gibt, in der man hungers stirbt, selbst wenn man Schlachtengetümmel überlebt hat, dann muss es auch ein Paradies geben. Doch sie irrten. Man hatte sie alle an der Nase herumgeführt. Die Existenz der Hölle ist noch lange kein Beweis für die des Paradieses! Doch ich konnte sie verstehen. Sie hatten es eben so gelernt. Nicht nur sie, alle! Es gab da ein prunkvolles, goldgerahmtes Gemälde, das der gesamten Weltbevölkerung eingepaukt worden war. Darauf kämpfte Gut gegen Böse und Paradies gegen Hölle. Dabei gab es einen solchen Kampf nicht und hatte ihn nie gegeben. Der Überlebenskampf des Guten gegen das Böse, der angeblich bis zur Apokalypse fortdauerte, war der größte Betrug an der Menschheit. Ein Betrug, der angeblich nötig war, um auf kürzestem Weg Ordnung in der Gesellschaft herzustellen und zu gewährleisten, dass die Autorität auf ewig Bestand habe. Denn wenn die Tatsache Anerkennung fände, dass jeder Mensch gut und böse zugleich war, würden alle, denen Menschen aus Bewunderung folgten und für sie in den Tod zu gehen bereit waren, also sämtliche Führer aus Vergangenheit und Gegenwart, befleckt dastehen. Die Köpfe würden wirr, Gedanken kollidierten, und niemand würde je wieder für einen anderen sein Leben opfern. Doch so war es ja nicht, und der Kampf des absolut Guten gegen das absolut Böse war zum simpelsten Mittel geworden, Menschen gegeneinander aufzuwiegeln. Wer sagte: »Ihr seid die Guten!«, meinte: »Geht hin und sterbt für mich!« Wer sagte: »Ihr kommt in den Himmel!«, meinte eigentlich: »Die ihr umbringt, fahren zur Hölle!« So spalteten also Himmel und Hölle, Gut und Böse das Wesen namens Mensch mitten entzwei, sorgten dafür, dass die eine Partei in ihm die andere bis aufs Blut bekämpfte, und verwandelten ihn in einen Idioten. Dadurch gelang es den großartigen Händlern der Vergangenheit, freien Menschen garantiert lebenslangen Gehorsam zu verkaufen, verpackt in die Theorie heiliger Gegensätze. Es ging darum, gehorsame Hunde gegen gehorsame Hunde aufzustacheln! Weder war das Dunkel dem Licht feind noch umgekehrt. Auch gab es nur einen einzigen echten Gegensatz, und der galt lediglich in der Biologie: tot oder lebendig…

Beim illegalen Menschenhandel war ebenfalls nur dieser Punkt zu beachten: Die Anzahl der lebend angelieferten Menschen musste mit der der abgelieferten übereinstimmen. Ansonsten war es unwichtig, wer da glaubte, der Hölle entronnen und auf dem Weg ins Paradies zu sein. Wir transportierten Fleisch. Nichts als Fleisch. Die Summe, die wir dafür kassierten, schloss Wünsche, Träume, Gedanken oder Gefühle nicht ein. Vielleicht hätten wir uns darum kümmern können, auch sie unbeschadet zu transportieren, wenn die Leute genug dafür bezahlt hätten. Ja, ich höchstpersönlich hätte diese Aufgabe übernehmen und dafür sorgen können, dass die Träume, die sie daheim – oder in welchem Loch auch immer sie geboren worden waren – gehegt hatten, unterwegs nicht zerbrachen. Es hätte gereicht, ein paar Hollywoodfilme vorzuführen. Um ihren Glauben an das Paradies aufrechtzuerhalten. Oder die klassische Methode, die sich im Laufe der Geschichte mehrfach bewährt hatte: ein Heiliges Buch zu überreichen. Allerdings, wiederum nach Vorgabe der Geschichte, nur einem von ihnen. Damit er den anderen davon erzählte. Ganz wie er es für richtig hielt … All das hätte ich sogar ohne Entlohnung tun können, doch weder mein Alter noch meine Zeit reichten dafür aus. Denn ständig gab es etwas zu tun.

»Gazâ!«

»Ja, Papa?«

»Hol die Ketten aus dem Depot!«

»Mach ich, Papa.«

»Bring auch die Schlösser mit!«

»Geht klar, Papa.«

»Vergiss die Schlüssel nicht!«

»Die hab ich in der Tasche, Vater.«

Das war gelogen. Ich hatte sie verloren. Aber ich hatte nicht damit gerechnet, dass es herauskäme. Ich handelte mir sogar zwei Ohrfeigen und einen Fußtritt dafür ein. Wie hätte ich ahnen können, dass Vater die Leute nötigenfalls in Ketten legte?

»Gazâ!«

»Ja, Papa?«

»Hol Wasser und teil es aus!«

»In Ordnung, Papa.«

»Nicht eine Flasche pro Kopf wie beim letzten Mal! Zwei Personen kriegen eine, verstanden?«

»Aber, Papa, sie sagen immer, ähm …«

»Was?«

»Mehr!«

Ich log. Ja, sie sagten stets: »Mehr!«, denn sie kannten nur dieses eine Wort auf Türkisch: »*Daha*!« Es ging dabei aber nicht darum, dass zu wenig Wasser da war, sondern darum, dass sich mein Gewinn minderte. Ich hatte begonnen, das Wasser, das wir normalerweise gratis austeilten, zu verkaufen. Selbstverständlich ohne Vaters Wissen. Immerhin war ich mittlerweile zehn Jahre alt.

»Gazâ!«

»Ja, Papa?«

»Hast du das gehört? Hat da jemand geschrien?«

»Nein, Papa.«

»Ist mir wohl nur so vorgekommen …«

»Vermutlich …«

Auch das war gelogen. Natürlich hatte auch ich den Schrei gehört. Es war aber noch keine zwei Tage her, dass ich erfahren hatte, ein Fleischstück zu besitzen, das zu mehr nütze war als nur zum Pinkeln. Deshalb war mein einziger Wunsch, den Job so schnell wie möglich zu erledigen, um mich dann hinter die verschlossene Tür meines Zimmers zurückzuziehen. Im Kasten unseres fahrenden Lastwagens befanden sich zweiundzwanzig Erwachsene und ein Baby. Woher hätte ich wissen sollen, dass der erstickte Schrei von einer Mutter kam, deren Mund in Todesangst von den anderen zugehalten wurde, als sie bemerkte, dass der Säugling auf ihrem Schoß gestorben war? Hätte es etwas geändert, wenn ich es gewusst hätte? Ich glaube kaum, denn ich war mittlerweile elf Jahre alt.

Wann genau der Menschenhandel seinen Ausgang nahm, ist nicht zu ermitteln. Denkt man aber daran, dass ein solcher Handel schon mit drei Personen abgeschlossen werden kann, darf man wohl weit in die Geschichte der Erdbewohner zurückgehen. In einem unnützen Buch, das ich vor Jahren las, lautete der einzig nützliche Satz: *Das erste Werkzeug, das der Mensch benutzte, war ein anderer Mensch.* Also glaube ich nicht, dass man lange damit wartete, diesem ersten Werkzeug einen Preis beizumessen und es zu vermarkten. Dementsprechend lässt sich der Anfang des Menschenhandels auf Erden folgendermaßen datieren: bei der ersten Gelegenheit! Da er auch die Zuhälterei umfasst, ist er das zweitälteste Gewerbe der Welt. Damals war ich mir nicht bewusst, dass wir die Tradition einer derart altehrwürdigen Branche pflegten. Ich schwitzte nur ständig und bemühte mich nach Kräften, Vaters Anordnungen auszuführen. Transport war tatsächlich das Rückgrat des Menschenhandels. Ohne Transport funktionierte gar nichts. Zudem war dies die riskanteste und aufreibendste Phase des Prozesses. Die Illegalen anschließend in ein Loch zu stecken, sie achtzehn Stunden am Tag Taschen herstellen zu lassen, ihnen Schlafplätze auf dem Fußboden zuzuweisen und obendrein diejenigen zu vögeln, die einem gefielen, war ein Kinderspiel im Vergleich zu unserem Job. Wir waren die echten Werktätigen, die unter den härtesten Bedingungen des Menschenhandelssektors schufteten! Vor allem standen wir permanent unter Druck. Lieferanten, Kunden, Vermittler, alle waren hinter uns her. Für die kleinste Verzögerung wurden stets wir verantwortlich gemacht. Die Zeit arbeitete beständig gegen uns, und alles, was schiefgehen konnte, täuschte lange eine schöne Reibungslosigkeit vor, bis es dann mit einem Mal siebenfach schiefging. Eigentlich war der Ablauf nicht so kompliziert, doch da keiner keinem vertraute, wie bei allen illegalen Tätigkeiten, wurde jeder Schritt wie auf einem Glasfeld tausendfach bedacht, bevor man ihn setzte.

Dreimal monatlich kam Ware über die iranische Grenze herein. Gab es Aufstockungen aus Irak oder Syrien, wurden sie dort zusammengeführt und zu uns auf den Weg gebracht. Meist wurden sie im Brummi angeliefert. Selbstverständlich immer in einem anderen. Selten teilte man die Ware auf verschiedene Fahrzeuge wie Lkw, Kleintransporter oder Minibus auf. Die Einfuhr über die iranische Grenze und die dortige Abfertigung der Ware organisierte ein Mann namens Aruz. Vermutlich war er so etwas wie der *Vorsitzende des Durchführungsausschusses des Koordinierungsrates zur Umsetzung der länderübergreifenden Freizügigkeit des Individuums gegen gewisses Entgelt gemäß dem Katalog der revolutionären Volksbewegungen im Rahmen der Erhöhung der demokratischen Kampfeinnahmen und zur Begleichung der Ausgaben für ein freies Leben der dem ewigen Fortbestand der Führung und der unteilbaren Einheit Kurdistans verschriebenen leitenden Kaderkapazitäten* der PKK. Das für die *Freizügigkeit* erhobene *gewisse Entgelt* war, was man von Herzen gab. Inklusive des Herzens. Oder einer Niere. Extrakosten halt… Fragte man Aruz selbst, lautete seine Antwort, er sei einer der für illegalen Handel zuständigen Minister der PKK. Er war aber nur für Menschenhandel zuständig. Mit Drogen oder Treibstoff oder Zigaretten oder Waffen befassten sich andere Ministerien. So sollte es sein: Dienstleistungsbranchen, die sich in der Zielsetzung unterschieden, gehörten administrativ voneinander getrennt. Andernfalls geriete alles durcheinander und vergiftete sich gegenseitig. Mit dem Beispiel des türkischen Ministeriums für Kultur und Tourismus vor Augen, das klang wie Ministerium für Krieg und Frieden, wollte natürlich niemand einen solchen Fehler wiederholen. Waren zwei einander vollkommen gegensätzliche Komplexe, der eine rein am Profit orientiert, der andere an bedingungsloser Unterstützung und Bewahrung, in einem einzigen Ministerium vereint, blieb Kultur auf einen Musterkugelschreiber mit eingetrockneter Tinte beschränkt, und Tourismus auf das halb abgeriebene Logo eines Fünf-Sterne-Hotels auf demselben Kuli. Wen kümmerte das schon? Aruz zweifellos nicht! Aruz, Spezialist für Gewalt ebenso wie für Handel, hatte von Tourismus eine völlig andere Vorstellung. Zum einen leitete er sein Reich einer Agentur für illegale Reisen per Telefon. Indem er das Telefon verschlang. So musste es sein, denn da seine Stimme wie die eines ertrinkenden Nilpferds klang, verstand ich nie, was er sagte, und wiederholte nur immer: »Ich küsse deine Hände, Onkel Aruz!« Vielleicht mochte ich auch einmal, wenn ich schlecht gelaunt war, um ihn zu ärgern, fragen: »Wie geht es Felat?« Fiel der Name seines Sohnes, der so gar nicht dem Sohn seiner Träume entsprach, begann er zu grummeln wie ein gestrandeter Walfisch, ließ dann aber doch ein mammutartiges Getöse los, das einem Lachen ähnelte, und verlangte meinen Vater. Das verstand ich, denn er schwieg. Zwischen Vater und ihm herrschte eine Hassliebe. Sie waren fähig, stundenlang miteinander zu telefonieren. Wohl auch ein wenig aus Notwendigkeit. Zumindest konnten sie, solange sie telefonierten, einander nicht hintergehen. Gegenstand des Betrugs war natürlich unvollständige Lieferung oder unvollständige Deklaration der Ware. Ich wusste, dass Vater einige der Illegalen nicht ins Ausland transferierte, sondern nach Istanbul schickte. Sie wurden verkauft, um als Sklaven in allerlei Textilproduktionen oder in Konsumptionen wie der Prostitution eingesetzt zu werden. Dann verwandelte Vater seine Stimme vom Weltrichter zum Angeklagten der ganzen Welt und beschwerte sich bei Aruz bitter darüber, welche Katastrophe uns heimgesucht habe und wie es zur Dezimierung der Ware gekommen sei. Da alles, wirklich alles zum Stückpreis berechnet wurde, brüllte Aruz mindestens eine halbe Stunde nashornmäßig herum, presste sich dann eine halbe Drohung ab, weil er wusste, dass er keinen besseren Fuhrunternehmer als Vater finden würde, und legte schließlich einfach auf.

Irgendwann begann er sogar als vorbeugende Maßnahme, den Flüchtlingen eine Nummer auf die rechte Ferse tätowieren zu lassen und ein Foto-Archiv anzulegen. Fehlte einer, sagte er gleich: »Nenn mir die Nummer, welcher ist es?« Diese Tätowierungsgeschichte machte ihm so viel Spaß, dass er eines Tages Vater anrief und sagte: »Hol die Nummer 12! Guck auf seinem rechten Arm nach!« Als nach der Ferse auch der Arm freilag, war der Schriftzug *Washamwareingeklotzt!* zu lesen, und Aruz lachte wie ein frisch geborener Elefant. Was haben wir reingeklotzt hieß natürlich Aruz' Fußballverein und Was haben wir eingesteckt Vaters. Die Person, die Aruz für die Botschaft als Papyrus benutzt hatte, war ein Usbeke Mitte zwanzig. Ich weiß nicht, warum, doch er stimmte in das Gelächter ein. Möglicherweise war er verrückt. Meines Erachtens waren sie eigentlich alle verrückt. All die Usbeken, Afghanen, Turkmenen, Malier, Kirgisen, Indonesier, Burmesen, Pakistaner, Iraner, Malaysier, Syrer, Armenier, Aserbaidschaner, Kurden, Kasachen, Türken, alle, wie sie da waren … Denn nur Verrückte konnten all das ertragen. Mit all das meine ich in gewisser Hinsicht uns: Aruz, Vater, die Brüder Harmin und Dordor, die Kapitäne der Boote, die die Flüchtlinge nach Griechenland übersetzten, die Bewaffneten, deren Verbrechensquote mit den Gezeiten stieg und fiel, und all die Psychopathen, deren Namen ich nicht kannte, die aufgereiht standen an einem zehntausende Kilometer langen Weg und die Menschen der Welt von Hand zu Hand an die Welt weiterreichten … Vor allem die Brüder Harmin und Dordor. Niemals würde ich wunderlichere Männer zu sehen bekommen, und ich mochte sie wirklich. Denn bei ihnen schien das Leben gar nicht zu existieren. Wenn es keine Regeln gab, löste sich auch das Leben allmählich in Luft auf. Nicht Zeit noch Moral, nicht Vater noch Angst blieben. Sie waren brutal genug, um die Minimalzivilisation dort, wo sie sich gerade befanden, umgehend in öde Wüste zu verwandeln, den Sand dieser Wüste zu einem gewaltigen Spiegel zu machen und darauf mit Blut in Lippenrouge Abschiedsbotschaften zu malen. Viele Male hatten sie mich bei der Hand gefasst und mitgenommen zu dem Punkt, an dem die Menschlichkeit endete. Auf der letzten Reise an die Grenze der Humanität aber konnten sie mich leider nicht begleiten.

Ja, Vater war ein gnadenloser Mann, und natürlich war die emotionale Welt von Aruz als Orang-Utan nicht mehr als ein Globus aus Plastik. Die Brüder Harmin und Dordor aber waren anders. Arthur Cravan im Doppelpack! Gemeinsam maßen sie vier Meter und wogen zweihundertfünfzig Kilo. Trotz der Fleischmasse waren ihre Stimmen winzig. Sie flüsterten ständig, und ich musste mich auf die Zehenspitzen stellen, um mitzukriegen, was sie sagten. Dauernd tätowierten sie einander, und ich bemühte mich zu entziffern, was sie stachen. Nach einer Weile begriff ich natürlich, dass sie stets denselben Satz schrieben:

Born to be wild
Raised to be civilized
Dead to be free

Überall stand das, auf ihren Beinen, Armen, Nacken, Füßen, Händen … »Was heißt das?«, fragte ich. »Das sind Namen von Frauen«, sagte Harmin. Dordor sah, dass ich nicht überzeugt war, und erklärte lachend: »Das ist altes Türkisch, Junge, das ist Osmanisch!« Drei Jahre mussten vergehen, bis ich erfuhr, was die Worte bedeuteten. Am Morgen der Nacht, in der vier von Aruz' Männern Dordor mit sechsundsechzig Messerstichen umgebracht hatten, erklärte Harmin es mir. Wieder flüsterte er.

»Wir waren ungefähr so alt wie du jetzt … Da sind wir los und haben auf einem Schiff angeheuert. Wir wollten auf Weltreise. Wie auch immer … Eines Tages rasselte der Anker runter, da waren wir in Australien. Gehen wir an Land, sagten wir. Doch nein! Wir konnten es einfach nicht. Hey, sagten wir, was ist denn los? Es war, als wären wir krank, ein Schwindel, eine Übelkeit! Kaum hieß es, an Land gehen, wurden wir kreidebleich … Es gibt doch diese Meeresangst. Man wird seekrank … Uns hatte die Landangst erwischt … Gibt es eine solche Krankheit, fragten wir. Nein, sagten sie. Bei denen gab es die vielleicht nicht, aber bei uns schon, verflucht! Also sind wir auf See geblieben … So vergingen die Jahre. Eine Weltreise ist das nicht geworden, wie du dir denken kannst. Aber eine Meeresreise! … Na, du hast doch gefragt: Was bedeuten diese Tattoos? Jetzt weißt du's … Die ganze Geschichte, auf Türkisch. Irgendwann, irgendwo lernst du's dann auch noch mal auf Englisch.«

»Wo hast du denn Englisch gelernt?«, hakte ich nach.

»In Belconnen Remand«, sagte er. Er sah, dass ich nicht verstand, und ergänzte: »Im Knast … in Australien.«

»Ich dachte, ihr seid nie an Land gegangen?«, rutschte es mir heraus.

»Sind wir auch nicht«, warf er mir hin. »Wir blieben darunter.«

Ich verstand kein Wort. Glaubte, er nehme mich wieder einmal auf den Arm. Damals merkte ich es noch nicht. Was auch immer diese Krankheit sein mochte, er steckte mich damit an. Dort auf den Stufen vor der Tür zum Leichenschauhaus, in dem Dordor lag … Dann ging er natürlich los, um Aruz zu erschießen. Vergebens. Er war es, der dabei umkam … Und ich lernte Englisch. Ich wusste nun, dass beide frei gewesen waren. Nicht auf der Welt, auf der sie nicht hatten an Land gehen können, vielleicht aber darunter …

Ich war zwölf und dank der Nah-Mittel-Fernasiaten, die regelmäßig in mein Leben traten, hatte sich mein geographisches Wissen erweitert wie bei einem Zigeuner. In der Schule stellte der Lehrer mich als Vorbild hin und sagte: »So soll es sein! Seht euch euren Mitschüler Gazâ an, in seiner Freizeit studiert er die Weltkarte. Es wäre gar nicht schlecht, wenn auch ihr ein Fünkchen Interesse dafür aufbringen könntet. Die Welt besteht nicht aus dem Flecken, auf dem ihr lebt, Kinder!« Alle außer Ender, der neben mir saß, starrten mich an, als würden sie mich am liebsten auffressen, und der Wutgeruch, den sie ausströmten, erfüllte den Klassenraum so drückend, dass man das Fenster aufreißen musste. Sie hassten mich wirklich. Da war ich mir sicher. Sie hätten mich gern verprügelt. Aber sie waren sich nicht sicher, ob sie das geschafft hätten. Denn ihnen waren ein paar unappetitliche Einzelheiten zu Ohren gekommen. Über mich und mein Leben und meine nähere und weitere Umgebung. Diese auf und ab schwingenden brutalen Neigungen von ihnen, in deren Zielpunkt ich im Schneidersitz hockte, währten nicht lange. Denn eines Tages holten Harmin und Dordor mich von der Schule ab und spielten sich vier Meter hoch auf. So knickte der mich umgebende Kinderhass ein und verwandelte sich in absolutes Schweigen. Nur Ender redete weiter. Nur er erzählte mir etwas und stellte mir Fragen, auf die er keine

Antwort erhalten würde, und lachte vor sich hin. Sein Vater war bei der Gendarmerie. Feldwebel. Ich kannte ihn. Onkel Yadigâr. Kam er nach Schulschluss vorbei, zog er Schokolade aus der Tasche, reichte sie Ender und forderte ihn auf: »Du sollst teilen, mein Sohn, gib Gazâ etwas davon ab!« Hatte ich mir mein Stück in den Mund geschoben und kaute, fuhr er fort: »Komm doch mit zu uns, hör mal, Tante Salime hat Köfte gemacht.« Ich schüttelte ein-, zweimal den Kopf und machte mich aus dem Staub. Natürlich wusste er, dass ich Ahads Sohn war, doch er hatte keinen Schimmer, was für ein Scheißkerl Ahad war. Vielleicht lud er mich deshalb ständig nach Hause ein. Um mir als Gegenleistung für die Köfte Informationen aus dem Mund zu ziehen. Ich aber hatte keine Mutter, und Köfte konnte ich selber machen. Schon seit zwei Jahren …

Feldwebel Onkel Yadigâr, der Held! Das war er tatsächlich. Bei dem Waldbrand vor zwei Sommern hatte er drei vom Feuer eingeschlossene Kinder auf seinen Armen gerettet, die rechte Wange war ihm dabei verbrannt, anschließend hatte er eine Auszeichnung erhalten. Einmal hatte Ender sich den Orden angesteckt und war damit zur Schule gekommen, und die anderen Kinder, deren Väter Ölbauern, Krämer, Schneider, Gastwirte, Metzger, Wachmänner, Gefängniswärter, Essig-, Möbel-, Schreibwarenhändler oder tot waren, nagten so lange an dem Neid auf ihren Lippen, bis er abging, sammelten ihn an der Zungenspitze und spien ihn auf den Boden. Ender, den sie mieden, weil er mit mir sprach, schlossen sie noch weiter aus, was bedeutete, er war sogar aus dem Draußen raus; in der Klasse von siebenundvierzig Kindern ließen sie den Sohn des Menschenhändlers und den Sohn des Gendarmen außen vor. Enders Wachstum hatte sich derart verlangsamt, dass er sich der Vorgänge gar nicht bewusst wurde und weiter vor sich hin lachte. Ich dagegen war mir sicher, dass nicht mein Gesicht pickelig wurde, sondern mein Gemüt. Denn die Illegalen drehten mir, wenn auch nur ganz allmählich, den Magen um.

Sie fielen beim kleinsten Geräusch unbekannter Herkunft einander in die Arme und stießen winzige Schreie aus, bloß ihre Pupillen vibrierten, als litten sie unter einer mysteriösen Spielart der Parkinson-Krankheit, sie zuckten ununterbrochen, um mit ihren gebrochenen Nasen, die wirkten wie in Wasser getauchte Stifte, den nächsten Augenblick zu erschnuppern, sie redeten unablässig, wussten aber nichts anderes, als »Mehr!« zu sagen, sie steckten in sieben Lagen Stoff, die zunächst von Schweiß gelb wurden und anschließend schwarz vom Ruß, und aus diesen Textilgruften reckten sie die Köpfe nur hervor, um etwas zu fordern. Je länger ich diese Menschen sah, desto häufiger schrie ich: »Verpisst euch endlich!« Und zwar ihnen ins Gesicht. Sie verstanden es ohnehin nicht. Wer doch etwas verstand, saß da und schlug das Kinn auf die Brust nieder.

Als Ender fragte: »Was machst du am Wochenende?«, konnte ich ja schlecht antworten: »Ich schleuse Leute, verdammt!« Sagte ich aber: »Ich helfe meinem Vater«, zählte er alles auf, wohin auch ich gern gegangen wäre: das Kino in der Stadt, die Kirmes im Nachbarstädtchen, den Spielsalon im Einkaufszentrum in der City, eines der beiden Internetcafés bei uns in der Kleinstadt … und fügte hinzu: »Wär schön, wenn du mitkommst!« Ender hatte ja nichts zu tun! Sein einziger Job bestand darin, Hausaufgaben zu machen, die Köfte seiner Mutter zu verspeisen und vielleicht noch zum Korankurs zu gehen. Ich dagegen schuftete wie ein Hund! Ich sammelte die Tüten, in die die Illegalen kackten, und vergrub Scheiße hinter dem Lager; da ein Großeinkauf Aufmerksamkeit erregt hätte, besorgte ich in den verschiedenen Läden im Städtchen jeweils zwei Flaschen Wasser und drei Laib Brot, ich leerte die Kanister aus, in die sie pissten, ich hastete von Apotheke zu Apotheke, weil sie ständig krank wurden, und stand keinen Moment still. Nur weil ein paar Leute Lust hatten, von einem Land ins andere zu wandern, rackerte ich mich zu Tode! Selbst *Robinson Crusoe* gab ich Ender ungelesen zurück, weil ich keine Zeit dafür gefunden hatte. Es hatte mich eigentlich nur interessiert, weil er kurz darüber gesagt hatte: »Da ist so ein Sklavenhändler, den verschlägt's auf eine einsame Insel …« Als ich das hörte, wäre ich am liebsten sofort selber auf eine einsame Insel verschlagen worden. Auch ich war ja eine Art Sklavenhändler, und beides hing mir zum Halse heraus: die Sklaven und der Handel mit ihnen! Mein einziger Wunsch war, von meinem Vater wie ein normaler Junge wegen schlechter Noten im Zeugnis getadelt zu werden und nicht, weil ich vergessen hatte, die Lüftung einzuschalten, die wir gerade erst im Lkw hatten einbauen lassen. Das war etwas anderes, als das Licht brennen zu lassen, wenn man aus dem Haus ging. Weil ich die Lüftung nicht eingeschaltet hatte, erstickte ein Afghane. Er war sechsundzwanzig Jahre alt gewesen und hatte mir einen Frosch aus Papier gebastelt. Einen Frosch, der hüpfte, wenn ich ihn mit dem Finger antippte. Er hieß Cuma: Freitag. Nicht der Frosch, der Afghane. Jahre später erfuhr ich, dass auch dieser Robinson einen Freitag an seiner Seite hatte. Da er aber ein Romanheld war, galt er nicht als Cuma. Denn weder konnte er im Kasten eines Lkw tot aufgefunden werden noch einem Jungen, der ihn wie eine Schlange behandelte, einen Papierfrosch schenken! Hätten Robinson und Freitag tatsächlich gelebt, wäre ihnen unser Leben wie ein Roman vorgekommen. Genau da lag das Problem. Jedem kam das Leben anderer wie ein Roman vor. Dabei war auch das nur Leben. Beim Erzählen wurde kein Roman daraus. Bestenfalls ein Obduktionsbericht, mit einem Thema… Die Bibliotheken strotzten vor ihnen: vor Obduktionsberichten mit Thema. Ob mit oder ohne Einband, sie alle erzählten die Geschichten verblassender Haut. Der Mensch bestand ja ohnehin nur aus Haut und Knochen. Am Ende würde er faltig werden oder unterwegs zerbrechen. Oder wie Rodins denkender Stein würde er zum Sterben ein Afghane namens Cuma sein. Ein Freitag, der an einem Sonntag starb…

Ich fühlte mich so entsetzlich, dass ich endlich doch zu Ender Köfte essen ging. Es nützte aber nichts. Ich fühlte mich nur noch grässlicher, als ich da am Tisch saß und die Familie beäugte. Dabei schmeckten die Köfte lecker. Hätte ich eine Mutter gehabt, wäre sie sicher genau wie Tante Salime. Hätte »magst du noch mehr?« gefragt und »noch ein bisschen mehr!« gesagt. Möglicherweise hätte ich »mehr« dann nicht so gehasst. Als ich, wohl aus Gewohnheit, aufstand, um die Köfte in der Pfanne zu wenden, hätte meine Salime-gleiche Mutter auch gesagt: »Lass mal, das ist keine Arbeit für Kinder.« Und ich wäre wie ein Kind sitzen geblieben und hätte abgewartet, das spritzende Öl hätte mir nicht die Hände verbrannt, zwischen meinen Fingern hätten sich später keine Blasen gebildet. Wie jedes Mal…

»Es gibt noch Eis«, sagten sie, doch ich blieb nicht länger. Ich ging. Yadigâr hatte keine Fragen gestellt. Nicht nach der Gesundheit meines Vaters und nicht nach seinem Job. Als wüsste er alles, sagte er nur: »Iss! Du hast es nötig.« Eigentlich hatte er recht. Wir steckten alle in der Wachstumsphase. Ganz egal, wie alt wir waren, alle. Die ganze Welt. Wir wanden uns durch die Wachstumsphase hindurch. Mit Schwindel im Kopf... Darum aßen wir und mussten essen. Uns gegenseitig und alles andere. Wir hatten es nötig. Um möglichst schnell zu wachsen. Zu wachsen und zu verrecken und anderen Platz zu machen. Damit ein neues Zeitalter begänne. Das möglichst wenig mit dem jetzigen zu tun hätte... Denn uns war klar geworden, dass aus uns nichts werden würde. So blöd waren wir nun auch nicht. So blöd nicht.

Ich war zu Hause. Vater war zum Gewerbegebiet in der Stadt gefahren, um die Balata-Riemen erneuern zu lassen, und würde vor dem Abend nicht zurück sein. Gerade dachte ich, Alleinsein ist herrlich, und wenn ich groß bin, will ich unbedingt allein sein – da klingelte das Telefon. Die Zahlen auf dem kleinen blauen Display verrieten mir, dass Aruz anrief. Ich kannte seine Nummer auswendig. Ich mochte nicht rangehen. Er ließ es sowieso nie länger als drei Mal klingeln, dann legte er genervt auf. Doch das Telefon verstummte nicht. Vier, fünf, sechs … Wir waren nicht zu Hause! Warum legte er nicht auf und rief Vater über das Handy an?

Oder hatte er Vater schon angerufen, aber nicht erreicht, und versuchte es jetzt zu Hause? Doch Vater legte das Handy nie aus der Hand. Und ging beim ersten Läuten ran. Oder war ihm etwas passiert? Hatte die Polizei meinen Vater erwischt? Oder die Gendarmerie?

»Hallo, Onkel Aruz?«
»Ich bin's, Felat!«

Die Sorge hatte mich taub gemacht.

»Was?«
»Gazâ, ich bin Felat!«

Aruz' Sohn Felat. Wir waren gleichaltrig, doch irgendwie war er älter als ich.

»Felat? Alles okay?«
»Ja, ja. Was machst du?«
»Egal, red du! Wo warst du, was ist passiert?«
»Keine Ahnung, erst hat Papa mich verdroschen, dann zu meinem Onkel geschickt. Die haben mich in ein Zimmer gesperrt. Da saß ich dann …«

Als die Nachricht kam, dass sie in das Dorf, das vor Jahren vom Staat entvölkert worden war, nun wiederum auf

Staatsbeschluss zurückkehren könnten, hielt Aruz mit den Ältesten der 260 Menschen unter seiner Führung eine Familienversammlung ab, um über die Sache zu palavern. Da hatten ein paar Verrückte unter Führung Felats, der kein Teil dieser Remigration werden und die Stadt, in der er lebte, auf keinen Fall verlassen wollte, die Häuser der Urgroßväter auf der Alm in Brand gesteckt. Da diese zündelnden Fantasten, der jüngste neun, der älteste vierzehn, nicht so *geordnet* vorgehen konnten wie jene, die damals ähnliche Dörfer mit äußerster Sorgfalt niedergebrannt hatten, als richteten sie sich nach einer »Dorf-Abbrenn-Verordnung«, war das Feuer außer Kontrolle geraten, und noch vor dem Abend waren die Täter gefasst. Die Gendarmerie hatte sogar zum Selbstschutz ein Protokoll aufgesetzt, in dem es hieß, der Vorfall stehe in keinerlei Zusammenhang mit irgendeinem offiziellen oder inoffiziellen staatlichen Organ, es von Aruz unterzeichnen lassen und eine Ausnahme in der verräucherten Geschichte der Region des Feuers statuiert. Seit vier Monaten hatte Felat sich nicht gemeldet. Und nun sprach er von Flucht.

»Ich hau ab, Mann! Ich verpiss mich!«
»Du bist doch erst im letzten Jahr abgehauen! Und wohin soll's jetzt gehen?«

Ich erinnerte mich genau. Es war ein Feiertag. Vater drängte mal wieder: »Ruf deinen Onkel Aruz an und gratuliere ihm zum Fest!« Notgedrungen hatte ich angerufen. Ich ließ es ein paarmal klingeln, aber niemand nahm ab. »Die sind nicht da, Vater, da geht keiner ran«, wollte ich gerade sagen, als eine Kinderstimme erklang. »Bruder?«, fragte sie. »Bist du das?«
»Ich bin Gazâ«, sagte ich. Als ich fragte: »Wer bist du denn?«, wurde aufgelegt.

»Das war Felat … der kleine Sohn von Aruz. Na, dann rufst du eben morgen an«, sagte Vater und ging raus. Zur Moschee.

»Keine Ahnung, Alter, kann ich nicht zu euch rüberkommen?«

»Was willst du denn hier bei uns, Mann?«

»Und wenn ich nach Istanbul abhaue? Da hab ich Neffen. Aber die sind auch bekloppt.«

Am selben Abend, eine halbe Stunde später, hatte Felat angerufen und als Erstes gefragt: »Ist mein Bruder da?«

»Nein«, sagte ich. »Wer soll denn dein Bruder sein?«

»Ahlat …«

»Nein, so einer ist hier nicht.«

Dann hatten wir geschwiegen.

»Du bist Felat, stimmt's? Onkel Aruz' Sohn.«

»Ja. Und wer bist du?«

»Hab ich doch gesagt: Gazâ … Dein Vater macht mit meinem Geschäfte. Den hatte ich angerufen, weil doch Feiertag ist.«

»Ist dein Vater da?«
»Nein, er ist raus.«
Er brach in Tränen aus. Als wäre er zusammengeklappt.
»Felat? Was hast du?«
»Ich bin von zu Hause weg …«
Schniefer durchzogen seine Worte, ich verstand ihn nicht richtig.
»Was?«
»Ich bin abgehauen!«
Ein Erwachsener hätte jetzt gefragt, wo bist du gerade, aber ich war nicht erwachsen.
»Wieso denn?«
»Was weiß ich, bin eben durchgebrannt …«
»Und was willst du jetzt tun?«
»Ich verkauf das Handy … Dann geh ich einfach irgendwohin …«
Nun begriff ich, was seines Vaters Handy bei Felat verloren hatte. Um das Fahrgeld für einen Weg ins Ungewisse herbeizuschaffen, hatte es einen neuen Besitzer gesucht.

»Diesmal bringt er dich garantiert um, Mann, dein Vater!«
»Ich bin schon tot, verdammte Scheiße!«

Das sagte ein Junge von dreizehn Jahren …

»Spinn nicht rum. Was heißt hier tot?«

Zwei Tage danach hatte Felat, der vor einem Jahr nach dem Telefonat sein feuchtes Gesicht an Mauern trocken gerieben hatte und heimgekehrt war, weil er wusste, dass er in der nächtlichen Dunkelheit keine Chance hätte, erneut angerufen, nun über das Festnetz, und wir hatten weitergeredet.

»Komm, lass uns abhauen, Gazâ! Komm schon, gehen wir gemeinsam!«
»Und wohin?«
»Keine Ahnung, Alter, gehen wir einfach irgendwohin …«
»Ach, Mann … Vielleicht später … In ein paar Jahren zum Beispiel … Lass uns erst mal die Schule beenden.«

Wir, zwei Jungen, die nie Tagebuch geführt hatten, begannen, auch wenn wir einander nicht genau zuhörten, zu erzählen. Das, was wir sonst niemandem erzählen konnten … Dass mein Vater auf Aruz' Telefon unter dem Namen Ahlat gespeichert war, hatte ich gleich beim zweiten Telefonat erfahren.

Eine kurze Recherche von Felat brachte auch zutage, dass Aruz die Personen, mit denen er über illegale Geschäfte sprach, unter den Namen verstorbener Verwandter speicherte. Er betrachtete das als eine Sicherheitsmaßnahme. Mit seinem ältesten Sohn Ahlat verhielt es sich aber ein wenig anders.

Für den war kein Totengebet gesprochen worden, noch hatte er ein Grab. In einer Zeit und Gegend, wo Menschen morgens gesehen wurden und mittags verschwanden, war er verschollen, als hätte es ihn nie gegeben. So hatte er sich in eine Zahl der Statistik verwandelt und in der Antiterrorkampf-

Geschichte des Landes seinen Platz im Kontingent der Verschwundenen eingenommen. Es bestand kein Zweifel daran, dass Ahlat umgebracht worden war, doch Felat mochte sich damit nicht abfinden. Deshalb war er erstarrt, als er in der Nacht, da er von zu Hause fortlief, auf dem Display des klingelnden Telefons den Namen seines großen Bruders las, den er seit Jahren für verschwunden hielt. Als einziger Mensch, der den Glauben daran, dass Ahlat noch lebte, nicht aufgegeben hatte, sah er für Sekunden sogar folgendes Fantasiegespinst: Damit dem Bruder, der in der Vergangenheit viele Male festgenommen und gefoltert worden war, nicht noch Schlimmeres zustieße, hatte Vater Aruz ihn in die Ferne geschickt und der Familie gesagt: »Er ist tot!« Vater und Sohn kommunizierten aber natürlich weiter miteinander, wenn auch nur per Telefon.

Hier war der Beweis: Er rief an! So hatte Felat das Gespräch in der Hoffnung angenommen, eine geheiligte Stimme zu hören. Als er sie nicht zu hören bekam, gab er die giftige Hoffnung noch immer nicht auf, sondern versuchte es eine halbe Stunde später erneut. Bedauerlicherweise hatte er mit mir vorliebnehmen müssen … Ich hasste diese Naturkatastrophe namens Hoffnung, die die verzweifeltsten Kinder dieser Welt veranlasste, allergrößte Träume zu hegen!

»Gazâ, weißt du was?«
»Was denn?«
»Papa schickt mich in die Berge.«
»Was meinst du mit Berge?«
»Na, die Berge eben! Zur Guerilla! Die stoßen dich schon zurecht, hat er gesagt.«
»Ach was!«
»Mann, ich will da nicht hin, Alter … Was soll ich denn da, Alter?«

Darauf gab es keine Antwort. Überhaupt gar keine!

»Gazâ?«

»Was ist?«

»Alter, hör mal, wenn ich Guerilla werde … Was, wenn du dann plötzlich vor mir stehst?«

»Wie meinst du das?«

»Alter, geh bloß nicht zum Militär!«

»Militär? Das ist noch so lange hin!«

»Geh trotzdem nicht hin …«

»Du spinnst ja, wie sollen wir uns in diesem Riesenland denn finden?«

»Sag das nicht … Hör mal, schick mir ein Foto von dir.«

Es war die Zeit, als Mobiltelefone nur zum Telefonieren und vielleicht noch zum Nachrichtenaustausch zu gebrauchen waren. Man wusste noch nicht, was man mit dem Internet anfangen sollte, für das es stündlich zu zahlen galt, und die Kameras waren so sperrig, dass man sie wohl kaum auf einen Computer montieren konnte. Felat und ich bekamen unsere Gesichter niemals zu sehen.

»Ich hab kein Foto von mir, Mann.«

Ich hatte tatsächlich keins. Das einzige Foto im Haus war das meiner Mutter.

»Was? Von mir gibt's viele, aber alle von der Tankstelle …«

Aruz' einzige legale Beschäftigung: die Tankstelle …

»Felat, komm runter, Mann! Warte mal, vielleicht sagt dein Vater das ja nur, um dich zu erschrecken. Vielleicht schickt er dich gar nicht hin …«

Ich glaubte selbst nicht an das, was ich da sagte. Auch Felat überhörte es und grübelte weiter, wie wir das Problem gelöst bekämen.

»Alter, woran soll ich dich erkennen in den Bergen? Wie erkenne ich dich nur? Ah, ich hab's! Eine Parole! Erfinden wir eine Parole!«

Er erfand tatsächlich eine. Er erfand ständig irgendetwas. Er war ein Erfinder. Noch in den schlimmsten Situationen fand er immer ein Loch, das nach einem Ausweg aussah, manchmal etwas Dummes wie bei dem Plan, das Dorf niederzubrennen, und schlüpfte hindurch. Oder versuchte es zumindest. Ich kam nicht umhin, mich einverstanden zu erklären. Eigentlich fühlte es sich gut an, einen Freund zu haben, der sich derart davor fürchtete, mich eines fernen Tages möglicherweise zu töten.

»Gut. Welche?«

»Keine Ahnung, sag du's.«

»Da war doch dieses Mädchen, weißt du, die, die mich mag … Blümchen heißt sie.«

Ein solches Mädchen hatte er nie erwähnt. Ich hatte nie davon gehört. Es war aber nicht der rechte Zeitpunkt, ihn zur Rede zu stellen.

»Und?«

»Ich werd Blümchen sagen. Und du …«

Ich weiß bis heute nicht, warum ich das sagte.

»Ich sag Freitag.«

Ich weiß es wirklich nicht.

»Freitag? Wieso Freitag?«

Konnte das der Grund sein?

»Heute ist doch Freitag!«

Ich glaube kaum.

»Na gut, in Ordnung, vergiss es aber nicht … Ich sag Blümchen, du sagst Freitag. Dann wissen wir sofort, wer wir sind, und erschießen uns nicht … Okay?«
»Okay!«
»Papa kommt, ich leg auf!«

Sagte er und verschwand aus meiner Welt. Mit dem Ende dieses Telefongesprächs riss, zernagt von den faulen Zähnen des Lebens, auch der seidene Faden zwischen uns. Mit Felat sprach ich nie wieder, und zum Militär ging ich ebenso wenig … Nur ab und an brüllte ich »Freitag!« in die Menge. Es hätte ja jemand darunter sein können, der »Blümchen!« antwortete. Das geschah nie. Niemand antwortete auf meine Parole. Nur einmal las ich folgende Meldung in der Zeitung:

In Stockholm wurde ein junger Schwede kurdischer Herkunft von Familienangehörigen wegen seiner Homosexualität ermordet …

Da, wenn auch selten, in einer Reihe von Gegenden dieser Welt der Mensch wertvoller war als das, was ihm zustieß, waren keine Einzelheiten aus dem Sexualleben des Getöteten ausgebreitet worden, und es standen keine Angaben zu seiner Person dabei. Bis hierhin hatte die Meldung nichts Außergewöhnliches an sich. Einen Schwulen zu töten galt in manchen Familien nun einmal als Traditionssport. Außergewöhnlich aber war Folgendes:

Im Testament des Opfers fand sich gleich unter dem Wunsch, verbrannt zu werden, ein Absatz, in dem er für den Fall einer Ermordung durch Verwandte oder durch von Verwandten angestiftete Personen die Bitte äußerte, mit seinem Partner, den er namentlich nannte, verheiratet zu werden.

In Schweden war die Heirat homosexueller Paare legal, in keinem Land aber hatten Verstorbene das Recht auf Eheschließung. Deshalb brachte der im Testament genannte Partner die Sache unverzüglich vor Gericht, um die Heirat zu ermöglichen. Damit begann ein Prozess, in dem es um Themen wie Tod, Mensch, Romantik, Sinn und Tragödie des Lebens gehen würde, also einer der shakespearischsten Prozesse der Weltgeschichte.

Die Träger einer Moral, die sie aus Feigheit nicht aufhören konnten, mit sich herumzuschleppen, brannten darauf, sie in den letzten Winkel der Welt hinein durchzusetzen, damit auch alle anderen ebenso gedemütigt würden wie sie selbst, und bildeten binnen kürzester Frist ihre Front. Münder und Zungen machten sie zu Megafonen und brüllten, nicht nur tote, auch lebende Homosexuelle dürften niemals heiraten. Mittendrin waren vor allem auch die über drei Kontinente verstreuten namenlosen Verwandten des Ermordeten. Sie hatten geglaubt, eine leidenschaftliche Liebe durch Mord stoppen zu können, und nun versetzte sie der Tritt, den ihnen das Opfer im Abgang noch untergejubelt hatte, derart in Rage, dass auf den Bürgersteigen aller Welt schwedische Fahnen brannten. Als der Geifer bis auf den Boden und das Schmähgeschrei bis in den Himmel reichte, wurde unerwartet eines Morgens das erwartete Urteil verkündet.

Es war nichts gefunden worden, das der Eheschließung eines homosexuellen Paares, dessen einer Partner lebendig, der andere tot war, entgegenstünde. Kurz gefasst lautete das mit mindestens einem halben Kilo ethischer Begriffe gespickte und in eine endlos lange Begründung gehüllte Urteil wie folgt:

Solange es nicht mit einem vom Gesetz her verbotenen Wesen (ein Tier oder ein Kind u. Ä.) geschähe, solange dritte Personen nicht geschädigt würden (Fälle wie nicht beendete Ehe vor dem Tod u. Ä.) und so weit der Wille der Parteien dokumentiert sei, durfte jeder heiraten, wen er wollte. Ob tot oder lebendig.

Dieses beispiellose Urteil des Stockholmer Regionalgerichts wurde zur Inspirationsquelle für alle Homosexuellen, die von ihren Familien bedroht wurden und in der Mehrheit Migranten waren. Jeder ließ unverzüglich ein aus einem einzigen Absatz bestehendes Testament erstellen. Diese Praxis schoss schnell wie ein neuer Impfstoff gegen eine tödliche Krankheit über die schwedischen Grenzen hinaus und verbreitete sich allerorten. Für Homosexuelle, die, um unbehelligt leben zu können, sich in sämtliche Wüsten auf der Landkarte und in die tiefsten Winkel zurückzuziehen versuchten, gab es plötzlich potenzielle Ehepartner in Schweden. Für den Fall, dass irgendwo auf der Welt jemand aufgrund seiner Homosexualität umgebracht wurde, erstellte man in Schweden Listen mit Freiwilligen, die sie ehelichen würden. So kam es, dass Homosexuelle aus aller Herren Länder, die sich bedroht fühlten, den Namen des Schweden, der ihnen von der Freiwilligenliste zufiel, auf das Formular *Postmortaler Eheantrag* setzten und an die Stiftung in Stockholm schickten. Der Name dieser frisch aus der Taufe gehobenen Einrichtung lautete: *Einer mehr!* Allein dieser Name brachte alles auf den Punkt. Und zwar schreiend.

»Du hast einen Verwandten umgebracht, nur weil er schwul war – aber nun hast du einen schwulen Verwandten mehr! Willst du auch den umbringen? Dann kriegst du noch einen mehr! Und noch einen mehr und noch einen mehr und…«

Selbstverständlich war das eine symbolische Reaktion. Doch waren nicht alle Hassverbrechen auf der Welt symbolisch begründet? Wofür auch immer die Opfer in den Augen ihrer Mörder standen, war das nicht der Grund dafür, dass sie attackiert wurden? Hassverbrechen waren keine *persönliche Angelegenheit.* Sondern objektive Gewalt. Um das Opfer zu hassen, musste man keine Zeit damit verlieren, es persönlich kennenzulernen. Es genügte, einige Dosen des in der Luft liegenden allgemeinen Hasses geschnuppert zu haben. Dementsprechend gab es auch kaum einen Unterschied zu all den Kriegen, die gestern und heute auf dem Rücken von Symbolen geführt wurden und die morgen noch anstanden. Würden aber diese Symbole einmal vom Tisch gefegt und fielen weg, dann bliebe nur ein Landkarten-Konflikt im Kontext von Ressourcenverteilung übrig. Im Grunde waren alle Kriege dieser Welt Bürgerkriege. Doch Demokratie und Freiheit und Religionen und Konfessionen und Flaggen und alle erdenkbaren symbolischen Begriffe wehten so schön am Himmel, dass es einfach unmöglich war, nicht hypnotisiert zu werden und ihnen nachzulaufen. In den Gassenwinkeln, unten in den Schützengräben, in finsterer Nacht und überall, wo Gewalt regierte, war alles symbolisch. Bis auf das vergossene Blut. Im Grunde war wahrscheinlich selbst das symbolisch… Lieh es doch Fahnen seine Farbe… Die mit Symbolen besudelte Welt war eine in Gold getauchte Scheiß*allianz.* Blätterten all die Symbole ab, käme zutage, um was für einen Schmu es sich hier handelte. Denn stets war Schmu dabei. So auch in Schweden…

Ein paar Monate darauf wurde die ganze große internationale Gegenbewegung von einer Nachricht wie mit dem Messer abgeschnitten. Eine Nachricht gleich einem rostigen Messer. Es kam heraus, dass die unsichtbare Organisation *Samtmafia*, bestehend aus Schwulen, die politisch und ökonomisch so mächtig waren wie die Götter der Mythen, das Stockholmer Regionalgericht bedroht und bestochen hatte, damit es das berühmte Urteil fälle. Wieder hatte sich der Hochmut eingestellt, dessen Machtgier unersättlich war und der fürchtete, schwindsüchtig zu werden, wenn er nicht über alles, wirklich alles herrschte. Um eine Suppe zu retten, hatte er tausend andere versalzen. Nun wurden innerhalb kürzester Zeit die Ehen zwischen Toten und Lebenden per Gesetz annulliert. Eine aber blieb bestehen: *symbolisch* ...

Der Verfasser jenes ersten Testaments, der all das ins Rollen gebracht hatte, rächte sich schlussendlich an seinem Mörder, der mittlerweile im Gefängnis saß, und all den Menschen, die ihn zeitlebens gehasst hatten, und schloss in einer Vase aus Rosenthal-Porzellan und vor Dutzenden von Kameras in einer pompösen Zeremonie die Ehe mit seinem Partner. Erst da erfuhr die Welt seinen Namen. Besser gesagt, seinen Spitznamen: *Blomma*. Das hieß auf Schwedisch Blume. Blümchen ... War das Felat?

Oder war er einer der Leichname, die zurückblieben von den organisationsinternen Liquidierungsfestivals der PKK und die, auch wenn man sie noch so tief in Tälern verscharrt hatte, jedes Jahr im Frühling von wilden Tieren ans Tageslicht befördert wurden? Falls es Felat war: Hatte er mich dann in seiner *Selbstkritik* erwähnt, die er in einer letzten Hoffnung, am Leben zu bleiben, eingereicht hatte, bevor sie gemäß dem Glauben *Bürokratie kommt vor dem Staat* abgeheftet und im Archiv der Organisation abgelegt wurde? Womöglich war er in der Aussteigerinstitution zum ehrenamtlichen Berater avanciert und zu einem der Scheck-Eintreiber in Istanbul geworden … Oder hatte er sich umgebracht? Oder war längst in einen entfernten Winkel dieser Welt geflohen und meditierte an einem himmelfarbenen Meer? Ich glaube kaum. Wenn ich von diesem Übel namens Leben etwas verstand, dann saß er auf dem Sessel seines Vaters und hielt Aruz' Telefon in der Hand. So einfach war das. Der neue Aruz war nun Felat, und er erinnerte sich weder an unsere Parole noch an mich. Nur ich lebte noch in der Vergangenheit. Sonst niemand. In jenem Museum des Grauens, das tunlichst kein Lebewesen betrat, war ich allein. Im Grauen gefangen … Denn auch ich war zu meinem Vater geworden! War ein Ahad geworden! Schlimmer noch als er.

Andererseits … *Blomma.* Bedeutete das nicht Blume? Blümchen … Freitag, also! Felat! Freitag! Für alle Fälle: Freitag! Trotz allem: Freitag! Ich bin Gazâ, Felat! Bring mich nicht um! Freitag!

Sägemehl dreht mir den Magen um. Sehe ich irgendwo Sägemehl auf dem Boden, weiß ich, da war ein Leben, das Schmutz hinterließ. Sägemehl lag in dem Schuppen, wo an drei Tagen und zwei Nächten in der Woche Hahnenkämpfe abgehalten wurden, ebenso in jener Bruchbude von Kneipe, wo man sich im Fastenmonat unter den Rollläden hindurchzwängte, dort lernte ich, zwei Kurze zu kippen und das Gesicht zu verziehen. Auch in der Zelle jener Wache lag Sägemehl, die sieben Tage die Woche rund um die Uhr geöffnet war und in der ich zwei Nächte verbrachte, ohne ein Auge zu schließen.

Das Städtchen, in dem wir uns über Wasser zu halten versuchten, hieß Kandalı. Die Zeiten, da es Kandağlı hieß, Am Kanberg, hatte ich verpasst. Auch hatte das g nicht auf mich gewartet, sondern sich in die Geschichte verabschiedet. Kandalı war ein Städtchen, das mitten auf dem Kanberg hockte, der mehr einem Kanapee glich als einem Berg, weswegen hier auch kein Wind vorbeikam, solange er sich nicht verirrte. Das Städtchen wurde beharrlich als Kreisstadt bezeichnet, vielleicht, weil man sich schon aus phonetischen Gründen so der Möglichkeit näher fühlte, in einem Landkreis zu leben. Dabei war Kandalı ein Loch von den Ausmaßen eines Städtchens, wo die Luftfeuchtigkeit, die sich in einen gläsernen Vorhang verwandelt hatte, den wir mit den

Händen beiseiteschoben, um hindurchzuschlüpfen, nicht mit dem Barometer, sondern auf der Waage gewogen wurde. Ein Blumentopf, der nichts als seinen Inhalt zu beherbergen imstande war. Alles, was darüber hinauswucherte, verdorrte und starb ab. Ein Flecken, an dem man hauptsächlich Oliven verspeiste und Ölbäume pflanzte. Vor dem Rakı wurde ölhaltig gegessen. Und Sägemehl lag überall. Wohin ich auch schaute, überall sah ich Sägemehl, das hingestreut wurde, wo gleich etwas tropfen, auslaufen oder verschüttet werden könnte, damit es sich anschließend leichter auffegen ließ. In den fünf Bussen, den vier Kaffeehäusern, den Gassen, deren Anzahl niemanden interessierte, und auf der einzigen Straße des Städtchens lag Sägemehl. In den Häusern und Geschäften, unter den Fußsohlen, in den Kniekehlen der Kinder und überall war Sägemehl. Als wäre es vom Himmel gerieselt, lag in ganz Kandalı Sägemehl. Als wäre es auf uns herabgeregnet, damit keine Spur und kein Fleck von uns bliebe. Damit von Kandalı und uns rein gar nichts bliebe … Naturgemäß lag es auch auf der Ladefläche unseres Lastwagens. Ich streute es darauf, ich fegte es weg. Das tat ich so häufig, dass es mir vorkam, als würde Sägemehl mein ganzes Leben begleiten, wohin ich auch ginge. Vielleicht gehörte es sich so: die ganze Welt mit Sägemehl bestreuen! Dann wäre es überall auf der Welt leichter, das von Messer, Säbel oder Kugel hervorgelockte Gedärm wegzuputzen wie auch das Blut der Mädchen, die ein Knüppel, ein Penis oder drei Finger missbraucht hatten. Denn Sägemehl war magisch! Alles verschwand und verflüchtigte sich mit einem Besenstreich. Das war die einzige Aufgabe des Sägemehls: eine beschissene Vergangenheit aufzusaugen und einer noch weitaus beschisseneren Zukunft den Boden zu bereiten.

Unser trautes Heim lag am Ende des zweihundert Meter langen Feldwegs, der rechts abbog hinter dem Schild am Ausgang unseres Städtchens, auf dessen einer Seite stand: *Herzlich willkommen in Kandalı!*, auf der anderen: *Auf Wiedersehen!* Da Vater es strikt ablehnte, den Weg asphaltieren zu lassen, bogen wir stets in eine Staubwolke gehüllt auf die Straße zum Städtchen ein. Deshalb hatte ich ein Schild gebastelt, *STAUBWEG* daraufgemalt und es an der Einfahrt des Feldwegs in den Boden gerammt. Das Schild kam so gut an, dass selbst der Postbote es in sein Adressbüchlein aufnahm. Daher lautete unsere Adresse: Staubweg, Kandalı. Eine Nummer gab es nicht, denn unser Haus war das einzige. Selbst unsere Adresse hasste ich! Hätte sie gelebt, ich hätte sie umgebracht! Wie auch immer …

Wir besaßen ein Grundstück von anderthalb Hektar. Ein Erbe meiner Mutter von ihrem Vater, der verstorben war, als sie noch ein Kind war. Mein einziger Verwandter außer meinem Vater war insofern dieses Grundstück. Sonst hatten wir niemanden. Ich hatte keine Ahnung, wo die Familie meines Vaters lebte und wie es um sie stand. Vater erwähnte sie nie. Ich wusste nur, dass er von weither gekommen war. Aus Bosnien oder Bulgarien oder Südafrika oder von irgendeinem Ort, der mir am Arsch vorbeiging, war er nach Kandalı gezogen, möglicherweise war er mit seiner Familie zusammen aufgebrochen und hatte sie unterwegs verloren.

Er musste Mutters Aufmerksamkeit erregt haben, weil er dem Durchschnittstypus im Städtchen so gar nicht entsprach. Er war von blassem Teint, seine Augen waren von noch blasserem Blau, und er sah blendend aus wie ein Kater. Ein Bastard zu sein lag in seinen Genen, er hatte nicht lange gebraucht, bis Mutter ihm ins Netz ging. Dann war ich zur

Welt gekommen. Als Mutter starb, war die Reihe an mir, in das frei gewordene Netz zu gehen. Ich weiß nicht, ob er in irgendeiner Phase seines Lebens irgendeinen rechtmäßigen Beruf ausgeübt hatte. Vielleicht war auch er wie ich mit neun Jahren in diesen Job eingestiegen! Ich wusste nur, dass er das Haus und den Schuppen auf dem Grundstück und das Depot unter dem Schuppen als Arbeitsplatz nutzte und hin und wieder Gemüse und Obst transportierte. Das wohl nur, um sich den Anschein legaler Arbeit zu geben …

Aruz' Brummis kamen in die tiefen Ebenen Anatoliens hinein, bis vor das Dorf Derç, dreihundert Kilometer entfernt von Kandalı gelegen, und fuhren am Derçisu-Bach entlang, der sommers in Taustärke und winters in der Stärke von tausend Tauen strömte, in den Wald. Der Weg endete nach ein paar hundert Metern, doch den Brummi hatten ohnehin längst die umstehenden Mittelmeerkiefern, Schwarzkiefern und Pinien verschluckt und unsichtbar gemacht. An exakt diesem Punkt wurde die Ware innerhalb einer Viertelstunde auf unseren Lkw umgeladen, und ich, da ich nichts anderes zu tun hatte, als die Klappen des Laderaums zu öffnen und zu schließen, schnupperte nach dem mir in die Nase dringenden Duft von Thymian, Salbei und Lavendel und stellte mir vor, den ganzen Wald abzufackeln, nur damit sie noch stärker dufteten. Genau an dieser Stelle hatte Vater Cuma begraben. Mitten im Lavendel.

An jenem Morgen hatte ich die Lüftung nicht eingeschaltet, wie mir aufgetragen war, und anschließend hatte ich sie völlig vergessen. Nach Vaters Plan sollten wir Cuma gegen Abend ins Boot setzen, um dann zum Derçisu zu fahren und neue Ware zu übernehmen. Vater vertraute mir offenbar, denn er kontrollierte den Laderaum nicht, bevor wir losfuhren. Als wir aber in der Bucht ankamen, wo das Boot abfahren sollte, und die Klappen öffneten, fanden wir anstelle Cumas seinen Leichnam vor. Nun war Vater zu einer Entscheidung gezwungen. Entweder begruben wir Cuma irgendwo in der Bucht und kamen zu spät zur Warenübernahme oder wir nahmen ihn zum Derçisu mit und erledigten die Sache dort. Er entschied sich dagegen, zu spät zu kommen. Und dafür, mir eine Lehre zu erteilen… So fuhr ich zum Derçisu nicht mit den Augen auf der Straße neben meinem Vater, sondern im Laderaum, von Entsetzen gepackt, bemüht, den Blick nicht auf Cumas Leiche zu richten. Bemüht, mich während der stundenlangen Fahrt von Cumas Leichnam, der sich in jeder Kurve bewegte, möglichst fernzuhalten…

Beim Derçisu angekommen, machte Vater sich wie ein Biber an die Arbeit und hatte innerhalb kürzester Frist Cuma begraben. Aus diesem Grund war der Wald für mich verflucht, den Illegalen aber war er in gleichem Maße heilig. Denn dort kamen sie ihrem Ziel einen Schritt näher. War ihre Übernahme auf den Lkw vollzogen, folgte eine kleine Abrechnung. Dann ging es die dreihundert Kilometer zurück, und wir bogen in den Staubweg ein. Wir fuhren den Lastwagen in den Schuppen hinein und öffneten die Ladeklappen. Hatten wir auch die Luke in der Schuppenecke geöffnet, riefen wir: »Los!« Obwohl sie das Wort nicht verstanden, erkannten sie an unseren Gesten, was zu tun war, und verschwanden durch das Loch, durch das Menschen nur einzeln passten.

Vater hatte das Depot vor zwei Jahren anlegen lassen. Bald wurde ihm klar, dass der Aufenthalt der Ware bei uns den Sicherheitsumständen entsprechend, die sich in einer Kettenreaktion den Schritten vor und nach dem Transport gemäß änderten, sich hinauszögern konnte. Der bloße Schuppen reichte nicht mehr. Also ließ er aus dem zweihundert Kilometer entfernten Dorf Barnak Handwerker kommen und sagte: »Ich brauche hier ein Wasserdepot.« Damit sie keinen Verdacht schöpften, hatte er sogar einen Rohranschluss zum Wasserleitungsnetz anlegen lassen. Sosehr die Männer auch murrten, das Depot müsse aus Rohrgefällegründen näher ans Haus herangesetzt werden, hatten sie doch nicht darauf bestanden, schließlich war es mein Vater, der ihren Tageslohn zahlte. Als er dann sagte, er wünsche einen Verschluss aus Gusseisen, hatten sie geschwiegen, da ein viel teureres Material als normales Eisen zur Anwendung kommen sollte. Es war ja nicht ihr Problem, wenn irgendein Irrer die Öffnung seines Wasserdepots mit etwas wie einem Gullideckel verschließen wollte!

Die Luke, die bewies, dass ich ein Kanalisationsarbeiter war, wurde eingesetzt, und es war ein Höllenschlund entstanden, so geräumig, dass zweihundert Personen hineinpassten, wenn sie den Bauch einzogen und dicht gedrängt standen. Ein immerwarmer Sarg, in dem die tropischen Landkarten an den feuchten Betonwänden und die sich auf dem Boden bildenden Pfützen permanent Ort und Gestalt wechselten. Eine Zelle, die weniger vom Licht beleuchtet wurde als vielmehr von den Schatten einer mit Spinnennetzen verhangenen Glühbirne, die ich ständig auswechseln musste, da sie mindestens dreimal pro Woche durchbrannte. Ein Magazin, in dem wir Menschen lagerten …

Die Illegalen aber hatten nach einem wer weiß wie viele tausend Kilometer langen Weg kein Auge für das Dekor. Sie setzten sich sogleich in Reihen auf den feuchten Boden, als wäre das Depot ein Ort, an dem sie täglich vorbeischauten, nahmen den Kopf zwischen die Hände und schalteten in den Wartemodus um. Sie waren fantastische Wartende! Tagelang, wochenlang, monatelang konnten sie ausharren, ohne sich zu langweilen. Hatten sie erst einmal den Kopf zwischen den Händen, entschwebten sie der Welt gleich einem Raumschiff und sanken in einen merkwürdigen Schlaf, bis man sie wieder weckte. Eine Art Einschluss, der nicht wirklich Schlaf war. Autonarkose!

Die Erfahrung zeigte, dass sie sich nach einer Weile des Sitzens auf dem nassen Boden erkälteten, Durchfall bekamen und mir somit mehr Arbeit mit dem Sägemehl aufhalsten, also begann ich, Zeitungspapier und Styroporplatten zu verteilen. Bald stellte ich auch aus naheliegenden Gründen Eimer vor sie hin. Einen pro Familie. Einen für Freunde. Alleinreisende fragte ich: »Mit wem willst du kacken?« Natürlich, ohne verstanden zu werden. Doch ich scheute nähere Erläuterungen. Wandte ich mich dann der untersten der sechs Stufen der Holztreppe zu, die vom Depot in den Schuppen hinaufführte, fand sich sicher einer, der fragte. Meist hatten sie einen Sprecher. Jemand, der vier Wörter Englisch zusammenbrachte oder vorher so klug gewesen war, die nötigsten Wörter der Sprachen jener Länder zu lernen, durch die sein Weg ihn führen würde. Ein Schlauer. Natürlich erfasste ich sofort, wonach er fragte, tat aber, als verstünde ich ihn nicht. »Wann?«, fragte er, in allen Sprachen, die er kannte. Fragte, wann die Reise weiterginge. Meine Antwort lautete, daran solle er nicht denken, sondern daran, welchen Scheiß sie zu tun hätten, wenn sie in ein paar Stunden die Eimer würden benutzen müssen. Von dieser Entgegnung verstand er kein Wort, sondern wiederholte seine Frage. Selbstverständlich überhörte ich sie erneut und ging. Bei meiner Rückkehr hatte ich eine Wäscheleine dabei, die sie zwischen die Haken an den einander gegenüberliegenden Wänden spannen sollten, und ein altes Bettlaken, um es darüberzuhängen, beides drückte ich dem Sprecher, der sich vor mir aufbaute, in die Hand. Ohne zu ahnen, dass er Material entgegennahm, um in ihrer neuen Wohnstatt von zwölf Metern in der Länge, sechs in der Breite und zwei in der Höhe eine primitive Toilette abzuteilen, stierte mir der Sprecher töricht ins Gesicht, da war ich schon wieder im Schuppen und schloss die Luke. Sie würden selbst herausfinden, wie das mit dem Vorhang zu bewerkstelligen war. Ich hatte noch nie welche erlebt, die das nicht gedeichselt hätten. Beraube die Menschen aller Chancen, und sie basteln Raketen aus ihren Eingeweiden!

Anschließend blieben sie je nach Lage einen halben Tag oder auch zwei Wochen im Depot und setzten dann ihren Weg fort. Über die Wartefrist bestimmten Dordor und Harmin. Sie entschieden je nach Stand des Versteckspiels, das sie sich mit der Küstenwache lieferten, wann ihre Boote aufs Meer hinausfahren konnten, riefen Vater an und diktierten ihm mit einem Geheimcode Treffpunkt und Zeit. Eines Nachts öffnete sich dann die Luke des Depots, die Illegalen kletterten in den Kasten des Lkw, sprangen nach einer Fahrt von einmal fünfzig, ein andermal auch zweihundert Kilometern an einem Fleck an der Ägäisküste, die wie von Wölfen angefressen dalag, in die Boote und verschwanden in der Dunkelheit.

Das war der gesamte Job. An jenem Morgen aber … Da gab es mehr … An jenem Morgen war alles mehr als zu viel. Schon mein Erwachen war zu viel. Aufstehen, die paar Schritte tun war zu viel. Mir das Gesicht waschen und wieder ein paar Schritte gehen war zu viel. Ich war in so etwas wie

Glückseligkeit gehüllt. Meine Hände, meine Augen, was ich sah, war zu viel. An mir war etwas, das mich mein Leben vergessen ließ. Eine Sache zu viel ... Die Liebe.

Im Depot saß eine Gruppe von vierundzwanzig Personen. Eine Karawane, wie Dordor immer sagte. Seit zwei Tagen waren sie da. Unter ihnen die, die mich in das Zuviel getaucht hatte, das schönste Mädchen der Welt. Sie musste in meinem Alter sein. Vielleicht ein Jahr älter. Vielleicht auch zwei. Sie hatte schwarze Haare, schwarze Augen. Ich wusste nicht, woher sie kam. Ich überlegte, danach zu fragen. Nach ihrem Namen, ihrem Alter, nach den Dingen, die sie mochte, danach, was sie werden wollte, wenn sie groß war ... Seit ich am Derçisu gesehen hatte, wie sie vom Brummi auf unseren Lkw umstieg, ging sie mir nicht mehr aus dem Kopf. Ich konnte nicht mehr schlafen, hielt unbewusst die Luft an, geriet dann ins Keuchen und lachte vor mich hin, wie einst Ender es zu tun pflegte. Ich wusste nicht, was es hieß, sich zu verlieben, aber so ungefähr musste es sein: Pläne schmieden, als habe man einen Raubzug vor. Hinter richtigen Bewegungen, richtigen Orten, richtigen Momenten her sein. Es ähnelte der Jagd. Selbst der Mann, der den Leopardenlook erfunden hatte, mochte so gedacht haben. Liebe hatte etwas mit Jagen zu tun. Welche Frau hätte sonst gern wie ein Tier ausgesehen?

Die Zeit wurde knapp. Jeden Augenblick konnte von Dordor und Harmin die Nachricht kommen, und das schönste Mädchen der Welt würde binnen weniger Stunden entschwinden. Ich wartete darauf, dass Vater aus dem Haus ging, doch das tat er nicht. Er rührte sich nicht vom Fleck! Also beschloss ich, ihn nicht weiter zu beachten. Das war ein großer Beschluss. Ein sehr großer. Noch am selben Tag würde ich mein Vorhaben ausführen und alles darauf setzen, dass Vater den Schuppen nicht betreten würde. Das Spielen lag mir im Blut. Mir reichte eine Chance von eins zu einer Million. Natürlich vertraute ich auch ein wenig darauf, dass Vater erst gegen Mittag aufwachte, nicht vor dem Nachmittag zu sich kam, gegen Abend den ein oder anderen Schluck zu nehmen begann und alles, was mit Schuppen und Depot zusammenhing, mir überließ. Ganz so zum Spielen neigte ich also doch nicht. Ohnehin fühlte ich mich mehr wie ein Spielchip. Ich war sogar bereit zu vermachen, dass nach meinem Tod Spielchips aus meinen Knochen hergestellt werden sollten. Keine schlechte Idee. Widersprach zumindest nicht meinem Wesen.

Zwei Tage lang hatte ich nichts anderes getan, als zu überlegen, was das schönste Mädchen der Welt glücklich machen könnte. Natürlich besaß ich so gut wie nichts, das ich ihr hätte geben können. Da war die Kette meiner Mutter. Eine goldene Kette mit einem Engel daran. Die könnte ich ihr schenken. Doch wozu sollte die ihr in ihrer derzeitigen Lage nützen? Es sollte etwas Realeres sein. Da fiel mir ein, dass die Gruppe seit zwei Tagen nur Sandwiches gegessen hatte. Die bereitete ich mit Tomaten und Käse zwischen zwei Brotscheiben zu. Und Wasser teilte ich aus. Gratis! Damit das schönste Mädchen auf der Welt spürte, wie mitfühlend ich war. Ich weiß nicht, ob sie es bemerkte. Sie sah nicht wirklich danach aus. Sie schaute mir nicht einmal ins Gesicht. Dabei tat ich alles, um meinen Aufenthalt im Depot in die Länge zu ziehen. Sie aber durchlebte gerade die schlimmsten Tage ihres Lebens. Noch …

Wie auch immer. Die Entscheidung war gefallen. Mein Geschenk für sie sollte ein gutes Essen sein, dessen Geschmack ihr auf der gesamten Weiterreise auf der Zunge bleiben und sie an mich erinnern würde. Für mich kam nur Fleisch in Frage. Ob sie ebenso dachte? Und war es überhaupt romantisch, jemanden sich satt essen zu lassen? Vielleicht könnte ich sie obendrein aus dem Depot herausführen, damit sie ein wenig Luft schnappte. Heimlich, ohne dass Vater es spitzkriegte. Unter den gegebenen Umständen reichte meine Ritterlichkeit nicht weiter. Ich wusste nicht, was mit der Geliebten noch Gefährlicheres anzustellen gewesen wäre. Denn für mich gab es nichts Gefährlicheres.

Ich war früh aufgestanden an jenem Morgen. Weil ich sicher war, dass Vater noch schlief, zog ich mich geräuschlos an und schlich aus dem Haus. Als ich aber die Tür hinter mir zuzog und den Blick zum Staubweg hob, entdeckte ich etwas, das alle meine Pläne über den Haufen warf: Auf einem Stuhl an der Einfahrt des Feldwegs saß Vater. Rund vierzig Meter lagen zwischen uns, er kehrte mir den Rücken zu. Er schien darauf zu warten, dass jemand die Straße vom Städtchen heraufkäme. So reglos hockte er da, dass ich eine Sekunde lang mutmaßte, er könnte gestorben sein. Vielleicht war das eher ein Wunsch. Bei jedem Schritt, den ich in seine Richtung setzte, brütete ich über der Ausrede, die ich ihm auftischen würde. Still näherte ich mich ihm von hinten und war schon fast bei ihm, als ich sah, dass ihm das Kinn auf der Brust hing. Er schlief! Er war auf seinem Stuhl eingeschlafen. Vermutlich hatte er bis zum frühen Morgen getrunken und war dann weggedämmert. Warum er sich mit dem Gesicht zum Staubweg hingesetzt hatte, war mir schleierhaft. Warum er auf dem weitläufigen Gelände keinen anderen Platz gefunden hatte, sich zu betrinken, sondern sich ausgerechnet hier volllaufen ließ, interessierte mich aber ganz sicher nicht. Was mich interessierte, war, dass er seinen Rausch ausschlief. Ich schlich an ihm vorbei und spurtete los, sobald ich weit genug entfernt war. Im Städtchen angekommen wurde mir klar, wie früh am Morgen es noch war. So begann ich, vor den drei Lokalen in der einzigen Straße von Kandalı auf und ab zu wandern und darauf zu warten, dass sie ihre Öfen befeuerten.

Ein Kebap-Laden war darunter, ein Fischrestaurant, und das dritte bot Eintopfgerichte. Gegen Mittag pendelte ich von einem zum anderen. Einer der Kellner glaubte, ich hätte kein Geld, schämte mich aber, das zu sagen. »Komm her, hier kriegst du Suppe«, bot er an. »Nein, danke«, entgegnete ich. Mir ging es um etwas anderes, doch das würde niemand begreifen. Ich suchte etwas, das seinen Geschmack behielt, auch wenn es abkühlte, denn ich musste ja zu Fuß heimkehren. Schlussendlich war ich außerstande, mich zu entscheiden. Also betrat ich alle drei Lokale und bestellte in jedem etwas. Während ich auf die Zubereitung wartete, musterte ich die Mädchen auf der Straße. Ihr Haar, ihre Kleidung, ihre Schuhe … Damit sie mich inspirierten. Das schönste Mädchen der Welt hockte mit einem Pullover bekleidet in dem Höllendepot. Ich sollte ihr ein T-Shirt kaufen, dachte ich. Ich betrat ein Geschäft und schaute mir mindestens dreißig T-Shirts an, als sähe ich so etwas zum ersten Mal im Leben. Immerhin würde ich zum ersten Mal im Leben ein T-Shirt für ein Mädchen kaufen. »Welche Größe?«, wurde ich gefragt und stockte. Dann kaufte ich zwei Stück von den roten T-Shirts mit einem Engel darauf, der dem an Mutters Kette ähnelte. In zwei verschiedenen Größen. Ich war so aufgeregt, dass mir die Hände zitterten und jedes Mal, wenn ich sie aus der Tasche zog, Geld herumflog. Und ich grinste wohl blöd.

Erst nachdem ich alle drei Lokale abgeklappert und die

Pakete eingesammelt hatte, wurde mir bewusst, wie sehr ich übertrieben hatte. Ich hatte Essen geordert, das wohl für fünf Personen reichen würde. Na und. Nun ging es mir nur noch darum, zum Schuppen zu kommen, bevor die Speisen kalt waren. Ich stürmte los. Zweimal hielt ich an und setzte die Pakete ab, weil sie mir die Finger verbrannten. Einmal fragte ich mich, ob Vater wohl noch an Ort und Stelle saß. Doch ich dachte, die Sonne sei inzwischen hoch genug gestiegen, um selbst einen Säufer wie Ahad zu wecken, und lief weiter. Als ich in den Staubweg einbog, waren weder der Stuhl noch Vater zu sehen. Sie waren weg.

So erreichte ich den Schuppen, ohne von Ahad erwischt zu werden. Da fiel mir ein, dass ich nichts zu trinken besorgt hatte. Mindestens Cola gehörte dazu. Eine Flasche hatten wir im Haus. Kaum stürmte ich aus dem Schuppen, lief ich Vater in die Arme. Bei ihm war ein Mann, den ich nicht kannte. Der unbekannte Mann trug eine Pistole an der Hüfte. Fremde Männer und Pistolen an den Hüften von Fremden waren nicht ungewöhnlich, ich maß dem keine Bedeutung bei. Da aber solche Fremden meist auftauchten, bevor eine Fuhre von uns abging, betete ich: »Nicht jetzt! Sie sollen noch nicht gehen, bitte! Lass sie noch einen Tag bleiben!« Und das, ohne zu wissen, zu wem ich betete, denn ich bezweifelte, dass es eine Instanz gab, die illegalen Migranten und ihren Transporteuren als Gottheit diente. Die beiden lenkten ihre Schritte zur Laube hinter dem Haus, und Vater drehte sich um: »Wo hast du denn stundenlang gesteckt? Mach die Pritsche sauber! Streu Sägemehl!«

Er nannte den Riesenkasten hinten auf dem Lkw Pritsche. Ich zog Schrank vor. Das fand ich logischer. Denn es war ein Schrank! Ein Panzerschrank, in dem wir Menschen sammelten, dessen Türen wir unbedingt verschlossen, den wir ständig be- und entluden ... Taten wir denn nicht alles, damit niemand bemerkte, dass es sich um einen Panzerschrank handelte? Diente die riesige Aufschrift AHAD LOGISTIK – FRISCHOBST-GEMÜSE-TRANSPORT nicht genau diesem Zweck? Gleich einem Scheißbild an der Wand, um den Tresor dahinter zu verstecken.

»In Ordnung, Papa, mach ich gleich!«

Wer oder was es war, zu dem ich gebetet hatte, er oder es hatte mich offenbar erhört, denn Vaters Anweisung war normal und alltäglich und gehörte nicht zu denen, die etwas darüber aussagten, wann die Reise begann. Es war eine Anweisung, die erteilt wurde, um eine Anweisung zu erteilen. Eine von denen, die Vater erst in dem Augenblick einfielen, da er mich erblickte. Er wusste nicht, wie man sagte: »Wie geht's dir, mein Junge, alles okay bei dir?«, deshalb stellte er auf diese Weise Kommunikation her.

Kaum waren Vater und der Fremde hinter dem Haus verschwunden, flitzte ich ins Haus. Eine Flasche Cola, ein Glas, eine Gabel und ein Messer zusammenzuraffen dauerte nur Sekunden. Gleich huschte ich wieder hinaus und flitzte zum Schuppen.

Nun kam die zweite Stufe des Plans zur Ausführung: den Tisch decken. Der Lkw stand in der Mitte vom Schuppen und ließ mir wenig Auswahl in der Frage, wohin ich den metallenen Tisch ziehen sollte, auf dem Vater seine Tischlerarbeiten verrichtete. Er stand unmittelbar neben der Depotluke. Hammer, Schraubenzieher, Engländer, Schrauben und Nägel, die darauflagen, sammelte ich ein und deponierte sie auf dem Fußboden. Mit einem Lappen, schwarz vor Schmutz, glaubte ich, ihn zu reinigen. Es gab einen Hocker im Schuppen, es kostete mich mindestens zehn Minuten, ihn zu finden. Endlich stellte ich ihn neben den Tisch, mir fiel auf, dass ein Bein zu kurz war. Ich überlegte, ein Stück Karton zu falten und darunterzuschieben, wollte aber nicht noch mehr Zeit verlieren. Damit das schönste Mädchen der Welt auf dem Hocker nicht kippelte und genervt wäre, könnte ich auch meinen eigenen Fuß unter das zu kurze Bein klemmen. So könnte ich, während sie aß, neben ihr stehen und ihr sogar die Hand auf die Schulter legen. Ich packte die Speisen aus und baute sie auf dem Tisch auf. Erfrischungstücher, Salz- und Pfeffertütchen, Servietten und Besteck legte ich dazu, stellte das Glas hin, füllte Cola ein und trat zwei Schritte zurück. Ja, was da vor mir lag, verdiente die Bezeichnung Festmahl. Zumindest in meinen Augen. Ich und alles andere auch war nun bereit. Die T-Shirts hatte ich unter dem Lkw versteckt, ich würde sie ihr nach dem Essen überreichen. Anstelle eines Desserts.

Mit dem Schlüssel, den ich immer in der Tasche trug, schloss ich die Luke auf und stieg ins Depot hinunter. Ich war so aufgeregt, dass mir schien, mein Herz pochte mir direkt hinter der Stirn. Sobald sie mich erblickten, sprangen jene, die es konnten, hoch und umringten mich. Wie immer dachten sie, es ginge los. Ich winkte mit beiden Händen ab und sagte: »Nein! Nein! *No! No!*« Sie sanken zusammen, als hätte eine Lawine sie begraben. Dann sah ich sie. Das schönste Mädchen der Welt hatte die Knie an die Brust gezogen und den Kopf daraufgestützt, mit den Armen umschlang sie die Beine. Sie sah mich nicht an, bis ich vor ihr stand. Erst als mein Schatten auf sie fiel, hob sie den Kopf. Ich atmete ein und aus, um Mut zu schöpfen, und streckte die Hand aus. Sie verstand nicht. Ich beugte mich zu ihr und nahm ihre rechte

Hand. Sie schüttelte den Kopf. »Hab keine Angst«, sagte ich, mit meiner freien Hand, meinem Gesicht, meinen Blicken, mit allem, was mir zur Verfügung stand. Doch sie verstand nicht. Niemand verstand. Die Frau neben ihr, die ich für ihre Mutter hielt, fing zu schreien an. Sie schrie und rief etwas. Ein Mann fiel ein. Noch eine Frau. Dann alle. Es war mir schnuppe. Sie werden es schon verstehen, dachte ich. Ich lächelte sogar. Lächelnd schaute ich ihnen ins Gesicht und ließ die Hand in meiner nicht los. Plötzlich brach das schönste Mädchen der Welt in Tränen aus und wich zurück. Da spürte ich Hände auf meiner Schulter. Hände, die uns trennen wollten. Sie waren überall an mir. Sie wollten mich von ihr losreißen. Und ich musste ihre Hand fahren lassen. Die anderen ließen von meinen Schultern ab. »Na gut«, sagte ich. »In Ordnung … *No problem*!« Ich drehte mich um und tat einen Schritt. Weiter kam ich nicht. Denn die Frau, die ich für ihre Mutter hielt, stand mir im Weg. Sie sprach ein Wort aus zwei Silben und spuckte mir ins Gesicht. Dann gab sie den Weg frei, und ich ging. Unter vierundzwanzig Augenpaaren, die mich anstarrten, als würden sie mich am liebsten umbringen, erklomm ich die Treppe, betrat den Schuppen und schloss die Luke. Die Spucke wischte ich mir mit dem Handrücken aus dem Gesicht und verharrte sekundenlang reglos. Ich musterte den gedeckten Tisch. Die Speisen. Noch dampften sie, wenn auch nur schwach. Oder ich bildete mir das ein. Ich sank auf den Hocker und wäre fast umgekippt, weil ein Bein zu kurz war. Ich sorgte für Gleichgewicht und stützte die Ellbogen auf den Tisch. Ich nahm den Kopf zwischen die Hände, schloss die Augen und erkannte, wer ich war.

Natürlich hatte ich schon vorher begriffen, in was für einer Art Arbeit ich da steckte. Selbstverständlich wusste ich, dass ich in den Augen dieser Menschen zu jenen Kreaturen gehörte, von denen man sich besser fernhielt. Eine Kreatur, auf die sie verzweifelt angewiesen waren, der aber nahezukommen oder mit ihr allein zu bleiben, sie sich niemals getraut hätten. Richtig, auch ich konnte sie nicht ausstehen. Manchmal war mir ihre Existenz schier unerträglich. Denn sie waren nicht allein im Depot. Ob sie es nun spürten oder nicht: Mit ihnen zusammen steckte auch ich in unserem Depot fest. Und mein Hass erfüllte nur mich. Saß gleich hinter meinen verschlossenen Lippen. Dennoch tat ich, was ich konnte, damit sie nicht krank wurden, nicht hungern mussten, nicht im Dreck lebten … Ich tat, was ich tun musste. Und ich war bloß ein Kind. Dabei war ich gar keines mehr. Was soeben geschehen war, schrie es mir in die Ohren: Du bist kein Kind mehr! Ich hatte das nicht ahnen können. Ich wusste es nicht. Ich wusste nicht, dass ich in den Augen dieser Menschen derart hässlich war. Zu sehr glich ich den Helden der Vergewaltigungsgeschichten, die sie von anderen gehört hatten, die sich wie sie auf den Weg gemacht oder es doch versucht hatten. Ich hatte nicht geahnt, wie sehr sie mich fürchteten. Und es würde niemals ein Ende nehmen. Ich hatte zwei Alternativen: Entweder lief ich davon aus diesem Haus, aus diesem Leben und vor diesen Menschen, die mich für ein Monster hielten, oder …

Ich erhob mich. Sieben Schritte, und ich stand vor der Wand zur Rechten. Ich ging in die Hocke und öffnete den schwarzen Kasten in Kniehöhe. Vor mir lag ein massives rotes Rad, es war schwierig, aber ich drehte es nach rechts, so weit es ging. So kam es, dass das Ventil zum ersten Mal geöffnet wurde, seit es dort eingebaut worden war. Durch das Rohr, durch das noch nie etwas hindurchgeflossen war, machte sich das Leitungswasser auf den Weg ins Depot, sein wilder Marsch war zu hören, als strömte irgendwo tief unten ein Fluss dahin. Dann gesellte sich aus ebensolcher Tiefe ein Geräusch hinzu, ein Aufprallen. Das Geräusch, mit dem Fleisch auf Eisen trifft. Ich starrte das Vorhängeschloss an der Luke an, gegen die nun getrommelt wurde. Reglos hing es da. Nur die Luke vibrierte kaum merklich bei jedem Faustschlag. Dahinter wurde geschrien, wer weiß wie laut, doch ich hörte nur erstickte Stimmen, die aus einer anderen Welt zu kommen schienen. Es war, als knurrte dem Schuppen der Magen. Vielleicht stammte das Knurren auch von mir. Ich kehrte an den Tisch zurück, ließ mich auf den Hocker nieder und begann, langsam zu essen. Nichts von dem, was ich mir in den Mund steckte, schmeckte mir, weshalb ich nicht darauf achtete, was ich gerade aß. Ich kaute nur. Und beobachtete die Luke und horchte auf das Wasser, das ins Depot strömte ... Währenddessen dachte ich gar nichts.

Als ich satt war, langte ich nach einem der einzeln verpackten Erfrischungstücher und riss es auf. Finger und Lippen putzte ich ab, bis ich sie für sauber hielt. Das fettige Tuch faltete ich wieder zusammen, stopfte es in seine Hülle zurück und warf es in die Tüte zu meinen Füßen. Das war der richtige Moment, mit dem Rauchen anzufangen. Ich ging zum Lkw und öffnete die Fahrertür. Die Tasche in der Tür war mit Krimskrams vollgestopft, ich steckte die Hand hinein, wühlte ein wenig herum und fand, was ich gesucht hatte. Eine von Vaters Zigarettenschachteln, in der grundsätzlich auch sein Feuerzeug steckte. Ich zog eine Zigarette heraus und zündete sie an. Ich hustete und nahm einen weiteren Zug. Die Schachtel legte ich zurück und schloss die Tür. Dann wandte ich mich zum Depot, noch ein Schritt, und ich stand auf der Luke, da rauchte ich die Zigarette zu Ende. Mir war, als spürte ich das Vibrieren der nun weit heftigeren Faustschläge unter meinen Füßen. Mit wenigen Schritten war ich an der Wand, ging in die Hocke und öffnete den schwarzen Kasten. Ich dachte an meine Mutter. Dann an Vater. Und drehte das rote Ventilrad zu. Der Fluss und sein Geräusch setzten aus. Beide versiegten.

Ich kehrte zur Luke zurück, kniete mich davor, öffnete das Vorhängeschloss und nahm es ab. In genau diesem Augenblick hörte das Getrommel der Fäuste auf. Oder mir kam es so vor. Ich packte die beiden Griffe der Luke, richtete mich auf und klappte sie auf. Ein, zwei Schreie quollen hervor, dann herrschte Stille. Ich trat zwei Schritte zurück und setzte den Deckel behutsam ab. Damit war der Einstieg zum Depot einen Meter vor mir vollständig freigegeben. Ich drehte mich um, ging zum Hocker und setzte mich. Dieses Mal wäre ich nicht fast umgekippt. Denn nun war mir voll bewusst, was alles hinkte.

In den Augen der Menschen unten gab es ein Monster. Und ich wartete darauf, dass dieses Monster die gesamte Menschheit im Depot ficken würde. Ich hörte Stimmen, zuerst eine, dann drei, dann zehn. Es wurde geredet. Stimmen, die sich überlappten, ineinanderschoben und wie Rauch aus der Luke zur Schuppendecke aufstiegen und verschwanden. Dann weinte jemand. Sogar zwei. Ein Aufschrei. Stille.

Ich sah Haare. Rabenschwarze Haare. Ein Gesicht. Schultern. Schlanke Finger im Sägemehl. Ein Knie. Noch ein Knie und schließlich sie, das schönste Mädchen der Welt. Sie stand vor mir. Und weinte. Tränen waren nicht zu sehen. Sie schienen nach innen zu fließen. In die Tiefe. Ein wenig wie der Fluss zuvor. Vielleicht hätte ich das Geräusch ihrer Tränen hören können, wenn ich mein Ohr an ihre Brust gelegt hätte. Doch das tat ich nicht. Ich zeigte auf den Tisch. »Iss!«, sagte ich. »Das ist für dich.« Sie tat einen Schritt, dann noch sechs. Eine Sekunde lang zögerte sie, dann raffte sie alles zusammen, was auf dem Tisch war, und reichte es durch die Öffnung ins Depot hinunter. Innerhalb nur einer Minute verschwand alles vom Tisch in der Luke. Sie hielt inne und starrte mich an. Sie sah mir in die Augen. Sie zitterte.

Sie kam zwei Schritte auf mich zu und knöpfte ihre Kleidung auf. Jetzt konnte ich ihre Tränen sehen. Sie schwappten über und rannen ihr über die Wangen. Ich warf einen Blick zur Luke. Zum klaffenden Einstieg. Die Glühbirne war wohl wieder einmal durchgebrannt. Kein Licht drang heraus, kein Geräusch, nichts. Nur einmal war eine Art Schluchzen zu hören. Von unter der Erde her. Etwas Einsilbiges wie der Schrei der Frau damals, deren Baby gestorben war, der erstickte, als die anderen ihr den Mund verschlossen …

Auf ein paar Stück Styropor, ein paar Blatt Zeitung und dreiundzwanzig Menschen berührte ich an jenem Tag zum ersten Mal eine Frau. Über ihre Schulter hinweg hing mein Blick am offenen Einstieg zum Depot. Kurz bevor ich kam, als risse mir die Schlagader auf, stieß sie mich weg. Sie wusste besser als ich, was ein Mann war. Alles, was sich in mir gestaut hatte, vergoss ich auf den Boden des Schuppens.

Sie zog sich an, ich zog mich an. Sie stieg ins Depot hinunter, ich verriegelte die Luke. Dann kehrte ich das Sägemehl auf und das, was es aufgesogen hatte. Keine Spur blieb zurück. Als sie am nächsten Tag ins Boot stiegen, schaute ich ihnen in die Augen. Allen. Jedem Einzelnen. Auch da war keine Spur zu sehen. Wir waren also übereingekommen. Sie hielten mich für ein Monster, und ich wurde zum Monster. Es hatte kaum zehn Minuten gedauert, bis sie entschieden hatten, eine der Ihren zu opfern.

Als wir heimkehrten, sagte Vater: »Das Depot ist überschwemmt!«

»Die Arbeiter hatten es dir doch prophezeit«, sagte ich. »Bau es näher am Haus.«

Ich war nicht länger verliebt. Ich ging nur meinen Weg. Den Weg, den jene Menschen mir gewiesen hatten. Eine Einbahnstraße, ohne Umkehr. Die roten T-Shirts mit dem Engel darauf hob ich auf, um damit die schönsten Mädchen anderer Welten zu kaufen. Bald merkte ich, dass ich sie gar nicht brauchte. Weil der Zeigefinger meiner linken Hand ein Gewehrlauf war. Es reichte, ihn auf irgendeine zu richten. War sie die Ehefrau von jemandem, besorgten sie mir eine andere Frau. So wurde mir mit meinen vierzehn Jahren mein Titel der Ritterlichkeit Stück für Stück aus den Händen genommen. Doch das blieb unbekannt, denn niemand ahnte, dass ich zuvor als Ritter zwischen Drachen und Kerkern gelebt hatte. Vielleicht hatte Cuma es geahnt, doch der zählte nicht. Denn er, der Baumeister des Papierfroschs, hätte, selbst wenn er noch gelebt hätte, nicht gewusst, warum ich an jenem Tag nicht davonlief aus jenem Haus, aus jenem Leben und vor jenen Menschen, die mich für ein Monster hielten. Vielleicht weil mein Name nicht Felat lautete. Weil ich ein Feigling war. Kann ein Feigling zum Monster werden? Selbstverständlich! Wahrscheinlich werden sogar nur Feiglinge zu Monstern. Dafür war ich der lebende Beweis. Deshalb auch drehte mir Sägemehl den Magen um. Denn ich war Sägemehl. Staub und Splitter. Bedeckte man die Welt mit mir, bliebe keine Spur zurück. Ich habe es ausprobiert. Viele Male legte ich mich auf Frauen und löschte sie allesamt aus.

Meine Verwandlung in eine entsetzliche Kreatur hatte nur fünf Jahre gedauert. Ich war zu einer Summe aus Vater, Aruz, Dordor und Harmin geworden. Ich war sogar mehr als die Summe aus ihnen. Immerhin war ich noch ein Kind. Vierzehn Jahre zählte ich. Deshalb war das Leid anderer nur ein Spiel für mich, nichts von dem, was ich erlebte, kam mir real vor. All das machte mich noch schrecklicher. Hätte ich meine Kinderarbeitskraft in einer anderen Branche eingesetzt, wären die Auswirkungen auf mich nicht so extrem gewesen. In dem Job, den ich verrichtete, gab es keine sonderbaren Chemikalien, die meine Lunge zerfetzten, oder flüchtige Substanzen wie Verdünnungsmittel, die süchtig machten, ohne dass man es merkte. Ich war im Dienstleistungssektor beschäftigt. In einer Branche mit Gullideckel! In der Kloake des Dienstleistungssektors. Ich sorgte dafür, dass eine Kanalisation, durch die man Menschen schleuste, gereinigt wurde und nicht verstopfte. Vielleicht war das der Grund dafür, dass die mir wie allen anderen auch angeborene Empathiefähigkeit an diesem Punkt aussetzte. Ich war außerstande, mich in diese Halb-Scheiße-halb-Menschen hineinzuversetzen. Ohnehin hatte ich die genannte Fähigkeit längst vollständig aufgezehrt, um die Beweggründe von Vater, Aruz, Dordor und Harmin zu verstehen. Außer meinen Augen, die einem Paar Gewehrkugeln gleich um sich schossen, war nichts geblieben. Dass die Illegalen Namen hatten, ein Leben, Blut, das in ihnen floss, und ein Nervensystem, interessierte mich absolut nicht. Ich sah nur rot. Die kleinste Reaktion, noch das schmalste Lächeln von einem von ihnen zerriss meine Pupillen gleich einem giftigen Fingernagel. Und erst die Luftschlösser, die sie in ihren Köpfen bauten! Denn ich konnte sie hören. Ich konnte die Fantasiebaustellen verdammt gut hören. Die Idee, in weiter Ferne glücklich zu werden. Diese ekelhaften Träume, an deren Verwirklichung ich unwillkürlich Anteil hatte. Einmal hatte ich Vater gefragt. »Können auch wir weggehen?« Ich hatte ihn sogar bekniet. »Papa, sie sollen uns mitnehmen!« Könnten wir nicht ins Boot von Dordor und Harmin steigen und unseren Fuß an andere Ufer setzen, um neu geboren zu werden? »Bitte, Papa, lass uns fortgehen!« Er sah mir in die Augen. »Unser Job«, sagte er, »ist der Transport derer, die fortgehen. Nicht, selbst fortzugehen!« Es war, als sagte er, unser Job sei das Töten, nicht das Sterben …

Traurig, in Kandalı bleiben zu müssen, fing ich daraufhin an, eigene Träume zu hegen. Bisweilen wurden sie wahr. Viele Male sogar wurden sie wahr, und dann war es genau so, wie ich geträumt hatte: In dem Moment, da sie glaubten, ihre monatelange Reisetortur nähme nun endlich ein Ende, wurden sie zwei Schritte vor dem Betreten des Bodens, der ihnen versprochen war, von der Küstenwache geschnappt. Ich sah es entweder im Fernsehen oder auf Zeitungsfotos. Wenn ich ihre Gesichter betrachtete, in wer weiß welchem Dunkel wer weiß welcher Nacht von den Scheinwerfern der Küstenwache durchlöchert, fühlte ich mich so wunderbar, dass ich laut lachte! Wenn ich verfolgte, wie sie sich aneinanderdrängten gleich einem von tausend Jägern erbeuteten tausendäugigen Hasen, sagte ich: »Da habt ihr es!« Es war alles umsonst! Jetzt geht es mit dem nächsten Flugzeug dorthin, wo ihr herkamt. Zum ersten Mal im Leben werdet ihr ein Flugzeug besteigen, und zwar, um abgeschoben zu werden! Verpisst euch, fangt noch einmal von vorn an! Jäh klappte mein Mund zu. Denn mir fiel ein, dass sie ja wieder bei uns vorbeikommen würden. Scheiße! Keiner ließ einen in Ruhe! Warum blieb bloß keiner dieser Menschen daheim? Warum blieben sie nicht in ihren Städten? Warum nicht? Anschließend baute ich mich vor irgendeinem von ihnen auf und brüllte.

»Herrscht Krieg in deiner Straße? Ja? Bringen die Menschen einander um vor deiner Haustür? Dann los, geh raus, kämpf mit! Stirb, lass dich verwunden, werd zum Krüppel! Herrscht Hunger bei euch? Mach Kinder, friss die! Friss dich selbst! Aber erdreiste dich nicht, mein Leben kaputtzumachen, nur weil du ans andere Ende der Welt willst! Was hast du davon, da hinzugehen? Bis ins Mark wird man dich ficken! Was hast du denn gedacht? Die Leute erwarten dich ja nicht mit offenen Armen! Du Idiot! Wo du hinwillst, wirst du nichts wert sein, kapierst du das nicht? Gar nichts! Du wirst schon sehen! Niemand will im Bus neben dir sitzen. Niemand will mit dir allein im Fahrstuhl fahren. Niemand wird den Gruß erwidern, den du mit diesem blöden, unausrottbaren Akzent aussprechen wirst. Niemand wird dich zum Nachbarn wollen. Niemand will, dass sein Kind mit deinem befreundet ist. Niemand will auch nur ein Fitzelchen über deine Religion hören oder gar sehen. Niemand will die üblen Gerüche deiner Speisen riechen. Niemand will, dass du Geld verdienst. Niemand will, dass du glücklicher bist oder länger lebst als er. Niemand will in einer Schlange hinter dir stehen. Niemand will, dass du da, wo du hingehst, deine Stimme abgibst. Niemand will mit dir schlafen. Niemand will dir in die Augen sehen. Niemand wird dich als Mensch betrachten. Niemand wird deinen Namen wissen wollen. Wenn doch, glaub mir, dann ist er entweder verrückt oder er tut nur so, als wolle er. Die Menschen werden dich dermaßen hassen, dass die Immobilienpreise fallen, wo du dich niederlässt. Kapier das endlich! Du aber reißt dir noch immer den Arsch auf, um dorthin zu kommen. Du lässt deine Kinder im Stich. Du schuftest jahrelang wie ein Ochse, um Geld zu sparen, das du dann solchen wie uns in den Rachen wirfst. Also … Also hast du jede Art von Kummer und Leid verdient. Und genau an diesem Punkt komme ich ins Spiel. Ich tu dir so schlimme Dinge an, dass du hingehst und sie all deinen Scheißfreunden erzählst. Euer verdammtes Riesenreich der illegalen Migration! Dieses Reich, in dem ihr stille Post spielt mit ›Wer geht von wo nach wo für wie viel Geld?‹! Eure Welt, in der ihr permanent aufschneidet und euch gegenseitig den Mund wässrig macht! Alle werden sie über dich reden! Werden erfahren, was du erlebt hast! Denn du wirst hingehen und es ihnen erzählen. Und wirst heulen dabei. Manches wirst du wohl auch verschweigen. Aus Scham. Und das wird dir das Hirn zernagen. Ich verbringe ein paar solche Tage mit dir, dass keiner einen Schritt mehr vor die Haustür setzen wird, wer je an Auswanderung dachte! Oder einen Umweg über den Nordpol macht. Damit ich … Und ich …«

Und ich? Hier brach meine Tirade ab. Denn selbst wenn es mir gelänge, durch einen aberwitzigen Plan all diese Dinge abzustellen, hatte ich keine Vorstellung davon, was dann aus mir würde. Ich wusste nur, dass meine Lage nicht noch schlechter werden konnte. Eigentlich waren all diese Sätze Teile eines Textes, an dem ich arbeitete. Es war beispielsweise noch nicht lange her, dass ich die Sätze über die Essensgerüche und die

Religion hinzugefügt hatte. Ich hatte zu lesen begonnen. Um etwas über die Länder zu erfahren, in die sie Einlass begehrten, las ich, was mir unterkam. Ich musste wissen, was zum Teufel es mit den Ländern auf sich hatte, für die sie bereit waren, alles andere zurückzulassen, zu sterben oder zehn Jahre wie Sklaven zu schuften. Und was ich dabei erfuhr, nahm ich in meine Rede auf. Meist fing ich im Stehen an. Beim Reden stehen war wichtig. Denn sie hockten üblicherweise auf dem Fußboden, und so stellte der Höhenunterschied zwischen uns von vornherein klar, wer der Boss war. Ein weiteres bedeutendes Detail war der plötzliche Einstieg. Unvermutet! In einem Moment, da sie es am wenigsten erwarteten, aus heiterem Himmel losbrüllen! Am besten sogar, ihnen zuerst mit kindlichem Lächeln ins Gesicht schauen, dann losbrüllen und sie erstarren machen. Anschließend ging ich in die Hocke und mit meinem Gesicht nah an ihre heran. Das mochte ich besonders. Jemanden aus nächster Nähe anstarren und der Einzige sein, der wusste, was als Nächstes folgte. Das aus Respekt zwischen Menschen eingehaltene Mindestvakuum, soziale Distanz genannt, zu verletzen war ein fantastisches Gefühl! Erst weigerten sie sich, mir ins Gesicht zu sehen, und wichen meinen Blicken aus, bald aber verspürten sie den Wunsch, sich den Geifer von Stirn oder Wangen zu wischen, der aus meinem Mund sprühte, und so stellten wir dann zwischen den Fingern doch Blickkontakt her, und sei es für einen Wimpernschlag. Und für jenen Wimpernschlag sah ich sie nicht. Ich wusste, dass da unmittelbar vor mir ein Paar Augen, eine Nase, ein Mund und ein mindestens zwanzig Jahre älterer Mensch waren, doch ich machte es mir nicht bewusst. Das ist es, was ich meine, wenn ich sage, nichts kam mir wirklich vor. Wirklich war ich. Nur ich. Natürlich belegt all dies, dass ich in jenem Alter nicht recht gesund war. Für die Arbeit, die ich verrichtete, brauchte ich allerdings keine geistige Gesundheit. Es reichte, dass meine fünf Sinne und meine Muskeln funktionierten. Ich reinigte die Kloake! Und war das nun einmal mein Job, dann sollte ich der Gott der Kloake sein! Und der wurde ich. Viele Dinge tat ich, an die ich nie wieder denken möchte, doch um sie zu vergessen, bleibt mir nichts anderes übrig, als davon zu erzählen. Vor allem tat ich das, um *nie wieder* an andere Dinge denken zu müssen. Um das Gestern zu vergessen, nützte es aber nichts, das Heute zu leben. Ganz im Gegenteil. Das, was es zu vergessen galt, sich aber nicht vergessen ließ, potenzierte sich. Denn man hätte zuerst das Morgen vergessen müssen. So weit verdrängen, dass man glaubte, jede Sonne, die aufging, sei neu. So weit vergessen, dass man überzeugt war, jede Sonne zum ersten und letzten Mal zu sehen, dass man sagen konnte: »Die heute scheint ein bisschen breiter!« oder: »Die Sonne gestern war doch ovaler, nicht?« Man musste vergessen, bis man spürte, dass man jeden Tag zum ersten Mal erlebte. Und brüllen: »In welcher Religion es kein *Déjà-vu* gibt, an die will ich glauben!« Und schweigen: Wo es keine Auferstehung gibt, da will ich sein …

Sie hätten Entdecker sein sollen wie Juan Ponce de Léon oder James Cook, doch sie taten den niederträchtigsten Job der Welt. Als ich Dordor und Harmin zum ersten Mal sah, war mir sofort klar, dass sie weder meinem Vater noch den anderen Leuten in der Verbrecherorganisation ähnelten, in der ich nur eine winzige Masche darstellte. Und ich war damals erst neun. Doch was sie redeten, wie sie sich verhielten und die Geschichten, die sie mir erzählten, ließen mich an die Abenteuer in den Jugendbüchern denken, die ich damals gerade verschlang. Ein Paar Abenteurer aus einem Jahrhundert, in dem Piraterie noch nicht bedeutet hatte, vor den Küsten Nigerias vor lauter Hunger Frachter anzuknabbern …

Sie hatten das Salz von mindestens vier Ozeanen geschluckt und waren gerade allein vom Horizont umzingelt, da verschlug es sie in die Ägäis, und hier blieben sie in einer Handvoll Wasser stecken. Vielleicht hatten sie im Vorbeikommen einst gesehen, dass es auch diesen Weg gab, um Geld zu verdienen, hatten sich gesagt: »Morgen hören wir auf, das ist das letzte Mal!«, und so ihre Jahre zwischen Griechenland und der Türkei verbracht. Wenn ihre freien Zeiten sich mit denen deckten, da Vater mich gern los war, erlebte ich die schönsten Tage meines Lebens auf *Dordor* und *Harmin*. Ja, die Namen ihrer Boote waren identisch mit denen ihrer Kapitäne. Natürlich waren das Spitznamen. Beide hatten ein Geräusch ihrer

Boote in Sprache gegossen und sich als Namen zu eigen gemacht. Weil *Dordor* einen Laut wie »dor-dor« ausstieß, hieß Dordor eben Dordor! Vielleicht kamen sie mir wie die Seebären in den Romanen vor, weil ich ihre wahren Namen nie erfuhr.

Vor allem im Frühling holten sie mich frühmorgens ab, setzten mich in *Dordor* oder *Harmin* und brachten mich erst zurück, wenn es schon dunkelte. Beide lasen gern. Stets fanden sich Bücher an Bord. Auch rauchten beide ununterbrochen. Ich war zu jung, um mitzubekommen, dass sie nicht nur Tabak rauchten. Von morgens bis abends vermischten sie den aschfarbenen Rauch vom Haschisch mit der wolkengefärbten Meeresluft und sogen beides ein, mal schwiegen sie, mal sprudelten Geschichten aus ihnen heraus, als hätten sie tausend Leben gelebt. Sie waren es, die mich schwimmen lehrten. Tauchen, Harpunieren, das Wasser, das Wasser in- und auswendig, alles lernte ich von ihnen. Ein Jahr waren sie auseinander. Dordor war der Ältere. Ihre Familie lebte in Istanbul. Auf Heybeliada. Doch Kontakt bestand nicht. Vielleicht, weil sie vor Jahren von zu Hause durchgebrannt waren. Weil die einen den anderen nicht verzeihen konnten. Schnitt Dordor das Thema an, brach Harmin es ab, fragte der eine: »Wie es wohl Mutter geht?«, sagte der andere: »Genau wie Vater!«, und wischte das Thema beiseite.

Sie lasen Jack London. Aber nicht, was ich von ihm las. Sie zogen die Romane vor, in denen *Wolfsblut* vergossen wurde. Von mir aus hätte es nie Abend zu werden brauchen. Es sollte nicht dunkel werden und sie mich nicht heimbringen. Für immer auf dem Meer bleiben! Den Anker werfen, wo es uns gefiel, ins Wasser fallen, wo wir wollten. Beide waren unverheiratet. Keine Frau hätte ihr feuchtes Leben zu teilen vermocht. Sie waren nicht älter als dreißig. Zwei große Straßenjungen. Zwei gewaltige Wasserblumen. Zwei weitere Blumen nach Felat …

Nur ihnen konnte ich es erzählen … Nur ihnen. Was einer, als es das Depot noch nicht gab und die Illegalen im Schuppen untergebracht waren, mir angetan hatte … Besser gesagt, wie die anderen untätig zusahen, als einer es tat …

Nicht nur unschuldige Menschen verließen ihre Heimat … Es gab nicht nur *jene, die vor bösen Männern flüchteten*, es gab auch *böse Männer, die flüchteten*! Unseren Schuppen passierten auch Verbrecher, die in ihrem Land gesucht wurden und in Abwesenheit zu wer weiß wie vielen Jahren Gefängnis verurteilt worden waren. Diebe, Mörder, Vergewaltiger, Kinderschänder … Auch mit solchen war ich allein.

Ich war zehn. Das Alter, als mir einfiel, Wasser gegen Bezahlung auszugeben. Ich streckte meine Hand aus, um zu kassieren. Er packte meine Hand und zog mich an sich. Die anderen lachten. Bei allen war eine Wange geschwollen. Als steckte ihnen ein Ei im Mund. Ich glaubte, sie seien krank. Dabei war es Gat. Der jemenitische Scheiß namens Gat. Der Scheiß mit dem lateinischen Namen *Catha edulis*. Etwas wie Amphetamin. Etwas, das dazu verleitete, es von morgens bis abends zu kauen … Ich versuchte, mich loszureißen. Versuchte mich zu befreien, zu schreien, zu beißen, wehzutun. Vergebens. Versuchte, unsichtbar zu sein. Wie ein Zauberjunge. Versuchte, blind und taub zu sein. Versuchte, nicht zu begreifen, was mir geschah. Vergebens … Rot strömte es ihm durch die Augen. Er zog mir die Hose hoch, den Reißverschluss zu, schloss den Knopf und stopfte mir den Obolus für das Wasser in die Hosentasche. Ich versuchte, an anderes zu denken. Vergebens. Heulen wollte ich, flennen und rennen, Vater finden, ihm alles erzählen. Vergebens. Vielleicht, weil ich Geld für das Wasser nahm. Weil Vater zürnen würde, wenn er es erführe … Er schob mir ein Büschel Grünzeug in den Mund. Die Beule in seiner Wange war kein Ei, erfuhr ich nun. Er kaute, und seine Augen röteten sich stärker. Ich kaute, und es geschah nichts.

Einen halben Tag lang waren die Abdrücke auf meiner Stirn zu sehen. Fingerabdrücke. Ich wartete darauf, dass sie verschwanden. Sie verschwanden nicht. Sie gruben sich in die Haut ein, drangen mir in die Stirn. Zwei Tage lang versuchte ich zu sitzen. Es ging nicht. Dann blutete ich heimlich …

Wie kam es, dass ich Dordor und Harmin davon erzählen konnte? Womöglich war mir gar nicht bewusst, was ich sagte, vielleicht stammelte ich nur … Sie hörten mir zu, beide. Sie wechselten Blicke und sagten kein Wort. Nur eines taten sie, sie lieferten mich an jenem Abend nicht zu Hause ab, sondern sagten Vater, ich bliebe an Bord. Volle drei Tage blieb ich auf dem Boot.

Als der Tag der Abreise kam, kletterte die Gruppe aus dem Lkw, die Leute defilierten an mir vorbei und stierten mir ins Gesicht, bevor sie Dordors Boot bestiegen. Am nächsten Morgen kehrten Dordor und Harmin wie immer mit leerem Boot zurück. Noch am selben Tag rief Aruz Vater an und erklärte, die Ware sei in Griechenland nicht abgeliefert worden. Vater wusste nicht, was er sagen sollte. Er fragte Dordor. Dessen Antwort lautete:

»Wir haben alle umgebracht. Die Unkosten zahlen wir.«

Wieder wusste Vater nicht, was er sagen sollte, denn weder Dordor noch Harmin erläuterten, warum sie das getan hatten. Beide waren Seemanns genug, um Geheimnisse hüten zu können. Noch heute überlege ich, warum sie meinem Vater die Wahrheit verschwiegen. Vermutlich weil sie wussten, dass es nichts ändern würde. Oder, weil sie dem eigenen Vater nicht vertrauten, trauten sie meinem schon gar nicht. Als die Nachricht Aruz erreichte, sagte er: »Das ist das letzte Mal! Das erste und letzte Mal! Kommt so etwas noch einmal vor, kenne ich kein Pardon! Sie sollen das Geld schicken!«

Dordor zahlte Aruz die Summe für die sechs unterwegs verloren gegangenen Stück Ware, der erstattete es den Angehörigen zurück. Einer der Getöteten aber, der Älteste derer, die zugeschaut hatten, gehörte einem libyschen Clan an. Der Clan war Stammkunde bei anderen illegalen Transaktionen der PKK. Aruz, der glaubte, immer alle überreden zu können, nahm die Angelegenheit zunächst nicht ernst und sagte, das Boot sei gesunken. Auf Aruz' Anweisung versenkte Dordor eine Woche später *Dordor* tatsächlich. Die Leute in Griechenland aber waren nicht faul, gleich bohrten sie in der Wunde und sagten, um bei einem Drogenhandel mit den Libyern die PKK auszuspannen, der Kahn sei in hervorragendem Zustand gewesen und hätte unmöglich sinken können. Das löste eine komplexe Problematik aus, die in den Bereich anderer illegaler Geschäfte hineinreichte. Aruz hielt dem Druck nach Kräften stand, doch das gelang ihm nur vier Jahre. Als er erkannte, dass mit Diplomatie nicht weiterzukommen war und die Sache gefährliche Dimensionen annahm, rief er eines Nachts Dordor an.

»Ich mag euch beide. Nun arbeiten wir schon so lange zusammen. Aber ich kann nicht mehr. Jetzt ... wählt selbst ... Welcher von euch? Einer reicht.«

Welchen er umbringen solle, fragte er. Er war eben Geschäftsmann und glaubte, mit dem Überlebenden im Geschäft bleiben zu können. Ich weiß nicht, wie ihre Entscheidung fiel. Das heißt, ich kann es mir vorstellen. Vier Tage, bevor Aruz' Männer mit ihren Messern aufkreuzten, saßen wir eines Abends zusammen im Boot, Dordor nahm einen tiefen Zug von seinem Haschisch und schaute zu den Sternen auf.

»Weißt du, was wir früher gemacht haben? Wenn eine Schaluppe mit Touristen vorbeischipperte, haben wir gewunken. Dann schauten wir, wer zurückwinkte und wie viele Mädchen darunter waren. Manchmal winkten nur die Kerle. Dann sagten wir, Mann, selbst aus solcher Entfernung sehen die Weiber, dass wir nichts taugen … Mit den Winkenden spielten wir gerade Zahl oder ungerade …«

Möglicherweise fiel auch ihre Entscheidung auf diese Weise. Wen der Tod treffen sollte … Oder Dordor verschwieg Harmin das Gespräch mit Aruz und behielt alle kurzen Streichhölzer in der hohlen Hand zurück …

»In einem Lied«, fuhr er fort, »singt Âşık Veysel doch von einem Haus mit zwei Türen, nicht? Deshalb zieht es im Leben. Deshalb friere ich andauernd. Eine davon sollte ich schließen.«

Er schloss die Tür hinter sich. Sechsundsechzig Messerstiche brachten ihn um, und Fotos von seiner Leiche gingen nach Libyen ab. Sie waren so aufgenommen, dass man die Messerstiche zählen konnte. So lautete die Bestellung. Denn der Kerl war sechsundsechzig Jahre alt gewesen, als er zugeschaut hatte, wie ich gefickt wurde, und auch, als er starb.

Einen Teil erzählte Vater. Einen weiteren hörte ich von Harmin. »Ihr hättet doch abhauen können!«, rief ich aus, doch Harmin lachte bloß. Was sollte ich sagen. Alles meinetwegen … Ich wollte um Verzeihung bitten, doch ich schwieg. Harmin ging dann fort. Die eigene Tür zu schließen. Nur die Bücher blieben zurück. Er hinterließ sie mir. Nur ich blieb zurück. Und all die Leichen.

Hatte es Folgen für dich, mit zehn missbraucht zu werden, Gazâ?

Wer bist du denn? Spaß beiseite! Nein, natürlich nicht.

Bist du sicher?

Das ist doch nicht nur mir passiert.

Stimmt. Trotzdem ...

Ich will dir etwas verraten. Niemand weiß davon ... Alle Kinder von zehn Jahren werden missbraucht.

Im Ernst?

Ja!

Und was dann?

Dann werden sie elf.

Schön, aber wieso erinnert sich außer dir niemand daran?

Weil es gesund ist!

Was soll gesund sein?

Missbrauch ... Kinder durchlaufen bestimmte Phasen, nicht wahr, um sich gesund zu entwickeln ... Eine davon ist die Vergewaltigung. Deshalb erinnert sich niemand daran. Gerade das, woran du dich nicht erinnerst, ist gesund, damit du es weißt!

Du erinnerst dich daran.

Weil du mich ständig daran erinnerst, Scheiße!

Du machst dir was vor, Gazâ.

Ach wirklich? Natürlich mach ich mir was vor! Hab ich eine andere Wahl?

Der Missbrauch hatte also Folgen für dich. Und zwar massive. Akzeptier das bitte.

Gut, ich akzeptier's. Aber nur, weil du bitte gesagt hast.

Danke ... Wie fühlst du dich jetzt?

Wie immer.

Das heißt?

Wie Gat!

Bitte?

Wie durchgekaut. Als kaute man auf mir herum. Ich fühle mich, als würde gleich jemand auf mir herumkauen.

Dann gibt es nur eins …

Und das wäre?

Du musst dich ausspucken.

Und wie?

Tu weh.

Wem denn?

Dem, in dessen Mund du bist.

Der ist tot. Dordor und Harmin haben ihn umgebracht.

Tote kauen nicht, Gazâ.

Und wie die kauen!

Glaub mir, sie kauen nicht. Der Mund, der dich kaut, ist ein anderer.

Es gibt keinen anderen Mund.

Doch. Das Depot.

Das Depot? Du spinnst! Wessen Mund soll das denn sein?

Der deines Vaters. Der von Ahad.

So hab ich das noch gar nicht gesehen.

Denken ist ja auch meine Sache, Gazâ. Nicht deine.

Was ist denn dann meine?

Mich töten.

Das sagst du immer. Sag das doch nicht, bitte!

Na gut. Aber nur, weil du bitte gesagt hast.

Danke. Und wie fühlst du dich jetzt?

Wie immer.

Das heißt?

Wie ein Frosch aus Papier!

Der Transport illegaler Migranten bot zwei Möglichkeiten: Entweder wurde die Ware, also der Mensch, an seinem Zielort beim Empfänger abgeliefert, und den Preis für den illegalen Transportservice zahlte er dann als Zwangsarbeiter im Ankunftsland ab. Oder der Empfänger selbst war die Ware und wurde gegen einen einmalig zu zahlenden Preis gebracht, wohin er wollte, dort blieb er seinem Schicksal überlassen. Die Welt war allerdings im Wandel, weshalb die erste Praxis an Boden gewann. Da die Einkommensverteilung zwischen den Regionen der Erde begonnen hatten, sich dem zwischen Erde und Mond herrschenden Index *Hier gibt es Leben – da nicht* anzugleichen, blähte die eine Seite des illegalen Migrantentransports sich im Verhältnis zur anderen mit jedem Tag doppelt so schnell auf. Ein Grund dafür war auch ihr Potenzial, Nebengeschäfte entstehen zu lassen, die weitaus einträglicher waren als das Hauptgeschäft. Dass illegale Einwanderer sich in illegale Arbeiter verwandeln und in der illegalen Warenproduktion verwenden ließen, bot hinsichtlich nachhaltiger Wirtschaft und *nachhaltig Bösem* einen überragenden Vorteil. Denn Grundvoraussetzung dafür, dass auch das Böse nachhaltig wurde, war ein gewisses Maß an Aufwand. Nicht alles war von der Natur des Menschen zu erwarten! Wie auch immer …

Die Unkosten illegaler Produktion waren niedriger noch

als die Kosten für Importe aus China. Allein deshalb waren im *All-inclusive*-Tourismus der Transport und bisweilen selbst die Unterkunft nahezu gratis, Profit wurde erst aus den künftigen Einkäufen im Zielland erwartet, und Konstellationen, bei denen auch illegale Transportdienste für rein symbolische Preise angeboten wurden, gewannen die Oberhand. Interkontinental pendelten unermüdlich Dienste, die kostenlos Arbeitskräfte von Kabul nach Marseille oder von Islamabad nach Neapel verbrachten. Das bedeutete, die Profile derer, die unser Depot passierten, wurden noch niedrignäsiger. Jene, die Freiheitsträume mit dem Zielland verbanden, wichen anderen, die bereit waren, sich jahrelang als Zwangsarbeiter zu verdingen, um in einem Jahr das Geld für eine Kuh zusammenzusparen und der Familie zu schicken. Die eine Hälfte brach in vollem Bewusstsein dieser Tatsachen auf, die andere Hälfte hatte keinen Schimmer davon, sondern glaubte, auszuziehen, um sich ihren Anteil am Wohlstand der Welt zu holen. Der Transport illegaler Migranten war mittlerweile zu echtem Sklavenhandel mutiert. Bei einem Blick auf die Techniken, die in diesem Sektor Anwendung fanden, trat Gewalt gleich einer strahlenden Sonne in den Vordergrund. Da es aber anstrengend und zeitraubend war, Sklaven wie früher durch das Gewinnen von Kriegen in die Hand zu bekommen und Märkte und Versteigerungen zu organisieren, konzentrierte die moderne Welt sich auf das Wundermittel des freien Willens. Zwar existierten Strukturen weiter, die traditionelle Gewaltmethoden anwendeten und zumeist dem Prostitutionssektor Kapital zuführten, das gängigste Mittel im Menschenhandel aber war die Überzeugungsarbeit. Selbstverständlich stellte auch das eine Form von Gewalt dar, doch zumindest starrte anschließend nicht alles vor Schmutz.

Letztendlich trat im Benehmen derer, die durch das Depot geschleust wurden, neben der durch Ungewissheit und Illegalität bedingten Furcht ein Gehorsam zutage, der mit dem Traum von einer Kuh befrachtet war, und eine durchschnittliche Kuh wog 500 Kilo. So entstand eine neue Generation illegaler Migrantenhorden, ihre Schultern hingen tiefer, ihre Beugungswinkel der Unterwürfigkeit waren größer, sie nahmen entsprechend der positiven Korrelation von Armut und Zusammenrücken weniger Platz im Depot ein, aus Angst, für Essen zahlen zu müssen, hatten sie Proviant dabei, sie sprachen weniger miteinander als ihre Vorgänger und stellten schließlich unverwandt perfide Rechnungen auf. Infolgedessen gab es kaum noch einen Unterschied zwischen ihnen und den Sklaven im alten Ägypten. Es war uns gelungen, gemeinsam rückwärts durch die Zeit zu reisen! Als mir diese neue Generation unterkam, glaubte ich nicht länger, Außerirdische könnten die Pyramiden geschaffen haben. Denn bald wurde mir klar, dass die Pyramiden zwar nicht von Menschen erbaut, aber doch aus Menschen gemacht waren. Kurz und gut, auch mit Unterstützung der makroökonomischen Politik der G-8- und G-20-Staaten war ich als G-1, zum Pharao jenes Depots von 72 Quadratmetern geworden. Der einzige Unterschied zu Kinderpharao Tutanchamun bestand darin, dass ich mich nicht so blöd schminkte. Selbstverständlich trug ich auch keine Röcke. Als Pharao brauchte ich nur eines, Geld. Genug Geld, um mir eine Pyramide errichten zu lassen! Ich war in dem Alter, da ich Vater bestehlen konnte, vielleicht schon darüber hinaus. Etwas am Depot zu verändern war aber ohne sein Wissen undenkbar. Also musste ich vor allem Ahad überzeugen. Er saß in der Laube und telefonierte. Natürlich mit Aruz. Geduldig wartete ich darauf, dass sie die Klappen hielten. Es war zwei Monate her, dass Harmin auf der Nilpferdjagd von den Parasiten auf dem Rücken des Nilpferds erlegt worden war. Wieder war es Juni. Bis letztes Jahr hatte ich diesen Monat gehasst, da mit den Insekten sich auch die Illegalen in den Sommermonaten vermehrten, doch diesmal war ich nicht so traurig darüber, dass die Schule sich in die Ferien verabschiedete. Immerhin war ich meinem Reich auf der Spur.

Endlich war Vaters Telefonat beendet, wie stets blickte er mir ins Gesicht mit Augen, die mich nicht sahen, und fragte: »Was gibt's?«

»Das Depot«, sagte ich.

»Was ist mit dem Depot?«

»Ich hab eine Liste aufgestellt. Hier, schau mal…«

Er nahm den Zettel, den ich vor ihn hinlegte, und blieb gleich am ersten Posten hängen.

»Was ist das?«

Ich musste ruhig bleiben. Bemerkte er meine Aufregung, erfasste er alles. Denn er erfasste immer alles. Selbst Dinge, die gar nicht da waren, erfasste er. Er glich einem primitiven Tier, das Erdbeben wittern konnte. Gleich hinter seinen toten blauen Augen saß ein auf meine Innenwelt gerichtetes Radar. Vater war eine Waffe, die zu dem einzigen Zweck produziert worden war, mich zu vernichten. Ein technologisches Wunder! Etwas wie eine Drohne! Oder was auch immer, jedenfalls ohne Mensch darin. Doch ich war nicht unvorbereitet. Ich verfügte über eigene Techniken…

»Du hattest gesagt, dieses Jahr kommen mehr Leute, das Depot muss ausgebaut werden. Stattdessen könnten wir das hier umsetzen. Das eigentliche Problem ist ja nicht die Menge. Sie passen immer irgendwie rein. Das ist kein

Problem. Bisher waren es auch nur einmal maximal hundert Leute. Die fasst das Depot mühelos. Das eigentliche Problem liegt hier: Je mehr es sind, umso schwieriger wird es, die täglichen Aufgaben zu erledigen. Erst recht, wenn Babys oder Alte dabei sind, dann schaffe ich gar nichts mehr. Du weißt ja, die fallen auch manchmal übereinander her …«

Bis dahin lief alles glatt. Tatsächlich hatte vor einigen Monaten nur zwei Schritte von mir entfernt ein Libanese einem Landsmann eine Tüte über den Kopf gestülpt und versucht, ihn zu ersticken. Es stellte sich heraus, dass beide aus Beirut kamen. Einer war Schiit, der andere Sunnit. Den Markt im Viertel des Schiiten hatten Sunniten, die Moschee in der Gasse des Sunniten hatten Schiiten in die Luft gejagt. Diese beiden Wahnsinnigen, die so wenig hätten aufeinandertreffen dürfen wie ein Aktivist der Ulster Volunteer Force und ein IRA-Kämpfer, waren irgendwie durchgerutscht und in derselben Karawane gelandet. All das hatten wir im Anschluss in der Übersetzung aus Aruz' Telefon erfahren. Das Tele-Standgericht urteilte, beiden sollten bis zur Ankunft am Bestimmungsort die Hände gefesselt bleiben. Wohin auch immer sie unterwegs waren, einander erdrosseln sollten sie dort. Selbst wenn sie nichts weiter täten, würden sich doch ihre Kinder gegenseitig an die Gurgel gehen. Denn Konfessionskriege waren wie die Mode. Sie wiederholten sich alle zwanzig Jahre. Zumindest im Nahen Osten. Im Westen hatten die Menschen längst gelernt zu tragen, was ihnen stand, sie vergossen Blut nur noch um edler Farben wie fossiler Brennstoffe willen. Blutflecken aus den Teppichen im Europaparlament und im Weißen Haus zu entfernen war ziemlich aufwendig, weshalb sie den Krieg nicht ins eigene Haus hereinließen. Letztendlich waren aber auch sie Menschen und lechzten wie alle

Menschen danach, gegen ihresgleichen zu kämpfen. Deshalb zischten sie einander »Komm zum Ausgang!« zu und begannen, kaum, dass sie die Grenzen westlicher Zivilisation hinter sich gelassen hatten, Schlachten in anderer Leute Haus. Für Israel stellte sich die Lage anders da: Weil es sich für das politische Greenwich der Welt hielt, forderte es nicht nur, die Uhren nach ihm zu stellen, sondern auch die Jahreszeiten, und erwartete von jedem, sich dem von ihm geschaffenen Klima entsprechend zu kleiden. Denn Israel war ein pechschwarz gewandeter neurotischer Wüstenninja, der aus dem eigenen Nebel trat und Davidblitze um sich schleuderte. Die Türkei schließlich war ein von Bulimie und Depression geplagtes junges Mädchen, das sich zu dick fand, wenn es in den Spiegel im Osten schaute, beim Blick in den Spiegel im Westen aber sicher war, man könne seine Rippen zählen, und fand, dass keines seiner Kleider ihm richtig stand. Zwanzig Jahre lang stopfte es bis zum Ersticken alles in sich hinein, dann bereute es und erbrach, bis ihm der Schlund blutete, um anschließend sich erneut der Völlerei hinzugeben. Dass es eine krankhafte Neigung war, Verallgemeinerungen anzustellen, wusste ich, doch sobald eine Gesellschaft einen Staat gründete, verallgemeinerte sie sich ohnehin. Wir lebten in einer derart durchorganisierten Welt, dass Verallgemeinerungen unvermeidlich waren. Es war längst zu spät. Denn wir wollten pauschal ge- und pauschal verkauft werden. Gefiel einem das handtellergroße Muster, musste man den gesamten Stoff kaufen. Genau wie in der Textilbranche. Oder besser, genau wie in der Spinnennetzbranche. Daraus geht auch hervor, dass alles sich um Stoffe drehte. Von der Augenbinde der Göttin der Gerechtigkeit Justitia bis hin zu den Fahnen: eine Sache des Stoffs. Der Seelenfrieden in den Mienen einer

Handvoll Ureinwohner am Amazonas, denen es gelungen war, unbekleidet zu bleiben, beruhte auf der Stofflosigkeit. Die Unruhe auf meiner Miene rührte daher, dass ich mit Vater redete, der aus demselben Stoff geschneidert war wie ich.

»Wenn wir zum Beispiel eine Kamera hätten … Ich stell einen Monitor in den Schuppen und überwache sie von da aus. Passiert etwas, könnte ich gleich hin und es regeln oder, was weiß ich, dir Bescheid geben. Für eine Kamera braucht es natürlich auch Licht. Drei Leuchtstoffröhren reichen. Sieh mal, hier sind die Preise aufgelistet. Und ich denke, wir sollten einen Verschlag einbauen, um den Vorhang zu ersetzen, den wir jetzt immer aufziehen lassen. Mit Rigips ginge das. Es gibt dauernd Ärger wegen der Toilette. Der hat hergeschaut, jener hat die beobachtet und so weiter … Ich hab's aufgemessen und die Kosten berechnet. Eigentlich sollten wir einen Verschlag fürs Klo einbauen und noch einen Extraverschlag. Da schmieden wir einen Ring an die Wand. Es dreht ja ab und zu mal einer durch, der kommt dann da rein, wir ketten ihn an. Handwerker brauchen wir nicht, ich krieg das schon selbst hin. Und Ventilatoren … Es stinkt wie die Pest. Das ist nicht so wichtig, aber wenn mal einer ohnmächtig wird, das macht Ärger, und man muss sich kümmern. Je weniger Apothekenkram entsteht, umso besser, finde ich. Hier steht der Preis für einen Ventilator. Es gibt welche mit Ständer. Drei würden reichen. Also, es geht ja darum, dass sie nicht krank werden. Eigentlich würde ich gern auch eine echte Lösung fürs Klo finden. Wenn wir da einen Anschluss an die Kanalisation legen könnten … Das ist schwierig. Egal, wir machen es weiter wie bisher. Schau mal, um das Depot baulich zu erweitern, bräuchten wir ungefähr diese Summe hier. Die Summe dieser Dinge beläuft sich aber nur auf so viel. Es lohnt gar nicht der Mühe. Wenn wir die Sachen anschaffen, reicht das vollkommen … Was meinst du?«

Er schwieg. Ja, ich hatte mich gut auf meine Präsentation vorbereitet, doch man konnte nie wissen, wie Ahad reagierte. Es war denkbar, dass er mir eine langte und schrie: »Was kümmerst du dich um so was, lern für die Schule, Bengel!«, obwohl ihm mein Stand in der Schule sonst wo vorbeiging. Er saß aber nur da und schaute. Als sähe er mein Gesicht zum ersten Mal. Das mochte sogar stimmen. Er sah mich zum ersten Mal. Er schaute … und schaute … und sprach: »Alle Achtung, Bengel!«

Damit er nicht merkte, wie viel Luft sich in mir aufgestaut hatte, ließ ich sie durch die Nasenlöcher einzeln ab. Und mein Herzschlag setzte auch wieder ein. Da geschah ein Wunder, er legte mir die Hand auf die Schulter.

»Kriegst du das alleine hin?«

»Ja klar! Mach dir keine Gedanken. Wann kommt die nächste Fuhre?«

»In zwei Wochen.«

Dass er mein Angebot so leicht angenommen hatte, veränderte mich zu einem Idioten. Hier ist der Beweis:

»In zwei Wochen verwandle ich das Depot in ein Paradies!«

Er lachte. Ich lachte auch. Dass sein 14-jähriger Sohn sich mit so großer Lust dem Beruf des Vaters widmete, musste irgendwo in ihm ein paar Zellen angeregt haben. Vermutlich war er zum ersten Mal, seit ich auf der Welt war, stolz auf mich. Selbstverständlich äußerte er das nicht, aber das war so ein Moment. Statt seiner hätte ich selbst stolz sein können auf mich. Immerhin zog Ahad ein Bündel Banknoten aus der Tasche und begann, Scheine abzuzählen. Plötzlich fragte er: »Wie läuft's in der Schule?«

Ich war so erschrocken, dass ich Unsinn plapperte.

»Es sind Ferien, Papa.«

»Das weiß ich, Mann! Wie läuft's, bist du versetzt worden?«

»Mit Auszeichnung, Papa.«

Weitere Scheine verließen das Bündel. Offenbar sollte ich eine Belohnung erhalten. Die Welt hatte wahrhaftig begonnen, sich andersherum zu drehen! Vor Aufregung hatte ich vergessen zu sagen, dass ich Klassenbester war. Ich hatte sogar vergessen zu sagen, dass man mir, weil ich den besten Notendurchschnitt aller Achtklässler hatte, zur Belohnung *Robinson Crusoe* in die Hand gedrückt hatte, das offenbar entschlossen war, mir nicht von den Fersen zu weichen, bis ich es gelesen hätte. Ein fieser Wunsch meldete sich, auch zu sagen, dass die Noten von Ender, dem Sohn des Helden Onkel Feldwebel Yadigâr, so schlecht waren, dass er beinahe von der Schule geflogen wäre, aber ich brachte es doch nicht über mich und beschränkte mich darauf, es zu denken.

»Alle Achtung!«, sagte Ahad. Zum zweiten Mal! Als spende er mir Leben. »In welche Klasse kommst du jetzt?«

Wie ist es möglich, einen Menschen dermaßen zu hassen und zugleich sich so sehr zu wünschen, von ihm geschätzt zu werden? Wie schaffen sich diese beiden Wünsche in ein und demselben Körper Raum? Wer weiß, welcher Kummer in mir herrschte, welche Kämpfe ausgefochten wurden, wie sie sich aufeinanderstürzten, was für eine Schlacht das war. Zweifelsohne eine fürchterliche. Deshalb drehte sich mir der Magen um. Doch als ich den Mund auftat, stand der Sieger fest.

»In die neunte, die erste von der Oberstufe.«

Der Hass desjenigen, der die Herrschaft über meinen Mund nicht hatte gewinnen können, der in der Schlacht blinder Verleugnung geschlagen worden war, zog sich in die Stellung zurück, um Kräfte zu sammeln. Ich konnte seine Schritte hören. Er suchte eine geeignete Stelle zum erneuten Angriff. Bei der ersten Gelegenheit würde er ausrücken. Entweder würde er als von mir verursachter Unfall vorbrechen oder zu tausend Flüchen werden und mir aus dem Mund stürzen. Entweder träfe er Ahad oder irgendjemand anderen, den ich träfe … Aller Hass ergoss sich doch an dieselbe Stelle: morgen. Er konnte warten. Er würde warten. Und ich würde mit ihm warten. Ich war doch ein echter Feigling. Und Hass ist die Rache der Feiglinge. Darin war ich Meister! Man wurde rasend, verzog sich auf die Couch und hasste bis in den Tod. Vorher aber krepierte man selbst. An Hirntumor! Der Tumor der Rache! Ein murmelgroßer Tumor! Entstanden, weil man zu viele Rachefantasien gehegt hatte. Schwebende Rachegelüste. Wir atmeten sie ein. Wir nähmen sie, wäre das möglich, sogar durch die Poren auf. Die Luft war voller Rachegelüste aus hinterrücks vorgebrachten Beschimpfungen. Ein wenig Sauerstoff war auch dabei. Genug, um nicht zu sterben. Denn nicht sterben sollte man, sondern zu etwas nützlich sein. Natürlich musste man das Menschenleben als heilig betrachten, aber nur, solange es zu etwas nütze war. Also war dein Leben gerade so viel wert wie die Sache, zu der du nütze warst. Käme da jemand und könnte diesen Wert ersetzen, dann bräuchte es das Leben nicht mehr, es könnte subtrahiert werden. Alles war Mathematik. Eine bloße Subtraktionsaufgabe. Wüsste ich, was übrig blieb, wenn ich meinen Hass von der Welt subtrahierte, wäre die ganze Geschichte zu Ende. Denn der Rest war reines Alltagsleben. Vielleicht auch ein wenig Morphinsulfat.

»Bist du denn schon groß genug für die Oberstufe?«

»Weiß nicht …«

»Groß genug, um ein Mädel zu besteigen, bist du ja!«

Wie bitte? Ich hatte wohl nicht richtig gehört.

»Na komm, werd nicht rot! Ich sag doch gar nichts, aber pass auf, es gibt da Krankheiten und so …«

Noch immer hörte ich nicht richtig.

»Okay, Bengel! Ich hab nichts gesagt. Wenn du schon so einen Scheiß anstellst, dann verriegle die Tür vom Schuppen!«

Das hatte ich gehört. Weil eine Anweisung darinsteckte. Aus Gewohnheit.

»Mach ich …«

Er lachte … Wie viel hatte er gesehen? Hatte er bis zum Ende zugeschaut? Ich durfte jetzt nicht daran denken. Später! Jetzt musste ich lachen. Musste tun, was er tat. Ich stieß einen Lacher aus. Oder etwas in der Art.

»Du bist nicht sauer, weil ich dir nicht erlaubt habe, die Prüfung zu machen, oder?«

Er meinte die Prüfung, die dafür gesorgt hätte, dass ich mit einem Stipendium an eines der besten Gymnasien des Landes hätte gehen können. Ich hatte die Prüfung abgelegt, aber das wusste er nicht. Und ich wusste nicht, was ich machen sollte, wenn die Ergebnisse veröffentlicht wurden. War es möglich, Ahad zu verlassen? War er jemand, den man verlassen konnte?

»Ach was, Papa, wieso denn?«

»Was ist mit dem Jungen von Yadigâr? Hat er die Versetzung geschafft? Hieß er nicht Ender?«

Das war die Frage! Diese Frage ließ mich alles andere vergessen. So einfach war das also. Weder dass er mich beim Sex mit dem schönsten Mädchen der Welt gesehen hatte noch sonst irgendetwas war noch in meinem Kopf. Alles war weggewischt. Ich konnte es kaum glauben. Als hätte er mich erspürt und diese Frage gestellt. Ich erzählte mit derartigem Appetit, wie dumm Ender war, dass der Geifer, der mir aus dem Mund flog, den Zettel wellte, auf den ich meine Liste geschrieben hatte! Es gab tatsächlich keinen Unterschied zwischen mir und Ahad. Mir war alles ebenso egal wie ihm. Es dauerte eben eine Weile, bis ich die Tatsachen anerkannte. Es brauchte nicht nur eine gewisse Zeit, bis man sich an die Welt gewöhnte, in die man hineingeboren war, sondern auch an sich selbst.

Dann nahm ich das Geld und ging los. Es war so viel, dass ich den nächstbesten Bus besteigen und mich davonstehlen konnte. Doch ich kehrte heim, mit Material beladen. Voll waren meine Arme, mein Verstand dagegen leer. Dann kehrte sich die Situation um, und ich machte mich im Depot wie ein gestandener Elektriker an die Arbeit. Ich bemühte mich nach Kräften, doch kein elektrischer Schlag traf mich. Offenbar war ich hier der Elektrisierte. Hätte ich einen Hund, würde ich ihn Tesla nennen. Oder umgekehrt.

Zwei Wochen lang war ich ununterbrochen im Depot, und schließlich öffneten sich vor mir die Tore der Jagdsaison in ihrer ganzen Pracht. Meine Ameisenfarm war fertig. Und sie stand genau da, wo Ameisen vorbeikamen: auf der Seidenstraße ... Eine Frage des Stoffs!

Am Morgen des Tages, an dem ich mich zum Gott eines Menschendepots befördern wollte, stand plötzlich Yadigâr vor mir. Ich hatte im Städtchen Einkäufe gemacht und kehrte mit Tüten voller Lebensmittel heim. Er stand nicht unmittelbar vor mir. Neben mir stoppte er seinen blauen Wagen, auf dem in großer weißer Schrift »Gendarmerie« stand, und kurbelte das Fenster herunter. Da seine verbrannte Gesichtshälfte auf der anderen Seite lag, sah er äußerst gesund aus. Er musterte die Tüten in meinen Händen.

»Nanu? Habt ihr Besuch?«

Zu den Dingen, die mir mühelos auch auf einem Bein gelangen, gehörte selbstverständlich das Schwindeln.

»Da gibt's eine arme Familie im Dorf. Für die ist es. Papa hat gesagt, kauf ein bisschen was ein für sie. Da bin ich eben einkaufen gegangen. Nachher bringen wir die Sachen hin.«

»Gute Idee«, sagte Yadigâr. Und verstummte. Yadigâr hatte eine seltsame Angewohnheit. Er sagte etwas, hielt dann inne und schaute einem ins Gesicht. Als ein Mann weniger Worte und sprechender Blicke war er ein Meister im Nervösmachen. So kam es zumindest mir vor. Es war ja ich, der ein Leben führte, das es zu verbergen galt. Was wollte er sagen? War die Lüge gut ausgedacht? Was war eine gute Idee? War das alles? War unsere Unterhaltung beendet? Durfte ich weitergehen? Mut machte mir einzig und allein, dass der Motor des

Wagens noch lief. Ich glaube, ich erlebte nie wieder einen Augenblick, in dem ein Motorengeräusch mir so viel Kraft gab. Gerade wollte ich sagen: »Schöne Grüße an Ender« und mich auf die Socken machen, da fragte er: »In welchem Dorf?«

»Das weiß ich nicht, Onkel Yadigâr. Papa hat's erwähnt, aber ich hab's vergessen.«

Genau in dem Moment, da ich dachte, meine Antwort genüge, versiegte auf einen Schlag meine einzige Quelle der Hoffnung. Yadigâr drehte den Zündschlüssel und würgte den Motor ab. Unser Gespräch würde also weitergehen.

»Geben wir doch dem Landrat Bescheid, vielleicht können die Sozialhilfe bekommen.«

»Gut«, stimmte ich zu. »Ich frag nach.«

Armut war von uns allen nur eine Armlänge entfernt. Sogar nur eine Ellbogenlänge. Bequemten wir uns, eine bedürftige Familie ausfindig zu machen, konnten wir schon auf eine stoßen, ohne noch den Arm ganz ausgestreckt zu haben. Nötigenfalls würden wir Yadigâr eine unter die Nase reiben. Das Einzige aber, was jetzt stieß, war mein Herz gegen die Rippen. Es gebärdete sich wie ein in meinen Brustkorb gesperrtes wildes Tier. Die Tüten wogen schwer, doch absetzen mochte ich sie nicht. Nachdem das Motorengeräusch mich im Stich gelassen hatte, waren sie der einzige Trumpf in meinen Händen, wenn auch ein schwacher. Die Tüten abzusetzen hätte bedeutet, ich akzeptierte, das Gespräch fortzusetzen. Das dachte ich zumindest. Diese lächerliche Maßnahme, die ich im Stillen getroffen hatte, hinderte mich daran, mir den Schweiß von der Stirn zu wischen, dazu war einfach keine Hand mehr frei. Yadigâr musterte inzwischen den Schweiß. Er fixierte gar einen bestimmten Tropfen. Den, der zwischen meinen Brauen der Nase zustrebte. Als er die

Nasenspitze erreicht hatte und zu schaukeln begann, ergriff Yadigâr wieder das Wort.

»Es ist heiß!«

»Ich muss los, Onkel Yadigâr, Papa wartet.«

»Ich fahr dich hin.«

»Vielen Dank, aber es ist ja nicht weit.«

Er öffnete die Tür und stieg aus. Wohin hätte ich flüchten sollen.

»Gib her«, sagte er und nahm mir die Tüten aus den Händen, er öffnete die Tür hinten und packte beide auf den Sitz. Ich erstarrte, weil ich nicht wusste, was ich tun sollte. Jetzt war die Reihe an mir, wenig Worte zu machen und sprechend zu blicken. Yadigâr schwang sich auf seinen Fahrersitz, schlug die Tür zu, drehte sich nach mir um und rief: »Komm schon!«

Weder ließ man von einem Zeppelin eine Strickleiter herab, die ich hätte ergreifen können, um in den Himmel hinaufzusteigen, noch hatte ich ein Pferd, das auf meinen Pfiff von irgendwoher angaloppiert käme. Die Dutzenden von Abenteuerromanen, die ich gelesen hatte, waren reiner Schwindel! Wirklich war nur ich! Schon ein Erdbeben hätte gereicht! Ein Erdbeben, das ein paar Dörfer zerstörte und vier, fünf Leute tötete! Nicht einmal das trat ein, außer mir wurde niemand erschüttert. Das geschah, weil ich die Tür ein wenig heftig zuschlug, nachdem ich vor dem Wagen auf die andere Seite gewechselt und neben Yadigâr eingestiegen war.

Nun sah ich nur seine nicht vorhandene Wange. Wie schnell kann ein Mensch denken? Wie hoch ist die Gedankengeschwindigkeit? Ich wusste es nicht und versuchte doch, alles zu berechnen. Wir würden eine kurze Strecke fahren, dann in den Staubweg einbiegen und vor dem Haus stehen. Vielleicht sollte ich schon aus dem Wagen springen, wenn er kurz vor dem Halten langsamer fuhr, und rufen: »Papa! Papa! Wir sind da!« Vielleicht sollte ich einen Ohnmachtsanfall vortäuschen. Vielleicht sollte ich verraten, dass Ender mittlerweile rauchte. All das durchdachte ich, als ich merkte, dass Yadigâr das Steuer einschlug, so weit es ging. Wir drehten uns im Kreis, und die Nase des Wagens zeigte nun zum Städtchen. In die entgegengesetzte Richtung von zu Hause. Ich blickte ihm ins Gesicht, doch er beschäftigte sich nicht länger mit mir.

»Onkel Yadigâr, ich wohne …«, fing ich an.

»Ich hab was zu tun, erst erledigen wir das«, bestimmte er.

Ich war erleichtert. Die Bestie in meinem Brustkorb war gezähmt, im Ansatz zumindest. Während er was auch immer erledigte, würde ich eventuell einen Weg finden, Vater anzurufen. Ich könnte in einen Laden schlüpfen und von dort aus telefonieren. Wir fuhren ins Städtchen hinein und folgten der Hauptstraße. Gleich würde er das Tempo drosseln. Doch er wurde nicht langsamer. Nun gab es nur noch einen Ort, den er ansteuern konnte: die Gendarmeriewache am anderen Ausgang des Städtchens. So war es, und vor der Wache hielt er an. Er drehte den Zündschlüssel, schaute mir eine halbe Minute lang ins Gesicht, sagte: »Komm mit!«, und stieg aus. Da ich mich schlecht im Auto einschließen und bis zum Tod darin verschanzen konnte, stieg ich notgedrungen aus.

Im Vorübergehen bemerkte ich, wie der Wachsoldat Habachtstellung annahm und grüßte, als Yadigâr ihn passierte. Er musste einen Heidenrespekt vor Yadigâr haben, dass er außerstande war, die Augen von ihm zu lösen. Als ich mich noch einmal umdrehte, nachdem wir die fünf Stufen vor dem Gebäude erklommen hatten und eintraten, starrte er uns noch immer hinterher. Hätte ich mich doch bloß nicht umgedreht! Denn die Furcht in seinen Augen potenzierte meine. Das Trommeln gegen die Wände meines Brustkorbs setzte wieder ein. Mir blieb nur, Yadigâr zu folgen. Er ging zwei Schritte vor mir her. Ich fühlte mich, als starrten mich alle an. Der Mann in Handschellen, an dem wir vorüberkamen, und die beiden Gendarmen neben ihm und einfach jeder.

Wir durchschritten einen Korridor und kamen an eine Treppe. Es ging die Stufen hinunter, und wir standen wieder in einem Korridor. Ein kurzer Korridor. An seinem Ende lagen zwei Eisentüren. Yadigâr blieb vor der linken stehen, zog ein Schlüsselbund aus der Tasche, wählte einen Schlüssel und schloss auf. Da er vor mir stand, konnte ich nicht sehen, was sich in dem Raum befand. Yadigâr drehte sich um und sah mich an. »Da rein!«, sagte er. Er packte meine Schulter und schob mich hinein, erst da sah ich, was hinter der Tür lag. Nichts. Denn es war eine Zelle. Ich tat zwei Schritte und blieb stehen. Noch lag Yadigârs Hand auf meiner Schulter. Ich drehte den Kopf und schaute über ebendiese Schulter in sein Gesicht. »Hier wartest du erst mal«, sagte er. Ich wusste so wenig, was ich sagen sollte, dass ich die dümmste Frage der Welt stellte: »Hier?«

»Ich erledige, was ich zu tun hab, dann komm ich und hol dich. Dann bring ich dich nach Hause, okay?«

Hätte es etwas genützt, in diesem Augenblick um Hilfe zu schreien? Oder wäre dann nur ein Irrer namens Hilfe aufgetaucht und hätte mich umgebracht? Es war ein so verrückter Moment, dass alles möglich schien. Kein Wort brachte ich heraus. Yadigâr machte zwei Bewegungen. Mit der ersten verließ er die Zelle, mit der zweiten schloss er die Tür. Dann hörte ich den Schlüssel. Einen Schlüssel, der ins Schloss fuhr und sich drehte, der sich drehte und herausgezogen wurde …

Sogleich ließ ich den Kopf hängen, warum auch immer. Da sah ich das Sägemehl. Rings um meine Füße. Ein Sägemehlsumpf mehr … Mir war, als versänke ich darin und erstickte. Vielleicht wäre es besser gewesen, hätte sich das wirklich ereignet. Doch im Gegensatz zu Dordor und Harmin war ich imstande, stets an Land und auf dem Boden zu bleiben. Ich ging einfach nicht unter. Das dachte ich damals zumindest … Nichts davon war jetzt von Bedeutung. Ich steckte tatsächlich in einer Zelle. Und hatte nicht den leisesten Schimmer, warum. Natürlich dachte ich, man habe uns erwischt. Natürlich war ich überzeugt davon, unser ganzes Verbrechernetz sei aufgeflogen und wir würden Jahre im Gefängnis vor uns hin gammeln. Dabei war mein einziger Wunsch, draußen zu gammeln. In der Zelle gab es nur eine Bank aus Metall. Und an den Wänden ein paar Inschriften und einige ineinandergreifende Zeichnungen. Es gab nicht mal ein Fenster. Da nahm ich die Glühlampe über mir wahr. Sie glich der in unserem Depot. Es war mir nicht aufgefallen, aber Yadigâr musste das Licht angeknipst haben, nachdem er die Tür geöffnet hatte. Vielleicht brannte es auch dauernd. Unser ganzes Leben war im Eimer, und ich stand da und starrte die Glühbirne an. »Okay!«, sagte ich mir, »okay, ganz ruhig!« Ich versuchte, mich zu beruhigen. Das tat ich, indem ich lief. Ich lief im Kreis, berührte die Wände und sagte mir zugleich unablässig mein Alter vor. »Wer kann dir schon etwas?«, fragte ich mich. »Nehmen wir einmal an, du kommst vor Gericht, wie viel würden sie dir aufbrummen? Du bist ja nicht mal achtzehn!« Dann beschleunigten sich meine Schritte, und ich war mir sicher, im Knast zu schmoren, bis ich krepierte. Auch wegen Vergewaltigung würde man mich verurteilen! Nichts würde verborgen bleiben! Dabei war es ja nicht einmal Vergewaltigung! Den Umständen entsprechend hatte sich eine Person mir hingegeben. Oder andere hatten sie mir hergegeben, egal. Doch wer würde auf mich hören? Und das Schlimmste käme zum Schluss: versuchter Massenmord! Weil ich das Ventil aufgedreht hatte! »Ja«, sagte ich. »Du wolltest, dass die Leute ertrinken!«, würden sie mir vorwerfen. »Du wolltest sie alle umbringen!« Mir war, als würden sie mich für Jahre wegsperren, allein, weil ich geboren worden war. Da ich mich nicht noch mehr ängstigen konnte, entschleunigte sich unwillkürlich mein Puls. Meine Schritte ebenso. Und da ich, egal wie viel ich lief, nicht aus der Zelle hinauskonnte, war es am klügsten, sich auf die Bank zu setzen. Also setzte ich mich darauf. Nun begann ich aber, mit den Füßen auf und ab zu wippen. Die Knie hoben und senkten sich wie zwei Schlagbohrer, die vorhatten, den Fußboden zu durchbrechen. Endlich entschleunigten sich auch sie und standen schließlich still. Nur ich und mein Puls waren noch da.

In diesem Augenblick sagte ich: »Verfickte Scheiße, gut so! Abhauen ist dir nicht gelungen, aber nun kommst du auf diese Weise aus der Sache raus!« Ja, der Wind in meinem Kopf begann sich zu drehen. Nun blähten andere Gedanken die Segel. Es war eigentlich ein Wunder! Eigentlich war doch geschehen, worauf ich immer gehofft hatte. Vater und die widerwärtigen Illegalen würde ich nie wiedersehen. Herrlich! Das war die Strickleiter, die aus dem Zeppelin zu mir herabfiel und mich in den Himmel hinaufführen würde. Es war nicht ganz so, wie ich es mir erträumt hatte, doch wenn ich all das loswurde, dann dank dieser Zelle. Plötzlich fragte ich mich, ob ich womöglich geschlafwandelt war. Konnte es sein, dass ich eines Nachts aufgestanden, zu Enders Familie gegangen war und Yadigâr alles gebeichtet hatte, weil ich mir so verzweifelt wünschte, dass wir aufflogen? Ach, ich las zu viele Romane! Was interessierte es mich, wie man uns auf die Schliche gekommen war! Es zählte jetzt nur eins: Dass man uns ertappt hatte, würde mich vor den schrecklichen Dingen bewahren, die ich vorhatte! Zweifellos eine göttliche Intervention! Wäre Yadigâr mir nicht in die Quere gekommen und ich ganz normal nach Hause gegangen … Was hatte ich mir nicht alles ausgedacht! Was für Pläne! All die Vorbereitungen! Die Träume von der Ameisenfarm! Was hätte ich nicht alles mit den Menschen angestellt! Wie konnte ich nur so überschnappen? Ich war tatsächlich davongekommen. Der Held Onkel Feldwebel Yadigâr war wahrhaftig ein Held! Er hatte mich vor mir selbst bewahrt und verhindert, dass ich den Rest meines Lebens in Selbstekel zubringen musste! Ich würde in der Zelle sitzen, solange er es wollte. Anschließend würde ich vor den Richter treten und auspacken. Wie Ahad mich gezwungen hatte und alles. Ich würde sogar sagen, dass er mich bedroht hatte. Das würden sie bestimmt glauben. Ich würde sagen, er habe mich geschlagen. Ja, das war logisch und nicht einmal gelogen. Gut, er prügelte nicht mehr so arg wie früher, doch er schaute drein, als rutschte ihm jeden Moment die Hand aus. Hätte er nur erst kürzlich kräftig zugeschlagen! Hier und da ein paar blaue Flecken würden sich jetzt gut machen. Oder zum Beispiel eine Brandwunde von einer ausgedrückten Zigarette. Er hatte so etwas nie getan, aber oft hatte ich in der Zeitung von Leuten gelesen, die ihre Kinder damit malträtierten. In diesem Zaubermoment fiel mir die Schachtel Zigaretten in meiner Tasche ein, mit dem Feuerzeug darin. Vor Aufregung hatte ich sie ganz vergessen. Da ich noch nicht süchtig war, hatte ich nicht die Angewohnheit, mir alle halbe Stunde eine anzustecken, deshalb war sie mir nicht früher in den Sinn gekommen. Ein paar kleine Brandstellen! Auf meinen Armen, meinen Beinen … Fantastisch! Je strikter Ahad leugnete, desto mehr würde der Richter mir glauben! »Er drückt seine Zigaretten auf meiner Haut aus, Onkel Richter!«, würde ich sagen. Oder war es besser, Herr Richter zu sagen? Oder, wie in den Filmen, Hohes Gericht, oder so? Nein, Onkel war besser, auf jeden Fall. »Ich weiß nicht, warum er das tut, Onkel Richter. Dabei haben wir jede Menge Aschenbecher zu Hause!«

Mittlerweile lachte ich, denn alles hatte sich aufgelöst. Die Sache hatte sich geklärt, und das Thema war abgehakt. Ich war mindestens so erfinderisch wie Felat! Gäbe es doch eine Möglichkeit, ihn zu erreichen und ihm von meiner Erfindung zu berichten! Auch Dordor und Harmin wären stolz auf mich! Sie waren aus ihrem Vaterhaus getürmt – ich würde dafür sorgen, dass mein Vater für längere Zeit hinter Gitter kam. War das nicht auch ein Weg, vor seinem Vater Reißaus zu nehmen?

»Er hat mich zu allem gezwungen, Onkel Richter! Ich liebe meinen Vater ja. Aber er hat mir immer befohlen, die Leute schlecht zu behandeln. Einmal hat er mich sogar gezwungen, ein Mädchen … Ich schäme mich so … Und er hat zugeschaut! Und er hat angeordnet, dass ich das Ventil öffne! Er wollte, dass sie alle ertrinken. Ich hab ihn davon abgehalten. ›Das kannst du nicht machen, Papa, das ist nicht recht‹, hab ich gesagt. Sehen Sie sich meine Arme an! Er raucht eine Schachtel am Tag, und die Hälfte drückt er mir auf der Haut aus. Dabei haben wir jede Menge Aschenbecher zu Hause!«

Perfekt! Mit einem Wort: perfekt!

»Fragen Sie in meiner Schule nach, ich hab immer Auszeichnungen bekommen. Jede Klasse habe ich mit Auszeichnung abgeschlossen. Sicher hab ich auch bei der Aufnahmeprüfung für das Gymnasium eine hohe Punktzahl erreicht. Vielleicht bin ich sogar unter den ersten hundert, wer weiß. Mit Ihrer Erlaubnis würde ich mich gern bei einer meiner Punktzahl entsprechenden Schule anmelden. Ich gehe als Internatsschüler hin. Auch an den Beinen hab ich Brandwunden. Soll ich sie Ihnen zeigen?«

»Nicht nötig, mein Sohn«, würde der Richter sagen. »Dein Vater ist kein Mensch, das ist jetzt klar. Natürlich, mein Junge, geh nur, wohin du gehen willst. Aber vorher lass die Brandwunden behandeln!«

»Vielen Dank, Onkel Richter«, würde ich sagen. »Die Brandstellen sind nicht wichtig, daran bin ich gewöhnt.« Bei diesen Worten würden alle Anwesenden im Saal in Tränen ausbrechen, vielleicht würden sie auch aufstehen und mir wegen meiner Tapferkeit applaudieren. In ihren Augen wäre ich ein Engel, den man lebend aus des Teufels Haus gerettet hatte. War ich das nicht auch?

Die Zelle kam mir nicht mehr furchtbar vor. Ich grinste vor mich hin. Ich war aufgekratzt genug, aufzustehen und die Inschriften an den Wänden zu studieren. Die Brandwunden hatten Zeit. Darum könnte ich mich auch später kümmern. Ich erhob mich von der Bank, schob die Hände in die Hosentaschen, als wäre ich am Strand, und schlenderte hin und her. Dabei musterte ich die Wände. An der ersten fanden sich ineinander verschlungene Formen. Mir war nicht klar, was sie darstellen sollten. Dann folgte ich den Linien genauer und stellte fest, dass es sich um einen Penis handelte. Da zeigte sich erneut der Zauber der Zelle, und jene Sätze, die mein Engelswesen in höchste Höhen aufsteigen lassen würden, rieselten mir gleich Offenbarungskonfetti über den Kopf.

»Und als Letztes, Onkel Richter … Ich weiß nicht, wie ich davon reden soll … Ich war zehn … Eines Tages hat Papa …«

»Weine nicht, mein Junge, beruhige dich, sprich. Also, dein Vater?«

»Papa hat schlimme Dinge mit mir gemacht …«

»Was für schlimme Dinge?«

»Erst hat er mich angefasst … Dann hat er mir die Hose runtergezogen und mich ausgezogen … Dann hat er mein … mein Ding … in die Hand genommen … und gestreichelt … er hat sein Gesicht daran gerieben … er hat es geküsst …«

Von diesem Punkt an würde ich das Gericht nicht auf meinen Füßen verlassen, sondern mit Flügeln. Ich müsste nicht einmal weiterreden. Doch was, wenn sie Beweise wollten? Wie sollte ich all das beweisen? Es war vier Jahre her. Gut, die Fingerabdrücke des Libyers standen noch hinter meiner Stirn. Doch außer mir sah die niemand. Andere Spuren waren nicht mehr vorhanden. Wäre es aber möglich, etwas einzuführen und es ein wenig bluten zu machen … Ja dann … »Und gestern hat er es wieder getan!«, könnte ich sagen.

Was tust du da, Gazâ?

Ich versuche, mir das Leben zu retten, Scheiße!

So willst du dein Leben retten?

Was geht dich das an!

Überleg es dir gut, willst du dich so retten?

Komm du doch her und rette mich!

Hättest du mich nicht umgebracht, wäre ich sofort gekommen.

Die fragen garantiert auch nach dir. Was soll ich dann sagen?

Woher sollten sie denn von mir wissen?

Und wenn sie dich finden?

Meine Leiche? Spinn nicht rum. Erinnerst du dich nicht daran, wie dein Vater mich verscharrt hat? Wer sollte mich da im Wald finden?

Er duftet aber schön, der Lavendel, findest du nicht?

Tut mir leid, ich habe keine Nase mehr …

Und was soll ich jetzt tun? Wie komm ich aus der Scheiße hier wieder raus?

Du fluchst ein bisschen viel … Meines Erachtens brauchst du im Augenblick gar nichts zu tun. Beruhig dich, setz dich hin und warte ab. Vielleicht hat Yadigâr tatsächlich etwas zu erledigen und kommt dich gleich abholen.

Cuma …

Ja?

Verzeih mir.

Keine Sorge, mir geht's gut. Übrigens, der Lavendel duftet himmlisch.

Hast du je meine Mutter gesehen?

Nein.

Ich auch nicht … Weißt du …

Was denn?

In der Nacht, als ich zur Welt kommen sollte, ist sie aus dem Haus geflohen. Sie ist dann zum städtischen Friedhof.

Warum?

Um vor Ahad zu fliehen.

Was hat das eine mit dem anderen zu tun?

Sie wollte mich zur Welt bringen und gleich begraben. Auf dem Friedhof. Und anschließend abhauen.

Wer hat dir das denn erzählt?

Papa … Er hat sie in letzter Sekunde gefunden. Bevor sie mich begraben konnte. Mama hatte viel Blut verloren … Dann ist sie gestorben.

Dein Vater hat dich belogen, Gazâ. So eine Geschichte kann unmöglich wahr sein. Das ist eine Story, die er nur erfunden hat, damit du dich ihm dein Leben lang verpflichtet fühlst.

Glaub ich auch.

Glaub ihm auf keinen Fall.

Tu ich sowieso nicht.

Fang bloß nicht an, Zigaretten auf dir auszudrücken. Das wäre völlig sinnlos.

Ich hab's schon getan, Cuma … Sieh mal.

Wirf die weg, wirf sie sofort weg!

Ich finde, alle Kinder sollten auf dem Friedhof geboren und anschließend gleich begraben werden. Dann bräuchten sie sich gar nicht erst abzuplagen.

Gazâ, du hast deinen Arm ruiniert! Tu das nicht wieder, hör auf damit!

Und dann kommen sie alle ins Paradies. Wie du. Im Korankurs haben sie Ender erzählt, dass du bis zum letzten Moment bereuen kannst. Egal, was du getan hast! Mag sein, dass Gott es akzeptiert.

Gazâ, hörst du, leg die Zigarette weg!

Wenn du aber jetzt zum Beispiel einen umlegst, der kann nicht bereuen. Weil er keine Zeit dazu hätte. Er weiß ja nicht, dass er stirbt. Oder es wird eben alles ganz schnell gehen. Vielleicht würde er bereuen wollen, oder? Vielleicht würde Gott es akzeptieren. Wenn mich doch nur jemand umbringen würde … Urplötzlich! In den Rücken schießen! Dass ich keine Gelegenheit zum Bereuen hätte … Wenn ich ins Paradies käme … Denn wenn ich jetzt bereue, wird das nichts nützen, das weiß ich. Deshalb kann ich nur ins Paradies, wenn mir jemand mein Recht zu bereuen nimmt. Verstehst du? So blöd bin ich nicht. So blöd nicht! Ich hab meine eigenen Techniken … Du hast ja selbst gesagt, du hast keine Nase mehr, wie willst du da den Lavendel riechen? Eigentlich glaube ich auch gar nicht, dass du im Paradies bist. Weißt du noch, was du zu mir gesagt hast? Geh los und tu den Leuten weh, hast du gesagt! Das Depot ist der Mund deines Vaters, hast du gesagt!

Gazâ!

Was?

Das hab ich nicht gesagt.

Wer denn sonst?

Was meinst du?

Ich soll das gesagt haben, meinst du?

Du führst Selbstgespräche, Gazâ.

Ich führe also Selbstgespräche. Guck mal, wie meine Arme aussehen! Warum tut das gar nicht weh? Wieso spür ich denn gar nichts? Warum ist mir, als gehörten die gar nicht zu mir? Sag was! Das heißt also, diese Arme gehören jemand anderem, oder?

Gut, Gazâ, einverstanden … Die Arme gehören jemand anderem.

Wem denn?

Deiner Mutter. Es sind die Arme deiner Mutter. Die Grube, in der sie dich begraben wollte, hob sie mit diesen Armen aus. Okay? Bist du jetzt glücklich? Jetzt hast du, was du wolltest. Jetzt weißt du die Wahrheit. Wie fühlst du dich jetzt?

Wie immer.

Das heißt?

Wie die Engelkette meiner Mutter.

Bitte?

Ich fühle mich, als würde ich meiner Mutter am Hals hängen und sie erwürgen.

Ist das dein Ernst?

Ich sage dir, ich bin ein Engel aus Gold, natürlich ist das mein Ernst.

Und warum fühlst du dich so?

Weil ich meine Mutter nicht aus Rache getötet habe. Ich habe getötet, um zu überleben. Sie wollte mich begraben, kaum, dass ich geboren war. Ich bin aber so zur Welt gekommen, dass ich ihr ganzes Blut vergossen habe! Seltsam, nicht wahr? Dass sie gestorben ist, als sie dabei war, das Kind zu gebären, das sie töten wollte. Um mich umzubringen, musste ich natürlich erst mal irgendwie aus ihrem Bauch heraus. Ich musste also leben, und sei es nur für einen Moment. Vielleicht wollte sie in diesem einen Augenblick, dass ich lebe. Als sie wollte, dass ich endlich zur Welt komme, wollte sie ja eigentlich, dass ich lebe. Mag sein, dass es ihr selbst nicht bewusst war, aber sie wollte mich unbedingt aus sich herausbringen! Und ihr Wunsch ging in Erfüllung. Zumindest die Hälfte des Wunsches, Leben zu geben, um ihr Kind zu töten, hat sich erfüllt. Ich lebte … Wenn ich sie beim Geborenwerden nicht so viel Blut gekostet und ihr damit das Leben genommen hätte, hätte sie sicher einen Weg gefunden, mich umzubringen. Vielleicht hätte sie mich, wie jener Libanese, mit einer Tüte erstickt, noch ehe ich einen Monat alt war. »Sie oder ich!«, hab ich gesagt, verstehst du, Cuma? Sie oder ich! Wie Vater! Wie alle Überlebenden! Bestimmt gibt's auch in eurer Familie so jemanden. Um seinetwillen bist du überhaupt nur geboren worden. Weil irgendwer irgendwann mal gesagt hat: Er oder ich! Sei nicht traurig. Du bist im Paradies, das weiß ich. Ich hätte auch ins Paradies kommen können, aber es sollte nicht sein. Hätte Mutter mich doch nur gleich begraben! Ein Baby noch ohne Sünden! Das wäre gewesen, als hätte sie mich direkt im Paradies begraben, oder etwa nicht? Egal … Da ich schon keine Chance habe, ins Paradies zu kommen, wenn ich sterbe, geh ich eben ins Paradies und sterbe da! Los, verbrennen wir auch Mamas Beine ein wenig!

Zwei Nächte. Zwei Nächte harrte ich in der Zelle aus. Ohne Schlaf. Vier Mal ging die Tür auf. Vier Mal dachte ich, jetzt komme ich raus. Jedes Mal sprang ich auf und stürzte zur Tür. Wie die Illegalen im Depot … Vier Mal irrte ich mich, denn man stellte nur einen Teller mit Essen vor mich hin. Immer ein anderer Gendarm. Ich versuchte, Fragen zu stellen. Versuchte es mit Reden, mit Schreien, mit Heulen. Niemand schenkte mir Gehör. Wie ich im Depot. Dann ging die Tür zum fünften Mal auf, aber dieses Mal rührte ich mich nicht von der Stelle. Ich hob nur den Kopf. Da stand Yadigâr. Und Vater.

»Komm«, sagte Yadigâr. »Ab nach Hause …«

Ich stand auf und ging an ihnen vorüber. Ich stieg die Treppe hoch, durchquerte den Korridor. Ich verließ das Gebäude und rannte los, ohne auf Vater zu warten. Ich heulte und hatte nicht vor, stehen zu bleiben. Ich würde rennen, so weit ich kam. In der Einkaufsstraße stoppte Ahad den Lkw neben mir und sagte: »Steig ein!« Ich blieb stehen. Erst starrte ich Vaters Arm an, der aus dem offenen Lastwagenfenster baumelte, dann sein Gesicht, dann den Gehsteig, auf dem ich wie festgenagelt stand. Außer Atem. Als ich das Sägemehl auf dem Boden sah, begriff ich, dass es keinen Ort gab, zu dem ich laufen konnte, und stieg ein.

Während der Heimfahrt sprachen wir kein Wort. Einmal

warf ich Vater einen Blick zu. Und weil ich nicht wusste, was ich denken sollte, dachte ich nur, wie sehr sich doch unsere Gesichter glichen. Vielleicht ähnelten wir uns nicht wirklich, ich weiß es nicht. Auch er wirkte schlaflos. Auch er hatte geschwitzt. Wer weiß, was geschehen war, als ich in der Zelle saß? Was mochte er empfunden haben? Vielleicht hatte er sich ernsthaft gesorgt um mich. Vielleicht hatte man ihn in eine andere Zelle gesteckt. Was immer uns zugestoßen war, musste ein derart ungeheures Drama sein, dass es erst zu Hause besprochen werden konnte, dachte ich und schwieg. Wir schwiegen beide. Dann gingen wir ins Haus, und ich fragte: »Papa … haben sie uns erwischt?«

Er lachte. Er öffnete den Kühlschrank und nahm sich ein Bier heraus.

»Was soll das denn heißen …«

Doch ich lachte nicht. Zum ersten Mal schrie ich Vater an. Und brachte dabei nur ein einziges Wort heraus: »Papa!«

Er stutzte wie im Tiefenrausch, sah mich an, und auf seinen Lippen erstarb das Lächeln. Er öffnete die Bierflasche und schnippte den Deckel auf den Küchentisch. Er setzte die Flasche an die Lippen. Dann wischte er sich mit dem Handrücken den Mund ab und sprach.

»Keine Angst … Nur, dieser Hurensohn von Yadigâr will mehr Geld … Kapiert?«

Ich kapierte gar nichts.

»Was für Geld?«

Er drehte den Kopf, um in die Ferne zu schauen, doch wegen der Wände kam er nicht weit, also ließ er seine Blicke bei mir enden und holte Luft. Denselben Atemzug ließ er mit den Worten: »Setz dich mal hin« wieder fahren … Zu beiden Seiten des Tischs stand je ein Stuhl. Das reichte, da wir sonst niemanden hatten. Ich zog den Stuhl, der mir am nächsten stand, heran und nahm Platz. Er setzte sich mir gegenüber. Er nahm noch einen Schluck Bier und fing dann zu reden an, wobei er die Flasche musterte.

»Du warst Köfte essen.«

»Wann? Wo?«

»Bei Yadigâr.«

»Bei Yadigâr? Keine Ahnung … Ja, doch … Vor zwei Jahren ungefähr.«

»War's gut?«

»Die Köfte? Kann mich nicht daran erinnern …«

»Aber Salime ist eine hübsche Frau. Vielleicht könnte sie ein bisschen schlanker sein … Wie war's denn bei denen im Haus so?«

Sein Blick ruhte weiterhin auf der Flasche, die er mit beiden Händen hielt. Ganz offensichtlich sah er da keine Flasche. Er sah etwas anderes. Etwas, das mir verborgen war. Wie in jenen Zeilen von Rimbaud, die dieser vor Jahrhunderten geschrieben hatte und die ich Jahre später lesen sollte: *Und manchmal, da sah ich, was die Menschen glaubten zu sehen.*

»Ein Haus eben … ein normales Haus.«

»Zum Beispiel … Wie waren die Möbel? Der Fernsehapparat … Die Sessel …«

Was sah Vater in der Flasche?

»Schön, wahrscheinlich … Ich erinnere mich an den Fernseher. Es gibt doch so welche mit Riesenbildschirm. Wir schlossen sogar Enders PlayStation an und spielten damit.«

»Wie sahen sie aus? Waren sie glücklich?«

Warum fragte er danach? Wen interessierte das?

»Wahrscheinlich … Ja.«

»Das Geld für dieses Glück bezahle ich. Jedes verdammte

Stück, das du in dem Haus gesehen hast, ist von mir bezahlt.«

Mein Verstand steckte immer noch in der Zelle fest, deshalb begriff ich nicht. Ich war nichts als ein verschrecktes Kind.

»Wieso denn?«

»Weil es ewig her ist, dass man uns erwischt hat, Gazâ. Viele Jahre … Was glaubst du denn, wie wir diesen Job die ganze Zeit so reibungslos machen konnten? Hast du darüber mal nachgedacht?«

Die Tür der Zelle unten in der Gendarmeriewache ging auf. Kaum war mein Verstand herausgeschlüpft, sprang er mir in den Schädel und verankerte sich dort. So erfasste ich die mathematische Antwort zur Gedankengeschwindigkeit und zu dem, wovon Vater sprach.

»Du zahlst Schmiergeld?«

»Was glaubst du, wie du zu deiner Auszeichnung gekommen bist, Bengel?«

Na gut, okay … Yadigâr hatte mich in Geiselhaft genommen, damit die Bestechung für ihn erhöht wurde. Das konnte ich nachvollziehen. Er hatte das vor den Augen all der Gendarmen getan und die Zelle für Polizeigewahrsam in der Bezirkskommandantur als persönlichen Kerker dazu benutzt. Auch das konnte ich nachvollziehen. Der Held Onkel Feldwebel Yadigâr war also nicht nur Befehlshaber einer Wache, zugleich war er Garant einer Verbrechensmaschinerie, die kooperativ für unser nettes Städtchen eingerichtet worden war und die wir betrieben. Das verstand ich. Außerdem war niemand ein Held. Auch das verstand ich. Warum ich aber zwei Nächte in der Zelle hatte verbringen müssen, blieb mir unbegreiflich.

»Warum hast du ihn denn nicht gleich bezahlt und mich da rausgeholt?«

Zum ersten Mal, seit wir uns am Tisch gegenübersaßen, hob er den Kopf, löste den Blick von der Flasche und sah mir in die Augen.

»Die erste Regel im Handel.«

»Und die wäre?«

»Handeln… Feilschen…«

Damit hatte ich natürlich nicht gerechnet. So kam es, dass ich Vater zum zweiten Mal in meinem Leben anbrüllte.

»Zwei Tage lang hab ich da geschmort, in diesem Loch, genau wie unser Depot, ohne Schlaf! Und du sagst, du wolltest feilschen!«

Erschrocken von der Lautstärke der eigenen Stimme und von den möglichen Folgen, riss ich meine Sprache zu einer Schwindelei herum.

»Und ich hab dauernd an dich gedacht! Wo mag er sein, hab ich mich gefragt! Haben sie Papa auch eingelocht, hab ich überlegt!«

Sein Lacher klang wie ein Stöhnen. Er nahm einen Schluck Bier und sprach, als er die Flasche auf den Tisch setzte.

»Wieso denn, Gazâ? Wieso hast du an mich gedacht? Du sollst nur an dich denken, Junge. Scheiß auf mich!«

Wieder schien er das zu sehen, was mir verborgen war. Doch mittlerweile fing es an, mich zu nerven. All das, was ich nicht sehen konnte, und dass immer ich der im Dunkeln war. Einmal noch gab ich mir Mühe. Ein letztes Mal.

»Wie kannst du so was sagen! Was soll das heißen, denk nicht an mich! Du bist doch mein Vater!«

Er sah mir in die Augen, erst wirkte er wie eine Büste, dann riss die Büste auf, und zum Vorschein kam ein lächelnder Ahad. Ein Ahad, der schwieg, lächelte und den Kopf schüttelte, als glaubte er mir kein Wort … Ich hasste Vater. Nur um diesem Schurken von Yadigâr weniger Geld zuschanzen zu müssen, hatte er hingenommen, dass ich zwei Tage in der Zelle hockte! Zwei Höllentage lang! Ich ging ihm am Arsch vorbei!

»Papa, ich hab die Prüfung gemacht. Höchstwahrscheinlich hab ich genug Punkte für ein Gymnasium in Istanbul. Am Ende des Sommers verschwinde ich …«

Meine Stimme zitterte so heftig, dass mir die letzten Silben nicht recht über die Lippen wollten, sie purzelten auf den Tisch und zerbrachen. Ein wenig hatte ich auf den Tisch zwischen uns gebaut. Bei Vaters kleinster Bewegung könnte ich den Rückzug antreten und mich davonmachen. Er aber regte sich nicht. Er sah mir nur ins Gesicht und lächelte weiter.

»Ich weiß … Neulich hat der Rektor deiner Schule angerufen. Ihr Sohn ist sehr gescheit, hat er gesagt. Hochintelligent. Von der Schulleitung aus werden wir tun, was wir können, hat er gesagt. Sehen auch Sie bitte zu, dass er eine gute Ausbildung erhält … Gazâ erwartet eine wunderbare Zukunft, hat er gesagt. Aus dem wird ein großer Mann!«

Höchstens zwei Mal zwinkerte ich, während er sprach. So lange dauerte es, bis alles, was ich wusste, dem gewichen war, was ich nicht wusste. Jetzt befand ich mich in einer neuen Welt. Auf einem neuen Planeten. Auch hier herrschte Schwerkraft. Denn noch immer war ich nicht abgehoben von dem Stuhl. Doch gab es Sauerstoff? Konnte man atmen? Ich probierte es aus.

»Du hast davon gewusst?«

»Ja.«

Ich probierte es erneut.

»Und, darf ich gehen? Erlaubst du es?«

»Natürlich gehst du. Nur diesen Sommer über hilfst du mir noch, danach gehst du auf deine Schule und lernst tüchtig.«

Atmen war absolut möglich. Es gab hier Sauerstoff von einer Qualität, dass mir schwindelig wurde. Obendrein schien ich auf diesem neuen Planeten Vater zu lieben.

»Warum wolltest du denn nicht, dass ich die Prüfung mache?«

»Um zu verstehen.«

»Was?«

»Ob du so bist wie ich. Denn ich hätte nie im Leben auf meinen Vater gehört. Mir wäre egal gewesen, was er sagt. Genau wie dir. Oder nicht?«

Vielleicht war es geschehen, als ich in der Zelle steckte. Während ich mir da mit den Zigaretten einer Viertelschachtel Brandwunden zufügte, hatte man mir die Welt, auf der ich lebte, unter den Füßen weggerissen und durch eine neue ersetzt. Vielleicht hatte man an eine Seite des gigantischen Tischtuchs namens Welt ein neues geknüpft und dann ratzfatz gezogen. Oder die Welt hatte sich einen Augenblick lang mit rasender Geschwindigkeit gedreht. So war es möglich, das alte Tischtuch durch ein neues zu ersetzen, ohne dass etwas herunterfiel. Vielleicht standen wir alle auf dem neuen Weltentischtuch und schworen, es diesmal nicht zu bekleckern …

Was ich in jenem Augenblick denken sollte, hätte ich selbst nach zehn Jahren Suche nicht gefunden. Ich starrte Vater an. Sein Haar, seine Stirn, seine Brauen, seine Augen. Unsere Blicke trafen sich nicht. Denn er musterte mein Handgelenk.

Mein rechtes Handgelenk, das auf dem Tisch lag. Er betrachtete die Brandstelle, die aus dem langärmeligen Hemd hervorlugte. Eine Blase, in der sich Wasser gebildet hatte. Sie sah gar nicht gut aus, das wusste ich. Denn ich hatte minutiös verfolgt, wie meine Haut, die ich anderthalb Tage lang in ein Schlachtfeld zu verwandeln bemüht gewesen war, darum kämpfte, sich neu zu erschaffen.

Ich musste überlegen, was ich sagen sollte, falls er fragte. Dazu musste ich beiseiteschieben, was er eben gesagt hatte, und Platz in meinem Kopf schaffen. Außerdem war da natürlich ein Arm, den ich vom Tisch zurückziehen musste. Ein rechter Arm. Ich zog, er legte seine Hand auf meine. Da trafen sich unsere Blicke. Er lächelte. Ich lächelte auch. Ich konnte mich nicht daran erinnern, wann er zuletzt meine Hand genommen hatte. Vielleicht, als wir die einzige Straße des Städtchens überquert hatten. Vor Jahren … Der Grund dafür, dass er nach all der Zeit nun wieder meine Hand nahm, mochte derselbe sein. Mich hinüberzubringen. In ein neues Leben …

In dem Moment, da ich ihm lächelnd in die Augen sah und an das Leben dachte, in das wir beide wechseln würden, brach an meinem Handgelenk ein Vulkan aus. Die Lava verbrannte jeden Fleck, über den sie strömte, und der Panzer namens Schmerz eroberte in Sekundenschnelle meinen gesamten Körper. Atmen war unmöglich, und zum Schreien bekam ich die Lippen nicht auseinander. Vater presste seinen linken Daumen so kräftig auf meine Wunde, dass es nun meine Augen waren, in denen sich Wasser sammelte. Zwei Wasserblasen mit getrübter Sicht. Sie barsten sofort, und meine Tränen bildeten Spuren auf meinen Wangen. Ich versuchte das einzig Mögliche, packte mit der Linken Vaters Handgelenk und zog. Es war nicht von der Stelle zu bewegen. Ich stand auf, um zurückzuweichen, doch auch das ohne Erfolg, denn Ahad legte seine andere Hand auf meine linke und hakte das Thema ab. Für Beobachter aus der Ferne boten wir ein anderes Bild. Ein Foto, das uns anders zeigte, als wir waren. Eine emotionale Vater-Sohn-Szene. Ein Vater und ein Sohn, die sich in einer Küche gegenübersaßen, einander anschauten und ihre Hände auf dem Tisch aufeinandergelegt hatten. Ein Vater und ein Sohn, die vier Hände über eine sie verbindende Liebe gelegt hatten, damit sie nicht entschwände … Auch ich hatte die Welt oft aus der Ferne gesehen. In Dokumentationen. Eine himmelblaue, grasgrüne, schneeweiße Kugel in der Leere des pechschwarzen Universums. Unmöglich zu erkennen, dass darauf Kinder gefickt wurden. Aus der Entfernung waren weder diejenigen zu sehen, die einander in Kriegszeiten die Fersen durchbohrten, noch diejenigen, die einander in Friedenszeiten die Zungen herausrissen. Keine Schreie und keine Lügen waren zu hören. Eine Kugel, die sich still und friedlich gemächlich drehte. Entscheidend ist der Blickwinkel, heißt es. Geschwätz! Entscheidend ist, aus welcher Entfernung man schaut! Ich beispielsweise betrachtete das Leben und alles andere durch ein Mikroskop, und es sah entsetzlich aus. Eine Horde Viren! Mikroskopische Schlangen und Ungeheuer! Ein Mikrobenheer, das wuselte und wimmelte und Fleisch suchte, um hineinzustoßen! Vielleicht hätte ich einen dicken Schrei ausstoßen können, wenn ich nur fähig gewesen wäre, den Mund zu öffnen. Hätte in den Schmerz, der all meine Poren und meinen Mund bedeckte, ein Loch gleich einem Schrei stoßen und ein wenig atmen können. Mir ging es aber wie einem Kind mit verkrampftem Kiefer, das drauf und dran war zu erfrieren. Mir gelang nur ein haarfeines Röcheln. Nur das passte zwischen meine Zähne.

Da brach ein Donnern los.

»Ich schlag dich tot! Wo willst du hin, Bengel! Wen willst du verlassen! Weißt du überhaupt, was ich um deinetwillen alles ausgestanden hab? Um dich aufzuziehen! Was hab ich nicht alles getan, um dich zu versorgen! Weißt du, warum hier keine Frau im Haus ist? Warum hab ich wohl nie wieder geheiratet? Deine Mutter war drauf und dran, dich zu begraben, Mann! Bei lebendigem Leib! Ich hab nie eine Frau ins Haus genommen, damit dir nie wieder jemand wehtut, damit dich nie wieder jemand anrührt! Und jetzt sagst du mir, du willst weg! Ich polier dir die Fresse! Solange hier ein Vater ist, der dich tierisch lieb hat, gehst du nirgendwohin!«

Ich kam tatsächlich unter die ersten einhundert. In der landesweiten Wertung erreichte ich Platz 43. Obwohl sie sehr genau wussten, dass mein Erfolg nichts mit ihnen zu tun hatte, gratulierten mir sämtliche Lehrer voller Stolz, vor allem auf sich selbst. Unser Städtchen war dermaßen rückständig, nicht einmal zu bemerken, dass das Rennen um die Menschlichkeit längst gelaufen war. Die lokalen Größen versprachen, untereinander Spenden zu sammeln, damit ich meine Ausbildung auf bestmögliche Weise fortsetzen könne, und sich so hilfsbereit zu zeigen, wie es ihnen zukam. Und der Landrat überreichte mir eine Armbanduhr, bei der zwei von vier Knöpfen nicht funktionierten. Das Foto jenes Augenblicks in seinem Dienstzimmer im Landratsamt erschien rot-weiß gerahmt auf Seite eins der wöchentlichen Lokalzeitung *Von Kandalı in die Welt*. Die Nachricht nahm fast so viel Platz ein wie Atatürks einziges Foto in Kandalı, das zu jedem Jahrestag der Befreiung Kandalıs von feindlicher Besatzung auf derselben Seite gedruckt wurde. Ich wusste, wo das Foto, auf dem Atatürk mit den ihn umringenden Bürgern von Kandalı sprach, geschossen worden war. An der Einfahrt zum Dorf Naznur, dreißig Kilometer von der Kreisstadt entfernt. In ebenjenem Dorf, das in der Nachricht vorkam, die aufgrund des Artikels *Dein Gazâ-Kampf sei gesegnet Kandalı*, also der Nachricht über mich, auf der Seite nur eine Ecke in Streichholzschachtelgröße fand. Auf der Landstraße zum Dorf, in dem einst Atatürk Halt gemacht hatte, waren fünf Personen umgekommen und sechzehn verletzt worden, als ein Anhänger mit Saisonarbeitern umkippte. Tatsächlich erblühte Kandalı jedes Jahr zur selben Zeit mit kunterbunten Arbeitern. Der Unterschied in der Wertigkeit der beiden Nachrichten war der, dass die Toten niemand kannte. Diese Arbeiter wurden in weiter Ferne gesät, in Kandalı erblühten sie und verwelkten auf Anhängern, ihr Leben währte nur drei Monate, Menschen, die sie kannten, lebten anderswo und lasen nicht das Lokalblatt *Von Kandalı in die Welt*. Dementsprechend war es normal, dass diese Toten und Verletzten, die bis auf den Bauern, der sie auf seinen Feldern beschäftigte, keinen Bürger von Kandalı interessierten, ihren Platz außerhalb des rot-weißen Rahmens fanden. Allein für die Ärzte, Schwestern und Pfleger im staatlichen Krankenhaus von Kandalı war die Sache ärgerlich. Es nervte, diesen Menschen wie blöd ins Gesicht schauen zu müssen, weil sie in einer ihnen fremden Sprache namens Kurdisch versuchten, sich verständlich zu machen. Hinzu kam, dass die Saisonarbeiter ganz im Gegensatz zu den Blumen, die in derselben Jahreszeit wie sie erblühten, erbärmlich stanken. Wie gleich nach der Geburt in Verwesung übergegangen. Eigentlich erging es uns allen nicht anders. Da ihr Leben aber nur drei Monate währte, verrotteten sie so rasant, dass es mit Augen zu sehen und mit Nasen zu riechen war.

Schlussendlich konzentrierte sich das gesamte Interesse der Zeitung und Kandalıs auf das Foto, das auch mich zeigte. Der Lächelnde hinter dem Landrat war Yadigâr. Auf dem Foto wird es nicht recht deutlich, aber ich schaute eigentlich ihn an. Er dagegen hatte sich dem Kreispolizeichef zugewandt, der links von mir stand. Dessen Blick wiederum ruhte auf dem Hauptmann, der die Gendarmerie des Kreises leitete. Jener taxierte den Bürgermeister, der rechts neben ihm stand. Der musterte meinen Vater, der am liebsten woanders gewesen wäre. Vater starrte, als wollte er ihm die Kehle durchschneiden, den Landrat an, weil der in seinen Augen ein Kinderdieb war. Keine einzige Person auf dem Foto beachtete mich. Denn der Landrat selbst richtete den Blick auf die Uhr, die er mir überreichte. Auf dem Ziffernblatt der Uhr war es Viertel nach drei, kleiner und großer Zeiger wiesen auf den alten Bürodiener in der Ecke und sahen ihn an. Dass er Bürodiener war, erfuhr ich später von Vater, die Augen des Mannes waren auf dem Foto geschlossen. So fand die Kette all der Blicke hinter jenen faltigen Lidern ein Ende. Ein großartiges Foto! Eine großartige Szene! Damals war mir die Ähnlichkeit zu dem Fresco von da Vinci, das ich Jahre später in einem Buch entdeckte, natürlich nicht klar.

Das letzte Abendmahl… Das letzte! Nicht, weil Jesus sein letztes Mahl an jenem Tisch verzehrte. Es ist das letzte, weil die Hauptspeise dort bei Tisch Jesus persönlich war. Das erste und letzte! Weil der erste und letzte Jesus-Bissen an jenem Abend gekaut und heruntergeschluckt wurde. Damit kein einziger Jesus zurückbliebe und Gott, da er das nicht ertrüge, sich endlich offenbarte… Doch während des Essens war von Gott nichts zu hören und nichts zu sehen. Den Magen gefüllt, die Seele hungernd, warfen die zwölf Jünger Jesus'

Knochen in die Schalen und überließen sie dem Erbarmen der Hunde, doch Gott zeigte sich nicht. Gerade glaubten sie, das Huhn, das goldene Eier legte, ganz umsonst geschlachtet zu haben, da hörten sie eine Stimme. Gott sprach.

»Gibt es den Menschen?«

Die Jünger waren so aufgeregt, dass sie erst einander anblickten und dann alle wie aus einem Munde brüllten: »Ja!«

»Gibt es jemanden, der an den Menschen glaubt?«, fragte Gott weiter.

Sie wussten nicht, was darauf zu sagen war, da fiel ihr Blick auf die Hunde, die Jesus' Knochen abnagten.

»Die Hunde!«, riefen sie.

Eine kurze Stille trat ein. Gott sprach erneut.

»Wenn nur noch die Hunde an den Menschen glauben … dann wird es unter ihnen welche geben, die tollwütig und damit hellsichtig werden.«

Kaum waren seine Worte verklungen, trat den Hunden Schaum vors Maul, und sie hetzten davon. Zurück blieben allein in einer kleinen Schale Jesus' Schädel und drei Knochen … Die Teilnehmer der Tischrunde, die all das bis zum Tod bezeugt hatten, kamen überein, eine andere Wahrheit zu erzählen, damit niemand die Wahrheit erführe. Nur Judas sagte: »Nein! Bei einer solchen Schwindelei bin ich nicht dabei!« Er nahm die Schale mit Jesus' letzten Überresten an sich und verließ die Runde. Während Judas fortging und immer tiefer im Sumpf namens Reue versank, dachten die zurückbleibenden elf Jünger sich rasch eine Geschichte aus. Darin würde weder vorkommen, dass sie Jesus verspeist hatten, noch was Gott gesagt hatte. Im Gegenteil, in dieser Geschichte würde Jesus einen höchst einladenden Satz bilden wie »Dies ist mein Fleisch, dies ist mein Blut«, doch niemand würde ihn verzehren. Das Wichtigste aber: In dieser Geschichte würde Judas der Verräter sein. Ein Verräter, der unmittelbar von der Tischrunde zum Hohen Rat gelaufen war, um Jesus zu denunzieren! Daraufhin würde Jesus ans Kreuz genagelt werden, und niemand würde je erfahren, dass ihn an jenem Abend die Jünger verspeist hatten. Auch die zwecks Glaubwürdigkeit nötigen Einzelheiten beinhaltete diese Geschichte. Wie etwa die Summe der Silbertaler, die Judas für seinen Verrat erhielt: dreißig! Die Jünger, die fürchteten, Judas könnte die Wahrheit ausplaudern, einigten sich auf ihr Märchen, gingen auseinander und erzählten jedem, den sie trafen, die Schwindelei, die sie untereinander *eine andere Wahrheit* genannt hatten. Dabei war Judas außerstande, auch nur ein einziges Wort zu sagen. Öffnete er den Mund, schlüpfte sogleich Reue hinein. Und wer würde ihm glauben, wenn er redete? Einer gegen elf! Er hatte keine Chance. Weder die Lügen, die nun über ihn verbreitet wurden, noch die Wahrheit, die er erlebt hatte, konnte er ertragen. Vor dem ersten Wunschbaum, den er sah, blieb er stehen und vergrub die Schale in seinem Schatten. Dann erhängte er sich am kräftigsten Ast des Baumes … Ein Hund streunte unter dem Baum. Er scharrte in der Erde und wurde von Tollwut gepackt, kaum, dass er der Knochen habhaft war. Anschließend wurde ein weiterer Hund tollwütig und noch einer. Die Dorfleute, die das mitansahen, gruben ein tieferes Loch, warfen die Schale hinein und legten Steine darauf. Da sie aber ihren Mund nicht halten konnten, trugen sie, wenn auch nur flüsternd, die Geschichte von Judas, der Jesus ans Kreuz gebracht hatte und alle tollwütig machte, die sich ihm näherten, und von seiner verfluchten Schale weiter. Im Laufe der Jahrhunderte wurde die Geschichte gleich einer Skulptur geformt, während sie von Ohr zu Ohr ging.

Wer wollte schon, dass man an sein Dorf einer verfluchten Schale wegen dachte? So war das Erste, was in Vergessenheit geriet, der Ort, an dem die Schale vergraben war. Dann verschwand Judas aus den ewig wiederholten Sätzen. Seinen Namen zu nennen war doch Sünde. Was blieb, war eine Schale, die Jesus gehört hatte. Und die Zeit, sich in Luft aufzulösen, kam auch für den Schädel und die Knochen in der Schale. Aus einem technischen Grund: Es war viel einfacher, eine Geschichte mit »Es war einmal eine Schale« einzuleiten als mit: »Es waren einmal ein Schädel und drei Knochen in einer Schale!« Die rasche Verbreitung der Geschichte verdankte sich ihrer leichten Erinnerbarkeit. Zu guter Letzt wandelte sich das Wort *verflucht*, weil es die Kinder erschreckte, die dem Märchen lauschten, in *heilig*. Die Schale verwandelte sich im Laufe der Zeit sogar in einen Napf und dann in einen Kelch. Die, die sie vergraben hatten, waren längst gestorben, und es gab niemanden mehr, der hätte dementieren können, was überliefert wurde. So führten um diesen Gegenstand, den eine Generation vergraben und mit Steinen beschwert hatte, weil sie ihn loswerden wollte, andere Generationen Kriege und nannten sie Kreuzzüge. Noch immer sind alle auf der Suche. Nach jener Schale Knochen. Obwohl es ihnen nicht bewusst ist, sind doch alle hinter Jesus' Überbleibseln her, um auch sie noch zu zernagen und Gottes Stimme zu hören … Was aber würde er schon sagen, wenn er erneut spräche? Gab es nach all der Zeit andere Antworten auf die Fragen? Waren es nicht nach wie vor nur die Hunde, die an den Menschen glaubten? Machte es Sinn, hinter dem heiligen Kelch herzujagen, bloß um zu erfahren, in welchem Tonfall Gott sprach? Ein Schädel und drei Knochen! Als ich aus dem Landratsamt trat, war auch von mir höchstens noch so viel übrig.

Ein Schädel, drei Knochen und Leere, das war alles. Ein von Nichts erfüllter Gazâ oder auch ein mit Gazâ überzogenes Nichts …

Mit einer solchen Tür, die sich vor mir geöffnet hatte, und einer solchen Menge Bürger des Städtchens, die bereitstanden, mich anzuschieben, hätte ich selbstverständlich jene Schwelle überschreiten und den mir zustehenden Bildungsweg antreten müssen. Doch ich unterließ es, ich blieb einem tausendjährigen Baum gleich in dem Wurmloch namens Kandalı. Dabei hatte sich in dem Augenblick, da der Rektor meine Punktzahl verkündete, das Städtchen meiner angenommen, und die Sache war Ahads Kontrolle entglitten. Ich hätte fliehen können. Ich brachte es nicht über mich. Allein weil Vater gesagt hatte, er liebe mich, als er auf die Brandwunde an meinem Handgelenk drückte. Wenn Ahad mich liebte, brauchte ich mich selbst nicht unbedingt zu lieben. Ich konnte Ahad nicht verlassen. Vielleicht hatte ich auch nie wirklich gehen wollen. Fortgehen und das Depot hinter mir lassen … Ich hatte mich nur mit der Möglichkeit zu gehen getröstet … Denn eigentlich waren Vater, ich und das Depot die *Trinität* höchstselbst! Die wahre *Trinität* waren wir! Vater und ich waren ein Käfer mit acht Füßen. Und wir krochen immer wieder stolpernd und stockend über die feuchten Wände des Depots. Von Geburt an sprachen wir dieselbe Sprache. Diese Sprache, die nur zum Austausch über das Depot diente, verstand niemand außer uns. Die anderen Menschen mochten erschaffen oder aus irgendeinem weißen Loch des Sonnensystems auf die Erde geblasen worden sein, wir aber waren anders. Die einzigen durch Evolution ins Leben getretenen Wesen auf Erden, das waren wir. Wir allein. Und das Depot war die Evolution! Die anderen Menschen stellten andere mögliche Varianten desselben Geistes dar, wir aber waren Anfang, Mitte und Ende ein und derselben Möglichkeit. Wir lebten in einem Raum, den man mit angehaltenem Atem betrat. Außerhalb des Universums. Unsere Mütter hatten uns auf die Welt gefeuert. Wie Geschosse waren wir auf die Welt gezischt, und wir sausten durchs Depot, um jedem, der sich vor uns stellte, den Bauch zu zerfetzen. Unser Ziel war unser Leben. Unser Name lautete »Geschichte«. Über zwei Männer und ein Depot. Das Lokalblatt *Von Kandalı in die Welt* aber hielt das Kapitel *Verzicht* dieser Geschichte für zu unwichtig, um es als Meldung zu bringen. Besser gesagt, es ignorierte es bewusst. Denn ganz oben auf der Liste derer, die zugesagt hatten, mich in meinem Studium zu unterstützen, stand der Name des Inhabers der Zeitung. Stocherte er also ein wenig in der Sache herum, könnte ich Kosten verursachen! Zudem war das Gedächtnis von Kandalı nicht für sein Vergessen berühmt, sondern für falsches Erinnern. Bald glaubte man, ich sei bereits nach Istanbul gegangen, und so sollte es in Erinnerung bleiben. Sah man mich auf der Straße, fand man, ich sähe dem Jungen ähnlich, der zum Studieren nach Istanbul gegangen war … Und ich kehrte ins Depot zurück und hängte die große Uhr mit weißem Zifferblatt an die Wand, deren Sekundenzeiger alle 150 Sechzigstel vorsprang, weil ich den Mechanismus manipuliert hatte. Eine Uhr, die die Zeit um das Anderthalbfache entschleunigte. Denn an den Handgelenken der Illegalen gab es keine Wunden, in die man den Finger hätte legen können. An ihren Handgelenken saßen Uhren. Und diese Uhren sammelte ich immer ein, kaum, dass ihre Besitzer vom Lkw sprangen. Handys hatten sie keine. Da sie befürchteten, ausgeraubt zu werden, wickelten sie sich in Gewänder mit tausend Geheimtaschen, in denen sie lediglich eine geringe Summe Geld bei sich trugen. Geld aber interessierte mich nicht. Mein Interesse galt der Zeit. Mich interessierte, wie sie die Köpfe an die Wände schlugen, je länger sie auf das weiße Ziffernblatt mit den Minuten starrten, die nicht vergehen wollten. Nur dann waren sie imstande, den Schmerz zu begreifen, den Ahad mir mit einem Finger zugefügt hatte. Da ich mich schon nicht in ihre Lage versetzen konnte … würden wir es eben andersherum probieren. Nicht nur andersherum, alles würden wir ausprobieren. Sie würden mich den Menschen lehren. Und ich würde meinen Schmerz mit ihnen teilen. Da Vater nun einmal gesagt hatte, er liebe mich … war dies der einzige Ausweg für uns. Natürlich hätten wir uns auch alle gemeinsam umbringen und das Thema abhaken können. All die Illegalen und ich. Doch sie glaubten ausgerechnet an die Religion, in der Suizid nicht vorkam! Ihre kleinlichen Kalküle kannte ich durchaus. So dumm war ich nicht! Vielleicht aber … Vielleicht aber, weil ich die Uhr des Landrats nicht umgebunden hatte und in den nächsten Bus nach Istanbul gesprungen war … war ich doch so dumm und noch viel dümmer! Denn statt der Armbanduhr war der einzige Gegenstand, den ich ständig bei mir trug, Cumas Papierfrosch. Obwohl er gar nicht mehr springen konnte, wenn man ihm auf den Rücken tippte. Er konnte nur noch Cumas Stimme imitieren und mit mir reden. Oder ich bildete mir das nur ein, und es war eigentlich das Bild auf dem Papier, das Cuma geduldig zu einem Frosch gefaltet hatte, das sprach. Eine Zeichnung von seiner Hand. Ein Berg. Oder ein Hügel. Oder ein Felsen. Zwei Hohlräume in einem Hang, glatt wie eine Wand. In diesen Aushöhlungen zwei Statuen. Ringsherum weitere Felsen und andere dunkle Hohlräume. Schwarze Punkte, die wie Höhleneingänge aussahen. Mit seinen drei Worten Türkisch hatte er gesagt: »Ich da Hause!« Kein Wort hatte ich verstanden. Ich hielt ihn für verrückt. Als er die Arme immer weiter öffnete, um mir zu zeigen, wie groß die Statuen waren, war ich mir sicher, dass er mich auf den Arm nahm. In den Fels gehauene Riesenstatuen und ein Cuma, der in einem von Dutzenden Löchern wiederum in einem Felsen hauste! Er sah, dass ich ihm kein Wort glaubte, lachte und machte sich daran, das Papier zu falten. Wie hätte ich es denn ahnen sollen? Dass es in einem Land namens Afghanistan in einem Gebiet namens Hazarajat ein Tal namens Bamiyan gab, wo Menschen in Höhlen lebten, die buddhistische Entdecker vor 1500 Jahren in den Fels geschlagen hatten. Woher gar hätte ich wissen sollen, dass sie seit dem 6. Jahrhundert jeden Morgen mit dem Blick auf zwei Buddha-Statuen erwachten, eine 53, die andere 35 Meter hoch, die ebenfalls aus dem Felsen herausgearbeitet worden waren? Wie hätte ich ahnen können, dass die Große *Vairocana* war und die Manifestation Buddhas aus dem Nichts darstellte und dass dies aus einer Geste der Statue, aus ihrer *Mudra* also, hervorging? Und woher hätte ich wissen sollen, dass Buddha aus dem Geschlecht der Shakya stammte und der Name der kleineren Statue deshalb *Shakyamuni* lautete? Und wer hätte schon wissen können, wer da mit mir sprach? Der Frosch oder einer der Buddhas? Wer wusste das schon? Dass jedes Mal, wenn mein Blick auf die beiden Riesen in der Zeichnung fiel, meine Gedanken zu Dordor und Harmin wanderten … Eigentlich war das nicht einmal mir selbst bewusst. Ich wusste nicht, warum ich an sie dachte, wenn ich die Zeichnung betrachtete. Vielleicht weil sie zwei Säulen waren, die neben mir aufragten und meine Kindheit getragen hatten. Weil sie einst mir zu beiden Seiten gestanden hatten, damit das Leben nicht über mir einstürzte. Vielleicht gab es auch noch einen anderen Grund, aus dem ich an sie dachte …

»Weißt du«, fing Harmin an, als wir im Boot saßen. Gleich würde die Sonne aufgehen, der Himmel hob und senkte sich und wechselte von einer Farbe zur anderen.

»Ein Teufelskreis hat kein Ende. Er kann sich nur ausdehnen, dann vergisst man ihn. Warum? Weil ein Kreis ein Kreis ist. Es dauert so lange, eine vollständige Runde darauf zu drehen, dass man gar nicht merkt, wenn man zum zweiten Mal an denselben Punkt kommt. Manchmal dehnt sich der Teufelskreis auch so weit aus, dass dein ganzes Leben nicht reicht, um wieder an den Ausgangspunkt zu gelangen. Gleich einem blinden Pferd galoppiert der Mensch darin herum. Und glaubt, er bewege sich geradeaus. Er komme voran. Beim Vorangehen vermeint er sogar zu sterben und haucht seinen letzten Atemzug in Ruhe und Frieden aus! Blindheit ist da natürlich Voraussetzung! Sonst merkst du, dass du dich immer nur im Kreis bewegst. Deshalb lässt bei den Alten die Sehkraft nach, verstehst du? Damit sie nicht merken, dass sie wieder an derselben Stelle vorbeikommen. Eine natürliche Gegenwehr gegen den Teufelskreis ist das Erblinden. Eine mechanische Reaktion! Wie das Leben selbst. Ebendeshalb ist das Leben ja so öde. Weil auch das Leben nur eine Reaktion ist. Schau dich doch einmal hier um! Alles ist lebensfeindlich. Was du isst, was du trinkst, was weiß ich, jeder Atemzug, den du tust, alles! Und das Leben besteht aus einer Reaktion dagegen! Vor allem natürlich gegen den Tod. Das hast du sicher in der Schule gelernt. Was bildet die Grundlage der Wissenschaft? Aktion und Reaktion, nicht wahr?

Weißt du, was das heißt? Trotz und Beharrlichkeit in der Natur! Alles ist eine Frage von Trotz und Beharrlichkeit. Vor allem das Leben. Und aus diesem Grund ist das Leben so öd und quälend, als schaute man einer Mannschaft sturer Parasiten zu, die das Spiel selbst für ein Ehrentor halten. Es braucht also keine Hoffnung, kein Ziel, um am Leben festzuhalten. Es genügt zu wissen, dass du sterben wirst. Du bist am Leben, weil du in Gefahr bist. Du bist am Leben, weil du jede Sekunde stirbst. Das ist das ganze Geheimnis. Der Sinn deines Lebens lautet: Angst vor dem Tod! Verstehst du, was ich meine?«

Gar nichts hatte ich verstanden. Wie hätte ich auch begreifen sollen, worauf Harmin hinauswollte. Ich war höchstens dreizehn.

»Willst du also ein wahres Leben leben, willst du ein echtes Ziel haben, dann befrei dich zuerst von der Todesangst! Die sogenannte Todesangst, die sie dir in die Hand drücken, kaum, dass du geboren bist, der Sinn des Lebens, den sie dir gleich gratis mitgeben, leg sie ab! Erst dann wirst du frei sein. Erst dann kannst du losgehen, um den wahren Sinn des Lebens zu finden. Jetzt musst du mir etwas versprechen.«

»Okay«, sagte ich.

»Dass du dich nie vor dem Tod fürchten wirst. Denn nur diese Angst ist es, die dich auf dieser Welt blind macht!«

»Versprochen«, sagte ich. »Ich hab keine Angst.«

Er lachte. Dann drehte er sich eine weitere Zigarette.

»Weißt du denn auch, wie du das machst, keine Angst zu haben?«

»Keine Ahnung.«

Da zeigte er mir die Tätowierung an seinem Handgelenk: *Dead to be free.* Ich konnte aber kein Englisch. Noch nicht.

»Das Leben gehört zum Tod dazu, Gazâ. Gut begonnen ist halb gewonnen, heißt es doch. So verhält es sich auch mit dem Geborenwerden. Es ist schon halb gestorben. Es reicht, wenn du das akzeptierst. Ich sage nicht: glaub daran. Denn da gibt es nichts, woran zu glauben wäre. Es ist die allseits bekannte Natur. Sieh hin, das genügt. Erkenne, dass du ein Toter bist, und akzeptier das. Der Rest kommt ganz von allein.«

»Und du?«, fragte ich. »Hast du denn Angst vor dem Tod?«

»Ich? Ich fürchte mich sogar davor, Land zu betreten, so ein Holzkopf bin ich. Ich sitze ja nur hier auf dem Boot herum. Kennst du Lotosblumen? Sie sehen wie Seerosen aus. Genau wie die dümpele ich auf dem Wasser herum. Dordor macht es ebenso. Auch er dümpelt herum … Sonst tun wir gar nichts.«

Dass mir bei jedem Blick auf die Statuen in Cumas Zeichnung Dordor und Harmin einfielen, hatte nicht nur etwas damit zu tun, dass sie zwei Riesen waren. Da waren auch noch die Lotosblumen … Jahre später sollte ich erfahren, warum Lotosblumen auf dem Wasser schwammen und Buddha sie in Händen hielt. Ich erfuhr, dass ihre Bedeutung sich je nach Farbe änderte, bei Weisheit begann sie, über Aufklärung ging sie weiter, ruhte sich in geistiger Klarheit aus und steigerte sich zum Seelenfrieden. Ich erfuhr, wie sie den Atem anhielten, um in jedes Loch des Lebens einzutauchen, und dass sie natürlich von Fröschen umgeben waren. Frösche, die aussahen wie aus nassem Papier gefaltet … Es dauerte eine Weile, bis ich all das gelernt hatte. Ich lernte ja bei jedem Schritt, den ich tat. Und wenn man bei jedem Schritt Erfahrungen macht und lernt, dann wird der Weg natürlich lang.

Aber ich hatte keine Eile. Wo ich hinwollte, kam niemand zu spät. Nicht einmal mutwillig hätte man da zu spät kommen können. Denn für jemanden, der wusste, wohin er ging, gab es kein Zuspätkommen. Handelte es sich um einen Ort, zu dem man zu spät oder zu früh gelangen konnte, lohnte es gar nicht, sich überhaupt auf den Weg zu machen. »Nur wer sich vor dem Tod fürchtet, trifft Verabredungen«, würde Harmin sagen, wäre er jetzt an meiner Seite. »Nur er hat Ziele, zu denen man mit Terminvereinbarung geht. In vier Jahren macht er seinen Abschluss, wenn er in sechs Jahren keinen Job gefunden hat, dreht er durch, in zehn Jahren kauft er irgendwie ein Haus, und in fünfzig Jahren stiehlt er sich mit einer von maximal zehn verschiedenen Todesarten aus dem Leben!« War Harmin bei mir, war an meiner anderen Seite auch Dordor, weshalb dieser nun laut brüllend ergänzte: »Bist du etwa mit Termin geboren worden, verflucht! Wozu Termine! Wozu zu spät kommen! Oder zu früh! Geh, wenn du einen Weg siehst! Wenn nicht, setz dich hin und warte! Kennst du die Lotosblume?«

Antwortete ich dann: »Davon hat Harmin mir schon erzählt, Dordor«, starrte er mir ins Gesicht, zog am Hasch und sagte: »Dann hör mal, wie ich davon erzähle! Jetzt bin ich selber neugierig geworden! Schauen wir doch mal, wie ich davon erzähle ...«

Ich beobachtete, wie die dreiunddreißig Personen der Karawane sich im Depot verteilten und niederließen. Die Rücken über die Wände schabend, hockten sie sich auf die Fersen. Nur einer blieb stehen, ein junger Mann. Den Rahmen seiner Brille, beim Kriechen durch wer weiß welche Löcher zerbrochen, hatte er mittig mit Klebeband befestigt. Unsere Blicke trafen sich. Er hob den Zeigefinger, so hatte auch ich mich einst in der Schule zu Wort gemeldet.

»Ich weiß Türkisch.«

»Ich auch«, sagte ich. Er lachte. Ich nicht.

»Was gibt's?«, fragte ich.

»Wann wir gehen?«

Immerhin konnte er eine Art Satz bilden.

»Wie heißt du?«

»Rastin.«

»Seid ihr alle aus Afghanistan?«

»Ja. Aber verschiedene. Tadschiken, Paschtunen ...«

»Du kannst dich mit allen verständigen, nicht wahr?«

»Ja.«

»Dann bist du jetzt mein Dolmetscher.«

»Okay ... Sag.«

»Nicht jetzt. Für den Augenblick ist das alles. Ich komme später wieder.«

»Wann gehen?«

»Ich weiß es nicht, Rastin.«

»Du heißen?«

»Gazâ.«

Er lachte.

»Gazâ? Du Religionskämpfer?«

Er streckte die Hand aus. Vermutlich sollten wir uns die Hände schütteln. Verdammt! Ich konnte es probieren. Auch ich reichte ihm die Hand, und wir schüttelten einander die Hände, als hätten wir uns an einem gewöhnlichen Tag aus einem gewöhnlichen Grund kennengelernt. Wohl aus Gewohnheit sagte ich sogar: »Freut mich.« Wieder lachte er.

»Nicht tot, nicht freuen.«

»Was?«

»Religionskämpfer sterben, dann freuen.«

Ich wollte gehen, doch er ließ meine Hand nicht los. Leute, die sich ewig die Hände schüttelten, hatte ich noch nie verstanden. Die Hand, die sie zu fassen bekommen hatten, hielten sie einfach fest, als hätten sie ihr Leben lang darauf gewartet, sie zu ergreifen. Der Mann mir gegenüber musste auch zu Tode erschöpft sein, doch er wich nach wie vor meinem Blick nicht aus und versuchte mich davon zu überzeugen, dass es komisch war, was er mit einem Lachen gesagt hatte. Ich wollte ihm meine Hand entziehen, als er eine Frage nachschob.

»Du Student?«

»Ja.«

Ich log.

»Ich auch Student. Universität Kabul. Jura.«

Als der Griff seiner schmalen Finger, deren Knochen ich einzeln spürte, sich lockerte, entzog ich ihm meine Hand. Ein bisschen plötzlich. Seine Hand blieb in der Luft hängen.

Es kümmerte mich nicht. Aus uns würden ohnehin keine Freunde werden.

»Ich geb dir jetzt Eimer, die verteilst du.«

»Eimer?«

»Ihr habt kein Klo, ihr habt Eimer, kapiert?«

Das Lächeln, das so breit auf seinem Gesicht gelegen hatte, war wie weggewischt. Kaum hatte er daran geglaubt, in einem gewöhnlichen sozialen Kontakt zu stehen, da kam die Rede auf seinen Darm und die Scheißsituation, in der er sich befand, das sprengte ein eimergroßes Loch in seine Menschenwürde. Mittlerweile konnte ich solche Dinge verstehen. Ich konnte den Schmerz jener, die noch zum Schämen fähig waren, fühlen. Fünfzehn Jahre lang hatte ich keinen Schritt über Kandalı hinausgesetzt, doch mir waren Menschen aus mindestens drei Kontinenten vor die Füße gestolpert. Es waren auch solche darunter gewesen, die mir vor die Füße fielen, mir auf die Füße traten und sich davonmachten, ich kannte sie inzwischen alle. Unter den Illegalen war mir keine Spielart mehr fremd. Dieser Rastin hatte höchstwahrscheinlich sein Land aus politischen Gründen verlassen. Denn insbesondere die kamen mit zerbrochenen Brillen. Weil es jedem Polizisten, der sich vor ihnen aufbaute, irgendwie gelang, ihnen die Brille zu zertrümmern. Damit sie nicht noch mehr Bücher läsen. Rastin aber fing sich.

»Verstanden, Eimer! Du sammeln Muster für Test!« Er lachte wieder.

Ich gab keine Antwort. Ich schüttelte nur den Kopf und ging. Nachdem ich die Luke des Depots verschlossen hatte, setzte ich mich an meinen Tisch. Der Metalltisch im Schuppen war nun mein Büro. Vaters Schreinertätigkeit war in den Hintergrund gerückt. Am Monitor auf dem Tisch beobachtete ich das Geschehen im Depot und machte mir Notizen über die Karawanen. Ich hatte sogar einen Computer mit Drucker. Im Speicher hunderte von Dateien. In den Dateien Informationen über hunderte von Menschen, die durch das Depot geschleust worden waren … Zunächst einmal unterschied ich die Gruppen nach ihrer Aufenthaltsdauer im Depot, es gab vier Hauptkategorien: *2, 7, 14* und *Über 14 Tage*. Denn der Grundfaktor ihres Verhaltens war die Zeit, die sie im Depot verbrachten. Also ihr Depotleben. In der Spanne zwischen zwei und fünf Tagen zeigten sie keine auffälligen Veränderungen. Waren aber sieben Tage um, machte sich der Gedanke breit, sie müssten weitere sieben Tage im Depot verbringen, und die Reaktionen wandelten sich rasch. Darüber hinaus war die Anzahl von Männern und Frauen in der Gruppe wichtig. *Männermehrheit*, *Frauenmehrheit* und *Ausgewogen* lauteten die Titel meiner drei Unterordner. Gruppen mit Frauen in der Überzahl waren geduldiger und außergewöhnlich widerstandsfähig, wenn die Bedingungen sich verschlechterten. Gruppen mit Männermehrheit dagegen lieferten mir die Frau, die ich vögeln wollte, erstaunlicherweise schneller aus. Ein weiteres Schlüsselelement war die Kopfzahl der Gruppe. Dafür hatte ich vier Ordner: *5, 15, 30* und *Über 30*. Den Widerstand einer Gruppe aus fünf Personen zu brechen oder sie gegeneinander aufzuwiegeln war extrem schwierig. Dreißig Leute aber konnte man schon drei Stunden nach ihrer Ankunft im Depot in die Lage versetzen, einen aus ihrer Mitte lynchen zu wollen. Oder, während mir eine Menge von über dreißig Personen ohne zu zögern die Frau schickte, die ich wollte, war eine Gruppe von fünf imstande, den Tod in Kauf zu nehmen, um ebendies nicht zu tun. Außerdem hatte ich Dateien über *Nationalität, Ethnische*

Herkunft, Durchschnittsalter, Bildungsniveau, Berufe, Speisenkonsummenge, Durstresistenz und alle erdenklichen messbaren, menschlichen Eigenschaften. Denn ich verfügte mittlerweile über etwas sehr Wichtiges: Zeit. Ich ging nicht mehr zur Schule. Mit den Armen meines Vaters und meinen eigenen Händen hatte ich mein Bildungsleben erdrosselt. Gut so. Ich hatte an einer anderen Schule zu lernen begonnen. Eine Schule, wo in sämtlichen Fächern der Mensch durchgenommen wurde. Und lesen konnte ich, so viel ich wollte. Abenteuerromane interessierten mich nicht mehr. Suchte ich die Buchhandlungen in der Stadt auf, wandte ich mich Regalen zu, denen sonst niemand näher trat, und blätterte in Büchern, die sonst niemand aufschlug. Den Namen aller Autoren, die in den finsteren Büchern von Dordor und Harmin vorkamen, jagte ich nach mit dem Geld, das, vom Taschengeld zum Lohn aufgewertet, Vater mir gab. Bekam ich einen zu fassen, schlug ich ihm wie ein Vampir die Zähne in den Hals und saugte alles auf, was er geschrieben hatte. Natürlich lasen auch andere das theoretische Wissen über den Menschen, das sich in jenen Büchern verbarg. Niemand aber hatte gleich mir ein Labor voller Menschen zu Füßen. Es machte einen erheblichen Unterschied, ob die möglichen Reaktionen auf ansteigende Hitze bei einem Erwachsenen in einer Menschenmenge auf Papier bester Qualität festgehalten wurden oder ob man das als Experiment verfolgte. Ein Unterschied so groß wie die Realität!

Ich war fünfzehn und hatte weder ein Gewissen noch einen Freund. Bereits in derselben Woche, als Ender mit dem ihm zufallenden Anteil des Schmiergelds, das sein Vater kassierte, auf einer Privatschule in der Stadt angemeldet worden war, hatte er eine Disziplinarstrafe erhalten, weil er von seinen Klassenkameraden Schutzgeld erpresste. Einen Monat später hatte er während des Unterrichts aus heiterem Himmel eine Zigarette angesteckt und damit einen kleinen Brand ausgelöst, drei Monate darauf war er von der Schule geflogen, weil er einem Lehrer einen Fausthieb versetzt hatte. Ab und an sah ich ihn, wenn er mit den Kaktuskids, die wie er in Kandalı Wurzeln geschlagen hatten, über die einzige Hauptstraße des Städtchens promenierte. Inzwischen lachte Ender nicht mehr vor sich hin. Er lachte eigentlich gar nicht mehr. Seine Brauen bedrängten die Augen stets, als hätte er soeben einen Streit hinter sich oder würde gleich einen vom Zaun brechen. Mit der Zigarette im Mundwinkel war er auf der Suche nach der eigenen Hauptrolle in einem Zeichentrickfilm namens *Die Mafia von Kandalı*. Einmal, als Yadigâr mit meinem Vater sprach, hatte ich gehört, wie er sagte: »Was ich auch tue, ich tu's für meinen Sohn!«

Irgendwoher kannte ich diesen Satz! Doch Yadigâr meinte es ernst. Ja, er mochte tief in alles verstrickt sein, was illegal war, bis hin zu den Rangabzeichen auf seiner Schulter, eigentlich aber hegte er einzig den Wunsch, Enver könnte später ein Leben führen, ohne irgendwem gehorchen zu müssen. Zu diesem Zweck wollte er, dass sein Sohn das Antibiotikum namens *gute Bildung*, das ihm selbst einst versagt gewesen war, unbedingt erhielt. Da mochte Enders Magen allein bei der Vorstellung einer solchen Gabe noch so rebellieren! Auch Yadigâr war ein Träumer. Denn den Rang des Unteroffiziers, den er für Ender auf jeden Fall für zu niedrig befand, gab es nicht nur beim Militär. Auch Staatspräsidenten waren manchmal Unteroffiziere. Sie erhielten ihre Befehle nicht einmal von oben, sondern von Staatspräsidenten anderer Länder, die theoretisch gleichen Ranges mit ihnen waren. Schlussendlich aber, trotz aller in Yadigârs Gewissenstränen getauchten, nassen Träume in Bezug auf seinen Sohn, schien Enders einziger Karriereplan darin zu bestehen, Teil der Mafia von Kandalı zu werden. Was Ender allerdings nicht wusste: Die Mafia von Kandalı war sein Vater. Und Ahad und ich … Vielleicht gab es noch andere, doch um die ging es mir vorerst nicht. Ich grüßte Ender nur kaum merklich, wenn ich ihm in der einzigen Straße unseres Städtchens begegnete, und fragte mich, wie aus jenem kleinen Jungen, der als mein Banknachbar rein gar nichts geschnallt hatte, ein Schwarzhemd hatte werden können. Seine Wende war für mich sogar zur Inspirationsquelle für eine neue Studie geworden. Die einzige Erklärung dafür, dass Ender plötzlich Schwarz trug und die Gebetskette schwang, als wollte er seinem Gegenüber das Auge mit der dicken Abschlussperle herauskegeln, war der Wunsch nach Macht. In allen Kreisen, in denen er auftauchte, wollte er der Einzige sein, der Macht besaß. Wollte in dem Maße Angst verbreiten, wie er Gewalt heraufbeschwor, und Macht besitzen, je mehr er einschüchterte. So würden sich, hatte er erst einmal die ersehnte Macht inne, all die Defizite, die er an sich hasste und von denen er glaubte, sie seien der Grund für seine Diskriminierung in der Schule gewesen, in Luft auflösen, immer wenn er allein dastand. Dafür würden die anderen Kids sorgen, die Ender dann als Anführer akzeptiert hätten. Sagte Anführer Ender, die Sonne drehe sich um die Erde, würde niemand das Gegenteil behaupten. Denn die erste Regel beim Akzeptieren des Machtmonopols eines anderen lautete Leugnen. Verleugnen der eigenen Person und der Wahrheit. Vor allem aber Leugnen der Schwächen des Anführers. So hing der einzige Weg, der Ender dazu bringen würde, als Idiot Respekt zu erfahren und leben zu können, ohne dass ihm jemand ins Gesicht sagte, er sei ein Idiot, davon ab, dass er umgeben von Würmern die einzige Autorität war. Doch damit nicht genug. Denn all dies stand im Zusammenhang mit einem breiteren Themenfeld: dem Wunsch des Menschen zu führen. Warum war dieser Wunsch bei einigen Menschen schwächer als ihr Schatten ausgebildet, bei anderen dagegen so mächtig, dass er alle Stränge zerreißen konnte? Wie kam es, dass manche Menschen sich wie ein armseliges Arschloch fühlten, solange sie nicht die Welt beherrschten? War Autoritärsein ein Virus? Musste das Immunsystem der Gesellschaft zusammenbrechen, damit es in Erscheinung treten konnte? Machte Herrschaft süchtig? Wenn ja, wer war der Dealer dieser Droge, was kostete ein Gramm, und war es unabdingbar, jedes Mal die Dosis zu erhöhen, um dieselbe Wirkung zu erzielen? Und zu guter Letzt, warum nahm das Spielzeug namens Mensch sich so verdammt wichtig und zappelte wie ein gestrandeter Fisch? Wahrscheinlich lag all den Antworten auf diese Fragen die Angst vor dem Tod zugrunde, von der Harmin gesprochen hatte. Also der vermeintliche Sinn des Lebens! War da etwas wie Todesangst, dann gab es selbstverständlich auch den Wunsch nach Unsterblichkeit. Und eine Autorität zu sein kam diesem Wunsch entgegen. Es mochte den Menschen nicht wirklich in einen Unsterblichen verwandeln, sorgte aber zumindest dafür, dass er sich so fühlte. Und alle Bedauernswerten, die ihr Leben auf der Angst vor dem Tod gründeten, waren gezwungen, sich bis zur Erfindung des Unsterblichkeitselixiers zu beherrschen und mit dem Gefühl von Unsterblichkeit vorliebzunehmen. Herrschen gehörte ja ohnehin zu den Spezialitäten von Autorität.

Das war wahrhaftig ein Thema, das es mehr als verdiente,

sich darüber Gedanken zu machen und Experimente dazu anzustellen. Endere gab es doch überall. Ob in Zweierbeziehungen oder politischen Beziehungen, die Millionen betrafen, überall. Jeder war hinter der kleinsten Gelegenheit her, die sich ihm bot. Wir hatten es tagtäglich mit heimlichen Tyrannen zu tun, die ihr Leben lang auf der Lauer lagen, um die Macht zu ergattern, solange sie machtlos waren, und die vielleicht auch während des Lauerns dahinsterben würden. Sie konnten sogar ganz in der Nähe sein. In der Familie, unter den Freunden, überall. Wer wusste schon, wer Diktator war? Das sah man ihnen ja nicht an, wenn sie allein durch die Straße liefen! Oder in einem Depot mit dem Kopf zwischen den Händen hockten …

Die 33-köpfige Karawane, der auch Rastin angehörte, trat zu einer Zeit in mein Leben, da ich mir über solcherlei Fragen Gedanken machte. Ein wenig als Ausnahme. Denn es war Februar. Da sie für die Flucht aus ihren Ländern nicht den Sommer abgewartet hatten, mussten sie es verdammt eilig haben. Wenigstens hätten sie den Frühling abwarten können, wenn die Preise ein wenig sanken. Im Gegensatz zum legalen Tourismusmarkt galten bei illegalen Reisen die Herbst- und Wintermonate als Hochsaison. Da waren die Gipfel der Berge, die überwunden sein wollten, von Schnee erhöht und sämtliche Wege in den Tod vereist und verkürzt. Diese Karawane hatte all das ignoriert, sie würde wissen, warum. Ein solches Wissen musste das sein, dass es jedes andere Wissen vergessen machte.

Vater war für vier Tage in die Stadt gefahren, um Aruz' Leute zu treffen. Sie wollten über die Schiffsführer sprechen, die Dordor und Harmin ersetzt hatten. Unnütze Burschen allesamt. Ständig gab es Probleme. Eigentlich war das völlig normal, denn das Aquarium namens Ägäis würde kaum je wieder zwei Wasserpflanzen wie Dordor und Harmin erleben, die es so viele Jahre hindurch auf seinem Rücken geschaukelt hatte. Wie auch immer …

Damit waren die Depotinsassen und ich vier Tage unter uns. Obendrein würde es mindestens zwei Wochen dauern, bis sie die Boote bestiegen. Das wusste ich von Vater. Ich hatte also Material für mindestens vierzehn Tage in der Hand. Endlich konnte ich die wissenschaftlichste Studie der Welt starten! Sie brauchte einen Titel. Ich öffnete eine neue Datei und nannte sie *Die Macht der Macht*.

Mein Projekt war simpel. Ich stellte mir das Depot als ein Land vor. Die Gruppe waren seine Einwohner. Ich würde die Lebensumstände manipulieren, vielleicht dem ein oder anderen Privilegien zuschanzen und die allgemeine Reaktion darauf ermitteln. Solche und ähnliche Computerspiele gab es zuhauf, doch andere Kids spielten solche Spiele weiter, weil keinem von ihnen ein Depot voller Menschen zur Verfügung stand. Das wussten jene Kids allerdings nicht …

Zunächst musste ein Anführer her. Den zu bestimmen boten sich für das Leben im Depot, also im echten, diverse Wege. Es könnte zum Beispiel der physisch Kräftigste zum Anführer werden. Dazu wäre nötig, dass Blut floss, vielleicht sogar, dass es Tote gab – ich wusste aber, Vater würde einen Fehlbetrag bei der Ware nicht verzeihen, diese Methode konnte ich also vergessen. Auch der Reichste wäre ein möglicher Anführer. Doch im Laufe all der Jahre hatte ich längst herausgefunden, dass die Summen, die sie bei sich führten, sehr gering und zudem praktisch gleich waren. Es blieb die vielleicht interessanteste Methode: den Anführer wählen zu lassen. Demokratie! Das war nur logisch. Letztendlich unterschied sich das Verhältnis zwischen Gesellschaft und Anführer nicht sehr von dem zwischen einem Menschen und einem Tier, die gemeinsam in einen Käfig gesperrt waren. In der Diktatur ging die Tür plötzlich auf, und ein hungriger Löwe wurde hineingetrieben. Demokratie dagegen war die Freiheit des Menschen zu wählen, mit was für einem Tier man in einen Käfig gesperrt wurde. Ein Fleischfresser? Ein Pflanzenfresser? Ein Allesfresser? War es ein einsamer Jäger? Jagte es in Gruppen? Drohte seine Art auszusterben? Ließ es sich zähmen? Die Antworten auf solcherlei Fragen vor Augen, konnte man seine Wahl treffen. Sicher, dennoch ging es um einen Käfig, ein Tier und eine verschlossene Tür, aber das war eben nicht zu vermeiden. Vorerst bewegten sich die Realitäten nun einmal auf diesem Niveau. Auch blieb man in der Diktatur im Käfig, bis das Tier starb, in der Demokratie dagegen waltete es nur bis zu den nächsten Wahlen. Man konnte die Bissspuren am eigenen Körper zählen und messen, wie viele Kilos Fleisch oder auch Finger man eingebüßt hatte, und je nachdem entscheiden, ob man weiter mit demselben Tier im Käfig eingesperrt sein wollte …

Ja, die Depotinsassen sollten das Recht haben, ihren Anführer durch Wahl zu bestimmen. Vielleicht hatte die Depotbevölkerung sogar mehr als die Menschen im wahren Leben Demokratie verdient. Immerhin war das Depot ein echter Käfig, und die Leute darin waren sich der Mauern ringsum derart bewusst, dass sie ihre Rücken daranlehnten. Die im echten Leben dagegen merkten gar nichts, vor allem nicht, dass sie in einem Käfig lebten. Beim Blick auf die Landkarte sahen sie nur Linien. Rote Grenzlinien. Ja, sie liebten die Grenzen ihres Käfigs, von dem sie nicht merkten, dass es ein Käfig war, mit solcher Leidenschaft, dass sie bereit waren, für den Schutz dieser roten Linien zu sterben, wiederaufzuerstehen und dann noch einmal zu sterben. Es war Ehrensache, den Käfig zu bewahren, an dessen Eisenstreben sie sich mit dem Seil der Staatsbürgerschaft geknüpft hatten. Vielleicht hatten sie auch recht. Es gab ja nicht mehr viel, das der Mensch zur Ehrensache erheben konnte. Um etwa Aufrichtigkeit zur Ehrensache zu machen, war es längst zu spät. Denn falls die biologischen Gegebenheiten sich eines Tages ändern sollten und man an Hirnblutung stürbe, sobald man log, wäre die Erde derart leergefegt, dass Dinosaurier wieder genug Platz hätten! Auch ein Konzept wie faire Ressourcenverteilung beispielsweise war nicht zur Ehrensache zu erheben. Man konnte sich unmöglich hinstellen und sagen: »Entweder kein einziger Mensch auf Erden hungert mehr oder ich bring mich um! Ein derart würdeloses Leben ertrag ich nicht!« Und etwas im Zusammenhang mit Kindern zur Ehrensache zu machen war schlechthin unmöglich. Gab es irgendwo jemanden, der sagte oder auch nur sagen könnte: »Ich hab gesehen, er lässt Kinder arbeiten, da hab ich den Verantwortlichen erschossen, Herr Richter! Bei uns ist das Ehrensache!« Oder gab es irgendein Gesetz, das es als schwerwiegende Provokation auffasste, dass der Erschossene Kinder beschäftigt hatte, und dafür die Strafe für den Mörder minderte? Selbst Ehrensachen brauchten also eine realistische Seite. Es war doch viel logischer, wenn sie etwas mit Frauen und deren Jungfräulichkeit zu tun hatten! Wahrhaftig eine Ehrensache! Oder eine Blutsfehde! Oder das Infragestellen der Religion, an die man glaubte! Oder Kritik an seiner Moral! Oder die Manipulation der Grenzen des Käfigs, in dem man lebte! Das waren vernünftigere Themen, und sie schadeten der nachhaltigen Wirtschaft kein bisschen. So war der

Schuttplatz, den man »Geschichte der Menschheit« nannte und auf dem sich mit dem darin aufgestauten Methangas die erste Explosion des dritten Weltkriegs ereignen würde, von Themen überhäuft, aus denen sich keine Ehrensache mehr machen ließ. Die Grenzlinien auf der Weltkarte mochten einem vernunftbegabten außerirdischen Wesen noch so klaustrophobisch vorkommen, da war nichts zu machen. Ja, diese Grenzen waren so eng wie ein Aufzug für drei Personen, doch es gab ja Mittel und Wege, den Menschen vergessen zu lassen, dass er sich in einem Lift befand. Das Auf- und Abfahren zum Beispiel. Genau damit verbrachten die in diesen Grenzen gefangenen Menschen ihre Zeit. In den überaus engen Aufzügen namens *Heimat* fuhren sie mal hoch und mal runter. Durch den Spalt der Türen, die sich in jedem Stockwerk auftaten, linsten sie ins Innere anderer Aufzüge hinein. Die Lage der Depotinsassen war natürlich dramatischer. Sie waren bei -1 hängengeblieben und fuhren nirgendwohin.

Ich sah sie über den Monitor. Sie redeten miteinander und saßen tatenlos herum. Nur Rastin war noch auf den Beinen und stand starr gleich einer Statue da. Ich versuchte herauszufinden, wohin er schaute, da hob er den Kopf, und unsere Blicke trafen sich. Er blickte in die ihm am nächsten angebrachte der sechs Kameras im Depot und winkte. Dann setzte er sich auf einen freien Platz, zog Papier und Stift aus der Tasche und schrieb.

Er ähnelt mir, stimmt's?

Weiß nicht.

Doch, doch … Sieh nur, auch er kritzelt ständig etwas, genau wie ich. Also kommt wohl alle fünf Jahre ein Cuma in diesem Depot vorbei.

Kann sein … Cuma?

Ja?

Warum bist du geflüchtet?

Unwichtig.

Sie wollten dich töten, oder?

Unwichtig, hab ich gesagt.

Wollte der Staat dich umbringen?

Der Staat ist nur ein Wort, Gazâ. Es sind Menschen, die töten.

Aber man hätte dich umgebracht, stimmt's?

Du möchtest gern denken, ich sei auf der Flucht vor dem Tod umgekommen. Nur um dir selbst noch mehr wehzutun. Damit deine Reue umso größer wird. Du warst zehn, Gazâ! Du warst ein kleines Kind! Denk nicht mehr daran.

Ich denke gar nicht daran, ich fühle es …

Ich mag die Spielchen nicht, die du mit diesen Leuten treibst.

Ich weiß.

Dann lass es. Schau mal, wie erschöpft sie sind. Wer weiß, wie groß ihre Angst ist.

Niemand könnte so erschöpft sein und so viel Angst haben wie ich, Cuma! Niemand!

Ach ja? Denk doch an deine Mutter. War deine Angst je so groß, dass du dein eigenes Kind umgebracht hättest?

Wenn du mich noch ein einziges Mal daran erinnerst, dreh ich das Ventil auf, und die Leute da drin ertrinken alle und krepieren!

Mir fallen gerade die Tage ein, als du Brocken vom Sesamkringel am Drachenschwanz befestigt hast und

die Vögel am Himmel füttern wolltest … So gehen die Gedanken … Nicht wahr?

Daran kannst du dich gar nicht erinnern, Cuma. Das war, bevor ich dich umgebracht habe. Jetzt halt den Mund und schau zu! Schau zu, damit du erfährst, wie man den Staat, den du ein Wort nennst, im Satz verwendet!

Gazâ! Wir gehen?«

»Nein, Rastin, wir warten noch auf Nachricht. Da ist aber eine andere wichtige Sache. Ihr müsst einen Sprecher wählen.«

»Sprecher?«

»Ja, ihr braucht einen Anführer.«

»Warum?«

»Weil ihr für den weiteren Weg eine Menge Beschlüsse fassen müsst. Ihr seid eine große Gruppe. Da kann niemand jeden Einzelnen danach fragen, was er will. Wählt also einen, dem ihr vertraut, damit er in eurem Namen spricht. Er soll die Verhandlungen führen, verstehst du?«

»Aber wir in Türkei. Kein Problem.«

»Ich weiß. Probleme wird es auf dem weiteren Weg geben! Die eigentliche Reise beginnt, wenn ihr in die Boote steigt. Na egal, du musst es selber wissen. Ich sag das um euretwillen. Die Menschen, die euch auf dem weiteren Weg begegnen, werden nicht sein wie wir, Rastin. Weißt du, was Gefahr bedeutet?«

»Ja.«

»Dann sag ich es so: Da gibt es viele Gefahren!«

Damit ließ ich Rastin, der mich mit zu Fragezeichen mutierten Augen ansah, stehen und verließ das Depot. Als ich an den Schreibtisch kam, war er schon dabei, mit den anderen zu reden. Es war richtig, das Wort »Gefahr« ins Spiel gebracht zu haben. Die beste Methode, Menschen mit so wenig Informationen wie möglich in Bewegung zu versetzen, war es, sie davon zu überzeugen, dass eine diffuse Gefahr sie erwartete. Vermutlich hatte Rastin meine Worte nicht wirklich verstanden, sich aber gedacht, die Lage sei ernst. In der Gruppe gab es einen alten Mann, er war wohl der Älteste der dreiunddreißig. Die Gesichter wandten sich ihm zu. Sie kamen eben aus einer Region mit Stammeskultur und hielten es für richtig, die Weisheit eines Menschen an den Runzeln in seinem Gesicht zu messen. Dabei kannte ich Kinder, die jünger waren als ich, deren Nacken glich der Haut eines Krokodils, weil sie den ganzen Tag auf dem Feld gearbeitet hatten. Falten zu haben bedeutete gar nichts. Altern war etwas wie das Endstadium der Krankheit namens Leben. In diesem Stadium verlor man meist die geistige Gesundheit, die dann ersetzt wurde durch Unverträglichkeit, geschuldet der Gewissheit, nicht mehr zu finden, was man im Leben gesucht hatte. Alte waren Menschen, die genau wussten, betrogen worden zu sein, und die gemerkt hatten, dass nun alles zu spät war. Eine Gesellschaft unter ihrer Fuchtel konnte nur sterben, gemeinsam mit ihnen, unter Schmerzen und ständigem Jammern und Klagen.

Der betagte Afghane saß da und sprach bedächtig, alle hörten ihm zu. Dann richtete Rastin den Blick auf eine der Kameras und winkte mich herbei. Dabei würde ich ihn hören, wenn er sprach. Er wusste natürlich nicht, dass die Kameras auch Ton übertrugen. Ebenso wenig konnte er ahnen, dass meine Stimme aus den Lautsprechern im Depot erklingen würde, sobald ich das Mikrofon vor mir einschaltete und sprach. Deshalb erschraken Rastin und die anderen. Denn sehr laut hatte ich gefragt: »Was gibt's?« Rastin durchschaute den Mechanismus sofort und machte eine Probe.

»Gazâ? Mich hören?«

»Ja, Rastin … Habt ihr einen gewählt?«

»Gruppe nicht verstehen. Warum Gefahr?«

»Das kann ich nur der Person sagen, die ihr wählt. Und du wirst auch davon wissen. Denn du wirst dolmetschen. Die anderen sollten wir nicht unnötig ängstigen, nicht wahr?«

Als Rastin meine Worte weitergab, lief eine Welle durchs Depot. Die Leute fingen an, wild durcheinanderzureden. Sie konnten einander weder hören noch verstehen. Das sah ich. Man brauchte kein Paschtu zu können, um Verzweiflung und Angst zu erkennen. Vor allem dann, wenn es ein obskures Geheimnis gab, das die Zukunft aller betraf, dauerte es nur wenige Sekunden, bis Panik ins Depot strömte wie Giftgas. Selbstverständlich lag das an ihrer Situation. Sie standen derart außerhalb aller Gesetze und Vernunft, dass sie in ihren Reaktionen sehr viel rascher waren als ein Volk, das sein Leben zwischen Zuhause, Arbeit und Schule verbrachte. Alles hatten sie zurückgelassen, nur ihre Körper waren ihnen geblieben. Ihr einziger kostbarer Besitz waren sie selbst. In dieser Lage galten weder die bekannten moralischen Werte noch logische Entscheidungsmechanismen. Wenn der einzige Wunsch eines Menschen war, um jeden Preis von einem Punkt zum anderen zu gelangen, versagten sämtliche psychologischen und gesellschaftlichen Theorien. Ihre Ängste etwa überstiegen die alltäglichen Zukunftssorgen gewöhnlicher Einwohner eines gewöhnlichen Landes um das Tausendfache. Das garantierte mir, die Antwort auf jeden meiner Züge sofort zu erhalten. Im vergangenen Jahr war ich, damals noch Schüler, als Schulbester zum Speed-Schach-Turnier in der Stadt entsandt worden. Für jeden Zug hatten wir lediglich drei Sekunden. Ich schaffte es ins Finale. Mir gegenüber saß ein Schüler einer Privatschule, während des Spiels drehte er sich ständig zu seinem Vater um. Der Mann war mindestens so aufgeregt wie sein Sohn. Aus welchem Grund auch immer gestattete ich es dem Jungen, mich zu schlagen. Der Mann trat heran und umarmte seinen Sohn. Vielleicht hatte ich nur diese Umarmung sehen wollen ... Wie auch immer ... Also hatte ich es aufgrund der raschen Reaktion der Depotinsassen nun wieder auf Drei-Sekunden-Züge abgesehen. Da brachte eine Frau Mitte vierzig, die ein Kind von sieben, acht Jahren auf dem Schoß hatte und mir vorher nicht aufgefallen war, mit lautem Geschrei alle anderen zum Verstummen. Sie zeigte auf Rastin und sagte etwas. Vermutlich wollte sie, dass er redete. Das tat Rastin dann auch, er sprach wohl fünf Minuten. Als er verstummte, deutete er auf den alten Mann. Daraufhin hoben sich an unterschiedlichen Stellen im Depot, so weit ich zählen konnte, zehn Hände. Die Wahl war in Gang gekommen!

Der Mann mittleren Alters, der neben dem Alten saß und den ich für seinen Sohn hielt, weil beide bereit waren, in denselben Eimer zu scheißen, zählte die Hände und sagte etwas zu Rastin. Rastin wies mit der Hand auf sich selbst, baute einen langen Satz und schwieg dann. Daraufhin gingen einundzwanzig Hände in die Luft. Da das einzige Kind im Depot noch zu jung war, um mit abzustimmen, schlug die Mutter ihm auf die emporschießende Hand und ließ sie verschwinden. Bei beiden Wahlgängen hatte der Alte nur still dagesessen und vor sich auf den Boden geschaut; Rastin aber hatte keine Bedenken, die Hand für sich selbst zu heben. Ich fand es stets hässlich, wenn jemand für sich selbst stimmte.

Eines der zwei hässlichsten Dinge auf der Welt. Das andere war ein Inder, der Kricket spielte.

»Gazâ! Du hören?«

Rastin sprach zur Kamera hin. Gerade wollte ich: »Ja, Rastin?«, sagen, als der Afghane neben dem Alten aufsprang und zu brüllen anfing. Nun war ich sicher, dies konnte nur sein Sohn sein! Es war nicht schwierig zu verstehen, wen er anbrüllte. Selbstverständlich die Besitzer der einundzwanzig Hände, die sich kurz zuvor gehoben hatten. Er verlor sogar die Beherrschung und wollte sich auf Rastin stürzen, doch andere gingen dazwischen. Mittlerweile waren auch die übrigen Anhänger des Alten auf den Beinen. Natürlich sprangen zugleich jene auf, die kurz zuvor noch gewöhnliche Leute gewesen, nun aber zu Rastins Leuten geworden waren. Im Depot entbrannte ein sonderbarer Streit, bei dem unklar war, wer wen attackierte. Sonderbar war er, weil kein echtes Thema zur Wahl gestanden hatte. Sie wussten nicht einmal genau, was die Aufgabe der gewählten Person sein würde. Einer stand da, von dem sie nicht wussten, wozu man ihn gewählt hatte. Doch da der Kandidat, den sie unterstützten, nicht gewählt worden war, gab es andere, die diesem *einen* unversehens zürnten. Sie durchlebten die ersten Phasen von Demokratie. Sie glaubten an Wahlen, vertrauten aber ihrem Ergebnis nicht, solange nicht der eigene Kandidat gewann. Schließlich stieß die Frau erneut das Kind vom Schoß, mischte sich mit einem brustzerreißenden Klageschrei ein und zerfetzte allen im Depot das Trommelfell. Die Stimmung beruhigte sich zumindest für einen Moment. Die Eigenart der Frau war es, zuerst einen Schrei mit Schockwirkung auszustoßen und dann in Tränen auszubrechen. Beim Weinen versagte ihr die Stimme, nahm sie wieder Platz, waren nur

Schluchzer übrig. Eine ausreichend funktionale Technik. Sie hatte ja auch ein sakrales Accessoire dabei: ein Kind. Das sie wegstieß und beiseiteschob, wenn sie aufstand, beim Arm packte und an sich zog, wenn sie sich niederließ, um es sich dann an die Brust zu drücken. Dieses Kind nahm unterdessen die rechte Hand nicht aus dem Mund, es beobachtete nur die Mutter. Es wirkte wie ein ausgestopftes Tier. Vielleicht war es ein Zwerg, der tat, als wäre er ein Kind. Möglicherweise war es auch ein Kleinwüchsiger, der Ehemann dieser Frau, der gar nicht so tat, als wäre er ein Kind. Das war von meinem Platz aus nicht genau zu erkennen. Mit Details gab ich mich nicht ab. Bei den Aufnahmen von den sechs Kameras auf meinem sechsgeteilten Monitor interessierte mich nur die Tatsache, dass der Frieden, der bis vor einer halben Stunde geherrscht hatte, von Politik gefickt und verscheucht worden war. Politik glich eben doch einem in den menschlichen Leib eindringenden Fremdkörper. Künstlich wie ein Stab aus Platin. Sie stellte das größte Hindernis für eine natürliche Entwicklung der Arbeitsteilung in der Gesellschaft dar. Sie widersprach der menschlichen Natur. Allerdings widersprach der Mensch selbst der Natur. Also war da nichts zu machen.

Als Rastin sah, dass sich Widerspruch gegen das Wahlergebnis unter die Stille mischte, blickte er in die Kamera. Den Alten berührte das Geschehen nicht, doch die Blicke der Leute um ihn herum verrieten, dass sie Rastin nicht verzeihen würden. Rastin konnte höchstens drei Sekunden in die Kamera schauen, er kam nicht zum Sprechen, er fürchtete einen plötzlichen Übergriff und warf immer wieder besorgte Blicke dorthin, wo die Gegenseite sich zusammengerottet hatte. Endlich sah er, dass der Widerstand nur noch aus aufgeregtem Gemurmel und geschüttelten Häuptern bestand, beruhigte sich und sprach.

»Okay, Gazâ. Ich, Anführer … Sag: Was ist Gefahr?«

»Rastin, du darfst den Leuten bei dir nichts von dem weitergeben, was ich dir sagen werde. Ich sag dir erst mal, was los ist, wir suchen eine Lösung, und dann schauen wir weiter. Okay?«

»Okay.«

»Die Männer, die euch nach Griechenland bringen sollen, verlangen mehr Geld. Weil neuerdings auf dem Meer stärker kontrolliert wird. Verstehst du, mehr Risiko, also mehr Geld!«

»Wir Geld geben, in Kabul. Sie gesagt, okay.«

»Ich weiß. Aber nun müsst ihr mehr zahlen.«

»Nein, Gazâ. Kein Geld.«

Es fing an mich zu stören, dass er unablässig meinen Namen wiederholte. Ich weiß auch nicht, warum.

»Bist du sicher, dass keiner Geld dabeihat?«

»Sicher! Sie gesagt, kein Geld auf Weg. Ist mehr gut.«

»Gut, dann könnten wir das folgendermaßen machen. Ihr seid jetzt 33 Leute. Pro Kopf habt ihr 8000 Dollar bezahlt, stimmt's? Sie verlangen jetzt von jedem 2000 mehr. Jeder muss also insgesamt 10 000 Dollar zahlen. Damit ergibt sich ein Fehlbetrag von 66 000 Dollar. Sagen wir, die 6000 könnt ihr herunterhandeln, aber es bleibt eine Summe für sechs Personen. Also die Summe, die ihr bisher gezahlt habt, reicht nach dieser Rechnung nur für 27 Personen. 27 Leute werden also die Reise fortsetzen. Deshalb müsst ihr jetzt zuerst die sechs wählen, die hierbleiben. Du solltest sie auswählen. Denn wenn du das erst alles zu erklären versuchst, gibt's garantiert Krawall. Aber wenn du mir sagst, wer hierbleiben soll, dann sagen wir denen bei eurer Abfahrt, sie seien für das nächste Schiff vorgesehen, und anschließend schicken wir sie nach Afghanistan zurück. Hast du verstanden, was ich meine?«

Ich war mir sicher, dass Rastin sehr genau verstanden hatte. Von zahlreichen afghanischen Studenten, die das Depot passiert hatten, wusste ich, dass es an der Universität Kabul eine Abteilung für türkische Sprache und Literatur gab. Sie mochten Studenten der verschiedensten Fachbereiche sein, doch meist hatten sie alle in die Türkisch-Kurse hineingeschnuppert. Zumindest einige Wörter beherrschten sie. Rastins Türkisch war besser als das aller anderen. Vielleicht war er schon einmal in der Türkei gewesen, hatte womöglich sogar hier gelebt. Das interessierte mich nicht weiter. Mich interessierte niemandes Vergangenheit, außer meiner eigenen. Ich war fünfzehn, natürlich drehte sich die Welt allein um mich, wie eine Fliege! Und wenn sie sich weiterdrehte, dann nur, weil ich sie nicht mit einer Hand fing und zerquetschte!

»Ich nicht verstehen! Gazâ?«

Rastin wollte sich den Anschein geben, sein Türkisch innerhalb von vier Sekunden vergessen zu haben, doch die Schweißtropfen auf seiner Stirn, die im starken Licht des Depots glänzten, verrieten, wie schlecht ihm das gelang.

»Ihr wählt sechs Personen aus. Die bleiben erst hier und gehen dann nach Afghanistan zurück. Oder ihr zahlt 66 000 Dollar. Jetzt klar?«

»Ja«, sagte Rastin. Fast hätte er geheult.

»Könnt ihr denn keine 2000 pro Person aufbringen?«

»Nein. Nein, viel Geld. Keiner haben Geld. Keine andere Weg?«

»Warte mal. Ich weiß, wie diese Leute arbeiten. Die nehmen auch Nieren. Da kostet eine um die 20 000. Also, wenn du jetzt drei Leute bestimmst… mit drei Nieren kriegt ihr die Sache auch geregelt.«

Bei dem, was er hörte, weiteten sich Rastins Augen, fast ragten sie über den zerbrochenen Rand seiner Brille hinaus.

»Moment! Moment! Was Nieren?«

»Weißt du nicht, was das heißt? Soll ich im Wörterbuch nachschlagen und dir das englische Wort sagen?«

»Ich wissen, Nieren! Aber, Gazâ! Nein!«

»Gut, dann sag ich, was mir als letzte Lösung noch einfällt: Gebt den Männern zwei Frauen, und ihr reist weiter. Aber sie müssen schon von den jungen sein, die müsst ihr rausgeben. Nicht die mit dem Kind.«

Beinahe wäre Rastin in Ohnmacht gefallen.

»Nicht möglich! Nicht möglich! Nein!«

»Dann sage ich meinem Vater Bescheid. Ihr geht alle zurück. Okay?«

»Gazâ! Gazâ!«

»Was ist, Rastin?«

»Ich geben. Eine Niere genug?«

Hatte er das wirklich gesagt? War er zu einem solchen Opfer bereit? Wo doch ein Drittel dieser Leute ihn am liebsten zerreißen würde! Mir blieben drei Sekunden für den nächsten Zug. Mit seinem Angebot war das Schachbrett plötzlich aufgeflogen, groß wie das Dach vom Schuppen geworden und mir auf den Kopf gestürzt. Aber ich war nicht tot!

»Okay! Eine Niere von dir. Dann bräuchten wir nur noch zwei.«

Durch seine unvermutete Heldentat war Rastin außer Atem geraten, zudem stand er unter Beobachtung der Depotinsassen. Wohl wissend, dass unser Gespräch sie unmittelbar betraf, spitzten sie die Ohren, um aus den durch die Luft fliegenden Sätzen bekannte Wörter herauszufiltern. Sie verstanden aber kein Wort, weshalb ihre Geduld gleich Schaum in sich zusammenfiel. Den Sohn des Alten hielt es nicht länger, er sagte etwas. Sicher fragte er, was ich gesagt hatte. Rastin schien ihm »Warte eine Minute!« zu erwidern. Der Mann, der meinte, sein ganzer Clan sei gekränkt worden, weil man seinen Vater nicht zum Depot-Anführer gewählt hatte, wollte jedoch sofort eine Antwort. Unverzüglich! Die Wahrheit, nach der er suchte, würde er von mir bekommen. Allerdings nicht auf Paschtu.

»Rastin, hör zu!«

Rastin war damit beschäftigt, den Mann, der mittlerweile vor ihm stand und ihm mit vorgerecktem Kinn das Ohr volldröhnte, mit einer Hand gegen die Brust wegzustoßen und auf Abstand zu halten, mir rief er zu: »Sag, Gazâ!«

»Ich mach jetzt die Luke auf. Ich werfe dir einen Schlüssel runter. In dem Verschlag hinten an der Wand, da ist ein Ring mit Schloss. Du öffnest den Ring und legst ihn dem Mann ums Handgelenk.«

Rastin versuchte weiter, sich den Mann vom Leibe zu halten; um die Stimmen, die sich wieder wild erhoben hatten, zu übertönen, brüllte er: »Nicht nötig!«

»Wie du willst …«

Der Zug, den ersten Gefangenen in die Zelle zu sperren, die ich im Depotland speziell angelegt hatte, war misslungen. Rastins Blicke huschten zwischen dem Mann und den Leuten ringsum hin und her, vermutlich sagte er ihnen, man solle sich erst einmal beruhigen, eine wichtige Sache werde verhandelt. Der Sohn des Alten aber plapperte ohne Atempause weiter, als leierte er eine auswendig gelernte Geschichte herunter. Ununterbrochen. Dann musste Rastin etwas gesagt haben, das den Mann erstarren und ihm den Mund mitsamt dem letzten Wort darin offen stehen ließ. Rastin schob einige kurze Sätze nach, und das ganze Depot erstarrte! Vermutlich berichtete er von der Nierengeschichte. Von den fehlenden 66 000 Dollar! Ich an seiner Stelle hätte es nicht so lange ausgehalten, hätte sofort geplaudert. Doch Rastin war aus Führer-Stoff geschneidert. Er verstand etwas von Krisenmanagement! Als er verstummte, ging der Mann wortlos zu seinem Vater und setzte sich. Rastin richtete den Blick auf die nächste Kamera und sagte: »Okay. Kein Problem.«

»Hast du alles erzählt?«

»Nein.«

»Und wieso hält der Mann plötzlich den Mund?«

»Vater tot von Junge, gesagt. Junge verrückt, gesagt. Wir hier gefangen! Ich sprechen mit Junge, uns retten, gesagt. Verstehen?«

Damit hatte ich nun nicht gerechnet. Rastin war nicht nur ein Anführer, er war ein echter Advokat! Ich weiß nicht, ob er seinen Abschluss gemacht hatte, ein Diplom brauchte er ganz gewiss nicht. Denn innerhalb weniger Sekunden das Märchen zu erfinden, mein Vater sei tot und sie seien in einem verschlossenen Depot dem Erbarmen eines irren Jungen ausgesetzt, war schwieriger, als eine Diplomarbeit über Römisches Recht zu schreiben!

»Gazâ?«

»Bitte?«

»Nicht Tür öffnen!«

»Okay.«

»Du Tür auf, sie Attacke!«

»Okay, Rastin.«

»Jetzt sag …«

»Was?«

»Melodie!«

»Was??«

»Lied! Lied!«

»Ein Lied?«

»Du verrückt! Für verrückt sein!«

Ich lachte. An der Wand mir gegenüber hing ein Kalender. Darauf die zehn Strophen von Mehmet Âkif Ersoy. Die Nationalhymne war schließlich auch ein Lied! Ich sang. Da wandten sich die Gesichter, die ich auf dem Monitor sah, mir zu. Einschließlich des Alten blickten zweiunddreißig Menschen in die Kameras, und ich fühlte mich tatsächlich wie ein Irrer. Womöglich sogar noch mehr als sie glaubte ich daran, verrückt zu sein. Nur Rastin hob nicht den Kopf zur Kamera. Er scharrte mit dem linken Fuß auf dem mit Sägemehl bestreuten Boden und überlegte vermutlich, wer die beiden anderen Nieren hergeben sollte. Als ich die Hymne nach der zweiten Strophe beendete, murmelte Rastin etwas. Ein kurzer Satz. Vielleicht auch nur ein Wort. Und alle applaudierten mir! Nun waren wir wirklich in der Demokratie angekommen: Der Führer dachte, er regiere mit Lügen, das Volk glaubte, die Gesetze, denen es sich beugte, seien zu seinem Guten, der Sprecher im Radio als einzigem Medium im Land überschaute alles, spielte aber den Narren!

An jenem Tag sprach ich nicht wieder mit Rastin. Ich beobachtete nur. Zu jedem Grüppchen, das sich in einer anderen Ecke des Depots zusammengefunden hatte, trat er einzeln und redete. Später stand er auf, stellte sich vor eine der Kameras und rief vier Mal: »Gazâ?« Doch ich reagierte nicht. Er senkte den Kopf und entfernte sich. Die übernommene Verantwortung belastete ihn so schwer, dass er sich an dem ersten freien Platz, den er fand, hinkauerte und in Schlaf versank. Oder er tat so, als schliefe er, damit ihn niemand störte. Die anderen überlegten wohl, wie sie aus dem Loch, in dem sie ihrer Meinung nach gefangen saßen, herauskämen. Die Frauen weinten. Der Alte und seine Kreise starrten stumm zu Boden, die anderen versenkten sich in an- und abschwellende Diskussionen. Das einzige Kind im Depot aber summte die Melodie der Nationalhymne vor sich hin, die es sich gemerkt hatte.

Am nächsten Tag lief ich gleich zum Schuppen, setzte mich an meinen Tisch und schaltete das Mikrofon ein.

»Rastin!«

Rastin hatte lange ungeduldig darauf gewartet, meine Stimme zu hören, er sprang sofort auf und rief: »Ja?« Die anderen lächelten in die Kamera, um sich bei dem Jungen, der ihr Schicksal in Händen hielt, einzuschmeicheln.

»Wir machen das jetzt so: Mein Vater hat mit den Männern gesprochen. Eine Niere reicht. Du brauchst also keine zwei weiteren Leute zu besorgen. Die Sache ist geregelt. Wo der Eingriff stattfindet, weiß ich nicht, wahrscheinlich irgendwo in Griechenland. Ich denke, du kannst es jetzt den anderen beibringen. Sag ihnen, ich hätte dich angelogen. Ich hätte dich an der Nase herumgeführt, als ich behauptete, dass mein Vater gestorben sei … Ich labere jetzt noch ein bisschen und tu so, als erzählte ich das, was ich dir gestern erzählt habe, und du tust so, als würdest du gerade erst davon erfahren, zum Beispiel die Sache mit den 66 000 … Okay? Ich rede jetzt weiter, aber du musst ab und an auch mal eine Frage stellen.«

Doch Rastin sagte kein Wort. Er hielt nur den Blick in die Kamera gerichtet. Das rechte Glas seiner Brille war gesprungen. Das hatte ich vorher nicht bemerkt. Möglicherweise war es in der Nacht passiert. Das Glas hatte der Erschöpfung in seinen Augen nicht standgehalten und war gesprungen. Oder es war bei einer der Rangeleien am Vortag passiert. Noch während ich überlegte, drehte Rastin sich um. Und setzte sich wieder an seinen Platz. Die erste Welle des Tages tobte durch das Depot, die Leute drangen auf Rastin ein. Sie hatten ihn umringt und malträtierten seine Ohren als schrägster Chor der Welt, da brüllte Rastin mit einer Stimme los, wie ich sie noch nicht von ihm gehört hatte. Ich verstand nicht, was er tat. Nicht nur ich, auch die anderen verstanden es nicht. Rastin schrie derartig laut, dass das grässliche Konzert auf einen Schlag verstummte. Dann schloss er die Augen und nahm den Kopf zwischen die Hände. Die Leute ringsum zogen sich allmählich auf ihre Plätze zurück. Ich begriff immer noch nicht, was er vorhatte.

»Rastin!«, rief ich, doch er hob nicht für einen Blick den Kopf.

Obwohl ich an jenem Tag immer wieder versuchte, mit ihm zu reden, reagierte Rastin nicht. Als die anderen ihren Proviant auspackten und aßen, nahm er nichts von all dem an, das man ihm abgeben wollte. Er beobachtete nur die Umgebung. Die Menschen um sich herum. Die Menschen, die aßen, sprachen, auf und ab liefen oder beteten. Er würde eine Niere geben, damit sie an ihre Zielorte gelangten. Was auch immer es war, das sie sich zum Sattwerden in den Mund steckten, Rastin mochte sich vorstellen, sie kauten auf seiner Niere herum. War es das wert?, mochte er sich fragen. Der Führer blickte auf sein Volk und fragte sich: Lohnt der Einsatz für diese Menschen?

Die anderen sahen, dass Rastin schwieg und wenig taugte zum Verhandeln mit dem verrückten Jungen, sie stellten sich einzeln vor die Kameras, führten endlose Reden und klagten tränenreich. Einige machten sich auch an der Luke zu schaffen. Doch dem lieben Ahad war klar gewesen, dass solche Tage kommen würden, denn er hatte keine Tür, sondern einen Tresordeckel einbauen lassen! Sie hatten keine Chance. Vor allem die Frau nicht, die kreischte und ihr Kind vor der Kamera schwenkte. Wer weiß, was sie mir erzählte? Um mich zu überzeugen … Einmal glaubte ich sogar, sie sagte, wenn ich die Luke nicht öffnete, breche sie dem Kind das Genick! Doch ich täuschte mich. Höchstwahrscheinlich wollte sie nur zeigen, wie schwächlich und kränklich das Kind war, das sie am Nacken gepackt hielt und schüttelte. So musste es sein, denn kaum hatte sie praktisch mit einer Hand das Kind hochgezerrt und zwischen ihren Brüsten versenkt, trat sie von der Kamera zurück. Der Doku *Flehentliche Bitten* in meinem privaten Fernsehkanal folgte eine Serie mit dem Titel *Drohungen*. Der Sohn des Alten machte sich prächtig. Er spielte sich so auf, dass selbst ich zu glauben begann, er wäre tatsächlich bis an sein Lebensende im Depot eingeschlossen. Seine Mimik vibrierte. Vor allem, wenn er brüllte. Seine Brauen, die Wangen, der Bart, alles. Die Fäuste hielt er mir unter die Nase, damit ich sie so nah wie nur möglich sähe, wieder und wieder verschwanden sie unterhalb des Sichtfelds der Kamera. Höchstwahrscheinlich traktierte er die Wand. Als auch diese Wutausbruch-Show nicht fruchtete, kehrte er an die Seite seines Vater zurück, legte dem Alten die Hand auf die Schulter und brüllte noch eine Weile von seinem Platz aus weiter. Der Einzige, der nicht vor die Kamera trat, war Rastin. Nur er sprach nicht mit mir. Meine Rolle war indes die des Zuschauers. Deshalb wollte ich in nichts hineingezogen werden. Ich wartete darauf, dass Rastin etwas unternahm.

Gegen Abend geschah etwas Merkwürdiges. Rastin bat den Mann neben sich um die Konservenbüchse, die dieser in der Hand hielt. Der Mann wollte sie ihm nicht geben. Daraufhin riss Rastin sie ihm aus der Hand. Dabei ging er derart flink und entschlossen vor, dass der Mann außerstande war, auch nur ein Wort einzuwenden. Er stand bloß auf und entfernte sich. Rastin verschlang den Konserveninhalt, um dann der Frau, die ihm zur anderen Seite saß, die Wasserflasche abzunehmen. Wie unbeteiligt starrte die Frau erst Rastin an, der die Flasche an die Lippen setzte, und dann die Leute ringsum. Die machten beschwichtigende Gesten. Kaum hatte Rastin die Flasche leergetrunken, wischte er sich mit dem Handrücken den Mund ab, blickte in die Kamera und brüllte: »Gazâ! Du da?«

»Ja!«

»Du? Lampen hier. Ausmachen?«

»Ob ich sie von hier aus ausmachen kann, meinst du das?«

»Ja.«

»Soll ich sie ausmachen?«

»Nein.«

Rastin stand auf und sagte etwas zu den Leuten. Er zeigte auf die Leuchtstoffröhren an der Decke. Dann wandte er sich der Kamera zu und sagte: »Ausmachen! Anmachen!«

Ich ging zu der Seite, wo sich das Depot befand, und schaltete den Lichtschalter an der Wand erst aus, dann wieder ein. Ich wusste nicht, was Rastin vorhatte. Aber immerhin verstrich die Zeit.

Als ich an den Tisch zurückkehrte, sah ich, dass die Leute lächelten. Sie klopften Rastin freundschaftlich auf die Schulter und schienen ihn zu beglückwünschen. Da begriff ich: Er bewies den Leuten, dass er mich unter Kontrolle hatte. Dass er mit mir kommunizieren konnte, ja, dass niemand sonst im Depot dazu fähig war. Ich lachte. Ich beugte mich zum Mikrofon und fragte: »Soll ich sonst noch etwas tun?« »Nein«, sagte er. »Du sprechen.«

»Ich soll sprechen? Was soll ich denn sagen?«

»Sag was!«

»Na gut. Wo hast du Türkisch gelernt?«

»Universität Kabul. Ich will kommen Universität Istanbul. Für *Master Degree*. Verstehen?«

»Und warum hat das nicht geklappt?«

»Schicksal!«

»Du sprichst aber ziemlich gut.«

»Danke.«

Er ging zum Sohn des Alten hinüber, nötigte ihn aufzustehen und sagte an mich gewandt: »Guck!«

»Ich bin dabei, Rastin.«

Er stellte noch einen anderen Mann aus dem Kreis auf

die Beine und sagte etwas zu beiden. Zuerst schüttelten sie die Köpfe und machten Anstalten, sich wieder hinzusetzen. Doch da fing nahezu das gesamte Depot an, auf die Männer einzubrüllen. Daraufhin blickten die Männer erst den jeweils anderen an, dann in die Kamera und zogen sich die Hemden aus. »Gazâ, für dich!«, rief Rastin. Und die Männer mit bloßen Oberkörpern begannen zu ringen. Ja, nun war es klar. Rastin hatte mich reden lassen und den Männern erzählt, ich hätte einen sonderbaren Befehl gegeben, den, dass die Männer ringen sollten. Und sie hatten nicht lange gezögert, sich auf einen solchen Blödsinn einzulassen, da sie bereit waren, alles zu tun, um aus dem Depot hinauszukommen. Ganz abgesehen von dem sozialen Druck kurz zuvor! Doch warum tat Rastin das? Wahrscheinlich hatte ich die Antwort schon. Denn Rastin selbst hatte die Antwort auf eine andere Frage herausgefunden. Seine Antwort auf die Frage, ob sich der Einsatz für diese Menschen lohnte, lautete: nein! Er aber hatte sich nun einmal einverstanden erklärt, eine Niere herzugeben, damit dreiunddreißig Menschen, darunter ein Kind und vor allem auch er selbst, ihre Träume verwirklichen konnten! Jetzt war die Zeit der Rache! Besser gesagt, die Zeit, die Leerstelle, die die Niere hinterlassen würde, beizeiten zu füllen.

Die beiden Männer rangen, als wollten sie sich zerreißen; mit einer Miene, die jeder Ausdruck verlassen hatte, schaute Rastin ihnen zu. Als hetzte er zwei Hunde aufeinander. Zwei Hunde, die am Boden ineinander verbissen waren, aber nur Fett und Schweiß zwischen die Zähne bekamen … Die anderen schauten mal den Ringern zu, mal in die Kameras, klatschten, als dröschen sie auf sich selbst ein, und feuerten die beiden an.

Ist dir klar, wie ekelhaft das ist?

Hm?

In welchem Zustand die Leute sind!

Lustig, findest du nicht?

Lustig? Siehst du nicht, was für eine hässliche Sache das ist?

Ich hab doch nichts getan. Rastin hat das gemacht.

Du hast dem Mann gesagt, dass ihm eine Niere abgenommen wird.

Ja, schon, aber ich hab nicht gesagt: Lass die Leute miteinander ringen! Außerdem ist es jetzt zu spät. Ich kann nichts tun, bis Rastin ihnen die Wahrheit erzählt. Die Burschen würden mich umbringen.

Dann sag ihm, er soll das tun! Ist es das, was du »ein Land gründen« genannt hattest?

Ja, offenbar ist es genau das, weißt du. Denn es geht darum, sich niemals selbst die Hände schmutzig zu machen …

Na toll! Was für ein großartiger Erfolg, die Lage der Leute auszunutzen und sie in so einen Zustand zu versetzen, bravo!

Cuma!

Was ist?

Ich hab doch damals die Klimaanlage nicht angestellt … Eigentlich hatte ich das gar nicht vergessen. Sondern keine Lust. Ich war zu bequem, vom Haus in den Schuppen rüberzugehen. Nur aus Trotz gegen Vater! »Da ist noch ein Mann auf der Pritsche«, hatte er gesagt. »Steh morgen früh auf und schalte die Klimaanlage ein!« Ich wachte natürlich auf, früh am Morgen. Aber ich stand nicht auf. Ich lag nur da und starrte an die Decke. An die schneeweiße Decke. Und, glaub mir, Cuma, nichts kann hässlicher sein als jene Decke! Weder was die Leute da einander antun noch was ich ihnen antue! Nichts ist grässlicher als jene Decke!

Es gibt aber etwas, das gar nicht grässlich ist, Gazâ!

Was denn?

Dass Rastin sich einverstanden erklärt hat, seine Niere herzugeben!

Na und? Er hat sich nur eine Sekunde lang für einen guten Menschen gehalten. Das hab ich auch mal … Keine große Sache.

Am dritten Tag im Depot übertrieb es Rastin und erhöhte auf einmal die Brutalität der Befehle, die angeblich aus meinem Mund kamen. Er verlangte, dass zwei zufällig ausgewählte Leute, die er vor einer der Kameras platzierte, einander ohrfeigten. Er schaute eine Weile zu, dann setzte er eine dritte Person dazu. Wenige Minuten darauf weitere zwölf. Nun bildeten fünfzehn Männer einen Kreis und versetzten einander von links nach rechts der Reihe nach Ohrfeigen …

Natürlich gab es welche, die sich weigerten, etwas so Törichtes zu tun, doch Rastin brauchte sie gar nicht zu ermahnen. Jedes Mal mischte sich sofort der Rest ein und ersetzte die *Rebellierenden* durch andere, die bereit waren, die gewünschte Handlung auszuführen. Wer aus dem Kreis ausgeschlossen wurde, fiel gewissermaßen auch aus dem Volkskreis heraus. Da sie die ihnen zugefallene soziale Aufgabe nicht erfüllten, schnitt man sie und teilte keine Vorräte mehr mit ihnen. Wütend verzogen sie sich in eine Ecke, doch als sie bald darauf die geröteten Wangen derer sahen, die an ihrer Stelle Ohrfeigen kassierten, hielt es sie nicht länger, und sie baten darum, den ihnen zugewiesenen Platz im Kreis einnehmen zu dürfen. Nun machten diejenigen, die sich statt ihrer ohrfeigen ließen, die Sache zu einem Wettstreit der Opferbereitschaft und weigerten sich, ihre Plätze zu räumen.

»Rastin!«

Er stand in der Mitte des Kreises und folgte den von Wange zu Wange weitergereichten Ohrfeigen, als er den Kopf hob, weil er seinen Namen hörte.

»Was?«

»Wie lange willst du das noch so laufen lassen?«

»Wann wir gehen?«

»Das weiß ich nicht, wir haben bisher keine Nachricht…«

Ich hätte die Frage nicht stellen sollen, doch ich tat es: »Rastin, musst du die Leute denn unbedingt dafür bestrafen, dass du dich für sie opferst?«

»Nein. Ich geben Niere. Für mich. Für sie. Für gehen. Kein Problem. Ich machen für sie. Weil ich von zu Hause weg. Wegen sie. Verstehen? Ich gehe Afghanistan. Wegen Afghanen. Sie Afghanen. Zu Hause Hölle sein. In Kabul ich immer kämpfen für sie. Krieg! Für sie! Aber umsonst. Wie sagen: Leute? *People*? Afghanistan, Menschen, Leute?«

»Das Volk?«

»Ja, ich immer kämpfen für Volk. Aber wenn ich Gefängnis, Volk weg! Viel Freunde tot. Gefängnis. Du fragen, warum nicht Universität Istanbul. Weil ich Gefängnis! Verstehen? Immer für Volk! Für die! Aber wenn brauchen, Volk weg! Volk nicht traurig, meine Freunde tot. Das kleine Strafe für sie. Verstehen?«

Mir schien, ich verstand. Bis auf einen Punkt.

»Aber es waren doch wohl nicht diese Leute, die deine Freunde getötet und dich ins Gefängnis gebracht haben, oder?«

»Mehr schlimm!«, sagte Rastin. »Sie schweigen!«

Da zögerte einer im Kreis, die Ohrfeige weiterzugeben, Rastin sah das, ging zu dem Mann, beugte sich zu ihm und brüllte ihm ins Ohr. Die in der Schwebe verharrende Hand landete auf der vorbestimmten Wange, und die Ohrfeigenserie lief weiter. Und mir wurde klar, in was für ein Wespennest ich meine Nase gesteckt hatte. Ich beobachtete Menschen, die bestraft wurden für das Verbrechen, einen Studenten, der bereit war, alles für sein Volk zu geben, derart verzweifeln zu lassen, dass er aus seinem Land floh. Menschen, die nun für ihre Schuld bestraft wurden, ihr Alltagsleben weiterzuleben und vor dem Geschehen Augen und Ohren zu verschließen, als Rastin und seine Freunde eingesperrt und umgebracht wurden. Dann ließ ich Rastin mit seiner Rache, die er nie vollauf würde nehmen können, allein. Er würde seine Rache nie bekommen, weil niemand je zu ihm gesagt hatte: »Geh für uns ins Gefängnis oder krepier!« Das war der Punkt, den Rastin nicht bedacht hatte. Nicht das Volk gab den Helden ihre Aufgabe, sondern sie sich selbst. Darum hatten Helden nicht das Recht, das Volk zur Verantwortung zu ziehen. Helden waren mutige, törichte Leute, das Volk dagegen war feige und schlau. Gegenseitiges Verstehen war unmöglich. Da Rastin sich aber aufschwang, das Volk zur Verantwortung zu ziehen, war er nicht gar so dumm. Er war ein echter Anführer. So heldenhaft, aber zugleich so volksnah wie nötig. Das machte ihn mutig und schlau – die gefährlichste Sorte Mensch.

Am Abend des dritten Tages verlegte Rastin die zweiunddreißig Leute in den Winkel, der am weitesten vom Ausstieg entfernt lag, hieß mich die Luke öffnen, reichte mir die vollen Eimer hoch und nahm leere entgegen. Er hatte sein Volk glauben gemacht, ich sei bewaffnet. Angeblich hätte ich eine Waffe in der Hand. Das hatte ihn aber nicht daran gehindert, die von mir belegten Brote an die Leute im Depot zu verteilen. Die Sandwiches kamen gerade zum rechten Zeitpunkt, denn der Proviant war ihnen ausgegangen, sie küssten sie und führten sie an die Stirn. Zuletzt erhielten sie von Rastin folgende Nachricht: Er hatte den verrückten Jungen oben überredet, Kontakt zu den Kollegen seines Vaters aufzunehmen! Das bedeutete, sie würden in Kürze abreisen. Mit dieser Nachricht wurde Rastin zum Gott des Depots. Der Alte, sein Sohn und ihre Anhänger hatten sämtliche vorangegangenen Querelen vergessen und waren zu Rastins größten Unterstützern mutiert. Die Leute beteten ihn an. Einmal beobachtete ich sogar, wie eine der jungen Frauen in dem Verschlag, den ich als Toilette abgeteilt hatte, während die anderen schliefen, vor Rastin auf die Knie ging, ihm die Hose herunterzog und den Mund öffnete. Ich sah die Frau an, Rastin die Kamera. Er lachte. Am nächsten Tag erfuhren wir, dass eine der anderen Frauen in der Gruppe im vierten Monat schwanger war. Sie erklärte, wenn ihr Kind ein Junge werde, würde sie ihn Rastin nennen. Wenn Rastin Gott war, was war ich dann? Gottes Gott? Gab es einen solchen Rang in der Theologie?

Infolge all dieser Entwicklungen veränderte auch Rastin sich. Die Wut der ersten Tage verflog. Die Kommunikation mit seinem Volk wurde mechanischer und die Misshandlungen, für die er mich benutzte, seltener. Nur einmal, an einem Morgen, peitschte er einen mit dem Gürtel aus, warum auch immer. Vielleicht wollte er damit an seine Autorität erinnern. Wollte ins Gedächtnis rufen, wer die Macht in Händen hielt. Im Depot war derweil tatsächlich ein kleiner Staat entstanden. Ein Land, das lebte, sich bewegte und tätig war. Rastin verteilte unterschiedliche Aufgaben an sein Volk. Vorrangig ließ er das Depot reinigen. Mindestens drei Mal täglich. Dann ließ er zum Sport antreten. Jeden Morgen und jeden Abend. Wer am stärksten schwitzte, durfte sich mit einem Eimer Wasser, den er von mir erhielt, waschen. Aus dem einzigen Buch, das er besaß, las er Abschnitte vor und ließ über die aufgeworfenen Themen diskutieren. Nach jeder Diskussion gab es Streit, wenn auch in kleinerem Umfang, dann stellte Rastin sich an den Rand und schaute lächelnd zu. Während das Depotvolk sich zankte, führte Rastin eine andere Frau in den Latrinenverschlag und beschrieb ihr, was sie mit ihrer Zunge anzustellen hatte. Er tauschte also die Quelle der Gewalt aus. Die Gewalt ging nun nicht mehr unmittelbar vom verrückten Jungen aus, sondern vom Volk selbst. Rastin fand garantiert einen Weg, die Leute gegeneinander aufzuhetzen. Er benutzte gern Licht und Wärme dazu. Vorgeblich aufgrund eines Befehls von mir sagte er: »Entweder bleiben die Lampen an oder die Ventilatoren!« Die Wahl überließ er den Leuten und zog sich zurück. So fielen jene, die die ganze Nacht im Koran lesen wollten, und jene, die vor Hitze bald durchdrehten, übereinander her. Nach Paschtunen und Tadschiken unterschied er aber niemals. Denn er wusste, ein möglicher Konflikt zwischen diesen beiden Gruppen endete bestenfalls mit ein bis zwei Morden. Ethnische Themen klammerte er also aus, konzentrierte sich stattdessen auf gemeinsame Probleme und erzeugte Konflikte, bei denen sich die Fronten jedes Mal aus anderen Individuen zusammensetzten. Die Praxis von Licht und Wärme wandte er auch auf Essen und Trinken an: Gäbe es mehr von dem einen, werde das andere reduziert, sagte er, die Wahl liege beim Volk. Dadurch bekam das Volk das Gefühl, über alles entscheiden zu können, und hegte nicht den geringsten Verdacht gegen Rastin. Zwei Gruppen entstanden, die einen wollten mehr Wasser, die anderen mehr zu essen, und man war ausschließlich mit sich selbst beschäftigt. Rastin setzte eigentlich nur eine banale Strategie ein, die verhinderte, dass die Leitung in Frage gestellt wurde. Im Leben draußen wurden mit einer ähnlichen Strategie Milliarden von Menschen regiert. Auch ihnen wurden Fragen gestellt. Sie wurden zum Wählen aufgefordert und bekamen Umfragen oder Formulare zum Ausfüllen gereicht. Da hieß es: »Wo wärst du jetzt gern?« Oder: »Wer warst du in deinem letzten Leben?« Oder: »Wer ist die schönste Frau in der Stadt?« Oder die Frage lautete: »Diät oder normal?« Oder: »Wie hätten Sie Ihr Fleisch gern gebraten?« Nur dass die Milliarden von Menschen es natürlich ebenso wenig merkten wie die im Depot. Denn eigentlich war das Fleisch, über dessen Zubereitung sie befragt wurden, ihr eigenes. »Wie sollen wir Sie braten?«, fragte man die Leute. Da sie diese Tatsache aber nicht erkannten, lehnten sie sich, stolz darauf, die Wahl zu haben, zurück und sagten: »Gut durch!« Manche sagten natürlich auch: »Blutig!« Und es geschah, wie sie angeordnet hatten. Blutig …

Rastin brachte über diese Strategie hinaus eine weitere Methode zur Anwendung, die in der Politikwissenschaft als Entdeckung gelten dürfte. Der Sohn des Alten, einst sein schärfster Gegner, war nun sein Hauptunterstützer. Ihm flüsterte Rastin die Befehle, die meine sein sollten, ins Ohr, er gab sie an seinen Handlanger weiter. So war Rastin bei der Weitergabe der Befehle von Ohr zu Ohr für niemanden mehr direkter Ansprechpartner. Damit bekam die Hierarchie im Depot nach der pyramidalen eine *spirale* Struktur.

An erster Stelle, im Zentrum, stand Rastin. Gleich rechts von ihm sein Hauptunterstützer. Dem zur Rechten saß der Handlanger seines Hauptunterstützers, neben dem wiederum dessen Handlanger, und so setzte sich die Kette fort. Auf einer kreisförmigen Linie, die von Rastin ausging und sich mit jedem Kreis erweiterte, wurden Befehle von Ohr zu Ohr übermittelt. Am Endpunkt der Spirale befand sich mal das einzige Kind im Depot, mal ein Mann mittleren Alters, der fast so schwach war wie das Kind. Die Frauen gehörten selbstverständlich nicht zur Spirale, denn sie gehörten nirgendwo dazu. Selbst die Mutter des Kindes, die Schreiweltmeisterin, war ein großes Nichts. Nur falls die Sache sie unmittelbar betraf, wurde der Befehl vom äußersten Ende der Spirale an die ein wenig außerhalb beisammenhockenden Frauen weitergegeben.

Das politische Abenteuer des Depotvolks, das seinen Ausgang mit einer demokratischen Wahl genommen hatte, war innerhalb weniger Tage eindeutig in eine Diktatur gemündet. Das ging sogar noch über das pyramidale Führungssystem einer gewöhnlichen Diktatur hinaus. Jedes Individuum war von einer einzigen Person abhängig, die mächtiger war als es selbst. Der ganz oben, also der im Zentrum, war der Führer. Da sie auch spiralförmig saßen und lebten, schauten sie zwar einander ins Gesicht, Kommunikation pflegten sie aber nur nach rechts und links, mit denen, die auf der Machttreppe eine Stufe höher beziehungsweise eine tiefer standen. In einer pyramidalen Hierarchie gab es Machtklassen aus Personen, die sich auf demselben Niveau als Gleiche befanden. Klassen, die aus tausend, aber auch aus drei Personen bestehen konnten. In der spiralen Hierarchie dagegen war jedes Individuum eine Klasse für sich. Diese Struktur sollte vielleicht einen anderen Namen bekommen. Etwas wie Ultradiktatur. Denn jedes Individuum war für die Person unter sich ein Diktator. Außer dem Kind und dem schwächlichen Mann stand jeder Diktator auf einer anderen Stufe. Dabei waren sie alle Teil ein und derselben Spirale beziehungsweise

Linie. Deshalb schien es gar keine Hierarchie unter ihnen zu geben. Möglicherweise führte Rastin die spirale Sitzanordnung aus diesem Grund fort. Denn so nahm das Volk nicht wahr, dass es in einer Ultradiktatur lebte. Sie sahen ja ihrem Anführer praktisch ins Gesicht und befanden sich auf derselben Ebene. Ihr Anführer war also *wie einer aus dem Volk*! Von außen betrachtet wirkten sie zudem wie eine Gruppe, die beisammensaß und einander stark verbunden war. Hätte Rastin mich etwa um einen Hocker gebeten, wäre alles anders gewesen. Rastin hätte sich auf den Hocker gesetzt, während alle anderen auf dem Boden kauerten, und aufgrund der dreißig Zentimeter Höhenunterschied wäre die Diktatur sichtbar geworden. Stattdessen kaprizierte Rastin sich auf die spirale Hierarchie, die er selbst erfunden hatte, und führte damit, auch wenn niemand davon wusste, dieses brandneue Regierungssystem in die Politikwissenschaft als ein Fach ein, das mindestens vier Wochenstunden verdiente. Wie jede Ordnung hatte auch diese ihre Schwachstellen. Beispielsweise zersetzten oder veränderten sich die Inhalte der Forderungen, die aus den äußeren Kreisen der Spirale kamen, bis sie ins Zentrum gelangten. Oder ein Befehl aus dem Zentrum nahm eine völlig andere Gestalt an, wenn er das Ende der Spirale erreichte. Doch schließlich handelte es sich um eine Ultradiktatur. Es war normal und akzeptabel, dass aufgrund der Ohr-zu-Ohr-Übertragung in den Befehlen des Führers und den Forderungen des Volkes solcherlei Abirrungen passierten. Verglichen mit dem Kommunikationsniveau zwischen meinem Vater und mir durfte der Informationsaustausch im Lager geradezu als telepathisch gelten!

Mittlerweile war Ahad längst zurück. Gleich bei seiner Ankunft hatte er gefragt: »Irgendwelche schlechten Nachrichten?«

»Nein«, hatte ich gesagt. Was hätte ich sonst sagen sollen? Er hätte ja doch nichts verstanden. Oder auch, ich hätte es ja doch nicht erklären können …

An dem Morgen, an dem wir den zwölften Tag im Land namens Depot feierten, setzte ich mich vor den Monitor und sah, dass die Frauen sich in einer Ecke versammelt hatten, die Gesichter zur Wand, die Augen geschlossen. Es dauerte nicht lange, bis mir aufging, was geschah: In einer anderen Ecke des Depots wurde der Schwächling, der meist die Schwanzfunktion der Spirale übernahm, splitterfasernackt von Dutzenden Händen und Füßen traktiert. Das alles geschah so schnell, dass ich nicht wusste, was ich tun sollte. Mein Blick suchte Rastin. Er war auf Beobachterposten. Wie immer. Mehrfach rief ich: »Hör endlich auf!« Doch er ignorierte mich. Ich wollte vermeiden, dass bei der Ware ein Fehlbetrag entstand. Was ich da mitansah, war etwas anderes als die Shows, in denen die Leute einander auspeitschten oder ohrfeigten oder bis zur Erschöpfung Liegestütze machten. Sie traten auf den Mann dort ein, wo zwei Wände und der Boden zusammenstießen, als wollten sie ihn an ebendieser Stelle begraben. Ich musste sofort Mittel und Wege finden, das zu stoppen. Mir fiel ein, das Licht im Depot abzuschalten.

Erst da kam Rastin zu sich und rief: »Okay, Gazâ! Fertig!«

Als ich das Licht wieder einschaltete, sah ich den Schwächling in seinem Blut auf dem Boden liegen und nach Atem ringen. »Warum hast du das getan?«, schrie ich Rastin an. Er blieb gelassen.

»Nicht ich!«, sagte er und zeigte auf die Leute. »Sie gemacht!«

»Ohne ein Wort von dir machen die gar nichts!«

Erst schüttelte er langsam den Kopf, dann sagte er: »Sie machen … sie machen …«

Nun wies er die Misshandler an, dem bei jedem Atemzug zitternden Mann hochzuhelfen und ihm das Blut abzuwischen. Die Männer kamen dem Befehl nach und richteten den Schwächling gleich einer entzweigegangenen Maschine behäbig auf.

»Red schon!«, schrie ich Rastin an. »Was ist passiert?«

»Nichts«, sagte er zuerst, doch dann berichtete er von dem Nichts. Alles hatte damit angefangen, dass der Schwächling behauptete, er könne, wenn ich das nächste Mal die Luke öffnete, sich hinauswinden und mich unschädlich machen: »Den Knirps mach ich fertig, ich nehm ihm die Waffe ab, dann ist diese Tortur vorbei!« Die anderen aber sagten, ein solches Vorhaben sei riskant, Rastin habe alles unter Kontrolle, bald komme jemand und hole sie ab, dann würden sie weiterreisen. Daraufhin hatte der Schwächling sie als feige beschimpft, und nun war eben seine Bestrafung fällig. Denn dem Volk Feigheit vorzuwerfen war in einer Ultradiktatur tunlichst zu unterlassen.

Da gab es nicht viel zu sagen. Ich schaute nur, beobachtete die Leute. Musterte den Mann, den sie angekleidet und gleich einem Sack beiseitegeschoben hatten, die Frauen, die, als sie sich umdrehten und die Augen wieder öffneten, sich kein bisschen über den Anblick wunderten, Rastin, der in der Mitte des Depots hockte, und die Spirale, die sich um ihn herum bildete. Dann wanderte mein Blick erneut zum Schwächling. Mir schien, auch er schaute mich an. Vielleicht bildete ich mir das nur ein, denn ich mochte die Realität nicht länger betrachten. Ich druckte den Aufsatz über das Depotland, an dem ich schrieb, aus und fuhr den Computer herunter. Der Monitor wurde schwarz, und die Ultradiktatur blieb in der Unterwelt…

Die beiden folgenden Tage verbrachte ich damit, einen Stift zur Hand zu nehmen und den Aufsatz zu korrigieren. Womöglich nur, um nicht in den Schuppen zu müssen… Als ich dann am dritten Tag wohl oder übel den Monitor wieder einschaltete, fiel mein Blick gleich auf den reglosen Körper des Schwächlings. Man hatte sein Gesicht mit seinem Jackett bedeckt und ihn vor eine Kamera gelegt, damit ich ihn sähe. Kaum hatte ich das Mikrofon eingeschaltet und die erste Silbe der Frage: »Schläft er?« über die Lippen gebracht, nahm Rastins Gesicht mit der zerbrochenen Brille ein Sechstel des Monitors vor mir ein.

»Tot!«

Eine Sekunde lang wollte ich fragen: »Bist du sicher?« In der nächsten verzichtete ich darauf. Ich wollte »Scheiße!« rufen, doch auch das unterließ ich. Ich hätte gern gesagt, dass ich die Nummer 43 in der Türkei geworden war oder dass meine Mutter mich begraben wollte, kaum, dass ich geboren war. Es ging nicht. Einmal wollte ich sogar fragen: »Wo ist Felat?« Das ging schon gar nicht. Infolge all dieser Dinge, die nicht gingen, blieb ich stumm, stand auf und kniete mich vor den Depoteinstieg. Ich zog den Schlüssel aus der Tasche und schloss auf. Statt des schönsten Mädchens der Welt verließ ein schwacher Mann das Depot. Zu allem Überfluss genau so, wie er es zuvor den anderen geschildert hatte! Durch die Luke, die ich gerade zwei Handbreit geöffnet hatte, wand ich ihn heraus, bevor ich ging, um Vater zu holen. Er saß da und trank sein Bier.

»Was gibt's?«, fragte er.

Da ich von all dem Geschehen auf der Welt den wahren

Namen nicht wusste, sagte ich: »Es ist etwas passiert. Komm mit!«

Er erhob sich und stapfte zum Depot, einen Schritt vor mir. Ich folgte links von ihm und musterte seine schlenkernde linke Hand. Einst hatte ich mir auf dem Fußweg der einzigen Hauptstraße des Städtchens einen Spaß mit einem Spiel gemacht. Gingen Frauen vor mir, näherte ich mich ihnen bis auf einen Schritt und versuchte, ihre schlenkernden Hände gegen meinen Pimmel stoßen zu lassen. Das war gar nicht schwierig. Es ergab sich sogar ein derart normales Antippen, dass die Frauen es waren, die sich entschuldigten. Erregt von der flüchtigen Berührung grunzte ich: »Macht nichts«, und spazierte weiter. Was ich auf dem Weg durch den Garten gern an Vaters Hand hätte stoßen lassen, war meine rechte Hand. Vielleicht wären unsere Hände aneinandergestoßen und hätten einander festgehalten, sogar den Schuppen hätten wir Hand in Hand betreten. Wer ich auch sein mochte, was ich auch sein mochte, er hätte meine Hand nicht losgelassen und einfach festgehalten. Doch nichts davon geschah.

Beim ersten Schritt, den er in den Schuppen setzte, erblickte er den Mann, in dessen Gesicht die violetten Lippen keinen Raum mehr für irgendetwas anderes ließen, und schimpfte. Erst auf den Leichnam zu seinen Füßen, dann auf mich! Es war ja mein Job, die Ware in Schuss zu halten. Auch war es meine Idee gewesen, jeden Winkel des Depots mit Kameras auszustatten. Der Alleinschuldige also war ich. All die Ausgaben hatte ich umsonst veranlasst! Plötzlich fiel mir Dordor ein.

»Egal was es kostet, ich bezahle es!«

Erst da verstummte Ahad. Er tat ein paar Atemzüge und kratzte sich am Kopf. Vielleicht rechnete er aus, für wie lange er meinen Lohn einbehalten würde. Die Reihe, gekratzt zu werden, kam an seinen Hals, der einen Bart von einer Woche trug, da hielt er plötzlich inne. Seine Berechnungen schienen beendet. Es war Anfang März. Deshalb klang seine Stimme kalt. Nicht, weil er ein Monster war.

»Begrab ihn!«, sagte er und zeigte Richtung Laube.

Es dauerte zwei Stunden, den Schwächling zu begraben. Eine Stunde, um die Grube auszuheben, eine weitere, um sie zuzuschütten. Jahre zuvor hatte Vater Cuma auf dieselbe Weise beerdigt. Als ich fragte: »Und wenn jemand kommt?«, hatte seine Antwort gelautet: »Keine Angst, wir graben hier keinen Toten ein, sondern eine Grube aus.« So war es also tatsächlich. Eine Sache von zwei Stunden, die Grube graben und wieder schließen. Eine Grube begraben. Wäre es darum gegangen, einen Toten zu begraben, hätte ich auch nur einen Augenblick daran gedacht, dass es ein Mensch war, hätte es vermutlich Jahrhunderte gedauert. Erst recht, wenn der Mensch, der unter die Erde kam, meinetwegen gestorben war ... Vielleicht hatte Vater aus demselben Grund so ruhig bleiben können, als er Cuma begrub. Weil er ihn nicht selbst getötet hatte. Weil er zwar der wahre Verantwortliche für seinen Tod war, aber nicht der unmittelbare Täter. Genau wie ich. Nicht ich hatte den Schwächling umgebracht. Sosehr ich auch für seinen Tod die Verantwortung trug, ich war weder unter denen gewesen, die ihn schlugen, noch hatte ich schweigend zugeschaut. Was auch immer es gewesen sein mochte, das Rastin statt an die Universität Istanbul, wo er seinen Master machen wollte, ins Gefängnis gesandt hatte, das war auch ich: Schicksal! Ich war das Schicksal! Ich war die Summe der Lebensumstände jener Menschen. Und das Ergebnis dieser Summe lautete null. Eine riesige Null, so groß, dass sie uns alle umfasste. So groß wie der Ring des Saturn. Deshalb war nicht ich es, der die Stimme des Schwächlings bis an sein Lebensende hören würde. Es war Rastin! Nun hatte auch er seinen Cuma. Ein Schwächling, der auferstehen würde, so wie er gestorben war, und Rastin auf sämtlichen einsamen Inseln die Luft zum Atmen nähme. Denn die ihn zu Tode geprügelt hatten, waren taub! Trommelfell und Gewissen waren bei ihnen längst durchsiebt. Die Stimme des Schwächlings würde an all diese tauben Ohren stoßen, abprallen und früher oder später den Weg in Rastins Geist hinein finden. All das wusste ich, weil ich mich daran erinnerte, wie ich Cuma umgebracht hatte. Aus reiner Wut auf Vater war ich im Bett geblieben, war nicht hingegangen und hatte die Klimaanlage nicht eingeschaltet. Rastin war nicht anders als ich. Aus reinem Abscheu gegen sein Volk hatte er nicht eingegriffen, als der Schwächling zu Tode geprügelt wurde. Um sein Volk in einen bodenlosen Schuldbrunnen zu stürzen. Doch Rastin irrte sich. Denn außer ihm gab es niemanden im Depot, der Platz für Schuldgefühle in sich gehabt hätte. Andernfalls wären sie nicht stumm geblieben, damals, als Rastin und seine Freunde für sie ins Gefängnis gingen oder ihr Leben ließen. Selbst wenn sie nicht die Stimme erhoben hätten, zumindest hätten sie ihre Münder geöffnet und auf die Gassen, über die ein Rastin in Handschellen geschleift wurde, gekotzt! Das zumindest hätten sie tun können. Ich erinnerte mich aber an keine Nachricht über eine Massenkotzerei in Afghanistan. Die tote Stimme des Schwächlings würde also nur Rastin verfolgen. Denn ein anderes Ziel zu verfolgen hatte sie nicht. Letztendlich wissen Geister alles. Ihnen ist bewusst, wer eine Mauer aus Fleisch und wer ein Mensch ist. Darum fuhren sie durch manche Leute nur hindurch, flüsterten anderen aber das ins Ohr, was sie wussten.

1.ENTWURF

Die Macht der Macht

Krise als Machtquelle

Krise: eine politische Krise?? Verdammt! Das ist überhaupt ni
wissenschaftlich!

VORWORT

Es gibt zwei Arten von Wissen auf der Welt: das Wissen, das man sich holt, und das, das zu einem kommt. Kommt Wissen von sich aus zu einem, ist es garantiert fabriziert worden, um einem etwas zu verkaufen. Entweder soll es einem eine politische Lüge als Wahrheit unterjubeln oder das neueste Telefon andrehen. Außerdem ist Wissen, das von selbst zu dir kommt, schmutzig, weil es sich den ganzen Weg zu dir hingeschleppt hat, und stinkt nach Scheiße. Deshalb ist ~~nur das~~ Wissen wertvoll, zu dessen Erlangung man sich abmühen muss. Dem muss man dann auch vertrauen. Das Wissen, das bei den Versuchen im Depot gewonnen wurde, kann aus diesem Grund als echt gelten. Denn der Forscher hat sich unheimlich angestrengt, um dieses Wissen zu sammeln. Unter den Kenntnissen, die er gesammelt hat, gibt es aber auch schwingende. Schwingendes Wissen heißt, im Laufe der Zeit ändert sich immer wieder, ob es richtig und gültig ist. Zum Beispiel ist das Wissen über

(2.)

Menschen schwingend. Besonders das über die Menschen um einen herum. Also Freunde, Familienangehörige usw. … Deshalb hat der Forscher von dem gesammelten Wissen das schwingende extra behandelt und mit dem Wissen, das er aus anderen Quellen hat, verglichen und getestet, ob es richtig ist. Die anderen Quellen sind die Massenmedien.

anderen Menschen Schwingen-des Wissen !!!

Bei den Massenmedien, die für diese Arbeit verwendet wurden, steht die Zeitung Von Kandalı in die Welt ganz oben. Daneben hat der Forscher hunderte Webseiten und TV-Sender benutzt. Er ist davon überzeugt, dass man eine wissenschaftliche Arbeit mit persönlichen Beobachtungen stützen muss, also hat er zum Schluss auch hier getan, was er musste, und seine Gedanken dem Aufsatz nicht vorenthalten.

Sei nicht so faul! Zähl alle auf!

Ist nur Scheiße! Schreib das ganze Vorwort neu! Das ist überhaupt nicht wissenschaftlich !!! !!!!! !

AUFSATZ

Um der Wissenschaftlichkeit halber als Aufzählung.

1. Wenn ein Führer in normalen Zeiten mit seinem Volk kommuniziert, macht er, wenn eine Krise kommt, dicht und versteckt Infos über seine Entscheidungen vor den Leuten, über die er regiert,

damit er später nicht angeklagt wird. Ein weiterer Grund dafür ist auch, dass er Panik vermeiden und garantieren will, dass die gesellschaftliche Ordnung und damit ja auch seine Autorität fortbestehen.

2. Unter normalen Umständen denkt ein Führer, er sei Teil einer institutionellen Arbeit, aber unter der zermürbenden Wirkung von Dichtmachen und Krise fängt er an, seine Führung als persönliche Pflicht zu betrachten. Dann versteht er bald die Mühe und Zeit, die er bis dahin für sein Volk aufgewendet hat, als Opfer. Wenn die Krise länger dauert, wird das Gefühl von Selbstaufopferung beim Führer zu eitriger Wut gegenüber seinem Volk. So sorgt dann die kleinste Unstimmigkeit mit seinem Volk, für das er vorher bereit war, »eine Niere zu geben«, dafür, dass die Entzündung in die Gedankenwelt überspringt. Das führt dazu, dass er sich an seinem »undankbaren« Volk spontan rächt.
3. Weil die Krise immer noch fortdauert, schließt das Volk die Augen davor, dass der Führer, den es als einzigen Retter ansieht, immer autoritärer wird und Dinge tut, die nach Rache aussehen.
4. So wird die Krise zu einer Psychotherapie-Sit-

zung, wo der Führer heult, schreit, schimpft und flucht und all seine Traumata rauslässt, und das Volk bezahlt sie.

5. Solange die Krise andauert, beruht die Beziehung des Führers zu seinem Volk auf Befriedigung und Sexualität. Die Beziehung, die das Volk zu seinem Führer hat, hat etwas von einer Familie, die sich um eine Vaterfigur dreht. Deshalb ist in Krisenzeiten die Führer-Volk-Beziehung ein Inzest. Also vom Wesen her ein Skandal.
6. Die Krise rechtfertigt die extreme Autorität des Führers und ist eine alternative Machtquelle. Wenn er davon so viel wie möglich profitieren will, muss der Führer sein Land in einer »Dauerkrise« halten. Er muss für kleine innere Konflikte sorgen. Die schmale Linie zwischen Bürgerkrieg und innerem Konflikt ist die Grenze der Dauerhaftigkeit der Krise. Ein Führer, der es schafft, hunderte innerer Konflikte zu produzieren, ohne dass ein Bürgerkrieg ausbricht, kriegt wahnsinnig viel Macht, solange er es fertigbringt, sein Land auf dieser haarfeinen Linie zu halten.
7. Die Macht, die ein Führer erreicht hat, kann man daran ablesen, wie viele Flugplätze, Universitäten, Fußballstadien, Plätze, Straßen, Staudämme, Brü-

cken und Babys noch zu seinen Lebzeiten nach ihm benannt werden.

8. Die Todesangst, die für den Führer der Sinn seines Lebens ist, wird dadurch ausgeglichen, dass er weiß, dass sein Name auch nach ihm weiterleben wird, und damit endet die psychotherapeutische Sitzung mit Erfolg.

Anmerkung 1:
Wie aus all dem deutlich wird, hat das Volk die Hauptaufgabe, jeden Führer, der es an seine Spitze schafft, zu therapieren und dafür zu sorgen, dass er in Frieden sterben kann. Das Ganze nennt sich dann Volksklinik. Im Gegenzug baut der Führer ein staatliches Krankenhaus und stellt es dem Volk zur Verfügung. Die Leute, die ihre Pflicht, den Führer zu therapieren, nicht erfüllen, herauszupicken und als Vaterlandsverräter hinzustellen kann zum Thema für einen neuen inneren Konflikt gemacht werden und der Fortsetzung der Krise dienen.

Anmerkung 2:
Das gesamte Verteidigungssystem eines Landes kann man so organisieren, dass bei irgendeiner globalen Katastrophe, wenn es massenweise Tote gibt, der

letzte überlebende Bürger auf der Welt auch ihr Führer wird. Demzufolge werden die Führer der Welt für das Fortbestehen der menschlichen Rasse sorgen, indem sie sich untereinander paaren. Die Führer sagen deshalb auch nicht: »Entweder er oder ich!« Sie sagen vielmehr: »Entweder ihr alle oder ich!«

Beobachtung fehlt! Experiment fehlt! Unwissenschaftlich! Keine reinen Behauptungen!

???

Quellen:
Zeitung Von Kandalı in die Welt
Hunderte Webseiten
Dutzende Fernsehsender
Das Depot
33 afghanische Staatsbürger
Ein ~~15-jähriger~~ Gazâ

Alle aufzählen!

Nicht die Stadtseite der Verwaltung vergessen!

Spirales Führungsschema

Rastin

Schwächling oder Kind

Befehl →
Forderung ◁----

Du kannst nicht Forscher und Quelle gleichzeitig sein!!!!!

Ich saß in der Laube und grübelte. Den Blick auf den Punkt gerichtet, an dem ich den Schwächling begraben hatte, fragte ich mich, ob er wohl Familie hatte. Obwohl ich die Antwort natürlich wusste! Denn was war das für ein Ort, von dem er stammte, da hatte er garantiert mindestens neun Geschwister, sechs Kinder, drei Enkel und sechsundvierzig Neffen und Nichten. Deshalb nützte es wenig, sich vorzustellen, dass seine Eltern nicht mehr lebten. Er war in einer Gegend aufgewachsen, wo die Menschen in Scharen geboren wurden und zu Dutzenden starben. Und sein einziger Wunsch war gewesen, in eine Gegend zu gehen, wo der Mensch allein geboren wurde und einsam starb. Doch seine Reise hatte in Kandalı geendet. Und in Kandalı wurden Menschen begraben, kaum, dass sie geboren waren. Zumindest solche wie ich … Manche kamen auch tot zur Welt. Solche wie der Schwächling: Aus der Gebärmutter namens Depot war er herausgekommen und gleich darauf begraben worden.

»Gazâ!«

Ich drehte den Kopf und sah Vater, der gerade die Laube betrat.

»Hast du mit ihnen geredet, Papa?«

»Das ist erledigt. Wir bezahlen, und die Sache ist gegessen.«

Was sollte ich darauf sagen? Selbstverständlich sollte ich mich bedanken! Natürlich!

»Danke, Papa.«

»Schon in Ordnung, nur ... jetzt sind es schon zwei Afghanen, Junge! Was hast du bloß mit denen?« Er lachte. Ich hatte mich nicht verhört. Genau das hatte er gesagt: Mit Cuma sind es jetzt zwei! Ihm war gar nicht klar, was er da gesagt hatte. Scheißkerl! Ich brauchte nur zur Schaufel zu greifen, die vor meinen Füßen lag, mich mit einem Ruck aufzurichten und ihm das Gesicht zu zerfetzen! Es gab nichts und niemanden, um mich aufzuhalten. Ich streckte die Hand aus, als es in meinen Ohren zu dröhnen begann.

Tu das nicht, Gazâ! Lass das ... Tu es nicht.

Cuma?

Tu es nicht!

Ich hätte Vater in jenem Augenblick, in jenem Garten, in jener Laube, mit jener Schaufel, an der noch Erde von einem Toten klebte, erschlagen können. Doch ich tat es nicht. Stattdessen starrte ich ihm nur ins Gesicht. Wie ich die Bilder anstarrte, die von den Kameras im Depot zu mir auf den Bildschirm kamen. Ohne jedes Gefühl. Denn auch Ahad war dort. Was auch immer unter der Welt war, dort war er. Inmitten all der Würmer, die Leichen fraßen. Gemeinsam mit all den Afghanen, die den Schwächling gelyncht hatten. Sogar zusammen mit Rastin! Mit allen, die mir je ihre Frauen geschickt hatten. Ich stierte ihm ins Gesicht. Damit er verstand. Wie tief er unter der Erde steckte! Das war natürlich unmöglich. Er grinste nur. Aus unerfindlichen Gründen war sein Ärger verraucht. Vielleicht hatte er gute Nachrichten von Aruz. Wie aber konnte es von Aruz gute Nachrichten geben? Überbrachte irgendein Todesengel frohe Botschaften?

»Morgen früh fahren wir nach Derç. Neue Ware! 200 Stück! Was hast du wieder für ein Glück! Ich muss nicht mal deinen Lohn kürzen. Was für ein gesegneter Winter, Mann!«

Alles klar. Die zweihundert Stück hatten alles andere ausradiert. Es gab keinen Schwächling mehr und auch keine Leiche im Garten. Ganze 200 Stück Späne kamen, um uns zuzudecken. Wir hatten allen Grund, glücklich zu sein, oder nicht?

»Zieh kein Gesicht! Ist nun mal passiert. Scheiß drauf!«

Er war schon am Gehen, da hielt er inne.

»Hör mal, was ich noch sagen wollte. Heute Nacht fahren sie.«

Beim letzten Wort zeigte er auf die Stelle, an der der Schwächling begraben lag, dann fuhr er fort: »Lad sie spätestens um elf auf die Pritsche. Wir fahren gegen halb eins.«

»In Ordnung, Papa.« Ich drehte den Kopf. Um nicht länger auf die Stelle zu starren, auf die er mit seinem Finger gewiesen hatte.

Für Rastin und seine Leute war also die Zeit der Abreise gekommen. Wie sollte das gehen? Beim Umsteigen vom Brummi in den Lkw oder beim Hinabsteigen ins Depot hatten sie Vaters Gesicht zweifellos gesehen. Wenn sie in der Nacht aus dem Lkw in die Boote wechselten, würden sie es wieder sehen und sich bestimmt erinnern. Da konnte ich nichts machen. Wichtiger noch war die Frage, was sie tun würden, wenn sie mich sahen. Wenn die Luke aufging und sie der Reihe nach an mir vorüberdefilieren und in den Kasten klettern würden … War denkbar, dass sie den Jungen, der ihnen tagelang Höllenqualen bereitet hatte, passierten, als wäre nichts geschehen? Und Rastin? Würde er eine Reise antreten wollen, auf der er schließlich eine Niere hergeben müsste? Wahrscheinlich war jetzt der Zeitpunkt, sich aus dem Staub zu machen! Der Zeitpunkt, alles hinzuschmeißen und sich zu verpissen! Natürlich kriegte ich die Kurve nicht… Stattdessen lief ich zum Schuppen und schaltete Monitor und Mikrofon ein. Eine Weile beobachtete ich das Leben in Depotland. Beobachtete das Depotvolk, das herumsaß wie immer und palaverte, und ihren Anführer, der unbeteiligt in seinem Buch blätterte.

»Rastin! Heute Nacht fahrt ihr ab!«

Über zwei Wochen hatte er auf diese Nachricht gewartet. Nun wirkte er aber kein bisschen aufgeregt. Er klappte lediglich das Buch zu und hob den Blick in die Kamera.

»Rastin, die Reise geht weiter! Um zehn heute Abend öffne ich die Luke. Dann besteigt ihr den Lkw. Gegen halb eins fahrt ihr los.«

Reflexartig warf Rastin einen Blick auf die Uhr an der Wand.

»Lass die, die ist kaputt.«

»Ich wissen!«

»Wie bitte?«

»Uhr viel langsam! Kaputt!«

Er war also dahintergekommen. Aber das war ohne jede Bedeutung.

»Du lügen!«

»Was sagst du da, Rastin?«

»Du echte Verrückte!«

»Rastin, red keinen Unsinn, ihr fahrt ab, sage ich. Was machen wir jetzt? Sie werden meinen Vater sehen. Sie werden wissen, dass er gar nicht tot ist.«

»Du gesagt, Uhr richtig. Aber falsch. Du lügen!«

Was faselte er von der Uhr? Stimmt, ich hatte die Armbanduhren der Depotinsassen eingesammelt, so dass sie auf die Wanduhr angewiesen waren, doch wen interessierte das?

»Gut, okay, ich hab gelogen. Ich geb's zu, die Uhr ist kaputt. Reicht das jetzt? Was machen wir nun, sag dazu mal was!«

»Komm Abend. Aufmachen Deckel!«

»Und was wirst du den Leuten sagen?«

»Niere!«

»Was?«

»Ich Niere nicht geben, sagen. Nur das. Weil du Lüger.«

»Wieso das denn jetzt?«

»Ich denken ... Männer wollen Niere, wollen Organ. Hier Mann sterben, keiner kommen. Du nicht informieren! Keiner wollen Niere. Keiner wollen 2000 Dollar. Du Lüger! Warum? Warum, Gazâ? Nicht sagen, egal ... Ich auch Lüger, Gazâ. Ich mehr schlimm wie du. Ich gewollt, Mann sterben. Gewollt, sie Mann töten. Ihr seine Niere nehmen. Meine Niere bleiben. Aber keiner gekommt! Verstehen? Geheimnis bleiben. Du, ich, Geheimnis! Sag keine. Ich nicht sagen dich.«

Ich brach in Tränen aus. Aus heiterem Himmel! Die Depotinsassen schauten erst einander an, dann, als könnten sie mich sehen, in die Kameras. Mein Schluchzen hallte vermutlich von den Wänden wider. Ein von meinem Flennen erfülltes Depot! Wie ein Anfall hatte alles begonnen. Wie ein Herzanfall! Langsam ebbte der Anfall ab. Ich begann sogar, mich von außen zu betrachten. Gazâ, der den weinenden Gazâ beobachtete! Deshalb hätte ich mich vielleicht beruhigen können, wenn ich nur gewollt hätte. Ich konnte aber nicht ganz aufhören zu heulen, weil ich wusste, dass ich dann reden müsste. Denn ich war Rastin eine Antwort schuldig. Woher sollte ich diese Antwort nehmen? In mir herrschte Leere. Auf nichts hatte ich eine Antwort. Auf gar nichts! Strengte ich mich ein wenig an, könnte ich technische Gründe aufzählen, wie den, dass man die Niere des Schwächlings nicht nehmen konnte, weil ich erst viel zu spät von seinem Tod erfahren hatte. Ich hätte aus medizinischer Sicht sogar recht. Doch ich hatte genug davon, recht zu haben, nur weil ich log. Ich hatte keine einzige Lüge mehr vorzubringen. Jene auszusprechen, die noch da waren, fehlte mir die Kraft. Offenbar war Rastin stärker als ich. Stark genug zuzugeben, den Tod des Schwächlings zugelassen zu haben, und schwach genug zu wollen, dass ein anderer starb, damit er seine Niere behalten konnte … Es gab nichts mehr zu sagen. Rastin war am Ende, ich auch. Das Depot war unser Ende.

»Okay!«, sagte Rastin. »Okay … Komm Abend. Aufmachen Deckel. Dann geh. Wir gehen Lkw. Du kommen. Vater nicht wichtig. Keiner gucken.«

Nur zwei Silben kamen mir über die Lippen.

»Okay …«

Ich wollte gerade aufstehen, als ich noch einmal Rastin hörte.

»Du mir sag, Gazâ!«

»Was?«

Er schleuderte mir die drei Fragen ins Gesicht, die er in seinem Mund gesammelt hatte. Den Versuch unternahm er trotz all des Betons zwischen uns.

»Männer Geld nicht wollen, stimmt? Meine Niere bleiben? Ich richtig denken?«

Ich öffnete den Mund, doch … Ich schwöre, es war nicht ich, der sprach: »Nein, Rastin. Sobald du nach Griechenland kommst, nehmen sie dir deine Niere ab. Tut mir leid!«

»Lüger!«, schrie er. »Warum du weinen, wenn so?«

Nun sang ich. Es war nicht wirklich gesungen, doch die Stimme gehörte mir.

»*Fürchte nicht, die in dieser Morgendämmerung wehende rote Fahne wird nicht vergehen …*«

Da stimmte jemand ein: das Kind im Depot! Es klatschte und lachte, mal summte es, mal brüllte es mit. Dann gesellte sich noch jemand zu unserem Chor hinzu: ein Anführer namens Rastin. Aus seinem Mund aber tönte nur immer dasselbe Wort: »Lüger!«

Dass auch aus einem einzigen Wort endlos lange Sätze gebildet werden konnten, bewies er mit dem Gebrüll, das ihm die Stimmbänder zur Nase hinaustrieb:

»Lüger! Lüger! Lüger!«

In seiner Wut griff er nach einem der eisernen Eimer, schleuderte ihn herum und zerstörte damit eine Kamera. Er war dermaßen von Sinnen, dass ihm gar nicht einfiel, der Eimer könnte voll sein. Dabei hatte das einzige Kind im Depot sich gerade erst davon erhoben. Doch es war zu spät, die Scheißefontäne hatte im Nu, nicht länger als ein Schrei, Menschen und Wände abgetastet und bekleckert. Alle Hände, die sich zu Gesichtern hoben, sanken verdreckt herab, doch Rastin hatte noch immer nicht erfasst, was eine Sekunde zuvor auf sie niedergeregnet war. An Ort und Stelle wirbelte er nach links und rechts, erkannte aber nicht die Wahrheit des Eimers. Dabei lag alles vor seiner Nase. In den braunen Sprenkeln auf seinen Brillengläsern! Er brauchte nur drei Mal durchzuatmen und sich einzukriegen, dann fände er, was er suchte, denn es war überall, wohin er schaute: Scheiße!

Weder das Kind noch ich scherten uns darum. Das Depotland, das ich mit der Nationalhymne eröffnet hatte, beschlossen wir auch mit der Nationalhymne.

Die Scheinwerfer des Lkw beleuchteten die von Bäumen gesäumte schmale Straße, wir fuhren durch die Nacht. Das Licht, das wir verbreiteten, fegte gleich einem zur Straße hin geöffneten Fächer den Asphalt. Dunkle Baumstämme blieben Schemen, jene aber, die bis zum Bauch gekalkt waren, tauchten wie schneeweiße Gespenster auf und verschwanden wieder. Ab und an streckten die Gespenster ihre Hände aus, als wollten sie uns packen und stoppen. Ich konnte sie hören. Das Geräusch der Zweige, die unseren Lkw streiften, lief gleich einer Welle über uns hin und verlor sich in der Stille. Doch kein Zweig war stark genug, uns zu ergreifen und auf unserem Weg umkehren zu machen. Noch den stärksten Ast knickten wir ab wie ein Streichholz, ließen ihn hinter uns und glitten zwischen den blätterlosen Händen hindurch. Im Wald, der seinen letzten Atemzug dem März hingegeben hatte, war kein Leben außer uns. Der April würde ihn wiedererwecken, doch bis dahin war der Wald ein riesiger Leichnam. Durch jede Leiche grub sich ein Wurm. Die Straße, auf der wir fuhren. Sie schlängelte sich dahin und trug uns auf ihrem Rücken. Wir saßen in einem Monster mit Flammen sprühenden Augen, das voraneilte und jede Stelle, auf die es den Blick richtete, in Brand setzte. Bei jeder Schaltung röhrte es, dass wir kaum noch das Radio hörten. Deshalb steckte Vater sich eine Zigarette an und schaltete das Radio aus. Dann wandte er sich mir zu.

»Rauchst du?«

Tausend Stimmen in mir brüllten: »Ja!«, doch ich schenkte keiner einzigen Gehör.

»Rauchen, Papa? Nein.«

Erst am Morgen hatte ich vor Vaters Augen eine Leiche in unserem Garten begraben. Dennoch war mir unmöglich, vor diesen Augen zu rauchen. Da gab es keine Logik zu suchen. Denn mit der Leiche hatte ich auch die Logik zu Grabe getragen. Obwohl ihr Tod bereits Jahre zurücklag.

»Steck dir eine an, mach nur!«, sagte er und reichte mir die Schachtel. Ich sah ihm ins Gesicht. Er lächelte. War das eine Falle? Würde er, kaum, dass ich nach der Schachtel langte, rechts ranfahren und die Hand, die ich ausgestreckt hatte, brechen? Als er sah, dass ich zögerte, sagte er: »Ich weiß, dass du rauchst. Nimm schon.«

Er wusste alles! Alles wusste er! Das war es: mich kennen. Mich verfolgen! Mir stets auf den Fersen sein! AHAD, das war der Name eines Nachrichtendienstes, dessen einzige Aufgabe darin bestand, Informationen über mich zu sammeln. Eine geheime Organisation! Garantiert! Dass diese paranoide Idee gar nicht so aus der Luft gegriffen war, sollte ich Jahre später, halb lächelnd, halb versonnen, erfahren. In einem Geschichtsbuch wurde erwähnt, dass die arabischen Offiziere, die zu Beginn des 20. Jahrhunderts in den Regionen, die heute Irak und Syrien sind, in der osmanischen Armee tätig gewesen waren, zusammenkamen und eine Geheimorganisation gegründet hatten, um ihre Träume von Unabhängigkeit zu befeuern. Ihr Ziel war es, die militärischen Geheimnisse der osmanischen Armee, deren Uniform sie trugen, den Engländern zuzutragen und eine arabische Revolution anzuzetteln. Der Name ihrer Geheimorganisation lautete *El-Ahad*!

Also war ich in jener Nacht, als ich dachte, Vater hätte nichts Besseres zu tun, als mich zu beobachten, gar nicht so durchgeknallt gewesen. So schlimm nicht!

Ich fingerte eine Zigarette aus der Schachtel und zündete sie an. Zuerst zitterte mir leicht die Hand, doch ich riss mich zusammen. Wie Vater steckte ich das Feuerzeug in die Schachtel und reichte sie ihm zurück, doch er sagte: »Behalt sie.« – »Ich hab sowieso eine dabei«, sagte ich natürlich nicht. Ich nahm sie und schob sie mir in die Tasche. Jedes Mal wartete ich auf Vater, bevor ich mir die Zigarette zwischen die Lippen setzte. Gleichzeitig sogen wir den Rauch ein, gleichzeitig stießen wir ihn aus. Gleichzeitig öffneten wir die Fenster, gleichzeitig schnippten wir die Stummel hinaus. Dann verfolgte ich wieder die Gespenster an der Straße. In Gedanken bei den Gespenstern im Kasten hinten …

Es war gar nicht wie befürchtet gewesen. Um Punkt zehn Uhr abends betrat ich den Schuppen, öffnete zunächst die Türen des Lkw-Kastens, dann die Depot-Luke. Die sechs Armbanduhren legte ich am Einstieg zum Depot aus, beeilte mich, den Schuppen zu verlassen, wie Rastin verlangt hatte, und verbarg mich hinter der Tür, die ich angelehnt ließ. So konnte ich, ohne selbst gesehen zu werden, beobachten, wie sie einer nach dem anderen aus dem Depoteinstieg kamen, wie die Eigentümer ihre Uhren an sich nahmen und man jeweils zu zweit den Kasten bestieg. Damit nichts schiefging, zählte ich sie. Einunddreißig Illegale waren in den Kasten geklettert, Rastin stand da und spähte umher. Seine Augen suchten mich. Ich war außerstande, mich irgendjemandem zu stellen, aber ihn zu hören war ich gezwungen. Denn er brüllte: »Lüger!« Allerdings kam ihm das Wort diesmal zögerlich über die Lippen. Er glaubte zwar nicht daran, seine

Niere hergeben zu müssen, doch er war sich dessen nicht ganz sicher. Denn mindestens so gut wie ich wusste er: Alles, woran wir nicht glauben mochten, war wahr. Beispielsweise hatte er nicht daran glauben wollen, dass sein Volk, für das er einst gekämpft hatte, ihn verlassen würde, genau das aber war geschehen. Auch ich hatte es nicht für möglich gehalten, dass meine Mutter mich lebendig hatte begraben wollen, doch auch das war wahr. Also glaubten wir eher an die Hölle als an das Paradies. Darum wartete Rastin nicht lange, bevor er den Kopf senkte, auf das Sägemehl unter seinen Füßen spie, die Brille zurechtrückte, in den Kasten sprang und die Türen zuzog. Es gab da aber etwas, das er nicht wusste. Vielleicht zum ersten Mal in seinem Leben war seine Sorge deplatziert, denn seine Niere bliebe am Platz. Das war das einzige Geschenk, das ich Rastin machen konnte. Rastin seinerseits hatte seinen Leuten ein ähnliches Geschenk gemacht. Tagelang hatte er sie davon überzeugt, im Depot eingesperrt zu sein, dann hatte er ihre angebliche Befreiung verkündet. Letztendlich waren die Umstände, in denen wir steckten, derart beschissen, dass uns nichts anderes blieb, als die Hölle an die Wand zu malen und dazu aufzufordern, sich mit der Vorhölle zufriedenzugeben.

Nun galt es nur noch, die Küste, wo das Boot anlanden würde, zu erreichen und innerhalb weniger Minuten die zweiunddreißig Personen aus dem Kasten zu holen und an Deck zu bringen. Noch bevor wir ausstiegen, so hatte ich mir vorgenommen, würde ich Vater zurückhalten und sagen: »Ich erledige das.« Folgendermaßen würde ich es formulieren: »Bemüh dich nicht in die Kälte raus, ich erledige das, bin gleich wieder da.« Er würde zunächst widersprechen: »Das geht doch nicht«, dann würde er denken, ich fühlte mich wegen des Fehlbetrags bei der Ware schuldig, und mir die Gelegenheit geben, meinen Fehler auszubügeln. Das hoffte ich zumindest. Eigentlich war es mir ziemlich egal. Selbst wenn einer beim Übergang vom Kasten ins Boot Vater sehen und wiedererkennen sollte, würde er in der Aufregung des Augenblicks doch nichts tun können. Dutzendfach hatte ich dem Transfer in die Boote zugeschaut. Die Leute waren aufgekratzt, als trüge sie das Boot, das sie gerade bestiegen, zum Mars. In gewisser Weise war die Reise, die sie da antraten, für diese Leute tatsächlich gleichbedeutend mit einem Aufbruch in den Weltraum. Sie ähnelten aber eher ins All geschickten Affen als Menschen. Vielleicht würde es ihnen gelingen, die Atmosphäre zu durchqueren und in den Weltraum zu gelangen, aber Affen blieben sie doch! Wie auch immer, ich glaubte nicht, dass in den wenigen Minuten, da ihr Blutdruck Achterbahn fuhr, also in einem der bedeutendsten Momente ihres neuen Lebens, jemand Vater am Kragen packen und sagen würde: »Hey, warst du nicht tot?!« Später könnte Rastin dann erzählen, ich hätte ihn zum Narren gehalten. Ich hatte ja aus nächster Nähe erleben dürfen, wie er Menschen kaltblütig anschwindelte. Er war ein derart gewiefter Schwindler, dass er jemanden, der Vater wiedererkannte, mit ein paar Sätzen davon überzeugen würde, ein Gespenst gesehen zu haben.

Das also war alles kein Problem. Etwas anderes aber sah nach einem Problem aus, wenn auch nur nach einem kleinen: An dem Treffpunkt, den der Schiffsführer Vater am Telefon beschrieben hatte, waren wir noch nie gewesen und hatten in dieser ganzen Gegend noch nie Ware übergeben. Offenbar eine kleine Bucht. Eine winzige Bucht, wo der Wald aufhörte, nur wenige Bäume standen und kurz darauf Felsen ins Meer stießen. So sah das zumindest auf Vaters Skizze aus. Nach jeder Kurve vergewisserte er sich mit einem Blick auf den aufs Steuer gelegten Zettel, dass die Route stimmte.

Es war zwei Uhr in der Frühe, und ich wollte gerade die Augen schließen, um nicht länger in die Finsternis draußen starren zu müssen, als Regen einsetzte. Ein paar Minuten lang schaute ich den Tropfen zu. Den Regentropfen, die gleich Fliegen gegen die Scheibe vor mir klatschten und zerschellten. Ich senkte die Lider. Zuerst verschwand das Gebrüll des Lkw, dann das echte Leben … Zurück blieben ein Traum und meine Mutter. Zum ersten Mal träumte ich von Mutter. In einem grünen Kleid mit violetten Blüten stand sie an einem mir unbekannten Strand, sie war schwanger. Hinter ihr das weite Meer und kleine Wolken. Die Schuhe in der rechten Hand, stand sie aufrecht da und schaute mich an. Die nackten Füße, eng beieinander, steckten bis zu den Gelenken im Sand. Sie wirkte wie ein Baum mit violetten Blüten, der nur im Sand wuchs. Mit der Linken versuchte sie, ihr vom Wind zerzaustes langes schwarzes Haar zu bändigen, und sie schien zu lächeln. Denn so sah Mutter auf dem einzigen Foto aus, das es zu Hause von ihr gab. Ich blickte ihr in die Augen, vielleicht könnte ich erkennen, ob sie glücklich war. Nur in die Augen. Doch vergebens. Was auch immer sie im Moment der Aufnahme empfunden haben mochte, kein Gefühl schwappte aus ihrem Körper heraus. Sie stand nur da, war schwanger und sah ins Objektiv. Das Foto hatte wohl Vater geschossen. Früh am Morgen, die Sonne stand ihm im Rücken, vermutlich ohne es zu merken, hatte er den eigenen Schatten mit ins Visier genommen. Vater war ein Schatten, der sich bis zu Mutter hin erstreckte. Als wüchse Mutter an der Stelle, wo der Schatten aufhörte, aus dem Sand empor.

Ich träumte. Vielleicht würde sie es sagen, wenn ich sie fragte. Sie könnte auf dem Foto zum Leben erwachen und mit mir reden.

»Warum, Mama? Warum wolltest du mich töten? Sag mir das, bitte …«

Ich wartete … Doch weder regten sich ihre Lippen noch entschlüpfte ihnen ein Laut. Mein Blick schweifte zum Schatten, und ich dachte an Vater. Ich versuchte zu verstehen, warum er dieses Foto aufbewahrte. Warum lag das Foto der Frau, die versucht hatte, seinen Sohn zu töten, noch immer bei ihm in der Nachttischschublade? Wach auf, sagte ich mir. Wach auf und frag ihn. Meine Augen klappten auf.

Der Regen prasselte stärker, wir hatten den Wald hinter uns gelassen. Zur einen Seite klaffte ein Abgrund, zur anderen stieg eine Felswand empor. Wir krochen den Kanberg hinauf. Behäbig … In der Ferne machte ich kaum wahrnehmbare Lichter eines Dorfes aus, wandte den Kopf und stellte die Frage.

»Warum hebst du Mamas Foto auf?«

Die Scheibenwischer richteten sich mit ihren schlanken Körpern rhythmisch auf wie zwei gedopte Marathonläufer beim Sit-up-Training, Vater löste den Blick nicht von der Straße.

»Warum, Papa?«

Er warf mir einen sekundenlangen Blick zu, wandte das Gesicht wieder zur Straße und sagte: »Als Andenken!«

»Als Andenken? Was für ein Andenken! Mama wollte mich umbringen! Danach hätte sie dich verlassen und wäre gegangen! Hebst du das Foto als Andenken an so eine Frau auf?«

Er schwieg, bis wir die schmale Kurve, wo die Hinterräder fast ins Freie schwangen, passiert hatten, dann lag die Straße wieder zu einem langen Anstieg vor uns, und ich hörte seine Stimme.

»Wie kommst du jetzt darauf, Bengel? Woher kommt denn so ein Gedanke?«

»Aus meinem Traum«, hätte ich sagen können, doch das tat ich nicht. Stattdessen sprach ich aus, was ich erblickte, als sich der Nebel über meinem frisch erwachten Geist verzog.

»Warum bewahrt man das Foto eines Menschen auf? Weil man immer noch an ihn denkt, stimmt's? Oder ihn sogar immer noch liebt… Deshalb. Du liebst Mama sogar so sehr, dass du nie jemand anderen lieben konntest. Deshalb hast du nie wieder geheiratet. Stimmt's?«

Und Ahad lachte! Er wirkte wie ein Idiot, der lachte, weil er nicht wusste, was er sagen sollte. Als würde er weiterlachen, bis er starb, nur um nicht zum Reden gezwungen zu sein. Wie lange aber konnte man maximal vor sich hin grinsen? Auch er hielt es nicht lange durch.

»Red keinen Schwachsinn!«

Ja… Ich hatte Ahad verstanden. Ich hatte alles verstanden… Mutter hatte im Traum nicht mit mir gesprochen, aber mir doch die ganze Geschichte erzählt, ohne ein Wort zu sagen. Mit ihrer Haltung, ihren Augen, ihren in den Sand getackerten Füßen. Als das Foto aufgenommen wurde und sie mit mir schwanger war, hatte Mutter nichts gefühlt. Deshalb fehlte ihrer Miene das kleinste Fünkchen Gefühl. Und ihren Händen… Mutter war ein Baum auf diesem Foto. Ein Sandkorn. War die Sonne, die hinter Vater stand. War ein unendliches Meer… Mutter war die Natur, die nichts empfand. Sie konnte Vater nicht lieben, selbst wenn sie gewollt hätte. Sie hätte mich nicht in den Arm nehmen und »Mein Sohn!« sagen können, selbst wenn sie gewollt hätte.

»Dann sag mir eins!«, forderte ich Vater auf. »Was hast du Mama angetan, dass es sie von dir wegtrieb? Was kannst du so Schlimmes getan haben? Überleg doch mal, sie hat dich so sehr gehasst, dass sie sogar mich umbringen wollte!«

Er wollte mich schlagen, das wusste ich. Er hätte mir, die Linke am Steuer, mit dem Handrücken der Rechten eine langen können. Ich wartete. Er tat es nicht. Er tat gar nichts. Das sagte er sogar.

»Ich hab gar nichts getan. Ich hab deiner Mutter überhaupt gar nichts getan.«

»Warum denn dann? Warum wollte sie uns los sein? Warum ist sie zum Friedhof hin, um mich dort zur Welt zu bringen? Sie hätte sich scheiden lassen können, hätte mich bei dir gelassen und wäre gegangen. Oder was weiß ich, vielleicht hätte sie mich auch mitgenommen! Aber wieso hat sie bloß so was getan?«

Die Wischer kamen nicht mehr hinterher. Je heftiger es regnete, desto stärker drosselte Vater das Tempo, fuhr aber weiter. Ahad brüllte los.

»Das hat sie gesagt! Sie hat es gesagt! Trennen wir uns, hat sie gesagt! Was machst du mit dem Kind, hab ich gefragt. Ich lass es wegmachen, hat sie gesagt! Warum, hab ich gefragt. Weil ich gehen will, hat sie gesagt! Ich will weg und auch mal was anderes sehen, hat sie gesagt! Ich will alles sehen und alles wissen, hat sie gesagt! Genau wie du! Deshalb hast du die Prüfung doch gemacht! Kapierst du's endlich!«

Vermutlich sagte Vater mir zum ersten Mal die Wahrheit. Oder ich träumte, und Ahad führte ein Selbstgespräch. Die Wörter stürzten ihm nur so aus dem Mund, noch vor dem hämmernden Regen würden sie uns ertränken. Ich versuchte trotzdem mein Glück. Vielleicht hörte er mich ja doch.

»Und du? Was hast du gemacht? Du hast gesagt: Du gehst nirgendwohin, stimmt's? Du bleibst hier, hast du gesagt! Du hast sie gezwungen!«

Mir fiel das Depot ein. Mir fiel der Zellenverschlag im Depot ein. Mir fiel der Eisenring ein, den ich dort in die Wand getrieben hatte. Mir fiel ein, dass ich Menschen daran hatte anketten wollen! Und zuletzt fiel mir ein, dass all das, was mir einfiel, auch Vater in den Sinn gekommen sein könnte.

»So hast du das gemacht: Du hast sie mit Gewalt festgehalten! Du hast sie irgendwo angekettet, und da ist sie geblieben, stimmt's? Eines Nachts ist sie dann abgehauen! Und du hinterher! Du hast sie angekettet, stimmt's? Du hast deine Frau angekettet wie ein Tier! Wie einen Hund hast du Mama angebunden! Stimmt's etwa nicht?«

Er drehte den Kopf zu mir und schwieg. Er trat aufs Gas. Und guckte mich dabei an! Er schien zu lächeln… Wie Mutter auf dem Foto.

»Guck auf die Straße!«, schrie ich. »Schau nach vorn!«

Doch er sah nur mich an.

Vater und Sohn, Auge in Auge stürzten wir ins Leere. In eine Leere wie ein Abgrund… Eine Leere wie der Kanberg…

Nie war ich mir sicher. Nie! War es ein Unfall, oder war es Selbstmord?

Cangiante

Eine der vier Hauptmaltechniken der Renaissance. Wenn beim Schattieren die Farbe nicht in einem helleren oder dunkleren Ton gemalt werden kann oder soll, drückt sie den Übergang zu einer anderen Farbe aus. Ein abrupter Farbwechsel.

Mein Gesicht kam als Erstes zu sich. Ich spürte kleine Tropfen, die mir auf Wangen, Lider, Schläfen und Stirn fielen. Dann kehrten meine Ohren ins Leben zurück. Sie erwachten zum Geräusch des Regens und warteten darauf, dass meine Augen sich öffneten. Vor meinen Augen aber öffnete sich mein Mund. Damit ein Schrei, falls sich ein solcher darin eingeklemmt fand, herauskäme. Doch es war nur warme Stille, die mir über die Lippen tröpfelte. Das Warme war höchstwahrscheinlich Blut. Mehr als mich schien es den Boden zu wärmen, auf den es tropfte, denn mich überfiel ein Zittern. Dann ruckelten meine Augen auf. Drehten sich in ihren Höhlen, suchten nach etwas Sichtbarem. Was sie erblickten, war Dunkelheit, und an die gewöhnten sie sich zuerst. Sie machten das Sichtbare im Unsichtbaren aus und verliehen der Dunkelheit Sinn, vor meinen Augen tauchte eine steinerne Oberfläche auf. Ein Stück Felsen. Der flachen Decke einer Höhle gleich ragte er über mich hinaus. Sollte ich noch eine Hand haben, könnte ich sie ausstrecken und ihn berühren. Ich probierte es. Ich sah meinen rechten Arm. An seinem Ende eine Hand mit nach wie vor fünf Fingern. Langsam hob er sich und stoppte. So erfuhr ich, dass die feuchte Decke eine Armeslänge entfernt war.

Noch hatte ich den Kopf nicht bewegt, es war aber an der Zeit. Ich war Linkshänder. Die linke Wange legte ich zuerst auf den Boden und sah die Nacht. Draußen Bäume, Gestrüpp und Regentropfen, die abprallten, wohin sie fielen, und mir ins Gesicht sprangen. Dann drehte ich den Kopf nach rechts und sah sie erneut. Nun hob ich den linken Arm und streckte ihn nach hinten, meine Hand berührte eine steinerne Mauer, mindestens so feucht wie die Decke. Ich ließ die Finger über die Mauer wandern und spürte jeder Beule, jeder Ausbuchtung nach. Als sie wieder in meinem Gesichtsfeld landete, war meine Hand an der Decke über mir, mit der die Mauer verbunden war. In einer Höhle befand ich mich also nicht. Ich lag unter einem zu beiden Seiten offenen Vorsprung. Unter einem Zelt aus Stein …

Meine Handflächen spürten den Schlamm, auf dem ich lag. Ich lag rücklings ausgestreckt auf dem Boden. Da war eindeutig nichts, wohin ich hätte weiterfallen können. Ich lag auf dem Boden der Welt mit vollem Bewusstsein für alles. Alles, was bis zu dem Moment geschehen war, da der Lkw plötzlich im Leeren schwebte, stand mir vor Augen. Wie Vater mich ansah und ich ihn anschrie: »Schau nach vorn!« … Was aber danach geschehen war, wusste ich nicht. Es interessierte mich auch nicht. Ich wollte nur über mich selbst nachdenken. Wer weiß, welche Bäume und Felsbrocken ich gestreift hatte beim Fallen, bis ich unten am Fuß des Felsens ankam. Wer weiß, von wo nach wo ich geschleudert worden war, dass ich unter diesem Vorsprung landete.

Ich stützte mich auf meine Ellbogen, löste den Rücken vom Erdboden, hob den Kopf und freute mich zum ersten Mal in meinem Leben über den Anblick meiner Füße. Die Freude veranlasste mich, beide zu bewegen, ohne einen Gedanken daran, dass es wehtun könnte. Die Felsnase einen halben Meter über mir reichte bis zu meinen Knien, alles darüber hinaus wurde vom Regen nass. Nacht und Schatten umringten mich von drei Seiten und starrten mich an. Das Gesicht und der ganze Körper brannten, als wäre die Haut abgeschürft, doch einen größeren Schmerz verspürte ich nicht. Ich könnte aufstehen, mich zumindest aufsetzen.

Die Handflächen auf den Boden gestützt, zog ich die Beine an. Um nicht an die steinerne Decke zu stoßen, beugte ich den Kopf vor, als ich den Rücken an die Wand hinter mir lehnte. Zweifellos piksten mich scharfe Felskanten, doch ich spürte sie nicht. Im Finstern waren die Farben meiner Hände, meines Hemds und meiner Hose so verdunkelt, dass ich nicht unterscheiden konnte, was Blut und was Schmutz war. Ich führte nur die Hände an mein Gesicht, meinen Bauch und meine Schultern, weil ich glaubte, durch Tasten herausfinden zu können, was an meinem Körper beschädigt war. Ich tastete mich ab nach einem Bruch. Einem gebrochenen Knochen oder einem abgerissenen Teil… Es schien aber alles an Ort und Stelle zu sein. Wie Mutter mich geboren hatte. Finger, Ellbogen, Nase, Ohren und Augen hatten die nötige Anzahl. Bei meinen Zähnen war ich mir nicht sicher. Vielleicht könnte ich es an meiner Stimme hören. Es war genau der richtige Zeitpunkt für Selbstgespräche. Der Zeitpunkt, herauszufinden, ob ich überhaupt eine Stimme hatte…

»Du lebst«, sagte ich, und etwas rieselte mir auf die Brust. Was mir zuerst am Kinn klebte und sich kurz darauf bis zu meiner Brust erstreckte, musste ein aus Speichel und Blut geflochtener Faden sein. Ich schnitt den feuchten Faden mit einer Handbewegung ab, als verscheuchte ich eine Fliege. Dann spähte ich umher. Vielleicht entdeckte ich Vater. Immerhin war es möglich, dass er denselben Weg genommen hatte wie ich und irgendwo in der Nähe lag. Doch niemand war zu sehen. Ich sollte aufstehen, um ihn, wo immer er sein mochte, zu finden. Denn wenn ich meinen Vater töten würde, weil er Mutter angekettet hatte, vielleicht sogar über die gesamte Dauer der Schwangerschaft hin, dann musste ich das sofort tun und jetzt. Es gibt so Nächte … Nächte wie Sägemehl … Nächte, die jede Schuld aufsaugen und jeden Schuldigen unschuldig in den Morgen entlassen … In solch einer Nacht befand ich mich. In einer Nacht, in der man seinen Vater töten und Erlösung finden konnte! Während er unter einem Baum mit dem Tod rang, könnte ich mich mit einem großen Stein in der Hand neben ihn stellen und alles Weitere der Schwerkraft überlassen. Den Schädel, in dem einst der Gedanke umging, die Frau, die ihn verlassen wollte, einzukerkern, davon war ich inzwischen überzeugt, könnte ich zerquetschen und das Thema abhaken. Obendrein hätte er auch gleich einen Grabstein. Fragte man mich: »Wie ist er gestorben?«, könnte ich sagen: »Sein Grabstein ist ihm auf den Kopf gefallen!« Zunächst aber musste ich wieder zu mir kommen, musste mich berappeln.

Beide Arme streckte ich zu beiden Seiten aus. Die Handflächen, die nun über den Felsvorsprung hinausragten, fingen ein wenig Regen auf. Mit dem Wasser machte ich mich daran, mir Blut und Dreck aus dem Gesicht zu waschen. Ich weiß nicht, ob mir das gelang, fühlte mich aber besser. Nun war ich bereit. Nun konnte ich die Felsnase verlassen und aufstehen. Ich beugte mich vor und streckte den Kopf aus, da fiel mir etwas vor die Füße. Etwas Großes! Groß wie ein Mensch! Es kam so plötzlich, dass ich erstarrte. Der Atem, den ich angehalten hatte, war noch in mir, da fiel der zweite Mensch herab! Auf denselben Fleck, unmittelbar vor mir. Auf den ersten drauf. Ich konnte nur die Füße wegziehen. Ich zog sie unter den Felsvorsprung und blieb wie angenagelt sitzen. Innerhalb weniger Sekunden stürzte ein weiterer Mensch herab. Nicht dahin, wo ich es erwartet hätte, also vor mich, sondern links neben mich, so dass ich erschrak und mir den Kopf, den ich reflexartig hochriss, am Felsen stieß. Entsetzt starrte ich die Hand des Menschen zu meiner Linken an, die sich mir entgegenstreckte, mich fast berührte – da kam noch einer herabgestürzt. Diesmal zu meiner Rechten! Und noch einer! Immer mehr! Es regnete Menschen! Ich war fassungslos. Ich wollte fliehen, doch ich traute mich nicht. Ich wollte nicht vom nächsten herabstürzenden Menschen erschlagen werden. Mir war schleierhaft, woher sie kamen. Woher auch immer, es musste sehr hoch sein. Denn sie schlugen gleich Meteoren in den schlammigen Boden ein. Es war, als würde aus einer kolossalen Pistole am Himmel auf die Erde geschossen! Ja, als versuchte diese Pistole, mich zu treffen! Mit jedem abgefeuerten *Geschoss-Menschen* durchlöcherte sie meine Umgebung. Ihr Aufprall erzeugte ein Geräusch, das mir gleich einem Faustschlag ins Herz fuhr! Mit jedem Herabstürzenden brachen auch mir die Knochen und verstopfte mir Blut die Ohren. Sie schrien nicht, sie regten sich nicht und versuchten nicht aufzustehen. Sie waren schon tot, regneten nur noch auf mich herab. Manchmal hörte ich nur ein dumpfes Geräusch, sah aber niemanden fallen. Das mussten die sein, die auf der steinernen Decke über mir aufschlugen. Die anderen gingen mal rechts, mal links, mal vor mir nieder … Ich ruckte jeweils in die entgegengesetzte Richtung, vermochte mich aber kaum mehr als ein paar Zentimeter zu bewegen, da ich nicht unter dem Felsen herauskam. Die Knie an die Brust gezogen, die Arme angewinkelt, machte ich mich so klein wie möglich. Ich sah Hände, Füße, Gesichter. Einige berührten mich, andere lagen wie Stoffpuppen da, höchstens einen Meter entfernt. Ihre Beine unterhalb der Knie gingen nicht nach hinten, sondern waren zu den Seiten geknickt, ihre Arme verschwanden unter ihren Rücken. Sie stapelten sich verrenkt wie Marionetten mit gerissenen Fäden. Ich wusste, wer sie waren. Die Afghanen aus dem Lkw-Kasten. Als wären sie alle auf das Dach eines Gebäudes geklettert und stürzten sich nun einer nach dem anderen herunter. Das verstand ich nicht! Woher und warum fielen sie? Wie kam es, dass sie wie im Flug vom Tod getroffene Vögel auf mich regneten? Die Fragen verdunkelten mir Verstand und Augen, während sie weiter herabprasselten. Untereinander, aufeinander, nebeneinander stapelten sie sich, Arme und Beine wirr durcheinander. Sie verwandelten sich in einen einzigen Haufen, wie aus Schlamm und Dreck gemacht, türmten sich immer höher. Beide Regen fielen auf einmal und vermischten sich. Menschenfleisch verquirlte sich mit Wasser und wurde zu Schlamm. Innerhalb kürzester Frist, nicht mehr als vier Atemzüge hatte ich tun können, hatte sich um mich herum eine Mauer aus Fleisch aufgetürmt. Eine Mauer, die alles verdeckte, worauf mein Blick sich richtete. Vor meinen Augen schnitten mich Dutzende Leichen von der Nacht ab und sperrten mich unter dem Felsvorsprung ein. Jetzt saß ich in einer Zelle mit drei Wänden aus Menschen, der Boden aus Erde, der Rest aus Stein. Am Grund eines Massengrabs …

Ich war fünfzehn, als ich unter den Menschentrümmern eingeschlossen wurde. Zuletzt hatte Mutters Wunsch sich erfüllt. Ich war bei lebendigem Leib begraben.

Ich zitterte. Beim Zittern spürte ich etwas fein Flaumiges meine Ohren berühren. Wer weiß, wessen Haare oder Bart oder Wimpern oder Brauen es waren. Es herrschte Finsternis, ich sah nichts. Sie waren aber da. Überall um mich herum. Ich fürchtete mich derart, sie zu berühren, dass ich unfähig war, mich zu bewegen. Sie aber berührten mich. Die Schultern zwischen zwei Wänden aus Fleisch eingeklemmt, kauerte ich da. Die Hände auf den angewinkelten Knien. Ich fühlte meine Handflächen, die sich an meine Knie klammerten, um nichts anderes zu berühren, schwitzen. Zentimeter für Zentimeter schob ich die Füße vor. Kaum öffneten sich die Knie einen Spalt, stieß ich sie an. Jene Menschen. Der Raum vor mir reichte nicht, die Beine auszustrecken. Meine Hände klebten noch immer an meinen Knien, und ich tat das Einzige, was mir zu tun blieb. Ich schrie. »Papa!«, schrie ich. »Rastin!« Meine Stimme gelangte aber nirgendwohin. Sie wirbelte nur in der Höhle umher. Dabei fuhr sie mir zum einen Ohr hinein und zum anderen hinaus. Entweder würde ich taub werden oder mir würde die Stimme versagen. Meine Stimmbänder kapitulierten als Erste. Mein Telefon hatte ich nicht dabei. Ich weiß auch nicht, ob es das Menschenfleisch durchdrungen hätte. Ich hatte nur einen Frosch aus Papier, zwei Schachteln Zigaretten und zwei Feuerzeuge bei mir. Die würden noch am ehesten zu etwas nutze sein. Ich fürchtete aber so sehr, die

Leichen zu sehen, dass ich unmöglich eines davon entzünden mochte. Allerdings konnte ich in dieser Position auch nicht länger ausharren. Ich war gezwungen, die ineinander verknäuelten Leiber zu berühren. Vielleicht ließen sie sich mit den Füßen wegdrücken. Ich glaubte, mich befreien zu können, wenn ich nur einen winzigen Spalt öffnete. Ohne die Hände von den Knien zu lösen, begann ich mit beiden Füßen zugleich Tritte auszuteilen. Wogegen ich trat, wusste ich nicht, doch ich hob und senkte die Knie und versuchte das, was meine Fußsohlen trafen, wegzuschieben. Es nützte aber nichts. Ich trat nur wieder und wieder gegen eine weiche Mauer, die sich nicht von der Stelle bewegte. Möglicherweise erreichte ich mehr, wenn ich mich ein wenig vorbeugte und die Hände benutzte. Doch der Druck gegen meine Schultern war so stark, dass ich sicher war, noch den Platz, der mir immerhin zur Verfügung stand, zu verlieren, sobald ich mich vorbeugte. Die vielen Kilo Fleisch zu meinen beiden Seiten würden sofort in den Raum einbrechen, den mein Körper freigab, und ich wäre noch ärger eingequetscht. Dennoch beschloss ich, die Hände einzusetzen. Ich holte tief Luft und löste die Handflächen von den Knien. Mit aller Kraft hielt ich die Schultern stabil und führte die Hände gegen die Wände zu beiden Seiten. Die Rechte bekam Stoff zu fassen. Die Linke prallte zurück. Denn vier Finger waren auf eine Stirn und der Daumen auf eine Augenhöhle gestoßen. Auch für die Linke musste ich Stoff finden. Doch wohin ich fasste, ich stieß entweder auf eine Nase oder einen Mund. Das Schlimmste war der Mund, denn meine Finger glitten durch die Lippen und stießen an Zähne und Zahnfleisch. Verzweifelt kehrte ich zum Ausgangspunkt zurück, zur Stirn also. Den Daumen hielt ich so weit wie möglich von der Augenhöhle entfernt, die Hand gegen die Stirn gepresst, stieß ich mit aller Kraft zu. Doch nichts geschah. Der Kopf, den ich bei der Stirn gepackt hielt, rührte sich kein bisschen. Ich ließ ab von der Linken und verlagerte das Gewicht auf die Rechte. Jede Rippe einzeln spürte ich unter dem Stoff. Ich presste, so gut ich konnte, doch die Wand rechts von mir erwies sich als ebenso massiv wie die linke. Ich gab aber nicht auf. Immer wieder versuchte ich es. Bei jedem Vorstoß wich die Angst ein Stück weiter der Panik. Mit zunehmender Panik wurde unwichtig, was ich berührte. Ich stieß zu, egal was mir in die Hände kam. Meine Linke fuhr sogar erneut in den Mund hinein. Zugleich trat ich auch mit den Füßen gegen die Wand vor mir. Ich glich einem sich windenden Wurm. Ich schlug und stieß, bis ich außer Atem war. Doch es nützte nichts. Rein gar nichts. Da begann ich zu flennen. Schnaufend und schreiend heulte ich. Ich hatte mein Leben lang kaum geweint, in dieser Woche aber erstickte ich zum zweiten Mal in Tränen und Schluchzen. Natürlich war meine Situation viel schrecklicher als die Entlarvung als Lügner durch Rastin. So war auch mein Geheule. Viel stärker! Ich riss den Mund auf und heulte mit meiner längst heiseren Stimme wie ein seltsames Tier. Es sah ja niemand. Etliche Menschen waren um mich herum, keiner aber bemerkte, wie hässlich ich weinte. Ich weinte so heftig, dass mir vom Zukneifen die Augen brannten. Ich war wie ein Baby, das im Bauch der Mutter zu weinen begonnen hatte. Wie ein Baby, das weinte, weil es wusste, dass es nicht aus dem Bauch der Mutter hinauskonnte. Ein Baby, das nicht darum weinte, seinen ersten Atemzug zu tun, sondern seinen Atem auszuhauchen …

Einige Minuten darauf geriet mein Weinen ins Stottern wie ein bremsender Zug. Der Tränenfluss wurde schmaler und versiegte dann ganz. Nun glich ich einem Toten. Ich war ein Leichnam, der reglos dahockte, die Hände wieder auf den Knien. Auch ich war einer von ihnen. Von den Menschen um mich herum. Nur dass ich noch atmete. Es schien ein Rechenfehler zu sein. Es musste ein Fehler sein, dass ich als einziges Wesen mitten unter Leichen, da doch alle tot sein sollten, noch lebte. In dem engen Raum gab es außer mir niemanden, der einen Fehler machen könnte, es war also alles mein Fehler. Dieser Fehler verlangte Korrektur … Ich war mir sicher, dass mich niemand finden würde. Die Straße, über die wir gefahren waren, mochte seit Jahren nicht mehr in Betrieb sein. Und dem Schiffsführer, der uns in der felsigen Bucht erwartete, waren wir so was von egal. Er, wir, die Afghanen, allesamt waren wir illegal. Selbst unsere Existenz war illegal! Er würde sich wohl kaum aufmachen, uns zu suchen. Ein solches Risiko würde er niemals eingehen. Da fiel mir Yadigâr ein. Unser offizieller Komplize! Vielleicht weiß er davon, dachte ich. Weiß, welchen Weg wir nehmen und wo wir unsere Ware abliefern sollten … Dann aber dachte ich, auch ihm sei es egal. Es wäre wenig glaubhaft, wenn er uns zufällig fand, so weit von der Patrouillenroute der Gendarmerie entfernt. Für ihn gab es keinen Grund, sich in Gefahr zu bringen. Es würde also niemand kommen, mich zu retten. Niemand würde auftauchen, diesen Fehler zu korrigieren. Das konnte nur ich tun. Suizid war nicht länger ein Gedanke, der mir durch den Kopf ging, er war ein Gefühl, wie von tausend Messern, die mir im selben Moment in den Leib stachen. Wie Hass! Das war der Moment, als ich an Freitod nicht dachte, sondern ihn fühlte. Mein sechster Sinn war Suizid! Da alle um mich herum tot waren, sollte auch ich sterben! Meine Feuerzeuge würden doch etwas taugen, ich würde mich verbrennen. Würde uns alle verbrennen. Erst die um mich herum anzünden, anschließend würde auch ich verbrennen. Ich war so dumm zu glauben, dass ich dazu imstande wäre. Ich war so dumm, tatsächlich die Schachtel aus der Tasche zu ziehen, um es zu versuchen. Ich war aber zugleich so feige, dass ich gar nichts tat. Den Tod fürchtete ich nicht, wohl aber zu verbrennen. Welches Feuer auch hätte ich mit dem schwachen Flämmchen und der Feuchtigkeit ringsumher entfachen sollen? Das Feuerzeug in der Hand, erstarrte ich … Es kam mir dann vernünftiger vor, statt meines Körpers eine Zigarette anzuzünden. Als aber das Flämmchen das winzige Loch erhellte, war alles zu spät. Ich hatte vergessen, zumindest für einen Augenblick, wie sehr ich mich vor dem Licht und dem, was ich im Schein des Lichts erblicken würde, fürchtete, so dass ich unbedacht das Feuerzeug aufflammen ließ. Doch weder konnte ich die Flamme an die Spitze der Zigarette zwischen meinen Lippen führen noch mich regen. Denn im Licht des Feuerzeugs hatte ich die Hölle gesehen. Zu allem Übel befand sich das einzige Feuer dieser Hölle in meiner Hand. Also war ich der Teufel, und hier war mein Zuhause. Außerstande, die Wände meines Zuhauses länger anzusehen, löschte ich das Feuerzeug, indem ich mich übergab. So gut es ging, wischte ich mir das Kinn mit den Händen ab. Gerade wollte ich mir die Hände an der Hose abreiben, als ich zwölf glimmende Phosphorpunkte bemerkte. Gemeinsam mit Stunden-, Minuten- und Sekundenzeiger leuchteten sie an meinem Handgelenk. Auf dem Ziffernblatt der Uhr, dem Geschenk des Landrats, war es Viertel nach drei. Wie auf dem Foto im Lokalblatt *Von Kandalı in die Welt*. Diesmal aber war es Nacht. Und zwar die finsterste aller Nächte. Denn niemand brannte in der Hölle, keine einzige Flamme züngelte empor. Dabei war es nicht die Sonne, die die Welt erleuchtete, es war das Höllenfeuer … Und ein wenig auch Morphinsulfat.

Ich hatte die Uhr abgenommen, nun hielt ich sie in beiden Händen. Die Ellbogen auf die Knie gestützt, verharrte ich regungslos. Seit genau zwei Stunden beobachtete ich, wie der Sekundenzeiger sich drehte. Oder das Ganze nannte sich Selbsthypnose, nur ich wusste es nicht. Die Hölle, die ich im Licht des Feuerzeugs erblickt hatte, versuchte ich im Phosphor des Sekundenzeigers zu vergessen. Um Viertel nach fünf geschah etwas.

»Mehr … mehr … mehr … mehr …«

Wer sprach da? Wessen Stimme war das? Woher kam sie?

»Mehr … mehr … mehr …«

Bildete ich mir das ein? Nein, ich hörte die Stimme tatsächlich. Sie kam von weither und klang erstickt, doch ich konnte sie hören. Ich schrie.

»Ich bin hier! Hier! Ich bin hier! Hörst du mich?«

Ich verstummte und wartete.

»Mehr!«

Wer auch immer antwortete mir. Noch während ich überlegte, warum die Stimme immer dasselbe sagte, prallten Frage und Antwort gleich zwei beschleunigten Teilchen in meinem Kopf aufeinander. Natürlich: »*Daha*!«, mehr gab sein Türkisch nicht her! Mehr nicht! Weil es einer von den Afghanen aus dem Lkw war. Wo aber steckte er? Hätte ich nur fragen können, doch Paschtu beherrschte ich nicht. Jahrelang waren wohl hunderte Menschen, die Paschtu sprachen, durch das Depot gezogen, doch mir war schnuppe, was sie sagten. Kein einziges Wort war mir im Sinn. Tausende paschtunische Wörter hatten meine Ohren vernommen, keines aber aufbewahrt. Mein Hören-Sagen-Mechanismus, der eines ehrgeizigen Schmetterlingssammlers, hatte im Depot geschlafen. Denn Paschtu, glaubte ich, würde im wahren Leben zu nichts nutze sein. Dabei war das wahre Leben alles, was außerhalb der Wahrnehmung eines Menschen geschah. Das erfuhr ich jetzt. Und hörte:

»Mehr … mehr …«

Ich konnte nicht feststellen, aus welcher Richtung die Stimme kam. Mir war, als spaltete sie sich in tausend Teile und käme von überall her auf mich zu. Sie glitt durch die tausenden Fugen zwischen den Leichen ringsum und gelangte zu mir, immer gleich laut. Besser gesagt: immer gleich leise, denn die Stimme erreichte mich nur schwach. Als redete eine der Leichen aus dem Bauch heraus! Der Abstand des Besitzers der Stimme zu mir blieb also stets gleich. »Ich bin hier!«, schrie ich wieder. »Ich bin hier!« Dann verstummte ich und wartete, er sagte: »Mehr!« Mehr gab unsere Kommunikation nicht her. Dutzendfach wiederholten wir dieses Gespräch. So oft, dass es im Laufe der Zeit zu einem einzigen Satz verschmolz: »Ich bin mehr hier!« Es war sechs Uhr geworden. Von den Leibern um mich herum nahm ich nach wie vor nicht die geringste Regung wahr. Wenn der Rufer keiner war, der den Unfall überlebt hatte und nun angesichts des Leichenhaufens überlegte, wie er mich retten konnte, mochte ich an die andere Möglichkeit gar nicht erst denken. Denn die lautete, der Rufer lag genau wie ich irgendwo in dem Trümmerhaufen eingequetscht. Nach einer Weile war ich gezwungen, das zu glauben. Diese Weile dauerte es, weil ich mich dagegen sträubte. Auch er schien nicht daran glauben zu wollen, denn viele hundert Male rief er: »Mehr!« In welcher Falle mochte er stecken und hoffen, dass ich ihm half. Eine Dreiviertelstunde lang bettelten wir uns gegenseitig um Hilfe an. Er war engagierter als ich, denn er hatte es mit dem einzigen türkischen Wort versucht, das er kannte.

Mittlerweile war das, was mir beim Anblick der Wände meiner Hölle aus dem Mund geschossen war, längst getrocknet, und ich hatte mir geschworen, das Feuerzeug nicht noch einmal zu entzünden. Ich befand mich aber an einer solchen Stelle der Welt und in einem solchen Moment meines Lebens, dass mir klar war, ich könnte auf den Schwur, den ich eine Sekunde zuvor geleistet hatte, in der nächsten scheißen. Unter dem Felsen, wo ich zusammengekauert hockte, war mir weder eine Wirbelsäule noch Loyalität zu meinen Schwüren geblieben! Nicht nur zu meinen Schwüren, Loyalität verspürte ich für niemanden mehr. So wenig, dass ich mich nur damit beruhigen konnte, dass Vater vermutlich tot war. Immerhin ist der verreckt, dachte ich. Plötzlich fiel mir ein, er könnte noch leben. Vielleicht lag auch er irgendwo verwundet. Doch ich schüttelte mir diesen Gedanken aus dem Kopf und brüllte: »Nein, nein! Ahad ist krepiert! Ahad gibt es nicht mehr!« Darauf kam eine Antwort von irgendwoher: »Mehr!« Nun rief ich: »Begreif's endlich! Ich bin genau wie du eingesperrt an meinem Scheißplatz! Schrei nicht ohne Sinn!« Er sagte wieder: »Mehr!« Wer mochte das sein? Welcher der Depotinsassen? Wer hatte das Zauberwort gelernt, weil er wusste, dass ihn sein Weg durch die Türkei führen würde? Wer hatte noch vor Antritt der Reise jemanden gefragt und dieses Wort gelernt, um mehr Wasser, mehr Essen, mehr Luft, mehr dies, mehr das und mehr von allem verlangen zu können? Bei einer anderen Gruppe hätte ich es sicher gewusst. Dieses Mal aber hatte sich einer namens Rastin zwischen uns geschoben. Dieses Mal hatte es kein »Mehr!« gegeben, das man mir mit einem Blick in die Augen und einem Gesichtsausdruck wie von einem Hungerkind hinwarf, stattdessen hatten sie Rastin in ihren eigenen Sprachen angebettelt.

Die Stimme klang so dumpf, dass ich nicht einmal entscheiden konnte, ob sie einer Frau oder einem Mann gehörte. Womöglich war es das Kind, das mit mir die Nationalhymne gesungen hatte! Lag es mit seinem blattzarten Körper zwischen vier Leichen, hatte überlebt und versuchte nun, sich Gehör zu verschaffen? »Wer auch immer!«, sagte ich. »Ist mir egal! Was macht es für einen Unterschied! Der holt mich ja doch nicht hier raus!« Er aber dachte nicht so, sondern sagte wieder: »Mehr!« Um mich abzulenken und die ungeheure Enttäuschung zu verwinden, widmete ich mich wieder der Beobachtung des Sekundenzeigers. Und bei jedem Sprung, den er nach rechts tat, dachte ich, bald geht die Sonne auf, dann wird jemand den Lkw oder den Menschenhaufen entdecken und mir helfen. Sechzig Mal in der Minute und 3600 Mal in der Stunde dachte ich das. Ich folgte dem Sekundenzeiger, als ließe ich eine Gebetskette durch die Finger gleiten …

Es war sieben Uhr geworden. Sicher war die Sonne aufgegangen, und niemand kam zu meiner Rettung. Außerdem saß ich nach wie vor im Dunkeln. Die Toten ließen kein Licht durch. Sie hielten einander derart umklammert, dass nichts sie durchdrang. Nur Regenwasser und Sauerstoff. So durstig ich auch war, das Wasser, das auf mich tropfte, würde ich nicht in der Handfläche sammeln und trinken. Ich ekelte mich vor dem Wasser, das durch die Leichen sickerte und vom Rand des Felsvorsprungs auf meine Beine tropfte. Wer weiß, welche Wege es nahm und was sich hineingemischt hatte. Wessen Blut und wessen Speichel. Es drehte mir den Magen um, ich setzte ununterbrochen meine Hände woanders hin, nur um es nicht zu berühren. Mit dem Sauerstoff war es anders. Ihn konnte ich nicht vermeiden. Er drang in mich ein, selbst wenn ich meine Lippen versiegelte. Um mich in der Hölle am Leben zu halten, überwand er sämtliche Hindernisse und fand einen Weg, mir in die Nasenlöcher zu schlüpfen. An jenem Ort zu einer Zeit, da ich dachte, es käme ja doch niemand, und wieder den Selbstmord fühlte, brachte er mich um, indem er mich am Leben hielt! Ich hasste den Scheißsauerstoff. Weil er mich nicht in Ruhe ließ, sondern noch in diesem Loch aufspürte! Vielleicht war das ein Fluch! Wohin ich auch ging, nie würde ich den Sauerstoff loswerden! Der Kinderpharao Tutanchamun des Depots war endlich verflucht! Auch eine Pyramide hatte ich schon. Tatsächlich steckte ich in einem Monument aus Menschenfleisch. Etliche waren dafür umgekommen. Dabei war ich der Erste, der hätte sterben müssen! Denn es war meine Pyramide! Wie es sich gehörte, lag ich darunter begraben. Doch aufgrund eines Fluchs, den all die Tode auf mich herabbeschworen hatten, war ich gezwungen, Sauerstoff in mich aufzunehmen. Ein solcher Fluch, dass ich bei jedem Atemzug ein im eigenen Grab lebendig begrabener Pharao war.

Um acht hielt ich nicht länger durch. All den Urin, der sich in mir gesammelt hatte und der meine Leisten bedrängte, ließ ich laufen. Meine Hose und die Stelle, an der ich saß, wurden warm. Einen Augenblick lang fühlte ich mich wohl in der Kälte. Ich ärgerte mich sogar, völlig sinnlos so lange angehalten zu haben. Welche Bedeutung hatte es denn schon, wie ich aussah, wenn ich aus der Menschenfalle herauskam? Welche Bedeutung hatte es, ob ich mich bespuckt, bepisst oder bekackt hatte? Aber ich war ja erst seit fünf Stunden dort. Das reichte nicht, um die Gewohnheiten eines zivilisierten Lebens abzulegen. Vielleicht brauchte es ein paar Stunden mehr … So nach zehn oder fünfzehn Stunden könnte ich mich in ein echtes Tier der Unterwelt verwandeln und anfangen, meine Exkremente zu verspeisen. In nur fünf Stunden bepisste man sich höchstens. Ich dachte dann, wie peinlich das sei, und sagte schließlich: »Scheiße, ey! Wer wird das denn mitkriegen?« Eigentlich hing alles von der Hoffnung ab. Zu glauben, der Moment, da ich wieder unter Menschen käme, sei greifbar nah, hielt mich zivilisiert. Mein Selbstmordgefühl war mit der Sonne, die ich zwar nicht sah, von der ich aber wusste, dass sie stieg, verflogen. Wieder erträumte ich mir, dass jemand käme, die Leichen wegräumte und mich rettete. Pessimismus und Optimismus wechselten in diesem Loch dermaßen schnell, dass ich mit meinen Gefühlen kaum das eine erwischte, da erfüllte schon das andere meinen Geist. So beherrschte jetzt mich und alles der Gedanke an Rettung. Er war an der Reihe und, so dunkel es auch sein mochte, er bestrahlte jeden Winkel meines Verstands. Selbst auf dem Grund der Welt wollte ich leben. Musste ich mir auch den Mund zerreißen und die Nasenlöcher wie Krater weiten, um zu atmen, ich wollte leben. Sauerstoff war kein Fluch mehr, sondern ein Held mit Superkräften! Der es schaffte, die Mauer aus Menschenfleisch zu überwinden und zu mir zu gelangen! Ich wollte überleben! So sehr, dass ich schrie: »Bis alle anderen krepieren! Wenn diese Welt einen Rollladen hat, dann bin ich es, der ihn runterlässt!« Die Stimme, die ich wohl eine halbe Stunde lang nicht mehr vernommen hatte, stimmte mir zu: »Mehr!« – »Ich werde überleben!«, rief ich, und die Antwort lautete: »Mehr!« Ich lachte. Das alles würde ein Ende haben! Würde vorübergehen! Ich würde zur Schule gehen, wenn ich hier heraus war! Alles würde sich ändern. Ahad würde tot sein. Ich würde neu ins Leben starten. Ich war erst fünfzehn. Für nichts war es zu spät. Ich könnte so tun, als hätte ich fünfzehn Jahre in Mutters Bauch verbracht, schlüpfte nun erst heraus und könnte ein ganz neuer Gazâ werden! Keinen einzigen Fehler würde ich wiederholen. Was ich bisher erlebt hatte, war etwas wie eine Probefahrt! Ein Probeleben! Eine Probe, die mir gewährt worden war, um zu sehen, in welche Fallen ich tappen, welche Fehler ich machen könnte, damit ich mich entsprechend vorsah, wenn ich ins richtige Leben startete. Mein Schädel mutierte zum Vulkan, brach aus und überschwemmte mich mit Optimismuslava. Sie war heiß, verbrannte mich aber nicht, sondern wärmte. Mein Schädel war explodiert, als wäre in meinem Haar eine Blume erblüht. Sie sah aus wie ein Königskrone. Eine Krone aus Knochen, die mir aus Stirn und Ohren emporwuchs. In der Mitte meiner Krone ein Hirn aus Samt! Niemand ahnte es, doch ich war der König dieser Welt. Ich brauchte nur dazusitzen, abzuwarten und dem, der mich retten würde, die Verkündigung meines Königreichs ins Ohr zu flüstern! Ich wollte so schnell wie möglich geboren werden! Wiedergeboren werden! Als Schurke war ich begraben worden, als König aber würde ich geboren werden. Nur Geduld musste ich haben. Und natürlich überleben. Dazu musste ich Wasser trinken. Das Leichenwasser, das auf mich herabtropfte. Es reichte, die Hand auszustrecken. Ich streckte sie aus und öffnete sie. Der erste Tropfen fiel und dreizehn Sekunden darauf der zweite. Die Grube meiner Handfläche füllte ich, mit Blick auf die Uhr in meiner anderen Hand, in zwei Minuten und neunundzwanzig Sekunden. Dann führte ich sie zum Mund, die Hälfte des Wassers schüttete ich mir aufs Kinn, die andere zwischen die Lippen. Doch als ich schluckte, klappten die vier Teile meines Schädels, die gleich Briefumschlägen zu vier Seiten geöffnet gewesen waren, wieder zu, verbanden sich miteinander, und meine Krone verschwand. Denn mir war das Gesicht des Schwächlings eingefallen, den ich im Garten begraben hatte. Ihm hatte niemand Wasser gegeben, nachdem er geschlagen und in eine Ecke geworfen worden war, und so hatte er mühsam die Hand an die Wand neben sich gehoben. Eines der Rinnsale, die aufgrund der Feuchtigkeit im Depot an den Wänden entstanden waren, hatte er gestaut und erst die Finger, dann die Lippen benetzt. Als ich die Hand öffnete, um die Regentropfen aufzufangen, ähnelten wir einander so stark, dass es nicht lange gedauert hatte, bis sein Anblick mir vor Augen stand. Doch nicht allein sein schmales Gesicht tauchte auf der Leinwand in meinem

Kopf auf, er brachte auch seine Miene als Toter mit. Mit ihm kamen all die Totengesichter um mich herum auf mich zumarschiert und entrissen mir mein Königreich. Die Wärme des Optimismus war futsch, an ihre Stelle war stechende Märzkälte getreten. Ich zitterte. Mit der Hand hielt ich mir das Kinn fest, um meine Zähne am Klappern zu hindern. Doch auch die Hand zitterte. Vor Angst und vor Kälte. Denn ich wusste, wenn nicht sehr bald jemand käme, um mich aus diesem Loch zu befreien, würde ich miterleben, wie all diese Gesichter verwesten. Außer dem Felsen, an dem mein Rücken lehnte und der mich überdachte, dem ich mein Überleben verdankte, würde alles um mich herum früher oder später verrotten. Meine ganze Welt würde in Verwesung versinken. Wer weiß, welche Würmer schon jetzt ein Heer bildeten und sich in Marsch setzten, um den gigantischen Kuchen zu verspeisen, der am Fuß des Kanbergs auf sie wartete. Vielleicht würden sie genau da, wo ich saß, aus der Erde schlüpfen, mir zwischen den Beinen hervorkriechen und alles Tote benagen, das ihnen unterkäme. Was würde ich dann tun? Würde ich, um zu überleben, meinerseits dann sie verspeisen? Ich wusste nichts über den Verwesungsprozess des Menschen nach dem Tod. Mein Spezialgebiet lag anderswo, bezog sich auf eine andere Art der Verwesung. Die Verwesung, die ich auf den ersten Blick erkannte, spielte sich auf der Erde ab. Die Verwesung, die einsetzte, wenn Herz oder Hirn zu faulen begannen, während man noch atmete. In den Lehrstunden, in die das Leben mich, am Nacken gepackt, hineinstippte, war ich nur bis zu diesem Thema vorgedrungen. Mehr wusste ich nicht. Die letzte Stunde hatte dem Begraben Toter gegolten. Nur bis dahin kannte ich mich aus. Bis zum Begraben und Weiterleben. Danach war nichts mehr. Danach war ein großes Geheimnis. Doch galt das nicht für jeden? Wen interessierte es denn, was seine Mutter, seinen Vater, seine Liebsten, seine Geschwister erwartete, nachdem sie einmal begraben waren? Wen interessierte es, in was sich all die Körper unter der Erde verwandelten, die im Leben geliebt oder gar angebetet worden waren? Ich und alle gewöhnlichen Menschen auf Erden, wir kannten nur den Teil bis zur Beerdigung. Vielleicht sagten wir noch: »Und dann kommen die Würmer und fressen einen auf.« Eigentlich sollte jeder verbrannt werden! So sollte es sein! Dann wüssten wir wenigstens, was nach dem Tod geschah. »Man wird zu Asche und verstreut«, würden wir sagen, und niemand könnte das Gegenteil behaupten. Dabei war es unter der Erde mindestens so kompliziert wie obenauf. Hier unten herrschte ein mindestens so großes Geheimnis wie oben. Ich verabscheute die Natur! Hasste es, dass jeder jeden fraß! Dass alles ein Kreislauf war, der darin fortbestand, dass jeder jeden vertilgte. Hätte das nicht anders sein können? Gab es keine Alternative? Bezeichnete man das als die herrliche, vollkommene Natur? Was für ein Sadist musste der oder das sein, der oder das die Natur geschaffen hatte, dass er oder es sagen konnte: »Ich errichte eine Ordnung, in der jeder jeden abmurkst, um selbst zu überleben!« Tiere, die einander fraßen, Menschen, die alles aßen, Würmer, die Leichen verspeisten, und andere Würmer, die sich über diese Würmer hermachten … »Ich scheiß auf sie alle!«, schrie ich. »Sie alle und den, der sich diese Natur ausgedacht hat, und die, die all diese Szenen, bei denen Fleisch gegessen und Blut getrunken wird, als Wunder bezeichnen und sie lobpreisen, ich scheiß auf sie alle!« Ich war derart wütend, dass ich, hätte ich Stift und Papier dabeigehabt, sogleich eine Eingabe aufgesetzt hätte. Da nun einmal alle Religionen Schrift und Buch geworden waren, war dies die Kommunikationstechnik, die es zu benutzen galt. Ich würde einen Beschwerdebrief schreiben und in die Luft werfen, zu Allah oder Gott oder diesem oder jenem, wo auch immer er oder es steckte, dorthin! »Lies!«, fing der Koran an, also würde ich: »Lies du mal das hier!«, ganz oben drüberschreiben. »Wenn ich erst aus diesem Loch heraus bin, dann setz ich das alles um!«, sagte ich und vernahm als Antwort ständig diese Stimme: »Mehr!« Dieses Mal aber klang es nach einer Frage: »Mehr?« – »Mehr ist nicht! Das ist alles, Scheiße!«, sagte ich und heulte. Und warf einen Blick auf die Uhr.

Taub war alles an mir. Meine Beine, Arme, sämtliche Muskeln, sogar meine Zunge und Lippen waren taub. Wieder war es Viertel nach drei, ich saß jetzt also volle zwölf Stunden hier. Was an meiner linken Schulter lehnte, war ganz sicher ein Kopf. Als ich Stunden zuvor versucht hatte, ihn wegzustoßen, hatte meine Hand seine Rippen gespürt. Vielleicht gehörten die auch zu einem anderen Körper. An meiner rechten Schulter lehnte wahrscheinlich jemand mit dem Kinn auf den Knien. Vermutete ich zumindest. Gleich daneben war das Gesicht, zu dem der Mund gehörte, in den meine Finger im Dunklen eingedrungen waren. Ich hatte keine Ahnung, wo sich der Rest zu diesem Gesicht befand. Denn ich konnte mich der Szene, die ich wenige Sekunden lang im Schein des Feuerzeugs erblickt hatte, nicht mehr recht entsinnen. Ohne die Uhr in meiner Hand hätte ich mich an kaum etwas erinnert. Alles verschmolz miteinander. Der Unfall schien vor Jahren geschehen zu sein. Der Moment aber, als ich das durch die Leichen gesickerte Regenwasser trank, lag erst wenige Minuten zurück. Offenbar verlor ich den Verstand, davor fürchtete ich mich extrem. Die Rettung allein reichte mir also nicht. Ich musste zudem gerettet werden, solange ich noch bei Verstand war. Den Rest meines Lebens als Irrer zu verbringen verschreckte mich dermaßen, dass ich zu all den göttlichen Mächten, die ich kannte und die ich wenige Stunden zuvor verflucht hatte, nun betete, sterben zu dürfen, bevor ich durchdrehte. Keine Anstrengung aber erlaubte mir, die Ereignisse der Reihe nach aufzustellen. Weder das ununterbrochene Beobachten des Sekundenzeigers noch das laute, ja schreiende Zählen der Sekunden. Irgendwann kam ich garantiert durcheinander. Nach »5« sagte ich »17«, oder ich versank in Gedanken, während ich dem Sekundenzeiger folgte. Kam ich dann wieder zu mir, konnte ich nicht sofort sagen, wie viel Zeit verstrichen war, und geriet in Panik. Dann hielt ich den Atem an, schloss die Augen und wartete darauf, dass in meinem Geist eine Uhr mit Viertel nach drei auftauchte. Ein Ziffernblatt, das Viertel nach drei zeigte, war für mich der Anfang von allem. Eine Zeitenwende, der Ausgangspunkt der Geschichte. Verlöre ich ihn, flöge alles in die Luft. Flöge in die Luft und verhedderte sich, und ich würde niemals die Spanne berechnen können, die ich schon in dem Loch saß. Könnte ich die nicht berechnen, drehte ich gewiss durch. Denn es gab dort keine Zeit. Zumindest blieb sie mir verborgen. Es gab Schulen, sie zu erlernen. Schulen für Leute, die mit einem Blick auf eine Leiche sagen konnten, wie lange der Körper schon tot war … Ich hatte nur eine Anfangsstunde. Sie war meine Vergangenheit und alles, was ich besaß. Verlöre ich sie, wäre ich erledigt. Wäre bloß noch ein Sandkörnchen, das von Leere zu Leere wehte. Sollte ich ein Sandkorn werden, dann nur in einer Sanduhr. Aus diesem Grund versuchte ich, mir das Ziffernblatt, auf dem es Viertel nach drei war, möglichst tief ins Gedächtnis zu graben, und hielt die Luft an, damit es hinter meinen verschlossenen Augen auftauchte. Auch wenn mein Herzschlag sich beschleunigte und es mich quälte, ich atmete nicht aus, bevor ich das Ziffernblatt sah. Das beruhigte mich und half, mir jene Stunde ins Gedächtnis zu rufen. Es beruhigte mich, denn ich dachte, jede Verbindung zur Welt gelöst zu haben, so lange ich die Luft anhielt. Es bestand dann kein Austausch mehr zwischen uns. Mein Körper saß zwar noch da, und ich hockte in diesem Körper, doch gewissermaßen löste ich mich in Luft auf und fühlte mich von allem befreit. Das war die Lösung für meine Panikanfälle. Dennoch musste ich einen Weg finden, mir das Ziffernblatt Viertel nach drei irgendwo zu notieren. Da auf dem Ziffernblatt in meiner Hand alle zwölf Stunden Viertel nach drei erneut erscheinen würde, musste ich auch sie markieren. Alle zwölf Stunden musste ich an einem bestimmten Ort eine Markierung anbringen. Diese Gedanken stürzten mich nur noch tiefer in Panik, denn sie bedeuteten, dass ich mich damit abfand, nicht am selben Tag gerettet zu werden. Wieder hielt ich die Luft an und wartete, dass die mich erneut anfliegende Panik abflaute und sich entfernte. Am schlimmsten war, dass ich das Feuerzeug anzünden müsste, um die Markierungen setzen zu können. Und wie und wohin sollte ich all die Zahlen schreiben? Schrieb ich in den schlammigen Boden, würden sie verwischen. Ich schaute mich um, als könnte ich etwas sehen. Natürlich sah ich nichts, doch als ich den Kopf hob, fiel mir eine Lösung ein. Mit dem Ruß des Feuerzeugflämmchens ließen sich Zeichen in den Felsen über mir schreiben. Damit verbräuchte ich aber zu viel Gas. Ich stand vor einer Wahl: Entweder könnte ich schneller als nötig das Feuerzeug nicht mehr benutzen oder es käme ein Moment, da ich den Verstand verlöre, weil ich alles in Bezug auf Zeit vergessen hätte. Die Entscheidung fiel nicht schwer. Außerdem hatte ich noch das Feuerzeug in der Schachtel, die Vater mir gegeben hatte. Datum und Uhrzeit sollten sofort mit Ruß in den Felsen eingeschrieben werden. Dann aber begann ich zu überlegen, wie ich den Blick vor dem, was mit der Flamme sichtbar wurde, verschließen könnte. Wie verschloss man den Blick vor der Hölle? Gab es da einen Weg? Natürlich! An alle Sezierer dieser Welt denken! So manche Personen blickten genau in diesem Augenblick absolut kaltblütig auf die Körper, die sie mit bestimmt nicht zitternden Händen zerstückelt hatten, während ich mich fürchtete, der Dutzenden aufeinandergestapelten Leichen angesichtig zu werden. Waren sie dazu fähig, war ich es auch. Zumindest konnte ich das Feuerzeug anzünden und mich meiner Aufgabe widmen, ohne mich um die Leichen zu scheren. Ich würde den Kopf heben und den Felsen fixieren. Schließlich bestanden wir alle aus Fleisch. Bei Metzgern eines anderen Planeten wären wir kiloweise über die Theke gegangen. Wie der erste Fallschirmspringer stürzte ich mich kurz entschlossen in die Zukunft, hob den Kopf und ließ das Feuerzeug aufflammen. Ja, ich konnte sie fühlen, und meine Augen wussten, dass die Leichen da waren, doch ich hielt den Blick starr auf den Felsen gerichtet. Aber ich mochte das Feuerzeug in der Hoffnung, einen Rußfleck zu sehen, noch so lange an ein und dieselbe Stelle halten, es gab keine farbliche Änderung – oder ich sah keine. Der Felsen war feucht. Vielleicht funktionierte es deshalb nicht. Ich konnte nicht mehr, weil ich mir die Hand verbrannt hatte, und wollte das Feuerzeug gerade ausmachen, da verlor ich für einen Augenblick die Beherrschung, senkte den Kopf, und mein Blick ging geradeaus. Ich sah ein paar Brüste. Der Busen einer Frau… Ich nahm den Daumen vom Feuerzeug und saß wieder im Dunklen. Vor Augen aber standen mir die Brüste. Hals und Kopf der Frau lagen unsichtbar hinter den Beinen eines anderen Körpers. Ihr Unterleib ruhte auf einem Paar Beine, das wiederum jemand anderem gehörte, und verlor sich nach hinten gebogen im Dunkel. Wie die hölzernen Frauenfiguren am Bug von Piratenschiffen streckte sie sich nach vorn und nach oben. Ihr Rücken war gespannt wie ein Bogen. Deshalb traten Rippen und Brüste so stark hervor. Ich hatte nur den Ausschnitt zwischen Hals und leicht gewölbtem Bauch sehen können, der Rest der Frau existierte nicht. Die Knöpfe waren abgesprungen, so dass ihre Bluse zu beiden Seiten offenstand, die Brüste quollen aus einem weißen Büstenhalter heraus. Was ich während dieser einen Sekunde erblickt hatte, erregte mich dermaßen, dass ich am liebsten das Feuerzeug gleich wieder angeworfen und lange hingeschaut hätte, gern hätte ich die Brüste berührt. Sie waren aber für meine Hände unerreichbar, denn ich hätte mich vorbeugen müssen. Das bedeutete, die Fleischmassen zu meinen beiden Seiten würden einbrechen und den Raum zwischen dem Felsen hinter mir und meinem Rücken füllen. Vielleicht könnte ich die Schuhe ausziehen und sie mit den Zehen berühren. Oder die Möglichkeit ignorieren, dass die an meinen Schultern Lehnenden mir in den Rücken fielen, sobald ich den Platz räumte, und mich mit einem Ruck vorbeugen. Was hätte ich schon zu verlieren? Einen Freiraum von vielleicht dreißig Zentimetern. Auch glaubte ich kaum, dass die Leiche zu meiner Rechten sich bewegen würde. Gefaltet, als hätte sie keine Knochen, steckte sie zwischen dem Felsen und anderen Leichen fest. Die Leiche links aber fiele zweifellos, zumindest ihr Kopf. Ich geriet dermaßen außer mir, dass mir alles andere schnurz war, ich das Feuerzeug anwarf und auf die Brüste starrte. Gleich links daneben lag ein Gesicht. Ich hütete mich davor, hinzugucken. Dann tat ich es! Ich beugte mich vor, steckte zwei Finger in den Streifen in der Mitte des BHs und zog ihn hoch. Die Brüste befreiten sich vollständig aus dem gelockerten BH und sprangen vor. Der BH rutschte über die Brüste hoch zum unsichtbaren Hals der Frau und blieb kurz davor sitzen. Hinter mir ereignete sich unterdessen ein Erdbeben! Die Leiche zu meiner Linken glitt nicht nur mit dem Kopf, sondern mit dem ganzen Körper in den Freiraum zwischen meinem Rücken und dem Felsen. Meine Knie waren mir jetzt so nah, dass ich fast die Ellbogen daraufstützen konnte. Keine dreißig Zentimeter, mindestens einen halben Meter hatte ich an Platz eingebüßt! Die Beine konnte ich nicht weiter ausstrecken. Kurz überlegte ich, ob ich mich auf die Leiche, die nun hinter mir lag, setzen und damit Raum für meine Beine gewinnen könnte. Das erlaubte aber der Felsen über mir nicht. Er war nicht hoch genug. Und wozu das Ganze? Gleich sollte ich es erfahren! Ich legte das Feuerzeug beiseite und knöpfte mir die Hose auf. Ich hatte es so eilig, dass mir die Hände zitterten, es gelang mir nicht, den Reißverschluss herunterzuziehen. Schließlich stützte ich die Füße gegen die Leiche gegenüber, lehnte den Rücken an den Körper hinter mir, schwang mich mit einem Ruck hoch, öffnete den Reißverschluss und schob die Hose herunter. Im Dunkeln legte ich eine Hand auf die Brüste, deren Position ich mir gemerkt hatte, mit der anderen begann ich, mich in der Unterhose zu streicheln. Eiskalt war alles. Kälter als meine Hände. Und nichts geschah. Weder sammelte sich mein Blut da, wo es sollte, noch gelang es, mir vorzustellen, dass die Brüste, die ich berührte, die beiden Fleischteile waren, die mich kurz zuvor erregt hatten. Alles war total unwirklich! Alles! Dass ich mich dort befand, dass ich einer Leiche die Brust betatschte, dass ich mich selbst befummelte! Deshalb mühte ich mich, bis mir die Augen tränten, für etwas ab, das nicht geschehen würde. Mein Verlangen war in einem schwarzen Loch verschwunden, ohne die geringste Spur zu hinterlassen. Unmöglich, es zu finden und hervorzulocken. Ich saß auf dem eisigen Boden und knetete einen Schlamm, der unmöglich hart werden würde. Ich streichelte und kniff ein Paar tote Brüste wie irre und fühlte rein gar nichts dabei. Allerdings wollte ich mich nicht der Leblosigkeit geschlagen geben. Alles war tot genug, aber ich nicht! Es war schwierig, doch ich beugte den Kopf, zog die Füße unter mich und griff über meine Knie nach den Brüsten. Die Stirn lehnte ich gegen die Brust, von der ich meine linke Hand gezogen hatte. Langsam tastete ich mit dem Gesicht die Brust ab. Mit Brauen, Augen, Wangenknochen, Nase und Wangen. Jede Stelle meines Gesichts sollte die Brust, die kalt und hart wie Marmor war, berühren. Dann küsste ich die Stelle, von der ich mir vorstellte, dass dort die feinen grünen Adern des Marmors zusammenliefen. Meine Lippen teilten sich, und zwei Spitzen trafen aufeinander. Meine Zungenspitze wanderte über die Spitze der Brust und darum herum. Gemächlich ging ich vor, jeder Schritt schien sich Stunden hinzuziehen. Und ich saugte. Die Augen geschlossen, hing ich über meinen Knien. Eine Hand auf ihrer zweiten Brust, die andere an mir selbst. Zwei Lippen und meine Zunge waren an der Brustwarze beschäftigt, fünf Finger mit mir selbst, im selben Rhythmus. Nicht schneller, nicht langsamer. Als schliffe sie ein Messer, bewegte sich meine Faust auf und ab, und in ihr wuchs es warm. Es wurde größer und wuchs über meine Faust hinaus, Spalten entstanden zwischen meinen Fingern. Ich dachte an das schönste Mädchen der Welt. Und an die anderen … Wo und wer ich war, hatte ich verdrängt. Ich kniff die Augen zusammen und wartete auf den Moment. Der Moment, in dem alles vorbei wäre, würde kommen, und in meinen schmerzgequälten Körper und meinen Geist würde eine Lust strömen, die alles andere bedeutungslos machte. Schmerz und Lust fänden ein Gleichgewicht, so dass das Leben gleich einem Seil zwischen ihnen gespannt wäre und ich als Seiltänzer darauf Purzelbäume schlagen könnte. Ich spürte es. Ich konnte spüren, wie der Tropfen, der das Glas zum Überlaufen bringen würde, durch mich kugelte. Gleich würde meinen Leisten ein Fluss entströmen. Ich hielt die Luft an und bereitete mich mit all meinen Zellen auf den Moment vor, da in der nächsten Sekunde die Türen aufspringen würden, als mir eine bittere Flüssigkeit in den Mund lief. Klebrig, zäh und bitter! Erst dachte ich, es sei Blut. Was sonst sollte es sein zwischen all den Leichen! Selbstverständlich war es Blut! Wer weiß, welcher Stelle der Frau es entsprungen und bis zur Spitze ihrer Brust vorgedrungen war! Wer weiß, wie viel ich schon davon gesaugt, gar geschluckt hatte. Ich warf mich zurück. Ähnlich einem federnden Spielzeug schnellte ich von meinen Knien hoch, stieß mir erst den Kopf am Felsen und fiel dann rücklings auf die Leiche hinter mir. Mit einem Schrei rappelte ich mich hoch und wischte mir, kaum, dass ich auf den Fersen hockte, mit dem Handrücken den Mund ab und spuckte aus. Doch es war zu spät, denn ich hatte schon etwas heruntergeschluckt, und mochten es nur wenige Tropfen gewesen sein. Mir war nicht danach, auf dem Boden nach dem Feuerzeug zu tasten. Ich fingerte die Schachtel aus der Tasche, zog das zweite Feuerzeug heraus und entzündete es. Mein erster Blick galt meinen Händen. Etwas wie Blut war nicht daran. Da war nur eine nahezu transparente Flüssigkeit, leicht ins Gelbliche gehend, die zwischen meinen Fingern feine Brücken bildete. Auch der Saft, auf den ich aus war, hatte fast diese Farbe, was ich aber hier sah, stammte garantiert nicht von mir. Ich riss den Kopf hoch und beäugte die Brust der Frau. Da war es! Wie eine dicke Träne sickerte es aus der Brustwarze und fiel zu Boden. Das musste der letzte Tropfen gewesen sein, denn mehr kam nicht nach, nun war es trocken. Ich verstand gar nichts. Was ist das? Eine Krankheit? Eine Entzündung? Warum quillt das aus der Brust einer Frau? Stopp! Ich war so hart gegen die Wand geprallt, dass ich innehalten musste. Alles war plötzlich klar, und meine Schultern sanken unter der Last. Die Brust, an der ich gesaugt hatte, gehörte der schwangeren Frau. Der Frau, die ihr Kind »Rastin« nennen wollte, sollte es ein Junge werden. Im vierten Monat sei sie schwanger, hatte sie gesagt. Ihr Körper hatte längst begonnen, sich auf die Ankunft des Babys vorzubereiten, aber nicht damit gerechnet, auf halber Strecke zu sterben. Was ich gesaugt hatte, hatte sich in der Brust für einen Menschen gesammelt, der nie geboren werden würde. Zum ersten Mal im Leben war mir Muttermilch durch die Kehle geronnen. Meine eigene Mutter hatte es versäumt, doch endlich hatte mich jemand gestillt. Was sollte ich denken, was fühlen … Ich war mir nicht einmal sicher, ob ich mich schämte. Das Feuerzeug beleuchtete alles ringsum, ich aber hatte den Kopf gesenkt und sah nichts. Die Hose hing mir an den Fesseln, ich saß darauf. Ich ließ das Feuerzeug zuschnappen und steckte es mir zwischen die Zähne. Ich richtete mich ein wenig auf, schob mit Mühe die Beine vor und lehnte den Rücken an die Leiche hinter mir. Die Beine so weit wie möglich ausgestreckt, zerrte ich die Hose und den Reißverschluss hoch und schloss den Knopf. Noch einmal stemmte ich mich auf, zog die Beine unter mich und ließ mich auf die Fersen nieder. Nun nahm ich das Feuerzeug zwischen den Zähnen heraus, steckte es in die Tasche, schloss die Augen und hielt die Luft an. Ich wartete. Darauf, dass das Ziffernblatt vor meinem Geist erschien. Doch nichts geschah, in meinem zappendusteren Geist wollte sich das Bild nicht einstellen. Egal, wie lange ich den Atem anhielt, weder vor noch hinter meinen Augen tauchte das Ziffernblatt auf. Da stürzte ich einen Stock tiefer in die Hölle. Denn mir wurde klar, dass ich unfähig war, mich der Stunde meiner Ankunft in der Hölle zu entsinnen. Was ich soeben erlebt hatte, hatte meinen Geist derart zerrüttet, dass nichts als Jammer mehr darin war. Der Jammer nahm so viel Raum ein, dass mein Verstand alles andere ausgemistet hatte, um Platz für ihn zu schaffen, auch meine Ankunftszeit.

Nun konnte ich den Verstand verlieren, und ich tat es. Ich fing an, mich zu schlagen. Mich zu ohrfeigen! Dann hämmerte ich auf die Leichen ein. Ich hieb mit Fäusten nach allem, was mir unterkam. Auf Beine, Bäuche, Rücken, Brüste und auf Stellen, von denen ich mir denken konnte, was sie waren, es aber nicht denken wollte. Ich war außer mir. Ich schrie und bearbeitete mit meinen Händen die mit Haut bezogenen Trommeln, die mich belagerten. Ich wippte auf den Fersen auf und ab und schlug meine Beine, die gekrümmten Knie und die Leisten! Ich prügelte auf das Stück Fleisch ein, an das ich mich in der Vorstellung der Lust, von der ich mir eine Linderung meines Jammers versprochen hatte, verzweifelt geklammert hatte. In dem engen Kerker bearbeitete ich die ganze Welt, die ich besaß, mit Fäusten. Nichts hatte mehr Gewissheit für mich, weder die Vergangenheit noch sonst etwas! »Vielleicht bist du seit Tagen hier!«, schrie ich. »Woher willst du das wissen?« Tatsächlich, wer sollte mir das sagen, wenn ich selbst es nicht wusste? Vielleicht hockte ich schon wochenlang dort. Ja, nur so ließ es sich erklären. Hätte ich mich sonst je zu Sex mit einer Leiche hinreißen lassen? Selbstverständlich nicht! Aber hätte dann nicht längst alles verwest sein müssen? Ich zerrte das Feuerzeug so ungestüm aus der Tasche, dass sie aufriss. Ich weiß nicht, was ich zu sehen hoffte, wenn ich es entzündete. Wäre es besser, Verwesung vorzufinden oder einzusehen, dass ich, noch bevor sie verwesten, dem Wahn so sehr verfallen war, es mit einer Leiche treiben zu wollen? Was war besser? Das würde sich zeigen, sobald das Feuerzeug aufflammte. Entweder sähe ich, dass sie verwest waren, oder ich musste hinnehmen, dass ich innerlich verfault war! Ich holte tief Luft, entzündete das Feuerzeug und schlug die Augen auf. Ich beäugte alles. Alles! Ihre verblassten Augen! Ihre violett verfärbten Lippen! Ihre blutigen Nasen! Ihre zerfetzte Haut! Ihre aus dem Fleisch stechenden Knochen! Was das Leben mir zeigte, musterte ich genau. Gar nichts war verwest. Also war ich es, der verrottete. Denn die Geschichte meiner Beerdigung lag vor der aller anderen. In der Nacht, als Mutter mich wie einen Stein verscharren wollte, hatte ich zu verrotten begonnen. Ich verweste schon seit fünfzehn Jahren! Ich hasste Mutter so sehr, dass ich die Flamme des Feuerzeugs an die Brustwarze hielt, deren Milch ich kurz zuvor getrunken hatte, und darauf wartete, dass sie brannte. Das Warten befeuerte meinen Hass, auf beide Brüste setzte ich Brandwunden. Es gab keine Anfangsstunde mehr, die ich mit Ruß hätte schreiben können, also sog ich den Rauch ein. Als der Rauch alles durchwandert hatte, wohin er unter meiner Haut dringen konnte, und durch die Nasenlöcher wieder hinausfuhr, taxierte ich ein Depot Menschen. Andere Menschen kamen mir in den Sinn. Andere Menschen, die durch das Depot im Staubweg gewandert waren … In dem Rauch, der mir aus der Nase kroch, sah ich das schönste Mädchen der Welt. Dann die anderen Mädchen … Die Mädchen, die ich vergewaltigt hatte, auch wenn es nicht nach Vergewaltigung ausgesehen hatte … »Aha!«, sagte ich. »So rächt man sich also!« Denn ich hatte verstanden. Sie waren es, die mir dieses Paar Brüste, von dem sie genau wussten, dass ich mich darüber hermachen würde, vor die Nase gesetzt hatten, mir meinen Sarg noch enger und mich vergessen machten, was ich um keinen Preis vergessen durfte. Das taten sie aus Rache! »Siehst du wohl!«, sagten sie. »Du wolltest uns berühren. Aus Angst oder weil wir tot waren, ließen wir das geschehen. Am Ende sind aber nicht wir durchgeknallt, sondern du! Du!« Ich hielt dagegen: »Das ist nicht genug! Dieser Schmerz reicht nicht! Gebt mir mehr davon! Mehr!« Doch es kam keine Antwort. Wer auch immer »Mehr!« gerufen hatte, schwieg. Womöglich hatte er durch einen schlüssellochgroßen Spalt mein Tun beobachtet und sprach nicht weiter mit mir, weil ihm aufgegangen war, was für ein Monster ich war. Selbst dieses einzige Wort verweigerte er mir. Oder er war verreckt. War da, wo er eingequetscht war, am eigenen Blut erstickt und zu einem weiteren Stein in der Pyramide aus Fleisch um mich herum geworden. Es kümmerte mich nicht. Ob tot oder lebendig, er war mir piepegal. An seiner Stelle könnte ich grölen. Mit Blick in die Leichengesichter, die im Licht des Feuerzeugs starben und wiederauferstanden, könnte ich »Mehr!« schreien. So viel ich wollte! »Mehr!« Bis mir die Kehle zerriss! »Mehr! Na los doch! Gibt's nicht mehr? War das schon alles? Mehr, auf, auf! Gebt mehr von dem, was ihr gebt! Was auch immer es sei, mehr davon! Mehr! Mehr! Mehr!«

Gazâ! Beruhig dich und mach das Feuerzeug aus. Schließ die Augen und halt die Luft an. Die gesuchten Zahlen lauten 3 und 15. Es war Viertel nach drei, als du hierhergekommen bist, und das war vor zwölf Stunden. Ich helfe dir ein letztes Mal. Mir scheint, du wirst meine Stimme nicht wieder hören. Denn du hast es nicht verdient. Jetzt ausatmen. Mach's gut.

Ach so? Du lässt mich hier allein? Na gut. Geh nur. Tu, was du für richtig hältst! Ich hab deine Stimme also nicht verdient! Okay. Lass mich nur hier! Hau ab! Ich brauche nichts! Ich überlebe auch ohne dich! Vielleicht verliere ich den Verstand, aber ich überlebe! Ich werd nicht abkacken wie du! Ich hab noch ein langes Leben vor mir, Cuma … Cuma! Warst du das? Hast du von Anfang an »Mehr!« gerufen? Cuma! … Cuma!

Ich dachte an Dordor und Harmin, denen es nie gelungen war, an Land zu gehen, stets waren sie darunter geblieben. Oder ich bildete mir das ein. Oder ich schlief und verfolgte die Träume, die mir, einander am Schwanz packend, um den Kopf wirbelten. Mir war nicht mehr klar, ob ich wachte oder schlief. Mit dem Feuerzeug setzte ich alle zwölf Stunden ein Brandmal auf ein Bein, von dem ich nicht wusste, wem es gehörte, daran konnte ich die vergangene Zeit ablesen. Einem Rücken hatte ich, wiederum mit dem Feuerzeug, in Brandfarbe 03:15 eingeschrieben. Hinsichtlich Uhrzeit und Datum hatte ich also kein Problem. Außerdem brüllte ich mir mit dem Gedanken, es könnte jemand hören, zu jeder vollen Stunde mindestens fünf Minuten lang die Seele aus dem Leib. In der Tasche einer der Leichen hatte ich eine ungeöffnete Kekspackung gefunden. Alle vier Stunden schob ich mir einen in den Mund, ließ ihn mir in einer wiederum mindestens fünfminütigen Zeremonie auf der Zunge zergehen und machte mir vor, gesättigt zu sein. Auch schluckte ich weiterhin das durch Menschenfleisch destillierte Regenwasser … Ich wusste zwar nicht, was ich im Wachen und was im Schlafen tat, hatte aber ein nahezu geregeltes Leben. Den Sklavenhändler hatte es zuletzt auf eine einsame Insel verschlagen, und er hatte sich eingewöhnt! Andererseits begegnete ich in den Momenten, da ich gezwungen war, das Feuerzeug aufflammen zu lassen, einem Anblick, an den sich niemand jemals gewöhnen könnte! Ja, es gab Momente, da ich mir Kraft zusprach, indem ich an professionelle Sezierer dachte, doch es nützte nichts mehr. Kein Pathologe übernachtete mit den Leichen im Leichenschauhaus. Das aber tat ich. So erlebte ich aus nächster Nähe mit, wie sie aufblähten. Vor allem Gesichter und Bäuche schwollen an, ihre Haut spannte, winzige Fliegen umschwirrten mich. Erkannten sie, dass ich nicht tot war wie die anderen, bedauerten sie das kurz und verschwanden wieder in die Dunkelheit, aus der sie gekommen waren. Auch ich lebte dort. Da ich keinen Zufluchtsort hatte, nahm ich Zuflucht in der Dunkelheit.

Alle Dinge, jeder Fleck und jede Person stanken bestialisch, ich presste mir zwei Stück Stoff, die ich permanent feucht zu halten versuchte, auf die Nase. Meine Lippen trockneten aus, weil ich durch den Mund atmete. Das war aber nicht weiter schlimm. Schlimm war, dass, wenn ich schlief, die Fliegen, die es gewohnt waren, in offene Münder hineinzuschlüpfen, auch mich und meine Mandeln besuchen könnten. Deshalb hatte ich mir einen Schal um den Kopf gewickelt, der Mund und Nase bedeckte. Ich weiß nicht, ob er den entsetzlichen Gestank abhielt, doch mir kam es so vor. An Stoff herrschte kein Mangel. Kleidung gab es reichlich. Schuhe, Hemden … Sogar ein Mantel. Alles war eine Sache des Stoffs! Wenn ich wollte, könnte ich ziehen, zerreißen und alles an mich nehmen. Doch die drei Pullover, die ich übergestreift hatte, reichten mir. Ein Jackett und eine dicke Wollweste hatte ich unter mich gebreitet. Erfrieren würde ich nicht. Es könnte allerdings tödlich sein, die farblich changierenden Leiber der Menschen anzusehen, die nackter wurden, je mehr ich sie der Kleidung beraubte. Deshalb hielt ich die Augen meist geschlossen. Auch wenn das Leben uns schwarz schraffierte, weil es ein Leben wie das unsere nicht ausradieren konnte, und wir somit im Stockdunklen hockten.

Seit einhundertsieben Stunden war ich hier. Meine Beine waren zu Holzstücken mutiert. Das Blut darin war kein Fluss mehr, sondern Schlick. Vor lauter Stillstand hatte sich Schlamm abgesetzt. So zogen sich meine Beine in den eigenen inneren Morast zurück, und mein Fleisch wurde schwer. Ich konnte noch so viel reiben, massieren und daraufschlagen, das Blut kam nicht in Gang. Wenn der hässlichste See der Welt ein zu beiden Seiten abgeschnittener Fluss war, dann waren die totesten Beine in diesem Loch hier meine. Die letzte Lösung bestand darin, mich auf die Leiche hinter mir zu stützen, die Beine anzuheben, so weit wie möglich auszustrecken und in die Pedalen eines unsichtbaren Fahrrads zu treten. Diese Übung erwies sich als nützlich, immerhin hatte ich für einige Minuten das Gefühl, dass die Beine wieder zu mir gehörten. In jener engen Höhle war alles, das mir gehörte, dermaßen bereit, mich zu verlassen, dass ich große Kämpfe führen musste, es bei mir zu behalten. Denn mein Verstand, meine Beine, mein Leben, sie warteten nur auf die Gelegenheit, mich zu verlassen und sich davonzustehlen! Das wusste ich! Sie warteten darauf, dass ich schwach und kampfunfähig wurde. Als hätten wir nicht all die Jahre zusammengelebt und alles geteilt! Sie gierten danach, mich zu verraten, und schrien: »Wir sind dir nicht treu!« Wenn selbst der Verstand eines Menschen darauf lauerte, ihn zu verraten, worauf war dann noch Verlass in dieser Welt? Auf den Verstand anderer? Nie und nimmer! Damit hatte die Leiche hinter mir ihr Leben im Depot verbracht. Sich auf den Verstand anderer zu verlassen … Ich hatte sie fest umwickelt und zu einer

Mumie gemacht. Dabei hatte ich ihr Gesicht gesehen und den Sohn des Alten erkannt. Er hatte sich zunächst auf den Verstand seines Vaters verlassen, dann auf den von Rastin! Ich hatte mit eigenen Augen gesehen, wie dieser Köter, der sich nach dem Verstand anderer richtete, naiv seine Sklavereien wechselte. Was hatte es ihm genützt, sich auf andere zu verlassen? Hatte er davon profitiert? Hatte er weniger Fehler gemacht? Keinesfalls! Doch er hatte weniger hinter seinen Fehlern gestanden, vielleicht hatte er in den Tagen im Depot nie irgendeine Verantwortung gespürt. Eigentlich sagte der seltsame Frieden auf seinem Gesicht, das ich mit einer dünnen Weste umwickelte, schon alles. In seiner Miene stand der Ausdruck jener, die ihr Leben lang keine eigene Wahl getroffen hatten. Ein nie von Verantwortung berührtes Gesicht und Muskeln, die nie von freiem Willen bemüht worden waren … Aha! Dazu hatte es ihm also gedient, sich auf den Verstand anderer zu verlassen! An dem Tag, da er aufgehört hatte, selbst Entscheidungen zu treffen, und davon überzeugt war, die Beschlüsse anderer umsetzen zu müssen, fiel ihm eine Last von den Schultern, so schwer wie die aller Wahlen, die es ein Leben lang zu treffen galt, in gewisser Weise fühlte er sich sogar befreit. Wie alle Menschen war auch er umzingelt von der Notwendigkeit zur Welt gekommen, immer wieder eine Wahl zu treffen. Um den Preis, zum Werkzeug zu werden, hatte er es aber gewagt, seinen Willen abzugeben, und damit die Umzingelung durchbrochen. Er war herausgetreten aus der Verantwortung! Indem er sich nicht auf den eigenen, sondern auf den Verstand anderer verließ, hatte er seinen Geist nicht mit Leben beschmutzt und war, da er immer nur auf Befehl handelte, von niemandem hinterfragt worden. Vor allem nicht vom eigenen Gewissen!

Gehorsam bedeutete für den, der seinen Willen aufgab, die Freiheit, alle Fehler der Welt zu machen! Gehorsam war eine herrliche Methode, Verbrechen zu begehen, zu denen man sich auf eigene Faust nie getraut hätte! Gehorsam war ein Traum, zu dem man jeden Tag als ein anderer erwachte! Ein Traum, in dem man sich als unaufhörlich tätig erlebte, aber wusste, dass man es in der Realität nicht selbst tat. Gehorsam war ein Wunder! Er konnte einen gewöhnlichen Menschen dazu bringen, eine Atombombe abzuwerfen, und anschließend die ganze Welt glauben machen, dieser Mensch sei unschuldig. Gehorsam war das Gegengift gegen Schuldgefühle und Gewissensbisse. Alle sollten gehorchen! Wir alle sollten jemanden zum Gehorchen finden und ihm die Schuld geben! Selbst wenn wir Führer eines Landes oder einer Kinderbande waren, sollten wir jemanden zum Gehorchen finden. Um unsere geistige Gesundheit zu bewahren. Selbst wenn wir ein zutiefst einsamer Herrscher wären, wenn es keinen einzigen Menschen in unserer Umgebung gäbe, der uns Anweisungen erteilen konnte, sollten wir doch Mittel und Wege finden, jemanden zum Gehorchen aufzutun. Dafür war Gott da! Damit all die Könige, Imperatoren, Diktatoren und Staatspräsidenten auf der Welt jemandem gehorchen konnten! Damit sie die Waschlauge namens Gehorsam über ihr Gewissen gießen und sagen konnten: »Alles kommt von Gott!«, um ruhig zu schlafen! Nur Anführer konnten Gott allein gehorchen. Denn alle anderen Menschen setzten die Anweisungen Gottes wie auch die des Anführers um. Die Frage war nur, wem man gehorchte. Einmal die Wahl treffen und für alle künftigen Wahlmöglichkeiten befreit sein! Das war ein wenig wie beim Pferderennen. Man musste seinen Willen auf den Richtigen setzen. Es musste ein Führer sein, der sich in keiner Krise an sein Volk wenden und sagen würde: »All das ist eure Schuld!« Sondern er musste all den auf ihn gesetzten Willen nehmen und vollständig ausschöpfen, und seinen eigenen Willen musste er einem Gott unterstellen, der ihn garantiert nicht zur Rechenschaft zöge. Damit konnte er die Verantwortung für alle in seinem Land begangenen Verbrechen gleich Industrieschrott ins All schießen. Eine Gehorsamskette garantierte, dass man vor Gewissensbissen nicht den Verstand verlor und als Gesellschaft sauber blieb. Ich hatte meinem Vater gehorcht. Auf seinen Verstand hatte ich mich verlassen und mich selbst aufgegeben. Später war dann allmählich der Dreck namens freier Wille in mir erwacht und hatte mich veranlasst, eine Reihe Entscheidungen zu treffen. Und was hatte es mir genützt, mich auf den eigenen Verstand zu verlassen? Hatte ich weniger Fehler gemacht? Gewiss nicht! Darüber hinaus war ich in eine Lage geraten, bei der ich sogar für mein Atmen verantwortlich war! Ich hatte das Ruder meiner Welt übernommen und sie so tief versenkt, dass ich unter anderen Menschen zu liegen gekommen war. All die Köpfe, auf die ich mich nicht verlassen hatte, erstickten mich nun. Mein freier Wille hatte mich in eine Zelle aus Fleisch gesperrt. Unter der Weste, die sein Gesicht verhüllte, musste der Sohn des Alten mich auslachen! Ich war überzeugt davon, dass er mich verspottete! Vielleicht tat ich ihm auch leid. Deshalb verstimmte es ihn nicht, dass ich meinen Rücken an ihn lehnte. Auch ich ärgerte mich nicht über ihn. Ich war nicht wütend. Eigentlich war ich gar nichts. Ich empfand nichts. Ich steckte in einer Traumwelt aus Erinnerungen … Die guten versuchte ich mir zu vergegenwärtigen. Gute Erinnerungen. Es waren nicht viele, doch sie flogen mich von irgendwoher an. Vor allem lösten sie sich aus den

Zeiten, die ich mit Dordor und Harmin verbracht hatte, und segelten mir wie Blätter in den Kopf. Gerade dachte ich an Maxime. Mir fiel ein, wie ich gelacht hatte …

Eines Tages fand Harmin bei einem der Illegalen in seinem Boot eine versteckte Kamera. Zuerst hatte er geargwöhnt, es könnte sich um einen Spionageastronauten handeln, entsandt von einem rivalisierenden Verbrecherplaneten. Die Erkenntnis, dass der Mann Journalist war, beruhigte ihn. Es war ein französischer Journalist namens Maxime, der die Wege illegaler Migration recherchierte und herauszufinden versuchte, wie man im Osten in ein Loch hineinschlüpfen und im Westen aus einem anderen wieder aussteigen konnte. Mit einem Linienflug kam er von Paris nach Bagdad, dort gab er seinen Pass auf und schickte ihn als Frachtgut nach Paris zurück. Dann stellte er sich dem nächstbesten Schleuser als Georgier vor, der nach Frankreich wolle. Der Trottel schöpfte keinen Verdacht, als er das Bündel Scheine vor den Augen wedeln sah, und willigte ein. So trat Maxime die Reise an, auf der er glaubte, das größte Geheimnis der Welt zu lösen. Man stellte ihn einer fünfköpfigen Gruppe bei und setzte ihn ohne Umweg über uns direkt ins Boot. Harmin mit seinen Detailjäger-Augen aber spürte, dass bei Maxime etwas nicht stimmte, und entdeckte die kleine, im Trageriemen seines Rucksacks verborgene Unstimmigkeit instinktsicher. Die Enttarnung jagte Maxime einen solchen Schrecken ein, dass er, um Harmin für den Moment zu entgehen, mitten auf dem Meer vom Boot sprang und losschwamm, ohne zu wissen wohin. Harmin hatte sich eine Zigarette gedreht, angesteckt und in aller Ruhe die verzweifelten Kraulzüge des Franzosen im offenen Meer beobachtet. Nach einer Weile packte er den Journalisten, der vor Erschöpfung beinahe ertrunken wäre, und zog ihn an Deck, rettete ihm das Leben. Maxime glaubte, an Ort und Stelle umgebracht zu werden, kam aber mit einer äußerst fairen Tracht Prügel davon, die beide Augen gleichermaßen blau machte, und sah sich einem völlig unerwarteten Angebot gegenüber. »Okay!«, sagte Harmin. »Ich versteh das, macht nichts. Du willst also die Hintergründe wissen … Aber mit einer versteckten Kamera geht das nicht! Wir machen das so: Du bezahlst uns, und dann drehst du eine Doku mit uns. Du kannst fragen, wonach du willst, und wir erzählen's dir. Dann bist du wenigstens die Sorge los, wo du die bekloppte Kamera unterbringen sollst!« Erst wollte Maxime seinen Ohren nicht trauen, dann sagte er, er brauche einen Kameramann und einen Tonmeister, und wollte einen französischen Fernsehsender anrufen, dem er die Dokumentation zu verkaufen gedachte. »Unnötig«, entgegnete Harmin, »das erledigen wir, besorg du die Knete«, und schloss Maxime in der Kajüte ein. Wenige Tage darauf erhielt Harmin auf die bei befreundeten Dieben in Auftrag gegebene Bestellung hin eine Profikamera mit Mikrofon, das wie ein Katzenkadaver an einer Lanzenspitze baumelte, und alle nötigen technischen Teile ausgehändigt. Maxime ging begleitet von Dordor in die Stadt, hob die verlangte Summe ab, und alles war bereit. Natürlich wollte Maxime nicht allein die Feinheiten des Schleuserwesens kennenlernen. Er suchte vor allem nach einem humanitären Drama! Einer Nachricht über Menschen, die ihm dann zu Hause die Hände mit ein paar Auszeichnungen und seine Taschen möglichst mit ein paar Geldscheinen füllen und zugleich den Europäern das Gewissen erleichtern würde. Deshalb war die Dokumentation ein Traum für Maxime. Er war an der richtigen Adresse. Wir hatten all das zu bieten: Menschlichkeit, Drama, alles! Kinder, die unterwegs hungern mussten, vergewaltigte Frauen, Alte, die einem Herzanfall erlagen und ins Meer geworfen wurden … Wir waren ein großer Zirkus der Menschlichkeit! Ja, der Franzose war unbedingt an der richtigen Adresse! Aber zur falschen Zeit. Denn es war mein Geburtstag und Maxime ein ahnungsloser Teil meines Geschenks. Natürlich wusste auch ich nichts davon. Sehr viel später erst erfuhr ich, was geschehen war. Dordor und Harmin hatten mir nur gesagt: »Komm morgen früh zur Fuchsbucht. Unter keinen Umständen darfst du lachen!«

Als ich am nächsten Morgen in die genannte Bucht kam, bot sich mir folgendes Szenario: Dordor und Harmin hatten sich Skimasken übergezogen und hockten auf den Felsen, ihnen gegenüber stand ein blonder Mann mit geschulterter Kamera, später sollte ich erfahren, dass dies Maxime war. Bei ihnen waren zwei recht dunkelhäutige Männer, die, was ich wiederum später erfuhr, das Diebesgut besorgt hatten. Einer trug Kopfhörer und ein großes Mikrofon, der andere untersuchte den Reflektor in seiner Hand. Als sie mich erblickten, stürzten Dordor und Harmin auf mich zu, verbeugten sich mit ihren mächtigen Leibern vor mir und küssten mir die Hände. »Nicht lachen!«, mahnten sie. »Guck streng! Putz uns runter!« Ich war entgeistert, gehorchte aber. Maxime beobachtete all das mit nahezu bis unter die Haare gehobenen Brauen und eilte auf Harmins Ruf hin herbei. Sie sprachen Englisch. Es dauerte nicht lange, da verbeugte auch Maxime sich und küsste mir die Hand. Als sie mir später alles erklärten, lachte ich so, dass ich fast vom Hocker fiel. Ich mit meinen damals zwölf Jahren war ein Kinderschamane, der geistige Mentor aller Schleuser an der Ägäis! Die gesamte Verbrecherwelt dort hielt mich für einen Halbgott, und niemand fuhr ohne meinen Segen aufs Meer hinaus. Als Maxime fragte: »Aber wie hat der uns jetzt in dieser Bucht aufgespürt?«, lautete Harmins Antwort: »Er weiß alles. Seine Augen sind überall.« Daraufhin hatte Maxime, der glaubte, nun mitten in sein erträumtes Paradies *irrer Verbrecher* geraten zu sein, sich mit größtem Respekt verbeugt und meine Hand geküsst … Es gab nur ein Problem. Der kindliche Schamane duldete keine Aufnahmen, und ohne seine Erlaubnis war nichts zu machen. Verzweifelt fragte Maxime, ob man mich nicht irgendwie umstimmen könne. Daraufhin wandte Dordor sich an mich und fragte: »Erinnerst du dich an die Geschichte, die du geschrieben hast?«

Da ich in meinem ganzen Leben nur eine einzige Geschichte geschrieben hatte, erinnerte ich mich daran.

»Ja.«

»Genau die drehen wir jetzt!«

»Wie das?«

»Wir drehen einen Film! Wir machen einen Film aus deiner Geschichte. Und du spielst mit!«

In meinem stockfinsteren Loch erklang Dordors Stimme. Mir wurden die Augen feucht, als ich sie hörte, und ich spulte meine Erinnerung weiter ab.

»Du hast heute Geburtstag, Junge!«, sagte Harmin. »Und das ist dein Geschenk! Ein eigener Film! Gefällt es dir?«

Selbstverständlich gefiel es mir! Ich war völlig aus dem Häuschen! »Lass es dir noch nicht anmerken, nicht lachen!«, mahnte Harmin. Ich setzte eine finstere Miene auf, konnte aber vor Aufregung nicht ruhig stehen bleiben. Die einzige Möglichkeit, den Kinderschamanen dazu zu bringen, die Dokumentation zu erlauben, war es, einen Film für ihn zu drehen! Als Maxime das hörte, wusste er zuerst nicht, was er sagen sollte, doch dann malte er sich vermutlich aus, wie er in einem riesigen Saal auf der Bühne stehen würde, in der Hand den Preis, vor einem klatschenden Publikum, denn er sagte: »Okay!«

Die Idee zu diesem Geschenk, also mir einen Film zu schenken, war Harmin in den Sinn gekommen, als er Maxime beobachtet hatte. Während Maxime dachte, er könne davonschwimmen, sich im Meer abstrampelte und Harmin ihn dabei beobachtete, Zug für Zug sein Haschisch rauchend. »Wenn Gazâ Geschichten so liebt, dann schenken wir ihm doch eine Geschichte«, hatte Harmin gedacht. »Obendrein drehen wir die, und das soll dieser Typ tun! Natürlich nur, falls er tatsächlich so gut im Umgang mit der Kamera ist, wie er behauptet!« Dann hatte er sich die Doku-Lüge ausgedacht und, als er sah, dass Maxime tatsächlich alle für den Dreh notwendigen Geräte bedienen konnte, »Alles klar!«, gesagt. »Wunderbar!« In einem Zug, so lang wie eine Haschischzigarette dauerte, hatte er die Idee des Films als Geschenk geboren und auch gleich den Regisseur gefunden. Meeresluft öffnete tatsächlich den Geist!

Es gab bei meiner Geschichte nur einen Haken. Der Ort … Im Grunde war meine Geschichte so simpel, dass wir gleich mit dem Dreh hätten starten können. Dazu war sie so schräg, dass Maxime denken könnte, sie falle in das Genre zeitgenössische Kunst und wäre dementsprechend irgendwo als *video art* zu vermarkten. Doch leider spielte die Geschichte in Kappadokien. Und zwar am Himmel! Alles fing mit einem Jungen an, der nach Kappadokien kommt. Der Junge mietet einen Ballon und steigt wie ein gewöhnlicher Tourist zu einer Sightseeingtour auf. Kurz darauf aber setzt er dem Ballonführer ein Messer an die Kehle und sagt: »Wir hauen ab!« Der

Junge entführt also den Ballon. Der Mann fragt: »Wohin?« Der Junge schickt den Blick weit in den Horizont hinein, sagt: »Keine Ahnung… Wo immer wir landen, dorthin!«, und damit endete die Geschichte. Ich hatte Kappadokien nie gesehen. Nur ein Foto in einer Zeitung. Ein Foto, auf dem Dutzende Ballons über den Feenkaminen schwebten… Wir waren nun aber nicht in Kappadokien, und einen Ballon würden wir auch nicht auftreiben können! Deshalb hatte Harmin gesagt: »Schreib eine Fortsetzung! Denk dir was aus!«

»Okay«, sagte ich. »Dann machen wir das so… Der Junge kommt hier in diese Gegend, hier irgendwo landet der Ballon. Du bist der Ballonführer. Während der Reise sind der Junge und der Ballonführer Freunde geworden.«

»Gut!«, sagte Harmin. »Und dann?«

Die Hand am Kinn grübelte ich eine Weile und ließ jeden Unsinn vom Stapel, der mir in den Sinn stolperte.

»Dann soll Dordor auftreten! Er ist der Ballonbesitzer! Vielleicht hat er einen seiner Männer dabei. Sie haben uns verfolgt und wollen ihren Ballon zurück. Sie suchen im Wald nach uns. Und eines Tages…«

Der Akku war leer…

»Eines Tages, was?«, hakte Harmin nach. »Was geschieht eines Tages?«

Da fiel mir Harmins Boot ein. Und all die Illegalen.

»Eines Tages treffen sie sich im Wald und reden. Also, beide Gruppen setzen sich hin und reden. Der Ballonbesitzer erkennt, dass der Ballon beschädigt und nicht mehr zu gebrauchen ist. Er wird total traurig. Der Junge sagt, er soll nicht traurig sein, denn wenn sie die Reise jetzt gemeinsam fortsetzen, würde er alles vergessen, und all sein Kummer würde verfliegen. Der Mann ist beeindruckt. Jetzt tun sich alle vier zusammen, entführen ein Boot und fahren aufs Meer hinaus. Wie wär's damit?«

»Fantastisch!«, befand Harmin. »Perfekt!«

Aber ich war gerade erst in Fahrt gekommen.

»Dann treffen sie noch andere, und die überreden sie auch, sich ihrer Reise anzuschließen. Zusammen entführen sie ein Flugzeug. Dann finden sie wieder andere, vereinen sich mit denen und reisen gemeinsam. Am Ende vereinen sie sich mit allen, die sie treffen, bald sind sie Millionen von Menschen und reisen immer weiter. Die Reise ist nie zu Ende! Niemand bleibt stehen. Sämtliche Menschen auf der Welt schließen sich ihnen an, und Milliarden von Menschen machen Seite an Seite diese unendliche Reise. Weil alle in dieselbe Richtung gehen, gibt es keine Probleme. Weil alle dasselbe Ziel haben, gibt es keinen Streit und keine Kriege. Stell dir das mal vor, Milliarden von Menschen, Seite an Seite, gehen in eine Richtung!«

Was ich erzählte, stand Harmin genauso deutlich vor Augen wie mir, er fragte: »Und wohin gehen sie?«

»Alle woandershin!«

»Ich denke, sie gehen Seite an Seite und in dieselbe Richtung?«

»Ja genau! Sie gehen Seite an Seite. Aber sie sterben natürlich irgendwann. Weil sie ihr ganzes Leben lang gehen. Deshalb geht eigentlich jeder woandershin. Wo sie sterben, dahin gehen sie!«

Harmin lachte und nahm mich in den Arm … Dann sagte er: »Okay, wir drehen jetzt erst mal den Teil bis zu dem Boot. Den Rest machst du, wenn du groß bist.« Er rief Maxime.

Und wir drehten unseren Film … Die Kapitel Begegnung im Wald und Entführung eines Boots aus der Riesenreisegeschichte, die mit einem Schritt eines Jungen begann und sich später über die ganze Menschheit erstreckte, drehten wir an einem Tag ab. Am Ende händigte Maxime mir eine Kassette aus und sagte das einzige Wort Türkisch, das er gelernt hatte: »*Tamam?*«

»Okay!«, sagte ich.

Maxime drehte sich um und sah Harmin an. Nun war es Zeit für die Dokumentation. Harmin nickte ihm zu und schaute dann zu mir.

»So«, sagte er. »Ab nach Hause! Dordor bringt dich hin. Herzlichen Glückwunsch zum Geburtstag!«

Auf dem Rückweg löcherte ich Dordor mit Fragen, was aus Maxime werden würde, doch eine Antwort erhielt ich nicht. Erst ein paar Monate später, eines Nachts, als Harmin in die Sterne schaute und sinnierte, erfuhr ich: Sie hatten Maxime dorthin zurückgeschickt, woher er gekommen war. Nicht nach Frankreich, sondern in den Irak. Sie fesselten ihn, steckten ihn in einen Lkw und sahen ihn nie wieder. Als ich dann fragte: »Haben sie ihn umgebracht?«, sagte Harmin: »Nein. Er wurde *Tauschobjekt.*«

»Was heißt das denn?«, fragte ich, und er erzählte.

Personen mit *kostbaren* Staatsangehörigkeiten und Berufen wie Maxime wurden auf dem Geiselmarkt des Nahen Ostens verkauft. Der Ort namens Kompensationsgeiselmarkt lag in einer unbekannten Region, vermutlich in einem Depot wie dem unseren. Und in dem Depot befanden sich Menschen aller Nationen von Nasen, die je in den Nahen Osten hineingesteckt worden waren. Man bevorzugte natürlich Deutsche, Engländer, Franzosen und Amerikaner. Dann kam irgendeine Organisation und kaufte auf dem Geiselmarkt einen Staatsbürger des Landes, mit dem es gerade ein Problem hatte, um erpressen zu können. So erklärte zum Beispiel eine Organisation, die ein Problem mit Frankreich hatte, sie habe einen französischen Journalisten in ihren Händen, und nannte ihre Forderungen. Deshalb bunkerte der Markt, der aufgebaut worden war, um Geiseln für Austauschgeschäfte zu besorgen, vor allem Journalisten von Wert. Im Grunde änderten sich die Werte auf dem Geiselmarkt je nach den Entwicklungen der Weltpolitik genau wie an einer Börse ständig, manche Staatsbürgerschaften aber verloren nie an Wert. Zum Beispiel die amerikanische … Was diesen Markt völlig auf den Kopf stellen konnte, war eine Geisel aus Israel. Ein außerordentlich kostbares Tauschobjekt! Ein wahrer Diamant! So war es etwa möglich, im Austausch gegen einen einzigen Israeli, bevorzugt einen Soldaten, 1500 palästinensische Gefangene freizubekommen. 1500 Leben gegen ein einziges! Was jener Israeli dann mit diesem Leben anfing, war natürlich seine Sache. Denn als Besitzer eines derart wertvollen Lebens hatte man nicht die Chance, in Depressionen zu verfallen oder Pazifist zu werden. So wie ein Junge, der mit dem Geld, das ein ganzes Städtchen gesammelt hatte, und mit großen Hoffnungen zum Studieren in die Großstadt geschickt wurde – das hätte ich sein können –, nicht die Chance hatte, sich auf die faule Haut zu legen, gab es für jenen Israeli nicht den Luxus, Alkoholiker oder aus reiner Nachlässigkeit krank zu werden, sich gegen irgendeinen staatlichen Beschluss aufzulehnen oder ganz allgemein, sich gehen zu lassen. Hattest du ein Leben, das 1500 andere aufwog, konntest du nicht einmal an Selbstmord denken! Wer weiß, wo Maxime steckte, der französische Journalist, dessen Marktwert, wenn auch nicht so hoch wie der eines israelischen Soldaten, nicht zu unterschätzen war. Vielleicht hatte sich bisher kein Käufer für ihn gefunden, und er harrte noch auf dem Geiselmarkt aus. Oder der französische Staat hatte Unterhändler in Bewegung gesetzt und seinen Staatsbürger längst nach Paris zurückgeholt… Ich würde es nie erfahren. Hoffentlich geht es ihm gut, dachte ich. Dann öffnete ich die Augen und ließ meinen Film weiterlaufen. Nicht den auf der Kassette. Denn obwohl ich zu Beginn vor Neugier schier vergangen war, hatte ich den Film auf der Kassette nicht anschauen können, hatte keine Gelegenheit gehabt, in die Stadt zu fahren, noch jemanden um Hilfe bitten können. Dordor und Harmin waren für eine Weile nach Griechenland gegangen. So konnten auch sie mir nicht helfen. Dann entdeckte ich etwas. Die Existenz eines anderen Films! Sobald ich die Kassette in die Hand nahm, trat mir der Drehtag vor Augen, und ich konnte Sekunde für Sekunde das Geschehen verfolgen, sogar stoppen, vor- oder zurückspulen. Nach einer Weile brauchte ich dazu nicht einmal mehr die Kassette in die Hand zu nehmen oder sie anzuschauen. Ich klappte die Augenlider gleich zwei Minileinwänden herunter und sah meinen Film, wann immer mir danach war. Nach einiger Zeit war ich kaum noch begierig auf den Inhalt der Kassette. Vielleicht sollte ich ihn gar nicht anschauen, dachte ich. An dem Film, der in meinem Geist ablief, gab es nicht einen Fehler! Und so wollte ich ihn im Gedächtnis behalten. Jedes Mal, wenn ich daran dachte, dankte ich allen. Dordor, Harmin, Maxime, den Dieben, allen… Weder der Film auf der Kassette noch der in meinem Kopf hatte einen Titel. Auch meine Geschichte hatte keinen. Es war also an der Zeit, nach einem Titel für meinen Film zu suchen. Da spürte ich etwas über meine linke Hand streichen.

Ich erschrak so heftig, dass ich den Schal, den ich mir vollständig um den Kopf gewickelt hatte, herunterriss und das Feuerzeug aufflammen ließ, um zu sehen, was mich berührte … Sie füllten das Loch, das sie in einen bloßen Rücken gleich links von mir gehöhlt hatten: hunderte Maden! Sie bildeten einen Klumpen und zerfetzten den Rücken. Einige fielen herunter und purzelten auf mich zu. Ein Blick nach rechts. Und ich sah die gleiche Szene an einem Bein. Ich schrie. Ich ruckelte an der Leiche hinter mir, um sie links neben mich zu schieben. Aber ihre Beine waren zwischen Felsen und anderen Leichen eingeklemmt, so dass sie sich nicht rührte. Ich konnte nichts tun! Ich sammelte so viel Kleidung und Stoff wie möglich. Ich riss ab, was ich fand. Unter jedem Fetzen Stoff quollen Maden hervor. Sämtliche Leichen, die ihnen unterkamen, zerfraßen sie, wimmelten und nagten sich durch. Jede Stelle an mir umwickelte ich fest. Füße, Beine, Körper, Arme, Hals … Nur so vermeinte ich, mich schützen zu können. Vielleicht würden sie mich gar nicht anrühren, sondern die Leichen um mich herum zerfressen und mir damit einen Fluchtweg öffnen! Ich war aber außerstande, das zu denken. Der Anblick hatte mich in Panik versetzt, einzige Gegenwehr schien mir, mich mit Stoff zu umwickeln, als gipste ich mich ein. Und dabei schrie ich unaufhörlich. Nur meine Hände und mein Gesicht blieben frei. Als ich mir den Schal um den Kopf wand, ließ ich nur kleine Spalten frei, wo meine Augen und mein Mund saßen, dann hielt ich inne. Ich musste eine Lösung für meine Hände finden. Nichts durfte mich berühren! Weder die Maden noch etwas anderes! Wäre es möglich gewesen, hätte ich mir glatt die Hände abgeschnitten, nur weil sie draußen geblieben waren. Denn ich hatte keinen Stoff mehr. Ich weinte. Der Gedanke, dass irgendetwas mich berühren könnte, ob tot oder lebendig, ließ mir das Herz bis zum Halse schlagen, aber da es nicht hinauskonnte, blieb es in der Kehle stecken und schnürte mir den Atem ab! Ich schlenkerte mit den Händen, damit sich nicht einmal eine Fliege daraufsetzte oder sonst etwas sie berührte! Unmöglich, länger im Dunkeln zu verharren. Ich musste alles sehen, um mich schützen zu können. Doch dazu hätte ich aufhören müssen, mit den Händen zu schlenkern, um das Feuerzeug zu entzünden. Unmöglich. Ich schlenkerte weiter. Bald stellte ich fest, dass ich in der Dunkelheit sehen konnte. Denn ich wusste inzwischen alles. Ich hörte, wo in welcher Leiche sich die Maden zusammenklumpten und Löcher fraßen und welche Geräusche sie dabei machten! Ich sah und hörte alles! Weder die Dunkelheit noch die Stofffetzen, mit denen ich mir die Nase verstopft hatte, nützten. Denn ich roch sie. Meine fünf Sinne standen offen wie Schleusentore und empfingen alles Leben, das auf sie einstürzte. Ich sah auch meine Hände, die ich in Brusthöhe hielt, vom Handgelenk an baumelten sie wie fünffingerige Leichen. Es gab keinen Ort der Zuflucht mehr. Selbst die Dunkelheit war nicht länger sicher, denn alles, was ich nicht sehen sollte, sah ich klar und deutlich wie ein Nachttier. Ich sah noch, wenn ich die Augen schloss! Als wären meine Lider durchlöchert! In letzter Hoffnung hielt ich den Atem an. Vielleicht würde mich das beruhigen. Doch auch das nützte nichts. Ich versuchte es erneut. Vielleicht musste ich die Luft einfach länger anhalten. Das dachte ich zumindest. Ich zählte die Sekunden. Als ich nicht länger konnte, atmete ich aus, wieder ein und hielt wieder an. Ich zählte! Wieder atmete ich aus. Hielt an. Zählte. Das tat ich wohl eine Stunde lang. Zugleich schüttelte ich unablässig meine Hände. Schließlich tauchte ein weißer Punkt vor meinen Augen auf. Es geschah ganz plötzlich. Erst wurde der Punkt größer und dehnte sich zu einer weißen Leinwand aus, dann umhüllte sie mich wie ein über mich geworfenes Netz, nahm mich gefangen. Mein Puls ging zurück, und ich öffnete die Augen. Ich war in einem Tunnel. Ein Tunnel mit Wänden, die irgendwo zwischen Braun und Rosa changierten. Ich war in meinem Darm! Dann wurde wieder alles weiß, und als ich die Augen erneut öffnete, sah ich Millionen Streifen. Wie weiße Blitze an einem pechschwarzen Himmel. Tausende schossen aus einem Kern hervor und verteilten sich auf tausend verschiedene Zentren. Aus jenen Zentren strahlten wieder tausende Linien ab und liefen zu anderen Zentren hin. Ich verfolgte ein gigantisches Spinnennetz mit Millionen von Zentren. Das Netz war dreidimensional. Ich war in meinem Gehirn. In einer Nervenzelle … Ich musste das nicht in Worte fassen, um es mir zu sagen. Ich wusste, dass ich dort war. Ich konnte jeden Ort innerhalb meines Körpers aufsuchen. Es war keine Reise. Ich war darin anwesend. Ich brauchte mich nur auf einen Punkt zu konzentrieren und die Augen zu öffnen. Dann tauchte vor mir auf, was auch immer von meinem Körper ich hatte sehen wollen. Das wunderte mich kein bisschen. Es kam mir normal vor, meinen Körper von innen zu sehen. Als könnten das alle Lebewesen auf der Welt, als könnten sie dem Blutstrom in ihren Adern folgen, wann immer sie wollten …

An jenem Tag hatte ich vor den Leichen um mich herum und den Maden, die sie zerfraßen, so sehr Reißaus nehmen wollen, dass ich mich in meinen Körper flüchtete, da ich sonst nirgendwohin konnte, und als ich die Augen aufschlug, sah ich alles. Das war keine Einbildung. Denn von der Existenz des Gewebes und der Zellen, die ich im Inneren meines Körpers erblickte, wenn ich die Augen öffnete, hatte ich zuvor nichts geahnt. Ich kannte weder ihre Namen noch ihre Funktionen und Formen, nichts davon hätte ich mir ausdenken können. Dennoch sah ich sie alle. Jahre später, als ich mich mit der Anatomie des Menschen beschäftigte, kamen mir Bilder, die ich zum ersten Mal studierte, durchaus bekannt vor. Denn an jenem Tag hatte ich meine Augen der Außenwelt gegenüber verschlossen und nach Innen geöffnet. Ich war der größte Beweis dafür, dass der Mensch sich selbst und den Körper, den er besitzt, komplett zu fühlen imstande ist. Alles war eine Frage des Atmens. Die Belohnung für ein Atemspiel, das ich ganz unbeabsichtigt entdeckt hatte. Eine Belohnung, die mir erlaubte, von meinen inneren Organen bis zu den Zellen hin jeden Punkt in meinem Körper zu spüren und zu sehen … Auf die Uhr musste ich auch nicht mehr schauen. Den Fluss der Sekunden vernahm ich gleich einem zweiten Pulsschlag und konnte mühelos Minuten und Stunden zählen. Einen Namen brauchte weder ich noch meine Geschichte noch mein Film. Ich war die Zeit …

Rund 200 Stunden blieb ich in meinem Körper. Die tausenden von Minuten brachte ich damit zu, meine Leber, meine Knochen, alles unter meiner Haut zu inspizieren. Ich floss mit meinem Blut, schlug mit meinem Herzen und schmolz mit meinem Fett und anschließend mit meinen Muskeln dahin.

In der 317. Stunde unter den Leichen spürte ich Hände auf mir, erst da schlüpfte ich wieder aus meiner Haut hinaus. Als man mir den Schal vom Kopf löste, lag ich auf einer Bahre. Nach dreizehn Tagen und fünf Stunden sah ich zum ersten Mal wieder Tageslicht. Mühsam stammelte ich, unter den Trümmern könnte noch ein Zweiter am Leben geblieben sein. Ich versuchte mitzuteilen, dass da jemand stundenlang, womöglich tagelang »Mehr!« gerufen hatte, wobei ich seine Stimme schon lange nicht mehr gehört hatte. »Auch den müsst ihr retten!«, sagte ich. »Rettet *Mehr*!« Doch niemand schenkte mir Gehör. Die Menschen, deren Gesichter ich nicht erkennen konnte, weil sie im kristallenen Licht der Sonne verschwammen, reagierten nicht auf mich. Sie trugen mich nur. Trotzdem wiederholte ich bis zur Bewusstlosigkeit beharrlich jenes einzige Wort in meinem Kopf: »Mehr!« Sie verstanden nicht… Die mich trugen, blieben stumm. Ich versuchte es weiter! Ich sagte das Wort »mehr – *daha*« in jeder nur möglichen Form. Sogar umgedreht, denn vielleicht hatte die Welt sich in meiner Abwesenheit auf den Kopf gestellt: »Rhem! *Ahad*!«

Ich hörte Stimmen. Eine klar, die andere rau. Eine jung, die andere alt.

»Was machen wir mit dem Polizeichef?«, fragte die junge.

»Den brauchen wir. Lass den außen vor. Wälz es auf den Bürgermeister ab. Auch die Gendarmerie ziehst du mit rein. Sag dem Staatsanwalt, niemand sonst soll erwähnt werden.«

»Von überall haben sie Reporter geschickt. Im Garten wimmelt es von Kameras … Eine Erklärung muss her.«

»Die Ermittlungen laufen, sagst du. Rück vor allem den Jungen in den Mittelpunkt. Solange wir den haben, interessieren sie sich nicht für den Rest. So lange, ohne zu essen und zu trinken … Ein Wunder … Sag etwas in der Richtung! Sag, ein Wunder von Gott dem Herrn. Damit ihr Glauben aufgefrischt werde …«

Ein wenig bekam ich doch die Augen auf, und soweit ich es durch die Wimpern hindurch erkannte, befand ich mich in einem Krankenhauszimmer. Mein rechter Arm hing an einer Infusion. Vier dicke Tropfen zählte ich, die aus der gläsernen Flasche in ein durchsichtiges Kästchen fielen und von dort in einen dünnen Schlauch rannen, um mir in die Adern zu dringen. Dann wandte ich den Kopf den Stimmen zu und sah durch die offene Tür ins Nebenzimmer hinein. Der Besitzer der alten Stimme saß auf dem Bett, der Jüngere stand. Als die Wimpern meine Augen endlich freigaben, sah ich auch ihre Gesichter. Sie kamen mir bekannt vor. Als der Stehende den Kopf drehte, um zu mir herüberzublicken, ließ ich meine Augen zuklappen. Hinter verschlossenen Lidern beäugte ich zunächst die Dunkelheit, dann ein Foto, das im Dunkeln erschien. Nun wusste ich, wer sie waren: der Landrat und sein älterer Bürodiener. Obwohl ich mir sicher war, dort im Bett nicht den Eindruck zu erwecken, irgendetwas zu hören, senkten sie doch ihre Stimmen zum Flüstern. Ich konnte sie nicht mehr verstehen.

Als ich die Augen wieder so weit öffnete, dass die Wimpern sich nicht ganz voneinander lösten, und zu ihnen hinüberlinste, war mir, als sei etwas Merkwürdiges geschehen. Der alte und der junge Mann schienen die Plätze gewechselt, ja ihre Identitäten ausgetauscht zu haben. Der Bürodiener war nun Landrat, der Landrat dagegen schrieb sich wie ein Bürodiener die Anweisungen hinter die Ohren. Dabei erinnerte ich mich sehr gut an die beiden. Ich wusste sogar noch, wo sie auf dem Foto im Lokalblatt *Von Kandalı in die Welt* gestanden und wer zu wem geblickt hatte. Die Szene, die ich vom Krankenhausbett aus beobachtete, führte mir aber das Gegenteil vor. Konnte mein Verstand derart verwirrt sein? Unmöglich, dachte ich. Doch was ich sah, reichte aus, um alles, was ich wusste, in Zweifel zu ziehen. Der junge Mann stand gebeugt vor dem alten und hörte nickend zu. Trog mich die Erinnerung an mein gesamtes Leben? Mehr noch, hatte ich alle meine Erlebnisse ins Gegenteil verkehrt und saß nun umgedreht in meinem Gedächtnis? Gab es eine Welt, in der der Bürodiener eigentlich Landrat war? War in diesem Fall dann auch Ender eigentlich Yadigârs Vater? Oder ich Ahad? Mein Herzschlag beschleunigte sich, mir brach der Schweiß aus. Das kann nicht sein, sagte ich mir. So durchgeknallt bin ich nicht! Falls es aber doch stimmte? Nein, nein! Meine Erinnerung trügt mich nicht, sagte ich mir. Dann beobachtete ich, wie der jüngere Mann, den ich für den Landrat hielt, dem alten die Hand küsste und sie an seine Stirn führte. Ein Feiertag stand nicht an. Ich war mir sicher, dass dies nicht der Morgen eines Feiertags war. Nun gab es keinen Zweifel mehr: Ich hatte 317 Stunden in der Hölle verbracht und den Verstand verloren! Ich heulte auf. Und schrie … Ich warf mich da hin, wo ich meinen Kopf anschlagen konnte. Zuerst kam eine Schwester herbeigeeilt, dann ein Pfleger. Der eine packte meine Schultern, die andere versetzte mir eine Spritze. Alles wurde dunkel, und meine Stimme versiegte. Ich schrie aber weiter. In der Dunkelheit, in die ich sank, schrie und brüllte ich und warf mich von Wand zu Wand, doch alle glaubten, ich schliefe.

Als ich die Augen wieder aufschlug, war Ender bei mir. Oder doch ein Mensch, den ich für Ender hielt. Ich streckte die Hand aus, griff nach seinem Arm und schrie.

»Ender! Bist du das? Du bist Ender, oder?«

Er lachte.

»Spinnst du, Alter? Natürlich bin ich's.«

»Und der Landrat?«

»Was ist mit dem Landrat?«

Ich erzählte, was ich gesehen und gehört hatte, den Teil mit seinem Vater und »Zieh die Gendarmerie mit rein« übersprang ich. Ender hörte zu und schüttete sich aus vor Lachen. »Na, warum auch nicht?«, fragte er und fing nun seinerseits zu erzählen an. Nun lachte ich! Je sicherer ich mir war, nicht durchgedreht zu sein, umso mehr lachte ich. Denn im Grunde war alles ganz einfach. Yadigâr hatte es seinem Sohn erzählt, daher wusste Ender Bescheid. Der Landrat und der Bürodiener gehörten demselben Orden an. Einem Orden, den Abtrünnige eines anderen Ordens, der uns allen als Hikmetisten bekannt war, gegründet hatten. *Tanzim* hieß er: Ordnung. Und der alte Mann war nun das Siegel von Tanzim in Kandalı, also der Verantwortliche des Ordens für die Region. Ob Kreisstädtchen oder Großstadt, in jeder Region, in die Tanzims Hände reichten, gab es ein Siegel. Nichts hätte also natürlicher sein können, als dass der junge Landrat, gewöhnlicher Novize des Ordens, dem Siegel von Kandalı gegenüber Gehorsam bezeigte. Noch vor dem Gouverneur und allen anderen stand er unter dem Befehl dieses alten Mannes. Jetzt endlich verstand ich! Vor allem, warum der alte Bürodiener bei der Uhrenübergabe-Zeremonie im Amtssitz des Landrats keinen Finger gekrümmt hatte! Natürlich würde das Tanzim-Siegel von Kandalı sich nicht dazu herablassen, Staub zu wischen oder Tee zu verteilen! Denn er war ein General in der Uniform eines Rekruten. Nun war alles klar. Und ich besaß sicher noch meinen Verstand! Zu hören, dass Kandalı nicht vom höchsten Zivilbeamten, sondern von seinem Bürodiener regiert wurde, war eine frohe Botschaft für mich. Um Haaresbreite wäre ich Ender um den Hals gefallen. Da trat eine Schwester ein, prüfte die Infusion und fragte: »Wie fühlst du dich?« Ich hielt schwer an mich, um nicht »Fantastisch!« zu rufen. »Weiß nicht … ganz okay vermutlich …«, sagte ich. Die Schwester lächelte und verließ den Raum. Mir war, als beeilte sie sich, um nach anderen Patienten zu schauen. Gab es weitere Überlebende? Oder jagte ich wieder einmal einer Einbildung nach? Ahad fiel mir ein. Das heißt, er stürzte, wie eine jener Leichen, mir mitten in den Kopf und zermalmte alles unter sich. Konnte es sein, dass er nicht tot war? Das musste ich sofort herausfinden! Ich musste Gewissheit haben, sein Gesicht nie wieder zu sehen.

»Ender … Mein Vater?«

»Tut mir echt leid …«, sagte er. »Sie haben ihn im Lkw gefunden.«

Ich schloss die Augen, meine Schläfen wurden feucht. Zwei riesengroße Tränen rannen zwischen Haaren und Ohren hindurch und tropften auf das Kissen, auf dem mein Kopf lag. Zum ersten Mal im Leben weinte ich vor Glück. Ich plante sogar, gleich an meinem achtzehnten Geburtstag zum Gericht zu gehen und mein Geburtsdatum ändern zu lassen. Denn mit dieser Nachricht war ich neu geboren, das wusste ich. Ender benahm sich wie in einer der Szenen, die er in Filmen gesehen hatte, und nahm wortlos meinen Arm.

Als ich die Augen wieder aufschlug, drängten sich so viele Fragen in meinem Kopf, dass ich gar nicht wusste, wo ich anfangen sollte. Allen voran: Was würde aus mir werden? Würde ich wegen illegalen Menschenhandels hinter Gitter kommen? Wie waren die Leichen auf mich herabgeregnet, und wie war ich gerettet worden? Gerade öffnete ich den Mund, um bei einer der vielen Fragen anzufangen, da traten der Landrat und der Bürgermeister ein. Gefolgt von Yadigâr. Die beiden vorn lächelten, auch Yadigâr bleckte die zusammengebissenen Zähne, um ein Lächeln vorzutäuschen. Der Landrat legte mir die Hand auf die Schulter. »Gute Besserung!«, sagte er. »Gott war so gnädig, dich uns zurückzugeben.«

Ich war sicher, dass ich ihnen nicht zurückgegeben worden war, bedankte mich aber artig.

Da bemerkte ich Blicke zwischen Ender und Yadigâr, die sich offenbar auf diese Art verständigen wollten. Vielleicht hatte Yadigâr seinem Sohn alles erzählt und hoffte nun, über Ender von mir etwas zu erfahren. Unter meinen Bekannten war ja doch Ender das, was einem Freund am nächsten kam.

Der hatte um dieses Titels willen mein Zimmer betreten dürfen und bei mir ausgeharrt, um, sobald ich erwachte, herauszukriegen, was genau ich wusste. Immerhin war ich Ahads Sohn, und was ich wusste, konnte insbesondere für Yadigâr gefährlich sein. Für mich aber war das zu diesem Zeitpunkt alles ohne Bedeutung. Es wäre nur unklug, die Sache mit dem Gefängnis anzusprechen. Es sah mich auch niemand so an, als winkte mir eine Haftstrafe. Ganz im Gegenteil, alle wirkten, als hätten sie ein Erdbebenopfer vor sich, das nach Wochen aus den Trümmern gerettet worden war. Also konnte ich mich für den Augenblick darauf beschränken, die Geschichte meiner Rettung in Erfahrung zu bringen. Und der Landrat berichtete.

Ein Hirte entdeckte den Lkw und den Leichenhaufen unten am Hang. Sofort informierte er die Gendarmerie. Wie es weiterging, konnte ich mir vorstellen. Yadigâr hatte vermutlich tagelang vergeblich nach uns gesucht, nachdem er von Aruz erfahren hatte, dass die Ware nicht abgeliefert worden war, nun beeilte er sich, an den Unfallort zu gelangen. Als er sah, dass wir ein zu großer Skandal waren, um ihn unter den Teppich zu kehren, hatte er notgedrungen alle zuständigen Stellen benachrichtigt. Kurz darauf versammelte sich vom Staatsanwalt bis zum Bürgermeister ganz Kandalı bei den Leichen. Wie aber waren die Leichen auf mich herabgeregnet? Der Landrat sah Yadigâr an, der unwirsch das Wort übernahm. Es gab nicht viel zu erzählen. Man hatte die Spuren am Hang begutachtet, gemeinsam mit dem Staatsanwalt eine Vermutungskette aufgestellt und ins Protokoll übernommen. Demnach war der Lkw von der Straße abgekommen, in den Abgrund gestürzt und, als er fast kopfüber hing, rechts gegen einen großen Felsen geschlagen. Dabei war meine

Tür aufgesprungen, und mich hatte es hinausgeschleudert. Der Lkw überschlug sich und stürzte weiter in die Tiefe, ich fiel von Baum zu Baum und rollte unter den Felsvorsprung. Die Stelle, an der sie mich gefunden hatten, lag rund fünfzig Meter unterhalb der Straße. Mein Glück war, beim Fallen nicht auf Felsen, sondern auf Bäume und den schlammigen Bereich des Abhangs gestoßen zu sein. Einen Sturz, der mir normalerweise sämtliche Knochen hätte brechen müssen, hatte ich mit hunderten kleinen Schrammen überlebt. Der Lkw hatte sich fortbewegt wie eine auf den Rücken gedrehte Schildkröte und etwa zwanzig Meter über mir zwischen Bäumen und Felsen verfangen. Nach Yadigârs Schilderung zeigte seine Nase zur Straße, die seine Räder kurz zuvor verlassen hatten, also zum Gipfel des Kanbergs. Vater war hinter dem Steuer, das ihm den Brustkorb zertrümmert hatte, eingeklemmt worden und an Ort und Stelle gestorben. Sich den Rest zu denken war nicht schwierig. Die Illegalen im Kasten des Lkw, der nun parallel zum Steilhang mit einer Neigung von fast 45 Grad festsaß, waren gegeneinander und gegen die Stahlwände geschleudert worden und so zu Tode gekommen, dann glitten sie von der Rutsche unter sich zu den Türen hin, wo sie sich aufstauten. Das Schloss, das die beiden Klappen verriegelte, hatte dem Druck bald nicht mehr standgehalten, so hatte der Menschenregen auf mich eingesetzt. Aus zwanzig Metern Höhe waren sie rings um mich gefallen und hatten mich unter sich begraben. Ein letztes Detail war das Fehlen jeglicher Bremsspuren auf der Straße. »Die hat wohl der Regen verwischt«, sagte Yadigâr. »Falls er denn gebremst hat«, fügte ich stumm hinzu.

Der Staatsanwalt kam und sagte dem Landrat, er wolle meine Aussage aufnehmen. Doch der Landrat sagte: »Jetzt nicht. Der Junge muss sich ausruhen. Machen Sie das später. Wir sollten auch gehen …« Er expedierte alle hinaus. Als er die Tür schloss, zwinkerte er mir zu. Wollte er mir damit etwas sagen? Bestimmt. Hatte ich verstanden, was er mir sagen wollte? Bestimmt nicht. Konnte ein Augenzwinkern negativ gemeint sein? Das war's, sagte ich mir. Überstanden! Alles vorbei. Niemand wirft mir etwas vor. Der einzig Schuldige ist Ahad. Vielleicht auch Yadigâr. Das hat alles nichts mit mir zu tun. Ich bin der bedauernswerte fünfzehnjährige Sohn eines grausamen, verbrecherischen Vaters. Seit Yadigâr mich in die Kellerzelle in der Bezirkskommandantur der Gendarmerie gesperrt hatte, hatte sich der Inhalt meiner Verteidigung kaum verändert. Ich war ein Opfer, und niemand konnte das Gegenteil behaupten. Ich war so sehr Opfer, dass ich zum Mörder eines jeden werden könnte, der das Gegenteil behauptete!

Alles war in Ordnung … Ich hatte sogar einen Fernseher! Wahrscheinlich lag ich im besten Zimmer des Krankenhauses. Ich nahm die Fernbedienung vom Nachttisch und schaltete ein. Alles war wunderbar … Ich zappte von Sender zu Sender. Alles war perfekt … Plötzlich sah ich eine Explosion. Eine ungeheure Explosion! Ich sah, wie zwei kolossale Statuen, die in den Steilhang eines gigantischen, nahezu gelben Felsens gehauen waren, in einer Staubwolke barsten. Diese Statuen kannte ich! Ich erkannte sie auf den ersten Blick! Denn seit Jahren trug ich die beiden in der Tasche bei mir. Auf dem Rücken eines Papierfroschs … Ich schaltete den Ton ein und hörte zu.

»Vor nunmehr einer Woche sprengten Taliban-Kräfte, die in der Region Hazarajat in Afghanistan die Kontrolle übernommen haben, die als Buddhas von Bamiyan bekannten riesigen Statuen mit Dynamit, und die Vereinten Nationen …«

Ich weiß nicht warum, doch ich glaubte zu ersticken an dem, was ich sah und hörte! Mein Daumen suchte nach dem Knopf auf der Fernbedienung. Als er ihn nicht gleich fand, griff ich mit beiden Händen zu und presste alle Knöpfe zugleich. Das Fernsehgerät ging aus. Alles blieb stehen. Selbst die Tropfen aus der Serumflasche stoppten! Zuerst dachte ich an Cuma. Zuallererst an ihn … Dann dachte ich daran, wie ich nicht hatte glauben wollen, was er mir mit diesem Bild darstellen wollte, sondern meinte, er nähme mich auf den Arm. Welch ein Unrecht hatte ich ihm getan! Wohl deshalb hatte ich den Fernseher ausgeschaltet. Um den Tatsachen nicht länger ins Gesicht zu schauen … Weil ich mich schämte … Da standen sie! Genau wie Cuma sie gezeichnet hatte! Es gab diese beiden riesigen Statuen tatsächlich, und das hieß, dort war Cuma zu Hause. Doch ich hatte die Statuen verpasst. Sie waren in die Luft geflogen, um sich in Staubwolken aufzulösen und Vergangenheit zu sein! Ich hatte sie nicht rechtzeitig erreicht. Ob auch Cumas Haus zerstört war? Ich dachte an mich und die Leichen, die mich über der Erde begraben hatten. Gerade als ich unter ihnen begraben lag, waren die beiden Statuen zerstört worden. Ich und die beiden Buddhas waren gemeinsam in Stücke gegangen und hatten uns mit der Erde vermischt. Sehr weit voneinander entfernt, doch zeitgleich … Sollte es noch stehen, dann befand sich Cumas Zuhause irgendwo da! Irgendwo da! »Verzeih«, sagte ich. Vielleicht hörte er es. »Verzeih mir, dass ich dir nicht geglaubt habe.« Aber Cuma sprach nicht mit mir. Mitten in meinem Kopf hätte ich seine Stimme hören müssen, und genau dort ging gleich einer schwarzen Sonne ein

Schmerz auf. Er überzog alle Horizonte gleichzeitig! Er überschwemmte meinen Kopf von Innen, strömte mir über den Nacken, floss zuerst in die Schultern und dehnte sich dann in der Brust aus. Ich zahlte den Preis dafür, überlebt zu haben! Der erste der Schmerzanfälle, die mich nicht wieder verlassen würden. Ich schrie und schrie! Statt Cumas Stimme war meine zu hören. Die Schwester kam und sah mich zittern. Sie brach eine Ampulle auf, um die Spritze damit zu befüllen. Dabei brauchte ich etwas anderes! Nur das hätte den Schmerzschauer, der auf mich einprasselte, stoppen können. Nur das hätte den Raum, der leer war, weil ich Cumas Stimme nicht mehr hörte, füllen und mich ausreichend Atem schöpfen lassen, um die Sinne zu verlieren. Wenn es Dynamit war, das die beiden Statuen gesprengt hatte, dann war nur das geeignet, den Schmerz in mir auszumerzen. Wir kannten einander noch nicht, doch auch jene Tage sollten kommen ... Seine erste Hälfte lautete Morphin, die letzte Sulfat. Unser Geburtsort stimmte überein: Schmerz. Denn nicht meine Mutter hatte mich auf die Welt gebracht, sondern die Geburtswehen. Ich war nicht geboren worden, weil ich erwünscht war, sondern vor Schmerz. Zwischen Krämpfen und Schmerzen war ich hindurchgeschlüpft und hatte so meinen ersten Atemzug getan. Alle hatten Flecken auf mir hinterlassen, all die Wehen und Schmerzen ... Alles an mir war Geburtsfleck. Innen, außen, jede einzelne Stelle. Kaum spürte ich das Morphinsulfat in meinen Adern, sollte ich alles verstehen. Ich war nicht das Kind der Frau, die mich aus eigenem Schmerz heraus geboren hatte, nein! Ich sollte begreifen, dass meine wahre Mutter das Morphinsulfat war, das allen Schmerz, der in mir war, aufsog. Ich stand kurz davor, von einem Engel adoptiert zu werden, der nur gegen ein rotes Rezept abgegeben wurde! Als er zu uns stieß, hatte endlich auch ich eine Familie. Und zwar eine fantastische Familie:

Zwei nicht länger existierende Buddha-Statuen,

Ihre Schatten namens Dordor und Harmin, die lange vor den Statuen gestorben waren,

Ein als Morphinsulfat bekanntes Opioid,

Cumas Stimme, von der ich nicht wusste, wann ich sie wiederhören würde,

Eine Leere, die Felat hinterlassen hatte, der sich aus meinem Leben, in das er gleich einer fünften Jahreszeit eingebrochen war, auf ewig verabschiedet hatte,

Und ich!

Eine außergewöhnliche Familie! Eine perfekte Familie! Wir hatten sogar ein Haustier. Einen Frosch aus Papier, aber immerhin!

Am nächsten Tag kam der Staatsanwalt, um meine Aussage aufzunehmen. Er zog einen Stuhl heran, setzte sich neben mich und fing an mit: »Mein Beileid, wir haben deinen Vater bestattet.« Dann ging es weiter mit: »Diese toten Illegalen … Wir bemühen uns, sie zu identifizieren … Weißt du etwas darüber? Ich meine … Vielleicht führte dein Vater eine Liste?«

»Keine Ahnung«, sagte ich. »Ich weiß gar nichts. Papa hat mir nie etwas gesagt. Zu Hause gab es eine Menge Orte, die mir verboten waren. Zum Beispiel der Schuppen …«

»Da haben wir uns schon umgeschaut«, sagte er. »Wir haben ihn durchsucht. Den Wasserspeicher haben wir auch gefunden. Offenbar hat er die Leute da festgehalten … Auch seinen Computer haben wir sichergestellt.«

In meiner Kehle verknotete sich etwas.

»Computer?«

»Ja … Darüber hat dein Vater alles verfolgt. Den Wasserspeicher hatte er mit Kameras ausgestattet. Alle möglichen Aufzeichnungen hat er gemacht …«

Über den Knoten schlang sich ein zweiter. Ich schluckte, aber sie verschwanden nicht. Schwollen eher noch an. Unvermittelt fragte der Staatsanwalt: »Bist du nicht dieser Dings? Da war doch dieser Junge, der bei den Aufnahmeprüfungen fürs Gymnasium unter die ersten hundert gekommen war? Das bist du, stimmt's?«

Er war nicht aus Kandalı. Darum hatte er manches korrekt in Erinnerung behalten.

»Ja, aber Papa hat mich nicht gehen lassen«, sagte ich. »Er wollte, dass ich die Schule beende. Und das hab ich getan. Papa hatte also einen Computer…«

Lächelnd beugte der Staatsanwalt sich zu meinem Gesicht und flüsterte.

»Du bist ein sehr kluger Junge… Aber du hast eine schlechte Angewohnheit. Du treibst deinen Spott mit dem Verstand anderer.«

Als er sah, dass ich Luft holte, um etwas zu sagen, tippte er den Zeigefinger gegen meine Stirn und sprach weiter. Noch immer im Flüsterton.

»Du bist aus einem Lkw gestürzt, randvoll mit Illegalen. Also erzähl mir nicht, du hättest keine Ahnung. Ich weiß, dass der Schweinehund von Yadigâr in der Sache mit drinsteckt… Gleich kommt ein Mann her. Der schreibt auf, was du ihm sagst. Weißt du, was du ihm sagen wirst? Mein Vater hat mit dem Gendarmerie-Feldwebel Yadigâr kooperiert, wirst du sagen. Auch der Bürgermeister ging bei uns ein und aus. Mein Vater hat sie bestochen, wirst du sagen. Hast du mich verstanden?«

Sämtliche Knoten in meinem Hals lösten sich, und ich war bereit, jeden zu verraten und zu verkaufen.

»Ich sag, was immer Sie wollen!«

Wieder lächelte der Staatsanwalt.

»Natürlich. Daran hab ich keinen Zweifel. Aber mich interessiert vor allem, was *du* sonst noch sagen willst!«

War ihm klar, dass die Dateien im Computer von mir stammten, spielte er mit mir? Die Dateien steckten voller Beweise über die Misshandlungen, die ich den Depotinsassen angetan hatte! Mir fiel keine Antwort ein. Würde es etwas nützen, wenn ich schwindelte, Vater hätte Zigaretten auf mir ausgedrückt? Oder sollte ich von Aruz erzählen?

»Nun?«, drängte der Staatsanwalt. »Gibt es etwas, das du mir sagen möchtest? Etwas, das ich noch nicht weiß?«

Ich hielt nicht länger stand. Ich musste weinen. Ich weinte.

»Papa hat einen umgebracht … Sogar zwei. Einen hat er bei uns im Garten begraben. Den anderen im Wald beim Derçisu. Wenn du das jemandem verrätst, hat er gesagt, dann bring ich dich auch um! Und ich konnte niemandem davon erzählen!«

Damit hatte der Staatsanwalt nicht gerechnet! Dabei war ich doch dazu da, Spott zu treiben mit dem Verstand anderer! Denn mir war alles egal, und ich war der geheime Champion des Speed-Schach-Turniers. Außerdem war ich gerade erst aus der Hölle zurück. Kein Staatsanwalt dieser Welt hatte eine Chance gegen mich. Ich war nicht der Advokat des Teufels, ich war der Teufel höchstpersönlich!

»Ganz ruhig«, brachte der Staatsanwalt nur hervor, dann rief er: »Schwester!« Denn ich zitterte und greinte und nutzte die freien Atemzüge dazu, »Papa!« zu schreien. Ich war ein Lokalheld mit Nervenzusammenbruch. Sicher drang meine Stimme durch das Fenster zu den Journalisten im Garten. Seit Kandalı gegründet worden war, hatte es hier keine derart spannende Geschichte gegeben. Selbst für die großen Nachrichtenagenturen aus aller Welt war ich eine echte Nachricht. Der unter Leichen lebend geborgene Junge! Welcher Staatsanwalt hätte mich mit seinem Geflüster in die Enge treiben können? Wo ich herkam, war es schlimmer als in Auschwitz, von dem ich in Büchern gelesen hatte! Was bedeutete es schon, ob ich eine Schuld trug oder nicht? Selbst wenn, ich war durch eine Hölle von dreizehn Tagen geläutert und von all meinen Sünden befreit worden. Niemand konnte mir etwas anhaben! Ich war, wie der Alte es gesagt hatte, ein Wunder! Das Thema Mutter hatten sie mit meinem Vater abgehakt, mit mir würde ihnen das nicht gelingen. Solange ich lebte, würde ich derjenige sein, der ein Thema abhakte!

Zuerst gruben sie den Leichnam des Schwächlings aus. Ich fühlte nichts. Ich dachte an Rastin und das, was er getan hatte. Dann fuhren wir zum Derçisu, und sie gruben an der Stelle, die ich ihnen unter Tränen zeigte. Es war mir so ins Gedächtnis eingeschrieben, dass ich auf Anhieb wusste, wo Vater vor Jahren gegraben hatte. Wie hätte ich mich fühlen sollen, da ich mich an die Stelle eines Grabes ohne Stein so außerordentlich gut erinnerte? Gab es ein Gefühl für solche Situationen? Oder musste man eins erfinden? Weder nahm ich Lavendelduft wahr, noch sah ich die Bäume ringsum. Ich stand da, als ließe ich mein eigenes Grab ausheben und als käme gleich mein eigener Leichnam zum Vorschein. Ich war ein Zustand, der für Materie nicht existierte. Und hatte nicht vor zu existieren ... Cumas Überreste wurden Stück für Stück exhumiert und in einen Leichensack gesteckt. Das Geräusch des Reißverschlusses fuhr mir wie ein Messer in den Bauch.

Der nächste Schritt war die Autopsie. Für beide. Der Botschafter Afghanistans, das von einer Krebsart namens Bürgerkrieg befallen war, hatte anderes zu tun, als sich um die Belange toter Landsleute zu kümmern. So würden sie, wenn alles vorüber war, höchstwahrscheinlich auf dem Friedhof von Kandalı beigesetzt werden. Cuma würde dort beerdigt werden, wo ich geboren worden war. Was bedeutete das? Gab es einen Sinn für solche Situationen? Oder musste man einen erfinden?

Die ganze Zeit über kratzte sich der Staatsanwalt am Kopf und sah mich an. Es gab für ihn nichts zu sagen. Mittlerweile war ihm klar, mit dem Grauen konfrontiert zu sein. Mehr noch, er schien verstanden zu haben, dass das Grauen Teil meines Alltags war, und begann, Mitleid zu entwickeln. Aus demselben Grund war der Mann, der mich im Krankenhauszimmer verhört hatte, als wollte er mir ins Gesicht beißen, einem geradezu wohlwollend zu nennenden Menschen gewichen. Seine Fragen beendete er sogar mit: »Macht nichts, wenn du dich nicht daran erinnerst.«

Doch ich erinnerte mich!

»Den aus unserem Garten hat er zu Tode geprügelt. Den anderen beim Derçisu hat er mit einer Plastiktüte über dem Kopf erstickt.«

Als er fragte: »Weißt du, warum er das getan hat?«, erwiderte ich: »Wegen Frauen. Wenn ihm eine Frau gefiel, nahm er sie mit Gewalt aus der Gruppe und vergewaltigte sie. Manchmal wehrte sich natürlich jemand… Die beiden hat er deshalb umgebracht.«

All das, was ich den Illegalen jahrelang angetan hatte, erzählte ich, als hätte Vater es getan. In gewisser Hinsicht stimmte das sogar. Genetisch war ich ja nicht so weit von Ahad entfernt, nicht wahr? Die Augen des Staatsanwalts weiteten sich, je länger er meinem Bericht lauschte, und ein ums andere Mal drehte sich ihm der Magen um. »Wir können aufhören, wenn du erschöpft bist«, sagte er. Ich wusste, der Erschöpfte war er. Für einen Tag kam ich aus dem Krankenhaus heraus. Im Grunde ging es mir gut. Der Schmerz mir unbekannten Ursprungs war nicht wieder aufgetreten, und ich fühlte mich nicht schlecht.

Auf der Rückfahrt sah ich im Wagen des Staatsanwalts

die aktuelle Ausgabe der Zeitung *Von Kandalı in die Welt* und musste unwillkürlich lachen. Auf Seite eins war das Foto von der Uhrenübergabezeremonie im Amtszimmer des Landrats abgedruckt. Ja, es war das gleiche Foto, allerdings mit einem kleinen Unterschied. Über meinen Augen lag ein schwarzer Balken. In der Nachricht waren mein Vor- und Zuname nur mit den Anfangsbuchstaben genannt. Die Schlagzeile lautete: »Die Skrupellosen!« Damit sie nicht mit anderen verwechselt wurden, hatte man die Köpfe der Skrupellosen weiß eingekreist. Es lag zwar noch kein Gerichtsurteil gegen sie vor, doch für die Zeitung waren mein Vater, der Bürgermeister und der einstige Held Gendarmerie-Feldwebel Yadigâr unbedingt schuldig. Die weißen Kreise um ihre Köpfe muteten wie Heiligenscheine an. Gleich ließ mich dieses Foto an *Das letzte Abendmahl* denken! Die bürokratische und politische Welt von Kandalı hatte ein Erdbeben erschüttert. Höchstwahrscheinlich gab es im Archiv der Zeitung kein anderes Foto, auf dem wir alle gemeinsam zu sehen waren. So hatte man ein wenig aus Hilflosigkeit dasselbe Foto wiederverwendet. In der Nachricht stand ein Absatz über jeden der Abgebildeten, bis auf den alten Bürodiener. Stellungnahmen des Landrats, Meinungen des Kreiskommandanten der Gendarmerie, beruhigende Worte des Polizeichefs: »Die Verantwortlichen werden bestraft, daran soll keiner einen Zweifel haben!«, Vorwürfe gegen Yadigâr wegen Misshandlungen in der Gendarmerie-Station, dramatische Sätze über mich, Verwünschungen und Beschimpfungen gegen meinen Vater, Punkt für Punkt Beweise dafür, dass der Bürgermeister als Leiter der Regionalverwaltung total versagt hatte! Warum man den Bürgermeister in die Sache hineinzog, wurde mir beim Lesen jener Zeilen klar. Zusammen mit dem Geflüster des alten Bürodieners ergab sich die Lösung: Der Bürgermeister gehörte nicht der Partei an, die den Tanzim-Orden unterstützte. Es sprach also nichts dagegen, ihn in Grund und Boden zu verdammen. Hatte er sich darüber hinaus tatsächlich etwas zuschulden kommen lassen? Möglicherweise… Mir schien sogar, jeder auf dem Foto wusste sehr genau Bescheid. Manche waren schuldig, weil sie geschwiegen hatten, andere, weil sie persönlich beteiligt waren. Schlussendlich traf jeden auf diesem Foto eine Schuld. Denn dieses Foto war aufgenommen worden, nachdem wir Jesus verspeist hatten! Und da standen ja auch die Hunde im Garten des Krankenhauses bereit, Mikrofone in den Händen, und warteten ungeduldig darauf, die Knochen zu zernagen.

Der Wagen des Staatsanwalts durchquerte die Menge und hielt vor dem Gebäude, einer der Hunde attackierte die Scheibe, gegen die ich den Kopf gelehnt hatte. Ein Pfleger kam und öffnete meine Tür, ich stieg aus. Da klebte sich ein Schmerz, schwer wie der Kanberg, an meinen Nacken, in der Krankenhaustür zwang er mich in die Knie und auf eine Hand nieder. Kameras umringten mich, mit dem Speichel tropfte mir jenes Wort aus dem Mund: »Geifer!« Statt der Hunde hatte mich die Tollwut gepackt! Als der Pfleger mich unterhakte und mir aufhalf, sah ich Augen und hochgezogene Brauen. Murmelnde Lippen und den Rückzug der ausgestreckten Mikrofone… Es gab keine Frage, die sie mir stellen konnten. Sie hatten erkannt, dass ihnen niemand gegenüberstand, der ihnen hätte antworten können. Dabei war ich nur gestürzt und hatte mit Blick auf den Speichel, der mir in die Hand rann, »Geifer!« gesagt. Doch das hatte ihnen gereicht zu begreifen. Ich glich einem von Wölfen aufgezogenen Jungen, der selbst zu einem Wolf geworden war. Dreizehn Tage hatte ich unter Leichen zugebracht und war selbst zur Leiche geworden. Tatsächlich hatten sich die Leichen meiner angenommen! Sie hatten mich vor dem Erfrieren bewahrt, hatten mich mit der Milch genährt, die ich aus einer toten Brust gesaugt hatte. Jetzt blickte ich wie sie um mich. Meine Blicke bewirkten, dass sämtliche Hunde Köpfe und Kameras senkten und sich zurückzogen. Denn ich roch nicht, wie erhofft, nach *Seite 3*. Ich ähnelte nichts Bekanntem. Nachrichtenagenturen, Zeitungen und Fernsehsender hatten die falschen Leute vor das Krankenhaus geschickt. Nur ein Kriegsreporter wäre imstande gewesen, mit mir zu reden! Schließlich bestand ich aus Krieg und produzierte Tote! *Einführung in die Biophysik* … Nicht irgendein Kriegsreporter, ein Bürgerkriegsreporter hätte es sein müssen! Nur er hätte ertragen, wie die beiden riesigen Buddha-Statuen zerstört wurden und was ich zu erzählen hatte. Den anderen hätte es den Magen umgedreht. Und es drehte ihnen den Magen um! Sie schalteten Kameras und Augen aus. Denn sie wussten es! Ich war eine Nachricht, die im Detail Hölle war. Wer sie las, blätterte weiter, wer sie anschaute, zappte auf einen anderen Kanal. Also musste ich eine Nachricht bleiben, die allein aus Schlagzeile bestand! Hölle war nur ein Wort, und so sollte es bleiben. Der Teufel steckte nicht im Detail, er lebte dort. Das Detail ist sein Zuhause! Seine Adresse! Die Hölle! Und niemand wollte, dass ihn sein Weg dorthin führte! Darum versteckten sich die Details. Wir alle und sämtliche Nachrichten waren füreinander bloß ein Resümee. Das Resümee einer Nachricht! Eines Tages wird jemand auch diese Welt resümieren, auf dass niemand mehr von unnötigen Details belästigt werde.

»Verehrte Zuschauer, einer aktuellen Nachricht zufolge wurden auf einem als Welt bekannten Planeten Menschen geboren, lebten und starben. Damit zu den übrigen Meldungen …«

Ich sollte in einem Zöglingsheim in Istanbul untergebracht werden und weiter zur Schule gehen. So lautete der Plan des Landrats. Er wollte nicht, dass ich als Junge ohne Angehörige, der überlebt hatte, obwohl er hätte sterben sollen, in Kandalı und Umgebung blieb. Er hielt es für richtig, dass ich fortging. Ich und all das Grauen, das ich hervorrief, sollten so schnell wie möglich aus dem Gedächtnis getilgt werden. Gern ließ ich mich tilgen! Gar kein Problem. Er warf dem Staatsanwalt einen Blick zu, dann wandte er den Kopf und sprach mit mir.

»Vergiss das alles!«, sagte der Landrat. »Du fängst ein völlig neues Leben an … Sei fleißig in der Schule. Wir setzen unser Vertrauen in dich! Aus dir wird ein großer Mann, Gazâ … Wenn du etwas brauchst, wir sind hier.«

Wir saßen in seinem Amtszimmer. Der Staatsanwalt nickte und gab seine Zustimmung zu allem. In meiner Aussage hatte ich, seinem Wunsch entsprechend, Yadigâr und den Bürgermeister belastet. Erführe Ender davon, würde er mich umbringen, doch der Staatsanwalt hatte mir zugesichert, dass das Gericht meine Identität geheim halten werde. Denn ich hatte gesagt: »Ich habe Angst. Angst, dass die mir etwas antun!« Dabei ging es mir am Arsch vorbei … Ich wollte einfach nur so schnell wie möglich nach Hause, meine Sachen packen und den Bus nach Istanbul besteigen. Zuerst erhob sich der Landrat, dann der Staatsanwalt. Zum Schluss auch ich. Was wir miteinander zu tun hatten, war erledigt. Wir hatten nichts mehr voneinander zu erwarten. Ich reichte ihnen die Hand. Doch sie zogen es vor, mich an sich zu ziehen und ihre Schläfen an meine zu lehnen. So verabschiedete ich mich vom Staat. Im Geruch einer soeben abgeschlossenen Verhandlung, aus der es noch qualmte, und Schläfe an Schläfe…

Als wir den Raum verließen, sah ich das Siegel von Kandalı in einem antiken Sessel sitzen. Wieder hielt der alte Mann die Augen geschlossen. Er wirkte also nicht nur auf Fotos, sondern auch im Leben so, als seien seine Augen geschlossen… Dann wurde ich einem Mann mittleren Alters vorgestellt. Ein Fahrer im Dienst des Landrats.

»Faik Bey… Er wird dich nach Istanbul begleiten.«

Faik wusste nicht, was er sagen sollte, lediglich »Gute Besserung!« kam ihm über die Lippen. Er wirkte nicht gerade begeistert davon, eine lange Reise mit dem Jungen zu unternehmen, der aus einem Leichenberg geborgen worden war. Sicher würde er Reisespesen kassieren. Vermutlich beschwichtigte ihn der Gedanke an das Geld. Beamtentum war ja doch eine Überlebenskunst. Beamte waren es, die immer überleben und dafür sorgen würden, dass die Apokalypse offiziell wurde. Ihr einziges Problem war, keinen Schimmer davon zu haben, was sie mit dem Leben, an das sie sich mit ihren Klauen und Verzeichnissen klammerten, anfangen sollten. Denn dazu hatte noch niemand eine Verordnung erlassen…

Bis zur Abfahrt des Busses waren es noch vier Stunden hin. Wir verließen das Gebäude, und ich bestieg das weiße Auto, auf das Faik wies. Ich öffnete das Fenster und warf einen letzten Blick auf das Landratsamt von Kandalı. Ich dachte an den Tag, an dem ich mit Vater die Stufen emporgestiegen und hineingegangen, später dann mit einer Uhr am Handgelenk durch die Tür wieder herausgekommen war. Einen ganzen Tag im Gedächtnis abzuspulen dauerte wenige Sekunden. Als ich aber fertig damit war, mein bisheriges Leben zu überdenken, waren wir bereits in den Staubweg eingebogen. Ich fühlte mich wie einhundert Jahre entfernt von zu Hause. Dabei hatte ich bloß acht Nächte im Krankenhaus verbracht. Die Ärzte hatten gesagt: »Du bist wiederhergestellt, dir fehlt nichts!«, und mich am Morgen entlassen. Somit war ich nur einundzwanzig Tage weg gewesen von dem Feldweg, dessen Schild ich eigenhändig in den Boden gerammt hatte.

Vor dem Haus hielten wir an.

»Ich warte hier auf dich«, sagte Faik.

Ich stieg aus, zog den Schlüssel, den mir der Staatsanwalt ausgehändigt hatte, hervor, schloss die Haustür auf und ging hinein. Wo der einzige Koffer sich befand, wusste ich. Unter Vaters Bett. Ich holte ihn, trug ihn in mein Zimmer und legte ihn aufs Bett. Die Klamotten aus dem Schrank stopfte ich hinein. Ich machte mich also doch davon! Ich verpisste mich! Alles war vorbei! Es gab keinen Ahad mehr, keine Illegalen, kein Kandalı! Zum ersten Mal in meinem Leben packte ich einen Koffer. Nicht so schwierig wie gedacht, sagte ich mir. Nichts war so schwierig, wie ich es mir vorgestellt hatte! Auch Gehen, Flüchten, Verschwinden nicht, nichts …

Der Koffer war gepackt. Noch einmal trieb es mich in Ahads Zimmer, ich zog die Schublade vom Nachttisch auf. Mutters Foto und ihre Kette lagen da, wo ich sie hingelegt hatte. Daneben ein bisschen Geld. Ich nahm alles und stopfte es mir in die Taschen.

Im Haus mochte ich mich nicht länger aufhalten. Den Koffer in der Hand beeilte ich mich, von meinem Zimmer zur Haustür zu kommen. Ein letztes Mal atmete ich die Luft des Hauses ein, dann öffnete ich die Tür und erblickte Ender. Er stand neben dem Auto und sprach mit Faik. Als er mich sah, verstummte er und kam auf mich zu. Ich schloss die Tür hinter mir ab. Und versuchte mich damit zu beruhigen, dass er nicht gehen, sondern rennen würde, sollte er von meiner Aussage gegen seinen Vater erfahren haben.

Unmittelbar vor mir blieb Ender stehen, und es geschah etwas, womit ich nicht gerechnet hatte. Wortlos schlang er die Arme um mich. Ich konnte mich nicht erinnern, wer mich wann zuletzt umarmt hatte, und wusste nicht, wie ich reagieren sollte. Mein Blick traf den Faiks, der uns beobachtete. Dann wandte ich den Blick ab und wollte woandershin schauen. Da ich aber den Kopf nicht bewegen konnte, blieb mir kaum Auswahl. Das Kinn auf einer fremden Schulter, stand ich da. Unwillkürlich hatte ich den Koffer abgesetzt, die Arme gehoben und sie um Ender gelegt. Doch unsere schweigende Umarmung kam mir dermaßen sinnlos vor, dass ich nur wünschte, sie ginge rasch vorüber. Ich fürchtete, mein Gefühl, außerhalb der Menschheit zu stehen, werde offensichtlich. Vor allem fürchtete ich, Faik könnte merken, dass ich nichts fühlte, während ein Mensch mich so freundschaftlich umarmte. Ich weiß nicht, warum, doch das fürchtete ich. Vielleicht schämte ich mich auch. Und was tat Ender? Wohin ging sein Blick? Hätte ich nur seine Miene sehen können, ich hätte es ihm nachgetan. Wieder traf ich Faiks Blick, und diesmal musste ich die Lider senken, um seinem Blick zu entkommen. Ja, so war es besser! Die Augen zu schließen, während man jemanden umarmte, vermittelte den Eindruck von Herzlichkeit. Nun aber dachte ich, mit meinen fest geschlossenen Augen sähe ich wie ein Ohnmächtiger aus! Als überdramatisierte ich …

Der Moment der Umarmung von nur wenigen Sekunden schien Wochen zu dauern und nie enden zu wollen! Endlich lockerte Ender seine Arme und zog sie mir vom Rücken weg.

»Sie haben Papa freigestellt… Er muss vor Gericht.«

Was hätte ich darauf antworten sollen?

»Ich weiß… Mich hat der Staatsanwalt bedroht. Damit ich gegen alle aussage…«

»Hurensohn!«, rief Ender.

»Aber ich hab nichts gesagt… Fast hätte der mich auch eingebuchtet!«

»Hurensohn!«, sagte er erneut.

»Genau!«, stimmte ich zu. »Was für ein Hurensohn!«

Auf einmal schlang Ender die Arme erneut um mich und flüsterte etwas.

»Du bist der Hurensohn, Idiot! Du hast alles erzählt, das weiß ich! Ich fick dich!«

Ich versuchte, mich herauszuwinden, doch Ender ließ mich nicht los, sondern sprach weiter in mein Ohr.

»Du bist erledigt! Ich leg dich um!«

Er senkte die Arme und trat zurück.

»Ender, ich schwör's, ich hab kein Wort gesagt!«

Da klang Faiks Stimme herüber.

»Jungs, auf jetzt!«

»Moment noch!«, rief ich. Dann starrte ich Ender an, der vor Wut außer Atem geraten war, diesmal war ich es, der flüsterte.

»Glaub, was du willst! Ich hab zu keinem ein Wort gesagt!«

Ender fuhr sich mit der Zunge über die trockenen Lippen.

»Na schön… Aber komm bloß nicht auf die Idee, hierher zurückzukehren! Ich werd nämlich das Haus abfackeln!«

»Nur zu, fick dich!«, sagte auch ich.

Dann ging ich. Ich wusste, dass Ender, den ich an der Tür hatte stehen lassen, mir hinterherstarrte. In Nacken und Rücken lastete das Gewicht seiner Blicke. Faik öffnete das Gepäckfach und lud meinen Koffer ein. Ich stieg ein.

»Wir können deinen Freund absetzen, wenn du willst«, sagte Faik.

»Nein«, entgegnete ich. »Der hat noch was vor ...«

Der Wagen sprang an, seine Nase zeigte in Richtung Staubweg. Wir fuhren über die staubige Wegstrecke, die Vater nie hatte asphaltieren lassen. Im Rückspiegel sah ich Ender. Er stand da wie eine Vogelscheuche mit geballten Fäusten und schaute, als wollte er allein mit dieser Haltung das Auto in die Luft jagen. Sollte er das Haus niederbrennen, so viel er wollte! Nach Kandalı würde ich ohnehin nicht zurückkehren. Im Spiegel waren jetzt nur noch Bäume und ein bisschen Himmel. Meinen Freund aus Kindertagen bekam ich nie wieder zu Gesicht. Nach seinem neunzehnten Geburtstag hat ihn niemand je wieder gesehen. Denn er war zum Militär eingezogen worden, aber nicht heimgekehrt. Nah bei Felats Dorf, auf der Süphan-Alm, zerfetzte ihn eine Mine der PKK ... Dennoch hatte er sich gewissermaßen an mir gerächt. Denn nur eine Woche nach der endlosen Umarmung kam eine Nachricht aus Kandalı. Der Staatsanwalt rief an. »Man hat euer Haus niedergebrannt«, sagte er. Um gleich darauf zu fragen: »Wer könnte das getan haben?«

»Keine Ahnung«, sagte ich. Zwei Personen derselben Familie denunzierte ich aus Prinzip nicht. Mag sein, dass dies das einzige Prinzip in meinem Leben war.

Ich konnte mir denken, dass Ender mir nie verzieh. Bis zum letzten Atemzug hasste er mich. Denn natürlich wusste er, dass ich zu denen gehörte, die seinen Vater hinter Gitter brachten. In Kandalı galt: Geheimhaltung war kein Gerichtsurteil, sie war ein Märchen. Ich wusste, dass Ender, solange er lebte, davon träumte, mich bei der ersten Gelegenheit umzubringen. Es kam aber ein anderes Märchen dazwischen. Darin hatte Felat, den sein Vater zu den PKK-Leuten in die Berge geschickt hatte, eine Mine auf Enders Weg gelegt, um mir das Leben zu retten … Wie ich zu Ender gesagt hatte: Glaub, was du willst! Niemand außer dir selbst kann dich hereinlegen. Unter den Bedingungen des 21. Jahrhunderts war das doch besser als gar nichts, oder?

Ich war sechzehn, und Istanbul war grandios. Meine Schule war grandios. Das Heim, in dem ich lebte, war grandios. Der Unterricht war grandios. Die Zeit war grandios. Das Leben war grandios. Das einzige Problem stellte das Wort »grandios« dar. Denn es reichte nicht, um zu beschreiben, wie fantastisch ich mich fühlte. Ansonsten war alles grandios.

In dem Heim, in dem Faik mich ein Jahr zuvor eigenhändig abgeliefert hatte, hatte ich mich so gut eingelebt, als hätte ich mein gesamtes Leben dort verbracht. Ein vierstöckiges Gebäude. Zwei Etagen waren als Schlafräume eingerichtet, zwei für Gemeinschaftsräume reserviert. Im Grunde hieß jeder Raum so, in dem kein Bett stand: Gemeinschaftsraum! Computerraum, Fernsehzimmer, Studierzimmer, Hobbyraum und weitere Räume ... Bei allen hing neben der Tür ein Schild mit seiner Bezeichnung. Alles hatte eine Bezeichnung in diesem Gebäude. Selbst Istanbul hatte eine Bezeichnung: in der Woche Schule, am Wochenende Einkaufs- und Flaniermeile. Diese Bestimmtheit und Ordnung berauschten mich. In diesem Gebäude konnte man sich nicht verlaufen. Selbst WCs und Duschen hatten Nummern. Der Raum war von Menschen kontrolliert und gerecht aufgeteilt worden. Zum ersten Mal benutzte ich Dinge gemeinsam mit anderen. Für einen, der sein Leben damit zugebracht hatte, die Lebensumstände ihm unbekannter Menschen zu bestimmen, war das absolut neu. Bis vor wenigen Jahreszeiten war ich es gewesen, der austeilte, und andere teilten. Nun aber nahm Heimleiter Azim das Verteilen vor, und ich teilte mit den anderen Jugendlichen. Ich war zwar auf Seiten der *Verteiler* aufgewachsen, doch diese Art der Ordnung war mir nicht fremd. Man musste sich nur gutstellen mit dem, der die Verteilmacht in Händen hielt. Je besser man mit ihm auskam, desto größere Vorteile genoss man bei der Verteilung. Letztlich war auch das Heim eine Art Depot. Mit der Leitung des Depots galt es, auf gutem Fuß zu stehen.

Darüber hinaus war auch die Zeit penibel eingeteilt und in die Einheit Wochenprogramme verwandelt. Jede Aktivität hatte eine Anfangs- und eine Endzeit. Auf der Tafel im Eingangsbereich waren Frühstückszeit, Lernzeit, Nutzungszeit jedes einzelnen Gemeinschaftsraums, Abendessenszeit, Licht-aus-Zeit, Aufwachzeit, Ausgehzeit, Heimkehrzeit, Waschzeit und Zeit von allem und jedem angeschlagen, und am Handgelenk trugen wir Uhren mit schwarzem Kunststoffarmband, ein Geschenk Azims. Nun war ich aus der Zeitzone des Landrats heraus und in Azims eingetreten. Hier glich die Zeit einem gezähmten Raubtier. Uns allein gehörte sie, und das war herrlich! Weder im Raum noch in der Zeit gab es den kleinsten Riss oder Spalt. Von beiden entwich kein einziger Tropfen, der im Nichts verschwunden wäre. Man hatte alles so getaktet, dass wir den größten Nutzen daraus zogen, und so mutierten wir, die wir dreizehn bis achtzehn waren, zu Lebensmaschinen. Unser Leben war exakt wie eine makellos produzierte Zeitbombe.

Meine Akte, die ihm von der Schule in Kandalı zugestellt worden war, beeindruckte Azim mächtig. Kaum war Faik weg, sagte er: »Mit dir haben wir Großes vor!« Damals verstand ich den Satz völlig falsch. Wohl aus Gewohnheit. Die meisten Erwachsenen, die ich bis dahin kennengelernt hatte, waren gewiefte Betrüger. Ich glaubte, wie einst Vater suchte auch Azim einen Komplizen. Dabei meinte Azim ein Studium. Das Abitur würde ich zweifellos mit Auszeichnung bestehen. Darüber lohnte es gar nicht zu reden. Also drehte sich alles darum, auf welche Universität ich gehen und welchen akademischen Weg ich einschlagen würde. Ich stimmte Azim vollauf zu. Es war, als fänden sich ein geborener Meisterathlet und sein Trainer, der ein Leben lang nach diesem Athleten gesucht hatte. Ehrgeiz auf den ersten Blick!

Leider war ich mitten ins Schuljahr hineingeplatzt, weshalb ich nicht sogleich einsteigen konnte. Zeitverschwenden aber kam nicht in Frage. Azim tat einen Sponsor auf, erhielt die Unterstützung, die für einen Sprachkurs nötig war, und ordnete an: »Du lernst Englisch!« Nun besuchte ich vierzehn Stunden die Woche einen Kurs. Da setzte er mir noch eine pensionierte Studienrätin vor und verfügte: »Du musst auch Mathematik üben.« Ebenso schrieb er mich im Schachklub ein und sagte: »Beim ersten Turnier erwarte ich mindestens den dritten Platz!« Und ich kam Azims Wünschen nach. Denn all das tat mir wahnsinnig gut und beschäftigte mich, so dass ich weder an meine düstere Vergangenheit noch an die Leichen dachte. Sie waren vergessen. Im Grunde waren sie in dem Moment ausgelöscht, als ich meinen Fuß ins Heim setzte. Ich träumte nicht einmal von den toten Gesichtern. Ich hatte andere Träume. Träume von der Zukunft. Träume von Schach, von Büchern, von dem Gazâ, in den ich mich verwandeln würde …

Eines Nachts nur träumte ich, anders als sonst, von mir selbst. Ich hustete einen Schlüssel aus. Einen kleinen schwarzen Schlüssel. Ich kannte den feuchten Schlüssel in meiner Hand. »Der gehört zu einem Tresor«, sagte ich. »Zu dem Tresor in meinem Kopf. Er enthält meine gesamte Vergangenheit. Alles ist da eingeschlossen. Deshalb erinnere ich mich an nichts. Und da in mir kein Meer ist, in das ich den Schlüssel werfen könnte, habe ich ihn eben ausgespuckt. Kein Grund zur Sorge. Schlaf weiter …«

Dies war ein Traum der Logik. Das Bemühen meines Verstandes, meine täglich hundertmalige Nicht-Erinnerung an sämtliche Höllen, die ich durchlebt hatte, in eine Logik zu fassen. Ich erinnerte mich nicht, weil ich nicht daran denken wollte. Ich erinnerte mich nicht, weil ich genug Kraft hatte, nicht zu erinnern. Diese Kraft sorgte dafür, dass meine Vergangenheit und meine Erinnerungen mir allein gehorchten. Vor allem aber schien mich der grausame Schmerz, der mich im Krankenhaus mehrfach gepackt hatte, verlassen zu haben. Auch er gehorchte mir offenbar. Ich hatte den Schmerz verscheucht, und er hatte sich davongemacht. Wie es sich gehörte! Auf dieselbe Weise würde ich meine Zukunft vor mir niederknien lassen und aus mir selbst heraus tun, was ich wollte! Selbstverständlich mit Azims Unterstützung. Ohne ihn ging gar nichts. Er war meine einzige Verbindung zur Außenwelt. Am Ruder der Gondel, die mich in die Zukunft tragen würde, stand vorerst er.

Bis zum Schulbeginn ließ er mich dermaßen pauken, dass meine Wiedergeburt, erfolgt durch die Nachricht von Vaters Tod, auf fantastische Weise fortdauerte, weil mein Geist sich mit allen möglichen Kenntnissen erweiterte. Ich stürzte mich nicht mehr wie früher auf die Seiten jedes beliebigen Buches, das mir unterkam. Um keine Zeit zu verschwenden, las ich nur noch, was ich brauchte. Azim hatte mich zum Bibliotheksverantwortlichen gemacht. Da die anderen Jungen zur Schule gingen und ich allein im Haus blieb, war ich praktisch zum Verantwortlichen für alles geworden. Meine Tage verbrachte ich mit Putzen, Aufräumen, Englischkurs und Einhalten des Lernprogramms, das Azim für mich aufgestellt hatte. Eine Stunde lang putzte ich beispielsweise Toiletten und Duschen, eine Stunde lernte ich Mathe. Oder ich sortierte die Bücher, die der Bibliothek gespendet wurden, und etikettierte sie, anschließend war Lektüre in Geschichte oder Philosophie angesagt. Azim meinte, ich solle vor allem Platon lesen. Also las ich die *Dialoge*, ein Geschenk von ihm. Außerdem hatte ich pro Woche mindestens zwei Romane zu lesen und Zusammenfassungen davon Azim auf den Tisch zu legen. Freizeit hatte ich praktisch nicht. Ich war ständig beschäftigt. Entweder las oder schrieb ich etwas oder hatte im Haus zu tun. Eine der seltenen Zeiten, in denen ich meinen Geist ausruhen konnte, kam nach dem Mittagessen. Ich brachte Azim Kaffee auf sein Zimmer, nahm ihm gegenüber Platz und spielte Schach mit ihm. Er war darin nicht so gut wie ich. So schweiften meine Gedanken ab, oder ich schaute mich um, während ich auf seinen nächsten Zug wartete. Fotos von seiner Familie waren da, Trophäen in der Vitrine, Zertifikate an der Wand und weitere Fotos von seinen Kindern … Er hatte zwei Töchter. Beide studierten. Seine Familie erwähnte Azim nie. Als wären Frau und Töchter Drucke, die mit den Bilderrahmen zusammen gekauft worden waren, sprach er das Thema niemals an. Azim und ich redeten von anderen Dingen. Von meiner Zukunft, von Wissen, von den Romanen, die ich las, vom Leben und von Disziplin. Azim war ein Disziplinvermesser. Ein *Disziplinometer* … Manchmal dachte ich, er kenne sogar die Anzahl der Wörter, die ihm über die Lippen kamen. Was seinen Körper aufrecht hielt, war nicht Rückenmark, sondern Disziplin. Disziplin und abgewogene Worte und meist Schweigen … Wir waren uns sehr nah und sehr fern zugleich. Wir kannten uns wie Vater und Sohn und kannten einander kein bisschen … Ich betrat sein Zimmer und ging wieder hinaus. Manchmal rief Azim mir hinterher, wenn ich hinausging.

»Gazâ?«

»Ja bitte«, sagte ich dann.

»Geht es dir gut?«

»Ja, ja …«

»Bist du sicher?

»Ja.«

»Schön …«

Rund sieben Monate nach meinem Einzug ins Heim kam ich in die Schule. Eine Durchschnittsschule, wo die Lehrer unzulänglich und die Schüler eine Horde Minderbemittelter waren. Ich fand das grandios, denn vom ersten Tag an war klar, dass ich Schulbester sein würde. »Sieh zu, dass du ein Jahr überstehst, danach besorgen wir dir ein Stipendium«, sagte Azim. Und er hielt Wort. Ein Jahr darauf wurde ich als Vollstipendiat in einer Privatschule angemeldet, für das Schulgeld hätte man mindestens acht illegale Flüchtlinge von Duschanbe nach London schleusen können.

So landete ich mit siebzehn in einer Schule, die Sprösslinge der betuchtesten Familien des Landes besuchten. Die Schüler hier waren noch unterbelichteteter. Darum war es ein Kinderspiel, sie alle abzuhängen und für die Schule, deren Wappenuniform ich trug, zur Quelle des Stolzes zu werden. Zudem hatte ich weder Vater noch Mutter, was mich zu einem Anblick machte, der die Augen der Lehrer nur umso mehr zu

Tränen rührte. Obendrein besaß ich nichts, außer drei Groschen Taschengeld von Azim und einem Papierfrosch. Weder konnte ich wie die anderen im Winter zum Skifahren nach Kitzbühel reisen, noch drängte mich im Sommer meine Familie gewaltsam ins New York Metropolitan Museum. Nicht zu bestreiten war allerdings auch die Tatsache, dass ich mit meiner Anwesenheit das durchschnittliche Intelligenz- und Lernniveau angehoben hatte. Ich und alle anderen erwarteten eine Menge von Gazâ! Vor allem Azim …

In meinem zweiten Jahr im Heim hatte ich weniger mit ihm zu tun. Unsere Schachsitzungen fanden nur noch einmal die Woche statt. Freitags kamen wir am Abend, kurz bevor Azim zur Heimfahrt aufbrach, in seinem Zimmer zusammen und erledigten in der einen Stunde alles, was noch zu erledigen war. Die meisten Jugendlichen im Heim beneideten mich bis aufs Blut, konnten aber nichts tun. Es gab auch nichts, das ich für sie hätte tun können. Nur zwei Mal wöchentlich in den Übungsstunden erteilte ich ihnen Nachhilfe in den Fächern, in denen sie nicht mitkamen, und versuchte, damit den Preis für die Privilegiendifferenz zwischen uns zu bezahlen. Sie alle hatten ihre Vorstellungen von dem, was sie anstellen würden, wenn sie achtzehn wurden, und wie sie nach dem Auszug aus dem Heim den Kampf mit dem Leben führen wollten. Für den Fall, dass sie studierten, könnten sie einen Antrag an die Verwaltung stellen, um im Heim zu bleiben, bis sie fünfundzwanzig waren. Keiner aber hatte das vor. Ihr einziger Wunsch war, dass das Leben, das sie besaßen, gleich einem Eisklumpen einfrieren und ewig halten möge. Die Grübelei darüber brachte sie um den Schlaf, und manche weinten nachts heimlich.

Von Beginn an wohnte ich in einem Viererzimmer. Seit

zwei Jahren war ich mit denselben Jungen zusammen, mit Rauf, Derman und Ömer. Wie alle Gleichaltrigen hatten sie nur ein Hobby: Mädchen. Vor dem Einschlafen steigerten sie sich gemeinsam in sexuelle Fantasien hinein, darüber schlossen sie die Augen. Keiner der drei hatte je eine Frau berührt. Einerseits sehnten sie jenen Tag herbei, andererseits wollten sie auf keinen Fall erwachsen werden. Denn Erwachsensein war für sie ein mit Einsamkeit gefüllter Desastersack. Selbstverständlich hielt ich ihnen meine Vergangenheit vor, und nie verlor ich ein Wort über meine sexuellen Erfahrungen mit Lebenden und Toten. In ihren Augen war ich, da ich weder ihr Geld entwendete noch ihre Geheimnisse ausplauderte, nichts weiter als ein vertrauenswürdiger Zimmergenosse. Mehr wollte ich auch gar nicht sein.

Die Beziehungen, die ich zu den Menschen im Heim und in der Schule anknüpfte, bestanden darin, dass die Zahnräder in einem Uhrwerk vorübergehend ineinandergriffen, um sich gegenseitig weiterzudrehen. Alles in meinem Leben war funktional. All die Menschen, die ich grüßte und die meinen Namen kannten, waren wie Schnürsenkel zu etwas nütze. Die meisten zu derselben Sache. Ich plauderte kurz mit ihnen, und sie ließen mich in Ruhe. Denn ich wusste, es würde auffallen, wenn ich den Kontakt völlig mied, und mir also das Leben erschweren. Ich war mit der Zukunft befasst. Im Gegensatz zu meinen Zimmergenossen fürchtete ich nicht die Wegstrecke vor mir, sondern das, was hinter mir lag. Ähnlich verhielt es sich mit meinen Beziehungen in der Schule.

Zwar war ich Bastard mit meinem Paar blassblauer Augen, die ich von Ahad geerbt hatte, für die Mädchen in der Klasse interessant, merkte aber, dass sie mich ansonsten als nervenden Hurensohn betrachteten. Fraglos führten ihre Eltern bei jeder schlechten Note, die sie nach Hause brachten, mich ins Feld. »Du hast alles, aber schau nur Gazâ an! Der Junge steht allein in der Welt! Und hat trotzdem Erfolg!« Vermutlich hörten sie ständig solche Sätze. Woraufhin sie Mutter oder Vater einen Blick zuwarfen, nickten und hofften: »Würdet ihr doch bloß ebenso verrecken, damit ich verwaise wie Gazâ!«

Auch ich hielt sie für Hurensöhne und -töchter. Zumindest technisch. Denn ab und an sah ich ihre Mütter. Auch die Väter. Wenn sie in die Schule kamen. Nur Geld konnte dafür sorgen, dass sich das schönste Tier im Wald mit dem hässlichsten paarte. Reichtum diente, neben vielem anderen, auch dazu, die Generationen ansehnlicher zu machen. Also hatten sich die Mütter der meisten Schülerinnen und Schüler mindestens einmal prostituiert. Schönheit war ein ansteckendes Kapital. Das konnte ich sehen. So blöd war ich nicht. So blöd nicht …

Aufgrund des Stipendiums, das Azim mir als Ein-Mann-Bildungsministerium erwirkt hatte, ging alles seinen Gang. Nur änderte sich plötzlich Azim. Er meinte, ich verbrächte nicht genug Zeit mit ihm, und beharrte darauf, dass ich in Istanbul studierte. Dabei hatte ich mich längst umgetan. Das Internet war sehr hilfreich. Ich hatte weltweit alle Universitäten, die mich interessierten, gecheckt und mich entschieden. Ich wollte nach England. Genauer gesagt, an die Universität von Cambridge. Azim mochte noch so sehr denken, die Abteilung Internationale Beziehungen an der Bosporus-Universität sei ideal für mich – ich wollte Sozialanthropologie studieren. Fächer, in denen man die technischen Regeln zwischenmenschlicher Ausbeutung eingepaukt bekam, interessierten mich nicht. Ich wollte da sein, wo diese Regeln aufgestellt wurden. Immerhin hatte ich mein Leben damit verbracht, die Beziehungen zwischen Individuum und Gesellschaft aus allen Blickwinkeln zu studieren. Weder Cambridge noch sonst eine Uni fände je einen Studenten, der den Menschen besser kannte als ich. Welcher Student, der in Cambridge Sozialanthropologie studierte oder künftig studieren würde, hatte wie ich bereits mit fünfzehn Jahren Sozialstudien am Menschen angestellt? Gäbe es einmal eine Gebrauchsanleitung für das Geschöpf namens Mensch, dann war ich die Person, die sie schreiben würde. Azims zwischen den Wänden des Heims, das er leitete, eingeklemmte kleinliche Träume interessierten mich nicht. Unmöglich, mich auf sie zu beschränken. Unterstützte er mich in Sachen Cambridge nicht, hatte ich keine Verwendung mehr für Azim. Seine Funktion in meinem Leben war zu Ende wie eine erloschene Sonne. Davon ahnte er nichts. Er glaubte weiter, mir Licht zu spenden und mein Sokrates zu sein. Dabei war er ein Steinbrocken, der bereits erkaltete, und zu nichts mehr nütze. Zudem spürte ich, dass er alles daransetzen würde, meine Cambridge-Pläne zu vereiteln. Es wurde Zeit, meine Freiheit, die ich um anderer Erträge willen abgegeben hatte, wiederzuerlangen.

Kurz vor Jahresende saßen wir an einem Freitagabend wie stets in Azims Zimmer beim Schachspiel. Normalerweise war Azims Blick auf das in vierundsechzig Felder eingeteilte karierte Brett zwischen uns konzentriert, um den nächsten Zug zu planen. Dieses Mal aber ließ auch er gleich mir den Blick schweifen und kümmerte sich kaum um das Spiel. So schnitten sich die Bahnen unserer durch die Luft fliegenden Blicke, und wir schauten uns in die Augen. Er holte Luft und sagte: »Habe ich dir je gesagt, dass ich stolz auf dich bin?«

Hatte er nicht, aber es war auch nicht mehr nötig.

»Danke schön.«

»Wirklich!«, sagte er. »Nach so vielem, was dir widerfahren ist, hast du die Schule großartig gemeistert … Hier und mir warst du sehr behilflich …«

Ich dankte erneut.

»Wie machst du das eigentlich?«

»Bitte?«

»Wie schaffst du das?«

»Weiß nicht …«

»Denn mir selbst gelingt das nicht.«

Wir spielten nicht mehr Schach. Es war ein anderes Spiel. Deshalb schwieg ich. Azim fuhr fort.

»Ich bin einundfünfzig. Mein Leben habe ich mit Jungen wie dir verbracht. Natürlich war keiner wie du, das ist eine andere Sache. Aber … es waren stets Jungen um mich herum, verstehst du? Und ich habe für sie getan, was ich konnte … Und dann? Wozu das Ganze? Eigentlich war alles umsonst, weißt du? Alles vergebens!«

»Wie können Sie so etwas sagen?«, entgegnete ich. »Sie haben das Leben zahlloser Jungen verändert!«

»Stimmt«, sagte er, »das habe ich …«

Er lehnte sich zurück und zog ein Kuvert aus der Innentasche seines Jacketts.

»Das hab ich heute Morgen auf meinem Schreibtisch gefunden. Jemand hat mir einen Brief geschrieben. Sieh nur … Es klebt sogar eine Briefmarke darauf. Seltsam. Es ist wohl Jahre her, dass ich einen Brief bekommen habe … Weißt du, was darin steht? Angeblich belästige ich dich … Hätte sogar eine Beziehung zu dir … Und wenn ich nicht kündige, dann würde er mich melden …«

Ich lachte.

»Wer schreibt denn so einen Unsinn?«

»Ich weiß es nicht… Es steht keine Unterschrift darunter.«

»Es ist bestimmt jemand von hier. Ich kenne alle ihre Handschriften. Wenn ich mal schauen darf…« Ich streckte die Hand aus. Doch Azim steckte den Umschlag in die Tasche zurück. »Er wurde am Computer geschrieben.« Er schüttelte den Kopf und fuhr fort.

»Ich bin sehr traurig, Gazâ… Sehr…«

»Seien Sie nicht traurig«, sagte ich. »Wir wissen doch, was ist. Wir kennen die Wahrheit. Sie haben mich nicht belästigt, und eine Beziehung, wie es da heißt, hatten wir auch nicht… Wir haben uns nur wie zwei Männer geliebt, mehr nicht!«

»Aber du warst ja nicht wie ich… Ich habe dich gedrängt.«

»Nein! In diesem Leben kann niemand mich zu irgendetwas drängen! Vergessen Sie das… Außerdem sind Sie dran… Wenn Sie nichts unternehmen, sind Sie in vier Zügen schachmatt.«

All meine Beziehungen hatten eine Funktion, und ich war nicht so anders als die Mütter meiner Schulkameraden. Azim hatte für mich getan, was in seiner Macht stand, nun diente er nur noch zum Schachspielen. Von Schach aber hatte er keine Ahnung. Wirklich schlimm war allerdings, dass er sich ein Leben ohne mich nicht vorstellen konnte. Ich ließ Azim sitzen, ließ ihn mit den auf ihn einstürzenden Wänden seines Zimmers allein, ging hinaus und wandte mich zur Treppe. Langsam stieg ich die Stufen hoch, dabei blätterte ich in einem kürzlich besorgten Gedichtband. Ein Rimbaud hatte ihn geschrieben. Jede Zeile kam mir vertraut vor. Ich hatte nie Gedichte geschrieben, doch die Geschichten in diesen Worten kannte ich irgendwoher… Gab es Reinkarnation nur für den Dalai Lama? Oder, überlegte ich, kehrte auch Rimbaud immer wieder und machte weiter, weil er seine Aufgabe auf Erden noch nicht vollendet hatte? In Gedanken versunken betrat ich mein Zimmer mit einem Lächeln. Nicht Azim scherte mich noch jener Mann namens Verlaine, dessen Gedichte ich wenige Monate zuvor gelesen hatte. Er schrieb so schlecht, dass mir kein Wort gefallen hatte. Sein einziges Verdienst war, mich mit Rimbaud bekanntzumachen. Oder sollte ich sagen: mit mir selbst?

Azim war fort. Seine Stelle nahm nun ein Bedri ein, ein Beamtentyp wie Faik, der Fahrer vom Landrat. Er war selbst in Heimen aufgewachsen. Öffnete er den Mund, fing er stets an mit: »Ich war wie ihr.« Ich grinste in mich hinein, wenn ich den Mann betrachtete, der vorgab, zu sein wie ich. Er hatte gleich gemerkt, dass ich eine sorgsam präparierte Goldmine war. Für einen Beamten war es ein außerordentlicher Glücksfall, ohne jede Anstrengung einen Erfolg in den Schoß gelegt zu bekommen. Mit mir durfte er nach Lust und Laune prahlen, nahm mich sogar zu Besuchen im Ministerium mit und führte mich vor, als wäre ich ein Zirkustier. Denn ich sah so blendend aus, dass ich auf dem Logo des Amtes für Soziale Dienste und Kinderschutz hätte abgebildet sein können! Ich war der lebende Beweis für den Erfolg des Systems! Zu meinen Cambridge-Träumen sagte er: »Unbedingt! Das verfolgen wir unbedingt weiter! Du sollst Wissenschaftler werden! Keine Sorge, ich unterstütze dich nach Kräften!«

Kleine Spielchen, wie ich sie mit Azim getrieben hatte, um mich sicher zu fühlen, hatte ich nicht mehr nötig. Es reichte, in Bedris Akte ein Stern zu sein, der die Augen des für Sozialpolitik zuständigen Ministers blendete. Auf Bedris Weg zum Staatssekretär konnte ich als Katapult dienen und ihn in Positionen schleudern, die er unter normalen Umständen nie erreicht hätte. Dazu musste ich als Bester das Abitur bestehen und Geduld haben. Ich wurde zwar noch während der Abschlussklasse achtzehn, doch Bedri sagte: »Selbstverständlich bleibst du bei uns, das regle ich schon«, ich solle mir keine Sorgen machen. Und es kam, wie er gesagt hatte …

Unterdessen verabschiedete ich einen Zimmergenossen nach dem anderen in ein neues Leben. Erst ging Rauf, dann Ömer. Zum Schluss brachte ich Derman auf den Weg. Wer weiß, wo sie heute sind? Wer weiß, was aus ihnen geworden ist? Wer weiß, wo in der Welt diese Menschen, die mich nie schlecht behandelt und vom ersten Tag an als neuesten alten Freund aufgenommen hatten, heute gleich vollendeten Sätzen stehen?

Rauf kannte weder Mutter noch Vater. Ömer war im Heim, weil seine Mutter seinen Vater umgebracht hatte. Bei Derman lag die Sache anders, denn er stammte aus Bosnien … Seine Eltern waren vor seinen Augen ermordet worden, doch Derman hatte wie durch ein Wunder überlebt. Nach seiner Darstellung hatten die Serben, als sie in die Häuser gingen und auf alles feuerten, das sich bewegte, den vor Angst erstarrten Derman für tot gehalten und waren abgezogen. Später hatte er sich mit seiner Großmutter, die ihn in diesem Zustand gefunden hatte, auf eine lange Reise begeben und war nach Istanbul gekommen. Als die Großmutter verstarb, kam er ins Heim und lebte seither in Azims Haus. Ich war mir sicher, dass kein anderer Junge zu Azim eine unübliche Beziehung gehabt hatte – nur bei Derman hatte ich Zweifel. Denn Derman wich in dem kleinen Gebäude Azim aus, so gut er konnte. Lief er ihm doch einmal über den Weg, erstarrte er wie in der Geschichte, die er erzählt hatte. Damit Azim denke, er sei tot … Als Azim seine Abschiedsrede hielt, dachte ich gar, Derman sei der Einzige von uns, der sich wirklich freute. Da für mich, der ich den Drohbrief verfasst hatte, Azims Abschied keine Überraschung war, empfand ich an jenem Tag nichts. Das einzig Strahlende in der Menge waren also Dermans Augen, die mindestens so blau waren wie meine. Oder ich bildete mir das ein…

Schließlich hatten auch die drei Jungen mein Leben verlassen, nun erfüllten drei fremde Stimmen unser Vierbettzimmer. Die Stimmen anderer Jungen.

Wäre ich nicht so sehr damit beschäftigt gewesen, mein Leben aufzubauen, hätte ich mich mehr um jene gekümmert, mit denen ich fast drei Jahre lang das Zimmer teilte, und ihre Freundschaft erwidert. Doch das war mir unmöglich. Diesen Jungen gegenüber, die mich nahmen, wie ich war, hegte ich niemals echte Gefühle. Das lag an meiner Kargheit. Als Junge, der nichts und niemandem verbunden, der unmöglich Partei einer ehrlichen Beziehung sein konnte, der kräftig bei Stimme, aber innerlich schwach war, zog ich allen Menschen im Heim das Fell über die Ohren und entsorgte sie, wie ich es mit Azim getan hatte. Sie sprachen mit mir, doch ich hörte ihnen nicht zu. Ihre Geheimnisse verriet ich bloß deshalb nicht, weil ich ihre Worte sofort vergaß. Sie mochten mich, doch sie wussten nicht, was sie mochten. Denn das ließ ich niemals zu. All die Zuneigung, die sie mir entgegenbrachten, trat durch meine Brust ein, aus meinem Rücken wieder aus und verschwand im Nichts… Später versuchten sie oft, Kontakt zu mir aufzunehmen. Ich aber ließ ihre Meldungen unbeantwortet. Keiner ihrer Nachrichten schenkte ich auch nur einen Blick. Denn sie alle waren lediglich Steine, mit denen ich meinen Weg gepflastert hatte. Ich schritt über sie hinweg… Ich hoffe, es geht ihnen gut. Ich hoffe, sie haben Menschen mit echten Gefühlen gefunden, die ihnen aufrichtig verbunden sind. Ich hoffe, sie haben mich vergessen. Ich hoffe, sie haben meinetwegen nicht ihren Glauben an Freundschaft verloren. Ich hoffe, Azim hat nicht Hand an sich gelegt. Und ich hoffe, kein Einziger von ihnen kommt mir je wieder unter! Denn obwohl ich mich in der Zwischenzeit reichlich verändert habe, bin ich kein besserer Mensch geworden. Ich bin mehr von dem, was ich damals war! Mehr Soziopath, mehr Mörder, mehr Lügner, mehr Monster und mehr und mehr und mehr alles Mögliche … Heute bin ich längst eine Vollblutleiche. Nichts sonst. Vielleicht auch ein wenig Morphinsulfat.

Wir stiegen aus dem Bus, und Bedri fragte: »Geht's dir gut?«

»Ja, ja«, sagte ich.

»Sicher?«

»Ja.«

»Schön …«

Eine Fahrt von acht Stunden lag hinter uns, es blieb noch der Weg durch Ankaras Straßen. Bedri klappte den Sonnenschutz des Taxis herab, band mit Blick in den Spiegel die Krawatte um und nannte die Adresse, zu der wir unterwegs waren. Ich saß hinten. Wir verließen den Busbahnhof und fuhren durch Straßen, die alle gleich aussahen. Ich trug die Schuluniform. Auf Wunsch Bedris, denn ich wirkte in diesem Aufzug noch einmal so strebsam …

Ich beäugte die an uns vorüberrauschenden Autos. Männer und Frauen saßen darin, in den Augen noch morgendliche Unausgeschlafenheit. Ankara war schon lange wach und schien bereits zu bereuen, je erwacht zu sein. An jeder roten Ampel, vor der wir hielten, beobachtete ich etliche Menschen, die auf beiden Bürgersteigen wie auf Kommando aufeinander zuströmten und sich unmittelbar vor uns ineinanderschoben. Die Gesichter waren blass und leer. Ankara war eine Bauchhöhle, und wir glitten hindurch.

Vor dem Ministerium stiegen wir aus, Bedri sah auf die Uhr. Noch anderthalb Stunden bis zu unserem Termin. Bedri schaute sich um und schien dann gefunden zu haben, wonach er Ausschau hielt, denn er sagte: »Komm, da essen wir was. Dann habe ich noch eine Sache in der Bank zu tun, das erledigen wir auch gleich.«

Wir frühstückten mit Leuten, die Schuluniform wie ich und Anzug wie Bedri trugen. Bedri bestellte frischen Tee und wandte sich mir zu.

»Bist du aufgeregt?«

»Nein«, sagte ich. Dabei hatte ich zwei Nächte nicht schlafen können. Seit zwei Tagen dachte ich nur noch an unser Gespräch mit dem Minister. Es würde wenige Minuten dauern oder auch eine Stunde. Mein Leben aber wäre, wenn wir das Gebäude, vor dem wir kurz zuvor aus dem Taxi gestiegen waren, wieder verließen, von Grund auf verändert. Jeder weitere Schritt brächte mich dann England näher. Ich steckte in einer der bedeutendsten Phasen meiner Wiedergeburt. Ich hätte aufgeregt sein sollen – stattdessen empfand ich etwas anderes. Unerklärliche Unruhe … Vielleicht aufgrund der nächtlichen Reise, dachte ich und nahm sie nicht weiter ernst. Die Dunkelheit, durch die der Bus stundenlang gefahren war, hatte mich an andere Dunkelheiten erinnert. Zudem hatte es die ganze Nacht, wenn auch mit Unterbrechungen, geregnet, und ich hatte die Tropfen beobachtet, die gegen die Scheibe, an die ich den Kopf gelehnt hatte, klatschten und zerschellten … Jetzt war aber nicht die Zeit für Erinnerungen. Ganz sicher nicht …

»Na, dann los, komm«, sagte Bedri, und wir standen auf.

Wir überquerten eine breite Straße und betraten die Bank, die er erwähnt hatte. »Setz dich da hin«, sagte Bedri. Trotz der frühen Stunde war es voll. Vielleicht aus ebendiesem Grund überwogen die älteren Kunden. Es war die Stunde der Alten, die ihr Leben lang gearbeitet und zu wenig geschlafen hatten und nun nicht mehr schlafen konnten, auch wenn sie nichts mehr zu tun hatten. Wir waren umringt von Menschen, die über die Öffnungszeiten von Banken und anderen Einrichtungen Bescheid wussten. Es war die Welt betagter Schmetterlinge, die nirgends zu spät kommen wollten, weil ihnen nicht mehr lange zu leben blieb, und deshalb frühzeitig ihre Ziele anflogen. In der Hand die Nummer aus dem Automaten am Eingang kauerten sie in den Wartesesseln und beäugten stumm ihre Umgebung. Ich sah, dass die Sessel brandneu waren. Die Schutzfolie war zwar abgezogen, doch an den Rändern hingen noch durchsichtige Reste herab. Niemand hatte sich die Mühe gemacht, sie vollständig zu entfernen. Vielleicht hatte man es nicht für nötig gehalten. Die Augen derer, die darauf sitzen würden, waren ja längst geschwächt.

»Allen ist alles egal«, murmelte ich. Ein paar Schritte, und ich ließ mich in den einzigen freien Sessel im Wartebereich sinken. Zuerst starrte ich auf meine Knie, dann auf die daneben. Ich hob den Kopf, drehte ihn und erblickte den Besitzer der Knie. Sein Alter war unmöglich zu schätzen, doch worauf auch immer mein Blick an ihm fiel, es war runzlig. Auf der Nase trug der Alte eine Brille mit braunem Rahmen. Genau wie bei Rastin war der Nasensteg mit Klebeband umwickelt. Ich schüttelte den Kopf und murmelte: »Ist doch egal!«

Der Blick des Alten, der nicht ahnte, dass ich ihn musterte, hing am Schalter und der digitalen Nummernanzeige. Auf dem verknitterten weißen Zettelchen in seiner Hand stand 82. Eine Sekunde lang dachte ich, die Nummer sei das Alter des Mannes. Er trug einen abgewetzten Mantel. Aufmerksam folgte er den Zahlen, die aufblinkten, und vergewisserte sich immer wieder mit Blick auf die 82 in seiner Hand. Dann kam der ersehnte Moment. In roten, glänzenden Punkten verkündete die Anzeigetafel 82. Nun würde der Mann aufstehen. Doch er blieb sitzen. Er schaute nach rechts, dann zu mir. Unsere Blicke trafen sich, er wich meinem aus. Die zitternde Hand und die Nummer schob er gemeinsam in seine Manteltasche. Er war sicher, dass niemand, auch ich nicht, gemerkt hatte, dass die Reihe an ihn gekommen war. Einer der Schalterbeamten rief zwei Mal »Zweiundachtzig!« aus. Der Alte reagierte nicht, er wartete einfach weiter. Als die 83 aufleuchtete, erhob er sich und schlurfte zum Ausgang.

Wer weiß, aus welchem Grund er auf welche Prozedur verzichtet hat, dachte ich, als ich sah, dass er aus dem Automaten eine neue Nummer zog. Gemächlich wie zuvor schlurfte er auf mich zu und nahm seinen Platz wieder ein. Er warf einen Blick auf den Zettel, dann wandte er sich mir zu und lächelte. »Ich hatte die falsche Nummer gezogen.« Ich ließ seine Schwindelei unkommentiert und lächelte nicht. Er fuhr fort: »Ich hab einen Enkel wie dich … In welche Klasse gehst du?«

Darauf hätte ich antworten können. Etwas sagen können, das niemanden betrübte. Ich war aber von einer unerklärlichen Unruhe befallen, die jeden anstecken sollte, so beugte ich mich zu seinem Ohr und wisperte: »Du bist so einsam, dass ich kotzen könnte!«

Das Amtszimmer des Bildungsministers hatte fast die Ausmaße unseres Schuppens. Nach langem Warten traten wir ein und fanden den Minister in seinem ihn überragenden Sessel telefonierend vor. Der Sekretär wies uns Plätze zu, wir hielten es aber für angebracht, das Ende des Telefonats im Stehen abzuwarten. Endlich beendete der Minister sein Gespräch, schüttelte uns die Hände und sagte: »Bitte!« Erst da nahmen wir Platz und begannen, kaum dass wir saßen, Bedri zu lauschen.

Als wahrer Beamter fasste Bedri meine Situation mit den richtigen Worten zusammen. Er verstand es, in wenigen Minuten zu erläutern, dass ich, wie er bereits schriftlich ausgeführt habe, die Abiturklasse besuche, von Anfang an Schulbester gewesen sei und sowohl den TOEFL- als auch den IELTS-Academic-Test mit voller Punktzahl bestanden habe.

Während Bedri aufzählte, gab der Minister ein paarmal beifällig »Maschallah!« von sich, dabei musterte er mich und ich den kristallenen Aschenbecher auf dem Teetisch. Es waren die herrlichen Zeiten, da man in geschlossenen Räumen noch rauchen durfte …

Bedris Satz, der mit »Verehrter Herr Minister, unsere Bitte an Ihre geschätzte Person« begann, kappte der Minister mit einem Streich: »Aus dir machen wir einen Arzt!« Er fixierte mich und lachte. Er mochte Ähnlichkeit mit Yadigâr haben. Ich wusste nicht, was ich sagen sollte, und beließ es bei einem Lächeln. Bedri sah, dass ich schwieg, vollendete seinen Satz mit den Worten, um Sozialanthropologie in Cambridge zu studieren, benötigte ich ein Stipendiat von rund 25 000 Pfund jährlich, und verstummte. Die entstehende Stille brach er selbst, indem er ergänzte, mein Gymnasium sei bereit, die Hälfte der Summe aufzubringen.

Derweil hatte ich den Blick erneut auf den Aschenbecher gerichtet. Ein Strahl Tageslicht, der durch das breite Fenster einfiel, brach sich im Kristall und zerstob. Der Aschenbecher zerquetschte und erlosch das mir von der Sonne gesandte Licht wie eine Kippe. Auch ich hatte einst daran gedacht,

Arzt zu werden. So könnte ich über das Korsakow-Syndrom forschen, das bei Menschen auftritt, die lange Zeit hungers gelitten hatten. Doch dann hatte ich gedacht: »Es lohnt nicht, sich so eingehend mit der menschlichen Gesundheit zu beschäftigen!«, und mir gesagt: »Vielleicht sollte ich Biologe werden.« Ich würde Biologie studieren und mich auf forensische Entomologie spezialisieren. Damit könnte ich bei einem Leichnam die Todeszeit anhand einer Untersuchung der Bakterien oder Insektengebilde an ihm feststellen. Auch diesen Entschluss hatte ich später verworfen. »Was geht mich das an, Scheiße! Wenn einer irgendwann krepiert ist, ist er eben krepiert!« Die Biologie ließ mich aber nicht los. Es war das richtige Fach, um Kenntnisse über die Zusammensetzung des Kolostrum genannten Safts zu gewinnen, der sich bei Frauen im Laufe der Schwangerschaft in den Brüsten bildet. Der Geschmack dieser Erstmilch lag mir nach all den Jahren noch immer auf der Zunge. So viel ich auch schluckte, er verging nicht.

»Du kommst aber anschließend wieder, nicht wahr, Gazâ Efendi? Nicht dass wir uns nachher verkrachen!«

Galten diese Worte mir? Ich hob den Kopf und sah Bedri an.

»Bleib nachher nicht dort! Unser Land braucht Männer wie dich, mein Junge!«

Da Bedris Lippen sich nicht bewegten, sprach der Minister. Ich wandte ihm den Kopf zu und begnügte mich einmal mehr damit zu lächeln. Daraufhin sagte Bedri: »Er ist aufgeregt, entschuldigen Sie bitte …« Dabei war mein Pulsschlag unverändert. Das wusste ich, weil ich mein Herz sehen konnte. Ich schlug gemeinsam mit meinem Herz und lauschte allein seinem dumpfen, rhythmischen Geräusch. Das mag der

Grund dafür gewesen sein, dass ich nicht mehr hörte, was gesprochen wurde. Ich lauschte meinem Herzschlag, der aus vier riesigen Lautsprechern an den vier Seiten des gigantischen Amtszimmers zu dröhnen und mich ganz zu umhüllen schien, und beobachtete die sich bewegenden Münder in den mir zugewandten Gesichtern. Einer dieser Münder klappte ein wenig weiter auf, und die Stimme, die herauskam, übertönte meinen Herzschlag.

»Geht es dir gut, mein Junge?«

Der Minister hatte die Frage gestellt. Auch ich war vermutlich in der Lage zu sprechen. Soweit ich mich entsann.

»Ja«, sagte ich. »Es geht mir gut. Wie geht es Ihnen?«

Der Minister lachte. Bedri nicht.

»Gazâ ist wohl vom Lernen erschöpft, nicht wahr?«, fragte der Minister Bedri. Sein Blick aber hing weiter an mir.

»Mein Herr«, setzte Bedri an, »wenn Sie erlauben …«

Wieder unterbrach ihn der Minister. »Okay!«, sagte er. »Wir erledigen das … Jetzt entschuldigen Sie mich, ich habe eine Sitzung … Ich gebe dem Staatssekretariat Anweisung, man meldet sich bei Ihnen … Nun denn, Gazâ Bey, viel Glück, mein Sohn. Studier vernünftig, dann kommst du wieder her. Einverstanden?«

Nach dem letzten Satz erhob sich der Minister und reichte mir die Hand. Auch Bedri stand auf. Nur ich blieb sitzen. Bedri nahm die in der Luft schwebende Hand des Ministers und sagte: »Mein Herr, vielen, vielen Dank, glauben Sie mir, unser Gazâ wird Sie sicher nicht beschämen!« Dabei sah er mich an. Erst jetzt stand ich auf. Bedri zog seine Hand zurück, ich war dran mit Händeschütteln. Es gab da aber ein Problem. Ein großes Problem … Ich wollte den Minister nicht berühren. Nicht nur den Minister, ich wollte niemanden berühren. Wäre ich imstande gewesen, meine rechte Hand auch nur leicht zu heben und sie dem Minister zu reichen, hätte ich jenes Zimmer mit einem Stipendium verlassen, das meine Wiedergeburt besiegelte. Das war mir bewusst. Doch weder hörte mein Körper auf mich noch gehorchte mir mein Kopf. Von außen betrachtet, stand da offensichtlich jemand, der aussah wie Gazâ, aber das war nicht ich. Ich war in mir selbst verschollen.

Ich ließ die Hand des Ministers schweben, drehte mich um und ging. Zweifellos sagten sie etwas, Bedri und auch der Minister, brüllten vielleicht sogar. Ich vernahm nur meinen Herzschlag. Es bereitete mir größtes Vergnügen, meine Schritte seinem Rhythmus anzupassen. Leider war ich zur falschen Zeit übergeschnappt. Dass es am falschen Ort geschah, glaube ich nicht, denn jenes Amtszimmer war bestimmt so groß wie unser Schuppen.

Letzte Woche hat Mama Kuchen mitgebracht. Zu meinem Geburtstag. Mit Schokolade. Aber ich hab ihn nicht gegessen. Weißt du, was ich gemacht hab? Ich hab die Kerzen gegessen!«

Şeref redete unablässig auf mich ein, wie einst Ender es getan hatte, obwohl ich nicht reagierte. Er war mein Bettnachbar. In dem Saal mit vierunddreißig Betten hatte ich zur einen Seite die Wand, zur anderen Şeref. Sosehr ich den Kopf auch im Kissen vergrub, seine heisere Stimme musste ich dennoch hören.

Nach dem Skandal im Amtszimmer des Ministers hatte Bedri darauf verzichtet, mich an Ort und Stelle umzubringen, als er sah, dass ich allem und jedem gegenüber gleich einem Gespenst einherwandelte. Stattdessen hielt er ein Taxi an, um mich ins Krankenhaus zu bringen. Da ich jedes Mal, wenn er mich berührte, aufschrie, wusste er sich kaum noch zu helfen, schaffte es aber doch mit Mühe, mich in den Wagen zu setzen.

In der Notaufnahme kratzte der Arzt sich am Kopf, weil ich auf seine Fragen nicht reagierte und jede Berührung mit einem Schrei quittierte, dann sagte er, ich sei ein Fall für die psychiatrische Polyklinik drei Etagen höher. Aber der erste Aufzug, der kam, war leer, ich hätte ihn also allein mit Bedri besteigen müssen, und das war mir unmöglich. Nach einigen

Versuchen gelang es uns, einen Aufzug zu nehmen, in dem schon zwei Personen standen.

Im Grunde sah und hörte ich alles. Ich nahm auch alles wahr, nur gehörten mein Körper und meine Reaktionen nicht mir. Sie gehorchten mir einfach nicht. Ich wusste beispielsweise, dass ich mit Bedri die leere Aufzugskabine zu zweit hätte betreten können, doch ich war außerstande, einen Fuß hineinzusetzen. Der registrierende Bereich meines Verstands war an einer finsteren Stelle eingesperrt und beobachtete das Geschehen von dort aus. Als säße er in einer Loge und erlebte eine Aufführung mit, in die einzugreifen ihm unmöglich war. Er beobachtete und lernte dabei. Zum Beispiel, dass ich einen Aufzug nur allein oder mit mindestens zwei weiteren Personen gemeinsam betreten konnte. Und den registrierenden Bereich meines Verstandes wunderte das nicht. Er nahm es als soeben entdeckte Regel der Physik hin und sagte: »So gehört sich das auch!«

Bei unserer Ankunft im dritten Stock wollte ich auf keinen Fall berührt werden, die Leute aber setzten alles daran, mich zu berühren. Infolgedessen hallten meine Schreie über den Korridor, und man beschloss, mich zu betäuben. Das war allerdings sehr schwierig. Es brauchte vier Pfleger, die mich von vier Seiten her packten, mich bäuchlings auf ein Bett pressten und mir die Hose herunterzogen.

Als ich zu mir kam, saß Bedri neben mir. Ich sah ihn, konnte aber nicht sprechen. Denn ich hatte den Mund voll … Bedri war auch nicht in der Stimmung zu reden. Er schaute mich an wie einen armen Tropf, dem das Dach über dem Kopf eingestürzt war. Es gab ja nun nichts mehr, das ihm das kleine Genie, in das er so viel investiert hatte, hätte einbringen können. Ich war ein Apparat, dessen Funktionsweise er kein bisschen verstand, und in dem Augenblick, da er ihn am meisten brauchte, kaputtgegangen. So war ich mir sicher, dass er der Eventualität, von seiner Wut besiegt zu werden, wenn er länger bei mir bliebe, und mir zumindest einen Arm zu brechen, gern entflohen wäre. In Anbetracht der Schande, in die er vor dem Minister geraten war, ließ sich durchaus sagen, dass er recht generös gehandelt hatte. Er hätte mich auch im Garten des Ministeriums stehen lassen und sich jeder Verantwortung entziehen können. Zum Beispiel hätte er sagen können: »Erst hat er mich angegriffen, dann ist er geflüchtet!« So etwas hatte er aber nicht getan. Vielleicht hatte er noch Hoffnung. Möglicherweise war das alles ja auch nur eine kleine Nervenkrise, und ich würde mich in den Gazâ zurückverwandeln, den er kannte, und wir versuchten dann beim Minister unser Glück mit einer Entschuldigung. Wir hätten von vorn anfangen und Hand in Hand zum Erfolg stürmen können. Dazu hätte ich aber leider meine Hände aus meinem Mund herausnehmen müssen. Nach dem Erwachen hatte ich meine zehn Finger in den Mund gestopft. Damit sie nichts berührten. In mir raunte eine Stimme: »So gehört es sich! So muss es sein!«

Bedri und ich steckten fest an der Stelle, an die die Ereignisse uns gebracht und eingeschlossen hatten. Ich glich einem Tier, das vom Leben noch vor seinem Tod ausgestopft worden war. Und er saß da wie jemand, der wusste, dass er sein lahmendes Rennpferd erschießen musste …

Es gab nicht viel, das wir tun konnten. Bedri stand langsam auf und wollte mir die Hand auf die Schulter legen. Plötzlich aber fiel ihm ein, wie ich auf alle reagiert hatte, die mich berühren wollten, zog seine Hand zurück und verließ den Raum.

Soweit ich von meinem Bett aus sehen konnte, sprach er mit einem Arzt, löste dann seine Krawatte und steckte sie in die Tasche. Er wollte wieder zu mir, doch der Arzt griff nach seinem Arm und hielt ihn zurück. Bedri warf mir einen letzten Blick zu, drehte sich um und schritt den Gang hinunter. Andere Jungen, die er zu erziehen, und ein Heim, das er zu leiten hatte, warteten auf ihn.

Ich sah Bedri zum letzten Mal. Unsere Partnerschaft war beendet. Von nun an konnte er höchstens noch aus der Ferne verfolgen, wie es mir ging, und wenigstens dafür sorgen, dass ich eine Therapie erhielt. Der Arzt kam und lächelte. »Mach dir keine Sorgen«, sagte er. »Du bist bald wieder gesund. Dann schicken wir dich nach Istanbul. Das habe ich Bedri Bey versprochen.«

Doch der Arzt konnte sein Wort nicht halten. Ich konnte nicht nach Istanbul zurück, und ich wurde auch nicht wieder gesund. Wenn man keine Familie hat, ist es dem Staat egal, in welcher Stadt man sich aufhält. Sozialdienste gab es überall, und niemand dachte, dass ich irgendwohin zurückkehren müsste. Nur weil ich am Leben geblieben war, hatte ich leider zudem mein achtzehntes Lebensjahr vollendet. Allein … Für andere gab es in meinem achtzehnjährigen Leben keinen Platz mehr.

Einige Tage darauf traf ein Koffer mit meinen Habseligkeiten aus Istanbul ein, und ich wurde in einen weißen Kleinbus gesetzt. Mein Ziel war klar. Eine Klinik in Gölbaşı. Ein Saal mit vierunddreißig Betten, das Bett neben Şeref … Seit vier Monaten war ich nun hier, und Şeref redete immer noch.

»Bis wann ist es nicht zu spät zur Besserung? Also, bis wann genau? Denn auch wer Schaden hat, hat ja bis zu einem gewissen Zeitpunkt Spaß, oder? Meinst du nicht auch?«

Chiaroscuro

Eine der vier Hauptmaltechniken der Renaissance. Durch Betonung von Hell und Dunkel drückt sie die scharfe Trennung zwischen beiden aus. Ihr Ziel ist es, den Gegensatz zwischen Licht und Schatten in den Vordergrund zu holen und durch das Herstellen einer dritten Dimension Formen Volumen zu verleihen.

Ich hatte mich gegen alle verschlossen und sämtliche Türen von innen verriegelt. Meine 317 in der Hölle verbrachten Stunden hatten sich drei Jahre lang erfolgreich verdrängen lassen, waren dann aber in jenem Amtszimmer aufgebrochen und hatten mich eingesogen. Es war schon seltsam, dass die Kommas meines Lebens, die Wendepunkte, in Amtszimmern gesetzt wurden. Vielleicht hatte ich eine Art Allergie gegen staatliche Einrichtungen, wer weiß. Ich wusste allerdings, dass ich bereits geglaubt hatte, aus jenem finsteren Loch tatsächlich heraus zu sein, und dem Irrtum erlegen war, weiterleben zu können, als wäre nichts geschehen. Dabei war mein Leben gemeinsam mit den verwesenden Leichen zu Ende gegangen, ich hatte es nur nicht bemerkt. Mein Versuch, wie ein Normalsterblicher gemeinsam mit anderen Menschen zu atmen, hatte gerade einmal drei Jahre gedauert. Sosehr ich mich auch abgemüht hatte, es war mir nicht geglückt, der Zukunft schnell genug entgegenzueilen, die Vergangenheit hatte mich eingeholt. So fand ich mich denn mit Ekel vor den Menschen wieder und beim Klauen von Şerefs Morphinsulfatkapseln.

Im Unterschied zu mir war Şerefs einziges Problem nicht, um den Verstand gekommen zu sein. Mit seinen einundzwanzig Jahren hatte er zudem Krebs, den er als »Gabe Gottes« bezeichnete. Drei leuchtende Hirntumore, die fleißig

Metastasen warfen, Seil hüpften. Diese Klumpen, die zusammen mit den in sein Hirn gesandten Strahlen Şerefs Augenlicht trübten, würden ihn zweifellos umbringen. Sie wollten aber sichergehen, dass er heftig litt, bevor sie ihn töteten. Darum verteilten sie sich über Şerefs Körper in Form unerträglicher Schmerzen. Die Schmerzen und Şeref verwandelten sich in ein U-Boot, das in die Tiefen des Betts abzutauchen drohte. Damit er an der Oberfläche bleiben konnte, wurden Şeref alle zwölf Stunden Morphinsulfatkapseln zu je 30 Milligramm verabreicht – nur kam an dieser Stelle ich ins Spiel. Denn ich hatte gesehen, was die winzigen blauen Kapseln mit Şeref machten. Und das wollte ich auch.

Meine Begegnung mit Morphinsulfat war Sucht auf den ersten Blick! Ich brauchte nur von meinem Bett aus Şeref in die Augen zu schauen, als hörte ich ihm zu. Bald war unser Abkommen Routine. Die Schwester, die die Kapsel brachte, kontrollierte nicht den Bereich unter Şerefs Zunge, so konnte ich, sobald sie gegangen war, meinen Anteil Morphinsulfat abzweigen. Sie war zwar von Şeref eingespeichelt, doch die Kapsel *aus zweitem Mund* hatte die volle Wirkung. Es dauerte natürlich eine Weile, bis er kapierte, dass er die Kapsel mir nicht direkt reichen durfte, sondern sie auf das Tischchen zwischen uns legen musste, schließlich steckten wir alle in der Lernphase. Şeref hatte gelernt, wie er sich mir gegenüber zu verhalten hatte. Er sprach mit mir, machte aber keinerlei Anstalten, mich zu berühren. Für die Kapseln, die er auf den Tisch legte, bekam er einen Zuhörer, der ihm ins Gesicht stierte, als sei er unausgesetzt ganz Ohr. Einen Zuhörer zu haben war ihm viel wichtiger, als seine überquellenden Schmerzen zu unterdrücken. Letztendlich bekam jeder, was er wollte. Ganz so irre waren wir also nicht. So irre nicht …

Dass man mir nicht eine einzige der Dutzenden Sorten Morphinsulfat-Tabletten als medizinische Maßgabe zubilligte, lag daran, dass der für mich zuständige junge Psychiater Emre nicht glaubte, irgendeine Stelle meines Körpers tue weh. Chronische Schmerzen nahm er mir schon gar nicht ab. Dabei war bei mir alles chronisch!

Dank Azim, der als Archivierungssüchtiger den Klinikbericht aus Kandalı meiner Akte beigelegt und sein offizielles Erbe gewissenhaft Bedri übergeben hatte, war Emre weitgehend unterrichtet. Denn Bedri, der sich gewiss wie ein betrogener Liebhaber fühlte, hatte zwar meine Siebensachen nicht aus meinem Zimmer im dritten Stock des Heims durchs Fenster in den Garten werfen können, in vergleichbarer Wut aber unverzüglich meine Akte dem Krankenhaus zugeschickt. Deshalb waren Emre und seine ebenso jungen Kollegen über mein kleines Abenteuer mit Leichen an den Hängen des Kanbergs informiert. Doch keiner hielt es für möglich, dass eine solche Erfahrung einen Schmerz auslösen könnte, der einem den Verstand raubte. Das war nur normal, denn nie zuvor hatten sie mit jemandem zu tun gehabt, der aus einem Haufen Leichen befreit worden war. In ihren Augen glich ich eher jemandem, der nach einem Erdbeben aus den Trümmern geborgen wurde.

Emres Diagnose stand fest.

»Posttraumatische Belastungsstörung, eindeutig!«

Das äußerte er vor seinen Kollegen. In meinem Beisein! Die nickten zunächst, legten dann den Zeigefinger ans Kinn und gaben sich den Anschein, nachzudenken. Der Ungeduldigste unter ihnen eröffnete die Show *Nur Um Des Vergnügens Willen Dagegen Sein.*

»Aber er weist offenbar noch akute Symptome auf, oder?

Drei Jahre sind seitdem vergangen, trotzdem scheint er in der akuten Phase zu stecken …«

Ein anderer stellte seinen eigenen Traum dar.

»Ich denke, man kann das auch als traumatisch motivierte soziale Angststörung behandeln …«

Diese These gefiel aber niemandem, und der Chor setzte ein.

»Hmmm …«, sangen sie, alle zugleich.

Dann bekamen wir ein weiteres Solo geboten, von einer ganz anderen Stimme …

»Anschließend gehen wir ins *Chez Le Bof*, nicht vergessen! Emre hat sich in die Bedienung verliebt, er lädt alle ein!«

Die Runde war vollendet, wieder war Emre an der Reihe.

»Verliebt bin ich nicht. Ich mag nur, wie sie die Stoffserviette auseinanderfaltet und mir auf den Schoß breitet.«

»Hmmm!«, machte der Chor.

Ein letztes Mal versuchte es der, dessen Traum keine Zustimmung erfahren hatte.

»Du hast eine soziale Männlichkeitsstörung!«

Da auch dieser Scherz nicht ankam, lachte niemand, und in einer Figur aus dem Synchrontanz gingen sie nach den vier Seiten des Saales ab. Andere warteten auf sie, echte Irre! Als Fall wurde ich zwar für interessant befunden, doch ich war kein Thema, mit dem man Stunden zubringen musste.

Was auch immer mein Leiden sein mochte, die Symptome waren offensichtlich: Ich konnte niemanden berühren, gestattete niemandem, mich zu berühren, und war außerstande, mit einer Person allein zu sein. Entweder musste ich vollkommen allein sein oder in einer größeren Gruppe. Sonst brach ich in Zittern und Schreien aus, danach überfiel mich ein unglaublicher Schmerz, der mir sämtliche Poren verstopfte. Darüber hinaus gab es noch ein weiteres bemerkenswertes Detail: Ich sprach nicht.

Das war allerdings eher eine Wahl. Hätte ich gewollt, hätte ich durchaus sprechen können, sogar ohne wieder zu verstummen, doch es war uninteressant geworden, mich zu erklären. Wie oft sollte ich mich noch erklären? Wie oft sollte ich noch gleich einem Politiker, der ein Meeting nach dem nächsten abhielt, oder einem Kind, das tausendmal denselben Bettel-Satz herunterbetete, meine Lippen öffnen, um dieselben Dinge zu erzählen?

Drei Jahre lang hatte ich geredet, wie mir der Schnabel gewachsen war, und das hatte ich nun davon: Ich fand mich in der Irrenanstalt wieder. Redseligkeit hatte mir also wenig genützt. Nun war ich des Sprechens müde. Außerdem kam es nicht zum Streit, wenn man nicht sprach. Jedes Wort bedeutete schließlich Zank. Recht hatten jene, die sagten: »Am Anfang war das Wort!«, denn mittlerweile bezweifelte ich nicht, dass auf dieser Welt vor allem anderen Streit da gewesen war. Wo Worte waren, war auch Zank! Der Schlafsaal steckte voller brutaler Boxer, erpicht darauf, mit Fäusten aus Verwünschungen übereinander herzufallen. Eine Horde Irrer, die ihr Hirn zweigeteilt, einen Lappen in die linke Hand und den anderen in die rechte genommen hatten, erwachten im selben Ring, täuschten vor zu leben und schliefen auch dort.

Aber so schlimm stand es um uns eigentlich gar nicht. Die Bande der Psychiater, die uns umzingelten und altersbedingt noch nicht über das Budget für eine eigene Praxis verfügten, bemühte sich, bei der Behandlung möglichst kreativ vorzugehen und uns schleunigst als geheilt zu entlassen. In meiner Therapie beispielsweise war der letzte Schrei in der Klinik in Gölbaşı, Geburten vorzuführen. Emre, der mit seiner Theorie von der posttraumatischen Belastungsstörung nicht recht vorangekommen war, hatte sich dem Lauf der Dinge überlassen und der Trial-and-Error-Phase zugewandt, der wissenschaftlichsten Methode auf der Welt. Es war also Emres Idee gewesen, mir eine Geburt vorzuführen. In der Praxis ergab sich allerdings ein Problem. Es war nicht ganz einfach, eine dazu bereite Schwangere zu finden. Da keine darauf brannte, Irre zuschauen zu lassen, wenn sie gebar, musste ich mit Videoaufnahmen vorliebnehmen. Vielleicht war es für alle besser, dass ich aus einem solchen technischen Grund keine Geburt miterleben konnte. Denn zweifellos würde ich den unwiderstehlichen Wunsch verspüren, das Neugeborene sofort wieder dorthin zurückzustopfen, wo es herauskam.

Emre ließ allerdings nicht locker. Da er überzeugt davon war, die Methode trüge nur dann Früchte, wenn ich die Sache live miterlebte, suchte er mit einem Eifer, der selbst mich verblüffte, Kontakt zur Leitung des Ankaraner Zoos und erbat Unterstützung. So begab ich mich auf Reisen, um mal einer Wildschwein-, mal einer Lamageburt beizuwohnen. Zweck war es, wie Emre sagte, mich mit der *Lebendigkeit*, der ich mich entfremdet hätte, zu versöhnen. Oder, wäre Versöhnung unmöglich, doch zumindest die Stelle zu finden, an der ich von der *Lebendigkeit* abgebrochen war, und uns wieder zusammenzukleben …

Des Weiteren nahm ich natürlich Medikamente. Antidepressiva, die stark genug waren, mein Gehirn größtenteils zu betäuben und mich in eine Voodoo-Puppe zu verwandeln … Meine Tage gestalteten sich denn auch nach der Funktionsweise einer Voodoo-Puppe. Pikste mich irgendwo eine Spritze, hatte selbstverständlich niemand sonst davon Schaden. Mein Fluch war anderer Art. So konnte mir zum Beispiel den ganzen Tag über die rechte Hand wehtun, abends stieß ihr dann gewiss etwas zu. Entweder hämmerte ich mit der Faust gegen die Wand, bis sie blutete, oder ich riss ihr mit den Zähnen die Haut in Fetzen. Manchmal war es mein Nacken, der die ganze Nacht hindurch schmerzte, am Morgen stach mich dann genau an der Stelle eine Mücke, oder beim Gang zur Toilette konnte sich irgend so ein Hurensohn nicht beherrschen und klatschte mir eine. Kurz, aufgrund der Medikamente wusste mein Körper die Zukunft voraus und sandte mir über die Schmerzen Signale. Ebenso sah ich Emres Versuch, die Sache über Chemikalien hinaus mit einer echten Therapie zu lösen. Denn ich sah alles. Auch Emre hatte zu sehen begonnen. Als sich in meinen Blutproben Reste von Şerefs Kapseln fanden, entstand bei ihm der Gedanke, ich sei gar nicht so krank. Daraufhin änderte er die Belegung und entfernte Şeref so weit wie möglich von mir. Dem aber gelang es erneut, Wege zu finden, seinem treuesten Publikum den Lohn für das Zuhören zukommen zu lassen …

Die Aufdeckung meines Medikamentendiebstahls blieb allerdings nicht ohne Folgen. Emre erklärte, wir träten nun ins nächste Stadium meiner Behandlung ein, und verdonnerte mich dazu, meine Exkremente in die Hand zu nehmen und zu betrachten. Ihr Gestank war dem verwesender Leichen nicht unähnlich. Mir blieb zwar schleierhaft, womit mich das Betrachten meiner Exkremente versöhnen sollte, doch ich bemühte mich zu tun, was man mir auftrug. Oder ich bildete mir das nur ein und tat das still und heimlich selbst in der WC-Kabine. Anschließend wusch ich mir die Hände und suchte die Klinikbibliothek auf.

Dort verbrachte ich einen Großteil meiner Tage. Ich las ohne Unterlass. Es war aber nie genug, denn meine Augen wollten einfach nicht nachlassen. Ausgestattet war die Bibliothek mit Büchern, die im Laufe der Zeit in der Klinik tätige Psychiater gespendet hatten. Meist Kunstbücher, der Rest Politik und Philosophie. Vielleicht hatten die Psychiater mit den Büchern auch ihren Traum, Künstler, Politiker oder Philosoph zu werden, aufgegeben, um archäologische Forschungen in der Grube namens Mensch anzustellen.

Da Vincis *Letztes Abendmahl* entdeckte ich in einem dieser Bücher und las die ganze Geschichte. Da ich ein Irrer war, ließ es mich an jenes Foto im Lokalblatt *Von Kandalı in die Welt* denken. Das gehörte zu den Privilegien des Verrücktseins, denn Menschen unbeschädigter seelischer Gesundheit erinnerte das vor ihnen vorüberziehende Leben an gar nichts. Sie glaubten nur, was sie sahen. Ihr Leben bestand aus dem, was sie sahen. Was auch immer das sein mochte …

Eines Tages blätterte ich in einem Buch, und da waren sie wieder: die Buddhas von Bamiyan. Nahezu das gesamte Buch über Bildhauerei befasste sich mit dem Buddhismus und diesen beiden Statuen. Nie hatte jemand, der vor mir in diesem Buch gelesen hatte, beim Umblättern so geweint wie ich, da war ich mir sicher. Denn die beiden Riesenstatuen trug ich in meiner Tasche, Dordor und Harmin in meinen Träumen und Cuma in meinem Knochenmark …

Ich sollte einräumen, dass ich in der Beziehung, die ich zu diesem Buch knüpfte, ein wenig zu weit ging. Ich riss Seiten heraus, schob sie unter mein Laken und verbrachte ein paar Nächte in Gedanken an die beiden Statuen und an Cuma … Leider kam der Pfleger, der die Bettwäsche wechselte, dahinter. Er verpetzte mich bei Emre. Der wies mich an, die Seiten mit den Fotos der Buddha-Statuen zu verspeisen. Dem Befehl konnte ich mich nicht widersetzen. Ich verschlang zwölf

Seiten und erlebte bei der nächsten Exkremente-Betrachtungssitzung mit, wie die Statuen mir aus den Handflächen wuchsen.

Es konnte also keine Rede davon sein, mein Leben sei furchtbar langweilig. Da steckte etwa im Stifteköcher in dem Zimmer, in dem ich montags mit Emre für vierzig Minuten zu einer Sitzung zusammentraf, ein Zirkel, der mich extrem anzog. Zwar war ich in den ersten Monaten außerstande, mit Emre allein im Zimmer zu sein, bei den Sitzungen war stets auch ein Pfleger anwesend, doch inzwischen ging es, solange die Tür offen blieb. Von meinem Platz aus sah ich die Leute im Gang, spürte, unter Menschen zu sein, und wurde ruhig. Was mich aber vor allem interessierte, war der Zirkel, von dem ich mir nicht erklären konnte, was er dort im Köcher zu suchen hatte. Vielleicht war Emre ein *heimliches Kind*, das in seiner Freizeit gern Mengen aufs Papier zeichnete, oder er entwarf eine zirkulare Theorie der Psychiatrie? Jedenfalls stand der Zirkel da und wartete darauf, von mir in Gebrauch genommen zu werden.

Eines Montags, kaum, dass ich Emre gegenübersaß, schnappte ich mir den Zirkel. Emre, der glaubte, ich würde mir oder ihm etwas antun, sprang auf, doch bis er um den uns trennenden Tisch herum war und neben mir stand, hatte ich längst ein Stück Papier gefunden und mich darangemacht, das Bild zu zeichnen, das mir in den Sinn gekommen war, schon als ich den Zirkel zum ersten Mal erblickt hatte. Emre erkannte, dass ich nicht vorhatte, den Zirkel anderswohin als in das Papier zu stechen, er blieb stehen und sah mir zu.

Zuerst schloss ich die Schenkel des Zirkels vollständig und zeichnete drei Viertel vom kleinsten Kreis. Ohne den Dorn, den ich genau in der Mitte des Zettels platziert hatte, zu versetzen, spreizte ich den Zirkel leicht und zeichnete einen von unregelmäßigen Abständen durchbrochenen zweiten Kreis. Einmal drehte ich ihn ganz um sich selbst, dann öffnete ich den Zirkel noch weiter und brachte nun die Teile eines dritten Kreises, wieder in gewissen Abständen, zu Papier. Es folgten die Bruchstücke eines vierten und fünften Kreises, jeweils breiter als die Vorgänger. Emre erkannte ein Kreislabyrinth, setzte sich auf seinen Stuhl und nickte verblüfft. Kurz traf sich unser Blick, und wir lächelten uns an. Nach dem sechsten Kreis kam ich zur Außenmauer des Labyrinths. Im siebten Kreis ließ ich eine schmale Stelle offen, das war das Tor. Zum Schluss verband ich die ineinanderliegenden Kreislinien mit kurzen Strichen, um Gänge herzustellen. Erst danach hob ich den Zirkeldorn vom Papier und betrachtete stolz mein Werk. Ich war kein Egoist. Ich wollte, dass auch Emre sich stolz fühlte, und sprach, zum ersten Mal seit meiner Ankunft in der Klinik.

»Versuchen Sie mal, es zu lösen!«

Er tat, als wäre er nicht überrascht, dass mir ein sinnvoller Satz über die Lippen gekommen war, nahm mir den Zettel aus der Hand, betrat mit dem Kugelschreiber, den er aus seiner Brusttasche gezogen hatte, das Labyrinth durch sein Tor und suchte sich seinen Weg in den kleinsten Kreis in der Mitte hinein. Währenddessen ließ ich um anderer Gedanken willen den Blick durchs Zimmer schweifen und erblickte Rastin, wohin ich auch schaute. Und das Schema der spiralen Hierarchie …

»Fertig!«, sagte Emre und zeigte mir den Zettel. Er hatte es geschafft, sich aber doch ein wenig schwergetan. Ich wollte ihn nicht entmutigen und gratulierte. Überglücklich darüber, endlich Kommunikation hergestellt zu haben, ging er dann einen Schritt zu weit, dankte mir und streckte mir die Hand entgegen. Ich tat alles, um mich zu beherrschen, den Zirkel nicht in die ausgestreckte Hand zu stechen, doch es gelang mir nicht. Ich tat, was ich tun musste, und entschuldigte mich anschließend. Emre hielt sich die blutende Hand und sagte zwar: »Macht nichts«, dennoch brachte mir die Aktion zwei Tage Wegsperren ein. So begriff ich, dass die Zeit, die Yadigâr mich eingelocht hatte, ihren Platz in der psychiatrischen Wissenschaft hatte! Das Allheilmittel waren achtundvierzig Stunden Einsamkeit.

Für mich war die Isolationszelle interessanter als alles andere und jeder andere Ort, denn die Einsamkeit ermöglichte mir, die Augen zu schließen und wieder in meinen Körper einzutauchen. Es war herrlich, im eigenen Inneren Astronaut zu sein und keinen Weltraum-, aber einen Zellenspaziergang zu unternehmen! Als ich herauskam, dankte ich Emre, mit folgenden Worten:

»Danke, dass Sie mich zu mir geschickt haben … Übrigens, ich habe einen Vorschlag. Man sollte auf den Straßen nicht öffentliche Toiletten, sondern öffentliche Zellen aufstellen. Wer will, geht hinein und schließt sich ein. Wenn es wie bei den WC-Kabinen ein rotes Zeichen am Türschloss gibt, weiß man, dass besetzt ist. Dann können andere Leute durch eine Klappe in der Tür Dinge wie Essen oder Trinken hineinreichen, um die Person, die allein sein will, zu unterstützen. Das wäre doch toll, oder? Ich fände das herrlich!«

Emre nahm meinen Vorschlag zwar nicht ernst, lächelte aber, weil er sich über meine flüssige Rede freute. Er wagte einen weiteren Vorstoß zum Händeschütteln und reichte mir seine verbundene Hand. Daraufhin fragte ich: »Gibt es hier Handschuhe?« Nach kurzer Suche in der Klinik war ein Paar

Lederhandschuhe gefunden, die zog ich über und konnte ihm die Hand schütteln. Was für ein großer Tag! Im fünften Monat meiner Behandlung war ein außerordentlicher Fortschritt erzielt, ich hatte, wenn auch mit Stoff dazwischen, einen Menschen berührt!

Lächelnd betrat ich meinen Schlafsaal, doch meine Miene erstarrte bei der ersten Nachricht, die ich erhielt. Während meines Aufenthalts in der Isolationszelle war meine Morphinsulfatquelle Şeref gestorben. Mein erster Gedanke war, dass niemand sonst im Saal Krebs hatte. Herrlich, wenn da jemand wäre, doch es gab keinen! Niemand außer Şeref nahm Morphinsulfat. Deshalb fasste ich auf dem Weg von der Tür zu meinem Bett, wenn ich mich recht erinnere, beim sechzehnten Schritt, einen Beschluss: so schnell wie möglich raus aus der Klinik! Dann würde ich die nächstbeste Apotheke überfallen und müsste nicht noch einmal von vorn anfangen.

Denn der eine Satz, den in der Klinik alle im Munde führten, lautete: noch einmal von vorn anfangen! Das hatte ich bestimmt nicht vor. Ich wollte nur meine Beziehung zum Morphinsulfat da wiederaufnehmen, wo ich sie unterbrochen hatte. Und das musste ich in einer Zelle tun, in die ich mich verdrücken konnte, um in mich zu reisen. Denn außerhalb meiner Haut gab es kein Leben für mich. Jeder andere in meiner Situation hätte sicher überlegt: »Schön und gut, aber wo willst du so eine Zelle finden?« Ich hatte Glück. Was für ein Glück, dass ich unter den Milliarden Männern auf dieser Welt nur zu Ahad »Papa!« gesagt hatte. Nun war er tot und hatte mir eine Zelle vererbt. Ich hatte eine Isolationszelle. Die lag in Kandalı. Ich stellte mir vor, im Depot zwischen Morphinsulfatkapseln im Dunkeln zu liegen. Davon träumte ich und lächelte. Hätte ich einen Zirkel, könnte ich, ohne den auf das Papier gesetzten Dorn von der Stelle zu bewegen, ein Bild vom Paradies zeichnen. Denn ich wusste, wie es aussah. Mit Ahads Geld hatte ich es eingerichtet, und es sollte für andere die Hölle sein … Dabei war es ein Paradies. Zumindest für mich! Als größter aller Sünder stand mein Rettungsplan fest: zuerst ins Paradies gehen und dann dort sterben. Keineswegs aber durch die eigene Hand … Sondern mit der Zeit.

Jetzt galt es, möglichst schnell entlassen zu werden oder abzuhauen! Da wir uns nicht in einem Abenteuerroman befanden, musste ich es zunächst mit der ersten Option versuchen. Wie schwierig konnte es schon sein, so zu tun, als wäre ich geheilt? Mein Wahnsinn war ja nicht von der Art, die sich auf Röntgenbildern, bei Tomografien oder in Blutproben zeigte! Ich trug ein Leiden in mir, das kein Gerät jemals erfassen würde! Ich könnte durch die Welt ziehen, ohne dass irgendjemand davon wüsste. Zunächst aber galt es, zur Tür der Klinik hinauszukommen. Dafür war es leider nötig, jemanden mit bloßen Händen zu berühren. Obendrein musste mir das gelingen, ohne zu schreien und ohne wegen des Schmerzes, der mich von innen besetzt halten würde, das Gesicht zu verziehen. Vielleicht sollte ich mit Übungen beginnen, dachte ich. Mit ein paar Versuchen …

Die Geschichte der Medizin war bekannt: Wie alle Wissenschaftler mit Gewissen würde auch ich meine Versuche erst einmal an Tieren durchführen. Für den Anfang würde ich sie berühren. Der Rest würde sich ergeben. Welchen Unterschied machte es schon, einen Schimpansen zu berühren oder einen Menschen? Stammten nicht beide vom selben Primaten ab? Von einem Primaten namens Adam … Ja, der eine war klüger, stimmt! Er hatte seinen Instinkt benutzt, sich zum Schimpansen entwickelt und seine Evolution im Einklang mit der Natur fortgesetzt. Der andere war in seiner ganzen Blödheit zu einem Geschöpf geworden, das an seiner Unzufriedenheit zugrunde ging, und fand sich außerhalb der Natur wieder. Das alles interessierte mich aber nicht, denn wie weit das Fleisch, das ich berühren würde, zählen und ob es das Ende der Welt herbeiführen konnte oder nicht, war für mich belanglos. Fleisch war Fleisch! Ekelhaft, doch ich musste es berühren. Anschließend musste ich einen Schritt weitergehen und es schaffen, eindeutig Menschen zu berühren. Lebte ich in einer anderen Zeit an einem anderen Ort, zum Beispiel bei einem Kannibalenstamm im 17. Jahrhundert, wäre ich zum Beweis, dass meine seelische Gesundheit wiederhergestellt war, womöglich gezwungen gewesen, einen Menschen nicht nur zu berühren, sondern ihn zu verspeisen, sagte ich mir zum Trost. Letztlich war auch das eine Kultur und die Wahrscheinlichkeit, in sie hineingeboren zu werden, eine reine Frage der Mathematik. Die Buddhas von Bamiyan waren Produkte einer Kultur, aber die Taliban, die sie in die Luft gesprengt hatten, waren es auch. Ja, die Baumeister jener Statuen von vor 1500 Jahren gehörten derselben buddhistischen Kultur an wie jene, die heute in Burma Muslime töteten. Den Begriff »Kultur« sollte man also nicht allzu hochhalten. Letztlich war Kultur Sache von Idioten mit festen Ticks, die keine Gewohnheit aufgeben mochten, sämtliche Verhaltensweisen von Generation zu Generation weitergaben und anhäuften und damit die Welt langsam, aber sicher in ein *Messie-Haus* verwandelten! Ja, zugleich war sie auch ein gesellschaftliches Gedächtnis, doch die Tendenz, an Alzheimer zu erkranken, nahm zu! Führte man heute den Menschen sämtliche Kulturen der Welt vor und sagte: »Bitte schön, sucht eine aus! Die Fahrt ist gratis! Zu der Kultur, die euch gefällt, kutschieren wir euch hin, von nun an werdet ihr dort leben!«, welche Regionen der Erde mit *wertvoller Kultur* wären wohl nach drei Sekunden leergefegt? Über all dem brütete ich, aber natürlich nützte mir nichts davon!

Als ich sagte, ich wolle mit dem Berühren bei Tieren anfangen und dann Stufe um Stufe aufsteigen, zögerte Emre zunächst. Die Idee stammte ja nicht von ihm. Um gelten zu lassen, was anderen durch den Kopf ging, brauchte man Zeit. In dieser Zeit musste man die von anderen unterbreitete Idee nehmen, hier und da verändern und personalisieren. Dadurch wurde es möglich, sich eine Idee anzueignen, als wäre man selbst auf sie gekommen. Für Emre betrug die Zeit des Selbstbetrugs fast vier Stunden. Er suchte mich im Schlafsaal auf und lehnte sich an den Eisenrahmen meines Betts.

»Okay«, sagte er. »Wir machen das … Aber ich möchte, dass du ein Tier ins Leben holst!«

Ins Leben holen? Ich hasste seinen Geburtentick! Vielleicht waren ihm die Geburten auch egal, und er erfand nur im Stegreif Therapien, um meinen Ideen irgendetwas draufzusetzen! Dennoch blieb mir nichts anderes übrig, als zuzustimmen. Denn ich hatte es eilig.

»Wann?«

»Ich spreche mit dem Zoo, dann sag ich dir Bescheid. Vielleicht finden wir auch einen Bauernhof … Schauen wir mal …«

Er ging. Kaum war er weg, setzte in meinem Magen der Schmerz ein. Bei jedem Lidschlag tauchte in meinem Kopf ein anderes Tier auf, und ich spürte ihre qualligen Plazenten an meinen Händen. Der Schmerz schwoll an, ich zitterte. Ich saß auf dem Bett und sah mich hilflos um. Da fiel mir das harmloseste Tier ein, das ich kannte. Ich zog es aus der

Tasche und berührte es. Ich ließ es über mein Gesicht gleiten, über meinen Nacken … Gleich einer Salbe strich ich es auf alle schmerzenden Stellen … Und der Schmerz verzog sich. Ich muss gestehen, an jenem Tag rettete mich Cumas Papierfrosch.

Drei Tage darauf fuhr ich mit Emre in Begleitung eines Fahrers zu einem Bauernhof bei Polatlı und kniete mich vor eine Kuh, die mitten in einer schweren Geburt steckte. Der Bauer packte zwei Hufe, die schon aus der Kuh herausragten, und zerrte daran. »Was kann ich tun?«, fragte ich. »Streicheln«, sagte er. »Einfach nur streicheln …«

Ich sah Emre an, dann das mächtige Tier, das an die Stallwand gelehnt dalag, ich holte Luft und berührte den warmen Rücken. Als würde ich mir die Hand verbrennen, zog ich sie rasch zurück, holte dann aber noch einmal tief Luft und fasste an. Die Kuh drehte mir den Kopf zu und sagte: »Hab keine Angst.« Es war Emre, der sprach, doch das war egal. Und ich streichelte sie … und streichelte …

Die beiden Hufe wurden zu zwei dünnen Beinchen, dann kam zwischen ihnen der Kopf des Kalbs zum Vorschein. Als es ergriffen, ins Leben gezogen und ganz von seiner Mutter getrennt war, brach ich in Tränen aus. Meine Schläfen, die längst hätten wehtun müssen, wurden nass von Tränen, und ich weinte, als wäre ich es, der geboren worden war. Dann nahm ich die Hände des Bauern und sagte: »Danke! Vielen Dank …«

Auf dem Rückweg war Emre so glücklich, dass er mehrfach sagte: »Ich bin stolz auf dich.« Mit einem Stein hatten wir einen ganzen Fliegenschwarm erledigt. Ich war fähig gewesen, sowohl das Tier als auch den Bauern zu berühren. Ich konnte mich gar nicht wieder einkriegen und berührte Emre zur Antwort die ganze Strecke über an Arm und Schulter. Wieder und wieder… Wir sahen einander in die Augen, lachten und ahmten die Stimme des Bauern nach: »Streicheln«, sagten wir, »einfach nur streicheln…«

Zurück in der Klinik gingen Emre und ich auseinander, ich lief ins Bad. Ich stellte mich vor eines der Waschbecken, drehte den Wasserhahn auf und pellte mir das zur zweiten Haut gewordene getrocknete Eiweiß von den Handflächen. So blöd war ich ja nun auch nicht! So blöd nicht… Die beste Methode, einen Menschen oder eine Plazenta zu berühren, war es, die Hände innen und zwischen den Fingern mit einer anderen Plazenta zu überziehen. Die Idee verdankte ich Ahad, der mich an dem Tag, als ich aus Yadigârs Zelle freikam, damit gequält hatte, auf die Brandwunde an meinem Handgelenk zu drücken. Damals hatte er nach seiner Rede seine Hand von meinem Gelenk genommen und gesagt: »Schlag zwei Eier auf… Trenn das Weiße, verquirle es gründlich, streich es darüber! Das tut gut bei Brandwunden!« Ich war seinen Worten gefolgt, doch es hatte nichts genützt. Aber ich hatte gesehen, wie das Eiweiß meine Haut gleich einem Handschuh umschloss.

So waren als Zubehör für meine Show auf dem Bauernhof nur zwei Eier nötig gewesen, und davon gab es in der Klinikküche reichlich. Der Rest war Schauspielerei. Schauspielern konnte ich von Geburt an. Denn Gazâ war nicht der Name eines Menschen, sondern einer Rolle. Einer Figur! So musste es sein. Sonst hätte ich mich längst umgebracht. Wäre Gazâ tatsächlich ein Mensch, wäre seine Existenz unerträglich. Und erst ihn mögen, ihn lieben – niemals! Also war Gazâ eigentlich ein Double. Ein Double für gefährliche Szenen! Ebendeshalb hatte er jenen Satz ganz natürlich aussprechen können: »Einfach nur streicheln!« Er hatte ihn dutzendfach wiederholt. Streichle die Kuh, streichle dich selbst, streichle die Menschen, streichle das Leben und liebe sie … Einfach nur streicheln und lieben also? Scheiße! Hast du je im Leben einen Gazâ kennengelernt? Tu du's doch, wenn's so einfach ist, verdammt! Schlussendlich war ich vielleicht ein Verrückter … Aber nicht so verrückt, Menschen zu berühren!

Wir standen vor der Tür der Klinik und beobachteten, wie die um uns herumwirbelnden Schneeflocken schmolzen, sobald sie unsere Schultern berührten. Vielleicht beobachtete nur ich. Emre wollte mir die Hand schütteln. Ich warf einen Blick auf seine Hand, lächelte und umarmte ihn völlig unerwartet für ihn. Wie Ender es vor Jahren mit mir getan hatte, drückte ich nun Emre fest. Dieses Mal war es nicht an mir zu überlegen, wohin man bei der Umarmung den Blick richtete! Es war Emre, der sich perplex zwischen meinen Armen wiederfand. Damit ihm nicht aufging, dass ich statt seiner Hand lieber den Stoff an ihm berührte, verharrte ich möglichst lange so. Ich flüsterte ihm sogar ins Ohr: »Vielen Dank für alles.« Dann löste ich die Umarmung so abrupt, wie ich sie begonnen hatte. Erschüttert von der überaus herzlichen Verabschiedung zog Emre, da er nicht wusste, was er sagen sollte, den Zettel mit meiner Labyrinth-Zeichnung aus der Tasche, zeigte ihn mir und sagte: »Ich hebe ihn auf…« Er setzte noch hinzu: »Du bist ein sehr kluger Mann, Gazâ!«

Dieser Satz kam mir bekannt vor. Hatte der Staatsanwalt nicht etwas Ähnliches gesagt? Er hatte wohl »Junge« gesagt, aber ich war ja inzwischen erwachsen, zumindest äußerlich… Sosehr ich mich bemühte, den getrockneten Blutfleck auf dem Papier zu übersehen, fiel mein Blick doch darauf, und ich hob den Kopf. »Sorry noch mal«, sagte ich. »Lass nur, es war mein Fehler«, entgegnete Emre und wollte den Zettel wieder einstecken, als ich weitersprach.

»Nur, die echte Lösung des Labyrinths ist das nicht …«

»Nicht?«, fragte er und musterte das Blatt in seiner Hand.

»Denk noch mal nach«, sagte ich und lächelte.

»Gut«, sagte Emre. »Werd ich … Mach's gut, Gazâ.«

Ich verließ die Klinik in Gölbaşı in einem Kleinbus, der jenem glich, der mich einst dort hingebracht hatte. Die Klinik, die ich als Irrer betreten hatte, verließ ich als Irrer und Süchtiger. Außer Cumas Frosch und dem Geld, das Emre und seine Kollegen für mich gesammelt hatten, besaß ich nichts. Es war kalt. Alles war von Barmherzigkeit bedeckt. Doch unsere Reifen und ich lagen in Ketten. So konnten weder Barmherzigkeit noch Eis uns aufhalten. Wir blieben unterwegs nicht liegen und warfen auch keinen Blick zurück …

Aus dem Minibus stieg ich um in einen städtischen Bus Richtung Ankara, gleich einer Faust fuhr ich in die Menge hinein. Gleich einer Faust, die ins Leere schwang, um niemanden zu berühren. Doch es ließ sich nicht vermeiden. Der Bus war rappelvoll, entweder stieß ich an Schultern oder an Ellbogen. Rings um mich herum war Menschenfleisch, und die Fahrt war lang. Ich konnte nur die Augen geschlossen halten, so lange es ging, und die Zähne zusammenbeißen. Immer wieder Fleisch und Stoff berührend ging es voran, und ich fühlte mich wie die echte Lösung des Labyrinths, von der ich gesprochen hatte. Um diese Lösung zu erhalten, musste Emre ein Radiergummi zur Hand nehmen und das Labyrinth ausradieren. Nur sein mit Kuli gezeichneter Weg würde stehenbleiben. Und dieser Weg war das Geheimnis, um das herum ich das Labyrinth errichtet hatte. War das Labyrinth ausgelöscht, würde ein G auf dem Papier stehen. Natürlich nicht das G von Gazâ, sondern das G von Gat! In dem Bus nach Ankara fühlte ich mich wie Gat. Wie immer … Wie durchgekaut … Wie ausgespuckt, als ich ausstieg …

Ich war am Busbahnhof. Ich war neunzehn und auf der Suche nach Morphinsulfat … Bis zur Abfahrt des Busses, der mich nach Kandalı bringen würde, lief ich etliche Male vor den beiden Apotheken in dem Gebäude auf und ab. Doch alles war voller Polizei. Oder ich bildete mir das nur ein. Deshalb konnte ich keine der Apotheken betreten und sagen: »Entweder rücken Sie Morphinsulfat raus oder ich leg Sie mit meinem unsichtbaren Revolver um!« Und ehrlich, wie sollte ich denn unbewaffnet eine Apotheke überfallen? Mir wurde klar, dass das Tolvon reichen musste, das ich bei mir trug. Ich konnte das Thema auch abhaken, indem ich schlief …

Eine Stunde vor der Abfahrt bestieg ich den Bus, der schon bereitstand, schluckte so viel Tolvon, dass es einer Überdosierung nahekam, schloss die Augen und versprach mir, die Lider bis Kandalı nicht wieder zu heben. Ein Wunder geschah, und es gelang mir, Wort zu halten. Die stundenlange Fahrt hatte ich in einem einzigen Schlafschritt durchmessen. Andernfalls wäre ich höchstwahrscheinlich noch vor den ersten einhundert Kilometern Fahrt aufgestanden, zum Fahrer gelaufen, hätte ins Steuer gegriffen und den Bus von der Straße gelenkt. Hätte ich nicht geschlafen, wäre ich als Erster durch die Windschutzscheibe hinaus … Doch ich schlief!

So betrat ich Kandalı, vier Jahre, nachdem ich es mit fünfzehn und den Worten: »Hierher kehre ich niemals zurück!«, verlassen hatte. Ein anderer hätte vielleicht Gefühlsanwandlungen bekommen, doch ich empfand nichts. Ich lief nur über das Pflaster. Zuerst passierte ich die Gendarmerie-Station, dann die Gaststätten, in denen ich die Bestellungen für das schönste Mädchen der Welt aufgegeben hatte. Es war mir egal. Denn nicht Kandalı war mein Zuhause, sondern das Depot am Ende des Staubwegs.

Nach einem halbstündigen Fußmarsch ließ ich das Schild »Auf Wiedersehen« hinter mir und erblickte mein eigenes Schild. Es stand noch immer da. Nur leicht verändert … Vier Einschusslöcher wies es auf, und es war verrostet. Man hatte mein Schild erschossen. Aufrecht war es gestorben. Ich tippte es kurz an und bog in den Staubweg ein.

Unwillkürlich beschleunigte ich bei jedem Schritt und stand kurz darauf vor einer kohlschwarzen Ruine. Ich lachte. Ender war ein guter Brandstifter! Er schien einen Blitz benutzt zu haben anstelle von Benzin. Das ebenerdige Haus hatte er dermaßen gründlich abgefackelt, dass es nur noch sein Skelett gab. Die Wände erinnerten an ein Sauriergerippe. Das Dach war zur Hälfte eingestürzt. Der Bau, einst Ahads Residenz, glich nun einem faulen Zahn, der darauf wartete, gezogen zu werden. Ender hatte mir den denkbar größten Gefallen getan! Trotz all des Hasses in mir hätte selbst ich keinen derart astreinen Brand legen können.

Laube und Schuppen standen da, wie ich sie verlassen hatte. Sogar die Grube, aus der man den Leichnam des Schwächlings geborgen hatte, lag noch offen da. Ich öffnete die Tür zum Schuppen und fand ihn ausgeräumt. Die Plünderer von Kandalı hatten mitgehen lassen, was ihnen in die Hände fiel. Meinetwegen hätten sie auch den Schuppen Stück für Stück abtragen können! Denn mich interessierte nur das Depot. Das Schloss an seiner Luke war vermutlich von der Polizei aufgebrochen worden. Der Gullideckel aber war noch da. Merkwürdig, dass die Plünderer ihn nicht abmontiert und als Altmetall verhökert hatten. Vielleicht hatten sie sich gefürchtet, hatten sich vom Depot möglichst ferngehalten, um nicht Ahads Fluch auf sich zu ziehen.

Mit beiden Händen wuchtete ich den Deckel der Luke hoch und setzte den ersten Schritt auf die Holztreppe. Stufe für Stufe stieg ich hinab und ließ ein Feuerzeug aufflammen. Was die Plünderer betraf, hatte ich mich getäuscht. Auch das Depot war leergeräumt. Ventilatoren und Kameras hatten sie mitgenommen. Nur die Kamera, die Rastin mit dem eisernen Eimer zerschlagen hatte, war noch da. Die Wanduhr hatten sie sich ebenfalls unter den Nagel gerissen. Natürlich konnten sie nicht ahnen, dass ich das Uhrwerk manipuliert hatte. Wer weiß, bei wem sie jetzt an der Wand hing und die Zeit verzögerte?

Ich lächelte. Endlich war ich zu Hause … Ich ließ das Feuerzeug zuschnappen und mich an Ort und Stelle nieder. Dann streckte ich mich bäuchlings auf dem kalten Boden aus. Auf welche Wange ich die erste Ohrfeige im Leben bekommen hatte, war mir entfallen, nun legte ich die linke Wange auf den Boden. Die Arme streckte ich weit von mir, die Hände presste ich ins Sägemehl. Ich fror, doch es war mir egal. Denn ich umarmte mein Zuhause! Meine Augen wurden feucht, doch ich lächelte. Ich drehte mich auf den Rücken, hob die Hände, um die mich umgebende Schwärze zu berühren, und ließ sie durchs Leere wandern. Ich lachte laut. Ich streichelte die Luft meines Paradieses und pumpte mich voll mit meinem Lachen, das von allen vier Wänden widerhallte … »Ich bin da!«, brüllte ich.

»Ich bin da! Ich bin wieder bei dir! Weil ich nicht wüsste, wo ich sonst hinsollte! Du bist das einzige Haus, das ich kenne! Nur dich kenne ich …«

Ich weinte. Nach Herzenslust! Das war die wahre Freiheit des Menschen: weinen zu können, so viel man wollte. Vielleicht auch: weinen zu können, worüber man wollte…

Meine Mittel waren so knapp, dass es mehrere Entscheidungen zu treffen galt. Gleich den Alternativen, vor die Rastin sein Volk gestellt hatte. Entweder würde ich etwas trinken oder etwas essen. Entweder mir wurde warm, oder ich hatte Licht … Ich wählte Flaschen und Kerzen. Danach stand eine Wahl an, die nicht die Geldsumme in meiner Tasche betraf. Sie betraf die Krankheitssumme in meinen Zellen: Entweder musste ich eine Apotheke überfallen oder mich im Depot einschließen und versuchen, mir Morphinsulfat endgültig aus dem Kopf zu schlagen. Beides war schwierig. Sehr schwierig … Vor allem, eine Apotheke zu überfallen! Denn in dem kleinen Ladenlokal mit dem Apotheker allein zu sein würde ich nicht fertigbringen. Und waren Kunden da, schnappte man mich garantiert. Was sollte ich tun. Dabei war ich nur aus der Klinik heraus, um an Morphinsulfat zu kommen. Das hatte ich zumindest bis zur Ankunft im Depot gedacht. Doch vielleicht war es eigentlich das Depot gewesen, das mich gerufen hatte, und Morphinsulfat war nur Dekoration meines Paradieses. Ich stehe das durch, dachte ich. Ich kann mich gegen alles verschließen und Morphinsulfat draußen lassen.

Ich probierte es … Doch weder die Antidepressiva in meiner Tasche noch meine Versuche, den Atem anzuhalten, um unter meine Haut zu gelangen, fruchteten. Das Morphinsulfatdefizit war Blindheit auf den ersten Blick! Ich konnte meine Augen noch so zukneifen, es blieb stets ein blind machendes Licht zurück. Nichts war dunkel genug. Und ich war nicht allein genug! Wer weiß, was alles durch die Luft wirbelte? Welche Mikroben? Wer weiß, welche mikroskopischen Monster auf mich herabrieselten? Mag sein, dass ich sie nicht sah, doch ich war mir sicher, jedes Mal, wenn ich den Mund öffnete, tausende zu schlucken. Selbst wenn ich die Handflächen auf die fest verschlossenen Lippen presste, wusste ich, dass sie sich in die Luft mischten, die ich durch die Nase einatmete!

Meine Ankunft im Depot lag noch keine Woche zurück, doch ich fühlte mich durchgekauter denn je. Nur zweimal war ich draußen gewesen, um Brot, einige Flaschen und ein paar Kerzen zu besorgen. Beim ersten Mal war alles reibungslos verlaufen, doch meinen zweiten Gang nach Kandalı bereute ich. Ich stand vor der Apotheke, da schob sich jemand zwischen Schaufenster und mich. Einer der Jungen aus der Bande, die Ender einst angeführt hatte. Er erkannte mich. Doch ich gab vor, ihn nicht zu kennen. Mein Flunkern nützte nichts, er erzählte mir eine Story nach dem Motto: »Weißt du schon?« Held der Geschichte war Ender, und am Ende kam er um! Er war vorzeitig zum Militär gegangen und hatte, als er so über die Süphan-Alm lief, seinen letzten Schritt auf eine Mine gesetzt. Mir fiel nichts zu sagen ein, ich ließ den Jungen stehen und eilte in meine Höhle zurück. Darin tigerte ich auf und ab und rief: »Ich bin erledigt!« Denn ich war mir sicher, der Junge würde meine Rückkehr nach Kandalı herumposaunen. Dann kämen sie alle, mich zu sehen, mit mir zu reden – und mich anzufassen! Unerträglich. Nicht nur für mich, für alle!

Tage und Nächte verbrachte ich damit, mich in einen

Winkel des Depots zu drücken und zu zittern. Zwischen zwei Wände geklemmt wartete ich darauf, dass ganz Kandalı zusammenlief und gegen mich marschierte. Sie würden kommen und mich in Stücke reißen! Das war nur eine Frage der Zeit! An Schlaf war nicht zu denken. Um ihre Schritte zu erlauschen, öffnete ich immer wieder die Luke und horchte hinaus. Ich konnte das Depot nicht verlassen, wusste aber, solange ich darinhockte, gab es zwischen mir und einer Maus in der Falle keinen Unterschied. Den Ort, an dem ich mich vor der Welt verbarg, stöberte die Welt spielend auf. Sie würden mich finden, wie eigenhändig hingesetzt, und mich eigenhändig begraben! Ganz Kandalı würde mich umzingeln und mit Blicken durchbohren! Meine einzige Gegenwehr bestand darin, die Luft anzuhalten und die Verbindung zu allem Lebendigen zu kappen! Selbst das nützte nichts. Denn meine Angst war so groß, dass ich außerstande war, in mich heimzukehren und unter meine Haut zu schlüpfen. Ich versuchte es viele Male. Wohl stundenlang! Nichts geschah. Weder pochte ich mit meinem Herzen, noch floss ich mit meinem Blut. Ich brach in Tränen aus. In einer Ecke des Depots, in mich zusammengekauert, blieb mir nur zu weinen. Irgendwann wischte ich mir die Tränen aus dem Gesicht und hob den Kopf, da sah ich sie:

Im Dunkeln stand meine Vergangenheit. Einem ungestalten Tier gleich, stand sie mir starr gegenüber und glotzte mich an. Sie hatte Hufe. Wie das Kalb, dessen Geburt ich miterlebt hatte. Da stand sie auf streichholzdünnen, schwarz behaarten Beinen. Durchsichtiger, an Plazenta erinnernder Schleim tropfte von ihr herab. Ihr Leib war aus Erde. Aus der Erde sah ich Hände, Nasen und Zähne etlicher Leichen hervorragen. Ein Gesicht hatte sie nicht. Wo die Augen hätten sein müssen, glühten zwei rote Punkte in der Dunkelheit. Genau wie die Punkte, die ich auf der Digitalanzeige in der Bank in Ankara gesehen hatte! Auch Maul und Nase fehlten, jedes Mal aber, wenn sie ausatmete, trat unter den roten Augen eine Dampfwolke aus. Der Schlag ihres faulen Herzens war, wie bei der aufs Nachgehen getrimmten Uhr, ein Mal zu hören, dann setzte er aus. Ich ertrug es nicht länger und schrie auf zwischen den beiden Wänden, wo ich eingeklemmt war: »Nein!«

»Nein! Du bist nicht meine Vergangenheit! So ist sie gar nicht! So grässlich nicht! Mich legst du nicht rein! Kapiert? Denn ich weiß, was ich erlebt habe! So durchgeknallt bin ich nicht! Ich weiß alles noch genau! Und zwar nur ich! Soll ich's dir erzählen? Ja? Aber zum letzten Mal! Nie wieder werd ich davon sprechen! Weißt du, warum nicht? Weil ich ab jetzt nur noch glaube, was ich erzähle! Weder dir noch sonst einem anderen! Allein der Geschichte, die ich erzähle, werd ich glauben! Kapiert?«

Ich stand auf und ging auf das Monster los, das behauptete, meine Vergangenheit zu sein. Ich blieb nicht stehen. Ich ging durch es hindurch und fing an, meine Geschichte herauszubrüllen. Wo ich anfangen würde, war klar:

»Wäre mein Vater kein Mörder gewesen, hätte ich nie das Licht der Welt erblickt.«

Es dauerte Stunden, vielleicht auch Tage, mir im Dunkeln meine Vergangenheit zu erzählen ... Ich redete bis zum Zusammenbruch. Bis ich mich aufrappelte. Ich wurde heiser, schwieg aber nicht. Ich erzählte alles, was ich über meine Vergangenheit wusste. Und dann war sie vorbei ... Es blieb nur die Zukunft.

Ich verließ das Depot und stieß die Tür des Schuppens auf. Den eisigen Hauch, den ich durch den Mund einatmete, wärmte ich in der Lunge und stieß ihn durch die Nase wieder aus. Ich sprach.

»Tu, was du tun willst! Du hast Angst, dass Leute herkommen. Okay! Du fühlst dich nicht sicher genug. Gut! Dann tun wir etwas, das die Leute daran hindern wird, herzukommen! Erinnerst du dich an die Bücher, die du als Kind gelesen hast? An die Burgen in den Geschichten? Die waren von Gräben umgeben! Und das ist es, was auch wir brauchen! Wir haben kein Krokodil, das wir hineinsetzen könnten – macht nichts. Der Graben allein reicht schon!«

Eine Schaufel musste her. Ich ging zur Straße, die zum Städtchen führte, und lief los, suchte nach einer Baustelle. Doch Kandalı hatte geschworen, sich nicht zu verändern. Ich musste Stunden laufen, um eine Baustelle zu finden. Endlich entdeckte ich am anderen Ende der Stadt eine, auf der gearbeitet wurde. Ich zögerte keine Sekunde, ging weiter und betrat das Gelände. Dem Schild am Eingang zufolge wurde dort ein Gefängnis errichtet. Genau das, was Kandalı braucht, dachte ich. Gefängnisbau gehörte im Grunde zu meinen Spezialgebieten. Ich hätte dem Architekten ein paar Vorschläge unterbreiten können, aber ich hatte es eilig. Links und rechts kamen Arbeiter vorbei, niemand stellte mir eine Frage. Meine Kleidung starrte dermaßen vor Dreck, dass ich vielleicht sogar unsichtbar geworden war. Schließlich hatte ich das künftige Gefängnis, von dem bisher lediglich ein Stockwerk stand, umrundet, da fand ich, wonach ich gesucht hatte. Neben der Schaufel lag gleich noch ein Spaten. Ich nahm beides an mich und strebte dem Ausgang zu. Als ich durchs Tor hinaustrat, hörte ich hinter mir eine Stimme: »Wohin damit?«

Ich hätte stehen bleiben können. Blieb aber nicht stehen. Denn ich hatte da so meine Erfahrungen. Vor Jahren hatte Yadigâr in seinem Wagen neben mir gehalten und mir eine Reihe Fragen gestellt. Anschließend hatte er mich mitgenommen und in das Loch gesteckt. So etwas wollte ich nicht noch einmal erleben. Ich ging weiter. Die Stimme aber war entschlossen, mir zu folgen.

»Hey! Bengel, ich rede mit dir!«

Daraufhin hielt ich an und drehte mich um. Der Mann stand rund fünfzig Meter entfernt. »Eine Beerdigung!«, rief ich. »Wir begraben ihn, dann bring ich sie zurück!«

Natürlich fiel ihm keine Antwort ein. Das war die Gelegenheit, auf die ich gewartet hatte. Ich drehte mich um und ging weiter. Zwar hörte ich die Stimme noch einmal, doch es war schon nicht mehr zu verstehen, was sie sagte. Vielleicht »Mein Beileid!«, vielleicht ein Fluch. Egal.

Auf dem Weg durch die Hauptstraße spürte ich ein Gewicht auf mir und wusste sogleich warum: Alle starrten mich an. Vor allem meine Klamotten und mein Haar. Seit wie vielen Tagen war ich ungewaschen? Sie mochten sich fragen, aus welchem Loch ich gekrochen sei. Oder sie fragten einander: »Wer ist das denn, Mann?«, oder klagten über den Lauf der Welt: »Die Penner sind in der Stadt, Scheiße, guck dir den an!« Ich kümmerte mich um keinen. Ich ging einfach weiter. Einmal, vor der Apotheke, verlangsamte sich mein Schritt. Da ich aber mit Schaufel oder Spaten keinen Raubüberfall unternehmen konnte, beschleunigte ich wieder. Ich durchquerte Kandalı, bog in den Staubweg ein und blieb stehen.

Ich musterte die Umgebung und zog im Geist einen Kreis um den Schuppen herum. Dann meinte ich, den Kreis so erweitern zu müssen, dass er auch das Haus einschloss. Vielleicht gab es da nichts mehr zu plündern, doch *Trümmer* zogen stets die Aufmerksamkeit von Kindern an. Schlimmer, in den Frühlingsmonaten kamen aus der umliegenden Region vertriebene Huren nach Kandalı und suchten Orte, wo sie sich auf die Schnelle verkaufen konnten. Ich war mir sicher, dass sie die Umgebung des Hauses oder auch den Schuppen dazu nutzten. Denn ich hatte dort Flaschen und benutzte Kondome gesehen. Um ungestört allein zu sein, musste ich also das Haus in den Kreis mit einbeziehen. Also würde der Graben, der mich vor aller Welt beschützen sollte, an der Stelle, an der ich stand, verlaufen: wo der Staubweg in den Garten mündete. Es würde Monate dauern, den Graben auszuheben, doch das juckte mich nicht. Was waren schon ein paar Monate gegen all die Jahre der Übelkeit?

Die Schaufel legte ich beiseite, hob den Spaten mit beiden Händen über den Kopf und setzte zum ersten Stich an … Beim fünften Stich fiel mir die Grube ein, die ich ausgehoben hatte, um den Schwächling zu beerdigen, und ich grub schneller, um zu vergessen. Ich stach auf die Erde ein und hieb sie in Stücke, ich sah nichts anderes mehr als die Erde. Da war kein Schwächling mehr und kein Schmerz …

An jenem Tag ackerte ich wie ein Bulldozer, drei Meter vom Staubweg, der etwa vier Meter in der Breite maß, riss ich auf. Mein Graben sollte zwei Meter breit und zwei Meter tief werden. Anschließend würde ich ihn mit Steinen auslegen oder irgendwo Wasser auftreiben und ihn damit befüllen. Dazu wäre es sinnvoll, ein Feuerwehrauto zu entführen, dachte ich, doch dann erinnerte ich mich, dass es mir nicht einmal gelungen war, eine Apotheke zu überfallen. »Na und!«, sagte ich. »Wasser find ich schon irgendwo! Und Folie auch! Damit kleide ich den Graben aus, nicht mit Steinen! Jetzt heißt es erst mal ausruhen! Geh nach Hause und leg dich hin … Aber du bist hungrig, stimmt's? Also los!«

Lebendig stand mir der Tag vor Augen, an dem ich vor den Gaststätten hin und her getigert war, weil ich mich nicht entscheiden konnte, was das schönste Mädchen der Welt wohl am liebsten äße. Ich wusste sogar noch genau, welches Lokal es war, vor dessen Tür der Kellner mich bemitleidet und gerufen hatte: »Komm her, hier kriegst du Suppe!« Dahin lief ich jetzt und trat ein. Kaum drinnen, erblickte ich auch schon den Kellner. Ich wollte gerade den Mund zum Sprechen öffnen, da trat er mir entgegen und schimpfte: »Raus! Raus! Raus! Los, raus!« Ich wich zurück, damit seine ausgestreckte Hand mich nicht berührte, und verließ das Lokal. Der Kellner blieb in der Tür stehen. Noch immer starrten wir uns in die Augen.

»Was gibt's?«, fragte er. »Was willst du?«

»Ich hab Hunger!«

»Hast du Geld?«

»Nein!«

»Dann hau ab«, sagte er. »Mach schon!« Ich sah ihm in die Augen. Schließlich drehte ich mich um, überquerte die Straße und hockte mich auf den Gehsteig. Der Kellner, der Mitleid offenbar nur für Kinder aufbrachte, stand weiter in der Tür und schaute zu mir herüber. Erde gab es dort leider nicht. Sonst hätte ich sie gegessen. Da war aber Sägemehl. Ich grabschte nach den Sägespänen auf dem Gehweg und stopfte sie mir in den Mund, die Augen auf den Kellner gerichtet. Daraufhin verschwand er unverzüglich im Lokal, als zöge man ihn von innen hinein. Die Show war beendet, also spie ich die Späne wieder aus.

Zwei Minuten später saß ich auf dem Gehsteig, ein halbes Brot in der einen, einen Löffel in der anderen Hand, und aß Suppe. Hielte ich noch ein wenig durch, käme mein Leben sicher in Ordnung. Denn ich spürte, dass ich drauf und dran war, der *Narr von Kandalı* zu werden. Offenbar gab es da im Narrenamt eine freie Stelle. Strengte ich mich ein wenig an, bekäme ich sie. Das Narrenversorgen in Kleinstädten war vergleichbar mit dem Taubenfüttern in Großstädten. Zudem waren mir die Leute von Kandalı ja noch etwas schuldig! Sie schuldeten mir die Summe, die sie einst für meine Ausbildung gemeinsam aufzubringen versprochen hatten! Im Augenblick genügte mir die Suppe … Das ging mir durch den Kopf, als ich zwei Frauen hinter mir reden hörte.

»Ist das nicht Ahads Sohn?«, fragte eine die andere.

Leider war ich zu berühmt, als dass man sich nicht an mich erinnerte. Die andere Frau reagierte mit einer Gegenfrage: »Wer ist denn Ahad?«

Diese Frage wiederum beantwortete ich mit einem Blick

auf den Kellner, der zu mir trat, um die leere Schale in Empfang zu nehmen: »Mehr!«

Ich aß noch eine Schale Suppe. Dann reichte ich die leere Schale dem Kellner zurück und klopfte mir die Hose ab. Es juckte mich kein bisschen, dass die Leute mich anstarrten, als Sägemehl von mir rieselte. Denn zwischen uns lag ein Graben. Der Gedanke allein genügte!

Es war an der Zeit, mir ein paar Dinge zu holen, die die Leute von Kandalı mir nicht einmal hätten geben können, wenn ich ein echter Narr gewesen wäre. Die Hände in den Hosentaschen lief ich über den Gehsteig. Ich merkte, dass mir zwei Kinder folgten, drehte mich zu ihnen um und sagte: »Passt auf, ihr fallt rein!« Noch einen Schritt weiter und sie wären tatsächlich in den mich schützenden Graben gestürzt und ertrunken. Doch die Kinder waren blind und verstanden nur Bahnhof. Aber sie ließen von mir ab.

Ich lief weiter und betrat das Juweliergeschäft. Ich versetzte Mutters Kette. Vom Erlös kaufte ich einen ganzen Karton Zigaretten. So löste Mutters Engel sich in Rauch auf und durchschwebte mich.

Dann ging ich weiter und betrat die Apotheke. Ich verlangte Pflaster. Vom Kampf mit Schaufel und Spaten hatten sich Blasen an meinen Händen gebildet. »Sonst noch etwas?«, fragte der Apotheker. Meine Augen suchten es in den Glasschränken hinter dem Mann, es lag mir auf der Zunge, doch ich brachte es nicht heraus.

Dann ging ich weiter und strauchelte … Ich stand auf und ging weiter. Wieder strauchelte ich. Wieder rappelte ich mich auf und lief weiter. Strauchelte erneut. So schwand auch der Rest des Geldes dahin. Voranstolpernd und strauchelnd … Mit einer Flasche Wodka in der Hand … Nur dazu hatte

Mutters Engel gereicht: Tabak, Therapie und Trunkenheit. Immer noch mehr – also wozu Mutter getaugt hatte!

Dann ging ich weiter und betrat den Friedhof. Ich wusste, ich würde es nicht finden, suchte aber trotzdem nach Cumas Grab. Auch wusste ich, dass er nicht mit mir reden würde, bekniete ihn aber trotzdem. Und endlich war nur noch Nacht. Und ich ging und schloss mich im Depot ein. Oder es geschah das Gegenteil. Ich schloss das Depot in mir ein.

Tag zwei des Grabenbaus. Ich war dabei, den Staubweg aufzureißen. Der Spaten hatte seinen Job getan, nun war es an der Schaufel, die zerstückelte Erde beiseitezuschaffen. Aber mir zitterten die Hände. Vielleicht vor Erschöpfung, vielleicht vor Kälte … Nur mit Mühe hielt ich die Schaufel. Es war aber nicht die Zeit aufzuhören. Sobald der Graben fertig war, dürfte ich bis ans Ende meines Lebens ausruhen. Mit dem Handrücken wischte ich mir den Schweiß von der Stirn und schaute zum Himmel. Ich konnte nichts Schönes entdecken. Daraufhin atmete ich tief ein und stieß die Schaufel in die Erde. Aus den Knien holte ich Kraft, hob eine dicke Erdscholle an und schleuderte sie hinaus aus der Grube, in der ich stand. Ich werde eine Schubkarre brauchen, dachte ich. Dann senkte ich den Kopf, um die Schaufel erneut in die Erde zu stoßen, da sah ich vor meinen Fußspitzen halb vergraben eine verschlossene Flasche. Ich beugte mich hinunter. Das könnte eine Falle sein, fuhr es mir durch den Kopf. Ich schoss hoch und blickte mich um. Vielleicht war jemand aus Kandalı hergekommen, während ich mich im Depot aufhielt, und hatte die Flasche hier vergraben. Wenn ja, war er in der Nähe, um mich zu beobachten. Unter der Flasche lag bestimmt etwas, das mir schaden würde. Ich dachte an Ender. An die Mine, auf die er getreten war! Das hier war meine Mine! Vielleicht hatte vor Jahren Ender sie hier platziert! Ich würde die Flasche herausziehen und in die Luft fliegen! Ich weiß nicht, warum, aber in jenem Augenblick kam es mir sehr vernünftig vor zu sterben. Vielleicht, weil ich nichts Schönes hatte entdecken können, als ich kurz zuvor zum Himmel aufgeschaut hatte …

Ich fasste die Flasche am Hals und zog. Statt der erwarteten Explosion hatte ich sie kurz darauf in der Hand. Da sah ich einen Zettel darin. Ich hielt die Flasche gegen die Sonne. Auf dem Zettel waren Striche. Spielte die Geschichte auf dem Meer, würden Flasche und Zettel einem Schiffbrüchigen gehören, der um Hilfe rief. Wie in Romanen … Wir waren aber an Land. Wo Schiffbrüchige keine Chance hatten. Ich öffnete die Flasche und bemühte mich, den Zettel herauszufingern, doch vergebens. Also stieg ich aus dem Graben, warf die Flasche auf den Boden und hieb sie mit der Schaufel entzwei. Kaum hatte ich den Zettel aus den Scherben gefischt, erkannte ich Ahads Handschrift.

Gott … Ich kann nicht vergessen. Vergib mir. Wenn du nicht vergeben kannst, lass jemanden diesen Zettel finden. Ich flehe dich an.

Das war alles. Was sollte ich denken. Von Ahads Sauferei wusste ich, aber dass er Gott um Vergebung angefleht hatte, war mir neu. Ich wendete den Zettel. Hinten war eine Karte aufgezeichnet. Ahad hatte das Grundstück grob skizziert und einen Punkt auf dem Staubweg mit einem Kreuz markiert. Daneben hatte er *Baum* geschrieben. Ich lachte. Er musste tatsächlich betrunken gewesen sein, als er diesen Plan anfertigte. Denn nur er und ich wussten, welcher Baum gemeint war. Zwischen den Pappeln zu beiden Seiten des Staubwegs stand ein Olivenbaum. Allein ihn nannten wir »Baum«, die Pappeln ließen wir links liegen. Wohl aus Gewohnheit hatte

Ahad das auch hier notiert. Niemand wäre fähig gewesen, die Skizze zu lesen. Leider konnte ich es. Ich war der einzige Mensch auf der Welt, der etwas mit dieser Zeichnung anfangen konnte … Eines aber verstand ich nicht. Einen Zettel nehmen, solche Sätze daraufschreiben, ihn dann in eine Flasche stecken und sie vergraben: Das war so gar nicht Ahads Art. »Niemals!«, rief ich. »Unmöglich!« Vielleicht träume ich, dachte ich. Es war wirklich kaum zu glauben. Ahad sollte hier gestanden, die Erde aufgescharrt und diese Flasche vergraben haben? Einfach undenkbar! Außerdem … Plötzlich tauchte eine Szene vor meinen Augen auf. Die Szene, vor Jahren, als ich früh aufgestanden und aus dem Haus geschlichen war, um für das schönste Mädchen der Welt Speisen zu besorgen, da hatte ich Ahad auf seinem Stuhl schlafend vorgefunden … An der Stelle, wo ich jetzt stand, hatte er gesessen und gewirkt, als habe er die Nacht über den Feldweg betrachtet. Ich schloss die Augen und versuchte, mir die Szene in allen Einzelheiten ins Gedächtnis zu rufen. Nach irgendetwas hielt ich Ausschau und fand es nicht. Ich sah keine Flasche in der Szene. Er war im Suff weggedämmert, hatte aber keine Flasche bei sich gehabt. Denn die Flasche, die er bis zum Morgen geleert und dann mit dem Zettel befüllt hatte, war diese hier! Die Flasche, die ich soeben mit der Schaufel in Scherben gehauen hatte! In drei Teilen lag sie auf der Erde … Text und Skizze stammten tatsächlich von Ahad! Und ich kannte meinen Vater tatsächlich nicht.

Es galt, eine Entscheidung zu treffen. Entweder ließ ich Ahad erneut in mein Leben herein oder ich zerknüllte den Zettel und warf ihn weg. Was war richtig? Der Entschluss war rasch gefasst. Denn ich hatte meine Kindheit mit zwei Piraten namens Dordor und Harmin verbracht!

Den Blick auf den Zettel gerichtet ging ich los und stand bald vor dem Olivenbaum. Das Kreuz auf der Karte war nahe am Baum. Am Rand des Feldwegs. Ich stand auf der Stelle, die Ahad markiert hatte. Ich schaute mich um. Nichts erschien mir verändert. Das hieß, was auch immer es war, wofür Vater um Vergebung gefleht hatte, befand sich unter mir. Was auch immer es war, das er nicht vergessen konnte, lag unter der Erde …

Den Zettel schob ich in die Tasche, neben Cumas Frosch, und machte mich ans Graben. Dabei überlegte ich, was mich wohl erwartete. Es war unmöglich zu mutmaßen, was Ahad versteckt hatte. Hätte er eine ausreichend dimensionierte Grube gefunden, wäre er imstande gewesen, die ganze Welt darin zu versenken. Ich rechnete also mit allem. Ich buddelte einfach. Ohne Atem zu schöpfen … Die Luft, die ich mein Leben lang geholt hatte, reichte … Ich brütete über den Sätzen, die Buchstabe für Buchstabe von Gewissensbissen troffen, und schwitzte. Zugleich überlegte ich, ob es Mittel gab, den Zufall zu verfluchen, der mich mit der Nase auf die Flasche gestoßen hatte. Dann fiel mir der Graben ein. Ich ärgerte mich, weil ich mich hier fruchtlos verausgabte, obwohl ich mich um den Graben kümmern sollte. Was sollte es schon sein, das Ahad nicht vergessen konnte? War so etwas überhaupt denkbar? Denn der Ahad, den ich kannte, besaß garantiert kein Gewissen. Sollte er doch eines gehabt haben, hatte ich nie etwas davon mitbekommen. Ich wusste nicht, was ich fühlte oder wie mein zukünftiges Leben aussehen würde. Ich stieß nur die Schaufel in die Erde. Plötzlich vernahm ich ein Geräusch. Den Ton von Metall, das auf Metall stieß!

Auf Knien räumte ich die Erde beiseite und sah ihn: einen

Metallschrank mit zwei Türen. Er lag einfach so in der Erde. Sah aus wie ein gewöhnlicher Aktenschrank. Mindestens einen Meter hoch. Ich stürzte mich auf die ebenfalls metallenen Türgriffe, versuchte, die Türen zu öffnen, doch sie waren verriegelt. Ich sprang auf, griff nach der Schaufel und hieb mit Wucht darauf ein. Nichts geschah. Wieder schlug ich zu, nun bog sich eine der Türen nach innen. Dadurch entstand ein Spalt zwischen den Türen, wenn auch nur ein kleiner, und ich konnte die Schaufel als Brechstange einsetzen. Ein Geräusch wie das Knacken von Knochen erklang, ich schleuderte die Schaufel weg.

Wieder ging ich auf die Knie, langte in die Grube hinein und riss beide Türen gleichzeitig auf. Dann lachte ich los. Denn nie zuvor hatte ich einen Schatz gefunden! All das Geld, das Ahad mit dem Menschenhandel verdient hatte, lag vor mir. Bündel für Bündel sah es mich aus durchsichtigen Tüten an. Ich zog eine der Tüten heraus, hob sie hoch und beäugte sie. Ich lachte und sprach mit Ahad.

»Ist es das, was du nicht vergessen konntest? Das Geld, das du auf dem Rücken all der armen Kreaturen verdient hast? Darum hast du Gott angefleht, dir zu vergeben?«

Auf einmal spürte ich, wie meine Gesichtszüge sich verzogen. Zuerst klappten meine Lippen zu, dann traten mir Tränen in die Augen. Ich lachte nicht mehr. Ich dachte an Ahad. Womöglich hatte er tatsächlich bereut. Hatte sich vielleicht sogar des Lebens geschämt, das er führte. Hatte das Geld, das er mit der Verzweiflung jener Menschen verdiente, nicht angerührt, sondern versteckt und verwahrt. Hatte dieses Geld nicht ausgeben wollen. Hatte sich eines Nachts, da er betrunken war, so schlecht gefühlt, dass er sich wünschte, jemand möge das Geld finden und ihn von der Last befreien.

Vielleicht war mir der wahre Ahad nie begegnet. Und ich, sollte ich das Geld anrühren? Ganz sicher, ja, denn ich war Gazâ, wie er immer gewesen war!

Nacheinander zog ich die Tüten heraus. Es waren so viele, dass es mir einfacher erschien, den gesamten Schrank herauszuziehen. Anschließend könnte ich, statt Dutzende Male hin und her zu laufen, das Geld in den Schuppen verfrachten, indem ich einfach den Schrank hinüberschleppte. Ich griff wieder zur Schaufel und grub weiter.

Eine halbe Stunde später hatte ich auf einer Seite der Grube eine kurze Rampe angelegt. Darüber wollte ich den Schrank herauszerren. Ich beugte mich hinunter und packte den Schrank, die Türen standen offen, fest mit beiden Händen. Mit Mühe zog ich ihn rückwärts in winzigen Schritten und versuchte, die Rampe hochzukommen. Mein Blick war starr auf das Schrankinnere gerichtet. Ich fixierte die Geldtüten, die sich bei jedem Ruck leicht bewegten. Dann glitt mein Blick in die Grube unter dem Schrank. In die Leerstelle, die der Schrank hinterließ… Im Ansatz war sie schon zu erkennen. Abrupt hielt ich inne und hob den Kopf. Schaute zum Himmel auf. Sah ineinander verschachtelte Wolken. Ich hatte den Schrank nicht abgesetzt. Mein ganzer Körper spürte sein Gewicht, doch ich konnte mich nicht regen. Ich starrte in die Wolken. Nur sie wollte ich noch sehen. Auch sie aber sah ich bald nicht mehr, denn Tränen füllten meine Augen. Der Himmel, in den ich schaute, bebte.

»Natürlich…«, sagte ich. »Natürlich… Wie hätte es anders sein können?«

Ich wollte es gar nicht, senkte trotzdem den Kopf und schaute in die Grube, zu den Knochen darin. Zu den Knochenteilen, ineinander verschachtelt wie die Wolken. Und ich schrie.

»Aaaaaa!«

Und zog den Schrank weiter.

»Aaaaa!«

Und versuchte, den Schrank über die Rampe zu ziehen.

»Aaaaa!«

Und wuchtete den Schrank auf den Feldweg und verstummte. Ein Schritt, und ich stand am Rand der Grube. Und sah alles. Ich wich zurück und schloss die Augen. Doch ich war leider Schachspieler, jede Szene, die ich gesehen hatte, prägte sich mir ein, ob ich wollte oder nicht. All das Geld ist also der Preis für den, der findet, was darunter verborgen lag, dachte ich.

Zwei Leichen, längst hatte die Erde ihr Fleisch weggedörrt, nur die Knochen lagen noch da. Zwei Skelette, Seite an Seite, zusammengekrümmt. Sie trugen ihre Kleider, verdreckt und geschrumpft. Um das, was von Hand- und Fußgelenken übrig war, lagen Ketten. Offenbar waren sie gefesselt worden, dann getötet und begraben. Und all das hatte Ahad getan! Ich fühlte nichts. Ich schüttelte nur den Kopf, die Augen geschlossen. »Klar!«, sagte ich. »Natürlich! Was hattest du erwartet? Etwas Schönes? Eben hast du zum Himmel aufgeschaut, hast du da etwas Schönes entdeckt? Er konnte nicht vergessen, auf dem Rücken der armen Kreaturen Geld verdient zu haben, wie? Du Idiot! Nein, hier hast du, was er nicht vergessen konnte! Öffne endlich die Augen!«

Ich sank auf die Knie und sah hin. Ich starrte vor Schmutz. Ich starrte den Schrank vor mir an, die Grube, und lauschte Ahad. Ich hörte seine Stimme, die sagte, es sei unnötig, den Staubweg teeren zu lassen … Stets hatte ich genickt. »Ja, Papa, stimmt«, hatte ich gesagt. »Du hast recht, wozu sollte das nötig sein?« Wieder nickte ich. Nach all der Zeit hatte sich wenig geändert. Wir hatten einen Olivenbaum. Nur den nannten wir »Baum«. Denn ich nannte ihn so. Denn ich hatte ihn gepflanzt. Der Scheißkerl hatte mir die Stelle gezeigt. »Pflanz ihn hier ein!« Alles wirbelte vor meinen Augen und um meine Ohren herum. Alles! Ich saß auf dem Feldweg und beobachtete uns. Den Jungen, der einen Olivenbaum pflanzt, und den Vater, der ihm die Hand auf die Schulter gelegt hat. Damals liebte ich Ahad! Ich hatte niemanden sonst! Das sagte auch er immer: »Wir haben niemanden außer uns!« Und ich hatte dazu genickt. Wieder nickte ich. Ich weinte wohl ein wenig. Doch nur ein klein wenig. Denn er pflegte »Heul nicht!« zu sagen. »Du sollst nicht weinen!« Dann wischte ich die Tränen weg. Wohl deshalb fiel mir stets, wenn es um Freiheit ging, ein, nach Herzenslust weinen zu können. Mir zitterten die Hände. Sicher nicht vor Kälte oder Erschöpfung! War ich all die Jahre auf diesen Leichen herumgerannt und hatte hier gespielt? Und Mutter? Wusste sie von diesen Toten? Vielleicht hatte sie deshalb Reißaus nehmen wollen vor Ahad! Weil sie erfahren hatte, dass er ein Mörder war… Aber sie hatte sich auch von mir befreien wollen, oder etwa nicht? Erbarmen war ihr ebenso fremd wie Ahad! Vielleicht hatte sogar Mutter diese Leute getötet? Warum denn nicht? Für einen Menschen, der sein eigenes Kind lebendig zu begraben gedachte, war es wohl nicht sonderlich schwer, Wildfremde umzubringen. »Nein!«, schrie ich auf. »Nein! Ich werde nicht wie sie werden!« Die Wahrheit musste ans Licht! Wer weiß, wie lange ihre Familien nach diesen beiden gesucht hatten. Nun sollte alles herauskommen! »Es reicht!«, schrie ich. »Jetzt reicht es!« Ich würde zur Polizei gehen. Zur Gendarmerie! Zum Staatsanwalt! Findet heraus, wer diese Leute sind, gebt ihren Familien Bescheid, würde ich sagen.

Ich will nicht noch mehr Leichen in meinem Leben, würde ich sagen. Nicht noch mehr Dunkelheit! Zum Landrat würde ich gehen! »Wenn du etwas brauchst, wir sind hier«, hatte er gesagt. Ja, ich brauchte etwas! Jetzt, ja! Kein einziges Geheimnis sollte es mehr geben auf diesem Grundstück! Ich brauchte Wahrheiten! Wenn nötig, würde ich sogar Menschen berühren! Würde sie berühren und betteln! »Helft mir!«, würde ich sagen. »Hier sind die Leichen! Jetzt erzählt mir, was geschah! Was geschah mit mir? Mit meinem Leben?«

Ich stand auf, trat an die Grube. »Wartet hier! Bin gleich zurück! Ich hol euch da raus! Bald ist alles vorbei!«, sagte ich. Verstummte aber jäh. Denn etwas, das ich erblickt hatte, stopfte mir den Mund. Ich fühlte mich wie angenagelt. Vielleicht hätte ich es niemals sehen dürfen. Doch nun war es zu spät. Denn ich war zu nah an die Grube herangetreten und hatte jenes Stück Stoff an einem der beiden Skelette gesehen. Grün … Mit violetten Blüten … Genau wie auf dem einzigen Foto meiner Mutter!

»Was ändert es, wenn du es weißt?«, hatte Ahad stets gesagt. »Was hast du davon, zu wissen, wo sie begraben ist?« Wenn ich ihn weiter bedrängte, sagte er: »Im Dorf … In einem der Dörfer … Ich würd's gar nicht mehr wiederfinden!« In der Nacht meiner Geburt hatte er Mutter auf dem Friedhof erwischt, mich an sich gerissen und ins Krankenhaus gebracht. Der erstbesten weißen Schürze dort hatte er gesagt, auf dem Friedhof liege seine Frau im Sterben. Ein Krankenwagen hatte sie geholt, und Ahad hatte mit Blick auf Mutters Leichnam gesagt: »Kümmert euch um meinen Sohn!« Und noch bevor der Tag anbrach, hatte er Mutter mitgenommen, um sie zu beerdigen. Weder die Moschee noch der Friedhof von Kandalı war ihm eingefallen, hatte er gesagt, besinnungslos sei er stundenlang mit dem Lkw herumgefahren, habe in irgendeinem Dorf dann das Totengebet sprechen lassen und sie zu Grabe getragen. So lautete Ahads Geschichte! »Niemand weiß davon«, pflegte er zu sagen. »Niemand hat je erfahren, dass deine Mutter versucht hat, dich umzubringen. Schweig auch du still! Das ist unser Geheimnis. Hast du mich verstanden? Es reicht, wenn du es weißt.«

Es reichte, nur ich sollte wissen, dass Mutter versucht hatte, mich zu töten? Ach, wirklich? Ich schrie.

»Ach wirklich, Ahad? Keiner außer mir sollte es wissen? Und wer ist diese Frau hier? Ist das nicht meine Mutter?«

Meine Stimme prallte gegen die Bäume, rüttelte an ihren Stämmen, so fielen die letzten Blätter von den verdorrten Zweigen. Sie wirbelten herum und verteilten sich auf der Frau im grünen Kleid.

»Ahads Geschichte!«, schrie ich. »Und ich hab daran geglaubt!«

Tränen drangen mir in den Mund, ich schluckte sie wie Morphinsulfatkapseln. Ich wollte nichts mehr wissen und nichts mehr sehen. Ich kniete nieder und stieß die aufgehäufelte Erde vom Rand der Grube. Hand um Hand schob und stieß ich die Erde! Und schrie und brüllte und heulte dabei! »Wir graben hier keinen Toten ein, wir graben eine Grube aus!«, rief ich. »Mama!«, rief ich. »Ahad!«, rief ich. Ich schüttelte den Kopf. »Wer bist du denn?«, fragte ich mit einem Blick auf das Skelett neben Mutter. Ich sah seine Hose. Sein Hemd… Mir war klar, dass es ein Mann war, doch ich wollte nichts denken. Ich schüttelte den Kopf, um nicht verstehen zu müssen. Ich zerrte Mutters Foto aus der Tasche, warf es in die Grube und schüttete sie zu. Alles begraben und vergessen, mehr wollte ich nicht. Alles mit Erde zudecken und das

Thema abhaken. Nun sah ich sie nicht mehr. Nicht die Ketten an ihren Gelenken, nicht den Stoff, nicht Mutters Foto, nicht ihre Knochen, nicht den Schädel! Ich häufte in solch rasendem Tempo Erdschollen auf sie, dass ich das Gleichgewicht verlor und kopfüber hinschlug. Ich war voller Erde. Unter meinen Nägeln, an meinen Haarwurzeln, zwischen meinen Zähnen, überall Erde!

Ich schüttete die Grube zu und machte weiter, bis der Staubweg dalag wie zuvor. Nur eines gab es noch zu tun. Ich zog Ahads Zettel aus der Tasche, stopfte ihn mir in den Mund, zermalmte ihn unter Tränen, so gut ich meine Zähne zum Mahlen bringen konnte, und schluckte. Ich war völlig außer Atem.

Mit dem Handrücken wischte ich mir den Schweiß von der Stirn und schaute zum Himmel auf. Ich entdeckte nichts Schönes, um ehrlich zu sein. Ebenso wenig aber etwas Hässliches …

Ich saß auf einer Bank, schaute nach der Nummer auf dem Zettelchen in meiner Hand und wartete, dass die Reihe an mich kam. Neben mir standen zwei große Taschen. Gefüllt mit Ahads Geld. Das Vernünftigste wäre, hatte ich gedacht, ein Konto zu eröffnen und das gesamte Geld einzuzahlen. Eigentlich dachte ich permanent, um zu vergessen, was ich in der Grube im Staubweg gesehen hatte, an andere Dinge … Oder versuchte das zumindest. Ich hatte nicht vor, mich der Tatsache zu stellen, dass Vater meine Mutter und einen mir Unbekannten umgebracht hatte. Denn böge ich auf eine solche Gasse des Akzeptierens ein, könnte sie sich als eine Sackgasse erweisen, die da hieß, Mutter und der Mann an ihrer Seite seien Geliebte gewesen. Ich könnte sogar gegen eine Mauer prallen, errichtet aus der Wahrscheinlichkeit, mein tatsächlicher Vater sei jener Mann. Denn diese Wahrscheinlichkeit deckte sich hervorragend mit dem unbeständigen Verhalten, das Vater mir gegenüber sein Leben lang an den Tag gelegt hatte. Hatte Ahad mich doch immer so betrachtet, als würde er sich fragen: »Soll ich ihn töten oder lieben?« Mit jenen blassblauen Augen! Genau wie meine! Doch was, wenn Mutter ein anderes Paar blauer Augen gefunden und sich in sie verliebt hatte? Wieder hatte ich mich nicht beherrschen können und war ins Grübeln geraten. Dabei schwamm mir so viel Morphinsulfat im Blut, dass ich an nichts von alldem hätte denken müssen. Offenbar noch nicht genug!

Zuerst hatte ich die Tüten voller Geld in den Schuppen verbracht, dann war ich blitzschnell wie ein tollwütiger Hund nach Kandalı geflitzt und hatte die größten Taschen gekauft, die ich finden konnte. Bald darauf schleppte ich die beiden Taschen durch den Staubweg auf die Straße nach Kandalı und wartete. Eine halbe Stunde später kam ein Taxi vorbei, ich hielt es an und sagte ein Wort, das dem Fahrer, der wissen wollte, wohin es gehen sollte, die Augen aufriss: »Izmir!«

Nach einer Fahrt von zweieinhalb Stunden bezahlte ich den Fahrer, der das Geschäft seines Lebens machte, und stieg aus. Ich fand mich vor dem größten Hotel der Stadt wieder, die ich bis dahin nur dem Namen nach gekannt hatte. Der Mann an der Tür, gekleidet wie der General einer Fantasie-Armee, wollte mich wegen meines Aufzugs nicht hineinlassen, doch die Geldscheine, die ich ihm hinstreckte, ließen ihn verstummen. Es ging nicht nur darum, wie ich aussah. Auch stank ich dermaßen, dass der Taxifahrer die ganze Fahrt über die Fenster geöffnet gehalten hatte. Nach dem notwendigen Gefasel an der Rezeption bezog ich mein Zimmer mit einer Vorauszahlung, die hoch genug war, mich als Hotelgast zu etablieren. Es gab nur eins, das mir ermöglichte, all dies zu tun: Morphinsulfat, das ich in kürzester Zeit besäße. Diese Vorstellung hatte mir die Kraft gegeben, zweieinhalb Stunden lang mit einem einzigen Menschen in dem engen Raum von Taxi auszuhalten … Im Zimmer hatte ich so schnell wie möglich geduscht, um anschließend mit den Taschen erneut aufzubrechen. Im Taxi sagte ich: »Ich suche eine Apotheke«, und ergänzte: »Ich hab's eilig!« Das hatte ich tatsächlich, denn ich hielt es kaum noch aus. An das Geschehen im Staubweg zu denken und mit einem Menschen allein einen Raum zu teilen zermürbte mich. Ich zitterte. Alles tat mir weh. Selbst die Augen …

Den Fahrer ließ ich sieben Apotheken anfahren, sagte immer wieder: »Die haben das gesuchte Medikament auch nicht!« Nirgendwo war man bereit, Morphinsulfat ohne Rezept herauszugeben. Der achte Apotheker schließlich sagte: »M-Eslon habe ich nicht da, aber sein Äquivalent Skenan-LP. Wir hatten das für einen Kunden im Internet bestellt, aber er hat es dann nicht abgeholt. Das ist natürlich nicht ganz billig …« Ich lachte nervös. Und musterte den Apotheker, der so viele Worte um ein illegales Geschäft machte. Ich erstand acht Schachteln Skenan-LP. Für jede Apotheke, die ich abgeklappert hatte, eine! Für das Dreifache des Listenpreises von M-Eslon …

Beim ersten Schritt auf der kurzen Gehwegstrecke von der Apotheke zum Taxi hatte ich eine der Schachteln zerfetzt, beim zweiten Schritt die Kunststoffhülle aufgerissen und eine Kapsel herausgezogen, beim dritten die Kapsel trocken heruntergeschluckt und beim vierten mich als ein anderer Mensch in den Wagen gesetzt.

Nun aber auf der Wartebank dachte ich, die eine Kapsel reiche keinesfalls aus. Schon tastete ich nach der Schachtel in meiner Tasche, um noch eine zu nehmen, als ich hörte, wie jemand laut die Nummer nannte, die auf dem Zettel in meiner Hand stand. Sie wurde am Schalter ausgerufen. Da fiel mir der alte Mann in der Bank ein, die Bedri mit mir aufgesucht hatte. Und ich tat, was er getan hatte: Ich wartete still weiter. Denn ich war noch nicht bereit dazu, mit jemandem zu sprechen. Als meine Nummer auf der Digitalanzeige verlosch und die nächste aufleuchtete, erhob ich mich und zog eine neue Nummer aus dem Automaten. Anschließend nahm ich wieder Platz.

Der Alte damals hatte weitergewartet, um sich unter Menschen aufhalten zu können. Ihm war es nur darum gegangen, die Rückkehr in sein Heim, wo er aus lauter Einsamkeit vor sich hin starb, ein wenig hinauszuzögern. Und beim Warten in der Bank mit jemandem zu reden. Vielleicht hatte er, als er mich fragte, in welche Klasse ich ginge, zum ersten Mal an jenem Tag etwas gesagt. Er war so einsam, dass sein Tag in Schweigen verlief und er die Stimme eines Menschen hören wollte, der mit ihm sprach. Ich aber war so krank, dass ich nicht wollte, irgendjemand spräche mit mir. Im Gegensatz zu dem Alten wollte ich niemandes Stimme hören. Denn gleich, wenn ich ihnen zwei Taschen voller Geld vor die Nase setzte, würde ich mit den Schalterbeamten sicher ausgiebig reden! Vielleicht hätte ich mich wieder im Depot einschließen, mit niemandem reden und still auf den Tod warten sollen. Doch das war nun unmöglich! Solange die menschlichen Überreste im Staubweg lagen, konnte ich nicht dorthin zurück. Das Grundstück in Kandalı war für mich gestorben. Sein Boden war dermaßen verseucht, dass nicht einmal ich darauf würde leben können. Vielleicht auch konnte nur ich nicht darauf leben. Nur ich auf der ganzen Welt …

Diesmal gab es kein Entkommen. Der Wachmann hatte die Nummer in meiner Hand gesehen und sagte: »Sie sind dran, man ruft Sie aus.«

Was dann geschah, war eine Show, in der ich mich verlor. Der Angestellte erfuhr, welche Summe ich auf das neu zu eröffnende Konto einzahlen wollte, und führte mich sogleich ins Büro des Filialleiters. Der Filialleiter, der glaubte, auf eine Goldader gestoßen zu sein, hielt aus dem Stegreif einen Vortrag darüber, was man mit dem Geld anstellen könnte, brach aber ab, als er sah, dass es mich nicht interessierte, und sagte nur: »Wir kümmern uns darum, keine Sorge.« Ein dutzendmal unterschrieb ich, jedes Mal anders. Der Filialleiter bemerkte das und schlug vor: »Nehmen Sie ein Kürzel, das ist einfacher.« Es war ein gutes Gefühl, in einem Land und einer Zeit zu leben, da Leute nicht nach hohen Summen gefragt wurden, die sie bei Banken einzahlten. Stumm dankte ich sämtlichen Politikern der Gegenwart und Vergangenheit, die alles darangesetzt hatten, neben Schwarzgeld auch Schmutzgeld einen Platz in der Wirtschaft des Landes einzuräumen.

Als ich die Bank verließ, gab es nichts mehr zu tun. Ich sollte sofort auf mein Zimmer zurückkehren und mich einschließen. Das Leben auf der Straße war viel zu persönlich. Noch um der geringsten Dinge willen musste man Menschen ins Gesicht sehen und mit ihnen sprechen. Die Welt drehte sich auch ohne mich weiter. Also hielt ich ein Taxi an und stieg ein.

Es war nicht schwierig, mein Hotelzimmer innerhalb kürzester Zeit in eine Isolationszelle zu verwandeln. Speisen wurden mir auf einem Tablett vor die Tür gestellt, so konnte ich den Kontakt zum Zimmerservice vermeiden. Anschließend stellte ich leere Teller und Tabletts hinaus und zog die Tür zu, bevor mich jemand sah. Das einzige Problem waren die Housekeeper, die darauf bestanden, das Zimmer zu reinigen. Die Lösung für die Putzdurchgänge war, ihre Anzahl auf einmal pro Woche zu reduzieren und an jenem Tag auf dem Korridor zu warten, bis die Arbeit getan war.

In der ersten Zeit blieben der Fernsehapparat aus und die Vorhänge geschlossen. Dann kam allmählich in beide Bewegung, und ich begann, das Leben, wenn auch ohne es zu berühren, draußen und im Fernsehen zu verfolgen. Sie konnten mir nicht schaden, denn beide Leben fanden hinter Scheiben statt.

Am Ende des dreizehnten im Zimmer verbrachten Tages verspürte ich den Wunsch nach Büchern und einem Computer. Mein Körper war es gewohnt, lethargisch zu sein, mein Geist aber nicht. Stets hatte mein Hirn rascher gepocht als mein Herz. Also musste ich ihn beschäftigen. Andernfalls würde er herumschreien wie ein Kind, das die Leiche seiner Mutter gefunden hatte, und mich ununterbrochen stören. Ich träumte von einem Leben, in dem ich alles per Telefon erledigen konnte. So gehörte es sich! Mit der Apotheke sollte ich anfangen. Auf der kleinen Tüte, in der die Morphinsulfatschachteln steckten, stand die Telefonnummer der Apotheke. Ich rief an und gab meine Bestellung durch. Doch obwohl ich mich in Erinnerung brachte, legte der Apotheker einfach auf. Mir war klar, dass ich wenigstens ein Mal hinausmusste.

Ich würde alles am selben Tag erledigen. Die tägliche Dosis Morphinsulfat im Blut, das für meinen Gebrauch bestimmte Bargeld in der Tasche, ging ich zur Rezeption hinunter. Der Frau, die ihren Namen auf der Brust trug, sagte ich, ich bliebe einen weiteren Monat. »Gern«, sagte sie, dann überwältigte sie die Neugier und sie versuchte herauszufinden, warum ich in einem so teuren Hotel so lange bleiben wollte. Dazu leierte sie wie alle Scharlatane eine Menge indirekter Fragen herunter. Doch ihre Mühe war vergebens. Denn auf jede Frage antwortete ich mit einer Gegenfrage. Unser Gespräch lief etwa folgendermaßen ab:

»Sie haben wohl noch länger zu tun?«

»Wo ist hier die nächste Buchhandlung?«

»Die Straße runter, etwa zweihundert Meter, rechts. Sind Sie zum ersten Mal in Izmir?«

»Wo finde ich ein Computergeschäft?«

Da sie nichts über mich in Erfahrung bringen konnte, sank ihr das Kinn fast auf die Höhe des Namens an der Brust. Schließlich blieb ihr nichts anderes übrig, als auf den Bildschirm vor sich zu starren, »Geht in Ordnung, das Zimmer ist frei«, zu sagen, das Geld, das ich ihr hinstreckte, entgegenzunehmen und einen guten Tag zu wünschen.

Die Frau hatte eingehend meine Klamotten gemustert, glaubte ich. Um Aufmerksamkeit zu vermeiden, sollte ich neue besorgen. Das würde ein langer, nerviger Einkaufstag werden ... Und so war es.

Doch als ich auf mein Zimmer zurückkehrte, war alles komplett. Nun würde ich mein Leben per Telefon führen können. Vor allem hatte der Apotheker, als ich die nächste Morphinsulfatbestellung im Voraus bezahlte, kapiert, dass er nie wieder einfach auflegen durfte. Ich freute mich, die Beziehungen, die ich zu Menschen aufnehmen musste, um mein Alltagsleben fortzuführen, auf ein Minimum reduziert zu haben. »Vielleicht kaufe ich ein Haus«, sagte ich mit geschlossenen Augen. »Dann hab ich ein Haus und schließ die Tür, und alle Welt bleibt draußen!« Das war aber gar nicht so einfach. Um ein Haus zu kaufen, müsste ich mit viel zu vielen Menschen allein sein. »Vielleicht später«, sagte ich mir.

»Wenn ich die Dosis Morphinsulfat ein wenig erhöhe. Oder noch später. Wenn das Schlucken nicht mehr reicht und ich es mir direkt in die Adern spritze. Oder vielleicht auch noch später. Wenn meine Adern von Gerinnseln verstopft und nicht mehr zu gebrauchen sind ...«

Dann würde ich losgehen und mir ein Haus kaufen. Und

darin an einer Überdosis sterben! Denn tot im Hotel gefunden zu werden wäre peinlich. Man würde meine Leiche finden, sobald sie stank. Dann würden Dutzende fremde Hände gierig meinen Leib berühren. Ich sollte aber in einem solchen Haus sterben, dass die Leute kein Fleisch mehr an mir fänden, das sie berühren könnten. Das entfernteste Haus auf der Welt. Wie der Leuchtturm in Jules Vernes Roman. Ich brauchte das Haus am Ende der Welt. Bis man bemerkte, dass ich gestorben war, müsste ich längst verrottet sein. So sollten sie mich finden. Verwest! Beim ersten Blick sollte sich ihnen der Magen umdrehen! Entsetzen auf den ersten Blick sollte es sein! Dann wären wir wenigstens quitt…

Seit sieben Monaten wohnte ich im Hotel und lebte außerordentlich diszipliniert. Mein Einsamkeitsgrad war exakt, wie er sein sollte: nur Internet, Bücher und ich … Vielleicht noch Spiegel … Sämtliche Angestellten, auch der Geschäftsführer, hatten sich an mich gewöhnt. Meine Anwesenheit mochte ein Fragezeichen sein, doch niemand kam und störte mich. Von Bedeutung war allein, dass ich das Zimmer bezahlte. Solange ich das tat, konnte ich meine perfekte Einsamkeit genießen.

Hin und wieder, wenn auch selten, vermisste ich die Menschen. Es gab sogar Momente, in denen ich überlegte, wie es wäre, wenn ich sie berühren oder echte Beziehungen anknüpfen könnte. Dann überfiel mich aber dermaßen die Angst, dass ich schleunigst in Morphinsulfat badete. So entstand wenigstens ein Panzer zwischen mir und der Panik, die mich zerriss. Denn Panik war eine mit giftigen Dornen besetzte Kanonenkugel! Was sie auf ihrer Wanderung durch mich berührte, riss sie blutig und in Fetzen. Seit ich Skenan-LP intravenös nahm, verspürte ich eine andere Wirkung. Es kam zu Gedächtnisausfällen, wenn auch nur kurz. Ich saß auf dem Bett und setzte mir eine Spritze – schlug ich die Augen wieder auf, fand ich mich im Bad wieder. Mir war völlig schleierhaft, wie ich dorthin gelangt und wie lange ich schon dort war. Gleich einem Schlafwandler, ich handelte und wusste nichts davon …

Das gefiel mir nicht. Vor allem entsetzte mich der Gedanke, ich könnte während dieses Zustands das Zimmer verlassen. Doch je größer die Furcht wurde, umso mehr Morphinsulfat brauchte ich. Ich merkte, dass ich in einem echten Teufelskreis steckte. Nur Disziplin würde helfen, dieses Gefühl zu überwinden. Denn wenn schon ein Teufelskreis, dann mein eigener! Jede meiner Handlungen sollte täglich zur selben Stunde stattfinden, und der Boss sollte ich allein sein. Zeitverlust war inakzeptabel. Das mochte eine alte Gewohnheit aus den Zeiten im Heim gewesen sein. Eine von Azim übernommene Gewohnheit …

Um meinen Körper zu ermüden, trieb ich Sport. Es war mir gelungen, ein Laufband aus dem Fitnessstudio des Hotels ins Zimmer zu bekommen. Ich glaubte, mich durch das Ermüden meines Körpers davon abhalten zu können, unter der Wirkung von Morphinsulfat das Zimmer zu verlassen. Denn ich hatte erfahren, dass es nicht reichte, die Tür zu verriegeln. Einmal hatte ich tatsächlich die Augen auf dem Korridor geöffnet. Als ich zu mir kam, sah ich, dass ich im Gang auf dem bordeauxroten Läufer einige Schritte entfernt von meiner Zimmertür stand. Gleich einer Statue … Am schlimmsten aber war: Ich stand mit der Nase in Richtung Aufzug da. Was, wenn ich mich auf der Straße wiedergefunden hätte? Daran mochte ich nicht einmal denken. Denn seit Monaten war ich nicht draußen gewesen und wollte da auch weitere Monate nicht hin. Nur um Geld abzuheben, huschte ich hin und wieder zu einem Automaten in der Nähe des Hotels. Das zählte ich nicht als Rausgehen, denn ich traf niemandes Blick und berührte niemanden. Es wartete aber etwas in mir darauf, dass ich mich mit Morphinsulfat betäubte, um sich hinauszustürzen. Ich weiß nicht, wer wen bewachte. Ich spürte nur, dass beide Seiten einander belauerten. Zumindest tat ich das. Um die dunkle Seite in mir, die meinen Körper auf die Straße und unter Menschen bringen wollte, beständig unter Kontrolle zu halten, trabte ich stundenlang auf dem Band. Bis zum Umfallen … Darüber hinaus war mein Leben grandios! Oder ich bildete mir wie üblich etwas ein.

In meinem neunten Monat im Hotel beschloss ich, mich nicht länger gegen die *verführerische* Wirkung des Morphinsulfats zu wehren. Ich tat einen Riesenschritt und fing an, morgens spazieren zu gehen, zum Meer hinunter. Ich lief an Menschen vorbei. Das war ein so ungeheurer Schritt, dass mir die Beine zitterten. Denn ich musste mich von Passanten anrempeln lassen und es ertragen, wenn sie »Guten Morgen!« wünschten. Eigentlich war der Grund für meine Spaziergänge, mich davor zu schützen, unter der Wirkung von Morphinsulfat Schlimmeres zu tun. Denn es gab keine Grenzen für das, wozu ich dann fähig war. Womöglich verhandelte ich mit einer Hure und fand mich beim Verkehr mit ihr wieder! Sollte es also einen winzigen Funken zur Heilung in mir geben, musste ich es sein, der ihn in ein Feuer verwandelte. Nicht das *Ich* unter Morphinsulfateinfluss.

Dazu startete ich eine Reihe kleiner Experimente. Ich setzte mich in ein Café und belauschte Gespräche am Nebentisch. Geschwätz an Nebentischen war völlig harmlos. Man sprach oder beschäftigte sich nicht mit mir, ich hatte aber gewissermaßen Anteil an der Kommunikation. Ich versuchte, die Menschen neu kennenzulernen.

Bald wusste ich, in welchem Café, in welcher Bar worüber geredet wurde, und richtete meine täglichen Touren dementsprechend ein. Wollte ich etwa Frauen mittleren Alters zuhören, suchte ich bestimmte Orte auf, für Mädchen meines Alters andere und für Männer jeden Alters, die über diese Mädchen redeten, wieder andere. Gespräche an Nachbartischen zu belauschen war, wie vor dem Kamin zu sitzen. Es stellte die denkbar sicherste Form dar, unter Leute zu kommen, denn es entstand keinerlei Verantwortung. Wie die Momente, die ich während der Grundschulzeit am Papierkorb in der Ecke des Klassenzimmers damit zugebracht hatte, meinen Bleistift anzuspitzen. Gleich neben mir fand in einer großen Klasse Unterricht statt, aber ich fühlte mich unsichtbar. Nur war es leider nicht möglich, einen Bleistift bis in alle Ewigkeit zu spitzen. So waren auch die Gespräche nicht von Dauer …

Dann wagte ich mich noch einen Schritt weiter und betrat einen Chatroom im Internet, wo ich schriftlich selbst kommunizierte. Doch das wurde eine Enttäuschung. Kaum war ich darin, merkte ich, dass ich mich selbst betrog. Denn über das Internet könnte ich zwar bis ans Lebensende mit Leuten über alle erdenklichen Themen reden, das half mir aber nicht, im wahren Leben auch nur meinen Namen zu nennen. Also wurde mir klar, dass das Internet nicht so anders war als Morphinsulfat. Es glich dem Lesen der Gedanken mir völlig unbekannter Passanten auf der Straße. Das brauchte ich nicht, denn in meinem Hirn tummelten sich Stimmen genug …

Darüber hinaus nahm ich ein paarmal an geführten Touren teil. Im Gefolge der endlos redenden Reiseleitung machte ich Ausflüge zu antiken Sehenswürdigkeiten und Wanderungen durch die Natur. Bald gab ich auch das wieder auf, denn in den Brotzeitpausen gab es immer jemanden, der mit mir sprechen wollte, und da igelte ich mich ein. Wandte sich jemand mir zu und stellte eine Frage, drehte sich mir der Kopf, mein Herz schnürte sich ein, ich vergaß, was ich wusste, stotterte und verwandelte mich in einen wahren Idioten. Allmählich glaubte ich daran, dass meine Menschenallergie über das Psychologische hinaus biologisch war. Denn bei jeder Begegnung mit ihnen juckte mein Nacken, brannte mir das Gesicht, schwitzten meine Handflächen und taten mir die Schläfen weh …

Mir fiel ein, was der junge Psychiater in der Klinik in Gölbaşı gesagt hatte, dessen Diagnose Emre und die anderen ignoriert hatten: »Eine Unterart einer traumatisch motivierten sozialen Angststörung …« Er hatte recht gehabt. Zumindest unter Berücksichtigung meiner neuen Situation bezeichnete das die gültige Diagnose: Sozialphobie oder Angststörung oder Besorgnis oder welcher Mist auch immer! Denn obwohl ich mich dabei selbst getrogen hatte, war die Phase, in der Emre mich mit der *Lebendigkeit* versöhnen wollte, durchgestanden. Nun kam die Normalisierung an die Reihe. Soziale Handlungen umsetzen, die normale Menschen im normalen Leben ausführen, ohne es zu merken … Doch trotz guten Zuredens fühlte ich mich unter Menschen nicht sicher und glaubte ihnen nicht. Ich dachte, sie würden mir etwas antun, mich umzingeln und mir sicher die Luft zum Atmen nehmen. Ich fürchtete, sie würden mich unter sich begraben. Fürchtete, unter ihren Gefühlen zu liegen zu kommen, von ihren Gedanken eingeklemmt zu werden und mir unter dem Gewicht ihrer Körper die Knochen zu brechen. Mit ihren ständig auf- und zuklappenden Mündern, nie stillstehenden Händen und immer wieder aufblitzenden Zähnen bedrohten sie mich. Jene Hölle von dreizehn Tagen und fünf Stunden hatte mich fertiggemacht. Mein Leiden war so schwer, dass es noch so viel heilen mochte, es würde doch nie enden! So viele Stufen ich auch nehmen mochte, eine echte

Beziehung zu Menschen würde ich nie aufbauen können, davon war ich überzeugt.

Bereits als kleiner Junge hatte ich gesagt: »Wenn ich groß bin, bleib ich auf jeden Fall allein!« Und nun war ich allein! Aber in der Einsamkeit gefangen. Dabei hatte ich nur eine Isolationszelle gewollt, in die ich mich nach Lust und Laune zurückziehen konnte. Um mich von Ahad und sämtlichen Flüchtlingen fernzuhalten … Eine Isolationszelle mit Tür … Diese Tür gab es jetzt nicht mehr. All die Leichen stapelten sich gleich einer Mauer vor der Tür und ließen mich mit meinem Atem allein. Zwar war mein Körper aus dem Depot in Kandalı heraus, ich aber beäugte noch immer die Wände jener finsteren Zelle. Wie der Fantasie-Graben, von dem ich einst geglaubt hatte, er umgäbe mich, begleitete auch das Depot mich auf Schritt und Tritt. Deshalb war meine Einsamkeit eine Fuchsfalle. Ich war vom Leben erbeutet und wartete darauf, dass der Jäger mich holen käme. Sowohl Morphinsulfat als auch Einsamkeit kannten eine Überdosis, und damit lebte ich … Dabei suchte der Mensch in mir, dem es trotz allem gelungen war zu überleben, nach einem Weg, der ihn zu Artgenossen, zu anderen Menschen hinführte. Mein Inneres aber glich einem Heuhaufen. Es war verdammt schwierig für eine in diesem Heuhaufen verloren gegangene Nadel, den Weg hinaus zu finden. So vergingen meine Tage damit, unter einer Kaskade Morphinsulfat oder auf dem Laufband nass zu werden. Zudem las ich. Las ausschließlich. Über die Welt, die Menschen und die Zeit, die ich verpasste. Sonst gab es nichts zu tun. Vielleicht hätte ich mich umbringen können, doch auch dazu blieb keine Zeit. Denn als ich mich aufhängen wollte, schlief ich ein.

Zehn Monate lang wohnte ich in jenem Hotel. Doch als ich sah, wie rasch das Geld schmolz, war ich zum Umzug gezwungen. Nicht in ein Haus, in ein anderes Hotel … Es hieß *Schiff*. Darum entschied ich mich dafür. Im Gedenken an Dordor und Harmin … Einer der zwei Sterne war höchstwahrscheinlich der, den jemand mit einem Schlüssel in die Liftwand gekratzt hatte.

Erst waren es Monate, später dann Jahre, die ich im *Schiff* verbrachte. Von Heilung konnte keine Rede sein, zunächst verkroch ich mich noch weiter in mich. So sehr, dass ich zu einem Strudel wurde. Ich floh ins Nichts, und alles wirbelte durcheinander. Wieder stand die Vergangenheit vor mir und schien grässlicher noch als die damals im Depot. Denn sie war nicht zu sehen! Nur ihre Stimme war da und klang nach Ahad. Dumpf, wie von unter der Erde. Ich hatte nur eine Chance: aus meinem Strudel auftauchen, »Es reicht!«, brüllen und sagen: »Du bist nicht meine Vergangenheit! So ist meine Vergangenheit gar nicht! Ich werd dir meine Vergangenheit erzählen! Hör gut zu, denn ich erzähl sie zum letzten Mal! Und nur das, was ich jetzt erzähle, werd ich künftig glauben!«

Wo ich anfangen würde, war klar:

»Wäre mein Vater kein Mörder gewesen, hätte ich nie das Licht der Welt erblickt.«

Als ich mit meiner Geschichte durch war, verstummte ich,

ich war kein Strudel mehr, sondern stehendes Wasser. Ich nahm das Leben da wieder auf, wo ich stehengeblieben war …

Mein Alleinleben war wie üblich eine Disziplinarstrafe. Jede Handlung war auf den Millimeter genau abgezirkelt und im Laufe der Zeit perfektioniert. Ich wusste, bei welchen täglichen Handgriffen sich wie viel Schmutz unter meinen Fingernägeln absetzen würde, wie oft ich dementsprechend mit der Nagelbürste darüberstreichen müsste, um sie vollständig zu säubern, wie viele Wörter ich beim ersten Lesen behielt, wie lange ich auf einem Bein stehen konnte, jeweils nach links und rechts unterschieden. Ich wusste, von wie vielen Personen ich Geburts- und Todesdatum und wie viele Maler der Renaissance ich kannte, während beim Sit-up Fersen und Rücken vom Boden gelöst waren.

Mein Gedächtnis war eine Disziplinarverordnung, ich war die Disziplin höchstpersönlich. Außer mir selbst stand mir nichts zur Verfügung, mit dem ich mich hätte beschäftigen können. So brachte ich Jahre damit zu, mich gleich einem Technologieprodukt zu entwickeln. In einem Labor, dessen Wände ich um mich herum hochgezogen hatte, verschaffte ich mir sämtliches Wissen, das nötig war, mich selbst zu generieren. Nur in einem Punkt blieb ich stets unvollkommen. Denn logischerweise fand ich nie die Gelegenheit zum Praxistest der jüngsten Version des Produkts, also meiner selbst.

Die aufgrund meines Leidens, das meine Existenz erstickte, sobald ich unter Menschen ging, in Enttäuschung mündenden Versuche der Qualitätskontrolle zählten nicht. Ich war außerstande, eine Handlung, die ich, solange ich allein war, einwandfrei ausführte, in Anwesenheit anderer zu wiederholen. Ich war ein Produkt, dessen Potenzial der

Qualitäten im Labor Spitzenleistung erbrachte, aber bei Berührung durch das von irgendeinem Fremden ausgestoßene Kohlendioxid erfolgte eine chemische Reaktion, und es funktionierte nicht mehr.

So blöd ich wurde, sobald Menschenfleisch um mich herum war, so gescheit war ich mit mir allein. Auf der Straße war ich in einer Welt voller Götter der einzige Sterbliche; zwischen den Wänden, in die ich mich einschloss, aber war ich der Gott dieser Götter … Im Grunde war alles eine Frage der Arbeitszeit. Ich hatte die Zeit, zum Gott der Götter zu werden. Die anderen Menschen waren all den Nebenwirkungen ausgesetzt, die das Zusammenleben mit sich brachte, und sie verschwendeten den Großteil ihrer Kraft darauf, das Zusammenleben zu managen. Das merkten sie nicht einmal, denn sie glaubten, man müsse zusammenleben. Nun wollte auch ich daran glauben.

Trat ich aber auf die Straße, stieß ich gegen den unter Strom gesetzten Drahtzaun, den man Realität nannte, und fing zu zittern an. Unausgesetzt führte ich Selbstgespräche und konnte das nicht abstellen. Am Meeresufer setzte ich mich auf eine Bank und sprach aus, was ich dachte. Die Leute starrten mich an und suchten furchtsam das Weite. Ich versuchte zu schweigen, doch es gelang mir nicht.

Endlich fiel mir ein zu schreiben. »Schreibe ich, spreche ich nicht!«, dachte ich. Nun spazierte ich mit Heft und Stift ans Meeresufer. Nur um nicht zu sprechen, notierte ich alles, was mir durch den Sinn ging. Nach einer Weile bemerkte ich, dass ich den Leuten um mich herum Briefe schrieb. Eigentlich waren das keine Briefe, sondern Hilfeschreie. Wie die Schreie, die ich von mir gegeben hatte, als ich unter den Leichen begraben war … Vielleicht konnte ich die Menschen nicht berühren und nicht mit ihnen reden, doch ich versuchte, mir zumindest schriftlich Gehör zu verschaffen.

Neben mir auf der Bank saß ein alter Mann, und ich schrieb ins Heft:

Hallo … Ich heiße Gazâ.

Allerdings hörte niemand das Geschriebene. Bald schrieb ich in größeren Buchstaben. In schreienden Buchstaben! Noch immer wurden sie nicht gehört! Der Alte stand auf und ging davon, seinen Platz nahm eine junge Frau ein. Ich blätterte um und versuchte es wieder:

Hallo … Ich heiße Gazâ.

So vergingen meine ersten drei Jahre im *Schiff* damit, nach Wegen des Ausbruchs aus meinem Einsamkeitsgefängnis zu suchen, in dem ich nichts anderes tun konnte, als weiter an mir zu arbeiten. Hunderte Fluchtpläne tüftelte ich aus und setzte alle einzeln um. Jedes Mal wurde ich gefasst, doch ich gab nicht auf. Es war ungeheuer schwierig, aus einem Gefängnis auszubrechen, dessen Wärter man selbst war! Doch natürlich würde es mir gelingen.

Im vierten Jahr im Hotel war ich dauernd auf der Straße. Täglich! Ständig war ich vor, hinter oder neben Menschen. Ich bestieg gemeinsam mit ihnen Aufzüge, drückte Knöpfe, die sie gedrückt hatten, nahm leere Flaschen, die sie in den Müll geworfen hatten, setzte sie an meine Lippen. Wie ich es als Junge getan hatte, näherte ich mich auf dem Bürgersteig rasch gehenden Frauen von hinten und sorgte dafür, dass ihre Hände mich anstießen. Zur Rushhour bestieg ich Busse und ließ zu, dass Leute mich berührten. Hätte Felat mich gesehen, er wäre stolz auf mich gewesen! Denn die Lösungen, die ich fand, um meine Distanz zu Menschen zu verringern, waren jede für sich eine Erfindung! Ich tat alles, was ich konnte! Einfach alles!

Und in jenem vierten Jahr im *Schiff* geschah ein Wunder! Ich machte eine außerordentliche Erfahrung der Annäherung anderer Art, wie sie mir nie zuvor eingefallen war. Endlich erhielt ich den Lohn dafür, so viel Zeit auf der Straße zugebracht zu haben, und kam über einen Moment hinzu, der alles änderte. Einfach alles!

Es war Oktober. Die Sonne strahlte, wie um das Wunder zu verkünden, das sich gleich ereignen würde. Es war am frühen Abend, und alles geschah auf einmal:

Gemeinsam mit mir völlig unbekannten Menschen lynchte ich einen mir völlig unbekannten Menschen.

Ich schaute in die Sonne. Über dem Uhrenturm, dem prachtvollsten Gebäude des Platzes, legte sie die letzte Pause vor dem Untergehen ein und sah mich an. Der Gong zur Rückkehr aufs Zimmer, der wie stets in einer nur von *Touristen* wie mir hörbaren Frequenz erklungen war, hatte längst alle Souvenirhändel abgebrochen und das Gros der Menge unter die Hotelteppiche gekehrt. Die vor dem Abendessen noch auf dem Platz Verbliebenen starrten in ihre Tüten, um das Volumen der Einkäufe vom Volumen der Bären, die man ihnen aufgebunden hatte, abzuziehen. Dazu hielten sie bei jedem dritten Schritt inne, und bei jedem Innehalten legte das Sonnenlicht sich ihnen gleich goldenen Pelerinen über die Schultern.

Den Gong hatte auch ich vernommen, wollte aber meinen Platz noch nicht verlassen. Denn von hier wirkten alle wie Silhouetten. Es fehlten die Münder, die hinter meinem Rücken über mich redeten, die hochgezogenen Brauen, die Augen, die durch mich hindurchsahen. Die Menschen standen zwischen der Sonne und mir und waren allesamt geschwärzt. Kein Gesicht vermochte ich zu erkennen, niemandes Gedanken zu lesen, und ich genoss es, mich zu täuschen. Als ihre Schatten, so schwarz wie ihre Körper, länger fielen, erwuchs ein Land der Riesen auf dem Boden des Platzes.

Und von meiner Stelle aus zertrat ich den Riesen die

Köpfe und beobachtete, wie sie unter meinen Füßen vorüberglitten. Keinen einzigen Schritt brauchte ich zu tun. Sie waren es, die mir ihre Arme, Beine und Leiber hinschoben, um verstümmelt zu werden. Ich stand nicht über den Menschen, doch über ihren Schatten, und für den Augenblick reichte mir das. Für einen, der spürte, Nähe zu Menschen allein durch eine eventuelle Organtransplantation aufbauen zu können, war das schon zu viel…

Da grollte es in meinen Ohren. Plötzlich bebte die Erde. Ich sah, wie die Riesen rennend aus ihrem Land flüchteten, ich riss den Kopf hoch und blickte um mich.

Die Menschen waren im Nu verschwunden. Nur ein Kind, von der Mutter am Ärmel mit sich gezerrt, wies mit dem Eis in der Hand auf eine Stelle hinter mir. Gerade wollte ich mich umdrehen und hinschauen, da schoss etwas an mir vorüber. Es war so schnell, dass ich zweimal blinzeln musste, bis ich erkannte, dass es ein Mensch war. Zuerst hielt ich ihn für einen Dieb. Aber der Mann rannte nicht, als flüchtete er vor der Polizei, sondern wie auf der Flucht vor einem Tsunami. Nicht um seiner Freiheit willen, um sein Leben rannte er. Ich drehte mich auf den Fersen um und sah den Tsunami. Zwei Drittel der Menschenleiber, die auf mich zuströmten wie Lava aus einem frisch ausgebrochenen Vulkan, bestanden ja doch aus Wasser. Das Wasser in ihnen schäumte ihnen sogar aus den Mündern, ihre Arme, die sie rascher bewegten, um schneller laufen zu können, pulsierten gleich Mähdrescherzinken, bereit zu zermahlen, was sie erfassten. Entweder würde ich zertrampelt werden oder losrennen oder die Hände heben und »Halt!« rufen.

Mir blieb kaum eine Wahl, denn ich hatte weder den Mut, zertrampelt zu werden, noch zu reden. Also würde ich laufen.

Doch wie? Der kleinste Fehler im Timing konnte dazu führen, dass ich der Jagdmeute unter die Füße geriet oder, falls ich dem Flüchtenden zu nahe kam, etwas von seiner Strafe, was auch immer seine Schuld sein mochte, auf mich zog. Ich musste so laufen, dass ich unversehrt in der Menge aufging.

Diese Entscheidung war zu wichtig, um sie mir zu überlassen. Deshalb trat ich die Führung über meinen Körper und Verstand in absoluter Weise an die Angst ab. Und der Tyrann namens Angst bereitete mich wie den Sprinter eines Staffellaufes vor und sorgte dafür, dass ich in dem Moment, da ich den Atem der Menge im Nacken spürte, einen großartigen Start hinlegte. Das Timing war derart perfekt, dass mich sämtliche Trapezkünstler der Welt, die ihr Auskommen damit verdienten, im richtigen Augenblick ins Leere zu springen, um nach einem Paar Hände zu greifen, beneidet hätten. Auch gab es kein Netz unter mir. Da war nur staubiger Beton, von Füßen geschliffen und darauf wartend, dem, der hier stürzte, die Haut vom Leibe zu ziehen.

Ich verschmolz auf eine Weise mit der Menge, dass mir schien, ich wäre schon dort, wo immer sie auch aufgebrochen sein mochte, ein Teil von ihr gewesen. So als stürmten wir gar seit der Geburt Schulter an Schulter voran. Nun lief ich weiter hinten, nicht mehr in den ersten Reihen. Mitten in der Menschenmenge. Die Angst hatte mich gleich einem Baby auf den Arm genommen und mit der Menge gewickelt. Sie war nicht länger mein Tyrann, sie war mein Gott. Und wie alle Götter forderte sie ein Opfer. Danach brauchte ich nicht zu suchen, denn es rannte schreiend nicht weit vor mir. Ein paar Schritte noch, dann hatten erst unsere Stimmen seine Ohren und gleich darauf unsere Hände seine Schultern gepackt. Es versuchte, sich mit einem letzten Ruck zu schütteln und zu retten, dann wurde es jäh von der Menge erfasst. Es war, als erfasse eine Kettensäge nicht nur seinen Finger, seine Hand oder seinen Arm, sondern seinen Körper komplett … Ich überholte die beiden Nacken vor mir, näherte mich dem Opfer, um besser zu sehen, da traf mich etwas im Innenwinkel des linken Auges.

Zunächst hielt ich es für einen kleinen Stein oder den Finger eines Umstehenden. Ich lief noch immer, doch ein Auge war zu. Die Augenlider klebten aneinander, wie mit rotem Wachs versiegelt. Dass ich bei der Farbe des Wachses richtiglag, erfuhr ich, als ich meine Fingerspitze musterte, die ich reflexartig zum Auge geführt hatte, um zu reiben. Mein Finger war rot. Was eines meiner Augenlider versiegelte, war aber kein geschmolzenes Wachs, es war Blut. Das vom Opfer verspritzte erste Blut war gleich einer Angelschnur durch die Luft gesurrt und wie der Haken derselben Angel mir in den Augenwinkel gefahren. Mir kochte das Blut.

Da merkte ich, dass es nicht länger Angst war, die mich lenkte. Weil meine Angst sich als Gott in den Himmel verzogen hatte, führte jetzt die Erregung Körper und Verstand. Die Erregung, unter Menschen zu sein, denen ich mich seit Jahren nicht hatte nähern können, und mich in einer Richtung mit ihnen zu bewegen. Die Erregung, mit Menschen, denen ich an einem normalen Tag nur mit Mühe in die Augen hätte schauen können, ein und demselben Ideal nachzujagen! Wenige Minuten zuvor hatte es mir Vergnügen bereitet, ihre Schatten zu zertreten, nun hatten die Menschen mich bei der Hand genommen und luden mich ein, einen anderen zu zertreten.

Nie hatte ich mich so frei gefühlt. Die Mauern meines Einsamkeitskerkers waren niedergerissen! Niemand klagte mich an, niemand hielt mich für einen Irren! Die Gesellschaft und auch ihr Druck war ich, und ich war wie trunken. Die Menge, in der ich vor Freude dahinschmolz, und ich, wir waren herrlich. Gleich einem riesigen Rochen, der durchs Nichts flappte. Ein vollkommener *Leviathan*. Unsere Füße lösten sich vom Boden, unsere Hände glitten ineinander. Wir rempelten, stolperten, hielten uns gegenseitig fest. Auf und ab schwankend und fließend und ohne zurückzuschauen, stürmten wir voran. Außer Atem, Ellbogen an Ellbogen durchquerten wir Staubwolken und bedeckten unsere Schultern mit unserem Schweiß. Keinen Lidschlag taten wir und hörten nicht auf zu brüllen. Es war ohne jede Bedeutung, was wir sagten und wohin wir rannten, denn wir waren nur ihm hinterher. Jenem einen blutigen Körper. Hinter jenem Körper, der jedes Mal, wenn die Hände ihn hoben, röter war und nackter bei jedem Auftauchen aus dem Mob, in dem er versank. Stünde es in seiner Macht, hätte er durch seine zerfetzten Nasenlöcher statt Sauerstoff uns in die Lungen gesogen. Besäße er noch ein aufklappbares Augenlid, wäre das nur durch Reibung an uns zu schließen gewesen. Denn wir beherrschten ihn völlig. Wir waren hundert, vielleicht tausend! Wer weiß, wie viele Fingernägel wir hatten, wie viele Zähne? Wie viele von uns waren satt, wie viele trugen denselben Namen? Egal, denn wir waren eins. Er war unser Geist, wir waren sein Fleisch. Wie alle Geister war auch er dem Fleisch stets voraus. Kurz bevor man sein Haar ergriff, wurde sein Kopf weggetreten, gerade wollte man seinen Körper zermalmen, war er längst beiseitegezerrt. Darum hämmerten unsere Fußsohlen den Boden, während wir die einzelnen Haare mit Wurzeln wegwedelten, die sich um unsere Finger wanden: Wir konnten ihn nicht halten. Er flatterte von Hand zu Hand von Fuß zu Fuß, gleich einem Schmetterling, der seine Flügel flehentlich geöffnet hatte. Es gelang uns nicht einmal, ihn zu erreichen. Sein Leib, der knochenlos über unseren Köpfen wehte wie eine Fahne, verwandelte sich in einen geborstenen Ball und prallte uns von den Fußspitzen ab. Die Strömung hatte ihn wie einen Baumstamm mitgerissen, wir waren die Strömung höchstselbst. Er pendelte zwischen Sein und Nichtsein, tauchte in den Wellen auf und unter. Nur einen Wunsch hatten wir: zu ihm zu gelangen, bevor er starb. Um unsere Ohren mit seinem letzten Schrei, unsere Gesichter mit seinem letzten Atemzug zu läutern. Ich schrie innerlich, es möge nie enden. Das *Jetzt*, was auch immer es sein mochte, sollte nie enden! Denn was sollte ich tun, wenn es endete? Doch es ging zu Ende …

Zuerst legte sich Nebel auf uns, und wir husteten. Dann tränten uns die Augen, und ein Knüppelschauer prasselte nieder. Einzeln traten die Tropfen durch unser Genick ein und fuhren uns zu den Mündern wieder hinaus. Zerschlugen uns dabei die Lippenränder und Zähne. Unter Peitschen aus geworfenem Wasser lösten wir uns auf wie Rauch. Jeder verzog sich gebeugt dahin, woher er herbeigeeilt war, der durchs Nichts flappende Rochen verlor sich im Nichts. *Leviathan* war tot.

Den Rest sah ich im Fernsehen. In den Abendnachrichten. Unseren Geist, den wir auf dem Platz in seinem Blut zurückgelassen hatten, hatte die Polizei gefunden. Von der Sprecherin erfuhr ich seine Identität. B Punkt F Punkt, ein ehemaliger Lehrer für Literatur. Ein Vergewaltiger, der nicht Lyrik, sondern sich selbst in eine 14-jährige Schülerin gestopft hatte. Acht Jahre hatte er in der Zelle verbracht, in die man ihn zum

Schutz vor den Mitgefangenen gesteckt hatte, am ersten Tag nach seiner Entlassung war er erst von einem, dann von wer weiß wie vielen Leuten attackiert worden.

Die Sprecherin, die aussah wie in einer äußerst gefährlichen Operation blondiert, sagte: »Unglaublich! Kaum zu fassen, dass er die Aggression eines solchen Mobs überlebt hat! Ja, verehrte Zuschauer, wie Sie seh…«

Der Strom war weg. Und ich fand mich wieder, wie ich auf meine Spiegelung auf dem Bildschirm eine Handbreit vor mir starrte. Ich hockte am Fußende des Bettes und bewohnte das schmalste Zimmer im *Schiff*. Das einzige kostbare Möbel in der Dunkelheit war nunmehr das Licht, das durchs Fenster einfiel und sich über die Wand ergoss. Es kam von der Straßenlaterne. Mit dem Lichthof um ihren Kopf schaute sie mich wie eine heilige Giraffe durchs Fenster an. Der pausenlose Krach der Klimaanlage, deren Einstellungen man ohne das kleinste Mitspracherecht des Gastes auf ewig festgelegt hatte, war verstummt. Dabei wärmte ich mich, seit es kühler geworden war, an diesem Lärm oder glaubte es zumindest…

Zuerst gefror die Zeit. Dann flutete Kälte das Zimmer, und ich begann, bis zum Ersticken zu zittern. Ich zitterte so stark, dass mir übel wurde. Weder Kinn noch Hände konnte ich beruhigen. Selbst meine Augen schienen zu zittern. Ein Foto, jetzt von mir geschossen, wäre garantiert verschwommen. Der Raum war so eng, dass ich mich nur auf mich selbst hätte übergeben können. Ich presste die Lippen aufeinander und schluckte die Reste meiner letzten Mahlzeit, die mir bis hinter die Zähne hochgekommen war, wieder herunter. Was sollte ich tun? Ich konnte nicht krank geworden sein. Oder doch?

Hatte ich mir in der Menge, mit der ich verschmolzen war,

etwas geholt? Durchaus möglich. Von so viel Hass war sicher etwas übergesprungen. Eine eigentümliche Krankheit, deren Namen ich den Arzt mindestens drei Mal wiederholen lassen würde, um sicher zu sein, richtig verstanden zu haben. Die Arme um mich geschlungen, schüttelte es mich in einer unsichtbaren Zwangsjacke, und ich versuchte, die Ursache dafür herauszufinden. Es dauerte nicht lange. Sie fand mich: Angst. Sie knallte mir gegen die Stirn. Ich fiel um. Vom Bett aus, wo ich mich wälzte wie ein Lebender im Leichentuch, erlebte ich es mit: Das Zimmer verwandelte sich in Angst. Zuerst mutierten die weißmähnigen Pferde auf dem idiotischen Hotelbild über meinem Kopf zu Angst und zerstampften mich im Galopp. Dann verwandelte sich die Wand gegenüber in Angst und stürzte mir auf die Beine, die Decke wurde zu Angst und fiel mir aufs Gesicht. Zuletzt wurde der Strom zu Angst und kehrte zurück.

Ich fuhr so plötzlich aus dem Bett hoch, dass mir schwindelte. »Sofort!«, rief ich.

»Sofort! Gleich jetzt! Ich muss fliehen! Sie werden mich finden! Sie werden mich erwischen! Werden rauskriegen, was ich getan habe! Werden erfahren, dass ich heute dabei war! In der Menge! Habe ich zugeschlagen? Kann ich den Mann geschlagen haben? Macht das einen Unterschied? Reicht es nicht, dabei gewesen zu sein? Sie werden mich einsperren! Ich bin am Ende!«

Meine Stimme schwoll an und hallte erst in mir, dann durchs Zimmer. Zweimal klopfte es gegen die Wand, an die ich mich lehnte, um nicht umzukippen. Ich verstummte und hielt den Atem an. Wer war im Zimmer nebenan? Würde er mich melden? Hatte er mein Gebrüll gehört? Würde er die Polizei rufen? Wieder wurde gegen die Wand gehämmert.

Und wieder. Und wieder. Und wieder. Und noch einmal und noch einmal. Zuletzt folgte ein Stöhnen. Nach der Trommelei endete alles mit einer Geige. Panik, Zittern, Angst und alles … Alles endete in einer Entladung.

Niemand suchte mich! Niemand würde die Polizei rufen! Niemanden scherte es! Die Leute nebenan und die Leute neben ihnen, unter ihnen, über ihnen, selbst jene, die auf dem Platz gedrängelt hatten, um einen Menschen zu töten, das aber offenbar nicht hatten besorgen können, alle, allesamt umarmten einander oder hatten einander umarmt und gruben Tunnel für ihre Träume durch den Schlaf. Das Leben ging auf eine Weise weiter, die mich für meine Angst beschämte. Ich lachte. Benimm dich wie ein Römer, wenn du in Rom bist! So hieß es doch, oder? Ich aber war ein Spartaner in Rom! Deshalb liebte ich weder mich selbst noch jemand anderen. Stattdessen drückte ich zwei Morphinsulfatkapseln auf ein Blatt Papier, zerstampfte die Miniaturballons mit meinem Feuerzeug, löste das entstandene Puder in Wasser und zog es bedächtig in einen Filter-Injektor. Dann sandte ich es zwischen das Victory-Zeichen in mein Blut und fickte die Mutter der Welt.

Zwei Tage vergingen, niemand klopfte an meine Tür. Weder wurde ich verhaftet noch verlangte irgendwer Rechenschaft von mir. Mir kam unterdessen Baudelaire in den Sinn, sein berühmter Satz: *Such nicht mehr mein Herz, es ward der Tiere Raub*. Eins dieser Tiere war nun auch ich. Zudem wurde es nicht einmal bestraft, Herz zu fressen, wenn die Anzahl der Tiere nur groß genug war. Sonst hätte Baudelaire so weitergeschrieben: *Und eines Tages ward diesen Tieren das Fell durchsiebt!* Es fand sich aber in keinem seiner Gedichte eine solche Zeile. Die Grundregel der Lynchküche lautete also: Beschmutz dich, so viel du willst, Hauptsache, du verlässt die Küche stets sauber! Daran hielt ich mich, wusch mich und verließ das Zimmer. Mein Ziel war klar.

Ich kehrte auf den Platz zurück, wo alles seinen Ausgang genommen hatte. Es war sauber dort, genau wie ich. Keine Blutspur, kein einziger Backenzahn war zu sehen. Ein weiterer von der Feuerwehr gereinigter Kriegsschauplatz war aus der Geschichte gestrichen, Mörder und Leichen waren Touristen gewichen. Zählte eine Lynchaktion als Krieg? Ich brütete über der Antwort auf diese Frage, da entdeckte ich ein Paar, das einander fotografierte. Das erinnerte mich an die einfachen Aufgaben, die ich mir in jenen Tagen gestellt hatte. Ich versuchte sie zu erfüllen, so schwierig das sein mochte. Heft und Stift waren passé, jetzt ging es um meine

Stimmbänder. Wenig zwar, doch ich konnte mit Menschen reden.

Ich näherte mich dem Mann, der Kopf an Kopf mit seiner Liebsten posierte, den Arm ausgestreckt in die möglichst weit entfernt gehaltene Kamera blickte und unbeholfene Verrenkungen machte, um den Uhrenturm hinter sich mit auf dem Bild zu haben, und sprach ihn an.

»Wenn Sie möchten, kann ich Sie fotografieren.«

Die beiden waren so mit dem Bildausschnitt beschäftigt, dass es mehrere Sekunden dauerte, bis sie verstanden, was ich gesagt hatte. Die junge Frau lächelte und kam dem Mann zuvor.

»Vielen Dank. Der Turm da soll bitte mit drauf…«

Dass die Frau sofort akzeptierte, irritierte ihren Schatz. Er hatte nicht ausreichend Gelegenheit gehabt zu beurteilen, ob ich ein Typ war, dem man den Fotoapparat anvertrauen konnte. Fünf Sekunden mehr, und er hätte mir die Kamera mit größerer Selbstgewissheit gereicht. Da er aber einem Fremden nun auch schlecht sagen konnte: »Ich fürchte sehr, dass du ein Dieb bist. Könntest du bitte schwören, dass du keiner bist?«, zeigte er mir notgedrungen den Auslöser. Ich nahm den Apparat entgegen und trat vier Schritte zurück. Ich hob ihn vors Gesicht und kniff das linke Auge zu, um durch den Sucher zu schauen.

Zuerst legte der Mann der Frau die Hand auf die Schulter. Dann drehte sie sich zur Seite, schmiegte sich mit dem ganzen Körper an ihn und legte ihm die Hand auf die Brust. Beide zeigten mir gleichzeitig ihre Zähne. Der ersehnte Augenblick war da. Vermutlich wirkten sie auf den meisten Fotos, die sie den Tag über geschossen hatten, wie ein Paar Debiler. Denn ständig hatten sie ein Gebäude, ein Denkmal, einen Brunnen, eine Kutsche, ein Pferd, einen Pferdeapfel mit auf dem Bild haben wollen und deshalb die Stirn des einen oder den Abschnitt unterhalb der Nase der anderen nicht mit draufgekriegt. Das alles interessierte mich letztlich nicht. Mir ging es um meine Therapie und die erste Phase. Das Angebot, das Foto aufzunehmen, hatte ich anstandslos absolviert.

Der zweite Teil der Aufgabe war schon schwieriger. Angesichts der beiden Menschen, die vor mir die Pose ihres Lebens einnahmen, durfte ich mich keinesfalls aufregen, durfte mich von dem Unmut, den das auf ihren Zügen fixierte Lächeln bei ihnen auslöste, nicht beeindrucken lassen und musste mindestens dreißig Sekunden ausharren. Mit dem Zählen war ich erst bis sechs gekommen.

Die Frau reagierte als Erste. Die Verantwortung dafür, mich in ihr Leben hineingelassen zu haben, lag ja bei ihr. Ihr gelang etwas Heikles, sie fragte, ohne ihr Lächeln aufzugeben: »Klappt es nicht?«

Ich gab keine Antwort. Denn es war ein medizinischer Zustand. Ein Läuterungsprozess. Auf den Auslöser zu drücken, bevor dreißig Sekunden vergangen waren, kam dem Rückfall eines Heroinabhängigen gleich. Durchhalten war verdammt schwer. Die Anwesenheit der beiden Menschen, die wie ausgestopfte Haustiere vor mir standen, war für mich so schwer zu ertragen, dass ihre Blicke mir die Kehle durchbohrten und die Zähne zwischen ihren Lippen, die vermutlich allmählich taub wurden, mir die Ohren abrissen. So kam es mir jedenfalls vor. Denn sie schauten mich nur erstarrt an. Das heißt, die Kamera zwischen uns. Nun fragte der Mann.

»Klappt es nicht?«

Wieder blieb ich die Antwort schuldig. Diese Fragen zeigten im Grunde, wie gutmütig sie waren. Mit der Frage:

»Klappt es nicht?« statt »Warum knipst du nicht endlich?«, schoben sie der Kamera die Schuld zu. Ich durfte nicht länger so böse zu ihnen sein. Ich war aber ein Staudamm, den die Anwesenheit von Menschen bedrängte und der diesem Druck bis zum Ende standhalten musste. Der Mann löste schon die Hand von der Schulter der Frau, um zu mir herüberzukommen, da rief ich: »Achtung, ich knipse!«

Eine Art Freudenschrei war das. Der Mann ging wieder in Stellung, und ich betätigte den Auslöser. Volle dreiunddreißig Sekunden! Ein Riesenerfolg! Gemeinsam hatten wir die Geduldsprüfung bestanden! Sie hatten mir bewiesen, wie zivilisiert sie sein konnten, und ich hatte mir selbst bewiesen, dass ich gar keine Angst vor ihnen hatte. Nach zwei Schritten trafen wir uns in der Mitte, sie sahen erst das Bild auf dem Display der Kamera an, dann mich. Nun lächelten wir alle drei.

»Sehr schön, vielen Dank dafür«, sagte die Frau, und damit war ich gezwungen, in Phase drei einzutreten.

»Gerne doch. Zwei Lira.«

Beide Lächeln erloschen.

»Bitte?«, fragte der Mann.

»Die Gebühr«, sagte ich. »Zwei Lira.«

Nun übernahm wieder die Frau.

»Fotografieren Sie gegen Geld?«

»Natürlich.«

»Aber das haben Sie ja vorher gar nicht gesagt!«, wandte der Mann ein.

»Und Sie haben nicht gefragt«, gab ich zurück. »Ich dachte, Sie wissen das …«

»Woher sollten wir das denn wissen?«, hätte er gern insistiert, doch die Frau, die nicht wollte, dass ihr Tag von einem solch dummen Moment befleckt werde, brachte ihren grummelnden Schatz zum Verstummen und schob die Hand in die Tasche: »Schon gut, schon gut, ist doch egal.«

Meine Therapiesitzung stand unmittelbar vor dem Abschluss, da fing die Frau an, in ihrer sackähnlichen Handtasche nach dem Portemonnaie zu kramen. So dehnte sich die Dauer der Suche, wie von einem schwarzen Loch aufgesogen, auf zehn Jahre aus, und ich wusste nicht, wohin mit mir. Der Mann schien währenddessen alles, was ihn daran hinderte, einen Abzocker wie mich an Ort und Stelle umzulegen, den Immobilienkredit, die Krankenversicherung, die jahrelange Berufsausbildung und die Liebe zu der Frau, kurz, alles, was er besaß, zu verfluchen, denn er schüttelte noch immer den Kopf. Natürlich waren nicht die zwei Lira Ursache für den Hass auf mich, sondern dass ich ihn, indem ich die unsichtbaren Regeln zwischenmenschlicher Höflichkeit auf einen Schlag zertrümmerte, daran erinnert hatte, niemandem trauen zu dürfen. Voller Bitterkeit schien er zu denken, dass er niemals einen friedlichen Moment auf Erden erleben würde und alle, wirklich alle Schlange stünden, um ihn hereinzulegen. Doch letztlich hatte der Blick von uns dreien ein und dasselbe Ziel: die Öffnung der Tasche, aus der das Portemonnaie sich weigerte aufzutauchen. Plötzlich hob die Frau den Kopf und sah den Mann an. Natürlich tat ich es ihr gleich.

»Hast du nicht zwei Lira?«

»Nein!«, sagte der Mann. Weil er nicht sagen konnte: »Verfickte Scheiße, nein!« Wir beobachteten weiter schweigend die Taschenöffnung. Es war so peinlich, dazustehen und zu warten, dass ich fast weggerannt wäre. Doch es galt durchzuhalten. Jahrelang war ich davongelaufen. Diesmal würde ich nirgendwohin gehen. Ich musste mich beruhigen. An etwas denken und mich aus der Situation lösen. Mir fiel das Lynchen ein. Ich dachte an die Lynchung. Daran, wie ich mich in der Menge gefühlt hatte. Wie ich es geschafft hatte, Menschen ohne Angst zu berühren …

»Hier!«

Die Frau knallte mir zwei Lira wie ein Lineal in die Hand, nahm ihren Schatz beim Arm und sagte: »Gehen wir!« Erst eilten sie, dann schlenderten sie davon. Ich fühlte mich gut, während ich ihnen hinterherschaute. Doch das hielt nicht lange an, dann begann mein Magen sich zu drehen. Diesmal hatte ich genug Platz zum Übergeben. Aus Gewohnheit hielt ich trotzdem die Hände vor. Ich kotzte ein wenig auf die zwei Lira, ein wenig durch meine Finger hindurch auf den staubigen Boden des Platzes. Am liebsten hätte ich um mich geblickt und laut gebrüllt, doch ich begnügte mich mit Flüstern.

»Ruft die Feuerwehr.«

Zurück im Hotel schloss ich mich auf meinem Zimmer ein. Doch es nützte nichts. Denn ich war längst nicht in Sicherheit. Der Hotelangestellte, dem ich kurz zuvor begegnet war, hatte mich auf eine Weise gegrüßt, dass ich verstand, was er eigentlich sagen wollte: »Ich betrete dein Zimmer, wann immer ich will!« Ich nahm den Stuhl, der wie der Hocker im Depot ein kurzes Bein hatte und mich jedes Mal, wenn ich mich daraufsetzte, verriet, und stellte ihn vor die Tür. Auch das war nutzlos. Denn mir fiel ein, dass die Tür nach außen aufging. Es blieb nur ein Ausweg: mich im Klo einschließen.

Zum ersten Mal würde das WC, über dessen Beengtheit ich mich seit meinem Einzug in dieses Hotel nie an der Rezeption, dauernd aber bei mir selbst beklagt hatte, zu etwas nütze sein. Es hatte die Maße einer Telefonzelle, und für den, der es aufsuchte, waren die drei Wände und die Tür in Griffweite. Nun stellte ich fest, dass kein Schlüssel auf der Tür steckte. Doch mir blieb keine Wahl, ich musste meinen Puls entschleunigen.

Mit einem Schritt war ich im Bad und schloss die Tür, ließ dabei den Türgriff nicht los. Jeden Augenblick könnte jemand versuchen, von draußen zu öffnen. So stand ich da mit einer Hand am Griff der Tür, die ich zuzuhalten versuchte, als bestürmte sie jemand von außen, und der anderen Hand, weil ich nicht wusste, wohin damit, am Spiegel, an dem ich lehnte. Als ich nach mindestens zehn langen Atemzügen ruhiger wurde und den Kopf heben konnte, traf mich mein Blick. Und ich tat, was ich seit einer Weile stets tat, wenn ich mir im Spiegel begegnete, ich redete.

»Willst du geheilt werden? Willst du wirklich geheilt werden? Was war deine Krankheit? Nicht unter Leute gehen zu können, stimmt's? Gesellig sein, nennt man das doch? Ebendas nicht zu können! Kapierst du immer noch nicht, dass sich diese Krankheit nicht mit hirnrissigen Taten wie denen vorhin heilen lässt? Weißt du, was die wahre Behandlung dafür ist? Ich sag's dir: Geselligkeit im Übermaß! Nur damit kannst du dich raushauen. Ohne im Übermaß gesellig zu sein, kriegst du keinen normalen geselligen Umgang, kapiert? Wenn du schon eine Krankheit hast, die dich in ein Loch stopft und dich krümmt wie einen Wurm, dann musst du fliegen lernen! Nur so wirst du den Mittelweg finden! Gleich deine Krankheit aus! Deine einzige Therapie ist das Lynchen! Denn eine extremere Form der Geselligkeit gibt es nicht auf der Welt! Hörst du mich? Sag niemandem ein Wort davon! Geh jetzt raus und such dir eine Frau … Keine Angst, Dummkopf, das war nur Spaß, geh rein und mach Liegestütze. Oder warte mal, putz dir zuerst die Zähne. Aber lass bloß die Tür nicht los!«

Das Lynchen wollte mir nicht aus dem Kopf. All mein Denken kreiste darum, und ich las darüber. Das Lynchen, wurde mir klar, stellte keine gewöhnliche Gewalttätigkeit dar. Es bestand nicht allein darin, dass Menschen, mehr als einer, zusammenkamen und die Fäuste ballten. Es war eine gesellschaftliche Realität! Eine Aktionsform, die ihren Platz in der Sozialanthropologie hatte! Sie hatte sogar Gestaltungsmacht! Es war einer der Organisatoren von Beziehungen zwischen Gesellschaft und Individuum, zwischen Mehr- und Minderheit. Ein kollektives Recht! Etwas wie Rousseaus *direkte Demokratie*! Es war alles! Der Amerikaner Charles Lynch, der dafür gesorgt hatte, dass wir dem einen Namen geben konnten, war ein Genie! Heute mochte er als Barbar gelten, doch die Vereinigten Staaten von Amerika regierten die Welt mit seinem Gesetz: mit dem Lynchgesetz!

War ich erschöpft vom Lesen, richtete ich den Blick zur Decke und grübelte … Mein Zimmer und ich, wir steckten in einer kleinen Schneekugel, und die Lynchung hatte uns erschüttert. Bei der Erschütterung waren die Gedankenfetzen vom Boden aufgewirbelt worden. Ich beobachtete meine Gedanken, die wie Schneeflocken in der Kugel herabrieselten. Bald war ich über und über schneeweiß, und mir bot sich ein Anblick, der mindestens so wissenschaftlich war wie mein Aufsatz *Die Macht der Macht*:

Der erste Primat, Urahne des Menschen, der sich auf seine zwei Beine aufrichtete, stieß sich dabei den Kopf an einem dicken Ast des Baumes neben ihm und erlitt ein Hirntrauma. Dieses Trauma, genetisch von Generation zu Generation übertragen, bewirkte zwei Dinge, die die Geschichte der Menschheit veränderten.

Allem voran war ein Großteils des Hirns unbrauchbar geworden. Somit war auch der Mensch, der Enkel jenes Primaten, gezwungen, mit dem restlichen Hirn vorliebzunehmen. Die zweite Folge: Vom Schlag eines Asts ausgelöste *Agoraphobie* bildete die Wirbelsäule der menschlichen Existenz.

Hätte jener Primat damals sein Leben wie andere Tiere auf vier Füßen weitergeführt, wäre alles anders gekommen. Da die Fortbewegung von einem Punkt zum anderen auf vier Füßen allerdings die Gefahr erhöhte, unterwegs vergewaltigt zu werden, war er gezwungen, sich aufzurichten. Dennoch wäre er gut beraten gewesen, vorher einmal den Blick zu heben. Nun, schlussendlich kamen wir alle wegen jenes Urahnen beschränkt und feige zur Welt. Deshalb war auch nichts unsere Schuld. In gewisser Hinsicht konnten wir sogar als recht fortgeschritten gelten. Immerhin hatten wir jene gemeinsame Angst, unverzichtbarer Bestandteil unserer Identität, endlich definiert.

Im Grunde war diese Angst ein Katastrophenszenario, das wir von unseren Erfahrungen ausgehend geschrieben hatten. Es brauchte eine Bezeichnung, und hinsichtlich ihrer Glaubwürdigkeit musste sie lateinisch sein: *Bellum omnium contra omnes*. Krieg jeder gegen jeden! Dies war eine Wahrscheinlichkeit und zugleich die schlimmste denkbare! Darum war sie die wahre Quelle unserer Angst! Und so suchten wir nach Mitteln und Wegen, unser Leben mit Waffen, unsere Ehre mit Textilien und unser Hab und Gut mit Mauern zu schützen … Am liebsten wurden wir geboren, lebten und starben, ohne von irgendjemandem dabei gesehen und ertappt zu werden. Denn der Kriegszustand jeder gegen jeden war eine Apokalypse, bei der niemand in Sicherheit sein würde, und das wussten wir.

Wer würde unseren Nachbarn stoppen, der es ständig auf unsere Frau und unser Geld abgesehen hatte? Gab es irgendeinen Grund dafür, dass er uns nicht eines Nachts überfallen würde? Und wie konnten wir unsere Ohren verschließen vor dem Wehgeschrei seines Geldes und seiner Frau, die darum flehten, in unsere Obhut zu gelangen? Wer konnte unserem Neid Einhalt gebieten, wer konnte uns daran hindern, jedem den Krieg zu erklären und umgekehrt?

Beim Stellen dieser Fragen, die bewiesen, dass der Mensch nichts von seinem tierischen Wesen verloren hatte, auch wenn er sich auf zwei Füße erhob, erhielt die Menschheit ein göttliches Zeichen: das Konzept der Singularität.

So göttlich war dieses Zeichen im Grunde nicht. Es hing lediglich mit der Zahl der Sterne zusammen, die uns Leben spendeten. An dem Tag, an dem uns aufging, dass es sich bei Mond und Sonne um unterschiedliche Himmelskörper handelte und das gelbe Ding, das uns den Frühling brachte, einzig war, schäumte unser Verstand sogleich vom Konzept der Singularität über, da wir im Nachahmen mindestens so begabt wie Schimpansen waren.

Folglich begannen wir, alles auf eins zu reduzieren. Denn so gehörte es sich! Ein Gott, ein Führer, ein Staat, eine Nation … Vor allem aber: ein Feind!

Das Konzept der Singularität war eine Offenbarung, ein Wunder! Endlich konnten wir den Krieg aller gegen einen zur Notwendigkeit erklären und damit die Wahrscheinlichkeit eines Kriegs jeder gegen jeden auf ewig aussetzen.

Ja, Lynchen war eine Art Krieg. Ein Krieg, den die Mehrheit gegen die Minderheit führte. Ein Krieg gegen einen Einzelnen. Wie für alles gab es natürlich auch dafür eine lateinische Bezeichnung: *Bellum omnium contra unum.*

So rauften sich in diesem Krieg gegen den einen Feind zuerst Familien, dann Stämme und schließlich Gesellschaften zusammen. Endlich war die *Gesellschaft* geschaffen, deren Fehlen man bis zu ihrer Erfindung schmerzlich empfunden hatte.

Und wer war nun der eine Feind, den man brauchte, damit all diese Menschen zusammenkommen konnten? Was hatte das schon für eine Bedeutung! Wen interessierte das! Außerdem hatte in Kriegen der Feind keinen Namen. Den Feind kannte man als der Feind. Denn stellte man erst fest, dass er einen Namen trug, erinnerte man sich möglicherweise daran, dass er ein Mensch war, und der Krieg wäre nicht so kaltblütig zu führen! Die Geschichte quoll über von Soldaten, die die Namen der Menschen, Organisationen und Länder, gegen die sie kämpften, nicht kannten! Also hatte der Name des einen Feindes keine Bedeutung. Von Bedeutung waren allein die Folgen der Lynchung dieses einen Feindes:

Wo gelyncht wurde, herrschte Einheit. Wo Einheit herrschte, gab es kein Chaos. Wo kein Chaos herrschte, gab es Handel. Handel zog Fortschritt nach sich. Und wo Fortschritt war, war noch mehr Handel! Und dann wieder noch mehr Fortschritt! Nun konnten wir fortschreiten, bis wir krepierten! Also hatten wir uns nicht vergebens auf unsere zwei Füße erhoben. Wir waren bereit, mit Riesenschritten in die Zukunft zu schreiten, und all das war wunderbar!

In einer Gesellschaft, in der man einen einzelnen Feind verfolgte, war die Entstehung von Separatismus, inneren Konflikten und Unfrieden ausgeschlossen. Mit seinem Nachbarn und dessen Nachbarn und dessen Nachbarn und den Bewohnern des ganzen Landes ein und dieselbe Person oder ein und dieselbe Sache zu hassen war überaus beruhigend. Es verlieh derartige Sicherheit, dass die Menschen imstande waren, harmonisch wie sonst nie Blut zu vergießen. Harmonisch Blut zu vergießen machte eine Gesellschaft zur Gesellschaft. Ja, es bewies, wie fortgeschritten, ruhig und friedlich eine Gesellschaft war.

Deshalb sind heutzutage entwickelte Staaten jene, denen es vor langer Zeit gelang, ihre Feinde auf einen zu reduzieren. Angesichts des einen Feinds hatten sie innere Konflikte zu beenden vermocht und Einheit erlangt. Sie taten sogar alles dafür, dass Regionen, die sie sich im Laufe der Zeit zu kolonialisieren angewöhnt hatten, eine vergleichbare Stufe nicht erreichten. Jene Regionen beließen sie in einem Zustand, da jeder gegen jeden kämpfte, und hielten sie damit schwach.

Infolgedessen gab es Gegenden wie den Nahen Osten, in denen die Lynchdisziplin sich nie hatte ausbilden können. Da sich keine Lyncheinheit entwickelt hatte, kam es in jeder Gasse zu eigenständigen Lynchungen. So waren die Völker dort stets schwach geblieben. Dabei hätten sie nur ein wenig die Augen zu öffnen brauchen, um zu erkennen, welch vereinendes Element das Lynchen insbesondere in religiösen Kulturen darstellte. War es nicht ein einwandfreies Beispiel für Lyncheinheit, wie tausende Menschen bei der Pilgerfahrt in Mekka zusammenströmten und den Teufel steinigten? Egal wer du bist, komm und steinige den Teufel! Nur eines galt es zu tun: aufhören, sich gegenseitig zu bekämpfen, und sich dem einen Feind gegenüber verbünden! Vom sinnlosen gegenseitigen *Piesacken* ablassen und sich zum großen, wahren Lynchen vereinigen! Genau wie entwickelte Staaten es taten! Selbstverständlich bemühte man sich auch in Nahost nach Kräften … Gelänge es, würde man die Diktatoren lynchen, bekäme man sie denn zu fassen, auch westliche Diplomaten, um damit die Saat einer modernen Gesellschaft zu legen, und sei es auf lokaler Ebene.

Letztendlich lag das Lynchen dem Menschen im Blut. Als Notwendigkeit seines Wesens fand es überall statt: in der Familie, in der Schule, im Viertel, in der Gesellschaft, in internationalen Beziehungen, überall. Ja, tagtäglich trafen sich Dutzende Staaten und riefen einen gemeinsamen Feind aus. Dank dieses gemeinsamen feindlichen Staates erzielten sie Einigkeit zumindest in einem Punkt und konnten dann leichter zum multilateralen Tagesgeschäft schreiten.

Über diese Dinge machte ich mir Gedanken und sah alles glasklar. Ich verstand sehr gut, warum sich bei einer legalen Exekution ein Dutzend Männer aufreihte und auf einen Einzelnen schoss. Ja, auch ich hatte, mit Martin Luther Kings Worten: einen Traum!

In diesem Traum gab es eine Invasion aller möglichen Wesen aus dem Weltraum auf unserem Planeten, und alle Staaten dieser Welt vereinten sich zum Lynchen der Außerirdischen und lebten friedlich und geschwisterlich miteinander.

Und wenn das Lynchen sogar für Weltfrieden sorgen konnte, dann konnte es auf jeden Fall auch mein Leiden kurieren! Ich musste nur die Seite wechseln. Denn jahrelang hatte ich das Gefühl gehabt, ich sei der Gelynchte! Nun galt es, nicht länger Ziel der Menge zu sein, sondern in der Menge aufzugehen. Nicht der eine Feind würde ich sein, im

Gegenteil, ich würde ein tollwütiges und trotzdem geachtetes Mitglied der Gesellschaft sein, das auf der Jagd nach dem Feind zum Helden wurde, dem der Geifer von den Lefzen troff, je heroischer es wurde.

Diese Gedanken regten mich dermaßen auf, dass ich aus dem Bett hochfuhr und mir den Kopf an dem Bild darüber stieß. Es tat weh, doch das war mir egal. Was hatte ich zu verlieren bis auf einen kleinen funktionsfähigen Teil meines Hirns und meine Feigheit?

Ein mächtiges Problem aber, das es zu lösen galt und das fast den gesamten Raum einnahm, stand mir gegenüber. Ja, meine Rettung lag im Lynchen, wo aber wurde gelyncht?

Nach den Worten der Sprecherin, die hatte sterben und wiederauferstehen müssen, um blond zu werden, war ein solcher Übergriff seit Jahren nicht mehr geschehen. Es machte also keinen Sinn, länger in dieser Stadt zu bleiben. Ich konnte nicht Jahre darauf warten, dass es erneut zu einer Lynchung käme. Einmal hatte das Glück mir gelacht, was nicht hieß, es ginge so weiter. Das Lynchen würde nicht zu mir kommen, ich musste zu ihm gehen. Nur wie? Wie kriegte man eine Lynchung zu fassen, noch bevor sie begann? Dafür gab es ja keinen Kalender und keine Uhr! Oder doch? Vielleicht doch.

Mein ganzes Leben war damit vergangen, aus unterschiedlichen Mündern im Fernsehen folgenden Satz über Lynchfälle an diversen Orten des Landes zu vernehmen: »Es handelt sich um Vorfälle, die von einer Reihe finsterer Kräfte im Voraus organisiert wurden.« Stimmte das, organisierte jemand Lynchungen wie Konzerte und plante gigantische Shows. Wie aber kam ich an jene finsteren Kräfte heran? Konnte vielleicht auch ich irgendwann zu einer finsteren Kraft werden? Gab es eine solche Hoffnung für mich?

Zuerst galt es, eine Liste aufzustellen. Eine Liste möglicher Lynchungen. Ich musste mir die Weltkarte vornehmen und markieren, wo Lynchungen möglich schienen. Dazu musste ich die Lynchgeschichte von Ländern und Städten studieren und in Erfahrung bringen, ob die sozialen Konflikte, die die Lynchungen ausgelöst hatten, noch aktuell waren.

Der Vorfall, der eine Stadt vor drei Tagen, wenn auch nur für eine halbe Stunde, ins Mittelalter versetzt hatte, war eine Ausnahme gewesen. Der Angriff auf einen ehemaligen Häftling war eine so besondere Situation, dass man ihn nicht vorausplanen konnte. Da auch nicht in Frage kam, die Entlassungsdaten sämtlicher inhaftierter Kinderschänder weltweit zu eruieren, waren es die politischen Fälle, auf die ich mich konzentrieren musste. Alles Wissen, das ich brauchte, steckte dort, wo alle Unwissenden dieser Welt sich aufklärten: im Internet.

Die folgende Woche verging mit dem Studium der auf der Welt andauernden politischen Konflikte. Es war aber nicht auszumachen, welcher einer kurz vor dem Ausbruch stehenden Lynchung das Bett bereitete. Allerdings gab es einen interessanten aktuellen Vorfall, ich erfuhr in den Fernsehnachrichten davon: Einige hundert Amerikaner, die sich zum Empfang der aus Afghanistan heimkehrenden Soldaten auf der Hauptstraße ihres Städtchens versammelt hatten, versuchten, vier Afghanen zu lynchen, die gegen den Aufzug protestieren wollten. Und das brachte mich auf eine Idee.

Die Person oder Gruppe, die gelyncht werden sollte, war ohnehin verhasst. Es brauchte nur einen Funken, um die Lynchung in Gang zu setzen. Jene Amerikaner attackierten tagtäglich auf der Straße oder im Supermarkt Afghanen mit Blicken und warteten bloß auf den richtigen Moment, um die

Sache in Lynchform zu gießen. Worauf ich mich also zu konzentrieren hatte, war der Hass.

Stellte ich fest, wer wen hasste, fände ich auch mein Reiseziel und könnte mich in Erwartung der Lynchung auf die Lauer legen. Es musste allerdings ein Hass von solchem Ausmaß sein, dass man bereits die reine Existenz des anderen als Beleidigung seiner selbst wahrnahm. Und wer hasste wen allein deshalb, weil er existierte? Natürlich Rassisten und Konfessionsfanatiker und jene, die geschworen hatten, alle Menschen zu vernichten, die nicht derselben Religion angehörten wie sie selbst.

Als ich mir die Regionen anschaute, wo diese beiden vor Hass starrenden Diskriminierungsarten auf höchstem Niveau ausgelebt wurden, eröffnete sich mir eine prachtvolle Weltreise. Ich war auf die Goldader gestoßen. Nun brauchte ich einen Reisepass und ein paar Visa. Ich würde weltweit die erste Agentur für Lynchtourismus sein und zugleich ihr erster Kunde. Der erste Lynchtourist der Welt! Das war nicht schlecht für einen, der es bisher zu nichts gebracht hatte. Schließlich hatte ich noch zehn Tage zuvor Menschenschatten zertreten, um mich ein klein wenig gut zu fühlen. Vierundzwanzig Jahre, fünf Monate und dreizehn Tage zuvor hatte ich geweint, nur weil ich zur Welt gekommen war.

Die Lynchung lag einen Monat zurück, und ich fühlte mich gar nicht gut. Mein Zustand hatte sich so weit verschlechtert, dass ich mich auf alltäglich notwendige Gespräche vorbereiten, die Sätze aufschreiben und auswendig lernen musste. Wenn ich dem Zimmerservice, der mir das Frühstück brachte, »Noch einen Orangensaft, bitte« sagte oder dem Housekeeper: »Mein Zimmer braucht heute nicht gereinigt zu werden«, war ich davon enthoben, Partner einer Kommunikationsbeziehung zu sein, ich plapperte nur eingeübte Sätze. Aus der Retorte zu reden bewahrte mich davor, in laufender Kommunikation Entscheidungen zu treffen. Nicht ich sprach, sondern mein Gedächtnis und meine Stimmbänder. Dank dieser Methode hatte ich ein wenig das Gefühl, während des Gesprächs nicht anwesend zu sein, und stand somit nicht unter Druck. Da klar war, was ich sagen würde, brauchte ich nicht aufgeregt zu überlegen, was ich sagen sollte, und ich versuchte zu existieren, ohne Aufmerksamkeit zu erregen.

Das hatte Ähnlichkeit mit einem Soldaten, der unter Beschuss voranrobbt. Außer im Fernsehen hatte ich robbende Soldaten nie gesehen. Inzwischen hatten infolge einer Kooperation aus Hotelbesitzer und örtlichem Gemeindevorsteher die Türkischen Streitkräfte bei mir angeklopft, dann allerdings, aus welchem Grund auch immer, befunden, dass meine Untauglichkeit ansteckend sei. Im Untauglichkeitsattest, dem

Beweis dafür, dass ich so gefährlich war, eine ganze Armee zu untergraben, hieß es: »Geh mit deiner Untauglichkeit und rotte allein vor dich hin!« Ich war mir dennoch sicher, niedriger kriechen zu können als irgendein Soldat irgendeiner Armee auf der Welt. In jeder Hinsicht…

Doch sosehr man es auch Alltag nannte, das Leben wurde nie alltäglich und wartete ständig mit Überraschungen auf. Unbedingt geschah etwas, das die Reihenfolge der auswendig gelernten Sätze durcheinanderbrachte und meine Kommunikationspläne störte. Denn den Menschen, mit denen ich sprechen musste, war ich egal. Weder ich noch meine Gesprächspläne lagen in ihrem Interessensbereich. Sie scheuten sich nicht, noch den simpelsten Dialog zu verkomplizieren, dauernd hatten sie neue Fragen, es war, als wetteiferten sie darin, mich auf falschem Fuß zu erwischen. In solchen Situationen nützten mir die vorbereiteten Sätze natürlich gar nichts.

Mein Verhältnis zur Justiz, deren Wesen darauf beruhte, jeden, der mit ihr zu tun hatte, auch mich, als gleich zu betrachten und die Augen vor einzelnen Identitäten zu verschließen, war in den letzten Jahren ausgezeichnet gewesen. Wenn die eingeübten Sätze nicht aufs Leben passten oder ich mich mies fühlte, nahm ich das Türkische Strafgesetzbuch aus der Tasche und las darin. Denn in den Rechtstexten gab es weder Vor- und Familiennamen noch private Informationen. Stattdessen gab es jemanden, dem ununterbrochen Katastrophen zustießen, der zwischen Belohnung und Bestrafung hin- und hergeworfen und *Person* genannt wurde. Irgendeine Person, völlig egal, ob sie sich ausdrücken konnte oder nicht, ob sie stumm oder blind, einäugig oder fünfohrig war!

Im Grunde war diese anonyme Konstruktion der Justiz reine Fantasie. Denn nichts auf der Welt war anonym. Nie war ein König auf dieselbe Art vor Gericht behandelt worden wie ein Bettler, und es würde auch künftig nicht geschehen. Dennoch fand ich es beruhigend, in juristischen Termini zu denken, wenn ich mich fühlte, als schnürten mir die Identitäten der Menschen in meiner Umgebung die Kehle ab.

Einer dieser Fachausdrücke lautete *höhere Gewalt … Vis maior*! In der Justiz eine gültige Begründung dafür, dass die Person etwas, wozu sie verpflichtet war, nicht hatte tun können. Höhere Gewalt! Das konnte ein Erdbeben sein oder ein Herzinfarkt. Für mich war es die Summe des Lebens. Das Leben selbst war höhere Gewalt! Ich lebte mit einem nicht enden wollenden Herzinfarkt in einem nicht enden wollenden Erdbeben. Deshalb nahm ich an, aller Verantwortung enthoben zu sein, und versuchte mich damit zu beruhigen. Nur nützte auch das nichts mehr …

Mir war bewusst, dass ich von den Menschen gnadenlos verurteilt wurde, selbst wenn sie mich nicht kannten! Ich war schlimmer dran als ein Bettler, der sich im Netz der Justiz verfing. Denn Bettler konnten immerhin sprechen. Aufgrund spezieller Bettlerkräfte gelang es ihnen sogar, auf einem rappelvollen Gehweg die einzige Person, die ihre Forderungen zurückzuweisen außerstande war, mich also, innerhalb von Sekunden zu finden und mit ausgestreckter Hand vor mir aus dem Boden zu schießen. Ihre auf Erbarmen gepeilten Radare nahmen offenbar auch Schwäche wahr, so dass sie ausgerechnet mich aufspürten, selbst wenn ich mich in einer tausendköpfigen Menge befand.

Derartige Kräfte besaß ich nicht, und auf meinem Radarschirm entdeckte ich keine Spur von einer anderen Beute außer mir selbst. Deshalb war ich weder in der Lage, vor im Fluss des Alltagslebens errichteten Standgerichten meine

Unschuld zu beweisen noch mich ungerechtem Strafvollzug zu entziehen.

Der Beamte auf dem Passamt wedelte mir das Formular, auf dem ich das Feld Beruf offengelassen hatte, ins Gesicht und fragte: »Was ist dein Beruf, dein Job?«, wandte sich aber, noch bevor ich Antwort geben konnte, bereits der Person hinter mir zu.

Die Wachleute an den Eingängen der Konsulate durchsuchten mich, als wäre ich ein Selbstmordattentäter, kaum, dass sie den Schweiß auf meiner Stirn sahen, die Visumsbeamten kontrollierten jede Information, die ich ihnen gab, drei Mal, weil sie mir kein Wort glaubten, und ließen mich für Formalitäten von fünf Minuten zwei Stunden warten.

Als jemand, dessen Leben insgesamt höhere Gewalt war, hatte ich als einzige Methode, mich zu wehren, bisher nur das Abspulen vorbereiteter Sätze entwickeln können. Zurück im Zimmer schrieb ich jedes Mal alternative Dialogszenarien, um meinen durchlöcherten Schild zu flicken; ohne ihr Wissen bekniete ich die Leute, auf die ich am nächsten Tag treffen würde, damit die Szenarien mit den Tatsachen des Lebens übereinstimmten. Natürlich hörten sie mich nicht. Weder wenn ich sie von meinem Bett aus anflehte noch wenn ich ihnen gegenüberstand und fragte, wann ich meinen Pass ausgehändigt bekäme …

In einer Phase, da sich bei mir erneut gewisse Zweifel bezüglich meines Behandlungsprozesses einstellten, geschah etwas, das mich wieder aufrichtete. Vor dem Konsulatsgebäude, in dem ich das letzte Visum für meine *Welt-Lynch-Tour* beantragen wollte, stieß ich auf eine größere Menschenansammlung. Mit Transparenten in den Händen und Parolen auf den Lippen versetzten sie den Mauern des Gebäudes Fußtritte.

Zunächst zögerte ich, doch dann fiel mir die Lynchung auf dem Platz ein. Wie leicht die Menge mich damals aufgenommen hatte … Beim Lynchen gab es keine Einladung, jeder war dazu eingeladen! Ich näherte mich den wütenden Leuten, wenn auch mit kleinen Schritten, und einer von ihnen sprach mich an, obwohl ich ihn nicht kannte. Er sah mir sogar in die Augen und rief: »*Tekbir!*«[1]

Aufgeregt riss ich den Mund auf, doch dieselbe Aufregung verhinderte, dass ein Laut herauskam, aber das merkte niemand. Denn im selben Moment donnerten mit fantastischem Timing wie ein Chor, der lange geprobt hatte, die anderen los. Der Donner ließ mir sämtliche Eingeweide an Ort und Stelle erbeben. In einem Tempo, wie nur Kokain es konnte, pushte der Donner mich zu einem Punkt hoch, der nur mit Kokain zu erreichen war. Auf einen Schlag war ich befreit und ich selbst!

Bis die Polizei eintraf und die Grenzen der Gewalt ihrerseits bestimmte, warf ich vier Pflastersteine, zwei Mülleimer und den Stock von einem Transparent auf das Konsulatsgebäude und stieß Schreie ohne jeden Sinn aus. In der kurzen Zeitspanne fühlte ich mich so sehr der Menschheit zugehörig, dass ich am nächsten Tag, als ich erneut kam und mich anstellte, um das Visum zu beantragen, viel ruhiger war. Vor allem sagte ich mir meine auswendig gelernte Rede nicht unablässig vor. Ich brauchte sie nicht mehr. Tatsächlich gab es an jenem Tag in keiner Phase der Visumsformalitäten auch nur das kleinste Kommunikationsproblem. Dabei war von meiner Seite aus alles improvisiert. Ich hatte ja meine Lynchdosis er-

1 »Tekbir« (arab.) ist die Aufforderung, den Ruf »Allahu Akbar« (Gott ist groß) zu skandieren, auch benutzt, um zur Attacke zu blasen.

halten! Es fehlte zwar etwas, doch eine Art Lynchung kreiste mir im Blut. Ein Methadon als potentielles Lynchsubstitut. Ein Zustand, den die Justiz *soziales Vorkommnis* nennen könnte. Ein sozialer Stoff, der, falls es keine Lynchung gab, einigermaßen vergleichbar anschlug. Nur war ich natürlich mit Lynchen eingestiegen, also mit dem stärkstmöglichen Aufputschmittel überhaupt. Deshalb war Lynchen das eigentlich für meine Therapie notwendige Medikament, das wusste ich. Proteste oder ähnliche Demonstrationen wirkten bei mir nicht. Da fielen mir Fußballspiele ein.

An drei aufeinanderfolgenden Wochenenden besuchte ich sechs Spiele, um auf den Tribünen, auf denen es vollkommen egal war, woher einer kam, verschmolzen mit Zehntausenden nun nicht in einem Tsunami, aber in einer mexikanischen Welle aufzugehen. Bei diesen Spielen, deren Wirkung nur vorübergehend war, bei denen aber genug Gewalt herrschte, um mich ein paar Tage lang normal sein zu lassen, beschimpfte ich gemeinsam mit mir völlig unbekannten Menschen mir völlig unbekannte Personen, dass es mir fast die Kehle zerriss. Selbstverständlich mischte ich mich jedes Mal unter die jeweils größte Fangruppe. Denn ich hatte lange genug als Don Quijote gelebt, nun war es an der Zeit, Windmühle zu sein. Und es war leicht, Windmühle zu sein. Dazu reichte es, ein wenig Zubehör zu besorgen. Mit passendem Dress und Schal je nach Spiel wurde ich unsichtbar. Die Menge war etwas so Berauschendes, dass man, kaum darin, weder Namen noch Körper behielt. Die Menge schluckte beide und sorgte, wenn auch nur kurzzeitig, für eine Befreiung von der Verantwortung der eigenen Identität. Die Menge war ein wunderbarer Panzer, der einen vor sich selbst und vor allem anderen schützte. Kein Vergleich zu dem Scheißblech, das Don Quijote getragen hatte. Sie war so robust, dass ich Menschen, die ich mich sonst nicht einmal schief anzugucken getraut hätte, auf das Derbste beschimpfen konnte.

Stellte man sich aber nach dem Spiel zum Verlassen des Stadiums an, sah ich, dass es den Leuten, mit denen ich kurz zuvor gemeinsam gepöbelt hatte, nicht besser ging als mir. Auch sie brannten darauf, möglichst schnell Bus, Taxi oder das eigene Auto zu besteigen, um sich aus dem Staub zu machen. Niemand wollte die Personen, die er bis vor einer halben Stunde beleidigt hatte, allein antreffen. Darum liefen wir nach dem Spiel wie Tierherden hinaus, aneinandergeschmiegt und einer hinter dem anderen versteckt. Keiner mochte sich von der Herde trennen, bis wir uns in Sicherheit fühlten. Es gab zwar Hitzköpfe darunter, die zu dem echten Lynchmob auf dem Platz gepasst hätten, doch die meisten glichen mir. Ich wollte aber keine Menge mit zehntausend Mal ich. Ich wollte den Lynchmob. Keine Menge, die den Lynchmob bloß nachäffte!

Also verfolgte ich in der Hoffnung, irgendwo im Land zu einer Lynchung hinzukommen zu können, vor der Abreise ununterbrochen die Nachrichten und schlief nur vier Stunden pro Tag. Es stand nichts in Aussicht. Bald schaute ich Bilder von früheren Lynchungen an und gab mich meinen Träumen hin. Denn manche waren außerordentlich. Vor allem das Massaker von Sivas! Oder der Aufruhr von Rostock! Echte Lynchungen! Feuer, Zerstörung, Tote, alles dabei! Oder die Bewegung der *Säuberung* der Gesellschaft, die in Frankreich gleich nach dem Ende des Zweiten Weltkriegs entstanden war! Schwarzweißaufnahmen, wie man französischen Frauen, von denen man glaubte, sie hätten während der Besatzung mit den Deutschen kollaboriert, zunächst das

Haar schor und sie dann durch die Gassen schleifte, bis sie bloß noch Gelump waren! Prachtvoll! Nur kamen solche Ereignisse ja nicht jeden Tag vor!

Dennoch verließ ich in blinder Hoffnung mein Zimmer, fuhr zum Flugplatz und bestieg den erstbesten Flieger. Innerhalb von zwölf Tagen bestieg ich noch sieben Mal ein Flugzeug und legte über viertausend Kilometer im Land zurück. In vor Feuchtigkeit blau angelaufenen Hotelzimmern wartete ich, zwischen meinen Schultern versunken, darauf, dass Hass entstand. Doch nichts geschah.

Nur ein Mal, aus reinem Zufall, bepöbelte ich mit einer kleineren Menge lautstark zwei Leute, von denen ich später erfuhr, dass es sich um Abgeordnete handelte. Nur wenige Sekunden lang, denn gleich einer Krake umzingelte uns unvermutet die Polizei und war drei Mal so stark wie wir. Um das zu begreifen, reichte es, auf einen der zu Boden Gegangenen zu schauen. Drei Knüppel kamen auf eine Person. Kurz davor zu lynchen, wurde ich selbst zum Gelynchten und entging knapp einer Festnahme. Mein einziger Gedanke war natürlich: Ich sollte Polizist sein. Denn ich musste stets auf Seiten der größeren Menge stehen! Auf Seiten der Schwachen oder wenigen hatte ich nichts verloren! Ich wollte tausend gegen einen sein! Zehntausend! Hunderttausend! Eine Million! Ich wollte die Masse! Mehr Masse! Und schreien: »An die Religion, in der es kein Déjà-vu gibt, an die will ich glauben!«

Bei meiner Rückkehr ins *Schiff* drückte mir der Rezeptionist sogleich einen Umschlag in die Hand.

»Ihr Pass ist da! Sie haben als Empfänger meinen Namen angegeben. Tun Sie das nie wieder!«

»Keine Sorge, kommt nicht wieder vor!«, wollte ich sagen, doch mein vorbereiteter Satz lautete anders: »Ist Post für mich da?«

Selbstverständlich erwartete ich keine Antwort, ich ließ den Mann, der mich weiter anstarrte, stehen und strebte zum Aufzug. Ich ging auf mein Zimmer. Packte meine Sachen. Und verließ das Gebäude namens *Schiff*. Dann ging das *Schiff* unter. Weil ich es so wollte.

UNIONE

Eine der vier Hauptmaltechniken der Renaissance. Wie beim Sfumato verschwimmen Farben und Töne neblig ineinander. Anders als beim Sfumato aber sind die verwendeten Farben und Töne stets glänzend und lebendig.

Der bärtige Mann mittleren Alters, mindestens 1,80 groß, trug lediglich einen weißen Stofffetzen, der seine Lenden bedeckte. Es war kalt, doch ihn scherte das nicht. Auch seine Füße waren nackt wie sein Körper und seine Beine, die Augen geschlossen. Die Hände hatte er über der Brust verschränkt, er kontrollierte seinen Atem, um den Pulsschlag zu verlangsamen. Von allen Angeboten der Welt ließ er in seinen Geist nur das hinein, was er für den Augenblick brauchte. Frieren brauchte er nicht, also spürte er die Kälte nicht. Gleich neben ihm stand ein breiter Tisch. Darauf befand sich ein gläserner Kubus mit Seitenlängen von maximal vierzig Zentimetern. Eine der Seitenflächen war herausnehmbar, wodurch der Kubus einen Zugang erhielt, so klein wie er selbst.

Wir befanden uns in einer Gasse. Einer dicht gedrängten Gasse. Auf dem Bürgersteig eines Viertels, in dem die Leute einander im Kaufrausch hierhin und dorthin zerrten. Sie plapperten. Sie lachten und feilschten. Von den nahen Straßen klang Autolärm herüber. Motoren wurden angelassen, Bremsen getreten, Fenster geöffnet und Musik wie volle Aschenbecher auf die Straße gekippt. Die Geräusche verschmolzen und wetteiferten darin, uns in die Ohren zu dringen. Der Lärm der Stadt quälte uns alle. Der Mann aber stand aufrecht da und hörte kein einziges Geräusch außer seinem Herzschlag. Davon war ich überzeugt, denn seine taube Miene kannte ich irgendwoher. Erst wenn er mit seinem Herz pochte, nahm eines Menschen Gesicht solche Züge an, das wusste ich …

Er schlug die Augen auf und besah das Leben. Oder auch, er öffnete die Tore seiner Augen, und wir sahen in sein Leben hinein … Auf einer Ferse drehte er sich zu dem Tisch an seiner Seite. Bedächtig hob er das rechte Knie und setzte den Fuß auf den Tisch. Seine Beine waren elastisch und lang wie die eines Froschs. Er stützte die Fingerspitzen beider Hände auf den Tisch und schnellte hinauf. Nun wirkte er noch größer. Wieder konzentrierte er sich auf seinen Atem, dann hob er den rechten Fuß in den Kubus und stellte ihn dort auf den Boden. Er beugte sich und schob sein rechtes Knie in die gegenüberliegende Ecke des Kubus. Eine Hand am Kubus, die andere auf den Tisch gestützt, hielt er sein Gleichgewicht. Er verweilte einige Sekunden, dann setzte er sein Becken in den Kubus und platzierte es dort auf den Boden. Als er die rechte Hand, die bis dahin den Kubus festgehalten hatte, hob und an sich zog, berührten seine Finger sein Gesicht. Er zog erst den Ellbogen, dann die rechte Schulter in den Kubus hinein. Und hielt inne … Auch wir hielten inne. Dann beugte er behutsam den Kopf und zog ihn in den Kubus. Er versetzte das rechte Bein um Millimeter und öffnete so einen winzigen Raum für sich. Die Finger der rechten Hand umschlossen die Spitze seines linken Fußes und zogen ihn zu sich heran. So glitt sein linker Fuß über das rechte Wadenbein, und seine Beine unterhalb der Knie wurden zu einem an die Scheiben des Kubus gepressten Kreuz. Die rechte Hand auf den winzigen freien Boden gestützt, hob er sich leicht an und entfernte sein Becken minimal vom Zugang des Kubus. Nun waren nur noch sein linker Arm und sein linkes Knie draußen. Er hob den Arm und schob zuerst das Knie in den Kubus. Dann senkte er bedächtig die linke Hand. Die linke Hand des Mannes, der mit seinem gesamten Körper in dem kleinen Kubus steckte, lag einen Augenblick lang wie unwirklich mit geöffneter Handfläche auf dem Tisch. Dann flog sie auf wie ein Tuch und legte sich elegant auf seinen rechten Fuß.

Augenblicklich trat ein junger Mann, den ich bis dahin für einen Zuschauer gehalten hatte, an den Tisch heran, nahm die gläserne Tür des Kubus und hielt inne. Er wartete mehrere Sekunden, dann schloss er den Kubus mit der Glasscheibe. Nun sahen wir nur noch zwei gekreuzte Beinteile und dazwischengeklemmt ein nach vorn gebeugtes haarloses Haupt. Der Kubus war so hoch wie das Knie des Mannes darin. Wir hatten beobachtet, wie es einem Menschen gelang, bis zum Verschwinden zu schrumpfen. Oder bis zur Existenz …

Ich weinte. Nicht allein weil der in sich gefaltete Mann mich an meinen Zustand unter den Leichen erinnerte. Es gab noch einen weiteren Grund: eine Szene, in der ich mich drei Monate zuvor befunden hatte … Ich konnte sie nicht vergessen. Denn sie hatte alles verändert. Einfach alles!

Es war gegen Ende des zweiten Jahres meiner Lynchtour. Seit zwei Jahren riss es mich von einem Land ins nächste. So viel hatte ich nicht erwartet. Als ich versuchte, mir vorzustellen, was auf mich zukäme, als ich damals zum Start meiner Tour jenes erste Flugzeug bestieg, war ich nicht allzu hoffnungsvoll gewesen. Die Welt aber rief mir binnen kürzester Frist in Erinnerung, wie viel Hass es auf ihr gab. Während dieser zwei Jahre hatte ich mich an Lynchungen in nie geahnter Zahl beteiligt. Es war, als hätten die Menschen nur auf mich gewartet, um übereinander herzufallen. Sie schienen für den Moment gelebt zu haben, dass ich mich zu ihnen an den Tisch setzte, damit sie, als ich endlich da war, einen von ihnen zerfleischen durften. Oder ich bildete mir das nur ein, und die Welt war von jeher so, war bereits vor mir ein Lynchnest und würde auch nach mir eines bleiben. Ihr Boden bestand nicht aus Erde, sondern aus Wut. Und ich hatte ihn beschritten.

Naher Osten, Nordafrika, Balkan, Kontinentaleuropa, England… Man brauchte nicht einmal zur richtigen Zeit am richtigen Ort zu sein. Gelyncht wurde überall und ständig. Es reichte, ein paar Zeitungen in ein paar Sprachen zu lesen und ein wenig die Luft zu schnuppern. Denn die Kreatur namens Mensch lebte mit dem Lynchen.

Ich sah, wie hunderte Menschen gleich einem Piranha-Schwarm ein einziges Kind umschwirrten und sein Fleisch in Fetzen rissen, wie sie eine Frau an den Haaren schleiften und sich stundenlang an ihr vergingen… All das sah ich, denn ich war dabei, ich war einer von ihnen. Ich beobachtete Menschen, die innerhalb von Sekunden unter etliche Leiber gerieten. Ich nahm gar in dem Gebäude aus Fleisch meinen Platz als Mauer ein und stürzte brutal über ihnen ein. Wenn ich jene musterte, die von uns zermalmt wurden, sah ich mich selbst. Jedes Mal lagen wir gleich einem Haufen Leichen auf ihnen und erstickten sie allein durch unsere Existenz. Es war mir tatsächlich gelungen, die Seite zu wechseln. Der unter den Trümmern überlebte, war nicht mehr ich. Ich war eine der Leichen, die die Trümmer bildeten.

Ich sah Kinder… Jugendliche, die einander vor der Schule lynchten… Ich sah Kids, die sich damit nicht zufriedengaben, die mit ihren Handys alles aufzeichneten und die Aufnahmen wie Broschüren im Internet verteilten, damit der Gelynchte sich sein Leben lang schämen sollte. Ich sah auch *Happy Slapping*-Kids. Jugendliche, die sich auf der Straße irgendeinem Ahnungslosen von hinten näherten, ihn schlugen und sich aus dem Staub machten. Und ihre Freunde, die diesen Moment heimlich aufnahmen und das Video ins Internet stellten … Ich sah Selbstmordattentäter in Nahost. In die Luft fliegende Menschen. Menschen, die das Lynchen umkehrten! Ich sah *einsame Bomber*, die nicht von der Menge gelyncht wurden, sondern die Menge lynchten. Dann stellte ich mir vor, wie ein englischer Jugendlicher auf dem Weg zum *Happy Slapping* zufällig auf einen Selbstmordattentäter trifft, der explodiert, kaum, dass er ihn in den Nacken schlägt. Und lachte. Ich erkannte, dass manche Spiele für manche Länder einfach nicht geeignet waren.

Ich erlebte, dass Lynchmobs ununterbrochen raunten. Dass sie pausenlos brüllten und Schreie ausstießen … Jedes ihrer Worte war ein Stück Kohle, das das Feuer weiter anfachen sollte. Sie störten mich in meiner Konzentration. Um niemanden hören zu müssen, hörte ich Nasenbluten. Die Ohrhörer verbarg ich im aufgestellten Kragen und lauschte allein der Musik. Das war, was ich in zwei Jahren gesehen und gehört hatte.

Und ich versuchte, gesund zu werden. Versuchte, mich mit den Menschen zu versöhnen, während ich sie lynchte. An den wenigen Orten, wo es nicht zu einer Lynchung kam, erkaufte ich sie. Mit Leuten, die ich von der Straße gesammelt hatte, attackierte ich Obdachlose. So begriff ich, dass man leicht zur *finsteren Kraft* werden konnte. Es war nur eine Frage des Bargelds …

Doch meine Heilung kam keinen Schritt voran! So krank ich in meinen Tagen im *Schiff* gewesen war, so schlecht ging es mir nach wie vor. Über die Lynchhändel oder -gemeinschaften hinaus war ich außerstande, mit Menschen zu kommunizieren. Die Mauer zwischen uns brach nicht ein. Denn ich fühlte mittlerweile nichts mehr. Die Wirkung der Lynchungen auf mich verblasste und verflog. Wie Morphinsulfat war auch das Lynchen zu einer Lebenslast geworden, von der ich nicht lassen konnte. Es gab keinen Unterschied mehr zu den Geburten, die Emre mich zu verfolgen einst gezwungen hatte. Wie die Babys mit größter Selbstverständlichkeit zur Welt kamen, wurden andere Menschen mit derselben Selbstverständlichkeit gelyncht, kamen dabei um oder trugen bleibende Schäden davon.

Die Lyncher waren sich überall gleich. Der Begriff *Massendynamik* existierte tatsächlich. Der Hirte war die Herde selbst. Das Schicksal eines jeden Individuums lag in der Hand der Menge, in die es geriet. Das galt, egal ob es eine Gruppe von Anheizern war, die die Lynchung auslöste, oder der freie Willen eines jeden in der Menge. Ja, was auf der Welt falschlief, war das Resultat einer stummen Übereinkunft von Milliarden Menschen. Einer Person, die auf der Straße eine Vergewaltigung mitansah, konnte man den Prozess machen, weil sie dem Opfer nicht geholfen hatte, obwohl sie es gekonnt hätte. Handelten aber Gesellschaften auf dieselbe Weise, wurde das nicht bestraft, denn man hielt es nicht einmal für ein Verbrechen. Schließlich waren die Eigenschaften von Lynchmobs überall auf der Welt gleich. Auch wenn sie verschiedene Sprachen sprachen und unterschiedlich aussahen … Die diese Mobs bildenden Individuen jagten einerseits das Opfer und warfen sich andererseits Blicke zu mit dem Gedanken: »Ich tu das jetzt gerade. Weil auch du es tust. Weil du lynchst, lynche auch ich!« Und der völlig unbekannte Mensch, der dicht neben ihnen mit ihnen gemeinsam hetzte, dachte dasselbe: »Ich bin hier, weil du hier bist!«

Für mich hatte das keine Bedeutung. Weder die Menschen

noch Geburten, noch Tode. In einem Gefängnis aus zwei Mauern Geburt und zwei Mauern Tod ist der Mensch eingesperrt! Ist er einmal geboren, sind alle vier Mauern seiner Zelle der Tod. Ebendeshalb war der einzige Sinn des Lebens, der gratis mitgegeben wurde, wie Harmin gesagt hatte, die Todesangst. Und Lynchung war die Bezeichnung des Moments, in dem diese Angst sich in einem Stein konkretisierte.

»Vielleicht werde ich darum nicht gesund«, sagte ich mir. Weil noch immer der einzige Sinn meines Lebens die Todesangst war! Und weil ich meine Tage wieder unter den Todesängsten anderer zubrachte.

Eines Abends sah ich dann jenen Jungen … Er war allein unterwegs. Um die fünfzehn, sechzehn muss er gewesen sein. Die Hände in den Taschen vergraben. Den Kopf gesenkt, starrte er auf das Pflaster, über das er lief. Ein Araber …

In einem Pub, der von Anhängern der English Defence League besucht wurde, deren einzige Feinde Muslime waren, hatte ich ein paar Kids angeheuert. Sie fragten, wer ich sei, doch ich sagte nur: »Ist doch unwichtig! Mein Hass ist mindestens so groß wie eurer!« Sie hielten es nicht einmal für nötig zu fragen, gegen wen sich mein Hass richtete, und folgten mir. Sie waren sturzbetrunken, aber ich war es nicht. Trotzdem lief ich grölend mit ihnen und hielt Ausschau nach einem Araber für uns. Irgendeinem, der aussah wie ein Muslim. Er musste nicht einmal wirklich Muslim sein. Da tauchte jener Jugendliche vor uns auf. Jener Junge, der nicht länger frieren wollte und den Kopf zwischen die Schultern gezogen hatte.

Wir tauschten Blicke untereinander. »Okay!«, sagten wir. »Das ist er!«

In dieser Straße erreichten die Lichter der Laternen

einander nicht, es blieben dunkle Flecken dazwischen. Die Besitzer der Häuser zu beiden Seiten schienen längst zu schlafen. Schliefen sie nicht, saßen sie im Dunkeln, denn aus keinem Fenster fiel Licht. Vor allem aber war nirgends Polizei zu sehen.

Wir liefen über den Bürgersteig an der linken Straßenseite. Der Junge, der unsere Stimmen gehört und kurz zu uns herübergeschaut hatte, war gegenüber unterwegs. Ich spornte meine Mitläufer bewusst zum Plappern an, damit der Junge keinen Verdacht schöpfte. Denn meiner jahrelangen Erfahrung nach brachte Schweigen bei solchen Jagden die Beute stets dazu, sich schleunigst aus dem Staub zu machen. Wie eine Horde Besoffener zu wirken bot dagegen immer eine gute Deckung. Allerdings war diesmal die Horde, in der ich mich befand, tatsächlich betrunken. Aus diesem Grund mochte sie auch nicht länger warten, sondern überquerte unverzüglich die Straße und stürmte auf den Jungen los. Ich natürlich mittendrin!

Unsere Schritte hallten durch die Stille der Nacht, in den Ohren des Jungen wurden sie zum Alarm, er rannte davon. Wir, die Tiere der Nacht, waren zu neunt. Einen Augenblick lang fühlte ich mich unter den Kids wieder gut. Wie in alten Tagen! Wohl deshalb merkte ich nichts … Weil mir das Blut kochte …

Eine Gasse schnitt die Straße, der vor uns fliehende Junge bog in den schmalen Weg ein und rannte aus Leibeskräften. Unwillkürlich hatte ich mich an die Spitze der Horde gesetzt. Wir liefen nur. Meine Lynchbrüder waren nicht nüchtern genug, um gleichzeitig zu laufen und zu pöbeln. Wir liefen schnell. Dem Jungen auf den Fersen bogen auch wir in die schmale Gasse ein. Obwohl ich seit Jahren reichlich Morphinsulfat genommen hatte, lief ich so gut, dass ich Grund hatte, stolz auf mich zu sein. Nach ein paar hundert Metern wurden die Häuser zu Mauern und die Straßenlaternen seltener. Ich fixierte den Rücken des Jungen, der im Dunkeln verschwand und wieder auftauchte. »Du bist in die falsche Gasse eingebogen!«, knurrte ich. »Niemand wird es mitkriegen! Niemand wird deine Schreie hören!«

Schließlich geschah, was ich vermutet hatte: Die Gasse entpuppte sich als Sackgasse! Ich war erschöpft, aber es hatte sich gelohnt. Ihm blieb keine Fluchtmöglichkeit. Ich sah die hohe Mauer am Ende der Straße. Ich sah auch den Jungen. Er suchte nach einer Tür in den Mauern links und rechts. Nach irgendeinem Loch, um zu verschwinden … Doch ringsum war nur Mauer! Es lagen noch über dreißig Meter zwischen uns, trotz der Dunkelheit konnte ich sehen, wie er gleich einem Eichhörnchen hierhin und dorthin hüpfte, innehielt und mich anstarrte. Als ihm klar wurde, dass jede Stelle, an die er rührte, Mauer war, dachte ich, nicht mehr laufen zu müssen, nahm das Tempo raus und ging weiter. Er weinte. Ich lachte. Ich breitete die Arme aus und zeigte ihm, dass es keine Fluchtmöglichkeit für ihn gab. Nun lagen nur noch höchstens zehn Meter zwischen uns. Ich wandte den Kopf und sagte: »Der ist erledigt!« Doch da war keiner neben mir! Ich blieb stehen und drehte mich um. Die Straße war leer. Meine Horde hatte sich verlaufen, wer weiß, wo sie war. Die Hurensöhne hatten mich sitzenlassen und waren abgehauen! Und ich hatte es nicht gemerkt, weil mir das Blut kochte.

In der schmalen Gasse stand ich allein mit dem Araberjungen … Er schrie. Ich verstand nicht, was er sagte. Er sprach Arabisch. Er zitterte und wich zurück, er stieß gegen die

Mauer hinter sich, erschrak über den Widerstand und sprang einen Schritt vor, doch weil er auch mir nicht näher kommen mochte, wich er wieder zurück! Er kam schier um vor Angst und redete unablässig. Er flennte, wischte sich die Tränen ab, als ohrfeigte er sich, und schrie irgendetwas. Er stieß die Hände in die Taschen, zog sie mit den Taschen heraus, wollte, dass ich sah, wie leer sie waren. Zu beiden Seiten seiner Hose winkten zwei kleine weiße Stofffetzen, und der Junge heulte weiter. Was sollte ich tun? Am liebsten hätte ich mich umgedreht und wäre weggelaufen, doch ich war außerstande, mich von der Stelle zu rühren. Was konnte ich allein gegen einen Menschen ausrichten? Die Betrunkenen waren meine Haut, und jetzt fühlte ich mich, als hätte man mir die Haut abgezogen! Bei all den Lynchungen, an denen ich mich in den letzten zwei Jahren beteiligt hatte, war ich nie mit dem Opfer allein gewesen! Deshalb stand ich wie festgefroren, verlor die Beherrschung und brüllte. Eigentlich dachte ich nur laut. Sehr laut.

»Ich hab genauso Schiss! Kapierst du? Auch ich hab Angst!«

Doch der Junge begriff nicht. Da ich brüllte, fürchtete er sich nur noch mehr. Da fühlte ich an meinen Lippen, die ich gerade zum Sprechen öffnete, etwas Feuchtes. Schweiß war das nicht. Ich weinte. Nun weinte auch ich. Ich streckte die Hände aus und ging auf den Jungen zu. »Hab keine Angst!«, sagte ich. »Hab keine Angst!« Vielleicht gar nicht ihm, vielmehr mir selbst. Als er sah, dass ich auf ihn zukam, wich der Junge wieder zurück, stolperte und fiel hin. Sofort rappelte er sich hoch, war aber noch auf Knien. Die Hände erhoben schüttelte er den Kopf und sprach unter Tränen. Er sagte: »Komm nicht näher!«, ich weiß es. »Komm mir nicht näher!«

Ich verstand es nicht, aber ich konnte es mir denken. Doch ich heulte mindestens so wie er und wollte, dass die Furcht in jener Gasse ein Ende hatte. Ich nahm die Hand, die er zum Schutz gegen mich erhoben hatte, sank selbst auf die Knie und machte Anstalten, ihn zu umarmen. Dabei stammelte ich.

»Hab keine Angst mehr! Keine Angst! Bitte, hab keine Angst mehr! Ich flehe dich an, hab keine Angst mehr!«

Mit beiden Händen stieß der Junge mich weg. Ich aber wollte ihn nur umso fester umarmen, seinen Kopf an meine Brust legen und sagen: »Du brauchst keine Angst mehr zu haben!« Ich wollte, dass er mir glaubt! Zum ersten Mal seit Jahren berührte ich einen Menschen wirklich …

Plötzlich riss er sich aus meinen Armen los, sprang auf und rannte um sein Leben. Wie der Mann, der bei der ersten Lynchung auf dem Platz in Izmir an mir vorbeigeschossen war … Wie ein Gespenst sauste der Junge an mir vorüber, und seine Schritte verloren sich wie ein Traum. Ich kniete am Ende der Sackgasse mit Blick auf die Mauer und weinte … Weinte um Felat … um Cuma … um all die toten Afghanen … um meine Mutter … um Dordor und Harmin … um mich selbst … Sogar um Ahad weinte ich …

Und nun stand ich in der lärmenden Straße, beobachtete den Mann vor mir und vergoss wieder Tränen. Er hockte seit Minuten in einem gläsernen Kubus. Leute umringten ihn, applaudierten, ich dagegen hätte am liebsten einen Hammer genommen und draufgehauen … Auf den Kubus, auf meine Vergangenheit … Um uns beide zu befreien. Den Mann und mich selbst.

Noch drei Stunden bis zum Start meines Fliegers. In der Hand das vor drei Monaten gebuchte Ticket nach Rio de Janeiro, strich ich um den Flughafen herum. Nach den einst aufgestellten Plänen sollte meine *Welt-Lynch-Tour* auf dem Kontinent namens Amerika fortgesetzt werden. Doch irgendwie konnte ich nicht ins Gebäude hinein. Stattdessen stieg ich in ein Taxi und sagte zum Fahrer: »In den nächsten *Pub*!« Ich hatte ja noch Zeit.

Wir hielten in einem Viertel, in dem Menschen lebten, die ihrem Aussehen und ihrer Gangart nach ebenso finster waren wie die Mauern, an denen sie lehnten, und ich stieg aus. Gerade wollte ich den Pub betreten, als einer der dunklen Schemen auf mich zukam. Ein Profi. Mit einem Blick hatte er erfasst, wonach ich süchtig war. Statt in den *Pub* gingen wir auf einen Kinderspielplatz in der Nähe. Da war sein Versteck. Doch er hatte ein Problem: Ich war mir sicher, dass er, was er verkaufte, vorher probierte! Er fragte mich, woher ich stamme.

»Ich bin Türke«, sagte ich.

»Sag das doch gleich, Bruder!«, rief er, und wir fingen noch einmal von vorne an. »Und ich frag mich so, ist der *Albanian*? Oder Russe? Wie heißt du?«

»Gazâ. Und du?«

»Edip … Aber hier sagen sie Oedipus zu mir. Oedipus *The*

Motherfucker! Kapierst du? Also ich nehm sie, die Mütter von den Leuten!«

»Gut, aber der hat seine eigene Mutter …«

»*Wha?*«

»Egal! Was nimmst du dafür?«

»Warte, Bruder! Reden wir bisschen! Ein Mann aus der Heimat … Soll ich dir eine mit was drehen?«

»Nein danke. Ist das Subutex?«

»Yes! *Made in France! Hip shit!* Ich hab auch Buprenex da, das ist *british*! Oedipus *The Motherfucker*! Kapierst du? Ich nehm die Mutter! Wie viele?«

»Wenn du mir sagst, was sie kosten, sag ich dir, wie viele ich nehme!«

»*Okay! Cool!* Sei nicht sauer! Welches Team?«

»Was?«

»Fußball! Welches Team?«

»Alle!«

»*Come on!* Ich nehm die Mutter! Das geht doch nicht!«

»Und ob das geht! Ich geh zu Spielen von allen! Was kostet das Buprenex?«

»Oedipus *The Motherfucker!* Kapierst du?«

Es waren Kinder in der Nähe … Auf der Rutsche, auf der Schaukel, auf der Wippe … Vor allem auf der Rutsche …

»Was?«, fragte ich.

Oedipus quasselte und hampelte ununterbrochen herum. Die Kinder rutschten wie Leichen von der Rutsche.

»*The Motherfucker!* Kapierst du?«

»Versteh ich nicht.«

»*Wha?* Edip! Oedipus! Edip! Oedipus! Kapierst du?«

Die Kinder fielen weiter. Sie lachten, rempelten einander an und rutschten. Als die Rutsche leer war, hielt sich ein

Junge an den Rändern fest und kletterte hinauf. Die Rutsche war aber sehr hoch, ich bezweifelte, dass er es bis oben schaffen würde. Da fiel mir das Spiel ein, das Dordor und Harmin gespielt hatten: Touristenbooten zuwinken. Und ich spielte jetzt auch ein Spiel. Ich setzte alles, was ich besaß, darauf, dass das Kind es schaffte, die Rutsche ganz bis oben hin zu erklettern. Nur dafür hatte ich noch Augen.

»Nimmst du's nun oder nicht?«

»Was? Warte mal!«

»Soll ich dir eine mit was drehen?«

Sosehr der Junge sich auch anstrengte, seine Füße glitten ab, er kam nicht über die Hälfte der Rutsche hinaus.

»Nein danke!«

»Ich nehm die Mutter! Kapierst du?«

Das Kind gab auf. Es rannte wie die anderen zu den Stufen. Die Rutsche war leer. Ich warf Oedipus *The Motherfucker* einen Blick zu. Dann setzte ich meine Tasche ab und rannte los. Der Junge hatte es nicht geschafft, doch mir könnte es gelingen! Beim ersten Schritt auf die Rutsche glitt mein Fuß ab, und ich stürzte. Oedipus rief: »Was machst du da? *You fool!* Lass das Buprenex, *no good for you*!«

Ich lag da und lachte … Nur dazu war ich imstande: lachen. Und es tat gut … Als ich aufgestanden war und mich abgeklopft hatte, sah ich Oedipus an und sagte: »Behalt's!«

»*Wha?* Ich nehm die Mutter!«

»Ich hab aufgehört!«

»Womit?«

»Mit allem!«

Ich nahm meine Tasche und lief los. Oedipus rief mir noch immer etwas hinterher, und, da bin ich mir sicher, er hampelte weiter.

Das erste Taxi, das ich sah, bestieg ich und sagte: »Flugplatz Heathrow!« Dann schloss ich die Augen, um die Frösche wieder zu sehen, die überall auf dem Spielplatz hingemalt waren.

Felat, kann es sein, dass du das bist?«

Ich wisperte der englischen Zeitung in meiner Hand zu. Ich las die jüngste Entwicklung in dem Fall, der damit begonnen hatte, dass ein homosexueller Kurde in Schweden von seiner Familie ermordet worden war und sich mit dem Auftauchen eines Testaments dann vieles geändert hatte. Die Rede war von der Aufhebung des Gerichtsurteils über Eheschließungen zwischen Lebenden und Toten aufgrund von Drohungen und Erpressungen. Unter der Nachricht das Foto der Hochzeitszeremonie: die Vase mit der Asche des ermordeten jungen Mannes im Arm seines schwedischen Lovers vor einer Menge, die ihnen applaudierte. Auf den Lippen des bebrillten blonden Mannes lag ein Lächeln, in seinen Augen standen Tränen. Selbst wenn das Urteil, das diese Ehe legalisiert hatte, nicht mehr galt, die Szene blieb unvergessen. Das belegte auch der Titel der Meldung: *Trotz allem welkte die Blume nicht!* Ich musterte die Vase und wiederholte meine Frage: »Felat, kann es sein, dass du das bist?« Mein Wispern blieb zwischen den Seiten der Zeitung, als ich sie zuschlug.

Ich stand auf, öffnete die Klappe des Gepäckfachs und nahm meine Tasche heraus. Ein paar Schritte über den schmalen Gang, dann wartete ich darauf, dass die Tür des Flugzeugs geöffnet wurde. Während des Flugs hatte ich, die Stirn ans Fenster gelehnt, die einem Baumwollfeld gleichenden Wolken und die sie mit ihrem Licht wässernde Sonne beobachtet. Eines Tages muss ich unbedingt einen Fallschirmsprung wagen und durch die Wolken fliegen, dachte ich. Um gleich einem Regentropfen auf die Welt zu fallen … Um mich gleich einem Regentropfen mit der Erde zu vereinen, dann zu verdampfen und wieder aufzusteigen und mich mit den Wolken zu vereinen … Ein Teil von mir war im Grunde schon in den Wolken. Ja, die Wolken trugen Anteile aller Menschen, die je auf Erden gewandelt waren. Denn alle hatten geweint. Noch der Härteste hatte bei seiner Geburt Tränen vergossen. Auch sie waren Teil des Wassers, das in der Atmosphäre schwebte: sämtliche Tränen dieser Welt … Ich hatte also daran gedacht, mit dem Fallschirm durch meine eigenen Tränen zu springen …

Die Tür des Flugzeugs ging auf, und ich kam in kleinen Schritten voran. Als die Reihe hinauszutreten an mir war, blieb ich kurz auf der Schwelle stehen und sog die warme Luft ein. Es mochte nicht Rio de Janeiro sein, doch gleich würde ich meinen Fuß auf einen Boden setzen, der ebenso heiß war.

Die pakistanische Grenzpolizei sah meine Schengen- und US-Visa und drückte mir gegen zweiunddreißig Dollar einen Stempel in den Pass. Nach Pakistan, das mit der Türkei befreundet war, an dessen Grenze ich ohne Visum ankam, konnte ich nur mit Europa und den USA als Bürgen einreisen. Normal, dachte ich … Das ist normal …

Unter den Taxifahrern, die am Ausgang des Flugplatzes auf mich eindrangen, suchte ich mir das größte Schlitzohr aus. Eigentlich hielt ich nach einem Augenpaar Ausschau, das illegal blickte. Die Jahre in Kandalı hatten mich gelehrt, solche Augen zu erkennen. Ich war unter illegalen Blicken aufgewachsen. Und da stand auch schon einer. Er sah mich an, zwei kleine Teufel im Schneidersitz in einem engelhaften Gesicht. Als unsere Blicke sich trafen, lief er herbei, nahm mir die Tasche aus der Hand und sprach mich auf Englisch an.

»Willkommen in Islamabad!«

»Wie heißt du?

»Babar.«

Ich ließ zu, dass er sich in der Menge meiner annahm. So konnten wir auf dem Weg, den Babar durch einarmige Bettler, dreiarmige Taschendiebe und vierzüngige Abschlepper bahnte, entschweben. Vor einem dreißig Jahre alten Mercedes blieben wir stehen, und Babar sagte: »Mein Palast! *Mobilpalace!*«

Eine der Türen vom Palast klemmte. Wir probierten die andere. Schließlich fand ich mich im Fond wieder, wie ich Babar zuhörte, der mit Blick in den Rückspiegel redete.

»Da ist ein Hotel«, sagte er. »Ein sehr gutes Hotel! Das Hotel meines Onkels. Wie ein Palast!«

Babar war ein Palastfanatiker.

»Okay«, sagte ich. »Fahren wir hin.«

Der Wagen, dessen Windschutzscheibe spinnennetzartig gesplittert war, sprang an, und wir fuhren los. Babar plapperte pausenlos und überlegte höchstwahrscheinlich, was er mir andrehen könnte. Wollte ich eine Frau? Oder lieber einen Jungen? Drogen? Einen antiken Teppich? Ich mochte Babar nicht länger ermüden. Was ich kaufen wollte, stand fest.

»Ich will nach Afghanistan.«

Er lachte.

»Da bist du an der falschen Station ausgestiegen!«

»Stimmt«, sagte ich. »Das ist schiefgelaufen … Kannst du es korrigieren?«

Er antwortete nicht sogleich. Er dachte nach. Dann fragte er, was ihm als Erstes in den Sinn kam: »Bist du Soldat?«

»Nein. Ich bin Tourist.«

Wieder lachte er.

»Wenn du kein Kämpfer bist, wirst du dich in Afghanistan langweilen. Den ganzen Tag Krieg. Sonst nichts! Nicht mal Journalisten fahren noch hin. Die sind alle hier. Sitzen in Islamabad und schreiben über den Krieg in Afghanistan. Weil's immer dasselbe ist.«

»Vielleicht finde ich da etwas zu tun«, entgegnete ich. »Aber erst mal muss ich über die Grenze. Möglichst ohne den Pass vorzuzeigen ...«

»Wenn du Heroin willst, ich kann's besorgen!«

Er glaubte, ich sei gekommen, um mir meinen Anteil am berühmten afghanischen Heroin zu holen. Nun war ich es, der lachte.

»Nein, danke ... Hab gerade damit aufgehört!«

»Dann besorg dir ein Visum«, sagte er. »Ich besorg dir eins ... Ich erledige das!«

Der Profit beim illegalen Grenzübertritt schien so gering zu sein, dass er versuchte, mich zu anderen Geschäften zu drängen. Ich aber wusste, was ich wollte. An beiden Sitzen gleichzeitig zog ich mich nach vorn.

»Ich habe einen Freund. Einen Afghanen ...«, sprach ich in Babars rechtes Ohr. »Er ist als Illegaler zu mir gekommen. Und ich werde als Illegaler zu ihm gehen, kapiert?«

Er kapierte es nicht, doch das war unwichtig. Denn er war ein echter Händler und konnte mich nicht gehen lassen, ohne mir etwas angedreht zu haben. Nicken, als hätte man verstanden, war einfach. Babar nickte sogleich und sagte: »Da ist ein Lastwagen! Gehört meinem Onkel! Du steigst ein und fährst hin! Der bringt Äpfel nach Afghanistan. Der bringt auch dich hin. Kostet aber ein bisschen was! Weil, der Lastwagen ist wie ein Palast!«

»Abgemacht!«, sagte ich.

Er versuchte sein Glück ein letztes Mal: »Willst du eine Frau?«

Wieder lachte ich …

»Ich bin ab sofort ein Apfel, Babar. Was soll ich mit einer Frau?«

»O super! Ich besorg dir eine Frau, die beißt in dich rein!«

»Vergiss es!«, sagte ich. »Wir wollen niemanden aus dem Paradies vertreiben!«

Wieder verstand er nicht, doch er lachte. Aus diesem Grund mochte ich die Händler. Denn mit ihnen war das Leben immer leicht, und nichts musste einen Sinn haben. Mir fielen Menschen ein, die ihr Leben gleich einem Spielchip aufs Paradies setzten. Sollten sie nur alle die Tore zum Paradies bestürmen, sagte ich mir. Ich konnte nicht dahin zurück, woraus ich vertrieben worden war. Niemals! So dreist war ich nicht. So dreist nicht! Nicht mehr …

Wir kamen vor dem Hotel an. Das Hotel eines der zahllosen falschen Onkel von Babar war in derart schlechtem Zustand, dass es sich auf die Gebäude links und rechts stützte, um nicht einzustürzen. Babar aber sah etwas anderes.

»Und? Wie ein Palast, stimmt's?«

Nun war es an mir, so zu tun, als hätte ich verstanden. Das zumindest konnte ich tun. Und gemeinsam mit Babar sah auch ich den nicht vorhandenen Palast.

»Stimmt!«, sagte ich. »Genau wie ein Palast!«

Nun war ich da, wo all die Menschen, die durch das Depot in Kandalı gen Westen gewandert waren, herkamen: im Osten. In Peschawar, dem Grenzgebiet zu Afghanistan, kämpfte die pakistanische Armee gegen die Taliban, und das Blut der Sterbenden floss in den Bara. Der Bara floss in den Fluss Kabul, und der wiederum trocknete immer weiter aus und mischte sich in andere Ströme. Der Rest, der es durch die Wüste schaffte, ergoss sich in den Indischen Ozean. Berücksichtigte man auch all die anderen an Flüssen errichteten Kriegsfronten dieser Welt, waren die Ozeane voller Fische, die sich von Menschenblut ernährten. Und ich saß im Garten meines Hotels und verspeiste einen von ihnen.

Jeden Augenblick konnte mich der Lkw abholen, den Babar organisiert hatte. Ich wollte mich vor der langen Reise satt essen. Der Rauch, der über Peschawar aufstieg, hatte selbst die Zugvögel veranlasst, ihre Route zu ändern. Deshalb würden auch wir weiter südlich die Grenze überqueren und Richtung Kandahar fahren. Auf der Ladefläche des Lkw würde es keine Äpfel geben, nur mich und Waffen … Babars Worten zufolge warteten ein paar Kisten mit Kalaschnikows auf ihre Besitzer in Afghanistan. Die dürften schon ungeduldig sein. Ich war mir sicher, dass sie aufgeregt wie Kinder den Moment herbeisehnten, an dem sie die Sturmgewehre in die Hand nehmen und auf alles feuern würden, das sich bewegte. Eine Kalaschnikow war ja längst nicht nur eine Kalaschnikow! Seit 1983 zierte sie die mosambikanische Flagge! Kein schlechter Aufstieg für eine Waffe. Möglich war natürlich auch Folgendes: Es gab so viele Länder, die im Labor der Geheimdienste des Vereinigten Königreichs, der USA und der ehemaligen UdSSR fabriziert worden waren, dass es vermutlich ein Problem darstellte, jedem eine originelle Flagge zu verpassen. Ich war mir sogar sicher, dass diese drei *Länderfabriken* bereits eine *Abteilung Fahnendesign für designte Länder* eingerichtet und mit Grafikern bestückt hatten. Denn ein Land entstand ja nicht mit einer Linie auf der Landkarte! Man musste sich zudem hinsetzen und Kitt wie gemeinsame Geschichte und Kultur produzieren. Davon ausgehend auch eine Fahne entwerfen! All das war Arbeit. Und als die Reihe an Mosambik kam, hatten die Grafiker wegen Überlastung in einer Kreativitätskrise gesteckt und sich der Sache entledigt, indem sie die erstbeste Fahne, die ihnen einfiel, zeichneten ... Ja, auch das war möglich! Ob auch Pakistans Fahne in einer dieser Abteilungen entstanden war? Immerhin befand ich mich in einem Land, das noch gestern gar nicht existiert hatte. Auf einem Territorium, das man sonst als Indien kannte ... Die Sache war ganz einfach: Hier war der Ort, wo man Menschen wie Eier kaufte und karambolierte. Die *Welt-Eier-Kämpfe* fanden hier statt. Deshalb stank es auch überall so entsetzlich! Denn faule Eier rochen wie Blut. Oder ich witterte eine Einbildung ...

Eine halbe Stunde später betrat ein Mörder den Hotelgarten. Natürlich sah ich den Mann zum ersten Mal, doch seine Morde konnte man sogar an seinem Gang ablesen. Er ähnelte Yadigâr. Unsere Blicke trafen sich.

»Babar?«, fragte ich.

»Babar!«, bestätigte er.

Ich nahm vier Flaschen Wasser aus dem Hotel mit und schloss mich dem Mörder an. Er führte mich zu dem Lkw, den Babar als Palast gepriesen hatte. Nun sah ich den Palast wahrhaftig. Unter hunderten Schriftzügen und Bildern, die in Ölfarben an die Pritsche des Lkw gemalt waren, befand sich auch ein Palast. Das Bild von einem Palast …

Ich erwartete, auf die Pritsche steigen zu sollen, doch der Mörder bedeutete mir, neben ihm Platz zu nehmen. Babar hatte ich das Doppelte der verlangten Summe gegeben. Vielleicht hatte ich damit das Recht erkauft, erster Klasse zu reisen! Der Lkw war dasselbe Modell wie der von Ahad, nur viel älter. Ich zog die Tür auf und kletterte hinein. Als Kind hatte ich gern beide Türen des Lkw geöffnet und mich vor den Wagen gestellt. Er sah dann aus wie das Gesicht eines Riesen. Ein Gesicht mit den zwei Türen als Ohren … Nun hockte ich im Gesicht eines anderen Riesen und bewegte mich vorwärts.

Die Straßen waren in derart schlechtem Zustand, dass wir für eine Strecke von normalerweise vier Stunden acht brauchten, dann kamen wir in der Stadt Multan an. Unterwegs wechselte ich kein Wort mit dem Mörder. Es war Nacht, und wir hielten an einer Tankstelle. Es war eher eine Baracke denn eine Tankstelle, die dastand wie auf dem Sprung, bereit, jederzeit zu flüchten und woanders wieder hingestellt zu werden. Davor stand eine Benzinpumpe. Da wir unterwegs an all den Einrichtungen, die viel mehr Ähnlichkeit mit einer Tankstelle hatten, ohne Halt vorbeigefahren waren, befanden wir uns nun wohl an einem geopolitisch wichtigen Ort.

Der Mörder sah mich an, hielt den Kopf schräg und legte die Handfläche an die Wange. »Hier schlafen wir«, wollte er sagen. Ich nickte. Während ich noch grübelte, wo genau wir schlafen würden, hatte er bereits die Klappe hinten geöffnet und rief mich zu sich.

So verbrachte ich die Nacht auf einer Lkw-Pritsche zwischen Holzkisten voller Kalaschnikows mit einem Mörder. Zuerst glaubte ich, kein Auge zuzubekommen, doch über den Gedanken daran schlief ich ein.

Ich träumte von einem Erdbeben und von einer Hand, die mir übers Gesicht strich. Eine kleine Hand…

Normalerweise hätte mir eine solche menschliche Berührung den Magen umdrehen müssen, doch ich spürte nichts. Weder explodierten an unterschiedlichen Stellen in meinem Körper Schmerz-Bomben noch beschleunigte sich mein Puls. »Leider nur ein Traum«, sagte ich und schlug die Augen auf. Und lachte. Denn der Besitzer der Hand saß neben mir und schaute mich aus Riesenaugen an. Ein Kind von etwa fünf Jahren. Ein Junge mit geschorenem Haar… Eine seiner Hände lag auf meiner Stirn, die andere auf seinem Mund. Da begriff ich auch den Grund für das Erdbeben in meinem Traum. Ich hatte so tief geschlafen, dass ich nichts mitbekommen hatte! Dabei waren rings um mich Menschen, und wir fuhren längst wieder! Die Baracken-Tankstelle war also tatsächlich eine Haltestelle! Eine Menschensammelstelle… Die auf den Kalaschnikow-Kisten kauernden Frauen und Männer wurden durchgeschüttelt, weil die Straße so schlecht war, und schauten zu mir herüber. Wer weiß, wie lange sie mich schon beobachteten? Rasch setzte ich mich auf. Ich lächelte. Kaum einer reagierte. Wer waren diese Leute? Fuhren wir alle gemeinsam nach Afghanistan? Es sah so aus. Was ich dort tun würde, war klar, doch wohin wollten diese Leute? Da fielen mir die Saisonarbeiter in Kandalı ein. Vielleicht fuhren sie zur Arbeit, dachte ich. Letztlich musste jemand auf den Schlafmohnfeldern arbeiten, deren Früchte in der ganzen Welt sehnsüchtig erwartet wurden! Und diese Jemande waren höchstwahrscheinlich diese Leute …

Unser Lkw hatte einen geschlossenen Kasten gehabt, bei diesem war die Pritsche offen. Sie war oben mit einer Plane bedeckt, die über die an beiden Seiten befestigten eisernen Kronen gezogen war. Über die Klappe konnte ich die Straße sehen. Denn die Plane, die diesen Teil hätte verdecken sollen, hatte der Fahrer vorerst nicht heruntergelassen. Wir waren also in dieser Gegend noch legal. Hier brauchten wir uns nicht zu verbergen.

Ich sah, dass wir die Hauptstraße verließen. Bald fuhren wir über eine Ebene, als Straße war das nicht mehr zu bezeichnen, es gab nur zwei Reifenspuren. Etwa eine halbe Stunde verstrich, dann erblickte ich Hütten aus Stein und Lehm. Offenbar hatten wir ein Dorf erreicht. Eine Handvoll Kinder, woher sie kamen, hatte ich nicht gesehen, lief uns hinterher. Der Lkw drosselte das Tempo, und das schnellste der Kinder langte nach der Kette, die von der Klappe der Pritsche herunterhing, und zog sich daran hoch. Der höchstens zehnjährige Junge fand am Lkw eine Stelle, auf die er die Füße setzen konnte, die Arme schob er über die Klappe und hielt sich fest. Wie ein Schröpfkopf hatte er sich an den nur noch langsam vorankommenden Lkw geklammert, beäugte uns und grinste und zeigte dabei, dass er nur vier Zähne im Mund hatte. Ich glaube, außer mir lächelte niemand zurück. Den anderen war er ziemlich schnuppe. Dann hielt der Lkw.

Ich hörte, wie der Mörder die Tür öffnete und zuschlug. Er kam herum und verscheuchte den Jungen, der noch immer an der Klappe hing. Unversehens tauchte der ab. Er lachte noch, als er davonstob. Der Mörder löste die Riegel an beiden Seiten, klappte die Barriere herunter, und unsere Blicke trafen sich. Sein Kopf deutete einen Gruß an, dann drehte er sich um und brüllte. Von meinem Platz aus konnte ich nicht sehen, wen er anbrüllte. Doch wenige Minuten später sah ich alles und verstand …

Eine Frau und ein Mann näherten sich dem Lkw. Beide waren jung. Plötzlich waren sie von Dutzenden Menschen umringt. Vielleicht vom ganzen Dorf … Sie umarmten und küssten jeden Einzelnen. Die Alten weinten, die Kinder lachten und spielten. Zunächst erkannte ich keinen Sinn darin, doch dann traf es mich wie ein Blitz ins Gesicht. Denn sie verabschiedeten sich auf eine Weise, dass mir klar wurde, sie würden sich nie wiedersehen. Diese Leute um mich herum fuhren nicht zum Arbeiten nach Afghanistan, sie reisten viel weiter. Jetzt begriff ich! Ich war unter jenen, *die aufbrachen*, da, *wo sie aufbrachen*. Ich war am Anfang des Weges! Ich war am Ausgangspunkt der großen Reise, die in Pakistan begann und wer weiß wo in Europa ihr Ende finden sollte. Alles spielte sich hier vor meinen Augen ab. Ich war an dem Ort, den die Menschen, die wir in Derçisu aus dem Brummi in Empfang nahmen, die wir im Depot zwischenlagerten und an die Boote weitergaben, um eines besseren Lebens willen verließen. Ich reichte der jungen Frau die Hand und half ihr auf die Pritsche hinauf. Anschließend nahm ich auch die Hand des jungen Mannes und zog ihn hoch … Beide weinten. Denn auch sie wussten. Auch sie waren sich bewusst, nichts über ihre Zukunft zu wissen. An einem Tag, da die Sonne so strahlte, dass sie noch unsere Mundhöhlen erhellte, setzten sie den ersten Schritt ins Dunkel. Mein Blick fiel auf ihre Hände. Auf die kleinen Taschen in ihren Händen. Ich hatte es vorher gar nicht bemerkt, aber auch die anderen hatten kleinere

Taschen dabei, die neben ihnen nach links und rechts gekippt lagen. Ein bärtiger Mann mittleren Alters hatte nur eine Tüte bei sich … Mit einer Tüte trat er die Reise seines Lebens an … Eine Tüte Sachen würde reichen, um noch einmal von vorn anzufangen … Vielleicht war Proviant darin, und wenn der aufgezehrt war, würde nicht einmal mehr die Tüte da sein. Ohne alles würde er gehen, wohin auch immer er ging. Ohne irgendetwas zu besitzen. Nur sich selbst nahm er mit. Und das, was er im Gedächtnis trug … Die das junge Paar verabschiedenden Männer schauten schweigend zu, die Frauen begannen, wie aus einem Mund ein Lied zu singen, gleich einer Wehklage, weil alle, die es hörten und die es sangen, weinten. Offenbar gehörten alle derselben Familie an. Ihre Gesichter glichen einander. Vor allem die der Kinder. Keines hatte mehr als vier Zähne im Mund.

Der Lkw sprang wie ein Fluch auf den Abschiedsmoment an. Und zuckelte los. Die Alten gingen ein, zwei Schritte mit und blieben dann stehen, die mittleren Alters liefen ein Stück, die Jungen folgten uns winkend, so weit sie konnten. Wieder waren es die Kinder, die als Letzte vom Lkw abließen … Das junge Paar hielt sich an der Klappe fest und winkte lange, dann drehten die beiden sich zu uns und kauerten sich hin. Die Rücken an die Klappe gelehnt, zogen sie die Knie an die Brust. Es blieb nur das Geräusch vom wüst fluchenden Motor und das Schniefen der beiden jungen Leute …

Da spürte ich eine Hand auf meiner Schulter. Ich wandte den Kopf und erblickte das Kind, das mich geweckt hatte. Ich fasste es unter den Armen, löste die kleinen Füße vom Boden und hob es mir auf den Schoß. Sonst wäre es umgefallen … Dann sprach ich.

»Entschuldigung …«

Ich drehte den Kopf nach rechts und links und versuchte, den Leuten einzeln ins Gesicht zu schauen. Sie verstanden nicht. Ich versuchte es noch einmal.

»Verzeiht mir …«

Und noch einmal …

»Verzeiht mir, dass ich all die schrecklichen Dinge getan habe!«

Und ein Apfel erschien vor meinen Augen. Ich drehte mich um und sah in die Richtung, aus der er kam. Zu dem, der mir den Apfel reichte. Es war der Mann mit der Tüte. Der Mann, der mit einer Tüte ans andere Ende der Welt unterwegs war. Auch in der anderen Hand hielt er einen Apfel. Er lächelte. Er musste gedacht haben, ich fragte, ob sie etwas zu essen für mich hätten. Ich nahm den Apfel und biss hinein. Dann reichte ich ihn dem Kind auf meinem Schoß. Da wurde mir klar, dass sich im Lkw des Mörders unter den Kalaschnikows tatsächlich eine Kiste Äpfel befand. Nicht um transportiert, sondern um als Wegzehrung an die Illegalen verteilt zu werden. Wie die Käse-Tomaten-Sandwiches, die ich einst zubereitet hatte.

Einmal biss das Kind in den Apfel, einmal ich. Wir aßen abwechselnd. Ich saß in der Mitte der Pritsche. Ich schaute mich um. Jeder hatte einen Apfel. Entweder bissen sie ab oder kauten. Nur das junge Paar nicht, das gerade erst zu uns gestoßen war. Sie versuchten noch, sich ans Vergessen zu gewöhnen. Sie trauerten um jene, die sie zurückließen.

Ich wandte mich dem Mann zu, der mir den Apfel gereicht hatte. »Danke«, sagte ich. »Danke dafür, dass ihr mir verziehen habt.«

Er verstand nicht und lachte. Ich versuchte es noch einmal.

»Gut, dass ihr mich nie kennengelernt habt!«

Und noch einmal …

»Gut, dass ihr nie mein Depot betreten habt!«

Da landete eine Ohrfeige auf meiner Wange. Eine kleine, heftige Ohrfeige von einer kleinen Hand. Ich hatte versäumt, den Apfel an das Kind auf meinem Schoß weiterzureichen. Es war an der Reihe und mochte nicht länger warten. Alles lachte über die Ohrfeige, die mir die Augen öffnete und meine Brauen in die Höhe schießen ließ. Lautes Gelächter! Auch ich stimmte ein. Selbst das junge Paar lächelte. Nur das Kind lachte nicht, denn sein Mund war voller Apfel. Es hatte mich bestraft. Die Ohrfeige hatte es mir im Namen all der Menschen, deren Leben ich zugrunde gerichtet hatte, versetzt, und damit war das Thema abgehakt. Jetzt strich dieselbe Hand über die blauen Flecke der verrotteten Adern an meinen Armen. Und heilte die Stellen, über die sie glitt. Mir saß ein Kinderschamane auf dem Schoß! Der geistige Führer aller Illegalen von Islamabad bis Kabul! Ein Kind, das alles wusste und alles vermochte! Ich dachte an Maxime. Jenen französischen Reporter … Dann küsste ich dem Kind die Hand. Wie man es unbedingt tun musste, wenn man einem kleinen Schamanen begegnete …

Die Nacht verbrachten wir in einem absoluten Vakuum. Auf einem Gelände, das ringsum von Sternen umgeben war, die bis auf die Erde hinabreichten und den Horizont beleuchteten. Es war platt, wie von der Tageshitze gebügelt, und still, wie von der nächtlichen Kälte eingefroren.

Wir versuchten zu schlafen. Manchen gelang es. Manchen sprühten im Dunkeln bis zum Morgen die Augen. Zu ihnen gehörte ich. Das kleine Kind hatte sich wie ein Welpe im Schoß seiner Mutter zusammengerollt und träumte wer weiß wovon ...

Gegen Morgen stieg ich ab und lief. Irgendwo hockte ich mich hin und beobachtete, wie die Sonne erschien und die Sterne schwanden. Eine Sonne ging auf, so groß, dass sie keiner glich, die ich bis dahin gekannt hatte. Vielleicht war es eine vagabundierende Sonne, die nur zufällig vorbeischaute, als sie in die Nähe der Erde kam. Eine Malersonne, die niemand je gesehen hatte ... An jenem Morgen ging sie nur für uns auf und malte den Himmel erst violett, dann rot an. Als sie sich von der Horizontlinie hob und ganz zeigte, blieben das Gelb der Erde, das sich erstreckte, so weit das Auge blickte, und das Blassblau des Tageslichts zurück. Ich dachte an Cuma ... Und an mich selbst ... Dann stand ich auf und kehrte zu dem frei im leeren Raum stehenden Lkw zurück.

Als ich auf die Pritsche kletterte, sah ich, dass die Schläfer der Nacht den Platz mit jenen getauscht hatten, deren Augen offen geblieben waren. Die Reihe zu schlafen war nun an anderen. Die Wachen blickten sich mit gähnenden Lidern um. Auch das Kind war erwacht, es knabberte an einem Keks. Mein Blick traf den seiner Mutter. Ich lächelte. Sicher lächelte auch sie, doch ich sah es nicht, ihr Gesicht war von einem schwarzen Schleier bedeckt, nur die Augen waren frei. Denn jene, die in ihrem Märchen *Sesam, öffne dich!* sagten, sagten im wahren Leben *Frau, verhülle dich!* Wir befanden uns an einem Ort, wo jeder Mann sich für *Ali Baba* hielt und überzeugt davon war, dass alle anderen *vierzig Räuber* waren. Wieder und wieder erzählt, war das Märchen wahr geworden.

Der Mörder, ich hatte nicht herausbekommen, wann er schlief und wann er wachte, dabei wirkte er stets frisch und kräftig, sagte etwas zu den Umsitzenden und ließ die Plane über die Klappe der Pritsche herab. Damit fiel ein Vorhang zwischen die Sonne und uns. Doch die vagabundierende Sonne gab nicht auf, sie drang durch die Risse in der Plane, die sich gleich einem Zelt über uns erhob, und blendete unsere Augen.

Der Lkw sprang an, wir fuhren los. Zunächst langsam. Dann schneller wie ein Marathonläufer, der seinen Rhythmus gefunden hatte. Wir wurden arg durchgeschüttelt, ich war mir sicher, dass wir auf Straßen fuhren, die es gar nicht gab. Vermutlich näherten wir uns der Grenze. Bald würde ich in Cumas Land sein … »Es dauert nicht mehr lange«, sagte ich. »Ich komme!«

Da knallte ein Schuss! Und noch einer! Und noch einer! Die Leute um mich herum schrien, und der Lkw beschleunigte. Wir wussten nicht, in wessen Händen sich die Waffen befanden, ihr Ziel aber waren offenbar wir. Schließlich durchschlug ein Geschoss die Plane. Glücklicherweise traf es niemanden, sondern durchlöcherte eine zweite Plane, die ihm im Weg war. Damit fielen zwei Garben Licht mehr ein. Ich rappelte mich hoch und zerrte jeden, den ich zu fassen bekam, auf den Boden der Pritsche. Endlich kamen auch die anderen, die für einen Augenblick erstarrt waren, wieder zu sich, bückten sich und streckten sich lang aus. Als auch ein Mann und zwei Frauen, die nicht wussten, was sie außer schreien und beten tun sollten, kippten, saß niemand mehr aufrecht im Wagen. Nun warf auch ich mich zwischen zwei Waffenkisten und versuchte, mich möglichst klein zu machen. Wir lagen übereinander und wurden geschaukelt wie in einer Wiege. Die Schüsse nahmen zu. Ich konnte nicht herausbringen, woher gefeuert wurde. Entweder wurden die Kugeln von einem das Gelände beherrschenden Hügel aus abgeschossen oder, schlimmer, uns verfolgten Autos, deren Motorengeräusche vom Lärm übertönt wurden. Ich spürte, dass unsere Fahrt sich verlangsamte. Hatte man etwa den Mörder getroffen? Doch dann wäre das Steuer herrenlos, und bei der Geschwindigkeit wären wir sicher umgekippt oder hätten uns überschlagen! Es ging immer langsamer, schließlich standen wir. Abrupt verstummten die Schüsse. Ich robbte zur Klappe, hob die Plane einen Spalt und spähte hinaus. Zwei Kleinlaster entdeckte ich. Auf ihren Pritschen Bewaffnete …

Ich hörte die Tür des Mörders rasch aufgehen und zuschlagen. Offenbar war er ausgestiegen. Tatsächlich trat er kurz darauf in mein Blickfeld und war gezwungen, sich den Männern, denen er nicht hatte entfliehen können, zu stellen. Einer sprang vom Laster, brüllte und sprach mit dem Mörder. Ein paar Sätze gingen hin und her, dann kam der Mörder zu uns. Als er den mir nächstgelegenen Riegel der Klappe öffnete, trafen sich unsere Blicke. Die Leute um mich herum, die beim Stopp des Lkw verstummt waren, schrien erneut, als sie hörten, dass die Riegel geöffnet wurden. Denn sie wollten den Bewaffneten nicht begegnen. Doch es war zu spät. Die Klappe war geöffnet und die Plane hochgeschlagen. Jeder konnte jeden sehen. Der Mörder bedeutete uns abzusteigen. Ich war der Erste, der hinuntersprang. Dann half ich den anderen dabei. Auch die Bewaffneten waren von ihren Lastern geklettert und hatten sich in einer Reihe aufgestellt. Neun Leute. Die Gesichter vermummt. Wir bezogen ihnen gegenüber Aufstellung. Das Kind weinte auf dem Arm seiner Mutter. Während der Jagd hatte es vor Angst den Mund nicht aufgekriegt, jetzt konnte es nicht aufhören zu weinen, selbst wenn es gewollt hätte. Der mit dem Mörder sprach, musste der Anführer der Bewaffneten sein. Nur bei ihm war das Gesicht nicht vermummt. Er zeigte auf das von Weinkrämpfen geschüttelte Kind und sagte etwas. Daraufhin wurden Mutter und Kind mit Hilfe des Tüten-Mannes, der neben ihnen stand, wieder auf die Pritsche verfrachtet. Es herrschte also noch ein Minimum an Erbarmen. Der Anführer der Bewaffneten sah uns an und hielt eine kurze Ansprache. Kaum hatte er geendet, drehten die Leute sich um und gingen zum Lkw zurück. Der Tüten-Mann war schneller als alle anderen, kletterte auf die Pritsche und rückte die Kalaschnikow-Kisten vor. Zwei Bewaffnete übernahmen die Kisten, trugen sie zu den Kleinlastern und luden sie ein. Auch die letzte Kiste ging von Bord, und der Mörder schrie die Leute an, die sich um den Lkw versammelt hatten. Schnell kletterten sie auf die Pritsche. Der Mörder war so wütend darüber, ausgeraubt worden zu sein, dass er brüllte. Vor allem gegen die, die nicht rasch genug auf die Pritsche kamen! Okay, sagte ich mir in diesem Augenblick.

Das war's, es geht ihnen nicht um uns! Sie werden mit den Kalaschnikows verschwinden …

Nur das junge Paar aus dem Dorf und ich standen noch unten. Der junge Mann half seiner Frau hinauf. Er wollte ihr nach, als der Anführer der Bewaffneten das Wort ergriff. Der junge Mann hielt inne, drehte sich um und sah den anderen an. Er schüttelte den Kopf. Dabei traten ihm Tränen in die Augen. Was auch immer ihm gesagt worden war, er wollte es nicht hinnehmen. Doch einer der Bewaffneten kam, packte den jungen Pakistani am Arm und zerrte an ihm. Vor Angst konnte seine Frau nicht vom Lkw hinunter, sie bettelte nur darum, ihren Mann gehen zu lassen. Sie schrie und weinte. Der Mörder schaute einfach zu. Das war also die Übereinkunft mit den Banditen: freie Weiterfahrt gegen die Kalaschnikows und einen Mann …

Rastin fiel mir ein. Ich trat vor und brüllte. Was ich sagte, war unwichtig, ohnehin verstanden sie mich nicht. Als ich aber schrie und die flache Hand auf meine Brust schlug, wurde ihnen klar, dass ich sagte, sie sollten ihn gehen lassen und mich statt seiner nehmen. Der Anführer der Bewaffneten, der mich nicht beachtete, warf dem Mörder einen Blick zu, schien zu fragen: »Passt der?« Ich war Ausländer. Sie wollten nicht, dass in zwei Tagen, gerade wenn alles vergessen war, eine satellitengesteuerte amerikanische Rakete sie traf. Als aber der Mörder im Sinne von »Passt« nickte, stand nichts mehr im Wege. So akzeptierten sie, anstelle des jungen Mannes mich mitzunehmen. Der weinende junge Mann, den sie hart an den Armen gepackt hielten, wurde freigelassen. Da er nicht wusste, was er angesichts dieser völlig unerwarteten Opferbereitschaft tun sollte, tat er nichts. Er senkte nur den Kopf und lief an mir vorüber. Er brachte nicht einmal einen

Dank heraus. Einzig mir meine Tasche reichen konnte er, als er wieder auf der Pritsche war.

Und ich zog den Papierfrosch, den ich seit sechzehn Jahren bei mir trug, aus der Hosentasche und gab ihn dem jungen Mann. Erst musterte er den Frosch in seiner Hand, dann sah er mich an. Ich wies auf das Kind, das noch immer greinte. Er verstand. Cumas Frosch ging von Hand zu Hand und wurde dem Kind überreicht. Als ich ihn zum letzten Mal sah, schniefte das Kind und beäugte den Frosch in seiner Hand.

Nachdem der Mörder die Plane über die Klappe hinuntergelassen hatte, stupste der Anführer der Bewaffneten mich am Arm an. Wir brachen auf. Ich drehte mich um und ging auf die Kleinlaster zu. Dabei konnte ich die Wärme der Blicke in meinem Rücken spüren. Ein Lkw Menschen sah mich an, ungeachtet des Vorhangs zwischen uns. Keiner von ihnen würde mich je vergessen. So wenig wie ich sie. »Geht«, sagte ich still. »Geht, so schnell wie möglich … Geht, wohin auch immer ihr träumt zu gehen …«

Ich wusste nicht, was mit mir geschehen und wohin man mich bringen würde. Ich hatte getan, was ich tun musste. Der Rest war mir schnuppe.

Unterwegs sprach niemand mit mir. Wir fuhren über endlos weites Gelände und gelangten in ein Dorf. Ein Dorf mit Häusern, über die ein Krieg hinweggewalzt war … Aus Rahmen ohne Türen und Fenstern ohne Scheiben hingen dunkle Köpfe. Wer uns sah, trat aus den *Grab-Häusern* heraus und schrie etwas. Die meisten waren Frauen. Die Männer an meiner Seite rissen ihre Kalaschnikows in die Höhe und antworteten auf die Schreie. Man feierte den Raubzug. Die Kleinlaster kamen zum Stehen, und wir sprangen zu Boden. Und marschierten los.

Am Ende des Dorfes, wo die Häuser sich lichteten, arbeiteten Leute mit Schaufeln. Als freiwilliger Gefangener würde ich nicht weglaufen. So hatte bislang niemand mich geschlagen oder sonst wie misshandelt. Die Bewaffneten waren in unterschiedliche Richtungen im Dorf verschwunden, ein einziger Mann war bei mir geblieben. Als wir uns dem Platz näherten, an dem Spaten und Schaufeln sich gemächlich senkten und hoben, sah ich, dass hier eine Grube ausgehoben wurde. Die Arbeiter waren ausnahmslos alte Männer. Ich konnte nicht erkennen, ob das Feuchte an ihren Augen Tränen oder Schweiß war. Sie würden vor Erschöpfung oder an Altersschwäche sterben. Wofür auch immer sie die Grube dort aushoben, bei diesem Fortgang würden sie das Ende der Arbeiten nicht erleben.

Ich wandte mich dem Bewaffneten an meiner Seite zu. Er ballte die freie Hand zur Faust und führte sie wie ein Glas zum Mund. So begriff ich, dass hier ein Brunnen gebaut werden sollte. Sie brauchten Arbeiter. Wenn sie auf Raubzüge hinausfuhren, musste jemand im Dorf bleiben und weiterarbeiten. Es gab aber außer den Alten niemanden mehr, der arbeiten konnte. Denn alle, die fortgehen konnten, waren gegangen. Die Jungen, die etwas Älteren und alle, die den kleinsten Funken Hoffnung auf eine Zukunft in sich trugen … Wir befanden uns an einem Ort, den die Menschen bei der ersten Gelegenheit ohne einen Blick zurück verließen …

Man drückte mir eine Schaufel in die Hand, die Alten traten zurück. Ich holte tief Luft. Und machte mich ans Graben. Die Sonne schlug mir gleich einem tausendmäuligen Monster sämtliche Zähne in Rücken und Nacken. Da ich aber eine unermüdlich vernarbende Wunde war, arbeitete ich beharrlich weiter. Mit der Schaufel war ich ja vertraut. Zudem hob ich diesmal keinen Graben aus, um mich vor den Menschen zu schützen. Viel wichtiger aber war, dass ich wusste, in diesem Loch würde ich nicht auf die Leiche meiner Mutter stoßen. Aus dem Loch, das ich grub, käme nicht der Tod. Im Gegenteil, aus ihm sollte Leben strömen: Wasser … Nur um Wasser grub ich.

Zwei Monate lang schuftete ich. Erst im vierten Brunnen stießen wir auf Wasser. Die Steine, die für die Brunnenmauern nötig waren, schafften wir aus drei Kilometern Entfernung herbei. Wir hatten nur eine Schubkarre. Die Kleinlaster kamen so selten ins Dorf, dass wir die Steine mit dieser Schubkarre transportieren mussten.

Nachts schlief ich unter den Sternen. Oder über ihnen … Morgens erwachte ich noch vor der Sonne und machte mich an die Arbeit. Man gab mir zu essen. Manchmal Fleisch, manchmal Brot. Nie beides zusammen… Meist hungerten die Leute selbst. Bis auf ein paar Tiere besaßen sie nichts. Und ich gehörte ihnen. Sonst nichts…

In dem Augenblick, da wir im vierten, auf primitivste Weise gegrabenen Brunnen auf Wasser stießen, lachten all die runzligen Gesichter. In sechs Meter Tiefe hatten wir eine schmale Wasserader entdeckt. Die ganze Nacht warteten wir am Brunnen. Am Morgen mussten wir sehen, dass das Wasser nur einen Meter hoch im Brunnen stand. Doch das betrübte uns nicht. Denn wir besaßen nun einen Brunnen, in dem wir beim Blick auf den Grund unser Spiegelbild sahen. Da es niemanden gab, der mich hätte bewachen können, harrten mal Frauen, mal Kinder an meiner Seite aus. In den Händen Kalaschnikows. Als sie begriffen, welch fleißiger, gehorsamer Sklave ich war, ließen sie mich in Ruhe. Beinahe war ich zu einem der Ihren geworden. Der Anführer der Plünderer hatte mich sogar umarmt, als er das Wasser im Brunnen sah, und mir bedeutet, ich könne im Dorf bleiben. Doch ich hatte ein anderes Ziel.

Am Ende der zwei Monate, in denen ich zur Schaufel verurteilt war, verabschiedete ich mich von allen, bestieg einen der Kleinlaster und setzte meine Reise fort. Aus dem Dorf nahm ich nur zwei Flaschen Wasser mit. Zwei Flaschen Brunnenwasser…

Am Ortseingang Kandahar hielt der Kleinlaster. Meine Begleiter bedeuteten mir, dass sie nicht weiterfahren könnten. Sie wollten nicht in die Stadt hinein. Das verstand ich. Um jeden herum war eine Grenze gezogen, und die Lebensgeschichten spielten sich innerhalb dieser Grenze ab. Ich stieg vom Laster und ging zu Fuß weiter. Auf meine eigene Lebensgeschichte zu.

Seit einer Woche war ich unterwegs. In einem Bus oder auf der Pritsche eines Kleinlasters oder auf eigenen Füßen … Ich ging. Ich wusste, ich stand kurz vor meinem Ziel. Jeden, den ich unterwegs traf, hatte ich gefragt: »Bamiyan?« Mit dem Zeigefinger hatte man auf einen Punkt am Horizont gezeigt. Bei jedem Mal war der Punkt größer geworden und hatte sich allmählich in den Zugang zu einem Tal verwandelt. Noch ein paar Schritte, und ich war da …

Ich stapfte eine letzte Anhöhe hinauf. Wo der Pfad endete, blieb ich stehen und holte Luft. Allerdings atmete ich nicht wieder aus. Denn jenen Moment, in dem ich das Bamiyan-Tal zum ersten Mal erblickte, wollte ich mit dem Atem in mir einfrieren. Angesichts dessen, was ich sah, konnte ich nur eines tun: innehalten. Innehalten und schauen. Denn ich hatte den Ort gefunden, den ich gesucht hatte. Die von Cuma angefertigte Zeichnung dehnte sich vor meinen Augen bis zum Horizont.

Ein von hohen Felsen umgebenes Tal, in dessen Mitte Bäume standen. Da waren sie! Die leeren Höhlen der zwei riesigen Buddha-Statuen konnte ich von meinem Standpunkt aus sehen. Ein paar hundert Meter mochten zwischen ihnen liegen. Einen Augenblick lang schienen sie mir gleich groß. Wieder kamen mir die beiden anderen Riesen in den Sinn, die ebenfalls gleich groß gewesen waren: Dordor und

Harmin. Ich stellte mir vor, sie stünden in den ihrer Buddhas beraubten Höhlen. Ich hörte sogar ihre Stimmen.

»Unterwegs waren wir nicht bei dir, aber sieh nur, hier sind wir. Wir haben auf dich gewartet, Gazâ, schön, dass du da bist…«

Die Felswände wirkten wie ein vor das Tal gezogener faltiger Vorhang. Etliche kleine Höhleneingänge machte ich aus. In der Nähe der beiden Riesenhöhlen lagen Dutzende kleinere Aushöhlungen, über- und nebeneinander. Augen in den steilen Felsen. Waren diese Höhlen Augen, dann waren ihre Bewohner, wie einst Cuma, ihre pechschwarzen Pupillen…

Ich stürmte los. Über einen der Abhänge, die ins Tal hinunterführten. Ohne weiter nachzudenken, rannte ich! Zwischen Felsen lief ich hindurch. Durch Bäume. Strauchelte. Rappelte mich wieder auf. Und lief noch schneller. Bei jedem Schritt wuchs, worauf mein Blick fiel. Die Felswände wurden länger, riesiger die beiden Nischen, in denen einst die Buddhas gestanden hatten.

Ich wusste nicht, zu welcher ich mich wenden sollte, zu welcher mein Weg mich führen würde. Ich lief einfach. Und fand mich auf dem Weg zur großen Nische wieder. Ein Kilometer lag noch zwischen uns, vielleicht mehr. Von nichts, worauf mein Blick fiel, konnte ich die Augen abwenden.

Und endlich, als es nur noch wenige hundert Meter bis zu der vor mir aufragenden riesigen Nische war, blieb ich außer Atem stehen. Endlich, sagte ich mir… Endlich bin ich da… Ich schloss kurz die Augen und stellte mir vor, die Buddha-Statue mit ihren 53 Metern Höhe stünde noch dort. In der gigantischen Nische… Cuma war mit der Statue aufgewachsen. Mit Blick auf die Statue. Vielleicht war er in die Nische vor mir geklettert und hatte zwischen den Füßen des

Buddhas in die Welt hinausgeschaut. Nun sah auch ich diese Statue … Und ein Kind namens Cuma, das an mir vorübersauste …

Ich schlug die Augen auf, und die Statue war weg. Nur die leere Höhle lag noch da. Langsam ging ich weiter. Eine Frau tauchte vor mir auf. Eine alte Frau. Sie musste gesehen haben, in welche Richtung ich schaute, so dass ihr klar war, wohin ich wollte. Sie schüttelte Kopf und Hände. »Halt!«, wollte sie sagen. Doch ich lachte nur und ging weiter. Die Alte gab nicht auf. Sie rief mir etwas hinterher. Eins ihrer Worte lautete wohl »Taliban«. Ich aber lachte und ging weiter.

Niemand sonst war zu sehen. Lediglich aus weit entfernt liegenden Höhlen stieg Rauch auf. Rauch, der bewies, dass Leben war in jenen Höhlen. Ich stand dann vor der Riesennische. Nun hieß es klettern. Ich würde mich an den Felsen festhalten. Meine Hände und Füße wussten Bescheid. Mir war, als hätte ich mein Leben in diesem Tal verbracht, gemeinsam mit Cuma die Nische erklimmend … Vielleicht war es wirklich so gewesen, denn wahr war, was ich wollte.

Ein letzter Schritt, und ich befand mich in der Höhle. Ich hob den Kopf. Drehte mich um mich selbst. Schaute zur Decke der Nische hoch, die sich gleich einer Kuppel über mir wölbte. Mir schwindelte. Ich hielt inne. Schaute zum Horizont. Dehnte den Blick zu den am Horizont wogenden Hügeln und Bergen und über die endlos sich hinstreckende Ebene. Dann senkte ich den Kopf. Ich stand auf zertrümmerten Felsen. Möglicherweise auf den Resten des zerstörten Buddhas …

Ich ließ mich zu Boden gleiten. Setzte mich. Lachte. Dann hörte ich eine Stimme. Eine bekannte Stimme … Eine Stimme, die ich jahrelang nicht vernommen hatte … Nur um sie wieder zu hören, war ich all den Weg hergekommen.

Geht es dir gut?

Ja.

Bist du erschöpft?

Ein wenig.

Du bist seit Jahren unterwegs …

Ja.

Und? Sehen sie so aus wie auf dem Bild?

Ja, Cuma … Sie sehen tatsächlich so aus.

Danke, dass du mich nach Hause gebracht hast.

Ich habe dir zu danken, Cuma. Für die Einladung zu dir nach Hause …

Was wirst du nun tun?

Ich weiß nicht …

Nun … Und dann?

Vielleicht bleibe ich hier anstelle all derer, die fortgegangen sind.

Gazâ … Ich sage es, damit du vorbereitet bist: Vom Morphinsulfat kannst du eine Weile träumen. Aber du darfst nicht kapitulieren … Bitte.

Keine Sorge.

Wirst du dir wieder deine Vergangenheit erzählen?

Nein, nein … Das war das letzte Mal.

Das sagst du jedes Mal … Bist du sicher?

Dann will ich es so formulieren: Ich hoffe, ich muss sie nicht noch einmal erzählen!

Das musst du nicht! Ich vertraue dir … Gazâ … Ich gehe jetzt …

Ich weiß.

Wollen wir Abschied nehmen?

Mach's gut, Cuma.

Mach's gut, kleiner Junge …

So, nun erzähl deine Geschichte zu Ende …
Sie ist schon zu Ende.

Ich übergab Cuma, den ich seit dem Tag, da ich ihm das Leben genommen hatte, in mir trug, seinem Zuhause. Nach all den Jahren hörte ich seine Stimme nur zum Abschied wieder. Ich war im Bamiyan-Tal, in der Region Hazarajat Afghanistans. In der Riesenhöhle, in der einst eine Buddha-Statue von 53 Metern Höhe gestanden hatte. Die Statue hatte 1500 Jahre genau da gestanden, wo ich jetzt saß, dann hatte sie sich in eine Staubwolke verwandelt. Mein Blick senkte sich, und ich entdeckte einen Jungen. Höchstens fünfzehn. Er stand zwischen den nahen Bäumen und fixierte mich. In der Hand hielt er eine Kalaschnikow. Ich lächelte. Der Junge richtete die Kalaschnikow auf mich … Und feuerte. Ich fühlte etwas Warmes in meiner linken Schulter. Ich ließ den Blick über die sich vor mir dehnende herrliche Ebene schweifen. Und erhob mich.

Die türkische Originalausgabe erschien 2013 unter dem Titel »Daha« bei Doğan Kitap, Istanbul.

Verlagsgruppe Random House FSC® N001967

1. Auflage
Genehmigte Taschenbuchausgabe Juni 2018
by btb Verlag in der Verlagsgruppe Random House GmbH,
Neumarkter Str. 28, 81673 München

Umschlaggestaltung: semper smile, München
Covermotive: © Getty Images/Niek Bokkers – conceptm.nl;
Arcangel images/Sybille Sterk; Shutterstock/annamiro
Druck und Einband: GGP Media GmbH, Pößneck
mr · Herstellung: sc
Printed in Germany
ISBN 978-3-442-71691-3

www.btb-verlag.de
www.facebook.com/btbverlag